타몬
가넬로크

하얀 늑대들

White Wolves

IV

윤현승 장편소설

제우미디어

윤현승

1978년생. '다크문'으로 1999년부터 작품 활동을 시작해 이후 '하얀 늑대들',
'라크리모사', '뫼신사냥꾼' 등을 출간했으며, 2018년 현재 온라인에서
'이스트로드 퀘스트'를 연재하는 등 활발한 활동을 이어가고 있다.

하얀 늑대들 · Ⅳ

초판 1쇄 2018년 10월 30일
초판 7쇄 2023년 1월 18일

지은이 윤현승
펴낸이 서인석 | **펴낸곳** 제우미디어 | **출판등록** 제 3-429호
등록일자 1992년 8월 17일 | **주소** 서울시 마포구 독막로 76-1 한주빌딩 5층
전화 02-3142-6845 | **팩스** 02-3142-0075 | **홈페이지** www.jeumedia.com

제우미디어 트위터 twitter.com/Jeumedia
제우미디어 페이스북 facebook.com/jeumedia
제우미디어 네이버 포스트 post.naver.com/jeumediablog

ISBN 978-89-5952-614-7
978-89-5952-610-9 (set)
• 파본은 구입하신 서점에서 교환해드립니다.

만든 사람들
출판사업부 총괄 손대현 | **편집장** 전태준 | **책임 편집** 성건우
기획 홍지영, 박건우, 장윤선, 안재욱, 조병준
디자인 총괄 디자인그룹 헌드레드 | **영업** 김금남, 권혁진

2부

아란티아의 여왕

✦ 차례 ✦

◈ Prologue ◈

마스터 퀘이언

땅바닥이 미세하게 진동했다. 성문에 배치된 병사들의 고함과 성벽 너머에서 들려오는 소음은 전투가 임박해지자 오히려 잦아들었다. 쉰 명의 울프 기사들은 침묵으로, 다가오는 폭풍을 인내하고 있었다.

"숫자는?"

바닥에 세워 둔 창에 이마를 대고 있던 퀘이언이 물었다.

"삼백 정도."

먼저 정찰을 나갔다 돌아온 기사가 떨떠름한 목소리로 말을 이었다.

"드래곤 기사단을 무너트릴 때 전력 그대로인 모양이다. 여기까지 오는 동안 병력이 소모되지도 않았고."

퀘이언은 말없이 자리에서 일어섰다.

옆에 있는 메이루밀이 걱정스럽게 말했다.

"조금이라도 우릴 얕보길 바랐는데……. 그럴 분위기는 전혀 없어 보이는군.”

“난 그 이유를 알지. 누가 벌써 들쑤셔 놔서…….”

‘로핀’이 뒤에 있는 ‘아이린’을 지적하며 뭔가를 폭로하려 들었다. 다들 뭔 소리냐 싶어 돌아보았지만 이미 로핀은 말에서 굴러떨어지고 없었다. 그리고 말에서 떨어진 로핀이 자기를 떨어트린 아이린을 끌어 내리는 바람에 300 대 50이라는, 안 그래도 극심한 전력 차가 300 대 48로 더 커지게 되었다.

누가 잘했네, 못했네를 두고 티격태격하는 두 사람을 돌아보며 퀘이언은 웃음을 터트렸다. 쓸데없이 팽팽했던 긴장감이 가라앉았다.

퀘이언은 창을 어깨에 메고 말에 올라탔다.

“캡틴이 된 기념으로 연설 한마디 하는 게 어때? 역사적인 순간인데.”

메이루밀은 다 들으라는 뜻에서 일부러 큰 소리로 말했다. 모두 조용히 퀘이언이 어떤 연설을 할지 기대하는 얼굴로 지켜보았다.

“캡틴이 된 후부터 난 오랫동안 고민을 해왔다. 내가 그 누구보다 강해야 너희들을 이끌 수 있고 적을 무찌를 수 있다고 생각하는데, 난 그러질 못하니까. 하지만 방금 깨달았다.”

퀘이언은 마음에 담아 두고 있던 말을 자기도 모르게 꺼내 버렸다.

“내가 최강일 필요는 없었다. 내겐 최강의 친구들이 있으니까.”

퀘이언은 이 말로 분위기가 달아오를 줄 알았지만, 그 반대가 되었다.

“밑도 끝도 없이 그게 무슨 소리야? 앞뒤도 안 맞게.”

“너 최강 아닌 거 알아. 나지!”

“적어도 넌 아니지.”

“넌 뭔데 끼어들어?”

그렇게 다들 다투기 시작했다.

"아니, 그러니까 내 말은……."

퀘이언은 허둥대면서 말을 수습하려다 포기했다. 어차피 다들 서로 잘났다고 떠드는 바람에 말할 기회도 잃었다.

"됐어. 나 스스로 다잡으려고 한 말이었으니까."

골드 게이트 너머에는 익셀런 기사단이 이미 당도해 있었다. 고작 삼백 기의 기사들인데 수천수만의 대군을 뛰어넘는 위용을 과시했다.

'결투 신청을 하러 온 것 같군.'

익셀런 기사단을 이끄는 캡틴이 현재 아란티아를 수비하는 이천 명 넘는 병력을 모를 리가 없었다. 그런데 그들은 본대를 이끌고 오지 않고 오직 기사단 삼백 기만으로 여기까지 왔다. 기사단끼리 붙어보자는 소리였다.

'이러면 받아줄 수밖에 없지.'

지금은 장난치고 티격태격하고 있었지만, 울프의 기사들은 이번 싸움이 얼마나 중요한지 잘 알고 있었다.

여기서 울프 기사단이 패하면 아란티아가 패한다. 그러니 퀘이언은 골드 게이트의 병사들에게 공성을 대비하라고 지시하지도 않았다.

골드 게이트가 열리고 울프들이 타고 있는 말들이 천천히 전진했다. 멀리 삼백 기의 익셀런이 울프들을 기다리고 있었다.

"우리 캡틴은 직위를 임명받은 지 반나절밖에 안 되었고 저쪽은 수많은 전투에서 승리를 거두고 온 웰치라는 자가 캡틴이라…… 병력도 차이 나고 캡틴도 차이 나고, 이건 심각한 일이야."

한 나이 많은 울프가 패배를 예감하기라도 한 듯 냉소적으로 말했다.

“저 아저씨는 또 왜 저런대? 지라고 고사 지내는 거야, 뭐야?”

메이루밀이 창을 휘저으며 위협했다.

나이 든 기사는 굴하지 않고 비관적으로 말했다.

“저 녀석들은 대륙의 모든 기사단을 물리치고 온 역전의 용사들이야. 우리 같은 이름 없는 기사단은 아무것도 아니라고 생각해야 해. 하지만 뭔가 좀 이상하지 않아? 저건 아무리 봐도 사자가 토끼를 잡기 위해 전력을 다하는 태도가 아니야. 사자가 사자를 대할 때의 자세지. 뭣 때문에 우리 쪽 기사단을 그렇게 높이 평가한 건지는 모르지만, 우리가 비집고 들어갈 빈틈이 없어졌다 이거다. 대체 누구 짓이야?”

뒤에서 티격태격하던 두 하얀 늑대가 허둥지둥 말을 타고 퀘이언의 옆으로 다가왔다.

“난 아니다?”

로핀이 숨을 헐떡이며 말했다.

아이린도 씩씩거리며 말했다.

“그게 꼭 내 잘못이랄 수도 없잖아.”

둘의 대화를 듣던 퀘이언이 소심하게 말했다.

“알았어. 내가 책임질게.”

“뭐?”

옆에 있는 울프들이 다들 놀랐다.

울프들이 게이트를 모두 통과한 후, 아란티아의 상징인 늑대의 깃발을 들고 있는 게이트의 수문장이 캡틴 울프의 명령을 기다렸다. 퀘이언은 고개를 살짝 끄덕였고, 게이트의 문이 다시 닫혔다.

“오늘 무슨 일이 벌어지든 다 내가 책임진다.”

퀘이언은 말을 앞으로 몰며 모두에게 다시 한번 외쳤다.

"알았지? 마음대로 하는 거다. 다 내가 책임지겠다."

"뭔 수로 책임질 거냐?"

나이 많은 기사가 또 끼어들었다.

퀘이언은 부드럽게 미소 지으며 대꾸했다.

"책임질 일 만들어 봐. 그럼 어떻게 책임지는지 볼 수 있을 테니까."

다들 웅성거렸다.

"저런 말을 막 내뱉네?"

"쟤 민망하지도 않나 봐."

그날 골드 게이트 앞에서 했던 퀘이언의 말은 역대 캡틴 울프의 연설 중 가장 웃기는 연설로 꼽혔다. 그리고 그날 골드 게이트 앞에서 벌어진 울프 기사단과 익셀런 기사단의 전투는 가장 위대한 전투가 되었다.

'캡틴 웰치.'

퀘이언은 편지를 쓰다 말고 잠시 9년 전의 전투를 떠올렸다. 당시에는 캡틴이라는 직책을 맡자마자 너무 무거운 임무를 떠안았다고 생각했지만, 돌이켜 보면 전쟁이 끝난 뒤로도 캡틴의 직책이 무겁지 않았던 순간은 한 번도 없었다.

캡틴이 되고 난 후 가장 힘들었던 것은 울프 녀석들의 뒷감당이었고 수호 기사가 되고 난 후 가장 힘든 것은 새나디엘 여왕님의 뒷감당이었다. 그녀는 재미있는 일이라면 뒷일을 생각하지 않고 벌였다. 퀘이언은 매번 수습하느라 골머리를 앓았다.

좀 전에도 레드 게이트의 하이로드 아라딜과 며칠 후에 만날 약속을 이유 없이 취소해버렸다.

'차라리 목숨 걸고 전투를 하는 게 낫지.'

퀘이언은 사과 편지의 인사말로 어울리는 문구를 떠올리느라 고민하고 있었다.

"마스터 퀘이언. 메이루밀이 보낸 편지입니다. 블루 게이트에서 전해왔군요."

울프 기사단의 사무를 총괄해 보는 데마가 지저분한 편지 봉투를 한 장 들고 왔다.

"루밀이?"

데마는 고개를 설레설레 저었다.

"메이루밀쯤 되는 분이 봉인도 하지 않고 이런 식으로 편지를 보내는 건 위험합니다."

"별로 중요한 얘기가 아닌 모양이지, 뭘."

퀘이언은 책상 앞에 앉아 편지를 뜯었다. 길지 않은 내용을 읽은 후 그는 큰 소리로 웃었다.

"재미있는 내용이라도?"

데마가 호기심 어린 목소리로 물었다.

"항상 시답잖은 내용으로 종이 낭비하던 친구가 오랜만에 편지다운 편지를 보내왔다. 제자 녀석들이 울프 기사단의 캡틴을 하나 데려온다는군."

퀘이언은 친구의 편지를 곱씹어 읽으며 말했다.

데마가 깜짝 놀라 지적했다.

"거 보십시오. 보안을 철저히 해야 할 편지를……."

이내 데마는 흥분을 가라앉히고 물었다.

"그런데 하얀 늑대들이 캡틴의 후보 될 사람을 카모르트에서 찾은 겁니까? 엄청난 실력자인가 보군요. 제가 알기로 최근 테스트를 거치지 않고 울프의 기사가 된 사람은 실디레뿐인데요."

데마는 가만히 손가락으로 셈을 해 보더니 더 놀랐다.

"그 이전을 따져 봐도 그런 식으로 된 사람은 로일과 던멜밖에 없군요! 지금 데려온다는 캡틴의 후보도 엄청나겠어요. 이거 미리 준비해야겠는데요. 캡틴이 될 후보라면 여왕님께도 알려야 하고 원로 회의도 잡아 둬야 하고……."

데마는 벌써부터 일정을 잡느라 머리를 굴렸다.

"아니, 아니. 서두르지 말게, 데마. 편지에서는 캡틴의 후보가 아니라 그냥 캡틴이라고 되어 있어."

"그게 무슨 뜻인지?"

"이미 캡틴이 되어서 온다는 뜻이네. 아마도 하얀 늑대들과 루밀이 결정을 내렸겠지."

데마는 경악했다.

"그래도 되는 겁니까? 여왕님의 허락도 없이요?"

"면담 정도야 하시겠지."

퀘이언은 별것 아니라는 듯 말을 이었다.

"나도 누구인지 궁금하긴 하군. 루밀이 써 놓은 말 중에 하얀 늑대들 전원이 동의하고 따르는 인물이라는 문장이 있는데, 그 제멋대로인 다섯이 인정했고 루밀이 보냈다면 굳이 나를 거치지 않아도 캡틴이 될 자격은 충분하겠지."

"마스터와 맞먹는 실력자일지도 모르겠군요."

데마가 겁에 질려 말했다.

"루밀은 새로운 캡틴에 대한 언급을 거의 하지 않았다. 내가 알아서 판단하라는 뜻이겠지. 그렇지 않아도 캡틴 문제는 계속 걱정하던 차였는데, 다행이야. 로일에게 어울리지 않는 직책이긴 했어."

"저는 염려부터 되는데요. 갑자기 들어온 신입이 캡틴이랍시고 군림하면, 다른 울프들을 통솔할 수 있을지……."

퀘이언은 데마의 걱정에 웃음을 터트렸다.

"자네는 10년 가까이 울프 기사단을 관리해 왔으면서 아직 모르겠나? 울프들이 바라는 캡틴이 무엇일 것 같나?"

"글쎄요. 마스터 같은 검술? 카리스마?"

"그런 거라면 진작 쉐이든이나 로일이 캡틴을 했겠지. 하지만 못하잖나?"

"그럼 지휘력?"

"아즈윈이나 게랄드는 루밀을 능가하는 전장의 지휘관이야. 하지만 캡틴은 못 했지."

"그럼요?"

퀘이언은 두 손바닥을 내보이며 말했다.

"바로 그게 어려운 거야. 내가 캡틴 자리를 맡아서 한 일이 뭐였을 것 같나? 결론부터 말하자면 아무것도 안 했어. 그래서 간신히 캡틴이란 직책을 견뎌 낼 수 있었던 거지."

"뭔 말인지 잘 모르겠는데요."

“그걸 알고 행할 수 있으면 자넨 지금부터 캡틴 데마 울프가 될 수 있을 걸세.”

데마는 입만 딱 벌리고 대꾸하지 못했다.

퀘이언은 문득 창밖을 내다보다가 물었다.

“그런데 오늘 손님이 오기로 되어 있었나?”

초록빛 정원을 배경으로 시원하게 물줄기를 뿜는 분수대 옆에 한 남자가 서 있었다. 단순히 데마와 얘기하느라 주의를 기울이지 못한 탓이었겠지만, 어째 마법을 써서 갑자기 나타난 것처럼 보였다.

하얀 로브를 입고 끝이 구부러진 지팡이를 든 남자는 분수대 옆을 지나 곧장 이쪽으로 왔다. 정원사나 시녀들이 그를 보고 모두 깊이 고개를 숙여 인사했다.

데마도 그를 발견하고 말했다.

“딱히 손님이 올 약속은 없습니다.”

“자네나 나나 일정을 잘 까먹는 편이지 않은가?”

“에이, 아무리 잘 까먹어도 ‘루티아’에서 손님이 온다면 제가 기억을 못 할 리가 없죠.”

“루티아의 마스터가 연락도 없이 나디움을 찾다니, 좋은 일은 아니겠군.”

퀘이언은 창문을 열고 큰 소리로 인사했다.

“하늘 산맥에 새로운 소식이라도 있습니까, 마스터 데다인?”

마법사의 강한 눈빛이 먼 거리를 넘어 날아들었다. 데마는 괜히 퀘이언의 옆에 서서 마법사를 구경하려다, 쏘아보는 눈빛에 놀라 옆으로 물러나고 말았다.

“도움이 필요하오.”

수염은 없지만 연륜이 느껴지는 목소리로 마법사가 말했다. 꽤 먼 거리를 느린 걸음으로 걸어오는 것인데도 가까이 다가오는 시간이 짧게 느껴졌다.

"루티아가 도움을 필요로 할 때가 있습니까? 물론 우린 하늘 산맥의 요청을 언제나 받아들일 준비가 되어 있습니다."

퀘이언은 창문 밖으로 머리를 내밀고 말했다. 마법사의 걸음걸이 하나하나가 마치 마법을 쓰는 준비 동작처럼 차분하면서도 리듬감이 있었다.

마법사는 창문 앞에 도달하자마자 주저하지 않고 말했다.

"하얀 늑대들을 빌려주시오."

퀘이언은 잠시 입을 다물었다. 그리고 데마에게 작은 목소리로 말했다.

"여왕 폐하께 루티아에서 손님이 왔음을 알리게."

퀘이언은 데마를 보내고 다시 창문 너머로 얼굴을 돌렸다.

"들어오십시오, 마스터 데다인. 저도 급하고 반가운 마음에 창문을 사이에 두고 인사하였으나 그런 중요한 일은 차 한잔 마시며 공을 들여 얘기할 필요가 있지 않을까요?"

"무례를 용서하시오. 하지만 그럴 시간이 없소. 나와 우리 루티아에게 허락된 시간이 많지 않소, 마스터 퀘이언. 만약 하얀 늑대들을 빌리는 일에 조건이 필요하다면 10년 전 우리 루티아가 아란티아에 제공했던 도움에 대한 보상을 지금 받겠다고 말하겠소."

마스터 데다인은 마법사답지 않게 초조해하며 말했다.

"아란티아와 루티아 사이에 보상이라니요? 저는 그런 뜻으로 차 한잔을 제안 드린 게 아닙니다. 급하다면 절차쯤이야 생략하도록 하지요. 그러나 문제가 있습니다. 나디움에는 현재 하얀 늑대들이 없습니다."

마법사는 화가 난 듯한 표정으로 물었다.

"그럼 어디 있소?"

"일이 있어 카모르트에 갔지요. 하지만 얼마 전에 일을 끝내고 지금 무사히 돌아오고 있는 모양입니다."

"그럼 여기까지 오는데 얼마나 걸리는 거요?"

"열흘쯤? 하지만 여기 일이 급하다는 사실을 모를 테니, 보름이 걸릴 수도 있고, 한 달이 걸릴 수도 있겠지요."

퀘이언은 제자들이 옆길 새지 않고 곧장 귀환을 할 거라고는 기대하지 않았다. 오랜만의 바깥나들이 중에 자기가 울프 기사라는 걸 까먹지나 않았으면 다행이었다.

데다인은 당혹스러워하며 물었다.

"너무 늦군. 내가 직접 데리러 가도 되겠소?"

"그러니까 미리 마중을 나가서 만나자마자 루티아로 데려가겠다는 뜻입니까?"

"허락해 주시오."

마법사는 반강제적으로 허락을 구했다.

"루티아의 일이라면 당연히 협조해야지요. 데려가도 좋습니다. 급한 일이라니 여왕님께는 제가 따로 말씀드리지요."

정말로 급하긴 급한 모양인지 마법사는 그길로 정원을 빠져나갔다. 퀘이언은 창틀에 손을 짚고, 그의 펄럭이는 로브 자락을 응시하며 중얼거렸다.

"아차, 고분고분하게 말 들을 녀석들이 아니라는 점을 말해 줘어야 했는데."

◈Chapter 1◈

사냥꾼 제이메르

“자네 이름은?”

“제이메르.”

“젊어 보이는군. 경력은?”

“8년.”

“허어, 어려 보이는데, 꽤 많군. 몇 살 때부터 용병 일 시작했는데?”

“열여섯 살 때부터. 그리고 용병 경력 말한 거 아니야. 사냥꾼이다.”

“현상금 사냥?”

“그래.”

“그 짓을 8년이나 하고도 살아 있다고? 대단하군!”

덜컹거리는 마차 안에서 짧은 대화가 오갔다. 누가 먼저 시작했는지는 모르나, 국경까지 가는 지루한 시간을 달래기 위한 잡담 중에 여덟 명의 남자들이 서로의 이름과 경력을 밝히게 되었다. 당연하게도 용병들은 자신의 화려한 전적을 과장해서 떠들기 시작했다. 제이는 그들과 섞이고 싶지 않았지만, 아무 말 않고 있는 것이 오히려 더 눈에 띌까 봐 대충 얼버무린 것이었다.

"어디 보자, 그럼 스물넷인가……? 좋군. 좋은 나이야."

이름을 기억할 수 없는 용병 중 하나가 제이의 말을 받았다.

"사실 사냥꾼이라는 직업이 용병보다 빨리 은퇴해야 한다는 점을 생각하면 열여섯 정도가 시작하기에 적당할지도 모르겠어. 내가 네 나이 때 죽인 사람은 고작 백 명도 안 되거든. 너처럼 일찍 시작했으면 전적이 좀 더 화려했을 텐데. 어때, 제이? 지금까지 몇이나 죽였나?"

제이는 최대한 관심 없는 얼굴로 대꾸했다.

"세어 본 적 없어. 백 명은 안 돼."

"그런데 어째 넌 활도 안 가지고 다니나? 사냥엔 역시 칼보다 활이 더……."

"쏠 줄 몰라."

흥미를 잃은 표정으로도 안 통하자 제이는 아예 흔들거리는 마차 짐칸의 벽에 등을 기대고 눈을 감아 버렸다. 다행히 의도한 대로 제이는 모두의 관심 밖으로 밀려났고 용병들끼리의 대화가 이어졌다.

"난 사실 가넬로크에서만 용병 생활이 15년째야. 10년 전 전쟁에서는 익셀런의 기사들과도 겨뤄 봤지. 그때는 내가 스무 살밖에 안 되는 애송이였던 터라 그놈들을 둘밖에 해치우지 못했지만 말이야."

그는 별것 아니라는 식으로 말하며 자신을 부풀렸다. 그쯤 했으면 적당히 높이 평가해줬을 텐데 기어이 뒷말을 덧붙였다.

"뭐, 지금이야 다시 붙으면 꽤 해볼 만하겠지만."

그러자 마차 제일 뒤쪽에 앉아 큼직한 철퇴를 쥐고 있는 남자가 물었다.

"익셀런을 상대해 봤다고? 제법이군. 이름이 뭔가?"

그는 가끔씩 가시 달린 뭉툭한 부분을 바닥에 쿵쿵 찍어 괜한 공포 분위기를 조성했다.

"베이렌."

용병 생활 15년째라는 남자가 이름을 밝히자 마차 안에 있는 용병들이 술렁거리기 시작했다. 철퇴 든 남자는 별 동요 없이 고개를 끄덕거렸다.

"베이렌……, 가넬로크에서 가장 유명한 용병 중 하나라고 들었지. 자네도 '지옥 도끼'를 잡으려고 이 마차를 탔나?"

철퇴를 가진 남자가 말했다.

베이렌은 그를 유심히 관찰하고 나서야 대꾸했다.

"지옥 도끼를 아무렇지도 않게 부르는 데다가 그 정도로 무거운 철퇴를 쓰는 유명한 가넬로크의 용병이라면 난 헹게르라는 애송이밖에 모르는데?"

또 한 번 술렁임이 있었다.

"이름 내세우며 일하는 스타일은 아니지만 나도 모르게 이름이 알려져 버리더군. 내가 그 애송이 헹게르다."

헹게르는 지저분한 금발을 뒤로 쓸어 넘기며 자기소개를 마쳤다. 베이렌은 웃음을 터트렸다.

"요새 일감이 없긴 없나 보군. 고작 탈옥수 하나에 가넬로크 최고 용병 두 명이 모이다니! 덕분에 헹게르라는 유명 인사를 뵙게 되었군."

두 용병이 마차 양쪽에서 웃어대니 사이에 껴 있는 용병들은 고개만 숙였다.

'헹게르와 베이렌? 유명한 용병들인가 보군?'

제이는 모르는 이름이었다. 하지만 주변의 반응으로 그들이 유명하다는 걸 알았다.

'그럼 이번 사냥은 포기해야겠다.'

제이는 유명한 녀석들, 특히 자존심 센 녀석들과는 경쟁하지 않았다. 경험 없을 때야 가리지 않았지만 지금은 이런 녀석들이 있으면 빠지는 쪽이 더 낫다는 걸 잘 알았다. 실력 문제가 아니었다. 문제는 항상 경쟁에서 이겼을 때 벌어졌다.

'그나저나 지옥 도끼라는 놈, 대단한 놈인가 보네?'

제이는 현상범의 정보를 많이 알고 시작하는 경우가 별로 없었다. 그래서 허탕 치는 일도 많았고 위험한 적도 많았다. 그걸 알면서도 성격상 사전 준비를 하게 되지는 않았다. 그나마 이번 사냥은 얘기를 많이 듣고 뛰어든 편이었다.

최근 '지옥 도끼'라는 별명을 가진 흉악범이 외부의 도움을 받아 지하 감옥에서 탈출했다. 스무 명 넘는 여자를 겁탈하고 몇 명인지 셀 수도 없는 사람들을 죽인 살인마였다.

탈옥하는 과정에서 간수와 경비병을 포함해 여섯이나 지옥 도끼에게 죽었다. 추적하던 드래곤 기사단의 기사도 두 명이나 그에게 살해당했다. 감옥의 소장은 자신의 명예를 회복하려고 일대의 유명한 사냥꾼을 일곱이나 고용해서 보냈다. 하지만 모조리 소식이 끊기거나 도리어 시체로 발견되었다.

감옥 소장이 현상금을 올리고, 드래곤 기사단이 보태고, 지역 영주들까지 거기에 가세하면서, 한 달 동안 탈옥수의 현상금이 다섯 배나 뛰었다. 이제 놈을 산채로든 시체로든 잡아 오기만 하면 금화로 오백이었다. 당장 은퇴해도 될 금액이다 보니 현상금 사냥꾼으로 일시 전직하는 용병들까지 생겼다.

그중에는 돈이 아니라 명성을 얻기 위해 나서는 이도 있었다. 운이었든 실력이었든 간에 드래곤의 기사를 두 명이나 죽인 놈이니, 해치우면 단숨에 큰 명성을 얻을 수 있을 게 틀림없었다.

이 마차에 타고 있는 용병들도 대체로 그런 요행을 바라고 있을 것이다. 그런데 유명한 용병이 두 명이나 같은 마차에 탔으니 다른 다섯 명의 표정이 떨떠름할 수밖에 없었다.

마차가 멈췄다. 제이는 한쪽 눈만 살짝 떠서 밖을 살폈다. 마을에 도착한 것도 아니었고 근처에 인가가 보이는 것도 아니었다. 아직은 지평선밖에 보이는 게 없는 황야였다. 누군가 의아해하며 마부에게 물었다.

"왜 멈추지? 휴식 같은 건 없어도 돼."

모자를 깊이 눌러쓴 마부는 하품만 길게 하고 대꾸는 하지 않았다. 그는 주섬주섬 옆에 내려둔 가죽 가방에서 연초 파이프를 꺼냈다. 국경까지 간다고 광고하며 이전 마을에서 용병들을 끌어모을 때도 줄기차게 연초를 태우던 마부였다. 그 후 서너 시간이 흘렀으니 한 대 피울 때가 되긴 했다.

마부는 느긋하게 마른 잎을 파이프에 넣고 부싯돌로 마른 지푸라기에 불을 붙이더니 파이프에 불을 옮겼다. 지켜보던 제이도 생각이 나 똑같이 파이프에 불을 붙여 입에 물었다. 눈치 없는 제이의 행동에 용병들이 성난 눈빛을 보냈다.

마부는 하얀 연기가 새는 입을 열었다.

"내가 좀 쉬려고 마차를 세웠수다. 댁들이야 갈 길이 얼마 남지 않았지만 나는 아주 머니까."

"얼마 남지 않긴 뭐가? 우린 한시가 급해."

한 용병이 소리쳤다. 지금도 지옥 도끼를 잡으려고 수많은 경쟁자들이 국경 마을로 이동하고 있을 테니 이런 허허벌판에서 낭비하는 시간이 아까울 법도 했다. 하지만 마부는 그런 사정을 고려할 생각이 조금도 없는 모양인지 웃으며 말했다.

"연초 한 대 피울 시간이 없을 정도로 급한 일이 세상에 있나?"

제이는 속으로만 동의했다.

처음 말을 꺼낸 용병이 마부의 뒤통수를 후려쳤다.

"야, 이 자식아, 당장 말 안 몰아? 여차하면 널 떨어트리고 내가 몰고 가는 수가 있어!"

다른 용병들은 말릴 생각도 안 했다. 그가 마차를 빼앗아 몰아주면 자기들이야 편할 테니 두 손 놓고 구경만 했다.

마부는 뒤통수를 얻어맞아 모자가 삐딱하게 꺾였는데도, 꿈쩍 않고 연초만 태웠다. 제이는 마부의 구부정한 등을 바라보며, 그가 마부가 아니라는 사실을 알아챘다.

마부는 웃는 목소리로 물었다.

"다들 지옥 도끼란 놈 찾으러 가는 거 아닌가?"

"그렇다!"

용병이 의기양양하게 소리쳤다.

마부는 부드럽게 말했다.

"그럼 급할 거 없다. 여기가 너희들 종착지가 맞으니까."

마부는 모자를 벗어서 옆으로 내려놓으며 돌아섰다. 그러자 마부 일이나 하기에는 지나치게 좋은 몸집이 드러났다. 연초 파이프를 쥐고 있는 손은 상처투성이였고, 팔뚝은 어지간한 남자가 두 손으로도 다 못 잡을 정도로 굵었다. 무엇보다 그가 말을 부리는 좌석 옆에 도끼가 하나 세워져 있었다.

의자 밑에 숨겨놓고 있다가 한 대 맞는 순간 슬쩍 꺼내 놓은 것이었지만, 용병들에게는 갑자기 나타난 것처럼 보였을 것이다. 마부의 뒤통수를 때린 용병은 황급히 뒤로 물러나다 다른 용병의 다리에 걸려 넘어졌다.

"맙소사, 저 새끼, 저거, 저거, 그, 그놈이야!"

그는 겁에 질린 목소리로 떠들었다. 아직 눈치채지 못한 다른 용병들은 의아해하며 넘어진 용병과 마부를 번갈아 보았다.

마부는 전혀 신경 쓰지 않고 한 손을 허리에 올리고 다른 손으로 파이프를 가볍게 쥔 채로 넘어진 용병을 내려다보고 있었다.

제이는 아무것도 하지 않고 사태를 관망했다.

"서두르지들 마라. 나 담배 한 대 피울 동안은 살아 있을 거니까. 그 사이에 달아나도 돼."

마부는 앞니가 하나 빠진 이를 드러내며 씨익 웃었다.

길지 않은 대화 속에서 상황을 읽어 낸 용병들은 일제히 무기를 꺼냈다. 좁은 짐칸 안에서 서로의 무기가 다른 이의 얼굴을 찌를 판국이었다. 마부는 파이프를 입에 물고 웃기만 했다.

베이렌이 큰 소리로 말했다.

"다들 진정하고 무기 접어!"

용병들은 어깨를 움츠렸다.

"한 명씩 마차에서 내려. 요란 떨지 말고."

베이렌이 명령을 내리자, 모두가 자연스럽게 따랐다. 다들 전쟁 경험이 있는 용병들이라 그런지 일단 누군가 명령을 내리기 시작하자, 금세 정리되었다. 그들은 무기를 들고 마부의 주위를 에워싸고 있었다.

'내가 나설 틈은 없겠군. 설마 용병 일곱 명이 이런 녀석 하나 못 잡지는 않겠지.'

제이는 마차에서 내리지도 않았다.

마부는 용병들에게 포위당했는데도 느긋하기 그지없었다. 오히려 불안에 떠는 건 마차를 끄는 두 마리 말이었다.

"어이, 정말 네가 지옥 도끼냐?"

베이렌은 힘을 잔뜩 준 목소리로 물었다.

"형이 지어 준 별명이야. 그렇게 근사하지는 않지?"

지옥 도끼는 머리를 긁적이며 뒤를 돌아보았다.

"베이렌이라고 했나? 난 테고의 동생 트레고라고 한다. 지옥 도끼라고 부르는 건 싫으니까 이름 불러."

"좋다, 트레고. 우릴 왜 마차에 태웠지? 스스로 위험에 뛰어드는 짓을 왜 굳이……?"

트레고는 웃음을 터트렸다가 연초 연기에 숨이 막혀 콜록거렸다. 하도 심하게 콜록대서 잘하면 연초 파이프가 현상금 오백을 받을 지경이었다. 제이는 그 생각에 속으로만 웃었다.

트레고는 겨우 숨을 가다듬고 말했다.

"이런 건 위험 축에 못 들지. 무기 하나 없이 간수들 열 명한테 둘러싸이는 상황이라거나, 드래곤 기사단 두 놈이 서로 보조를 맞춰서 협공해 오는 거, 그런 걸 위험하다고 하는 거야. 아아, 그때는 정말 죽는 줄 알았어."

트레고는 베이렌이 당황하는 모습을 바라보며 눈을 가늘게 뜨고 웃었다.

베이렌은 칼을 뽑아 들었다. 그제야 트레고도 파이프를 옆에 내려놓고 도끼를 들었다. 다섯 명의 용병들이 마차 주위를 에워쌌고, 베이렌도 마차 밖으로 나갔다.

제이는 여전히 팔짱을 낀 채 앉아서 파이프를 물고 상황을 주시하기만 했다.

'말려야 하지 않을까? 저 녀석, 여러 명 상대로 자신감이 넘치는데……. 아니야. 괜히 공범 취급당하기나 하겠지.'

마차 안에 남은 헹게르가 철퇴를 들자, 제이는 철퇴가 닿지 않는 마차 끝으로 슬그머니 이동해 앉았다.

"이제 알겠군. 지금쯤 국경에는 온갖 현상금 사냥꾼들에다가 용병들이 쫙 깔려 있을 거다."

베이렌은 고개를 끄덕이며 말을 이었다.

"아마 드래곤 기사단도 일부 배치되어 있을 테지. 아무리 실력에 자신 있어도 그걸 뚫고 갈 수는 없었을 거다. 하지만 현상금 사냥꾼들을 태운 마차의 마부라면 의심을 받지 않고 통과할 수 있겠지. 그래서 우릴 태운 거지, 트레고?"

트레고는 엄지손가락을 들어 보였다.

"오오, 그런 멋진 방법이 있었군. 알려줘서 고마워."

"여태까지 잘 속여 놓고 왜 굳이 여기서 자신의 정체를 밝힌 거지?"

헹게르는 철퇴를 휘두를 준비를 하며 물었다.

트레고는 한참이나 깎지 않은 턱수염을 만지작거렸다.

"방금 내가 말한 거 안 들었어? 난 그런 방법은 생각도 못해 봤다고, 이 답답한 놈아."

트레고는 설명하기도 싫다는 투로 말을 이었다.

"난 벌써 일주일 전에 아란티아로 넘어갔었어. 카모르트로 갈 수도 있었지. 간단하던데? 쫙 깔려 있긴 쥐뿔!"

"……그럼 왜 되돌아온 거야?"

베이렌이 놀라며 물었다.

"이런 말 하긴 우습지만 사실 드래곤 기사단 둘을 죽인 다음부터는 모든 게 너무 쉬웠거든. 난 가까스로 살아남은 뒤에 남은 여정도 힘들 거라고 믿었다. 힘겨운 전투를 뚫고 온갖 계략을 써서 속고 속이면서 겨우겨우 국경을 넘을 거라고 생각했는데, 그게 아니더라고. 못 믿겠지? 그런데 진짜야. 난 아무것도 안 하고 길을 따라 천천히 걸어서 국경을 넘어 버렸다니까!"

'충분히 가능하지. 국경이란 건 넓으니까.'

제이는 그의 얘기에 귀 기울였다.

"문득 내가 탈출하면서 몇 명이나 죽였는지 세봤지. 스물아홉이더군."

트레고는 검지를 세워 휘휘 저으며 말을 이었다.

"난 형에게 백 명을 죽이면서 탈출할 거라고 편지를 보냈었는데 그 약속을 못 지키게 되지 않았겠어? 그래서 숫자를 마저 채우려고! 사실 이 마차를 이용해서 같은 방식으로 사냥을 한 게 이번이 세 번째야. 세 번째 만에 꽤 큰 물고기를 낚게 되었군. 대검의 베이렌과 철퇴의 헹게르."

제이는 사람 죽이는 걸 게임처럼 말하는 용병들을 수없이 봤지만 이 녀석처럼 진심으로 즐기는 눈빛을 가진 이는 본 적이 없었다. 끔찍할 만큼 잔인한 미소였다. 그리고 자신감이 넘쳤다.

'베이렌과 헹게르가 누군지 알고도 싸움을 걸고 있군. 용병들 쪽이 죽겠어.'

제이는 아까 했던 결심을 지키지 못하고 참견했다.

"헹게르."

잔뜩 긴장하고 있던 헹게르는 뒤에서 들리는 제이의 목소리에 흠칫 놀랐다.

제이는 파이프를 입에서 떼고 조용히 말했다.

"물러나라. 저놈한테 죽을 거다."

"뭣이? 너도 저놈이랑 한 패냐?"

"한 패였으면 아까 죽었어. 그러니까 당신이 나한테……. 어, 죽는다고. 아니, 죽었을 거라고."

제이는, 내가 지옥 도끼와 한 패였으면 넌 진작 나한테 죽었겠지, 이렇게 한참 동안이나 네 등 뒤에 있었는데, 라고 말하고 싶었지만 잘 되지 않았다. 제이는 입맛을 다시며 다시 설득을 시도했다.

"내 말은, 네가 안 죽었으면 해서 하는 말이야. 그러니까 당신이 지옥 도끼한테."

제이는 뭔가 또 앞뒤가 안 맞게 얘기한 것 같아 자신의 말을 곱씹어 보았다. 그사이 헹게르는 제이에게 화를 쏟아냈다.

“이놈이 뭔 소리를 하나 했더니! 날 뭐로 보고 그딴 소리냐?”

제이는 나름대로 조심스럽게 제안해 보았다.

“현상금 반 줄게. 나한테 맡기면.”

“닥쳐라! 저놈 죽인 다음에 너도 죽을 줄 알아. 여기 꼼짝 말고 있어.”

헹게르는 눈에 불꽃을 튀기며 철퇴를 트레고에게 들이밀었다. 투지에 불을 지른 꼴이 되었다.

제이는 누군가에게 뭔가를 설명하는 것이 서툴렀고 누군가를 설득하는 건 더더욱 서툴렀다.

‘될 대로 되라지.’

제이는 포기하고 파이프를 도로 입에 물었다.

트레고는 제이를 보고 웃으며 말했다.

“재미있는 녀석이구먼. 이 녀석들 처리하고 나 좀 보자. 꼼짝 말고 거기 있어.”

이미 베이렌이나 헹게르는 안중에도 없는 모습이었다. 그런 모습이 또 헹게르를 자극했다. 그는 으르렁대며 트레고에게 한 걸음 다가갔다.

“넌 국경을 넘었을 때 그대로 달아났어야 했다. 이런 장난은 오늘로 끝이야.”

트레고는 도낏자루를 손으로 탁탁 치며 씨익 웃었다. 헹게르는 높지 않은 짐칸의 천장을 손으로 짚고 철퇴를 트레고의 얼굴로 찔러 넣었다. 트레고는 고개를 젖혀 피하더니, 그대로 공중제비하듯 한 바퀴 돌며 마차에서 뛰어내렸다. 그는 거대한 도끼를 손바닥 위에서 바람개비처럼 가볍게 돌리며 마차를 에워싼 용병들에게 말했다.

"이제부터는 도망치지 마라. 쫓아다니기 귀찮으니까."

그리고 예고 없이 한 명에게 달려들어 도끼로 머리를 내려쳤다. 두툼한 도끼날에 두개골이 부서지며 피가 뒤쪽으로 퍽 튀었다.

뒤늦게 용병들도 반격했다. 그러나 같이 호흡을 맞춘 적도 없는 용병들끼리인지라 적절한 포위 공격이 되지 않고 오히려 서로가 서로의 움직임에 방해만 되었다.

트레고는 능숙하게 모두의 공격을 피하고 도끼를 휘둘렀다. 도끼날이 몇 번 햇빛에 반사되어 반짝였고 금방 두 명의 목이 떨어져 나갔다.

살아남은 한 명이 겁에 질려 달아나자 트레고는 바닥에 떨어진 칼을 하나 집어 던졌다. 달아나던 녀석의 등에 칼이 꽂혀 픽 고꾸라졌다.

"도망가지 말랬잖아."

트레고는 짜증 섞인 목소리로 말했다. 이제 트레고 앞에는 용병 한 명밖에 남지 않았다. 마차에서 헹게르가 내려 베이렌에게 합류하기도 전에 벌어진 일이었다. 두 사람을 제외한 남은 한 명은 싸울 엄두도, 달아날 엄두도 못 내고 칼만 내밀고 있었다.

'내 이름을 제일 먼저 물어본 녀석이군. 내가 저 녀석 이름을 물어봤던가?'

그 이름 모를 용병이 뒷걸음질 치는 사이 베이렌이 나섰다.

"내가 상대하지."

"아니, 내가 한다."

헹게르가 잠긴 목소리로 말했다.

트레고가 장난스럽게 웃으며 제안했다.

"둘이 같이하는 건?"

"시끄럽다."

베이렌이 고함을 지르며 큰 칼을 머리 위로 휘두르더니 자세를 잡았다. 트레고는 껄껄대며 어깨를 으쓱했다.

"왜 내가 상대를 배려하는 말을 하면 다들 항상 똑같은 말을 하는 걸까? 그러지 말고 너희 배려한답시고 지껄였던 저기 연초 태우는 놈도 데려와서 3 대 1로 싸우는 건 어떤가?"

베이렌은 듣지 않고 커다란 칼로 트레고의 머리를 내리쳤다. 그러나 트레고는 몇 번 몸을 트는 것만으로 그 날카로운 공격을 모조리 피해냈다. 헹게르도 베이렌의 오른쪽에 서서 철퇴를 휘둘렀다.

둘은 자존심을 버리고 힘을 합쳐 트레고의 빈틈을 노렸다. 이미 사냥감을 잡는다는 수준의 싸움이 아니었다. 두 사람이 전력을 다해 한 명의 실력자에게 도전하는 모양새가 되어 버렸다. 끼어들지도, 달아나지도 못하고 있던 용병은 트레고가 둘을 상대하느라 한눈을 판 사이에 마차에 올라갔다. 그리고 말고삐를 쥐었다.

"내 마차 놔두지 못해!"

트레고는 허리에 찬 단검을 집어 던져 그 용병의 머리를 맞혔다. 머리에 칼이 꽂힌 그 용병은 고삐를 쥔 채로 옆으로 굴러 떨어졌다. 그사이 베이렌과 헹게르는 뒤로 물러섰다.

베이렌은 침을 꿀꺽 삼키고 헹게르의 눈치를 보았다. 트레고는 큰 덩치에 어울리지 않게 가벼운 웃음을 터트렸다.

"뭐랄까…… 단숨에 죽이는 게 너희들을 위해서 더 나았나 보군. 내 배려하는 마음은 언제나 삐딱하게 받아들여진다니까. 난 너희가 실력을 끝까지 발휘할 수 있게 기다려 준 거였지만 너희들은 아마 속으로 봐줬다고 생각할 거야. 그렇지?"

트레고는 계속 신경 거슬리는 말을 내뱉었다.

헹게르는 입술을 깨물더니 베이렌의 귀에 대고 속삭였다. 트레고에게는 잘 안 들리겠지만, 제이에게는 흐릿하게나마 들렸다.

"내가 방패가 되어 줄 테니 넌 나와 함께 저놈을 베어 버려라."

베이렌은 망설이더니 헹게르의 제안을 수락했다.

"너의 죽음은 반드시 용병계의 전설이 될 것이다."

트레고는 도끼를 겨드랑이에 끼워 두고 박수를 쳤다.

"오호, 뭔가 할 생각이군. 난 둘이 동시에 다른 방향으로 달아나는 걸 택할 줄 알았는데."

"까불지 마라. 오늘 넌 여기서 죽는다."

헹게르가 달려들어 철퇴를 휘둘렀다. 트레고도 도끼를 휘둘렀다. 두 묵직한 쇠붙이가 부딪힐 때마다 말들이 깜짝깜짝 놀랄 정도로 커다란 쇳소리가 울렸다. 헹게르의 바로 뒤에는 베이렌이 따라붙어 기회를 노렸다.

헹게르는 철퇴를 크게 내리쳐 트레고가 옆으로 피하게 하고 그를 끌어안았다. 그리고 베이렌은 헹게르의 등을 찔렀다.

그러나 트레고의 도끼는 베이렌의 검보다 더 빨랐다. 헹게르는 트레고를 끌어안지도 못하고 목이 날아갔다. 베이렌의 검은 엉뚱하게도 동료의 등만 찌른 것이었다.

베이렌은 황급히 목 잘린 헹게르의 등에 박힌 칼을 뽑으려 했으나 그보다 먼저 트레고가 그의 팔을 내려쳤다. 두 팔이 잘려나가며 베이렌은 뒤로 쓰러졌다.

"죄책감 가질 필요는 없어. 내가 먼저 죽였으니 넌 그냥 시체에 칼을 찌른 거야."

트레고는 실실 웃으며 도낏자루를 손바닥에 탁탁 쳤다.

베이렌은 신음을 내며 엉덩이를 뒤로 끌다가 또 넘어졌다. 두 손이 없는 양팔은 이미 그의 육체를 버틸 수 없었다. 그는 공포에 질린 비명을 내지르며 팔꿈치로 바닥을 기었다.

트레고는 콧노래를 흥얼거리며 뒤를 따라갔다. 그리고 베이렌이 겁을 집어먹은 눈으로 돌아보는 순간 도끼를 높이 치켜들었다.

"거기까지만 해라."

느닷없이 제이가 둘 사이를 가로막으며 말했다. 트레고는 내려치려던 도끼를 멈췄다.

제이는 파이프를 입에 문 채로 트레고를 가만히 노려보았다. 베이렌은 제이의 등을 올려다보며 숨을 헉헉 내쉬다가 그대로 정신을 잃었다.

"좀 늦었나?"

제이는 트레고의 도끼를 앞에 두고 쓰러진 베이렌을 돌아보는 무모한 행동을 했다. 그러니 되레 트레고는 도끼를 휘두르지 못했다.

"내내 가만히 있다가 이제 와서 끼어드는 건 뭐야?"

트레고가 실실 웃으며 물었다.

제이는 파이프를 바닥에 내려놓고 베이렌의 상태를 확인하며 대꾸했다.

"예전에 지금과 비슷한 일이 두 번쯤 있었지. 그땐 지금처럼 기다린 게 아니라 바로 내가 처리했지. 현상금은 내 것이 되었고. 그랬더니 날 죽이려고 하더군."

"누가?"

"같은 사냥감 노리던 놈이. 내가 구해준 놈이 날 노렸어. 또 그렇게 될까 봐, 안 꼈어."

트레고는 깔깔대고 웃었다.

"뭐야, 이놈? 나보다 더 잔인한 놈일세."

"내가? 너보다? 그렇게 돼?"

"그렇잖아. 나야 작정하고 죽이려는 거지만 넌 애들이 죽을 걸 알면서 손을 놓고 있는 거였잖아. 그나마 네가 구하려고 나선 그놈도 이제 곧 죽을걸?"

아닌 게 아니라 베이렌은 벌써 숨이 끊어져 있었다. 제이는 연초 때문에 텁텁한 입맛을 다셨다.

트레고는 도끼를 들며 음흉한 목소리로 말했다.

"그러니까 넌 나보다 더 잔인한 거야."

"그래? 그럼 뭐, 그런가 보지."

제이는 그냥 허리에 손을 올린 채 기다렸다.

트레고가 물었다.

"칼 안 꺼내?"

"나 죽일 거 아니야? 뭘 묻고 그래?"

"싸울 기회를 주는 거야. 배려지! 아까도 말했지만."

"아까? 그런 말 했나? 기억 안 나는데?"

"했을걸. 음, 했나? 너 때문에 나도 헷갈리잖아. 했어!"

"했나? 그럼 뭐, 했나 보지."

“이 자식 누굴 놀려? 넌 이미 내가 휘두를 도끼의 영역 안에 들어와 있다. 맘만 먹으면 네가 숨 한 번 내쉴 동안 세 동강도 내줄 수 있어.”

제이는 트레고를 가만히 바라보며 말했다.

“못 내. 넌 내 ‘다섯 걸음’ 안에도 들어오지 못했어.”

트레고는 제이와 자신의 거리를 내려다보았다.

“넌 거리감도 없냐? 이게 뭐가 다섯 걸음이 안 돼?”

“안 돼. 솔직히 네 걸음은 될 줄 알았는데.”

“이런 썅! 아까부터 이게 뭔 소릴 하는 거야?”

트레고는 인상을 구겼다.

‘음, 괜히 말했다. 설명할 자신 없는데.’

제이는 그냥 과묵한 척하며 입을 다물었다.

트레고가 말했다.

“뭐, 나도 바쁘니까 이제 끝내자.”

“왜? 또 마차 끌고 같은 짓 하려고?”

“마음먹었으니 백 명 채워야지. 얼른 끝내고 아란티아 가야 하니까.”

“거긴 왜? 형이 기다리고 있어서…… 라고 했던가?”

“울프 기사단이란 걸 알고 있나?”

“그런 게 존재한다는 것 정도만.”

“내 형 테고가 지금 그곳에서 날 기다리고 있지. 날 탈옥시켜 줄 사람을 보내준 것도 테고고. 우린 같이 울프 기사단에 들어가기로 했다. 음? 내가 왜 이런 얘기를 하고 있지?”

트레고의 도끼에는 방금 죽인 사람의 피가 뚝뚝 떨어지고 있었다.

“하기 싫으면 말고.”

제이가 말했다.

“아니, 나도 누군가한테는 이런 얘기를 하고 싶었던 모양이야. 그동안 너무 심심했거든. 넌 곧 죽을 테니까 해도 되지.”

“그럼 하든가.”

“울프 기사단은 전과가 있다든가, 다른 기사단이었다든가 하는 건 묻지 않는다고 하더군. 그래서 그곳에 가 볼 생각이다. 난 울프의 기사가 될 것이고 곧 하얀 늑대가 되는 거지.”

“아무리 그래도 너 같은 범죄자를 뽑을 리가 있겠냐?”

트레고는 목덜미를 주물럭거렸다.

“이 자식이! 봐서 살려 줄까도 했는데 안 되겠군.”

“내가 살려 줄 생각 없었어.”

“그러신가?”

트레고는 기척 하나 내지 않고 도끼를 휘둘렀다.

제이는 칼을 뽑아 트레고의 배를 찔렀다.

트레고는 도끼를 떨어트리고 무릎을 꿇었다.

제이는 트레고의 배를 뚫은 칼을 도로 뽑았다. 칼 뽑힌 자리에서 피가 벌컥 뿜어져 나왔다. 트레고는 그대로 바닥에 코를 처박았다.

“어? 바, 방금 뭐, 뭐가…….”

제이는 칼을 칼집에 꽂고 바닥에 내려두었던 연초 파이프를 도로 입에 물었다.

“넌 나한테 다섯 걸음이고 난 너한테 한 걸음이었어. 그래서 네 도끼는 날 못 맞히고 난 널 찌를 수 있는 거야.”

“썅……, 끄, 끝까지 영문 모를 소리만…….”

트레고는 배를 움켜쥐고 분노에 가득 찬 목소리로 말했다.

"내가 원래 설명을 잘 못해."

제이는 트레고의 뒷덜미를 잡아 질질 끌어다 마차 짐칸에 던져 넣었다. 그는 또 한 번 피를 왈칵 쏟으며 고통스러운 비명을 질렀다.

"죽여라. 그렇지 않으면…… 처절한 보, 복수를 맛보게…… 될 것이다."

제이는 대꾸하지 않고 마차를 몰았다.

"죽이란 말이야! 죽여!"

트레고는 마차를 타고 가는 내내 소리를 질렀다.

"제, 제발 주, 죽여…… 줘."

나중에는 애원했으나 제이는 묵묵히 마차만 몰았다. 마차로 국경까지는 반나절이 걸렸다. 그때까지도 트레고는 살아있었다. 여전히 고통스러워했고 끝없이 신음했다.

제이는 국경 수비대가 있는 마을에 도착해 마차를 세웠다. 트레고는 숨이 끊어져 있었다. 물론 제이는 이렇게 될 걸 알고 있었다.

"시체라도 상관없이 돈을 준다고 했는데 언제쯤 받을 수 있어? 사흘 안으로 받았으면 하는데."

제이가 높낮이 없는 어조로 물었다.

경비대에서 나온 병사는 핏속에서 허우적대다가 익사한 것 같은 시체를 한참이나 내려다보더니 어깨를 으쓱했다. 마차 주변에는 지옥 도끼를 죽이려고 며칠째 기다리던 용병들과 사냥꾼들이 몰려 있었다. 대부분은 그 시체가 가짜라고 떠들어 댔으나 지옥 도끼를 본 적이 있는 몇 명은 진짜라고 중얼거렸다.

제이는 무표정한 얼굴로 경비대의 대답만 기다렸다.

“우선 사무실로 들어오시오.”

경비대장은 병사들에게 시체를 안으로 치우라고 해두고 제이를 두툼한 통나무로 지어진 오두막으로 안내했다.

“현상금 오백 중 삼백은 드래곤 기사단이 걸었소. 때마침 이쪽으로 오고 있는 중이니, 사흘이 아니라 세 시간 안에 받을 수 있을 거요.”

“그럼 여기서 기다리지.”

제이는 딱딱한 의자에 앉았다. 경비대의 병사들은 지옥 도끼의 수배 그림을 뚫어지게 쳐다보며 자기들끼리 수군거렸다.

‘저 현상 수배 그림 너무 못 그렸어. 가짜라고 생각하잖아. 증명할 방법이 없는데, 곤란하네. 살려서 데려올 걸 그랬나?’

가슴에 붉은 드래곤의 문장을 새긴 기사단은 두 시간도 안 되어 나타났다. 모두 세 명이었다. 그들은 트레고의 얼굴을 확인하자마자, 따지는 말 한마디 없이 즉시 삼백의 금화를 제이에게 넘겨주었다. 제이는 안도했다.

“이 포악한 자를 어떻게 죽였나?”

기사들 중 한 명이 물었다.

“칼로.”

제이는 돈주머니를 배낭에 구겨 넣으며 대꾸했다. 그 기사는 허탈하게 웃었다.

“훌륭한 검술을 가졌나 보군. 행정상 필요한 절차니 이름과 가문을 말해 주게."

"사냥꾼이라 가문은 없고 이름은 제이메르. 나머지 이백은 언제 받아?"

제이는 빠른 어조로 물었다.

경험상 현상금을 받았으면 빨리 자리를 뜨는 게 좋다.

"그건 우리 쪽에서 건 현상금이 아니라 원로 의회와 이자가 탈출한 감옥의 간수장이 건 돈이다. 직접 가거나, 여기서 기다리면 보름 안에 받을 수 있지."

"그럼 필요 없어. 당신 가져."

제이는 미련 없이 배낭을 어깨에 멨다.

"갈 길이 급한 모양이군. 사냥꾼이 이백이나 되는 돈을 포기하는 건 본 적이 없는데?"

그 기사는 뭔가 아쉬워하는 얼굴로 말했다.

"딱히 돈 때문에 사냥꾼 하는 건 아니니까."

제이는 그렇게 말했지만 상대가 믿어 주길 바라지는 않았다. 그건 마치 용병이 보상 없이 충성하겠다고 맹세하는 것만큼이나 앞뒤가 안 맞는 소리였다.

"그럼 뭣 때문에 현상금 사냥을 하는 거지?"

"그런 건 왜 물어?"

옆에 있는 다른 기사들이 험악한 표정으로 위협했다.

"묻는 말에 고분고분 대답하지 못할까?"

하지만 질문을 한 기사는 도리어 부드러운 미소로 그들을 말리며 대꾸했다.

"거슬리면 대답 안 해도 된다."

제이는 코를 긁적이며 대꾸했다.

"처음에는 돈 때문에 한 거 맞아. 칼질도 좋아했고."

다른 사람에게 이런 말을 하게 될 줄은 몰랐지만, 하다 보니 계속 말하게 되었다.

"그런데 지금은 왜 하는지 모르겠어."

"지옥 도끼 트레고를 죽인 실력자가 사냥꾼을 왜 하는지 모르겠다라?"

기사는 흥미로워하며 제안했다.

"그럼 혹시 해서 묻는 건데 자네, 드래곤 기사단에 들어오지 않겠나?"

경비대 사람들은 물론이고 일행인 기사들도 크게 놀랐다. 하지만 제이는 조금도 놀라지 않고 말을 받았다.

"드래곤 기사는 귀족 가문만 받는다고 들었다. 난 아니야."

뒤에서 듣고 있던 기사 중 하나가 참다 못해 끼어들었다.

"아까부터 보자 보자 하니까, 네 이놈! 이분이 누군지 알고 하는 소리냐? 예를 갖추어라."

"난 귀족 가문도 아니고 예의도 모르는 놈이야. 그러니까 가도 되지?"

제이는 몸을 휙 돌려 오두막을 나가 버렸다. 등 뒤로 제안을 했던 기사가 화를 내는 소리가 들렸다. 제이가 아니라 예를 갖추라고 소리쳤던 기사에게.

"너희들은 따라오지 마라!"

그는 달려와 제이의 어깨를 붙들었다.

"소개가 늦었군. 내 이름은 브란더다. 제이메르라는 이름이 결코 하찮은 가문의 이름이 아닌 듯하군. 아버지의 이름을 들을 수 없겠나?"

"난 아버지 같은 거 없어."

제이는 단호하게 말을 끊었다.

"그럼 넘어가지. 요점만 말하겠네. 드래곤 기사단도 이제 많이 변했다. 예전처럼 삼대 전 가문의 핏줄까지 검토하는 방식은 없어졌어. 실력만 된다면 얼마든지 기사가 될 수 있다."

"아란티아의 기사 제도 때문에 바뀌기라도 했나?"

"계기가 되어 준 건 사실이지. 하지만 이미 그전부터 캡틴 데라둘께서 주장해온 바다. 익셀런에게 패하고 대륙 최고라는 이름을 울프 기사단에게 내준 뒤에야 원로 의회가 생각을 바꾼 것이지. 그래서 난 항상 자네 같은 인재를 찾아왔다."

"그럼 더 찾아. 오늘 처음 만난 사람한테 무턱대고 제안하지 말고."

"아무한테나 제안하고 다니는 거 아니다. 자네를 보니 왠지 느낌이 좋아서 그래."

브란더가 웃으며 말을 이었다.

"그리고 생각해 봐라. 사냥꾼이 드래곤 기사단이 된다면? 우리가 변했다는 걸 모두에게 금방 알릴 수 있게 된다."

"뭐, 대단한 것 같긴 하네. 하지만 거절하겠어."

"단호하군. 어째서?"

브란더는 찝찝한 표정으로 물었다.

"오해하지 마. 드래곤 기사단을 깔봐서 거절하는 건 아니니까. 나더러 느낌 좋다고 말해주니 기분은 좋았어."

제이는 또 코를 긁적이며 말을 이었다.

"어제 그런 제안을 받았다면 모르지만 오늘은 생각이 달라졌어. 가보고 싶은 곳이 생겼다. 가넬로크가 아닌 다른 나라로."

브란더가 물었다.

"다른 나라 어디? 카모르트라면 관두는 게 좋다."

"카모르트에 갈 생각은 아니었지만 왜 안 돼? 거긴 지금 전쟁 나서 나 같은 놈이 할 일이 많다고 들었는데."

"바로 그 전쟁이 얼마 전에 끝났다. 남은 일거리라고는 기껏해야 도적 떼거리 소탕 정도일걸?"

"그렇군. 하지만 카모르트는 아니야. 난 아란티아로 간다."

"아란티아? 드래곤 기사단의 제의를 무시하고 간다는 곳이 혹시……?"

브란더는 씁쓸한 미소를 흘리며 말했다.

제이는 고개를 저었다가 이내 끄덕였다.

"울프 기사단 보러 가는 건 맞아. 하지만 기사직 때문에 가는 건 아니야. 소문을 확인하고 싶은 거다. 그리고, 거 누구냐, 트레고의 형이라는 녀석도 아란티아에 있다는데, 가는 길에 만날 수 있으면 좋겠지."

브란더는 그다지 납득하는 얼굴은 아니었다.

제이는 조심스럽게 물었다.

"이제 가도 되지?"

브란더는 제이를 그냥 보내기 못내 아쉬운지 경고했다.

"그런 큰돈을 가지고 나가긴 쉽지 않을 거다. 금화 삼백이면 목숨 내걸고 달려드는 놈들이 다섯 수레쯤 나타날 테니까. 원한다면 다음 마을까지라도 우리가 호위해주지."

"사양한다."

제이는 돌아서서 걸어갔다.

그의 등 뒤만 바라보던 브란더가 작별인사 대신 물었다.

"자네 혹시 드래곤 기사단과 어떤 관계가 있는 거 아닌가?"

제이는 멈칫했지만 걸음을 멈추지는 않았다.

"뭔 관계? 난 그냥 사냥꾼이야."

◆Chapter 2◆

사냥꾼의 사냥꾼

제이메르는 뒤에서 덮친 녀석을 보지도 않고 칼을 휘둘러 벴다. 명치 위쪽을 베었다고 생각했는데, 놈이 생각했던 것보다 키가 커서 아랫배를 벴다. 그렇게 베고 되돌린 칼은 앞에 있는 녀석의 배를 찔러 넣었다.

둘을 죽이고 제이는 잠시 멈춰 서서 다음 공격을 기다렸다. 셋인데 둘만 오고 하나는 오다가 달아났다.

'내가 갈까? 조금 먼데…….'

제이는 잠시 기다리다가 얼굴에 묻은 피를 닦았다. 피를 보고도, 사람을 죽이고도 아무렇지도 않게 된 게 언제부터였는지 잘 기억나지 않았다. 제이보다 경험 많은 사냥꾼들도 처음 사람을 죽였을 때는 상대가 제아무리 죽어 마땅한 흉악범이라 해도 손이 떨렸다는 얘기를 했다. 하지만 제이는 처음 일을 시작했을 때부터 별 감정이 없었던 것 같았다.

제이는 죽는 것도, 죽이는 것도 두렵지 않았다. 항상 기술만 생각했다. 더 빨리, 더 쉽게 죽이는 법, 그리고 안 죽는 법만 연구했다. 상대를 죽이면 끝, 자신이 죽어도 끝.

제이는 달아난 녀석과의 거리를 재었다. 여덟 걸음. 완전히 달아난 게 아니었다.

'내가 방심하길 기다리나?'

열 걸음.

제이는 일부러 방심한 척 자리에 앉아 칼을 옆에 내려놓고 물건을 정리했다.

다시 아홉 걸음, 여덟 걸음, 일곱 걸음. 놈은 천천히 다가왔다.

제이는 녀석이 실제로 얼마나 떨어져 있는지는 알지 못했다. '걸음'은 그가 가상으로 상정한 '검의 간격'이지, 실제 걸음이 아니었다.

대체 그놈의 걸음이 뭐냐며 대부분의 사람들은 이해하지 못했다. 왜 이해를 못하지? 처음에 제이는 답답해하면서 안 되는 말재주로 설명하려고 애썼지만, 최근에야 보통 사람들은 간격을 잴 줄 모른다는 사실을 알고 포기했다.

상대가 칼을 집어넣고 있어도 순식간에 뽑아서 공격할 수 있는 실력자라면 두 걸음 정도의 간격이 보였다. 실력 없는 녀석이라면 칼이 코앞까지 다가와 있어도 네다섯 걸음으로 보이는 경우가 많았다. 상대와의 실제 거리가 몇 미터 떨어져 있든 상관이 없었다.

트레고와의 싸움도 마찬가지였다. 녀석은 언제든 도끼를 휘둘러 제이를 공격할 수 있는 거리에 위치했다. 하지만 제이의 눈에는 그게 몇 걸음이나 떨어져 있는 모습으로 보였다. 반면 제이는 트레고와의 간격을 한 걸음으로 유지하고 있었다. 상대는 다섯 걸음 바깥으로 떨어져 있고 자신은 한 걸음 떨어져 있다면 싸움은 해 보나 마나였다.

마차 안에서 용병들이 모두 칼을 들고 일어섰을 때 제이는 이미 결과를 알고 있었다. 그들의 검은 트레고에게 닿지 못할 간격으로 떨어져 있었다.

지금 다가오는 놈과의 싸움도 제이의 눈에는 이미 결과가 내다보였다. 놈은 마침내 네 걸음 가까이 다가왔다. 제이는 일부러 녀석에게 등을 보여 주고 기다리고 있다가 세 걸음까지 다가오길 기다렸다. 그는 제법 끈기가 있었지만 결국 마지막 순간에는 성급하게 달려들었다.

제이는 단칼에 녀석을 베었다. 놈은 목에서 피를 쏟으며 죽었다. 역시나 같은 패거리였다. 제이가 지옥 도끼를 죽이고 받은 현상금을 노리던 사냥꾼들. 나흘 전 가넬로크 국경을 넘을 때부터 쫓아오기 시작하더니 어제 네 명이 암습했고 오늘은 세 명이었다.

이른바 사냥꾼의 사냥꾼, 현상금을 막 타낸 사냥꾼의 돈을 약탈하는 놈들이었다. 현상금이 붙은 범죄자들은 대개 찾기 힘든 곳에 숨어 있거나 트레고 같은 실력자거나, 부하들을 여럿 경호로 데리고 다녔다. 일의 난이도와 현상금의 액수가 비례하지도 않았다.

겨우 목표를 처치해도 시체가 온전해야 한다는 단서가 붙어 있으면 죽은 놈을 끌고 오는 일이 또 힘들었다. 살아 있어야 한다는 조건이 붙으면 아예 손을 안 대는 게 나을 정도로 귀찮아진다. 그만큼 현상금 사냥꾼이란 직업은 위험을 동반하고, 끈기를 필요로 했다.

반면 사냥꾼의 사냥꾼은 귀찮은 짓을 할 필요가 없다. 현상금 타서 사무실을 나오는 사냥꾼의 뒤를 밟아 뒤통수를 찌르기만 하면 되니까. 현상금 사냥꾼 하나 죽는다고 경비대가 출동할 일도 없으니 오히려 현상범을 쫓는 일보다 덜 위험했다. 그래서 온갖 비열한 짓도 마다하지 않았다.

그런 이유에서 사냥꾼은 같은 사냥꾼을 믿지 않고, 대부분 혼자 활동했다. 이번에 제이를 공격한 녀석들도 이 일을 위해서 급히 편을 짠 것이 분명했다. 협공하는 방법도 미숙했고 개개인의 실력 차도 컸다.

제이는 일부러 시체를 방치하고 길을 떠났다. 또 자신을 공격하면 같은 꼴이 될 거라는 일종의 경고였다. 안 들겠지만.

'이러다가 내가 죽인 현상범보다 사냥꾼의 숫자가 더 많아지겠군.'

산 세 개만 넘으면 아란티아 국경이다. 그쯤 되면 좀 더 편한 여행이 될 거라고 기대하며 그는 다시 길을 떠났다. 하지만 진짜 문제는 그다음부터 시작되었다.

아란티아 국경을 넘어 산허리를 돌아가는 사흘간 미묘한 인기척이 따라왔다. 한 놈이었다. 편을 짠 건 아니었다. 처음에는 뒤에서 한 놈이 따라오고 앞에서 기습을 하는 작전인 줄 알았다. 하지만 그 경우라면 뒤에서 따라오는 녀석은 자기가 따라가고 있다는 신호를 일부러라도 내야 했다. 하지만 그냥 따라오고만 있었다.

검의 간격은 열 걸음.

공격할 의사는 있지만 지금 당장은 아니라는 의미였다. 그렇다면 우연히 가는 방향이 같은 여행자는 아니다.

이번에도 사냥꾼의 사냥꾼이라 확신하고, 제이는 적당한 빈틈을 보이기 위해 경계가 허술한 척 연기했다. 하지만 이 정체를 알 수 없는 추적자는 그 정도 연기에 넘어오지 않았다.

'제법 인내심이 강하군. 아니면 동료가 당한 모습에 겁을 먹고 신중을 기하는 건가?'

산을 모두 넘어가는 데에는 이틀이 걸렸다. 사냥꾼이 사냥꾼을 사냥하는 시간치고는 너무 길었다. 제이는 슬슬 짜증이 나기 시작했다.

제이는 밤이 되어 모닥불을 피워 놓고 고기를 구웠다. 곧 열 걸음이라는 간격도 사라져 버렸다. 달아난 건 아니었다. 이 사흘간 간격이 사라진 건 모두 세 번이었다.

사흘간 세 번.

언제나 밤.

'이 자식, 자고 있어!'

제이는 상대가 자고 있다는 확신이 들어도 자신은 깊은 잠에 들지 않았다. 그는 항상 불을 피워 놓은 채로 주위에 신경을 쏟으며 졸았고, 열 걸음이라는 간격이 살아나면 즉시 잠에서 깨곤 했다.

이렇게 되면 체력적으로 제이가 훨씬 불리했으나 개의치 않았다. 제이는 이런 추격전이라면 한 달도 자신 있었다. 사냥꾼 생활이 8년째 되다 보니 선잠 자는 게 침대에 누워 자는 것보다 더 익숙했다.

곧 산과 숲을 벗어나 숨어서 따라오기에는 힘든 평지가 나온다. 계속 열 걸음이라는 간격으로 따라오려면 평지에서 모습을 드러내지 않을 수 없다. 그러니 쫓아오는 목적이 현상금이라면 놈은 오늘 밤 반드시 공격해야 했다. 그런데 자고 있다니!

돈이 목적인 놈들의 패턴은 늘 똑같았다. 하루나 이틀쯤 따라오다가, 허점을 보여 주면 공격……. 그런데 이자는 공격하지도 않았고, 달아나지도 않았다. 그냥 따라오기만 하고 있다.

대체 무슨 속셈인지 알 수가 없었다.

열 걸음이라는 간격으로 사흘째.

제이는 누군가에게 활로 겨냥당한 채로 움직이는 기분이 들었다.

'어느 정도 실력자면 이렇게 오랫동안 같은 간격을 유지하면서 따라올 수 있을까? 이 정도면 현상금으로 치면 최소 천 이상이겠지?'

제이는 자신에게 현상금 이천의 값어치를 매기곤 했는데 아직까지 천오백 이상의 현상금을 매길 만한 사냥감은 만나 보지 못했다.

그는 사냥꾼 생활을 하는 동안 목숨이 위험하다고 생각한 적이 거의 없었다. 위험하다고 할 만한 상황은 두 걸음 간격인데, 지금까지 두 걸음까지 접근한 녀석은 하나나 둘 정도에 불과했다. 애초에 제이는 세 걸음 정도 접근하면 먼저 베어 버렸다.

그나마 그 두 걸음이라는 것 중 한 번은 상대가 활을 쓸 때 나온 상황이었다. 제일 위험했던 건 폭력단 두목을 죽여 보복을 당할 때였다. '매발톱'이라는 별명을 가진 사냥꾼이 추적해 왔는데, 기척을 숨기고 저격을 하는 솜씨가 보통이 아니었다. 제이는 사흘 동안이나 달아나다가 마침내 화살로 겨냥하기 힘든 곳을 찾아냈다. 그리고 즉시 상대와의 간격을 줄여나가기 시작했다. 매발톱은 상대가 도망자가 아니라 사냥꾼으로 역할을 바꿨다는 것도 모르고 숲속으로 따라 들어왔다가 화살 한번 날려 보지 못하고 제이에게 목이 베여 죽었다. 그때 제이의 나이가 스무 살이었다.

그 무렵 제이는 또 한 번 위험한 상대를 만났다. 결혼을 하루 앞둔 여자를 겁탈하고 증거를 없애기 위해 그녀를 죽여서 우물에 던져 버리고 달아난 놈이었다. 이름은 잘 기억나지 않았다. 링크였는지 링케였는지, 여하튼 그 비슷한 이름이었다.

사건이 일어난 다음 날, 때마침 마을에 있던 제이는 피해자의 남편이 울면서 매달리는 부탁을 거절하지 못했다. 제시한 금액은 결혼해서 아내와 같이 살려고 모아 둔 금화 열 개. 슬픔과 괴로움에 제정신이 아닌 남편은 선금으로 금화를 몽땅 내주었다.

'사냥꾼이란 믿지 못할 족속에게 선금으로 돈을 몽땅 지불하다니, 이런 멍청한 놈을 봤나! 이제 난 이 돈을 들고 도망치면 되겠군.'

제이는 범인을 찾아 떠났다.

그놈은 단순한 강간범이 아니었다. 제이가 지금까지 만나 본 현상범 중 최강이라고 해도 과언이 아니었다. 명백히 제이보다 뛰어난 검술의 고수였다. 그자는 제이의 두 걸음 안쪽까지 들어와 칼을 휘둘렀다. 처음으로 경험해 보는 검의 영역이었다. 그러나 상대 역시 자기가 고작 현상금 사냥꾼 따위에게 밀리고 있다는 사실에 당황했고 결국 달아났다.

달아나는 적을 상대하는 건 조금도 어려운 일이 아니었다. 제이는 그의 팔 한쪽을 베고 심지어 배를 찌르기까지 했지만 끝내 놓치고 말았다. 제이는 놈의 자른 팔만 현상금을 낸 남편에게 보이고 금화를 모두 돌려주었다. 죽이지 못했으니 받을 이유가 없었다. 하지만 남편은 울면서 고맙다는 인사를 하며 끝내 금화를 제이에게 안겼다.

제이는 아내를 잃는다는 것이 얼마나 큰 슬픔인지 알 수 없어 위로하는 법도 알지 못했다. 그럴 때면 제이는 항상 고향에 있을 '에위니'가 떠올랐다.

'이렇게 하지. 혹시 또 그놈을 다시 만나면 꼭 죽여주지. 그때 나머지 반을 가져갈 테니까, 지금은 반만 가져갈게.'

제이는 금화 다섯 개로 합의를 보고 떠났다. 현상금 따위는 쓰고 넘칠 만큼 있다. 그 싸움에서 그는 금화로 주고 사지 못할 경험과 깨달음을 얻었다.

'두 걸음이라는 영역 안에서 싸워 보는 경험이 필요하다.'

그러다 보니 제이는 당장 자기를 위협하는 적수가 없다 해도 방심하지 않았다. 더 강한 적을 찾고 혼자 하는 훈련을 게을리하지 않았다. 그렇게 4년이 흐르고 나서야 또 한 번 그는 깨달았다.

범죄자 중에 두 걸음 안에 들어올 실력자 따위는 없다. 그들은 못된 놈이라서 법을 어긴 거지, 강해서 못된 놈이 된 게 아니었다.

가끔 고개를 빳빳이 세우고 다니는 기사들과 겨루기도 했지만 그들은 오히려 실전 경험 많은 용병들보다 형편없었다.

혼자 하는 훈련에도 한계가 있었다. 그에게는 스승이 필요했다.

'드래곤 기사단 정도면 날 가르칠 사람이 있지 않을까?'

하지만 막상 로크의 성곽이 보이는 곳까지 갔더니, 가슴 아픈 추억이 떠올라 발걸음을 돌렸다.

어느새 현상금으로 그가 벌어들인 돈이 금화로만 천 단위를 넘었다. 돈을 쓸데가 없어 그는 그 돈을 꽤 신용 있고 이름 있는 상인에게 부탁하여 모조리 고향의 여자 친구였던 에위니에게 보내 주었다.

1년쯤 후에 다시 그 상인을 만나 에위니의 안부를 물으니 그는 대답 대신 그녀의 편지를 건네주었다. 거기에는 '누가 돈 보내 달랬냐?'라는 한 문장만 쓰여 있었다. 제이는 사냥꾼이라는 직업을 택한 후 몇 년 만에 웃음을 터트렸다.

그 돈은 그냥 그 상인에게 맡겼다. 원한다면 써도 좋다고 덧붙이면서. 그 큰돈을 건드리지 않고 답장까지 날라 준 신용의 대가였다. 하지만 그 상인은 공짜로 돈을 받는 건 자신의 장사 철학에 어긋난다며 거절했다. 둘은 그 문제로 오랫동안 싸우다가 결국 제이가 그 상인에게 투자하는 형식으로 합의를 보았다. 제이는 투자가 뭔지도 몰랐다. 어차피 그냥 줄 돈이었으니 마음대로 하라고만 했다…….

긴 생각을 마무리하고 보니 새벽이 밝아왔다. 제이는 모포와 그릇 등을 싼 배낭을 짊어지고 칼 두 자루를 허리에 찬 후 산을 내려왔다.

다시 추적이 시작되었다. 평지가 가까워 오자 제이는 이 추적자를 어떤 식으로 처리해야 할지 다시 고민하기 시작했다.

'역습을 할까? 아니야. 이렇게 오래 따라왔으니 뭔가 할 거야. 놈이 먼저 행동하게 내버려 두자.'

제이는 기어이 그자의 얼굴을 보고 싶었다. 하지만 산을 빠져나와 평지를 지날 때 열 걸음의 간격이 사라졌다. 평지를 걷는 내내 몇 번이나 뒤를 돌아보아도 따라오는 이는 없었다. 아란티아의 첫 번째 마을에 들어설 무렵까지도 접촉해오지 않았다. 제이는 맥이 탁 풀렸다.

'누구였을까?'

되돌아가 보고 싶을 지경이었지만 술집을 보니 맥주 생각이 간절했다. 연초도 떨어졌고 싸울 의욕도 떨어졌다.

아란티아의 첫 번째 마을 이름은 블루 타운이었다. 여관과 식당을 겸하는 술집 이름도 블루 비어라는 맛없어 보이는 간판이 매달려 있었다.

제이는 버릇처럼 가게 앞에 붙어있는 현상 수배지부터 확인했다. 그중에는 지옥 도끼의 얼굴도 있었다. 아직 이곳에는 현상금이 오르기 전인 금화 이백이 적혀 있었다.

가게 안은 조용했다. 특이하게 나무가 아닌 벽돌로 된 벽이었고 돌탁자를 썼으며 맥주잔도 잘 다듬은 석제였다. 그런 것만으로도 외국에 나왔다는 실감이 났다.

가게 주인은 앞머리가 벗겨졌고 키가 작은 중년의 남자였다.

"마을 이름이 왜 블루 타운이야?"

제이가 묻자 주인은 유쾌한 목소리로 대꾸했다.

"그건 아란티아의 실질적인 국경이라 할 수 있는 블루 게이트 앞이라 그런 거요. 가넬로크에서 왔소? 억양이 그쪽이군."

"그 문 지나려면 통행세 같은 거 내야 해?"

"레드 게이트는 아마 사용료로 두당 은화 하나 정도 낼 거요. 요새는 물가가 달라져서 올랐을지도 모르지. 다른 게이트도 받던가?"

주인은 뒤통수를 긁적였다.

금화를 삼백이나 짊어지고 있어, 은화 하나는 돈으로도 느껴지지 않았다.

"난 가넬로크 금화밖에 없는데?"

제이가 물었다.

가게 주인은 어깨를 으쓱했다.

"시세는 비슷할 거요, 아마."

"그럼 여기도 가넬로크 금화 내도 돼?"

"금이 금이지, 뭐 다른가? 뭘 드시겠소?"

"이 집에서 제일 잘하는 걸로."

"그럼 당연히 양 갈빗살로 만든 찜이지. 와인은?"

"그냥 맥주."

"와인이 더 어울릴 텐데."

"이 가게 이름이 블루 비어잖아?"

"그래도 와인이 좋아."

"맥주."

"뭐, 좋수다. 특제 양 갈비찜 하나!"

주인은 주방에 주문을 해 두고, 제이에게 말을 붙였다.

"아란티아는 초행이오?"

제이는 언제나처럼 짧게 대꾸했다.

"어어."

"살기 좋은 곳이지. 무슨 일이든 열심히만 하면 적어도 굶지 않고 살게 해주거든."

주인은 듣기 좋은 목소리로 허허 웃었다.

"해 줘? 누가?"

"그야 블루 게이트의 하이로드가."

복잡한 호칭이 붙은 사람은 질색이었다. 관심 없는 얘기에 장단 맞추는 것도 싫었다. 그래서 제이는 가게 주인이 손님 접대한답시고 묻지도 않은 얘기를 풀어 놓을까 봐 입을 다물었다. 다행히 다른 손님이 주문을 해 오는 바람에 주인은 하려던 말을 접고 다른 쪽으로 갔다.

제이는 술집 안을 둘러보았다. 조용히 담소를 나누는 손님들 몇 명만 있었다. 위층으로 올라가는 계단 쪽에는 '수면 중인 손님이 계시니 조용히 하세요!'라는 푯말이 붙어 있었다.

'술집에서 조용히 하라니. 웃기는 가게네.'

제이가 뚫어지게 그 문구를 쳐다보고 있자, 주인이 양 갈비를 제이의 앞에 내려놓으며 말했다.

"아아, 저거. 국경 넘은 손님들은 보통 너무 시끄러운 경우가 많아서."

문이 열리는 소리가 들렸다. 순간 제이는 고기를 입에 넣으려다 말고 옆에 풀어 놓은 칼로 손을 가져갔다.

돌아볼 필요도 없었다. 방금 문을 열고 여관 안으로 들어오는 사람은 열 걸음의 간격을 가진 그자였다!

'역시나 포기한 게 아니었군. 그래, 굳이 평지를 따라올 필요 있나? 국경 넘어 첫 번째 마을이 여기라는 것만 알면 되지!'

그자는 바에 제이가 앉아 있는 걸 아는지 모르는지 서슴없이 다가왔다. 심지어 제이의 옆자리에 무방비하게 앉더니 제이 쪽은 쳐다보지도 않고 주문했다.

"맥주랑 치즈. 그리고 오늘 묵을 방도 하나 주세요."

여자였다.

제이는 깜짝 놀랐다. 특별히 아닐 이유는 없었으나 험한 산길을 제이와 똑같은 걸음으로 따라왔으니 당연히 남자일 거라고 생각하고 있었다. 하지만 더 놀라운 건 이렇게 가까운데도 여전히 검의 간격이 열 걸음이라는 점이었다.

있을 수 없는 일이었다.

보통 두 사람이 격렬한 전투를 벌이면 실제 간격이야 어찌 되었건, 머릿속에서는 검과 검 사이의 거리가 한 걸음으로 보였다. 싸우지는 않지만 서로 죽일 각오를 하고 검을 맞대면 두 걸음, 세 걸음은 견제하는 동작에서, 다섯 걸음은 서로 칼을 들 때 나오는 거리였다. 예외도 있으나 대체로 그랬다.

검을 본 경험이 늘면서 머릿속의 공간도 더욱 늘어나게 되었고 이제는 열다섯 걸음까지도 보였다. 당연히 상대와의 거리가 늘어날수록 제이는 안전했다. 이제는 상대가 검을 뽑아도 여섯이나 일곱 걸음으로 보이는 경우가 많았다. 그만큼 제이의 실력이 는 셈이었다.

그런데 이 여자는 거의 어깨가 닿을 정도로 가까우면서도 검의 간격은 열 걸음이 유지되고 있었다. 싸울 의사가 없다면 간격도 없어야 하고 의사가 있다면 많아야 다섯 걸음이어야 했다. 이 상태에서 열 걸음은 있을 수 없었다.

'어떻게?'

제이는 천천히 고기를 씹으며 그 여자를 힐끔거리고 쳐다보았다. 그녀는 맥주 맛이 형편없는데 치즈 덕분에 당신 산 줄 알라며 가게 주인과 농담을 주고받고 있었다.

며칠 동안 산을 헤맨 탓에 지저분하기는 제이와 비슷했지만, 묘하게 더럽다는 생각은 들지 않았다. 피부에 잔주름이 많은 것으로 미루어 보아 나이는 적지 않았지만, 당당한 눈매와 어깨를 편 자세는 단련된 젊은 용병처럼 보였다. 화장은 전혀 하지 않았으나, 눈썹이 진하고 길어 얼굴선이 또렷해 보였다. 어깨 바로 위에서 찰랑거리는 갈색 머리카락과 부드러운 미소는 금방 누군가를 연상시켰다. 그녀는 아버지의 폭력에 길들여지지 않았던 시절의 어머니를 닮았다.

'누구지?'

그녀가 어머니를 닮았다는 사실에 제이는 되레 기분이 나빠졌다. 그는 오른손으로 고기를 집어 먹는 척하며 왼손으로 칼을 집었다. 그리고 천천히 검의 간격을 좁혔다.

검이란 느닷없이 휘두를 수 있는 게 아니었다. 단순한 준비 동작 문제가 아니었다. 상대를 죽일 생각으로 칼을 들면 누구라도 강해지는 기척이 있는데, 그것을 걸음의 숫자로 명확하게 인지하는 제이에게 있어 느닷없는 공격이란 건 있을 수가 없었다.

동시에 검을 뽑아 서로에게 달려들 때가 다섯 걸음이다. 하지만 어느 한쪽이 멍청히 앉아 있을 때 뒤에서 기습으로 찌르면 그 경우에 앉아 있는 녀석에게는 검의 간격이란 없고, 뒤에서 찌르는 녀석에게는 한 걸음이라는 검의 간격이 생긴다.

기척 없는 공격도 같다. 상대가 열 걸음을 유지하고 있을 때 제이가 한 걸음까지 접근하면 정면 공격을 하면서도 마치 등 뒤에서 공격하는 것과 같은 기습을 할 수 있게 되는 것이다. 그런 식으로 제이는 상대와의 간격을 줄였다.

아홉 걸음, 여덟 걸음, 일곱 걸음……. 그때 치즈를 집어 먹던 여자가 노골적으로 제이를 휙 돌아보았다.

제이는 재빨리 간격을 지우고, 모른 척했다. 그러자 그녀는 다시 맥주를 마셨다.

'눈치챘나?'

제이는 이렇게 넓은 간격을 좁혀 들어갈 때면 자신이 초원의 여우가 되었다고 상상했다. 여우는 토끼에게 들키지 않기 위해 자세를 낮춰 다가갔다. 그런데 다섯 걸음쯤 남았을 때 그 토끼는 갑자기 내달려 열 걸음 되는 곳에서 멈췄다. 더 달아나는 것도 아니고, 지금까지 그랬던 것처럼 딱 열 걸음 자리에! 그리고 치즈를 뜯어 먹었다.

제이는 숨을 헉 몰아쉬었다. 뽑으려던 칼이 강제로 칼집에 들어간 기분이었다.

"어디 불편하시오? 고기가 맘에 안 든다거나?"

주인이 제이에게 물었다.

"아니오. 물이나 갖다 주시오."

주인은 순진하게 물을 뜨러 갔다. 그사이 제이는 다시 정신을 집중하고 토끼를 향해 걸어갔다.

아홉, 여덟, 일곱, 여섯…….

그때 또 토끼가 열 걸음 밖으로 물러섰다. 얼마든지 더 멀리 달아날 수 있는데도 열 걸음에서 멈춘 것이었다.

이제 의심할 여지가 없었다. 이 여자도 '간격을 보는 자'였다. 그리고 그녀가 제이와 겨루고 있는 무기는 치즈를 찢어 먹는 포크였다.

'이게 지금 포크의 간격이라고?'

제이는 더 이상 수풀에 숨지 않고, 단숨에 다섯 걸음으로 좁혀 들어갔다. 그러자 토끼도 달아나지 않았다. 토끼는 여우를 스윽 쳐다보더니 느닷없이 한 걸음 안으로 뛰어들어 왔다!

제이는 기겁하며 뒤로 물러나 칼을 뽑았다. 의자가 넘어지며 요란한 소리를 냈다.

가게 주인과 손님들이 그 소리에 놀라 제이를 바라보았다. 하지만 그는 다른 사람들을 신경 쓸 여력이 없었다.

제이는 그녀를 노려보며 칼을 들었다. 칼끝이 떨리는 모습을 보이기 싫어 그는 세차게 한번 휘둘러야 했다. 그런 위협적인 행동을 보고도,

그 여자는 의자에서 일어날 기색을 보이지 않고, 치즈만 우물거리고 있었다. 제이는 그녀의 맑은 눈빛에 압도당한 나머지 뒤로 물러났다.

더 이상 그녀는 풀을 뜯는 토끼가 아니었다. 거대한 맹수였다. 토끼로 위장한 사자.

주위에서 보기에는 서로 쳐다보고만 있는 것 같았으나 제이는 그녀와 머릿속으로 전투를 벌이고 있었다. 하지만 어떤 공격을 해도 칼이 막히고 포크에 목이 찔리는 모습만 상상되었다. 그녀는 손끝 하나 까딱하지 않은 채, 제이가 칼을 휘두르지 못하게 억누르고 있었다.

순간 간격이 사라졌다. 그 역시 놀라운 일이었다. 검의 간격이란 이렇게 쉽게 사라지는 게 아니었다. 마치 팔팔 끓는 물이 갑자기 차가워진 것과 같았다.

제이는 여전히 그녀의 목을 베기 직전의 상태를 유지했다. 하지만 그녀는 더 이상 검의 간격을 만들지 않고 미소 지었다.

"먹던 것부터 마저 먹고 얘기할까? 나나 너나 너무 오래 산속에서 머물렀잖아. 게다가 난 어제 굶었거든. 네가 불을 피울 기회를 주지 않아서."

그녀가 추격자였음을 고백했으나 딱히 달라질 것도 없었고 할 말도 없었다. 그녀는 치즈를 모두 먹고 추가로 주문한 우유까지 마신 후에야 자리에서 일어났다.

"내게 할 말이 있다면 위층 방으로 와. 몇 호실이에요, 주인장?"

주인은 이 이상한 대치 상태를 곁눈질하며 대꾸했다.

"4호실."

"목욕물 좀 준비해줘요."

"알았소."

주인은 아직도 칼을 들고 있는 제이를 경계하며 조심스레 대꾸했다. 그녀는 묵직한 배낭을 짊어지고 계단을 올라갔다.

제이는 겨우 호흡을 다스리고 자리에 앉았다. 주인은 가만히 물을 한 잔 내주었다.

"괜찮으시오?"

"괜찮아. 아, 그리고 방금은……, 미안하게 됐군."

제이는 내키지 않는 손으로 식은 고기를 한 점 먹었다. 그러나 도저히 목구멍으로 넘어가지 않아 포크를 내려놓았다.

'대체 뭐 하는 여자야?"

제이는 바를 두 손으로 쾅 내리치고 자리에서 일어났다. 그가 내리친 자리에는 금화 한 개가 놓여 있었다.

"밥값이랑 방값은 이걸로. 잔돈은 필요 없어."

제이는 주인에게 하루치 매상을 안겨 주고 위층으로 올라갔다.

"당신 정체가 뭐야?"

제이는 문을 벌컥 열고, 대뜸 물었다. 방 안에는 웃옷을 벗고 있어 가슴을 모두 드러낸 여인이 서 있었다. 그녀는 놀라거나 가슴을 가리지도 않고 한심하다는 표정으로 허리에 손을 얹었다.

"노크할 줄 몰라?"

여자가 물었다.

제이도 조금 당황했지만 금방 고개를 저었다.

"난 여자 몸 같은 건 관심 없으니 상관없어. 당신이 누군지 먼저 말해."

"호오, 그러신가?"

그녀는 제이를 향해 성큼성큼 다가왔다. 제이의 목 근처밖에 오지 않는 키였지만, 제이가 남자로서도 상당히 큰 편이라는 점을 고려하면 그녀 역시 작은 키가 아니었다.

"아이린이다. 너는?"

"제이메르다."

"자, 이제 원하는 대로 됐지? 나가 봐. 난 예의 없는 녀석과는 말 안 해."

아이린은 제이의 가슴을 확 밀쳤다. 제이는 휘청거리며 문밖으로 쫓겨났고 그녀는 그대로 문을 닫아 버렸다.

"나는 이름 따위를 물어본 게 아니다."

제이는 문밖에서 계속 소리쳤다.

"당신은 누군데 검의 간격을 보는 거지?"

안에서 옷을 벗는 소리와 함께 심드렁한 여자의 목소리가 들렸다.

"시끄러우니까 가."

"웃기지 마. 당신이 먼저 싸움을 걸었잖아. 대체 무슨 목적으로 사흘이나 날 쫓아온 거야?"

다시 문이 열렸다. 수건으로만 몸을 가린 벌거벗은 여인은 한심하다는 눈으로 제이를 바라보며 말했다.

"내가 말을 안 하겠다고 하지 않았던가?"

"당신, 검의 간격을 보는 사람이지? 그거만 말해 주면 물러난다."

"검의 간격? 그게 뭐야?"

"방금 나랑 한 거!"

"뭘 했는데, 우리가?"

"당신은 먼 거리에서도 열 걸음이었다. 그리고 아까는, 그러니까 식당에서는……, 가까운데 열 걸음이었다. 어떻게 그게 되지?"

"너 지금 네가 무슨 얘기를 하는 건지는 알고 말을 하는 거니?"

아래층에서 뜨거운 물을 담은 물통을 들고 오던 여급이 수건으로 몸을 감싼 아이린과 그 앞에서 화난 표정으로 쏘아붙이고 있는 제이를 보고 멈춰 서 있었다.

아이린은 웃으며 문 옆으로 비켜 주었다.

"괜찮아. 하던 일 하렴. 뜨거운 물이 빨리 준비됐네."

"네? 아, 네. 때마침 끓여 놓은 물이 있어서……."

"잘됐구나."

여급은 아이린의 방으로 들어가 안에 준비된 욕조에 물을 쏟아 넣고 도로 나왔다. 물통 크기와 욕조 크기를 보니, 스무 번은 반복해야 할 것 같았다. 아이린은 허둥지둥 내려가는 여급의 등 뒤를 바라보며 말했다.

"좋아, 저 애 도와서 내 욕조에 물을 채워. 물통 두 번에 질문 한 번. 됐어? 너처럼 예의 없는 녀석이 내뱉는 말의 무게는 딱 그 정도야."

"내가 그딴 일을 왜 해? 묻는 말에 대답이나 해."

"물통 두 번에 질문 한 번."

아이린은 팔짱을 끼고 문 옆에 기대고 섰다. 그리고 무심한 얼굴로 제이를 바라보았다.

제이는 잔뜩 약이 오른 눈으로 그녀를 쳐다보다가 획 돌아서서 계단을 내려갔다. 잠시 후 그는 먼저 내려간 여급보다 더 빨리, 양손에 물통을 두 개 들고 계단을 올라왔다. 그리고 두 통을 한꺼번에 욕조에 쏟아 넣고 아이린에게 다가갔다.

"날 따라온 목적이 뭐야?"

물통 두 개 들고 오며 가장 멋진 질문이 뭘까 고민하다 내놓은 질문이었다.

아이린은 약속대로 대답했다.

"네가 죽여 버린 사냥꾼 놈들 있지? 너한테 죽기 전에 나하고 만났어. 나도 마침 아란티아로 가던 중이라 길이 계속 겹치더라고. 뭘 하러 이 길로 가냐고 내가 먼저 물었지. 그랬더니 어떤 사냥꾼 녀석이 자기들 돈을 훔쳐 가는 바람에 그걸 되찾으러 쫓아가는 중이라더라. 그래서 여행 도중에 심심할 일은 없겠다 싶어 녀석들의 뒤를 따라갔지. 결과는 네가 해놓은 그대로였고. 처리한 방식이 대단해서, 누군지 궁금해지더라고."

"내가 누군지 궁금해서 날 따라온 거라고?"

아이린은 손가락을 하나 내밀었다.

"물통 두 개에 질문 하나."

제이는 이를 악물고 다시 계단을 내려갔다. 여급이 물통 하나를 들고 낑낑거리고 계단을 올라오고 있었다. 제이는 그걸 보고 여급의 물통을 빼앗았다.

"넌 계단 아래까지만 들고 와. 나머지는 내가 하겠다."

"소, 손님에게 일을 시킬 수는……."

"시키는 대로 해! 네 느려터진 몸뚱이로 계단 왔다 갔다 하면 방해돼."

제이는 다시 물통 두 개를 들고 욕조에 부은 다음 아이린에게 물었다.

"다시 생각해 보니까 이상한데? 그놈들, 네가 묻는 말에 순순히 대답할 리 없어! 아무도 없는 숲속에서 당신처럼 예쁜 여자가 혼자 나타났는데, 그런 긴 얘기를 술술 해줬다고? 말도 안 돼! 겁탈하고 돈을 빼앗았어야지."

"이놈 봐라? 그런 일이 벌어지길 바라는 것처럼 말하네."

아이린은 제이의 속마음을 모두 꿰뚫어 보는 듯한 눈빛으로 말을 이었다.

"검의 간격 어쩌고 질문할 때 날 뭐로 본 거야? 너를 사흘 동안 골탕 먹인 실력자라고 생각해 준 것 아니었어?"

제이는 욱하는 마음에 또 한바탕 쏘아붙이려다 입을 다물었다. 아이린은 손가락을 또 내밀고 입 모양으로만 말하고 있었다. 물통 두 개.

제이는 계단 아래로 달려 내려갔다. 마침 여급이 옮겨 놓은 물통이 있었고 제이는 단숨에 두 개를 들고 계단을 뛰어올라 욕조에 붓고 다시 두 개를 가져와 물을 채웠다.

"이러면 한꺼번에 두 번 질문할 수 있다. 맞지?"

아이린은 재미있어하는 얼굴로 고개를 끄덕거렸다.

제이는 이번에야말로 질문을 낭비하지 않겠다는 마음가짐으로 조심스럽게 물었다.

"열 걸음을 어떻게 유지한 거지?"

아이린은 제이의 질문을 곱씹으며 턱을 매만졌다.

"걸음이라. 그 표현, 이제야 알 것 같다."

그녀는 가늘게 뜬 미소로 슬쩍 손을 올렸다.

"이런 거?"

그 순간 제이는 커다란 맹수가 입을 벌리고 자신의 목덜미를 무는 것 같은 살기를 맛보았다.

그것도 상대는 수건으로 몸을 가린, 칼도 없는 여자였다. 이 상태라면 이미 '검'의 간격이라고 부를 수도 없었다. 아까 포크에 당했던 공격은 착각이 아니었다. 그녀는 칼이 있든 없든 칼의 간격을 만들어 낼 수 있는 사람이었다.

제이는 화들짝 놀라며 뒷걸음질 치다가 벽에 등을 부딪쳤다. 상대가 수건만 두른 여자가 아니었다면 진작 칼을 뽑아 반격했을 것 같았다. 그의 등줄기를 타고 식은땀이 흘렀다.

아이린은 웃으며 말했다.

"미안하군. 방금 것 말고, 지난 사흘 동안 너 따라다닌 거. 사실은 널 시험했던 거야."

"시험?"

"처음에는 장난이었어. 솔직히 사냥꾼이란 족속들은 재수 없거든. 네 말대로 네가 죽인 그놈들, 날 보자마자 이상한 짓 하려고 했지. 난 네가 같은 부류의 녀석이라고 생각했어. 그래서 장난치려고 널 건드린 거야. 그런데 이틀 동안 따라다니고 보니 장난으로 끝내고 싶지 않아지더라고. 열 걸음이라는 표현을 썼지?"

그녀는 확인조로 물었다. 제이는 고개만 끄덕이고 계속 얘기를 들었다.

"그럼 잠시 그 표현을 빌리도록 하지. 내가 열 걸음이라는 간격을 유지하는 동안 넌 어떻게 나와 열 걸음을 유지했지? 어떻게 내가 널 상대로 열 걸음의 간격을 유지하고 있다는 사실을 알았지? 궁금한 건 나도 마찬가지였어. 그래서 따라온 거야."

"대체 당신 누구야?"

"그 질문은 틀렸어. 다른 걸 물어."

"난 그걸 물어야겠어!"

"답답한 녀석이군."

아이린은 욕조를 바라보더니 고개를 저었다.

"질문 놀이는 여기서 끝내지. 물 다 식겠다."

"내 질문 하나는 안 끝났잖아."

"틀린 질문에 대답하지 않는 것 역시 대화의 규칙이야."

"그런 규칙 제시한 적 없잖아. 물통 두 개가 규칙이었어!"

"상식도 설명해줘야 하냐?"

아이린은 입맛을 다시며 말을 이었다.

"좋아. 네가 계속 거기 서 있는 것도 귀찮으니, 대신 다른 대답을 해주지. 넌 방금 어떤 기사단의 1차 테스트에 합격한 거다. 축하해."

제이는 눈살을 찌푸렸다.

"무슨 소리를 하는지 모르겠다! 당신 누구냐? 그거나 대답해. 돌려 말하지 말고! 난 단순하단 말이다!"

"우와, 화통하구나, 너."

"여차하면 다른 조건을 달아도 좋아. 물통 두 개든, 스무 개든!"

"그래?"

아이린은 잠깐 생각에 잠기는가 싶더니 말했다.

"와인 한 병."

"와인? 한 병이면 돼?"

"그걸로 같이 식사를 하자. 와인이 맛있으면 우리의 대화는 길어질 거야. 하지만 맛없으면 방금 했던 대화보다 짧아지겠지. 아무리 단순해도 이게 무슨 뜻인지는 알겠지? 그리고 너도 목욕하고 와. 냄새 나는 녀석이랑 밥 먹고 싶지 않아."

"다, 당신도 나!"

제이는 울컥해서 소리쳤다.

"그래서 지금 목욕하려는 거잖아."

아이린은 어깨를 으쓱하며 말했다. 제이는 그 말을 받을 수가 없어 어깨만 움찔거렸다. 아이린은 확인조로 덧붙였다.

"이제 가도 돼."

제이는 계단을 내려왔다. 여급은 아직도 땀을 뻘뻘 흘리며 물통을 나르고 있었다. 제이는 가게 주인을 휙 돌아보았다.

"애한테 일 다 시키는 거야, 당신?"

제이가 따졌다.

"하지만 여자 손님의 목욕물을 나르는 걸 제가 할 수는……."

가게 주인은 난처해하며 말했다. 제이는 이미 벗고 있는 아이린을 떠올리며 그 말에 동의할 수밖에 없었다.

"젠장. 넌 저리 가 있어."

제이는 여급을 밀치며 물통을 다시 들었다. 그리고 투덜거리며 물통을 두 개씩 들고 계단을 올랐다.

"어머, 왜 또 네가 왔어?"

아이린은 이미 욕조 안에 들어가 있었다. 투명한 물속에 그녀의 벗은 몸이 그대로 드러나 있었다. 제이는 수건을 한 장 던져 물 위에 띄워 그녀의 몸을 가려 주었다. 그리고 욕조 밖으로 나와 있는 발 쪽으로 물을 부었다. 아이린이 재미있어하는 표정으로 뭔가 말을 하려는 순간 제이는 손을 내밀었다.

"됐어, 아무 말도 하지 마. 저녁 약속이나 지켜."

아이린은 부드럽게 미소 지었다.

"너도."

제이는 그렇게 여급이 여섯 번을 왔다 갔다 할 일을 두 번 만에 끝내고 가게 주인에게 갔다.

"여기서 제일 좋은 와인이 뭐야? 아니, 아니. 난 와인이 뭐가 좋은지 잘 모르니까……, 제일 비싼 와인이 뭐야?"

"은화 열 개짜리가 제일 비싼 거요."

"어디서 금화 열 개짜리 구할 수 없어?"

제이가 금화 서른 개를 한꺼번에 꺼내 보였다.

가게 주인은 당황했지만, 굴러들어온 복을 걷어차지는 않았다.

"없으면 만들어서라도 갖다 드리겠소."

"저녁 식사 전까지 준비해. 만약 저 위층 여자가 그 와인을 마음에 들어 하면 열다섯 개 줄게."

가게 주인은 전투를 준비하는 장수처럼 비장한 얼굴로 고개를 끄덕였다. 그사이 제이는 우물로 가서 찬 물로 목욕을 했다. 두 달 만의 목욕이었다.

◈Chapter 3◈

아이린

아이린은 잠옷으로 갈아입고 탁자에 앉아 있었다. 탁자에는 와인병과 잔 두 개, 고기와 치즈, 빵과 수프가 올라가 있었다. 주인의 말에 따르면, 이 술집 개점 이래 가장 호화스러운 식사였다.

와인 잔을 든 아이린은 낮에 봤을 때보다 훨씬 어려 보이고 훨씬 예뻐 보였다. 낮에 봤을 때는 '마흔인데 서른으로 보이는 동안의 여자'라고 생각했지만 어쩌면 스물다섯도 안 됐을지도 몰랐다. 당장 '당신 몇 살이야?'라고 묻고 싶었지만 어디선가 여자의 나이는 물어서는 안 된다고 들은 말이 떠올라 관뒀다.

'이 여자에게서 원하는 얘기를 이끌어 내려면 아무래도 예의란 걸 지킬 필요가 있을 것 같군. 귀찮지만, 이런 것도 전략이라고 생각하면 못할 것도 없지.'

제이는 대화를 시작할 질문이 뭘까 고민하다가 불쑥 물었다.

"어때? 얘기를 길게 할 만한 와인이야?"

아이린은 웃음을 터트렸다.

"와인을 상대로 그런 말 하면 못써. 와인이 불쌍하니까."

"자기가 그런 와인 원해놓구선."

"네 정성이 보고 싶었을 뿐이야. 어쨌든 맛 좋네. 이런 시골에서 어떻게 이런 와인을 구했을까?"

"가게 주인이 옆 마을까지 말 타고 갔다 왔대. 아무리 찾아도 금화 열 개짜리는 없어서 두 병을 사 왔고 그나마도 금화 다섯 개는 돌려주려고 했어."

"너 금전 감각이 없구나?"

"와인 맛도 몰라. 맥주는 좋지만."

"너, 몸에서 연초 냄새가 나."

"목욕했는데?"

"그거랑은 상관없어, 그 냄새는."

제이는 자기 팔을 코에 대고 냄새를 킁킁 맡아 보더니 조심스럽게 물었다.

"다시 씻고 와야 해?"

"됐어. 친구들이 다들 골초라 익숙해. 그렇다고 좋아한다는 건 아니고."

여전히 강한 눈매에서 나오는 매력적인 미소에 제이는 계속 압도되었다. 대체 어떻게 얘기를 이끌어 가야 할지 알 수 없어 제이는 쉽게 입을 떼지 못했다. 다행히 얘기의 시작은 아이린이 끊어 주었다.

"칼 좀 줘 볼래?"

제이는 거의 본능적으로 거부 반응을 보였다.

아이린은 빙그레 웃으며 자신의 검을 던져 주었다.

"안 훔쳐 가, 그런 고철. 칼이라면 이 정도는 되어야지."

제이는 그녀가 내준 칼을 슬쩍 뽑아 보고 침을 꿀꺽 삼켰다. 다른 물건에는 전혀 욕심이 없는 그였지만 아이린의 칼은 당장 훔치고 싶을 정도로 좋았다. 날카롭고 단단하고 깨끗한 칼날이 제이의 마음을 사로잡았다. 손잡이는 장식 없이 평범했으나 칼날 면에는 읽을 수 없는 글자들이 새겨져 있었다.

더 쥐고 있으면 정말 갖고 싶어질 것 같아, 제이는 그녀의 칼을 돌려주고 자신의 칼을 내주었다.

아이린은 듬성듬성 이 빠진 칼날을 보며 혀를 쯧쯧 찼다.

"대체 몇 년이나 쓴 거야, 이 칼?"

"석 달 정도?"

"칼이 엉망이거나 네가 칼을 함부로 다루거나 아님 아주 많이 쓰거나, 아님 셋 다지?"

"셋 다. 난 칼에 애착을 갖는 편이 아니라서."

"그건 네가 제대로 된 칼을 한 번도 가져 본 적이 없어서 그런 거야."

아이린은 칼날의 균형을 잡아 보고 날을 손가락으로 문질러 보았다. 보통 사람이 저렇게 칼을 휘젓고 있으면 검의 간격이 보이기 마련이었다. 하지만 아이린에게서는 아무것도 느껴지지 않았다.

칼을 쥐고 있는데도 칼의 간격이 보이지 않고, 칼이 없는데도 칼의 간격이 보이는 여자.

제이는 점점 아이린의 정체가 궁금해졌다.

"어디 가서 칼날 좀 다듬지 그래?"

"됐어. 부서지면 또 사면 돼."

제이는 계속 자신의 무기를 험담하는 게 맘에 들지 않아 한마디 툭 내뱉었다. 그러자 그녀는 또 가늘게 실눈을 하고 웃었다. 마치 아들의 투정을 받아 주는 어머니의 눈빛 같았다.

제이는 손을 내밀었다.

"이제 돌려줘."

아이린은 칼을 내주지 않고 물었다.

"그런데 너 몇 살이냐? 꽤 어려 보인다?"

"칼이나 돌려줘."

아이린은 칼을 돌려주려고 손잡이 쪽을 내놓았다. 그 순간 칼의 간격이 한 걸음으로 들어왔다. 제이는 돌려주는 칼을 잡지 않고 허리에 찬 다른 칼을 잡았다.

"그러지 마! 나도 뺀다?"

제이가 경고했다. 그러나 아이린은 한 걸음의 간격에서 물러나지 않았다. 싱글벙글 웃는 그녀의 얼굴에서 피 냄새가 날 정도로 진한 살기가 풍겼다. 그녀가 물었다.

"낮에 내가 했던 것 기억나?"

"치즈 먹을 때?"

"이건 너한테 몇 걸음이야?"

"한 걸음."

"넌 정말 재미있는 재능을 가졌구나."

허리에 찬 칼을 쥔 제이의 손이 파르르 떨렸다. 제이가 소리쳤다.

"그만하라니까!"

"처음이지?"

아이린이 물었다.

"뭐가?"

"한 걸음이라는 영역 안에 들어왔는데 칼을 맞대지 않고 있다는 게."

"그렇다."

"넌 분명 2차 테스트도 무난하게 합격할 거야. 하지만 3차는 안 돼. 불합격이야. 넌 이빨을 가질 수 없거든."

무슨 소리인지 모르지만 '합격할 수 없다'는 말에는 왠지 화가 났다.

"어째서?"

"눈을 보면 알 수 있어. 넌 목숨을 소중히 여기지 않아. 소중히 여기는 게 하나도 없어. 그런 녀석은 기술만 알고 마음을 알지 못하거든."

한 걸음의 간격은 갑자기 생긴 것만큼이나 갑자기 사라졌다. 아이린의 자세는 하나도 변한 게 없었다. 여전히 칼끝을 잡아 손잡이 쪽을 내주고 있었다. 제이는 칼을 돌려받아 얼른 칼집에 꽂았다.

아이린은 비운 잔을 내려놓았다.

"가 봐. 와인은 좋지만 너와는 길게 얘기할 수 없겠어."

자존심이 상해서라도 제이는 일어나버리고 싶었다. 하지만 불합격이라는 말 때문에 일어날 수가 없었다. 싸우지도 않았는데 졌다는 판정이 난 기분이었다.

"난 얘기 안 끝났어."

제이가 말했다.

"그러니? 그럼 얘기해 봐."

아이린은 잔에 와인을 채우며 말했다.

"그게……."

제이는 어렵게 첫마디를 꺼냈지만 뒷말을 수습할 수가 없었다.

"나중에 말하면 안 돼? 그러니까, 정리해서, 할 말을……."

"나중에 언제? 난 새벽에 떠날 거야."

"그럼 새벽에!"

"그러렴."

제이는 자신의 잔에 든 와인을 한 번에 비워 버리고 자리에서 일어났다.

제이는 자정까지 자지 않고 계속 생각에 잠겼다.

'재수 없게 대화의 예절 어쩌고 떠드는 여자를 상대로 고민하게 될 줄은 몰랐군.'

같은 사냥꾼들과는 정보 공유 외에는 대화할 게 없었다. 의뢰인과는 가급적 대화를 하지 않는 것이 유리했다. 그 외의 사람과는 대화란 걸 할 필요가 없었다.

실력을 원하는 자에게는 실력을 보이면 그만이고, 현상범을 원하는 자에게는 목을 베서 갖다 주면 그만이었다. 특히나 여자와는 얘기해 본 적이 없었다. 누구를 재미있게 해 줄 일도 없었다. 설득할 필요도 말싸움을 할 필요도 없었다.

'대체 뭐 하는 여자지? 어떤 기사단이란 어딜 말하는 걸까?'

남자였다면 다짜고짜 칼부터 들이댔을 것이다. 하지만 여자라서 그러지 못하는 건가 하고 생각하면 그건 또 아니었다.

'칼을 들이대고 협박해서 통할 상대가 아니야. 싸워봤자 내가 질 거야. 내가 손쉽게 해치웠던 현상범들만큼이나 그 여자에겐 내가 손쉬운 상대겠지.'

아이린이 낮에 했던 말이 계속 마음에 걸렸다.

'내가 소중히 여기는 게 하나도 없다고? 그래서 어쩌라고? 그 여자가 나한테 원하는 게 뭐지?'

침대에 누워 계속 고민하던 제이는 벌떡 일어났다.

'그래, 난 질문이 틀렸어. 내가 그 여자한테 뭘 원하는 건지 물었어야 해.'

제이는 그녀에게 원하는 게 있었다. 그래서 이렇게 복잡한 심경이었던 것이다. 단지 아이린이 자기보다 더 뛰어난 실력자라서, 그녀에게 패배해서 그런 게 아니었다. 졌는데도 기분이 나쁘지가 않다는 점이 혼란을 안겨주었던 것이다.

제이는 침대를 박차고 일어났다. 계속 아이린을 '한 걸음의 영역 안에서 싸우는 경험을 제공해 줄 실력자'로 바라보고 있었는데 그게 아니었다. 그녀는 그가 계속 찾았던 '다른 사람'이었다.

그는 당장 달려가 아이린의 방문을 두들겼다.

"제이메르다. 이봐."

한참 후에 졸린 눈의 아이린이 하품을 하며 나왔다.

"내가 새벽에 떠난다고 했지, 언제 한밤중에 떠난다고 했냐?"

"얘기가 정리됐다!"

제이는 나름대로 뿌듯해하며 말했고 아이린도 그걸 좋아해 주길 기대했다. 하지만 그녀는 한숨부터 쉬었다.

“평생 사람만 죽이면서 사니 사람과 사람 사이에 지켜야 할 도리에 대해서는 배운 적이 없나 보지?”

“없어! 어쨌든 들어 봐.”

아이린은 팔짱을 끼고 문에 몸을 기대고 섰다.

“말해 봐.”

“나한테 검술을 가르쳐. 그거였어.”

아이린은 졸린 눈으로 제이를 무표정하게 바라보기만 했다.

제이는 잔뜩 기대하는 눈빛으로 대답을 기다렸다.

“싫어.”

제이는 가슴이 철렁 내려앉았다.

“내가 뭘 또 잘못한 거야?”

“잘못이야 일일이 지적하기 싫을 정도로 했어. 하지만 제일 중요한 것만 말해 주지. 넌 첫 번째 테스트에 합격했어. 그 몇 걸음 어쩌고 그런 재능을 가지고 있는 걸 보니 굳이 나 아닌 다른 사람이 테스트해도 합격할 거야. 두 번째 테스트는 아슬아슬해.”

“아까는 무난하게 합격할 거라면서?”

“지금 보니까 아슬아슬이야. 솔직히 잘 모르겠다. 반반 정도이려나? 하지만 넌 세 번째에서 보나 마나 불합격이야. 그렇게 결과가 뻔한 녀석을 괜히 제자로 받아 주면 나중에 처분하기 곤란해져.”

제이는 다급해진 나머지 물었다.

“대체 그 테스트라는 게 뭔데? 말해! 통과해줄 테니까!”

"그건 말해 줄 수 없어. 넌 아무 암시도 주지 않은 첫 번째를 쉽게 통과했다. 두 번째도 암시 없이 통과해야 해."

"그거 다 '어떤 기사단'의 방식이야?"

"맞아."

제이는 은근히 투지가 불타기 시작했다. 이런 기분은 처음이었다. 뭔가에 도전한다는 건 간격을 읽게 된 열두 살의 어느 겨울날 이후로 처음이었다.

제이는 핏발이 선 눈으로 말했다.

"그 두 번째 테스트, 지금 해 봐! 합격하면 당장 세 번째 테스트를 해. 뭐든 상관없어. 목숨 걸어도 돼. 그래도 안 되면……."

"안 되면?"

"나랑 싸우자! 내가 지면, 죽여도 돼!"

아이린이 갑자기 제이의 뺨을 툭 쳤다. 그는 말을 잇지 못하고 그녀가 하는 말을 멍청히 듣기만 했다.

"두 가지 조건을 달겠다. 내가 하는 말에 무조건 '예, 마스터!'라고 대답해라."

"왜?"

"첫마디로 탈락하고 싶어?"

아이린은 싸늘한 눈빛으로 말을 이었다.

"너한테 필요한 건 기술이 아니라 마음이야. 난 예의 없는 녀석은 천 년에 한 번 나오는 검술의 천재라 해도 필요 없어. 다른 곳에 가서 알아봐."

제이는 대체 왜 그런 게 필요한가 싶었지만 일단 시키는 대로 했다.

"예."

"'예, 마스터.'라고 해야지."

"예, 마스터."

"날 따르면 너에게 무궁무진한 기회가 주어질지도 모른다. 나보다 더 대단해 보이는 스승, 권력, 부! 그때도 기꺼이 내 밑에만 있을 수 있어야 해. 물론 사냥꾼으로 돌아가는 건 허락하지 않겠다."

이번에도 왜 굳이 그래야 하냐고 묻고 싶었지만 첫 번째 조건이 붙어 있어 어쩔 수 없었다.

"예, 마스터."

"그 두 가지다. 할 수 있어?"

"별로 어렵지 않아."

제이는 사실대로 말했다. 이 여자 말고는 스승 될 사람을 본 적도 없었다. 부와 권력은 애초에 관심도 없었다. 사냥꾼이란 직업에도 미련이 없었다.

"좋아. 그럼 마스터로서 첫 번째 명령을 내리겠다. 자."

"예, 마스터."

"그리고 내일, 아니 벌써 오늘이네. 오늘 새벽에 출발할 테니까 짐을 싸 놓고 있어."

"예, 마스터."

제이는 대답했다가 덧붙였다.

"그런데 어디로 가?"

"나디움."

"거기가 뭐 하는 곳이야?"

"아란티아의 여왕이 살고 있는 곳이지."

"울프 기사단이 있는 곳?"

"잘 아네?"

"나도 거기 가려고 했으니까."

"그래. 이제부터는 '우리'가 갈 곳이지. 운 좋으면 그때쯤 넌 두 번째 테스트를 받게 될 거야. 세 번째 테스트는 자연스럽게 따라오게 되어 있어."

"어떤 테스트든 통과한다!"

"자신감 좋네. 어쨌든 지금은 자."

"예, 마스터."

그녀는 하품을 길게 하더니 제이의 얼굴 앞에서 문을 소리 나게 닫았다.

제이는 뭔가 해낸 기분이 들어 방으로 돌아와서도 잠을 이루지 못했다. 어느새 날이 밝았다.

"그런데 무슨 돈이 얼마나 많아서 그런 놈들이 목숨 걸고 따라붙은 거야?"

아이린이 물었다.

제이는 딴생각을 하던 중이라 그런 놈이 어떤 놈인지 떠올리는 데 시간이 좀 걸렸다.

"현상금, 금화 삼백."

"누굴 죽였는데?"

"지옥 도끼."

"자세히 얘기해 봐."

제이는 지옥 도끼와 만나 해치운 얘기를 했다. 나름 얘기에 정성을 다했지만, 재미없게 시작해서 앞뒤도 안 맞게 끝나 버렸다.

"너 얘기 되게 못한다."

아이린이 직설적으로 말했다.

"못해도 돼. 안 불편해."

"포크질 못해도 밥은 먹을 수 있지만, 포크질 잘하면 좀 더 잘 먹을 수는 있지."

아이린의 말에, 제이는 대꾸할 말을 찾지 못했다.

블루 게이트라는 곳은 국경의 첫 관문이라고 부르기에는 허술하다는 생각이 들 정도로 작았다.

이 있으나 마나 한 성문을 지나가지 않고도 아란티아 안으로 들어갈 방법은 많아 보였다. 또한 적군이 맘먹고 공격해 들어오면 한 시간도 방어할 수 없을 정도로 성벽은 낮고 문은 낡았다. 블루 비어의 주인이 말한 형식적이라는 것이 무슨 뜻인지 이해가 되었다.

성문의 독특한 문양과 성벽에 세워진 처음 보는 동물의 조각상이 눈에 들어왔으나, 별 관심 없이 지나쳤다. 처음 가넬로크를 떠날 때 가졌던 아란티아란 나라에 대한 호기심은 아이린을 만나는 순간 증발해 버렸다. 이제 그의 관심사는 오직 아이린뿐이었고, 오직 그녀의 말과 행동에만 집중했다.

"그보다 두 번째 테스트가 뭐야? 힌트만이라도……, 마스터."

성문에 들어선 시각은 점심시간이 다 되어서였다. 새벽부터 그때까지 아무 말 않고 걷기만 하니 말수 적은 제이라도 침묵이 불편했다.

"말했잖아. 첫 번째와 마찬가지로 두 번째도 암시 없이 시작되고, 지나고 나서야 테스트라는 걸 알게 돼. 그러니 미리부터 걱정하지 말고 따라오기나 해. 말도 못하는 게 떠들긴."

아이린은 뒤도 안 돌아보고 걸어가 버렸다. 제이는 불만 가득한 얼굴로 따라갔다.

블루 게이트의 성문은 활짝 열려 있었다. 여기 말고도 블루 게이트는 세 곳이 더 있다고 아이린이 게이트에 대한 몇 가지 정보를 얘기해 주었으나 제이는 귀담아듣지 않았다. 있든지 말든지.

"안녕하십니까, 여행자분들. 어디로 가시는 길입니까?"

깨끗한 제복을 입은 나이 든 경비가 유쾌한 목소리로 물었다.

"나디움으로 가요. 여긴 언제 와도 한가하군. 혹시 나한테 남긴 편지라도 있나요?"

아이린은 느긋하게 뒷짐을 지고 물었다.

"성함이?"

"아이린."

나이 든 경비가 젊은 경비에게 손짓으로 명령했고, 젊은 경비는 2층으로 천천히 올라갔다.

"아란티아는 언제나 평화롭군요. 제일 바빠야 할 국경 지역의 경비들이 지루해하는 걸 보니."

아이린이 웃으며 말하자, 나이 든 경비도 허허 웃었다.

"우리가 할 일이 없는 게 가장 좋은 상황이지요. 하지만 보기보다 한

가한 건 아니에요. 들짐승 날뛰는 건 어찌할 수 없을 정도로 빈번하고, 요새는 다른 나라 유랑민들도 늘었고요."

"카모르트?"

아이린이 씁쓸한 미소를 보이며 물었다.

"얼마 전에 겨우 전쟁이 끝났다고는 하는데, 살 땅 잃은 사람은 잔뜩 있죠. 그쪽 나라 사람들한테는 아란티아가 천국이라고 알려지기라도 했는지 원."

제이는 늙은 병사의 지루한 얘기를 들으며 벽에 걸린 창과 방패를 살폈다. 최근 쓴 흔적이 남아 있었다.

"게다가 새롭게 골치를 썩이는 도적 떼들도 있답니다. 저희들도 싸움에 나가는 일이 꽤 있어요. 이를테면……."

늙은 경비가 말을 끝내기 전에 2층에 올라갔던 젊은 경비가 우당탕탕 소리를 내며 뛰어 내려왔다. 그는 무척 상기된 얼굴로 아이린을 새삼 다시 쳐다보았다.

"저, 저분의 펴, 편지 발신인이……."

나이 든 경비는 편지를 빼앗으며 그의 머리를 탁 쳤다.

"웬 호들갑이냐, 이 녀석?"

나이 든 경비는 편지를 보고 조금도 놀란 기색 없이 말했다.

"제 나이가 이런 고로 기억력이 엉망인 터라 즉시 알아봐야 할 분을 못 알아봤군요. 자, 마스터 아이린. 편지가 세 통 있습니다. 하나는 1년 전 것으로 발신자는 마스터 퀘이언, 또 하나는 반년 전으로 마스터 메이루밀, 마지막 하나는…… 저런. 사흘 전 것이군요. 아즈윈 울프라는 기사가 남긴 것입니다. 아, 이제야 기억납니다. 반드시 전해 달라고 몇 번이나 강조했는데, 큰일 날 뻔했군요."

"아즈윈? 울프 기사단인가요? 처음 듣는 이름이네?"

"예, 다른 하얀 늑대들과 함께 닷새쯤 전에 이곳을 지나갔지요. 한 달쯤 전 카모르트에 중요한 일로 떠났는데 이제야 돌아온 거랍니다."

"무슨 일로 거길 갔대요?"

"저야 변방 경비대일 뿐인데 뭐 아나요? 우리끼리 그냥 카모르트 내전이 끝난 일과 관련이 있을 거라고 추측하고 있답니다."

제이는 단순히 아이린의 정체가 '알고 보니 대단한 사람'이라서 경비병들의 태도가 달라졌다고 생각하지 않았다. 그도 경험했지만, 그녀는 대화하는 상대방을 고분고분하게 만드는 힘이 있었다. 어떤 계급 높은 양반들로부터 온 편지가 아니었어도 경비병들은 그녀가 하는 요구를 다 들어줬을 거라며, 제이는 뒤에서 혼자 고개를 끄덕끄덕하고 있었다.

"설마 기사 몇 명 꼈다고 몇 년이나 이어가던 내전이 갑자기 끝났겠어요? 우연의 일치겠죠. 좀 앉아서 읽고 가도 되겠지요?"

아이린이 묻자 경비는 의자가 있는 곳으로 안내하며 물었다.

"차라도?"

"아니, 곧 떠날 겁니다. 제이는?"

"안 마셔."

제이는 아이린의 앞자리에 앉았다.

아이린은 첫 번째 편지를 보고 큰 소리로 웃음을 터트렸다. 다 본 후 탁자에 던져 놓은 것을 제이는 슬쩍 훔쳐보았다. 멋진 필체로 굵게 쓰인 거라 곁눈질만으로도 충분히 읽을 수 있었다.

아이린. 그때의 약속을 못 지킨 건 너밖에 없는 것 같다. 이 편지 보거든 순순히 패배를 인정하고 얌전히 돌아와 내 수발이나 들어라. - 퀘이언 -

그다음 편지는 조금 심각한 내용이었는지 아이린은 웃지 않았다. 그것 역시 옆에 내려놓아 제이가 읽을 수 있었다.

이 편지를 보거든 검은 기사에 대해 조사해봐라. 아무래도 우리가 끝을 냈다고 생각한 그 일이 다시 일어날 모양이다. - 루밀 -

마지막 편지는 딱히 길지도 않았는데, 한참 읽어 보았다. 제이가 계속 힐끔거리는 걸 눈치챈 아이린은 아예 그 편지를 읽어 주었다.

"이곳에 들러 가끔 편지를 찾아간다는 이야기를 듣고 편지를 남깁니다. 꼭 뵙고 싶습니다. 기다리겠습니다. 당신을 존경하는 아즈윈이. 이건 꼭 연애편지 같지 않아?"

경비가 다가와 물었다.

"답장을 남기시겠습니까? 마스터 퀘이언과 아즈윈 울프께는 직접 나디움까지 배달해드릴 수도 있습니다만."

"아뇨, 괜찮아요. 내가 그쪽으로 가는 길이니까."

경비는 금방 이해하며 고개를 끄덕였다.

마침 또 다른 여행자들이 성문 안으로 들어왔다. 나이 든 경비 대신 젊은 경비가 그들을 맞았다.

"어디서 오셨습니까?"

"론타몬. 회벽 마을까지 가는 길이오."

그들은, 통과하는 것을 막으면 가만두지 않겠다는 의지를 보여 주기 위해 있는 대로 인상을 험하게 구기고 있었다. 하지만 처음부터 막을 생각이 없던 경비가, 아란티아에 온 용건만 형식적으로 묻고 통과시켜 주니 그들은 되레 멋쩍어했다.

그사이 나이 든 경비는 아이린을 배웅했다.

"아 참, 마스터 아이린. 얼마 전 가넬로크 국경 수비대가 찾아와 '지옥 도끼'라는 별명의 현상 수배범이 이쪽으로 달아날지도 모른다고 알려 왔습니다. 어쩌면 이미 통과했을지도 모르고 여기가 아닌 다른 블루게이트를 통했을지도 모르니 주의하십시오. 듣자니 굉장히 위험한 자라고 합니다."

"그런 건 걱정 마세요. 지옥 도끼라면 여기 있는 젊은 아이가 벌써 해치웠으니까."

아이린은 자랑하는 것처럼 떠벌렸다. 막 성문을 통과하려던 험상궂은 사내들이 깜짝 놀라며 아이린과 제이를 노려보았다.

늙은 경비는 좋아하며 물었다.

"정말이오, 젊은이? 언제? 어떻게?"

제이는 대충 얼버무렸다.

"기억 안 나. 내가 죽인 게 지옥 도끼였는지, 지옥 토끼였는지."

아이린이 웃음을 터트렸다.

"농담도 할 줄 아네?"

"농담 아니었는데?"

"아니었어?"

어째서인지 아이린은 안타까워했고 제이는 괜히 화가 났다.

늙은 경비는 가슴을 쓸어내리며 말했다.

"어쨌든 다행이군요. 이쪽으로 오면 어떻게 처리해야 할지 걱정하던 참이었거든요. 이제 저 수배 전단은 떼어도 되겠군. 그나저나 그자를 해치웠다면 현상금은 굉장히 많이 받았겠구려. 여기에 적힌 금액만도 이백인데!"

정말 궁금한 건 아니었다는 듯 나이 많은 경비는 대답을 기다리지 않고 길을 비켜 주었다. 험상궂은 사내들은 아직도 제이를 노려보고 있었다. 제이는 그들의 얼굴을 기억해 두고 아이린을 따라 성문을 나왔다.

반나절 동안 마을 두 개를 지나치고 저녁 무렵이 되어서야 제이는 아이린이 생각보다 입이 무겁다는 것을 알았다. 그런 결론을 내리고 나니 오히려 대하기는 편해졌고 먼저 말을 꺼내기도 편해졌다.

"이제 알겠어. 마스터, 당신은 울프 기사단의 기사야."

"기사단에 소속되어 있는 자가 1년 전에 온 편지를 이제야 받아 볼 정도로 나다니고 있어도 될 거라고 생각해?"

아이린은 앞만 보고 걸으며 대꾸했다.

"아니면 전직 기사단이거나!"

"그렇다고 해 둬. 그런데 넌 하루 종일 그 생각만 하고 있었어?"

제이는 어깨에 엮어 메고 있는 토끼 한 마리와 꿩 한 마리를 툭툭 치며 대꾸했다.

"저녁 식사도 생각하고 있었어."

"어라. 제법이다, 너? 그거 나도 나눠 줄 거야?"

아이린이 눈을 반짝이며 묻자, 제이는 도리어 당황했다.

"그럼 혼자 먹어?"

"네 첫인상으로 미루어 보면 그럴 수도 있지."

"내가 그렇게 보였다고?"

제이가 놀라며 물었다.

아이린은 그의 엉덩이를 탁탁 쳤다.

"농담이야. 기특하구나. 마스터의 식사를 걱정해주다니."

"그 정도가 기특한 일이야?"

제이는 볼멘소리로 말했다.

아이린이 물었다.

"그럼 추적자들이 생겼다는 것도 알고 있어?"

"어. 블루 게이트에서부터."

"거기서 봤던 놈들이지? 몇 명이었더라?"

"여섯."

"기억력 좋네. 어쩔 거니?"

제이는 경계하며 되물었다.

"혹시 이런 질문도 테스트?"

"이딴 걸 뭘 테스트하고 자시고 해? 이런 일의 대처는 네가 더 익숙할 것 같아서 물은 거야."

제이는 어둑어둑해진 서쪽을 바라보더니 토끼와 꿩을 내려놓았다.

"여기서 기다릴 거야."

"그래도 돼?"

아이린이 물었다.

제이는 벌써 모닥불을 피울 준비를 하며 대꾸했다.

"보통은. 반나절이나 쫓아왔어. 그럼 먹고 있을 때는 노리지 않아.

잠든 틈을 노릴 거야. 우리는 모른 척하면 돼. 밥 먹어. 몰래 쫓아오는 쪽은 불 못 피워. 연기 나니까. 그러니까 저쪽이 연기를 보여줄 수 없다는 뜻이야. 당연히 익힌 음식을 못 먹고, 밤이 되면 체력이 떨어져. 그러니까, 저쪽이 체력이 떨어진다는 뜻이야. 우리가 아니라. 왜냐면, 어, 음식을 못 먹으니까……. 우린 먹고."

아이린은 그가 하는 말을 가만히 듣다가 물었다.

"넌 길게 말하면 꼭 끄트머리에서 정리가 안 되더라?"

"몰라. 그렇게 돼."

"뭐, 뜻은 알아들었어. 그런데 식사 시간을 노리지 않을 거라고 어떻게 확신해?"

"노릴 수도 있지. 그러니까 조심은 할 거야. 하지만 경험상, 밥 먹을 때 기습당한 적은 한 번도 없었어. 그러니까 내 경험 말이야. 내……, 사냥꾼 시절의……."

"그만 설명해도 돼."

제이는 말없이 토끼 가죽을 벗기고 새의 깃털을 뽑았다.

아이린은 옆에 쭈그리고 앉아 구경만 했다.

"산속에서 따라다닐 때도 느낀 거지만 말이야, 이런 일에 능숙하네. 언제부터 혼자 다닌 거야?"

"어느 쪽이 능숙? 사냥당하는 거, 아니면 식사 준비하는 거?"

"앞부분에 대해서 말했지만 둘 다 물은 거로 하자."

"나도 경험 많아. 나이는 훨씬 어려도."

제이는 괜히 시비 걸듯이 대꾸했다. 아이린은 제이의 뒤통수를 후려쳤다.

"훨씬 어리긴 무슨! 나도 나이 별로 안 많아."

"그래서 몇 살인데?"

제이는 그렇게 물었다가 또 한 대 맞았다. 그리고 토끼가 다 구워질 때쯤에야 왜 맞았는지 알았다.

'여자 나이는 물으면 안 되는 거였지, 참.'

반나절이나 몰래 쫓아와서 밤에 습격하는 것치고는 마무리가 미숙한 녀석들이었다. 발소리는 있는 대로 다 내고 심지어 서로 속삭이는 소리까지 냈다. 자는 척하고 있기가 무안할 정도였다. 칼을 뽑는 소리가 들릴 즈음에 제이는 자리에서 벌떡 일어났다.

기습을 하려고 접근한 녀석들은 예상대로 여섯 명이었다. 제이를 보고 눈을 동그랗게 뜬 모습이 이상할 정도로 처량해 보였다.

아이린은 아직 자는 척을 하고 있었다. 어쩌면 진짜 자고 있는 것일지도 몰랐다.

제일 덩치 큰 녀석이 어둠 속에서 달려들어 칼을 내리쳤다. 툭 튀어나온 배를 생각하면 꽤 날렵한 편이었다. 그러나 검의 간격으로 치면 다섯 걸음에도 미치지 못하는 허술한 칼질이었다. 제이는 쉽게 공격을 막고 주먹으로 상대의 얼굴을 후려쳤다. 칼은 그런 다음에야 뽑았다.

"왜 따라왔지?"

제이는 느긋하게 말했다. 경험상 이렇게 말해야 상대가 더 겁을 냈다. 그들은 쉽게 입을 열지 못했다.

"말해!"

제이가 목청을 높이자 그들은 어깨를 움츠렸다. 그러나 달아나지는 않았다. 그사이 쓰러졌던 남자가 코를 움켜쥐고 일어났다. 손가락 사이로 피가 흘렀다.

"뭣들 하는 거야? 공격해!"

뚱뚱한 남자가 고갯짓으로 신호하자 모두 칼을 치켜들었다. 제이도 굳이 대화로 풀 생각이 없었다.

"앉아라, 제이메르."

꺼져 가는 모닥불에 얼굴이 붉게 보이는 아이린이 누운 채로 말했다.

"앉아서 당하라고? 물론 마스터 뒤에도."

제이는 아이린의 뒤에서 칼을 세우고 있는 놈을 가리켰다. 그자는 성공적으로 접근했다고 생각했는지 제이가 정확히 자기를 가리키자 무척이나 놀랐다.

"약속을 하루 만에 어길 거냐? 내가 명령하면 어쩌라고 했지?"

아이린이 강압적으로 말했다.

"예, 마스터."

제이는 불만스러운 얼굴로 자리에 털썩 앉았다. 아이린은 기지개를 켜듯 허리를 쭉 펴고 앉았다.

"어차피 네가 앉았다고 위협을 끼칠 만한 실력자들도 아니지 않아?"

"그건 그렇지만."

"그럼 됐잖아. 얘기 들은 다음에 죽여도 안 늦어."

아이린은 아직도 칼을 쳐들고 뒤에 서 있는 남자를 돌아보았다.

"찌를 거면 빨리 찌르고 안 그럴 거면 저리 치워."

그는 당황한 나머지 동료들의 눈치를 살폈다. 다른 네 명은 모두 코를 움켜잡고 있는 남자가 명령을 내리기를 기다렸다. 코를 움켜잡고 있는 남자 역시 망설이고 있었다.

'기습이 실패했을 경우에 대한 계획은 전혀 생각을 안 해 둔 모양이군?'

명령이 늦어지면 생각이 많아지고 생각이 많아지면 전의를 잃기 마련이었다. 그들은 칼을 늘어트렸고 얼굴에는 '잘못 건드렸다.' 하는 후회가 역력히 드러났다.

"저런 놈들이 얘기하란다고 얘기할 것 같아? 물통 날라오라고 시킨다고 날라올 놈들도 아니고."

제이가 중얼거렸다.

"너, 그거 되게 불만이었구나?"

"아니, 별로."

"글쎄다. 어떻게 하면 쟤들이 내 질문에 대답해 줄까?"

아이린은 제이에게 답을 구하듯 웃어 보였다. 그리고 고개만 돌려 괴한들에게 물었다.

"어디서 왔어, 너희들?"

"우린…… 우린 지옥 검님의 부하들이다."

뚱뚱한 남자가 코피를 닦으며 말했다.

아이린은 어깨를 으쓱하며 제이에게 말했다.

"말해주는데?"

제이는 왠지 진 기분이 들어 입을 다물었다.

"혹시 우리 돈 뺏으러 왔어?"

아이린이 다시 물었다.

뚱뚱한 남자가 버럭 소리를 질렀다.

"우린 복수를 위해 온 거다."

"복수? 이건 또 뭔 소리야?"

아이린이 의아해하자, 제이가 대강 짐작하고 말했다.

"지옥 도끼. 그놈 죽였다는 말 듣고 따라왔군. 아까 블루 게이트에서. 론타몬에서 왔다던데……. 그러니까 나 말고, 저 녀석들."

뚱뚱한 녀석은 약간 자신감을 얻어 말했다.

"그렇다. 지옥 검님의 동생인 지옥 도끼는 나와 친구이기도 하지. 그래서 너를 죽여 그의 죽음을 위로하겠다."

"위로해 봐."

제이가 말했다. 그러나 뚱뚱한 녀석은 아무 말도, 아무 행동도 하지 못했다.

아이린이 물었다.

"진짜 친구의 복수를 위해서냐? 내가 보기에는 아닌 것 같은데?"

"사나이의 복수다. 여자는 이해하지 못하지."

녀석은 오기로 목소리를 높였다.

아이린은 모기라도 쫓는 듯 귀찮은 표정으로 말했다.

"복수를 위해서 몰래 쫓아와 밤에 급습을 한다? 생각보다 재미없는 사연이었구나. 난 또 엄청난 얘깃거리라도 들고 온 줄 알았지."

아이린은 목덜미를 긁적이다가 제이에게 말했다.

"제이메르, 네 맘대로 해."

"예, 마스터."

제이는 기다렸다는 듯이 자리에서 벌떡 일어나 칼을 뽑았다. 여섯 명이 일제히 우르르 뒤로 물러났다.

"이곤, 그 여자부터 베어 버려!"

이판사판이라고 생각했는지 뚱뚱한 녀석이 아이린의 등 뒤에 서 있는 남자에게 명령을 내렸다.

"아, 네……."

이곤이라는 사내는 처음 아이린에게 한소리 들은 후로 내내 꼼짝도 못하고 있었다. 그러니 다시 명령을 들었다고 곧바로 움직일 수 있을 리가 없었다. 여전히 아이린은 무방비였지만 이곤과 아이린 사이는 커다란 방패로 막혀 있는 것처럼 보였다.

"뭐 하는 거야, 이곤! 너 나한테 오기 전에 다섯 명이나 죽여 봤다면서? 그깟 여자 하나 못 죽여?"

뚱뚱한 남자가 소리쳤다. 아이린은 소리친 녀석을 바라보며 눈을 가늘게 하고 미소 지었다. 녀석은 마치 마법에 걸린 것처럼 얼어붙었다.

그런 다음 아이린은 뒤를 돌아보았다.

"이곤이라고 했지?"

늘어트린 칼을 세우지도, 버리지도 못하고 쩔쩔매던 이곤은 고개만 끄덕였다.

"나이 좀 들었네? 마누라는 있어?"

이곤은 고개를 끄덕이며 대답했다.

"이, 있다."

"내가 물어보면 '레이디'라는 경칭을 붙여 대답해라. 어머니는 있냐?"

"……이, 있다, 레이디."

이곤은 어색하게 호칭을 붙였다.

"돌아갈 집은 있고?"

"있다, 레이디. 이, 이거 왜 붙여야 돼?"

"그렇게 말 안 하면 내 제자가 널 죽일 거니까. 솔직하게 대답해. 우리 죽이러 온 거 현상금 때문이지? 복수 때문이 아니라."

"아니야! 복수 때문이다!"

이곤이 소리쳤다.

"제이메르. 얘, 방금 레이디 안 붙였지?"

제이는 대답했다.

"예, 마스터."

"죽여."

아이린의 말이 떨어지자마자 이곤이 소리쳤다.

"맞습니다! 현상금 때문이 맞습니다, 레이디."

이곤은 심지어 칼을 내던지고 손을 들기까지 했다.

뚱뚱한 녀석이 소리쳤다.

"이곤, 이 빌어먹을 자식! 닥치지 못해?"

아이린은 고갯짓으로 말했다.

"제이메르, 저 녀석 또 입 열면 베어 버려."

"예, 마스터."

제이는 상황이 재미있어져서 즉각 대답했다.

뚱뚱한 녀석은 자존심이 상한 얼굴로 제이를 노려보았다. 녀석이 입을 열면 제이는 정말로 베어 버릴 작정이었다. 어차피 자는 사이에 몰래 죽일 목적으로 다가온 놈들을 봐줄 이유가 없었다. 하지만 놀랍게도 뚱뚱한 녀석을 포함해서 누구도 입을 열지 못했다.

"론타몬에서 왔다고 했으니 이제 갈 방향은 지옥 검이라는 녀석이 있는 곳이겠구나. 거기가 어디지?"

아이린이 다시 이곤에게 물었다.

"회, 회벽 마을입니다, 레이디."

이곤은 충실히 대답했다.

"그럼 지옥 검이라는 녀석은 왜 아란티아에 온 거지?"

아이린이 묻자 이곤은 대답하기를 주저했다.

제이가 끼어들었다.

"그런 건 대장 쪽이 더 잘 알고 있지 않겠어?"

뚱뚱한 녀석은 화들짝 놀랐다.

아이린은 모르는 사실을 깨달은 사람처럼 말했다.

"아, 그렇겠구나. 하지만 무려 '대장님께서' 그런 중요한 기밀 사항을 말할 리가 없지. 그러니 내가 물어볼 때마다 한 명씩 베어라. 마지막 남은 녀석은 대답해 주겠지, 뭐."

"누구부터 죽여? 대장부터?"

"이런 위험한 일에 희생하는 게 진정한 리더의 역할일 거야. 안 그래?"

아이린이 자리에서 몸을 일으키며 말했다. 제이가 보기에 그녀에게는 검의 간격이 없었다. 그냥 일어난 게 다였다. 하지만 괴한들의 대장은 마치 몸을 일으키는 배고픈 호랑이를 본 것처럼 황급히 대꾸했다.

"지옥 검은 지옥 도끼와 이달 말에 합류하여 아란티아의 울프 기사단을 찾아간다고 했소. 그 기사단은 전과자도 테스트를 통해 받아들인다고 했으니 과거를 청산할 좋은 기회라고……."

아이린은 팔짱을 끼고 제이에게 물었다.

“사실인 것 같아?”

“지옥 도끼도 비슷한 말 했어. 나한테 죽기 전에.”

“그래?”

아이린은 잠시 뚱뚱한 놈의 다리 끝에서 머리끝까지 훑어보았다.

“좋아. 가도 좋다.”

“그냥 보내준다고? 우리를 죽이려고 했던 놈들을?”

“괜한 피 볼 필요 있어? 보내줘. 대답은?”

제이는 으르렁거리는 목소리로 대꾸했다.

“예, 마스터.”

이곤은 벌써 꽁지가 빠지게 달아나고 있었고 뚱뚱한 녀석을 포함해 다른 녀석들도 달아났다. 아이린은 모포를 어깨에 두르고 모닥불에 장작을 몇 개 더 던져 넣었다.

“이 상황에서 뭔가 배운 거 없어?”

“자비심?”

제이는 불만스러운 나머지 비꼬듯이 말했다.

“너나 나나 실력 한번 안 보이고 저 녀석들 쫓아냈잖아. 저놈들은 너처럼 간격을 보고 자시고 하는 놈들도 아닌데 말이야.”

“그게 어쨌다고? 마스터처럼 말하라고? 난 그런 거 안 돼.”

“뭐, 넘어가자. 내 앞에서 사람이 죽는 건 지긋지긋해. 그래서 그냥 보내준 거야.”

아이린은 모닥불을 바라보며 길게 하품을 했다.

“그나저나 살인자 놈들이 과거를 청산해? 울프 기사단이 외부에 그런 식으로 비춰지고 있는 거야? 웃기는군."

아이린은 어딘지 모르게 서글픈 목소리로 중얼거렸다. 제이는 어제에 이어 계속 잠을 이루지 못해 피곤했지만, 모포를 두른 무릎에 턱을 대고 쭈그리고 앉아 있는 아이린을 보고 있자니 차마 먼저 잘 수가 없었다.

"지옥 어쩌고 형제들 말이야."

제이는 뒷말을 이을 자신이 없는 얘기를 꺼냈다. 모닥불만 바라보던 아이린의 시선이 제이를 향했다. 붉은빛을 반사하는 그녀의 눈동자가 밝게 빛을 냈다.

"그 형제 놈들, 나랑 끝난 게 아닌 모양이야. 내가 지옥 도끼라는 놈을 안 죽였으면 트레고가……."

제이는 말해 놓고 보니, 뭔가 이상해서 다시 말했다.

"아니, 아니지. 트레고가 지옥 도끼지. 내 말은 내가 지옥 도끼를 죽이지 않았다면…… 블루 비어에 가 있을 놈은 트레고가 돼. 마스터와 만나는 것도 그놈이 돼. 그리고 블루 게이트에서 만나. 그러니까 내 말은, 트레고와 방금 그놈들이……. 만난다는 건데……."

"너 아니었으면 두 못된 놈들의 감동적인 재회가 이뤄졌을 거라는 소리야?"

"응."

"말 나온 김에 회벽 마을에 잠깐 들러 볼래?"

"그거 명령?"

"그냥 물은 거야."

제이는 곰곰이 생각해 보고 물었다.

"지옥 검이란 놈을 만나서 내가 동생 죽였다고 시비라도 걸어? 그렇게 해서 그놈도 죽여?"

"그거야 네 선택이지."

제이는 고개를 저었다.

"현상금도 없는 놈, 안 건드릴래. 그리고 이제 사냥꾼은 안 하기로 했잖아."

"마음 쓰이는 일은 처리해 두는 게 좋아. 미련이 남으면 앞으로 나가지 못해."

아이린은 묘하게 신경 쓰이는 말을 하면서 다시 자리에 누웠다. 제이는 그녀가 잠들기 전에 얼른 물었다.

"앞으로 '게이트'라는 것을 몇 개나 지나?"

"그레이, 레드, 골드, 화이트. 네 개 남았군. 갈 길이 머니 쉴 수 있을 때 항상 쉬어 둬."

그 대답을 끝으로 아이린은 잠들었다. 제이는 아직 놈들이 걱정되어 자지 않고 기다렸다. 그렇게 꽤 오랫동안 모닥불에 비친 아이린의 모습을 바라보았다. 더 이상 그녀의 정체는 궁금하지 않았다. 현재의 모습으로 충분했다.

'드디어 찾았어. 날 가르쳐줄 사람.'

◆ Chapter 4 ◆

그레이 게이트

이튿날 일어나 보니 아이린은 자리에 없었다. 방금 땔감을 올려놓았는지 모닥불이 활활 타고 있었고 아이린이 쓰던 모포는 제이의 몸에 덮여 있었다.

그녀의 모포에서 나쁘지 않은 향기가 났다. 가끔 세수를 하고 목이나 얼굴에 뭔가를 바르던데, 아마 그 냄새인 것 같았다. 제이는 새삼 자기 몸에서 나는 악취가 신경 쓰였다.

제이는 모닥불에 수프를 끓이고 빵을 준비했다.

아이린은 음식이 식을 때쯤에야 돌아왔다. 그녀는 젖은 머리를 수건으로 털며 제이 옆에 앉았다.

“좋지 않은 일이 일어나고 있어.”

“어제 그놈들이 돌아오기라도 했어, 마스터?”

“진짜 그럴 거라고 생각하고 묻는 거야?”

제이는 고개를 설레설레 저었다.

"달리 좋지 않은 일이라는 게 뭔지 몰라서. 무슨 흔적 같은 거라도 발견한 거야?"

"아니."

그녀는 빵을 문 채로 가방에서 빗을 꺼내 머리를 빗었다.

'어차피 바람 맞으면서 걸으면 헝클어질 텐데 뭐 하러 빗는 거지?'

제이는 궁금했지만 본능적으로 한 대 맞을 질문이라는 걸 알고 다른 걸 물었다.

"그럼 좋지 않은 걸 어떻게 알아?"

"느낌이야."

그녀는 빵을 문 입술로 웅얼거렸다.

"난 느낌은 별로 신뢰하지 않아."

제이는 반발하는 투로 말했다. 웬일로 아이린은 인정했다.

"나도 그래. 그래서 확인해 봐야겠어. 좀 먼 길로 돌아가자."

"예, 마스터."

제이는 반사적으로 대꾸했다.

아이린은 어제보다 두 배쯤 더 빠르게 걸었다. 보통 사람이라면 뛰는 속도로 걸어야 할 지경이었다. 다행히 제이는 걷는 일이라면 누구에게도 지지 않았다. 이렇게 서두를 일이라면 말을 타는 게 어떠냐는 제안도 하지 않았다. 그녀가 걸으면서 뭔가를 찾고 있었기 때문이었다.

"뭘 찾는지 말해 주면 나도 도울 수 있는데?"

아이린이 마침내 멈춘 높은 언덕 위에서 제이가 물었다. 붉은 석양으로 물든 평원을 내려다보며 아이린이 말했다.

"찾았어."

"뭘?"

"여기야."

"그러니까 뭐가?"

작은 개울이 흐르는 넓은 평야였다. 제이는 한참이나 살폈지만 그녀가 뭘 말하는 건지 알 수 없었다.

아이린은 들릴 듯 말 듯 작게 중얼거렸다.

"불길한 과거의 그림자가 일어났다."

제이는 고개를 갸웃했다. 아이린은 지평선 끝에 걸린 태양부터 언덕 아래로 이어지는 넓은 평야까지 손으로 어루만졌다.

"여긴 9년 전 대륙 정복 전쟁의 마지막 전투가 있었던 자리야. 이로피스 왕실 기사단과 론타몬의 이만 대군이 벌인 브루크담 계곡 전투, 익셀런 기사단의 드래곤 사냥 전투, 아란티아의 골드 게이트 전투 같은 유명한 싸움 때문에 이곳 네나드로스 평원 전투는 잘 알려져 있지 않지. 하지만 다른 어떤 곳보다 치열하고 비참한 전투가 있었던 곳이야. 그래서 난 이곳에 올 때마다 심장 한쪽이 뜯겨져 나가는 것 같아."

"사랑하는 사람이라도 죽었어?"

제이가 눈치 없게 묻자, 아이린은 작게 웃었다.

"아니, 내 사랑은 아직 안 죽었어. 대신 역사상 가장 위대한 기사가 죽은 곳이지. 여기만 오면 그날의 피 냄새가 올라오는 것 같아."

제이는 그 위대한 기사가 누군지 묻지 않았다. 그는 지금 일에만 관심을 두었다.

"결론은 뭘 찾았다는 거야?"

"나도 모르겠어."

"찾았다면서?"

"그냥 너도 느껴봐. 입으로 설명하는 건 자신 없으니까."

"그건 나도 자신 없어. 하지만 아무것도 없는 데서 뭘 느껴보는 건 더 자신 없어."

아이린은 긴장이 풀린 것 같은 허탈한 웃음을 터트렸다.

"아무래도 한 달 전부터 아란티아로 돌아와야겠다는 불안감이 든 게 이 일 때문인 모양이다. 그리고 아란티아에 오기 전에 널 만난 것도 꽤나 운명적이라는 생각이 드는군."

"장난이었다며?"

"10년 넘게 세상을 돌아다니면서 내게 장난칠 마음이 들게 만든 사람은 딱 두 사람뿐이었어."

아이린은 의미심장한 미소를 지어 보였지만 제이는 눈살만 찌푸렸다. 역시나 아이린은 그 이상의 설명을 생략했다.

"여긴 오래 있고 싶지 않아. 가자."

아이린은 미련 없이 돌아섰다.

이튿날 정오부터 비가 몇 방울씩 떨어지기 시작하더니, 오후가 되자 폭우가 쏟아졌다. 여행에 익숙한 그들도 이 정도 폭우 속에서 움직이는 건 힘들었다. 불행히도 아이린이 뭔가를 찾는다며 길에서 벗어나 이동했던 터라, 근처에 마을도 없었다.

"이 정도 비를 노상에서 만난 건 정말 오랜만이군. 앞도 잘 안 보여. 이거 어쩌지?"

아이린은 오히려 재미있어했다. 빗줄기가 워낙 세서 몇 걸음 떨어져 있지 않았는데도 둘은 고함을 질러야 했다.

"이곳 지리는 모르지만 이제부터 내가 앞장서도 돼, 마스터?"

"어디로 가려고?"

"비를 피할 만한 곳으로. 아까 봐둔 자리가 있어."

"되돌아가자고? 그럴 바에야 그치는 걸 기다리는 게 낫지 않을까?"

"내 생각에는 저녁쯤 되어야 그칠 것 같아."

"어떻게 알아?"

"경험상."

"그래. 안내해 봐."

제이는 왔던 길을 되돌아가기 시작했다. 쏟아지는 빗줄기가 얼굴을 때려 아플 지경이었다. 진흙에 발이 푹푹 빠졌고 맞바람에 앞으로 나아가기도 힘들었다. 경험상이라고는 했지만 이렇게까지 엄청난 비를 만난 건 처음이었다.

지반이 약한 곳은 폭우를 견디지 못하고 무너져 길이 끊겨 있기도 했다. 제이는 바닥을 짚어 가며 단단한 곳을 찾아 큰 보폭으로 뛰었다. 굳이 말해주지 않아도 아이린은 제이가 밟은 부분만 밟으며 따라붙었다. 허벅지까지 차오르는 물웅덩이를 통과해 갈 때도 아이린은 성큼성큼 따라왔다. 부축하면서 걸을 것을 각오하고 안내하는 길이었으나 그녀는 어떤 도움도 필요로 하지 않았다.

제이는 바위산을 올라갔다. 길이 점점 더 험해지더니 급기야 절벽이 앞을 막았다. 아이린이 뒤에서 소리쳤다.

"알고 가는 거 맞아?"

제이도 소리쳐서 대꾸했다.

"믿고 맡겼으면 그냥 믿어."

제이는 2미터쯤 되는 돌벽을 먼저 기어 올라간 후 밑으로 손을 내밀었다. 아이린은 그의 손을 잡고 단숨에 위로 올라섰다. 거기에 커다란 바위 동굴이 하나 있었다.

"아란티아에는 와 본 적도 없다며? 여긴 어떻게?"

"날씨가 좋지 않아 혹시나 해서 기억해둔 자리야."

제이는 먼저 안으로 들어가 안전을 확인하고 손짓했다. 아이린도 뒤따라 들어왔다. 둘이 머물러 있기에도 적당히 넓고 입구가 약간 땅 쪽으로 기울어져 있어 비가 들이칠 염려도 없었다.

제이는 배낭에 있는 물건들을 모두 꺼내 놓았다. 그는 어둠 속에서도 능숙하게 물건들을 일렬로 정리하더니 웃옷을 벗었다.

"오해 마. 젖은 몸으로 있으면 감기 걸리니까 벗는 거야."

"이 아줌마는 그런 걸로 오해 안 한다, 아가야."

아이린도 옷을 벗어 바위 위에 얹어 두었다. 동굴 속 공기도 습해서 내일까지 옷이 마를 거라는 기대는 할 수가 없었다.

둘은 젖은 망토를 짜서 몸에 두르고 앉았다. 앞은 거의 보이지 않았고 기온은 급격히 떨어졌는데 마른 장작이 없어 불을 피울 수 없었다.

어둠 속에서 아이린이 물었다.

"언제부터 사냥꾼 생활을 했다고 했지?"

"열여섯. 아마도."

"부모님은?"

"둘 다 죽었어. 그 얘기는 별로 하고 싶지 않아."

"알았어. 다른 걸 묻지. 한 번이라도 져본 적이 있어?"

"없어."

"대단한걸."

"모든 살아 있는 사냥꾼은 다 져본 적이 없는 거야. 대단할 거 없어."

제이는 주저 없이 대꾸했다.

"재미있는 이론이군. 그럼 누군가를 두려워해 본 적은?"

제이는 즉시 아버지를 떠올렸으나 고개를 저었다.

"없어."

"그동안 몇 명이나 죽였지?"

"잘 몰라. 세어 본 적 없어."

"그 사람들 얼굴 기억해?"

"전혀."

"역시 넌 세 번째 테스트에 합격할 수 없겠어. 지금이라도 포기하는 게 어때?"

왜인지 이유라도 묻고 싶지만 참았다. 그래 봤자 돌아올 대답은 '테스트가 끝나면 저절로 안다.' 정도일 테니까.

"포기 안 할 거야."

제이는 적당히 대꾸하고 말을 끝냈다.

"그래, 그래. 그런 오기도 중요하지."

어둠 속에서 아이린이 부스럭대는 소리가 들렸다.

'자리가 불편한가?'

제이의 예상과는 달리 해가 떨어진 후 한참이 지났는데도 비는 그치지 않았다. 그는 몸을 부르르 떨며 말했다.

"큰일이군. 여기서 밤을 새워야겠어, 마스터."

"불 못 피워? 좀 추운데."

아이린이 부르르 떨며 물었다.

"가지고 있는 게 다 젖어서."

"역시 이런 상황에는 사람 체온이 최고지."

아이린은 어둠 속을 다가오더니 손으로 제이의 위치를 더듬었다. 그리고 자신의 모포를 제이에게 덮어 주고 제이의 앞에 앉아 그의 가슴에 자신의 등을 기댔다. 자연스럽게 제이가 아이린을 뒤에서 끌어안는 자세가 되었다. 아무리 연상의 여자라도 나체의 여자를 안게 되자 제이는 두근거리는 심장을 억제할 수가 없었다.

"응? 나 같은 여자 안고 있는 것도 좋은가 봐?"

아이린이 눈치채고 물었다.

어떻게 부정할 수가 없으니 제이는 변명하듯 말했다.

"어쩔 수 없잖아. 이건……, 뭐, 아무튼 아무 짓도 안 할 거니까 걱정 마."

"걱정 안 해."

아이린은 아예 제이의 목덜미에 머리를 기댔다.

"편하게 있어. 좋은 건 좋은 거고 따뜻한 건 따뜻한 거야."

제이는 품 안에 있는 아이린에게 망토를 덮어 주기 위해서라도 결국은 가슴을 끌어안아야 했다. 아이린은 제이의 손을 감싸 쥐며 말했다.

"거봐. 아무렇지도 않잖아."

한참 동안 둘은 서로의 심장 고동과 체온을 느끼며 앉아 있었다. 모닥불을 피워 놓고 누워 있던 어제보다 더 따듯하고 더 졸렸다.

제이는 엉뚱한 질문을 했다.

"마스터는 결혼 아직 안 했어?"

"할 뻔했지."

"어떤 남자였어?"

"그게 왜 궁금해?"

"마스터 같은……, 여자라면 어떤 남자를 좋아하고 어떤 남자가 좋아할까 궁금해서."

"모든 여자는 다 같은 이유로 남자를 좋아하는 거야. 자기에게 멋져 보이는 남자, 자기한테 잘해줄 것 같은 남자. 너 좋아하는 여자 있었지?"

"있었지."

"걘 네가 왜 좋다고 하디?"

"잘 몰라. 내가 멋있다는 말은 한 적 없어. 아마도."

"아니야. 그 애한테는 네가 멋있어 보였을 거야. 물론 내 눈에도 넌 멋진 남자야."

제이는 괜히 얼굴이 붉어졌다. 어두워서 다행이었다.

"그럼 마스터의 남자는 지금 어디 있어?"

"나도 몰라."

"도망갔어?"

제이는 생각 없이 물었고 아이린은 풋 하고 웃음을 터트렸다.

"그래, 도망쳤어. 난 어디로 도망쳤나 찾아다니고 있고."

물어보고 싶은 게 많았지만 그럴 분위기가 아니라 묻지 않았다. 아이린은 제이의 목덜미에 머리를 비비며 자세를 고쳤다. 괜스레 그녀의 머리를 쓰다듬고 싶은 충동이 일었다. 자고 있는 에위니의 머리를 쓰다듬으며 잠들었던 오래전 기억이 떠올랐다.

"네 여자는 지금 어디 있어?"

제이의 속마음이라도 들여다본 듯 아이린이 물었다.

"고향에."

"언제 돌아갈 거야?"

그에 대한 대답은 고향을 떠나면서부터 정해져 있었다.

"안 돌아갈 거야."

돌아가기 싫어서 돌아가지 않겠다는 건지 아니면 돌아갈 자격이 없다고 생각해서 돌아가지 않겠다는 건지 스스로도 알 수 없는 대답이었다. 제이는 마치 변명하듯 말을 이었다.

"어차피 다른 남자와 결혼했고 나는 평생 떠돌아다닐 팔자라……. 그리고 이미 난 그 애를 잊어버렸어."

"거짓말. 잊어버렸다면서 아까 내가 묻는 말에 어떻게 그렇게 대답할 수 있지?"

제이는 입술을 살짝 깨물었다.

"놀리지 마, 마스터."

"놀리는 거 아니야. 부러워서 그래."

아이린의 목소리가 잦아들었다.

"적어도 넌 그 애가 어디 있는지 알고 있잖아."

그 뒤로 한동안 아이린은 말하지 않았다. 그리고 잠시 후 잠들었다.

'진짜로 잠들다니. 내가 나쁜 마음 먹으면 어쩌려고?'

그런 생각을 하며 제이도 잠들었다.

새벽에 아이린의 등이 몸에서 떨어지자 제이는 금방 눈을 떴다. 그녀는 제이의 몸에 덮었던 자신의 망토를 어깨에 두르고 동굴 입구로 나섰다. 밖에서 희미하게 밝아오는 빛에 반사된 그녀의 실루엣이 보였다.

팔짱을 끼고 아침 해를 바라보는 그녀의 뒷모습이 아름다워 보였다. 밤새도록 끌어안고 있었지만 지금 또 끌어안고 싶어 견딜 수가 없었다. 제이는 천천히 그녀의 등 뒤로 다가가 말했다.

"마스터."

"응?"

아이린은 뒤를 돌아보지 않고 대꾸했다. 제이는 몇 분이나 말하길 주저했고 아이린은 새벽의 붉은빛이 평원을 훑으며 떠오르는 시간 동안 그의 말을 기다려 주었다.

"안아도 돼?"

"안 돼."

"어째서?"

제이는 깜짝 놀라 물었다.

"지금은 딴 맘을 품었으니까."

"그, 그런 거 아닌데."

"나 옷 입는 동안 여기에 있어. 비 그쳤으니 출발하자."

아이린은 먼저 안으로 들어갔고 제이는 꼼짝없이 밖에서 기다려야 했다.

'뭔가 멋진 말을 했다면 안을 수 있었을까?'

제이는 자신에게 정말 흑심이 없었고 또 한 번 따스한 체온을 느끼고 싶어서였을 뿐이라는 것을 설명할 자신이 없었다.

옷을 입은 아이린이 밖으로 나와 고갯짓을 했다.

제이는 시키는 대로 안에서 옷을 입고 나왔다. 그리고 나오자마자 말했다.

"변명하는 건 아니지만, 난 딴 맘 안 품었어."

뭔가 더 말하고 싶었지만 혀만 꼬였다.

아이린은 그게 무슨 소리냐는 듯 바라보다가 말했다.

"응? 아아, 그거."

아이린은 팔짱을 끼고 바위산 아래 풍경을 내려다보며 말을 이었다.

"내가 딴 맘 품었다는 뜻이었어."

"뭐어?"

"뭘 놀라? 너처럼 몸 좋은 남자랑 밤새 붙어 있으면 나라고 딴 맘 안 생기겠어? 당연한 걸 가지고."

제이는 말도 잇지 못하고 입만 뻐끔거렸다. 하지만 아이린은 무표정한 얼굴로 동쪽을 가리켰다.

"또 피 냄새가 나. 밤사이 뭔가 벌어졌어."

아이린은 빠른 어조로 말을 이었다.

"좀 빨리 이동해야겠다. 여기서 그레이 게이트까지는 이틀 거리지만 우리는 하루 안에 가야 해. 따라올 수 있어?"

아까부터 계속 놀림당하는 기분이라 제이는 오기로 말했다.

"그런 거라면 내가 앞장서겠어. 마스터가 따라올 수 있다면."

제이는 자신의 말을 증명이라도 하듯 걷기도 버겁게 엉망이 된 길을 뛰어가듯 걸었다. 뒤따르는 아이린을 위해 몇 번인가 어느 부분이 위험하다고 지적하는 일 외에는 앞만 보고 걸었다.

가끔 아이린에게 손을 내밀었으나 그녀는 신경 쓰지 말라며 오히려 재촉했다. 초행이고 진흙투성이의 길이라 체력 소모가 심했으나 멈추지 않았다. 그리고 아이린은 제이가 생각했던 것보다 훨씬 잘 따라왔다.

그레이 게이트에 도착한 건 해가 떨어진 지 한참이나 지난 후였다. 낮이라면 제법 예쁘게 보였을 회색 성벽이 해가 떨어지니 을씨년스러운 위압감만 내비쳤다. 커다란 철문 역시 굳게 닫혀 있었다.

"이봐요. 여기요!"

아이린은 소리를 질러 사람을 불렀다. 횃불은 4, 5미터쯤 위쪽 벽에 하나만 걸려 있었다. 그거라도 없었으면 성문도 구별이 안 될 지경이었다. 이상할 정도로 어두운 밤이었다.

성문 위쪽에 달린 작은 쪽문이 하나 열리며 경비가 머리를 내밀었다. 그는 근엄한 목소리로 말했다.

"해가 떨어지고 한 시간 후에는 문을 닫소. 급한 일이 아니라면 근처 마을에서 하룻밤 쉬고, 내일 새벽에 오시오."

"급한 일이에요. 이런 건 싫지만 가급적 내 이름을 밝히고 내게 주어진 권한으로 성문을 통과하고 싶은데요?"

경비는 떨떠름한 목소리로 말했다.

"성함을 말씀해 보시오."

"아이린."

"처음 듣는 이름이군. 당신에게 주어진 권한이 뭔지 난 모르겠소."

아이린은 난처한 표정으로 물었다.

"당신, 이 성문에서 몇 년이나 근무했지요?"

경비는 잠깐 멈칫했다.

"2년이오. 그런 건 왜 묻는 거요?"

"기분 나쁘게 할 생각은 없어요. 그레이 게이트에서 5년 이상 근무한 사람을 찾아 내 이름을 말해 주세요."

아이린은 그가 화나지 않게 말하려고 노력했다. 경비는 머뭇거리다가 기다리라고 말하고 돌아갔다. 그리고 얼마 걸리지 않아 다른 나이 많은 경비가 창문 밖으로 머리를 내밀었다.

"아이린, 아이린 울프가 맞소?"

"울프라는 성은 오래전에 반납했어요."

"괜찮다면 횃불 옆으로 와 주시겠소?"

제이는 그게 상대측이 화살을 맞히기 쉬운 자리로 유도하는 말이라고 경고하려다 말았다. 그 정도쯤은 그녀도 충분히 알고 있을 거라 믿었다.

아이린이 횃불 아래 서자 나이 든 경비는 크게 웃으며 손을 흔들었다.

"정말 아이린이었군. 나 모르겠어?"

"머피!"

아이린은 반가워하며 말했다.

"레드 게이트의 성문지기가 왜 이런 곳에 있어? 좌천당했어?"

"나도 늙었다 이거지. 잠시 있어 봐."

곧 성문이 열리며 몇몇 경비들이 나와 아이린을 맞았다. 제이가 문만 있는 성벽이라고 생각한 안쪽에 꽤 넓은 공간이 있었다.

아이린이 주변을 두리번거리는 제이에게 설명했다.

"아란티아에 있는 거의 대부분의 게이트가 이런 구조지. 블루 게이트가 좀 작은 편이었던 거야. 가장 높고 가장 큰 건 골드 게이트지만 구조 자체는 같아. 이곳 경비들은 1년 내내 이곳에서 생활해야 하니까 안에 갖춰야 할 모든 시설이 다 있어. 허락만 해주면 술집도 들일걸?"

머리를 숙여야 할 정도로 천장이 낮은 2층의 작은 방에서 검은 콧수염을 기른 경비가 그녀를 맞았다. 둘은 웃으며 가볍게 포옹했다.

"어제 비가 온 탓에 날이 몹시 쌀쌀해졌구먼. 따뜻한 차라도 내야겠어. 조금만 기다려."

머피는 그녀에게 앉기를 권하고 제이에게도 의자를 내주었다. 머피도 앉은 다음 입을 열었다.

"몇 년 만인지 모르겠군, 아이린."

"당신도 많이 늙었네, 머피."

"그래도 이 일을 하기에는 아직 쌩쌩해. 아직도 이 게이트에서 나랑 팔씨름해서 이길 만한 사람이 없다니까!"

머피는 희끗희끗한 머리가 보이는 40대의 남자였다. 그의 유쾌한 미소는 보는 사람도 기분 좋게 했다.

"최근 그레이 게이트 근처에서 안 좋은 일 같은 거 있었어?"

아이린이 대뜸 물었다.

머피가 놀라 되물었다.

"안 좋은 일 있는 걸 어떻게 알았어?"

"무슨 일인지 말해줘."

"흉악범 하나가 그레이 게이트를 지나간 것 같아. 우리야 기본적으로 모든 여행객을 통과시키니 어쩔 수 없었겠지만."

"그래도 수배자 명단에 있는 사람이라면 저지시켰을 거 아니야?"

"바로 그 수배 명단이란 것이, 그놈 통과하고 이틀이 지난 다음에야 온 거야. 받자마자 퍼뜩 생각이 났지만 그렇게 늦게 줘서야 조치할 방도가 있나?"

제이가 끼어들어 물었다.

"수배자라는 게 혹시 지옥 검이라는 자야? 이름이 '테고'인가 그 비슷할 텐데?"

"테고 맞아."

머피는 아이린에게 시선을 돌렸다.

"이 친구는 누구야?"

"전직 사냥꾼."

아이린은 '전직'이라는 말을 강조했다.

머피가 다시 설명했다.

"나흘 전인가 사흘 전에 회벽 마을에서 술집을 점거해서 난동을 부린 자가 있다는 신고를 받은 후 출동했는데, 그 테고란 놈이 저지른 짓인 것 같아."

"잡았어?"

"우리 오기 전에 달아났어. 어떤 실력 좋은 기사 '두 명'이 나서서 쫓아내 줬대."

"그 실력 좋은 기사 둘은 만나 봤어?"

"만나봤지. 좀 건방진 놈들이긴 했지만 우리 일을 대신 해 줬으니 그냥 보내 줬어."

"그걸 그냥 보내줬다고? 딱 봐도 수상한데."

"나도 의심했지. 어떻게 두 사람이서 그 많은 패거리를 쫓아내 줘? 혹시 같은 패가 아닐까? 때마침 그런 증언을 한 사람도 있었고."

"그런데?"

"가게 주인장이 하도 옹호를 해 줘서 보내 줄 수밖에 없었어. 가게 주인과는 잘 아는 사이라 믿어 줄 수밖에 없었지. 어쨌든 그 지옥 검이라는 놈은 부하들도 꽤 많아서 또 문제를 일으킬 것 같아. 지금도 우리 경비대는 촉각을 곤두세우고 있어."

머피는 어깨를 으쓱해 보이며 마무리 지었다.

"그런 게 안 좋은 일이라면 안 좋은 일이었는데?"

아이린은 고개를 세게 저었다.

"바보야, 그런 현실적인 일 말고 좀 더 이상한 일! 괴이하고 수상하고 형이상학적인 일! 그런 거 없어?"

머피는 기분이 상한 듯 말했다.

"일어났기를 바라는 거야, 뭐야?"

머피는 아이린과 제이 몫의 차를 내온 부하 병사에게 화풀이하며 물었다.

"야, 괴이하고 수상하고 이상하고 설명이 불가능한 일 있었어?"

그 부하 병사는 오래 생각하지 않고 대꾸했다.

"있긴 하네요. 이상한 일."

그의 말에 아이린이 깜짝 놀라 말했다.

"있어?"

"있어?"

동시에 머피도 물었다.

병사는 어깨를 으쓱해 보였다.

"왜, 그거 있잖습니까."

"그거라니?"

"그거요."

"그거? 아아, 그거!"

머피가 고개를 끄덕이자, 아이린은 얼굴을 가까이 들이밀었다.

"그거라는 게 뭐야?"

"맞아. 좀……, 이상한 일이 있긴 했지."

머피는 주저했고 아이린은 재촉했다.

"내가 원하는 얘기가 그거일 것 같은데? 얼른 말해 봐."

"열흘쯤 전이었나? 검은 기사 한 명이 여길 지나갔어. 막 게이트가 닫히기 직전의 저녁이라 아직 횃불을 켜지 않은 어둠 속에서. 지금 생각인데 어쩜 타이밍도 그리 좋았을꼬? 어떻게 생각하면 그때가 한밤중보다 더 어두울 때야. 횃불은 안 켜고 해는 져 있고……."

"쓸데없는 배경 묘사는 됐고 검은 기사가 나타났는데, 그래서?"

아이린의 눈빛이 달라졌다.

"쓸데없다니? 어두웠다는 건 당시 분위기에서 되게 중요한 거야. 그 자가 나타나니까 진짜로 좀 어두워졌거든. 그랬지?"

머피는 부하 병사에게 동의를 구했다.

"네, 그랬습니다. 어두워지고 음침해지고, 뭐랄까, 좀 무서웠어요."

부하 병사는 목소리를 낮추며 말했고 머피도 덩달아 분위기를 잡기 위해 목소리를 낮췄다.

“이상한 건 그자가 익셀런 기사단의 갑옷을 입고 있었다는 거야. 우린 그때 굉장히 당황했는데, 그렇다고 규정에 어긋나는 것도 아닌데 쫓아낼 수도 없지 않나? 더군다나 지금은 론타몬과 적대 관계인 것도 아니고, 그자가 우릴 공격한 것도 아니고…….”

계속 무관심하게 듣던 제이도 집중하게 됐다.

“난 무서웠지만 좀 용기를 내서 물었지. ‘당신은 무슨 일로 이곳을 지나가느냐?’ 그랬더니 대답하길, ‘골드 게이트로 간다.’ 그러더군. 이상하지 않나? 어느 마을이나 지명을 말하지 않고, 콕 집어 게이트라니! 그래서 무슨 일로 거길 가느냐고 물었지. 그는 말해야 하냐고 되묻더군. 따지는 말투는 아니었어. 오히려 내 질문에 난처해하더라고. 물어본 게 미안해질 지경이었지. 그래서 난 형식적인 절차이고 말하기 싫으면 말하지 않아도 된다고 했지. 그러자 그자는 왜 가야 하는지 기억이 나지 않아 대답할 수가 없다고 그러더구먼.”

계속되는 머피의 말투는 마치 꿈 얘기를 하는 것처럼 들떠 있었다.

“말했듯이 이상하게 주위가 어두워서 투구를 쓴 그 기사의 얼굴도 확인하지 못했지. 그렇다고 계속 붙잡아둘 만한 핑곗거리도 없어 통과시킬 수밖에 없었어. 그 뒤에 혹시나 해서 레드 게이트 쪽 경비와 연락을 주고받았는데, 그런 자가 거길 통과했다는 소식은 없더구먼. 그 후로는 지옥 검 일당들 때문에 정신이 없어서 잊고 지냈지. 아, 맞다!”

머피는 자기 손바닥을 주먹으로 탁 치며 말을 이었다.

“지옥 검 놈들이 사건 일으켰다는 그 술집 주인도 검은 기사가 나타났다는 말을 했어.”

“검은 기사가 무슨 일이라도 저질렀대?”

"아니, 그냥 나처럼 뭔가 좀 이상했다 정도? 아무 짓도 안 했어. 잡담거리도 안 되는 목격담이라고나 할까?"

머피는 입맛을 쩝쩝 다시며 다시 물었다.

"이런 얘기를 원한 거였어?"

"글쎄, 그럴지도?"

아이린은 팔짱을 끼고 중얼거렸다. 제이는 두 사람의 눈치만 살폈다. 벽에 걸린 등불이 불안하게 흔들거렸다.

아이린은 차를 한 모금 마시며 말을 이었다.

"그 외에는?"

"아아, 갑자기 그런 걸 물어서 얘기 순서가 틀렸잖아. 내가 얘기하고 싶은 건 다른 거였다고."

머피는 그녀를 탓하는 투로 말하며 다시 긴 얘기를 준비했다.

"사실 그 일보다는 최근 있었던 다른 일이 더 이상하다면 이상했을 거야. 내가 당신을 성문 아래에서 발견한 것에 왜 그리 놀랐는지 알아? 당신이 몇 년인지 셈하기도 힘든 시간 만에 돌아왔다는 사실 때문이 아니야. 들으면 깜짝 놀랄 만한 인물들을 연이어 만났기 때문이지."

"나만큼이나 놀랄 일이었어?"

아이린은 무거운 분위기를 걷어내려고 농담조로 물었다.

"비교하기 애매하지. 사흘 전에 무려 하얀 늑대들 여섯 명이 동시에 지나갔다."

머피는 회심의 일격이라도 날리는 것처럼 말했다. 하지만 아이린은 아무렇지도 않게 받았다.

"그 얘기는 블루 게이트 경비한테 벌써 들었어. 닷새쯤 전이라고 했던가? 카모르트에서 어떤 임무를 수행하고 돌아가는 길이었다고. 흐음, 시간적으로 우리가 이틀 거리를 따라잡았군."

머피는 왠지 음흉해 보이는 웃음을 흘리며 말했다.

"블루 게이트 경비들이 해 준 건 그 말뿐이었어? 그럼 그 친구들은 말재주도, 관찰력도 빵점이군."

"어째서?"

"내가 방금 말했잖아. 여섯이라고, 여섯. 여기서 왜 놀라야 하는가! 하얀 늑대들이 카모르트로 떠날 때는 분명 다섯 명이었어. 그런데 돌아올 때는 여섯 명이 되어 있는 거야. 재미있지 않아?"

"뭐, 외부에서 인재를 데려오는 일이야 특별할 것도 없지. 그냥 동행인일 수도 있는 거고."

"거기가 핵심이야. 다섯 명의 하얀 늑대들이 처음 보는 청년을 캡틴이라고 부르지 뭔가?"

머피는 웃음을 터트리며 말을 이었다.

"좀 어려 보이더군. 그런데 그렇게 캡틴이란 게 갑자기 추가될 수도 있는 건가?"

"하얀 늑대들은, 원한다면 자기들의 캡틴 정도는 스스로 선택할 수 있어. 불가능한 일은 아니지. 하지만 그건 참 놀랄 만한 일이군. 그 말은, 울프 기사단이 아닌 사람을 캡틴으로 선택했다는 건데……."

"그것만이 아니었어. 그날 동시에 이 성문을 통과한 사람은 다름 아닌 블루 게이트의 하이로드 탈룬드였거든. 매년 한 번씩 지나가지만 공교롭게도 하얀 늑대들과 같은 시간에 나타난 거야. 그런 거물들이 이 좁은 장소에 같이 있으니 내가 다 숨이 막힐 지경이더군."

"탈룬드가? 여왕님 뵈러 가나?"

"뭐, 언제나처럼 선물을 산더미처럼 싸 들고 가시더군. 맞다, 그러고 보니 어제 폭우가 있었는데 괜찮으려나? 나이 드신 분이 감기라도 걸렸으면 큰일인데."

머피가 중얼거렸다.

제이가 말없이 앉아 있자, 아이린이 간단히 설명해 주었다.

"하이로드란 건 각 게이트를 관장하는 영주 같은 거야. 다른 나라에는 없는 귀족 체계지. 아란티아에는 하이로드와 로드, 두 종류의 귀족밖에 없거든."

"문 하나 관리하는 귀족치고는 이름이 너무 거창하지 않아?"

제이는 관심 없다는 듯 건성으로 대꾸했다.

아이린은 참다 터트린 것처럼 웃었다.

"그래, 제이메르. 그 말 참 멋지다. 그 얘길 탈룬드한테 해 주면 거품 물고 기절할 거야."

머피는 당황하여 두 손을 내저었다.

"당신이 그런 말 하면 농담 같지 않아서 걱정이군. 제발 그러지 마."

"알았어, 알았어. 얘기는 그게 단가? 내가 놀랄 만한 사람 더 있으면 또 얘기해 봐."

"있어."

"뭐? 진짜? 또?"

"내가 그랬잖아. 당신 나타난 것까지 포함하면 대체 며칠 사이에 몇 명이나 지나간 거냐고. 뭐, 나도 마스터 퀘이언이 캡틴이었던 시절에 수도 없이 만났으니 이번에 신입 캡틴 하나 본 게 뭘 그리 놀랄 일이 되겠나? 탈룬드 님도 해마다 보니 크게 이상할 건 없지. 하지만 난 이틀 전 평생 다시는 보지 못할 사람을 만났다!"

그는 긴장감을 고조시킨 후 말을 이었다.

"하늘 산맥의 루티아에서 온 마법사가 이곳을 지났지."

"루티아의 마법사가? 그건 정말 이상한 일이네. 마법사가 그레이 게이트에는 왜 와?"

아이린도 놀라며 물었다.

지루하게 얘기를 듣던 제이가 슬쩍 끼어들어 물었다.

"마법사라는 게 정말 있는 사람이야?"

"있지 그럼."

제이는 자칭 마법사라는 범죄자를 사냥해 봐서 잘 알고 있었다. 마법 같은 건 속임수였다. 설사 정말로 손에서 불길이 나가고 하늘에서 비가 오게 만든다 해도 무슨 상관인가? 칼 찌르면 죽는 건 매한가지인데.

제이는 마법사가 신기하긴 했지만, 두렵지는 않았다. 이 세상에서 무서워해야 할 가장 강력한 무기는 마법이 아니라 활이었다.

"아아, 정말이지 여기서 앞으로 50년을 더 근무한다 해도 이 세 인물이 하루 간격으로 게이트를 통과하는 광경은 보지 못할 거야. 아직도 심장이 두근거릴 지경이라니까. 루티아의 마법사라니!"

머피는 흥분해서 주먹을 불끈 쥐고 말을 이었다.

"난 마법사라는 건 하얀 수염에 뾰족한 모자를 쓰고 있는 줄 알았지만, 그 사람은 비교적 젊더군. 아아, 그래 봤자 나보다 훨씬 나이가 많겠지만……. 가슴에 주먹만 한 보석이 달린 목걸이를 빼고 나면 특별히 신기할 것도 없는 차림이었는데, 그의 앞에서는 절로 고개를 숙여야 할 것 같았지. 여하튼 그는 오자마자 내게 하얀 늑대들이 여길 지나갔냐고 물었어."

"루티아의 마법사가 하얀 늑대를 찾았다고?"

아이린이 날카롭게 물었지만, 머피는 눈치채지 못하고 그저 웃으며 말했다.

"내가 하루 전에 지나갔다고 하니 무척 안타까워하며 어느 길로 갔냐고 또 묻더군. 그래서 레드 게이트로 가는 직선상의 도로를 따라갔을 거라고 말해 줬지. 내가 '만약 나디움에서 오는 길이라면 오는 중에 만났을 거 아니오?'라고 물었는데 그는 '난 길로 오지 않았소.'라고 대답하대? 하하, 길로 오지 않았으면, 날아왔나?"

"일반 사람들과 다른 방식으로 나다니니까 마법사인 거지."

아이린은 식은 차로 입을 헹구며 혼잣말처럼 중얼거렸다.

"그럼 오늘 새벽의 불길한 기운은 그 마법사 때문이었나?"

"루티아의 마법사가 어째서 불길하다는 거야?"

머피가 물었다.

"잘못 말했군. 루티아에는 이런 말이 있지. 마법사들은 안 좋은 일이 터졌을 때 움직이는 게 아니라 안 좋은 일이 터질 것 같을 때 움직인다……."

아이린이 말했다.

머피는 영문 모를 소리에 고개만 갸웃했다.

"고마워, 이것저것 알려 줘서."

아이린은 긴 설명을 하지 않고 대화를 끊었다.

머피도 과감히 호기심을 억누르며 고개를 끄덕였다.

"오늘 밤은 어디서 묵을 거야? 회벽 마을까지는 두 시간쯤 더 걸어가야 하는데, 그냥 여기에서 묵는 게 어때?"

머피는 부디 그래 달라는 투로 물었다. 그러나 아이린은 정중히 거절했다.

"그냥 갈래. 타고 갈 말 좀 구해 줄 수 있을까?"

"물론이지! 하지만 밤에 이동하는 건 권하고 싶지 않아. 레드 게이트까지 가는 흙길이 아마 어제 비로 엉망이 되어 있을 거야. 밤에 가다가 말이 넘어지기라도 하면 위험하지. 그냥 내 말대로 오늘 밤은 쉬고 내일 일찍 가."

제이도 머피의 말에 동의했다.

"내 생각에도 그게 좋을 것 같아, 마스터."

아이린은 잠시 생각하다가 고개를 저었다.

"아니야. 설명하긴 힘들지만 하루라도 더 빨리 가야 할 것 같아. 내일 아침에 떠오를 태양이 만약 피를 머금었다면 지금 떠나지 못한 것을 굉장히 후회할 것 같거든."

머피는 더 권하지 않았다. 그는 아쉬움을 달래며 둘을 출구로 안내해주고 털빛 고운 말 두 필을 내주었다.

"경비대가 가진 말 중 가장 빠른 말이야. 힘도 좋고, 겁도 없어 밤길을 가기에는 그만이지. 하지만 절대 속도를 내진 마. 이 좋은 말들이 진흙탕에 빠져 발목이 부러지면 난 오늘 밤 당신을 말리지 못한 걸 두고두고 후회할 테니까."

아이린은 감사의 뜻을 표하며 말 위에 올랐다.

"참, 레드 게이트와 연락을 취한 게 언제지?"

"이틀 전."

"파발이 오는 시간이 있으니, 그럼 최소한 나흘은 공백이군. 고마워. 조만간 또 봐."

아이린은 제이가 아직 말에 오르지도 않았는데 말을 달리기 시작했다. 머피는 달리지 말라는 충고를 듣지 않는 그녀의 뒷모습을 전전긍긍 바라보기만 했다.

제이는 말에 오른 뒤 머피에게 물었다.

"하나 물어도 돼? 아이린은 뭐 하는 사람이야?"

"그것도 모르고 동행하고 있었어?"

머피가 수상쩍게 바라보니 제이는 어깨를 으쓱했다.

"테스트를 받는 중이라서. 몇 번 물어봐도 말 안 해줬어."

"테스트?"

"첫 번째는 합격했고 두 번째는……, 뭔지 몰라."

머피는 재미있다는 듯 입꼬리를 올렸다.

"내가 생각하는 게 맞는다면 자넨 지금 울프 기사단 입단 테스트를 받고 있는 거야."

"대충 그렇게 생각했지만……. 그런데 마스터한테 그럴 권한이 있어?"

"있다마다! 하긴, 너 같은 외부인이 그런 걸 알 리가 없지. 아이린이란 이름을 들어본 적도 없을 것이고. 생각해 보니 현역 울프들도 은퇴한 울프 기사들의 이름은 잘 모르지. 나처럼 10년 전 론타몬과의 전쟁에 직접 참가한 사람만이 하얀 늑대 아이린 울프의 진면목을 알고 있지."

"하얀 늑대?"

"지금은 물론 은퇴했지만."

제이는 하얀 늑대란 게 그리 대단한 거냐고 물으려다 관두고, 말머리를 돌려 달렸다. 그에게 중요한 건 지금의 아이린이지, 과거의 그녀가 아니었다. 하지만 얼마 전 지나갔다던 여섯 명의 하얀 늑대는 신경쓰였다. 제이는 아이린만큼 대단한 존재가 여섯 명이나 더 있다고는 생각하고 싶지 않았다.

◈ Chapter 5 ◈

빌리와 슈벨

'왜 하필?'

빌리는 어제 밤을 새워 걸어와 오늘 새벽 아란티아의 그레이 게이트를 통과했고 아침에야 겨우 회벽 마을에 도착했다. 아무 여관에나 들어가 당장 침대에 몸을 던지고 싶었다. 하지만 이대로 잠들면 일어날 힘도 남지 않을 것 같아 최소한의 요기라도 하려고 억지로 바에 앉은 것이었다.

그런데 식당 안으로 열 명 정도의 괴한이 쳐들어왔다. 그들은 칼과 도끼를 휘두르며 순식간에 술집 안을 점거했다.

'왜 하필 여기냐? 여기보다 돈 더 많이 모이는 곳이 있었을 텐데.'

그들은 빌리가 멍한 정신으로 접시에 담긴 구운 감자를 숟가락으로 파먹는 동안 술집 손님들을 협박해서 금품을 뜯어내고 있었다.

"야, 너도 가진 거 여기다 다 집어넣어."

빌리에게 온 남자는 거만한 목소리로 협박했다. 하지만 그는 듣는 척도 하지 않았다. 아니 실제로 빌리는 반쯤 잠에 취해 감자 껍질을 벗겨 속을 파먹는 건지, 속을 파내고 감자 껍질을 먹는 건지도 구별 못 하고 있었다.

몇 번 부르다 참지 못한 도적은 빌리의 뒤통수를 후려쳤다.

"야, 이 자식아! 내 말 안 들려?"

먹던 감자가 바닥에 툭 떨어진 후에도 빌리는 상황이 쉬이 파악되지 않아 멍하니 있었다. 그리고 천천히 뒤를 돌아보자 그 도적이 빌리의 뺨을 후려쳤다.

"죽고 싶어?"

그는 빌리의 목에 도끼를 들이대며 소리쳤고 그들의 리더로 보이는 남자가 혀를 차며 말렸다.

"야, 적당히 해 둬. 이 술집이 필요한 거지 돈이 필요한 게 아니……."

리더는 말을 끝까지 잇지 못하고 황급히 칼을 뽑았다.

빌리의 칼이 도적의 목을 뚫고 있었다. 칼에 꽂힌 남자는 숨을 컥컥대며 들고 있던 금품 보따리와 도끼를 바닥에 떨어트렸다.

빌리는 반만 뜬 눈으로 자기가 찌르고 있는 남자를 노려보았다. 그리고 바에 앉은 자세로 다리를 쭉 뻗어 발로 그의 얼굴을 밀었다. 목뼈에 칼날이 닿아 스치면서 소름 끼치는 소리가 났다. 칼날이 완전히 빠져나오자, 뚫린 목에서 터진 핏줄기가 벽을 한 번 적셨다. 그 남자는 목을 움켜쥔 채 나무 바닥에 픽 쓰러졌다.

"너, 너, 너, 뭐야?"

반항은 전혀 없을 거라고 예상했던 그들은 느닷없이 동료 하나가 죽자, 무척이나 당황했다. 그들은 강도질을 멈추고 빠르게 빌리 주위로 몰려들었다. 그러나 가까이 다가가지는 못했다.

빌리는 졸린 눈으로 그들을 돌아보더니 말했다.

"너희들이야말로 뭐냐? 아란티아는 평화로운 나라라고 들었는데 술집에서 버젓이 강도질할 만큼 치안이 엉망인 나라였나?"

"우린 아란티아인이 아니다. 내가 모시는 분의 이름만 말하면 잘못했다고 사과할 놈이 어디서 큰소리냐? 당장 칼을 버려라."

"네가 모시는 분의 이름이 아니라 네 이름을 밝혀라. 그러지 못할 거면 실력을 보이든가."

빌리는 하품을 길게 하며 말을 이었다.

"귀찮으니 얌전히 이 술집을 떠나면 나머지 놈들의 목숨은 살려 주겠다."

빌리는 다시 돌아서서 감자를 포크로 찔렀다. 놈들 덕에 정신이 조금 들었지만 피로는 더 몰려왔다. 돌아보니 그들은 빌리만 빼고 다른 손님을 약탈하고 있었다.

'내 경고를 잘못 해석한 모양이군.'

방금 죽은 놈의 시체도 수습하지 않는 걸 보니, 돈독한 의리를 과시하는 도적단도 아닌 모양이었다.

"물건 다 내놓은 놈들은 당장 이쪽으로 모여! 어서!"

손님들은 겁에 질려 찍소리도 못하고 시키는 대로 했다. 도적들은 술집 손님과 술집 주인, 종업원까지 열두 명을 모두 묶어 놓은 후에 다시 빌리의 동태를 살폈다.

빌리는 가까스로 감자를 모두 먹었다. 목이 멨다.

“야, 너랑 너는 2층에 남은 사람 없나 살펴보고 와.”

도적들의 리더는 부하 둘에게 명령을 내린 후 빌리의 옆에 조심스럽게 다가왔다.

“너……, 어디 가문 기사냐?”

빌리는 물을 마시며 대꾸했다.

“알면 어쩌게?”

“혹시…… 아란티아의 울프 기사단이냐?”

빌리는 어금니를 악물고 화를 참았다.

“내가 울프 기사단이면?”

“음, 잘됐다. 내 이름은 더프다. 내가 모시는 캡틴이 울프 기사단에 들어가고자 한다. 소개해주면 한턱 단단히 내겠다.”

빌리는 웃음기 하나 없는 얼굴로 말했다.

“이제는 도적들도 캡틴이라는 호칭을 쓰나? 웃기네, 이 새끼들.”

더프는 나직이 신음하더니 다시 말했다.

“울프 기사단이 최강이라는 건 안다. 하지만 내가 모시는 캡틴도 만만치 않아. 그분은…….”

빌리는 물컵을 내려놓더니 칼을 옆으로 휙 그었다. 더프는 깜짝 놀라 뒤로 물러났다. 그리고 아직 자기 목이 붙어 있나 확인해 보려고 더듬거렸다.

빌리는 으르렁거리는 목소리로 말했다.

“다시는 내 앞에서 울프 기사단이 최강이라는 말을 지껄이지 마라.”

그때 갑자기 2층 계단에서 두 명이 한데 뭉쳐 데굴데굴 굴러 내려왔다. 위층을 확인하라고 방금 올려 보낸 두 명이었다. 위층에 묵고 있는 손님이 있다면 팔다리를 묶어 끌고 내려와야 할 그들이, 오히려 엉망으로 쥐어터진 얼굴을 하고서 바닥에 늘어졌다.

두 명이 자신의 목뼈 강도를 실험하며 구른 계단을 따라, 하얀 다리에 아무것도 신지 않은 하얀 발이 따라왔다. 빌리와 도적들은 무의식적으로 그 하얀 다리에 시선을 빼앗겼다. 매끈하게 근육이 붙은 다리의 주인은 긴 금발의 남자였다. 하지만 긴 속눈썹과 하얀 피부, 가늘고 긴 목은 어떻게 봐도 여자로 보였다.

빌리는 용케 그를 여자로 착각하지 않았다고 생각했고, 더프는 그 다리에 잠깐이나마 시선을 빼앗긴 자신을 증오했다. 어쨌든 계단을 내려온 남자는 선이 가는 얼굴치고는 목소리가 제법 굵었다.

“울프 기사단이 어쨌다고?”

금발의 남자는 머리를 쓸어 넘기며 바에 걸터앉았다. 단추가 풀려 가슴이 살짝 드러난 셔츠에 반바지만 입고 꼰 다리로 앉아 있는 꼴이 마치 여자가 유혹이라도 하는 듯한 모습이었다. 이 혼란스러운 와중에도 그의 매혹적인 움직임에 침을 삼키는 도적들이 있을 정도였다.

빌리는 졸린 눈으로 말했다.

“넌 뭐냐?”

금발 남자의 눈썹이 치켜 올라갔다.

“그러는 너는 뭐냐? 이 도적들 대장이냐?”

빌리는 아까 울프 기사단이냐는 질문을 받았을 때와 똑같이 아무렇게나 대답했다.

“그렇다면 어쩔 거냐?”

"어쩌긴. 다섯 셀 동안 저 손님들 포박 풀고 무장 해제 안 하면 죽여 버리겠다."

빌리는 도적들의 리더인 더프에게 고개를 돌렸다.

"그렇게 한단다. 저 녀석이 나한테 칼 들이대면 난 네놈들을 죽이겠다. 시키는 대로 해라."

빌리는 다시 금발의 남자에게 고개를 돌려 말했다.

"됐냐?"

그는 빌리가 말하는 투가 뭔가 이상해서 물었다.

"잉? 어느 쪽이 두목인 거야?"

빌리는 손을 내저었다.

"귀찮게 하지 말고 둘이 알아서 해라. 주인장, 난 위층 아무 방에서나 자고 있을 테니 계산은 나중에 합시다."

빌리는 팔이 뒤로 묶인 주인에게 말했다. 주인은 대체 이 와중에 나보고 어쩌라는 거냐는 듯 울먹였다. 하지만 빌리는 계단 밑에 쓰러져 있는 두 남자를 밟고 2층으로 흐느적거리며 올라가 버렸다.

금발의 남자는 이 엉뚱하기 그지없는 남자의 등 뒤를 한참이나 보다가 어깨를 으쓱했다.

"너희들, 내가 내려올 동안 여기 있는 사람 한 명이라도 죽이면 다 죽일 거다! 진짜야. 어이, 주인장. 너무 걱정 말고 계시오. 내가 다 알아서 할 테니."

그는 빌리를 부르며 계단으로 뛰어 올라갔다.

잔뜩 기대했던 술집 주인은 실망하며 고개를 푹 숙였다.

그사이 빌리는 아무 방으로나 들어가 웃옷만 벗고 침대에 풀썩 쓰러졌다.

그 금발의 남자가 뒤따라 들어왔다.

'아차, 문을 안 잠갔네.'

빌리는 후회했으나, 이미 그가 어깨를 잡고 흔들고 있었다.

"어이, 이봐. 잠깐 얘기 좀 하자. 너 뭐 하는 놈이냐?"

빌리는 눈을 감은 채 인상만 구겼다.

"너야말로 뭐 하는 놈이냐? 나 좀 자게 내버려 둬."

"내 이름은 슈벨이다. 이로피스에서 왔지."

"빌리, 론타몬."

"아, 빌리. 너 보통 녀석 아니지? 저런 도적들에게 둘러싸여 있었으면서 어떻게 무사할 수 있었지? 아니, 그보다 너 좀 머리가 이상한 것 아니냐? 도망가든가, 항복하든가, 싸우든가 셋 중 하나를 해야 할 상황에서 어떻게 아무것도 안 하냐?"

"귀찮아서."

빌리는 정말 귀찮아서 손을 휘적거렸다.

"잘 거다. 내 방에서 나가."

"네 방? 인마, 여긴 내 방이고 거긴 내가 방금 전까지 자던 침대야. 멋대로 들어온 건 너야."

빌리는 한쪽 눈만 뜨고 코앞에 있는 수상한 물건을 집어 들었다. 그것은 눈에 붉은 단추가 박혀 있는 하얀 토끼 인형이었다. 슈벨은 황급히 그 인형을 빼앗았다.

"나, 난 이게 없으면 잠을 못 자는 것뿐이야. 오해하지 마."

"오해 안 했어. 그게 없으면 잠을 못 자는 녀석인가 보다 생각했으니까."

얼굴이 붉어진 슈벨이 또 다른 변명을 늘어놓기 전에 빌리가 먼저 말했다.

"그래, 이 방은 네 방이고, 이 침대도 네 거다. 하지만 제발 부탁하건대 그냥 자게 해 줘."

빌리는 다시 눈을 감았다.

슈벨은 인형을 끌어안은 채 입맛을 다셨다.

"언제 깨워 줄까?"

"깨우지 마."

그 말을 끝으로 빌리는 정말 잠들어 버렸다. 슈벨은 엎어져 있는 그를 한참이나 내려다보다가 피식 웃었다.

"끝내주는데, 이 녀석?"

바깥에서 요란한 소리가 들려 슈벨은 2층 창문 아래를 내다보았다. 스무 명이나 되는 녀석들이 말을 타고 가게 앞으로 나타났다. 한 명은 멀리서 봐도 월등히 덩치가 컸다. 그놈은 커다란 목소리로 명령을 내렸고 더프란 녀석이 달려 나와 머리를 조아렸다.

"진짜 두목이 납시었군."

그들은 타고 온 말을 마구간에 집어넣더니 한꺼번에 1층 문으로 들어왔다. 슈벨은 뒤통수를 긁적이다 자고 있는 빌리에게 중얼거렸다.

"너 오래 자긴 틀린 것 같다."

슈벨은 미리 옷을 입고 장갑을 끼고 칼을 찼다. 토끼 인형은 배낭 깊숙한 곳에 넣어 두었다. 슈벨의 예상대로 그들은 5분도 안 되어 찾아왔다.

"문을 열어라."

슈벨은 문 앞에서 대기하고 있다가 그 말이 떨어지자마자 문을 확

열어젖혔다. 아까 1층에 있던 도적들의 리더, 더프가 깜짝 놀라 뒤로 물러나다가 넘어졌다.

슈벨은 허리에 차고 있는 칼의 손잡이에 손을 슬쩍 올려놓았다.

"무슨 일이지?"

"둘 다 내려오라는 캡틴의 명령이다."

"볼일 있는 쪽이 올라와야지."

"밑에 서른 명이나 있다. 허세 부리지 마."

슈벨은 턱을 긁적이다가 자고 있는 빌리 쪽을 돌아보았다.

"서른 명이든 삼백 명이든 알 게 뭐야? 나는 이 친구 깨우고 있을 테니 네놈은 네 두목을 불러와라."

"두목이 아니라 캡틴이다!"

더프가 강조했다.

"요새는 강도 놈들도 캡틴이냐? 지랄들 하고 있네."

슈벨의 말에 더프는 콧김을 푸욱 내뱉더니 손가락을 하나 세웠다.

"좋다. 캡틴께 네 말을 그대로 전달해주지. 하지만 딱 하나만 경고하도록 하지. 캡틴과 얘기할 때는 고분고분 따르는 게 좋아. 두 손 잘려 바닥을 기다가 캡틴의 발가락이나 핥고 싶지 않으면! 게다가 내 동료들 중에는 너처럼 예쁘장하게 생긴 남자를 좋아하는 놈들도 꽤 있으니까."

"그럼 나도 딱 하나만 경고하지."

슈벨은 칼을 휘둘렀다. 더프가 무슨 일이 벌어졌는지 깨닫기도 전에 세우고 있던 검지가 휙 잘려나갔다.

"난 경고 같은 거 안 해. 그게 내 경고야. 1분 안에 네 두목이 안 올라오면 내가 내려간다. 그때 난 너희 서른 명을 다 죽일 거다. 알았지? 가 봐."

슈벨은 자기 손가락이 어디로 갔는지 찾는 더프를 밖에 두고 문을 소리 나게 닫았다. 물론 그가 노렸던 대로, 그들이 말하는 캡틴이라는 자는 금방 위층으로 올라왔다.

"얘기 좀 할까?"

굵은 목소리가 문밖에서 들렸다.

"열려 있다."

슈벨은 의자에 다리를 꼬고 앉아 팔짱을 꼈다. 문이 좁아 보일 정도로 덩치 큰 녀석이 안으로 들어왔다. 화가 나서 칼을 휘두르고 싶어 하는 다른 녀석들과는 달리 덩치 큰 남자는 무덤덤한 표정이었다.

"다들 밖에서 기다려라."

뒤에서 당장 쳐들어갈 것을 기대하고 있던 도적들은 표정으로 불만을 드러냈지만, 명령에는 복종했다. 그 남자는 문을 닫고 의자를 끌어다 슈벨의 앞에 앉았다. 하도 덩치가 커서 작은 나무 의자가 위태로워 보였다.

"내가 무섭지 않나?"

그가 물었다.

슈벨이 되물었다.

"무서워해 줄까?"

"뭐, 날 무서워하는 겁쟁이였다면 내가 직접 올라올 일도 없었겠지. 내 이름을 아나?"

"알게 해줘 봐."

"테고다. 이로피스에서는 지옥 검이라고 알려져 있지."

"나 이로피스에서 왔지만 그런 이름 모르는데?"

"사회에 무관심한 녀석이군. 나에게 걸린 현상금이 금화로 오백이다. 물론 아무도 죽일 수 없었기에 그렇게 큰돈이 걸린 거지."

"그래서?"

"넌 생긴 것답지 않게 배짱이 좋은 놈 같으니, 한자리 주마."

"한자리 얻으면 나한테 뭐가 좋은데?"

"나는 지금 아란티아의 나디움으로 가는 중이다. 내 부하들은 모두 각지에서 난다 긴다 하는 범죄자들인데, 모두 나를 따르고 있지. 같이 나디움으로 가기 위해."

슈벨은 약간 호기심이 생겨 물었다.

"나디움? 거긴 왜?"

"울프 기사단이 되기 위해."

슈벨은 큰 소리로 웃음을 터트렸다. 금방 그칠 줄 알았던 웃음소리가 계속 이어지자 테고는 기어이 인상을 구겼다.

"왜 웃는 거냐?"

슈벨은 긴 눈썹에 맺힌 눈물을 닦았다.

"이봐, 이봐. 네 현상금이 얼마가 걸렸건 그건 중요한 게 아니야. 울프 기사단에 대해 얼마나 알지?"

"어느 정도는."

테고는 팔짱을 끼고 나무 의자에 등을 기대었다. 순간 삐걱하고 부러지는 소리가 나 그는 황급히 자세를 고쳐 앉았다.

"어느 정도 아는 정도로 가서 뭘 어쩌려고? 물론 아란티아의 울프 기사단은 실제로 과거를 묻지는 않아. 연쇄 살인범이었건 다른 나라의 왕을 죽였건! 하지만 애초에 그런 녀석은 테스트에 합격하지 못한단다. 왜냐? 검에 순수한 열정도 없이 사람 죽이는 칼질만 배운 녀석은 실력에 한계가 있거든."

"어디서 글로 검술을 배운 모양인데, 실전은 그런 철학이 통하지 않는다. 그 증거가 나지. 난 아직 어느 누구에게도 지지 않았다. 이로피스의 왕실 기사단이든 론타몬의 익셀런 기사단이든! 나보다 한 수 아래인 내 동생 트레고도 드래곤 기사단 두어 놈쯤은 가볍게 해치웠지. 그래서 내 목표는 울프 기사단밖에 안 남게 된 거다. 지금 이 마을에 온 것도 동생을 기다리기 위해……."

"야, 검 지옥. 너 뭔가 이상한 착각하는 거 아니냐?"

"지옥 검이다."

"멋있지도 않은데 대충 넘어가."

슈벨은 웃기도 지쳤다는 듯 한숨을 길게 내쉬며 말을 이었다.

"잘 보라고, 멍청한 친구. 이로피스 왕실 기사단이 몇 명이지? 오십? 백? 사백 명이다, 사백 명! 드래곤 기사단은? 드래곤이 있을 때는 숫자가 적었지만 지금은 오백 명이나 되지. 익셀런 기사단도 삼백이야. 그중 한 명과 싸워서 이겼다고? 그래서 이로피스 왕실 기사단의 실력을 평가한다고? 멍청한 놈. 네가 싸워 이긴 놈이 그 기사단에서 제일 강한 놈인지 제일 약한 놈인지 어떻게 알아?"

"상관없다. 그래서 전원이 최강이라는 울프 기사단에 도전한다는 거잖아."

테고는 허리에 차고 있는 거대한 칼에 손을 올려놓았다. 이 자리에 울프의 기사가 나타나면 당장 겨뤄 볼 기세였다.

"아아, 이 멍청한 놈을 어찌할꼬. 너무 멍청해서 설명할 기운도 안 나는군."

"입 조심해, 이 새끼야. 너 지금……."

"시끄러우니까 내가 하는 말이나 잘 들어, 이 냄새 나는 꼴통아. 울프 기사단이 몇 명인지 알아? 이백? 백? 오십밖에 안 된다. 그래, 그 오십은 정말 대단한 녀석들이지. 그럼 익셀런 기사단 삼백 중 오십을 추려 내면 어떻게 될까? 그럼 그 오십은 전원이 최강이 되는 거야. 내가 뭔 말하는지 이해가 가냐? 너희들은 아무것도 몰라. 음유시인들이 전설이랍시고 흥얼거리는 노래나 듣고 '어느 정도' 안다고 떠드는 거겠지."

테고의 얼굴에는 이제 살기까지 깃들였다. 그때 자고 있는 줄 알았던 빌리가 언제부터인지 침대에 걸터앉아 말했다.

"꽤 재미있는 말을 하는군."

"아, 잘 잤냐?"

"둘이서 그렇게 떠드는데 잠이 오겠냐?"

"그건 내 잘못이 아니야. 얘가 올라온 거야. 아, 내가 올라오라고 했던가? 그럼 미안."

슈벨이 눈웃음치며 말했다.

빌리는 졸린 눈으로 뒤통수를 긁적이더니 물었다.

"슈벨이라고 했던가? 어디 가는 길이냐?"

"나디움."

"거긴 왜?"

"울프 기사단에 가려고."

"방금 한 말과 앞뒤가 안 맞는군. 남이 간다는 건 비웃으면서 너는 왜 가?"

슈벨은 씨익 웃어 보였다.

"너희 둘에게 재미있는 걸 가르쳐 주겠다. 지금부터 절대로 칼을 꺼내지 마라. 물론 난 너희 둘을 절대 절대 절대 공격하지 않겠다. 알았지?"

빌리는 시큰둥하니 들었고, 테고는 가만히 슈벨이 하는 양을 지켜보았다. 슈벨은 마치 노래라도 한 곡조 뽑으려는 듯 둘 사이에 서더니 갑자기 자세를 낮추고 허리에 찬 검에 손을 가져갔다.

그 순간 양옆에 있는 남자들이 극단적인 반응을 나타냈다.

테고는 검을 꺼내지 않고 팔짱 낀 채 의자에 앉아 있었다. 하지만 빌리는 깜짝 놀라 칼을 꺼냈다. 만약 슈벨이 검을 조금이라도 뽑았다면 빌리는 서슴없이 그의 목을 쳐 버렸을지도 모를 정도로 과격한 반응이었다.

슈벨 역시 빌리의 빠른 대처에 놀랐다. 아니, 간담이 서늘해졌다고 하는 편이 옳았다. 아무렇지 않게 가만히 있던 테고는 커다란 어깨를 들썩였다.

"너희 둘 다 뭘 하는 거야?"

슈벨은 테고의 말을 무시하고 조심스럽게 칼에서 손을 떼었고 빌리는 긴장된 손으로 천천히 검을 집어넣었다. 둘 다 제자리에 앉은 후에야 묘한 긴장감이 풀렸다.

슈벨이 말했다.

"방금 울프 기사단의 첫 번째 테스트가 있었다. 테고 넌 불합격이고 빌리 넌 합격이야."

테고는 순간 울컥하여 소리쳤다.

"그따위 테스트가 어디 있어? 방금 칼을 꺼내지 말라고 했잖나? 그렇지 않았다면 나도 네 이상한 자세에 칼을 꺼냈을 것이다."

"맞아. 칼을 꺼내면 안 된다고 했지. 그 말 자체가 함정이다. 이 테스트는 칼을 꺼내야만 합격하는 테스트였어."

"지금 둘이 짜고 나한테 장난치는 거냐?"

슈벨은 어린애를 호통치는 목소리로 그를 타일렀다.

"테고! 범죄자든 뭐든 간에 네가 사람 죽여 본 경험이 많다면 슬슬 깨달을 때가 되지 않았냐? 아니면 넌 그 엉터리 같은 지옥 검이라는 별명을 달고 다닐 자격도 없는 녀석이야. 넌 나보다 약하다. 얘기 끝!"

테고는 어이가 없어 입만 벙긋거리다가 자리에서 벌떡 일어났다.

"이 새끼들! 밑에는 내 부하들이 서른 명이나 있다."

"아하, 패배를 인정하는 다양한 방법 중에 가장 저열한 방법을 쓰시는군, 캡틴 테고. 그렇게 자기가 세다고 잘난 척해놓고서 네 힘으로 해결하지 못하는 일을 부하들이 해주길 바라는 거야? 그럼 부하들이 너보다 더 센 거네?"

테고는 눈만 크게 떴다.

슈벨은 테고를 없는 사람 취급하며 빌리에게 말했다.

"자, 이제 이쯤 되고 보니 네 정체가 궁금해지는데? 물론 나의 테스트 방법이 정확하다고 할 순 없겠지. 원래 이건 마스터 퀘이언이 직접 하는 거니까. 난 흉내만 내본 거였고. 하지만 넌 충분히 마스터 퀘이언의 테스트도 통과할 실력자인 것 같다."

슈벨은 수염도 없는 말끔한 턱을 쓰다듬으며 빌리의 몸을 위아래로 훑으며 물었다.

"그리고 론타몬에서 왔다고? 흐응……, 지금 내가 머릿속에 떠올리고 있는 어떤 기사단의 이름을 말하면 실례가 되려나?"

"나 역시 네 정체가 궁금해지는군, 슈벨. 물론 넌 분명 울프 기사단이 아닐 거야. 하지만 거기에 대해 필요 이상으로 많이 알고 있지. 대충 내가 세운 가설 중 하나를 꼽아 보자면 넌 울프 기사단의 테스트를 치렀다가 떨어진 기사지?"

"두 번째 테스트에서."

"방금 것이 첫 번째 테스트였다면 그 두 번째 테스트라는 게 궁금해지는군. 얼마나 어려웠기에 떨어졌나?"

"정확히 말하면 중간에 포기했어."

"포기?"

"난 항상 나 자신이 최고라고 생각했다. 그 프라이드만큼은 세상 누구에게도 지지 않았지. 그래서 대륙 정벌 전쟁에 끼고 싶었지만, 내가 뛰어들었을 때는 모든 영웅들이 자웅을 겨룰 수 있었던 시기가 지나고 말았다. 그 보상 심리로 울프 기사단 시험에 들어간 거야. 까짓 간단히 시험을 통과하고, 마스터 퀘이언이라는 자를 해치우면 그때 못지않은 명성을 얻을 것 아닌가, 해서."

테고가 끼어들어 말했다.

"나랑 똑같은 생각을 가졌군."

빌리는 슈벨에게만 물었다.

"그런데 왜 포기했지?"

"거대한 벽이 하나 버티고 있더군."

"벽?"

"로일이라는 녀석이 있었다."

슈벨은 씁쓸하게 얘기를 이어갔다.

"믿을 수 없을 정도로 강했지. 수많은 기사 후보생들이 그를 보고 좌절했고, 많은 이들이 자신감을 잃고 중도 포기해 버렸지. 녀석에게 겁을 먹지 않는 게 두 번째 테스트가 아니었나 싶을 정도였다니까. 그러나 그건 아니더군. 그 괴물 같은 놈을 밀어붙이는 놈들은 얼마든지 있었다. 몇몇은 바로 그런 놈들을 보고 또 포기했지."

"듣고 보니 한심하군. 강한 자가 있으면 도전하는 게 당연한 거 아닌가?"

슈벨은 의자에 등을 기댔다.

"넌 그 녀석들을 보지 못해서 하는 말이야. 게다가 날 손바닥 위에서 가지고 노는 '여자'까지 만나면 거의 미치지."

"여자?"

"그래, 여자! 난 여자라면 당연히 집에서 밥이나 하고 애나 낳는 사람이라고 생각해 왔거든? 여자 용병이라 해봐야 연약한 남자보다 좀 더 센 정도? 그때까지만 해도 내가 만나 본 여검사라는 건 그런 거였어. 그런데 그렇게 생각해 왔던 존재에게 농락당해 봐라. 그 굴욕감이란……."

"여자한테 대결에서 졌나 보군. 뭐, 그럴 수도 있는 일 아니겠나?"

"모르는 소리 하지 마. 대결이 아니라, 농락이었다고. 그게 어떤 기분인지 너는 모를 거다. 이름이 아즈윈이었던가?"

빌리는 콧방귀를 뀌며 말했다.

"네 말만 듣고 보면 울프 기사단은 정말 규율이 엉망인 곳이군."

"그쪽 기사단에서는 상상도 못할 일이지? 그럼 아까 하던 질문을 다시 해 볼까, 빌리? 왜 익셀런의 기사가 아란티아에 왔지?"

놀란 건 테고였다.

"이, 익셀런?"

물론 둘은 테고를 위한 친절한 설명 따위는 넘어갔다. 게다가 빌리는 슬슬 졸음이 몰려 왔고 만사가 귀찮아지기 시작했다. 그는 대뜸 테고에게 물었다.

"야, 혹시 술집 주인 죽였냐?"

"안 죽였어! 난 이 술집에서 적어도 보름은 머물러야 한다. 그래서 미리 술집을 점거해 둔 거지."

슈벨이 비아냥거렸다.

"어이구, 잘났다!"

"이 새끼가!"

테고는 당장 얼굴이 붉으락푸르락해졌다.

빌리가 손을 내저었다.

"둘 다 조용해. 난 차가 마시고 싶어서 물은 거다! 주인이 죽었으면 차를 만들어줄 사람이 없잖아."

잠을 반 시간도 자지 못한 빌리는 비틀거리며 방문으로 향했다.

빌리는 차를 마셨고 테고는 3인분의 스테이크를 먹어 치웠다. 그리고 슈벨은 둘 사이에 앉아 맥주를 들이켰다.

테고의 부하 서른 명은 좁은 술집의 몇 안 되는 탁자와 의자에 껴 앉아 빌리와 슈벨을 뒤에서 노려보고 있었다. 테고가 손가락 하나만 까닥하면 서른 명이 동시에 둘을 공격할 상황이었다.

손님들은 아직도 포박당해 구석에 쭈그리고 앉아 있었다. 유일하게 포박에서 풀려난 술집 주인은 겁에 질린 채로 음식과 차를 내주고 있었다. 빌리는 한 잔을 모두 마시고 다음 잔을 받으면서 물었다.

"골드 게이트 전투에 대해 아나?"

"그걸 모르는 녀석은 검을 쥘 자격도 없지."

슈벨이 그렇게 말하자 테고는 무척 당황하며 말했다.

"모를 수도 있는 거지!"

슈벨은 한심스러워하며 설명해 주었다.

"익셀런 기사단과 울프 기사단이 골드 게이트 앞에서 싸운 전투를 말한다. 또 짧은 순간이나마 최고의 자리에 올랐던 익셀런 기사단이 순식간에 이인자로 추락하게 된 계기이기도 하고."

"난 또 뭐라고? 그 정돈 알아!"

테고는 고개를 끄덕였다.

빌리는 콧김을 뿜으며 고개를 저었다.

"그놈의 이인자 소리."

"솔직히 시인들이 표현하기 좋은 소재지. 익셀런의 검은 갑옷, 울프 기사단의 하얀 망토!"

슈벨은 말하다 말고 테이블을 가볍게 치며 물었다.

"아, 그래서 그 복수를 하려고 온 거지? 여기 익셀런이 울프 기사단을 물리치러 왔다! 하고?"

빌리는 한심한 표정으로 슈벨을 바라보았다.

"익셀런의 기사도를 추락시키는 말은 하지 마라."

"기사도 좋아하시네. 술집 손님들이 인질로 잡혀 있는 동안 아무것도 하지 않은 주제에."

"졸렸으니까."

"아하! 네 기사도라는 건 말짱하게 깨어 있을 때만 통하는 거냐?"

빌리는 차를 꼴깍꼴깍 목으로 넘기고 대답했다.

"네 말이 맞다."

"어? 그렇게 쉽게 인정할 줄 몰랐는데?"

"확실히 내 잘못이야. 다행히 아직 피해자는 없는 것 같으니 뒷수습을 할 기회는 있겠지."

슈벨은 큰 눈을 천천히 깜빡였다.

"대단하다, 너."

"뭐가?"

"어떻게 자기 잘못을 그리 쉽게 인정할 수가 있지?"

"당연한 것 아닌가?"

"보통은 안 당연해. 사람의 감정에는 자존심이라는 게 있거든."

"그러는 너는 왜 돌아왔나? 5년 전에 포기했던 두 번째 테스트라는 것에 다시 도전하려고?"

"아니, 울프 기사단을 다시 만나 몇 놈 죽일 거다. 그리고 내 잃어버린 자존심을 회복해야겠어."

"시원찮은 것도 정도가 있지, 정말 별 볼 일 없는 이유군."

"내가 그사이 좀 대단해졌거든. 남자라면 자신의 강함을 확인할 줄 알아야 해. 기사 간의 확인이라는 것은 당연히 결투고!"

"그건 네 생각이냐, 이로피스의 놈들은 다 그러냐?"

빌리는 심드렁하니 물었다.

슈벨은 빙그레 웃어 보이며 한 손으로 턱을 괴었다.

"비교적 우리 목적이 비슷해 보이는데 같이 다니는 게 어때? 마침 혼자가 지겨워지던 참이었거든."

빌리는 남자를 유혹할 것 같은 그의 표정과 자세를 보고 말했다.

"넌 여자라고 놀림 받는 거에 발끈하기보다 네 행동 자체를 고치는 게 좋겠다."

슈벨은 턱에 댄 손을 떼더니 눈을 치켜떴다.

"난 원래 이래 왔어. 이걸 꼭 여자가 하는 행동이라고 누가 정했냐?"

아직도 잠에 취한 듯 빌리는 눈을 끔벅거리며 대꾸했다.

"여자가 하는 행동이 아니라 쳐도, 귀여워 보이는 건 사실이다. 그렇게 보이기 싫은 것 아닌가?"

슈벨은 목덜미를 주물럭거리더니 조용히 으르렁거렸다.

"아, 생각해 보니 나 혼자 실력이 올랐다고 착각한 걸지도 모르겠군. 그걸 시험하기에 익셀런의 기사라면 상당히 적절할 것 같은데, 어떠냐?"

빌리는 찻잔을 내려놓으며 대꾸했다.

"한숨 더 자기 전에 몸 푸는 것도 좋지."

둘이 자리에서 일어나자 내내 듣고만 있던 테고는 슬쩍 뒤로 물러났다. 뒤에서 이 황당한 대화를 듣고 있던 도적들 역시 테고처럼 얌전히 뒤로 물러났다.

"칼 두 자루 쓰냐? 아니면 예비용?"

슈벨은 눈동자만 움직여 빌리가 허리에 차고 있는 두 자루 칼을 내려다보았다.

빌리는 차가운 눈동자로 대꾸했다.

“걱정 마라. 다른 한 자루는 너에게 쓸 일 없을 거다.”

“마법 검이라도 되시나? 그런 게 있으면 처음부터 꺼내는 게 신상에 이로울 거다.”

슈벨이 칼을 뽑으려고 허리에 손을 가져갈 때 술집 문이 벌컥 열렸다. 동시에 네댓 명의 여자가 비명을 지르며 와르르 들어왔다. 뒤에서 그들을 밀친 두 명의 괴한들이 큰 소리로 말했다.

“캡틴! 마을 여자들을 몇 명 데리고 왔습니다. 어떻게 할까요?”

테고는 둘의 대결에 집중해 있던 터라 아무렇게나 대꾸했다.

“알아서들 먹어 치워.”

그와 동시에 슈벨이 소리쳤다.

“먹어 치우긴 뭘 치워? 이것들이 뭔 식인을 아무렇지도 않게 말해?”

나중에 들어오는 바람에 아직 분위기를 파악하지 못한 남자들이 어이없어 하며 말했다.

“저 계집애 같은 놈은 뭐야?”

슈벨보다 테고가 먼저 반응했다.

“야, 너희 입조심…….”

그리고 테고의 입보다 슈벨의 손이 더 빨랐다. 그 자리에 있는 도적들 전부 무슨 일이 벌어질지 짐작하고 목을 움츠렸다. 슈벨이 던진 포크가 녀석의 이마에 박혔다.

아프다기보다 놀란 그 도적이 머리에 박힌 포크를 빼는 동작은 어찌 보면 우스꽝스러울 정도로 안쓰러웠다. 곧 몸의 균형을 잃고 쓰러진 그를 부축하는 동료들은 아무도 없었다.

슈벨은 버럭 소리 질렀다.

"그런데 가만 생각해 보니까 이놈들 웃기네? 내가 아까 여기 묶어 놓은 사람들 풀어주라고 안 했어? 지금 당장. 어서!"

도적들은 당황하여 테고의 눈치만 살폈다.

"애들이 너만 본다, 캡틴 테고? 어쩔래?"

슈벨이 비꼬듯이 말하자 테고는 상관없다는 투로 말했다.

"풀어줘라."

도적들은 어수선하게 움직여 묶인 이들을 풀어 줬다. 붙잡혔던 손님들과 방금 잡혀온 여자들은 도적들 눈치를 보며 술집 입구로 걸어가더니 문을 나서자마자 황급히 달아나 버렸다.

아무도 슈벨에게 고맙다는 인사는 하지 않았다.

"에이, 흥 다 깨졌다. 나중에 하자."

슈벨은 손을 털며 말했다.

빌리도 어수선한 분위기가 내키지 않아 칼을 접었다.

"그러지."

둘은 도로 바에 앉았다. 그리고 이 상황을 어찌해야 할지 모르는 술집 주인에게 착한 손님처럼 굴었다.

"차 한 잔 더 줘."

"난 맥주 한 잔만 더."

둘은 동시에 말하고 서로를 째려보았다.

◈Chapter 6◈

검은 갑옷의 기사

빌리는 또 한 번 사람들의 목소리에 잠에서 깼다. 이번에는 비교적 오래 잤지만 몇 번이나 자다 깨니 슬슬 화가 나기 시작했다.

살짝 실눈을 떠보니 그레이 게이트에서 나온 병사들이 그의 침대 옆을 지키고 서있었다. 슈벨이 그들의 질문에 대답해 주고 있었다.

빌리는 슈벨이 해결해 주길 기대하며 계속 자는 척했다.

"그럼 그들이 어디로 갔는지 모른다는 게 확실하오?"

슈벨에게 질문을 하는 병사의 이름은 머피였다. 콧수염을 길게 길렀고 나이는 사십이 조금 넘어 보였다.

슈벨은 쏘아붙이듯 말했다.

"아, 진짜 아까부터 질문이 왜 그래요? 꼭 우리가 그놈들 숨겨주기라도 한 것처럼 말하고 있잖아요. 거 이상한 사람들일세."

머피는 머리를 긁적이며 말했다.

"기분 나쁘게 할 의도는 없었소. 하지만 목격자들 말이 당신네 두 사람이 그들의 두목 같았다고 해서. 술집 주인이 아니라고 해주긴 했지만, 우린 확인할 수밖에 없소."

"이해는 하는데 이렇게 우리한테 시간 낭비할 틈에 그놈들 쫓아가는 게 어때요? 듣자니 나디움 쪽으로 갈 것 같던데. 아니면 내가 잡아주길 기대하는 거예요?"

"그럴 리가."

머피는 다른 병사들을 방에서 내보낸 뒤 사과했다.

"휴식에 방해가 되었다면 미안하오. 그리고 협조에 감사드리겠소."

그리고 머피도 곧 나갔다.

슈벨은 욕을 내뱉었다.

"포상은 못 줄망정 범인 취급이라니."

빌리가 뒤늦게 일어나 기지개를 켜며 말했다.

"저 사람 그레이 게이트에서 봤는데, 그래도 제법 예의 차린 거 아니었나? 론타몬에서 이런 일이 있었으면 우리 둘 다 일단 체포하고 봤을 거다. 그런데 테고랑 그놈 부하들은 어디 갔어?"

"이렇게 경비대까지 출동할 게 뻔한데 그놈들이 이 마을에 오래 있겠냐? 그보다 빌리 너 왜 당연하다는 듯이 내 침대에서 자고 있냐?"

"참! 여기 내 방 아니었지?"

"주인장이 우리 둘한테는 숙박비와 밥값은 안 받겠다고 하더라. 어지간하면 옆방 써라."

슈벨이 시비 걸듯 말했다.

빌리는 맨발로 침대를 벗어나 창가에 서서 길게 하품을 했다.

"벌써 저녁이군. 방은 필요 없다. 난 곧 떠난다."

"뭘 굳이 밤에 가려고 그래? 이왕 숙박비도 굳었겠다, 더 쉬었다가 내일 아침에 가지? 같이 술도 한잔하고."

"나도 그러면 좋겠는데 기사단에서 허락해준 휴가는 반년뿐이다. 론타몬에서 여기까지 오는데 두 달이나 걸렸어. 돌아갈 두 달을 생각하면 이런 곳에서 어물거리고 있을 틈이 없지."

"그렇다면야 어쩔 수 없지. 나도 특별히 여기에 정 붙이고 머물 생각은 없으니까. 같이 가주지."

슈벨은 당연하다는 듯 말했고, 빌리는 괴이하게 여겼다.

"같이 가자고?"

"응. 너도 같이 가는 거 좋지?"

빌리는 직설적으로 대꾸했다.

"싫다. 난 혼자 하는 여행을 좋아해."

"아니야. 넌 혼자 하는 여행 안 좋아해. 그리고 나랑 같이 가는 게 싫을 리가 없지. 준비해서 내려와. 난 먹을 걸 준비해오지."

슈벨은 빌리의 대답도 듣지 않고 나가 버렸다. 빌리는 이런 경우, 이런 녀석을 상대로 어떤 말을 해야 하며 어떤 방식으로 거절해야 하는지 알 수가 없었다.

'지겨워지면 알아서 떨어져 나가겠지.'

빌리는 장난 같은 녀석의 말에 일일이 반응할 마음의 여유가 없었다.

그는 목숨을 내놓을 각오로 아란티아에 왔다. 한 치의 빈틈도 보이고 싶지 않았다. 천천히 달아오른 마음은 그레이 게이트를 넘어서 차츰 굳어지는 단계에 이르렀다. 기껏 도적들 몇 놈과 토끼 인형 끼고 자는 녀석 때문에 흐트러질 생각은 추호도 없었다.

빌리가 옷을 입고 짐을 챙겨 아래층으로 내려오니, 슈벨은 멋진 도시락에 와인까지 준비해놓고 있었다. 둘 덕분에 목숨을 구한 주인은 빌리가 원하면 그보다 더한 것도 챙겨 주고 싶어 했다. 하지만 빌리는 차려 놓은 저녁 식사만으로 충분했다.

"고맙지만 이거면 됐소."

빌리는 당분간 편히 앉아 밥 먹을 일은 없을 거라 생각하고 느긋하게 식사했다. 슈벨도 말없이 밥을 먹었다. 주인은 둘을 가만히 보더니 소리를 죽여 말했다.

"혹시 레드 게이트로 가는 길입니까?"

"나디움으로 가려면 거길 거쳐야 한다고 들었소만."

빌리가 말했다.

아란티아에서 나디움을 찾아가는 길이라면 굳이 안내인도 필요 없었다. 일직선 대로를 벗어나지만 않으면 블루, 그레이, 레드, 골드, 화이트 게이트를 차례로 지나면서 나디움에 도달하게 되어 있었다.

"그쪽으로 가는 길이라면 조심하십시오. 사실 어제 내 술집에 이상한 손님이 하나 찾아와서 하는 말입니다."

"왜? 테고 같은 도적이 또 있었어?"

"아니오. 아무것도 하지 않았습니다. 그런데도 이렇게 기억을 하는 겁니다."

빌리와 슈벨은 주인이 서비스로 내준 맥주를 들이켜며 그의 이야기를 들었다.

"그가 이상한 짓을 한 것도 아니고, 특별히 사람을 해치거나 물건을 훔친 것도 아니었죠. 하지만 나는 태어나서 그렇게 무서웠던 건 처음이었답니다. 어찌 보면 오늘 그 도적들이 나를 묶었을 때보다 그게 더 무서웠던 것 같군요. 그러니까 어제 해가 떨어질 무렵이었는데, 철컹철컹하고 쇳소리가 들리는 게 아니겠습니까? 무슨 음산한 새벽녘도 아니었고 술집 안에 손님들이 잔뜩 있던 시간대였죠. 이상한 일이 일어날 징조라고는 하나 없는 일상적인 하루였습니다."

슈벨은 몸을 앞으로 기울여 가며 얘기에 집중했고, 빌리도 술집 주인이 손님 즐겁게 해주는 얘기이겠거니 생각하며 적당히 흘려들었다.

"그 소리는 꼭 동굴 속에서 들리는 것처럼 울렸고 때마침 음산한 바람이 술집 문을 흔들었습니다. 저 혼자 겁먹은 건 아닙니다. 저뿐 아니라 술집 안의 사람들 모두가 겁에 질렸지요. 유령이라도 나타난 줄 알고 어떤 친구는 달아나려고까지 했어요. 이건 절대 기분 탓이라거나 날씨 탓이 아닙니다. 곧 문이 열리고 그 쇳소리를 내는 주인공이 나타났습니다."

주인은 이야기에 긴장감을 주려고 잠깐 끊었다가 이었다.

"그것은 검은 갑옷을 입은 기사였습니다. 그냥 사냥꾼이나 여행하는 기사들이 입는 가벼운 가죽 같은 게 아니라 진짜 무거운 판금 갑옷 말입니다. 술집 바닥이 그가 발을 디디는 자리마다 꾹꾹 가라앉을 지경이었지요. 이상하지 않습니까? 아무리 힘 좋은 기사라도 전쟁터 한가운데도 아닌데 그 무거운 갑옷과 투구를 머리부터 발끝까지 완전하게 갖춰 입고 돌아다닌다는 게!"

"난 그런 거 입으면 반나절도 못 서 있겠더라."

슈벨이 말했다. 빌리도 무겁다는 말에는 동감이었다.

“그렇지요? 해서 전 속으로 유령이거나 괴물이거나 둘 중 하나가 분명할 거라 생각했죠. 그때 전 지금 서 있는 이 자리, 바로 이 자리에 있었는데, 글쎄, 검은 기사가 제 쪽으로 오지 뭡니까? 전 그야말로 꼼짝없이 못 박혀 서 있었답니다. 도망치고 싶어도 다리가 얼어붙어 달아날 수가 있어야 말이죠.”

술집 주인은 바닥 쪽을 가리킨 다음 이어 두 손으로 술집 전체를 휘저어 보였다.

“저만 그런 것도 아니었습니다. 누구도 달아날 엄두를 내지 못했지요. 다들 얼어붙었죠. 저처럼 말입니다. 창피한 일도 아니었죠.”

슈벨은 잔을 내려놓고 얘기를 듣고 있었고, 빌리는 다 마신 줄도 모르고 빈 잔을 입술에 대고 있었다.

“꼼짝없이 죽었구나 싶었습니다. 그런데 그자가 갑자기 이런 말을 하는 거였습니다. ‘골드 게이트는 어느 쪽으로 가지?’ 저는 얼결에 대답했습니다. ‘레드 게이트 너머에 있습니다…….’ 세상에 그런 멍청한 대답이 어디 있을까요? 지금 생각해 봐도 제가 참 한심하네요. 그 정도로 전 겁에 질려 있었던 겁니다.”

술집 주인은 지금도 그때 생각을 하면 겁이 나는지 심각하게 얘기를 이어갔다.

“그자가 다시 묻기를, ‘그럼 레드 게이트는 어느 쪽에 있는가?’, ‘여기서 서쪽으로 큰길을 따라가면 있습니다.’, 다시 묻기를, ‘서쪽은 어디인가?’ 그 기사의 목소리는 그렇게 위협적이지 않았습니다. 어딘지 모르게 좀 멍청하다는 느낌까지 들 정도였죠. 전 조금 용기를 내봤습니다.”

지금이 바로 그때와 같은 시각이라는 걸 강조하듯 그는 창밖을 가리키며 이야기했다.

"그래서 그를 문밖으로 안내했지요. '절 따라오십시오. 자, 이쪽입니다. 저기 저쪽이요. 보이십니까? 저기 태양이 지는 쪽이 서쪽입니다.' 그런데 그 검은 갑옷을 입은 기사는 태양이 있는 쪽을 보지 않고 묻더군요. '나는 태양이 보이지 않는다. 손으로 가리켜라.' 저는 노을 지는 서쪽으로 손가락을 치켜들었죠. 그러자 그는 다시 철컹거리고 그쪽을 향해 걸어갔습니다. 심지어 고맙다는 말까지 남기고 말이죠."

얘기가 끝났는데도 둘은 한참이나 침묵을 유지했다. 태양은 점점 저물어 갔고 맥주는 떨어졌다.

슈벨이 먼저 입을 열었다.

"재미있는 얘기이긴 한데, 그 얘기를 왜 해주는 거야?"

"같은 길을 가는 것 같아 조심하라는 뜻에서 하는 말이었습니다. 그리고 이건 제 추측이긴 한데……."

주인은 한참이나 망설이다가 말했다.

"당신이 론타몬의 익셀런 기사단이라고 해서 하는 얘기입니다. 그렇지 않았다면 이 얘기는 꺼내지도 않았을 겁니다. 제 기억이 맞는다면 그 갑옷은 익셀런 기사단의 갑옷이었습니다."

"검은 갑옷을 입은 기사는 얼마든지 있다."

빌리는 조금 기분 나쁘다는 듯 말했다.

"그렇죠. 하지만 제 기억력이 그리 나쁜 편은 아닙니다. 그리고 10년 전 일이긴 하나, 익셀런 기사단 백여 명이 이 회벽 마을을 찾은 건 잊을 수가 없는 일이었습니다. 우린 모두 죽었구나 했죠. 당연하죠. 적군 아닙니까? 아란티아를 쳐들어온 악마의 군대!"

주인은 강조하며 말하다가 빌리를 의식하고 얼른 덧붙였다.

"그런데 그들은 조용히 식사를 하고 하룻밤을 쉬더니 우리에게 아무 피해도 주지 않고 떠나 버렸습니다. 심지어 음식값도 지불하고요! 자기들이 지나간 다음 며칠 뒤에 본대가 오면 위험하니 피하라고 경고도 해줬죠. 우린 적군이 지나간 것인지 아군이 지나간 것인지도 구별을 못할 정도였습니다. 그런 멋진 기사단의 갑옷을 잊어버릴 리가 없지요."

슈벨은 소리 내어 웃었다.

"익셀런은 군기가 엄하기로 유명하지. 다른 군대 같으면 자국 내의 마을을 지나갈 때도 온갖 민폐를 다 끼치고 가는데 익셀런은 절대 그런 짓을 하지 않거든. 그렇지 않나?"

"지금은 또 그렇지도 않아. 군기는 엉망이고 예전의 명성은 땅에 떨어졌지."

빌리는 툭 내뱉으며 자리에서 일어났다.

"얘기 고마웠소, 주인장. 하지만 내 여행에 도움이 될 얘기는 아니군."

그는 자리에 은화 몇 개를 내려놓고 짐을 짊어졌다.

"아, 음식값은 공짜였습니다."

주인은 얼른 그 돈을 도로 집어 주었다.

"그건 당신이 제안한 거래고 나는 그걸 승낙한 적 없소."

빌리는 성큼성큼 걸어 나가 버렸다.

슈벨도 짐을 짊어지며 술집 주인에게 말했다.

"이러니저러니 해도 저 녀석 역시 익셀런의 기사란 거겠지. 잘 쉬다 가오. 얘기 재미있었어. 그냥 술집 그만두고 이야기꾼으로 나서 보지 그래?"

슈벨은 가벼운 걸음으로 술집을 벗어나 빌리의 뒤를 따라갔다.

"어이, 빌리. 내 생각에 저 주인장의 말은 들어 두는 게 좋을 것 같아. 하루 일찍 떠나긴 했지만, 그런 엄청난 갑옷을 입고 이동했다면 내일쯤 우리랑 마주칠지도 몰라."

"그게 어쨌다는 건가? 죽을 곳을 찾아 헤매는 늙은 기사쯤 되나 보지. 마주쳐도 상관없어."

빌리는 설사 그 검은 기사가 바로 옆을 지나고 있다 해도 모른 척할 것처럼 무뚝뚝하게 걸어갔다.

"잠깐만. 내 말 좀 끌고 올게. 어이, 기다리라니까!"

슈벨이 허둥지둥 마구간에서 말을 끌고 왔더니 빌리는 벌써 마을 밖을 나가고 있었다.

"망할 놈."

슈벨은 한마디 내뱉고 말을 타고 쫓아갔다. 빌리의 걸음은 그리 빠른 편이 아니라 금방 따라잡았다.

"그런데 넌 말도 한 마리 없이 여행하는 거냐?"

슈벨은 말에서 훌쩍 뛰어내려 고삐를 쥐고 빌리 옆에 섰다.

"필요 없으니까."

빌리는 슈벨 쪽을 쳐다보지도 않고 대꾸했다. 그는 최대한 자신이 같이 다녀봐야 재미없는 사람이라는 인상을 주려고 애썼다.

"돈이 없는 건 아니고?"

"난 아란티아를 스쳐 가고 싶지 않아."

"10년 전 선배들이 휩쓸고 지나갔던 전쟁의 흔적을 직접 살피고 싶은 거야? 낭만적이네.”

빌리는 걸음을 멈추고 그를 돌아보았다.

“너더러 말이 너무 많다고 조언한 사람 없어?”

“없어. 난 말 많은 놈이 아니라서.”

빌리는 다시 걸었다.

“난 말 많은 녀석은 딱 질색이다. 말 잘하는 녀석도 질색이고. 남자라면 언제나 행동으로, 침묵으로 자신을 보여야 하는 거다. 혓바닥만 나불거리는 놈 따위는 남자 자격 없어.”

“당연한 말이지. 난 해당 안 되지만.”

빌리는 상대하고 싶지 않아 빠른 보폭으로 걸었다.

“야, 배낭이라도 줘. 내 말에 실어 줄게. 어이!”

슈벨의 배려에도 빌리는 대꾸하지 않았다.

슈벨은 뒤통수를 긁적이다가 말없이 뒤따라갔다.

“너랑 같이 여행하는 거 상당히 지루하겠는걸. 원래 그래?”

빌리는 속으로 ‘그거 잘됐군.’이라고 중얼거리기만 하고 대꾸하지 않았다. 슈벨이 최대한 이 동행을 후회하게 만들 요량이었다. 지루하고도 지루해서 녀석이 좀이 쑤신 나머지 말을 타고 달려가 버리도록!

그러나 당장 그날 밤부터 두 사람이 지루할 일은 없게 되었다.

‘짐작했어야 했는데.’

슈벨이 따라와서 정신 산만하게 하지만 않았어도 빌리는 충분히 이런 일을 예상할 수 있었다. 그리고 귀찮은 일을 피하기 위해 아마 먼 길로 우회해서 갔을 것이다.

지옥 검 테고와 그 일당들은 누군가를 기다릴 장소가 필요해서 술집을 장악했다. 그러니 경비대를 피해 마을을 떠났더라도, 그리 멀리 벗어나진 않았을 것이다.

'슈벨, 이 녀석 때문이야.'

슈벨은 오히려 재미있는 일이 벌어진 걸 환영하고 있는 얼굴로 말했다.

"이거 복수하러 온 거겠지?"

테고의 부하가 열다섯 명 정도나 몰려와, 가는 길을 막고 있었다. 빌리는 어둠 속에서 열다섯 명이나 상대하는 위험을 감수하고 싶지 않아 약간만 낌새가 이상해도 뒤로 물러날 준비를 했다.

'아까 나무 우거진 자리가 있었어. 거기라면 좀 더 상대하기가 수월하겠지. 아니면 선수를 쳐서 놈들의 대장을 죽이면 의외로 쉽게 제압할 수 있을지도…….'

그런데 정작 테고가 보이지 않았다. 빌리는 이런 상황에서 질문이 뭐가 필요 있을까 싶었지만, 슈벨은 아무래도 신경이 쓰였는지 물었다.

"너희들, 뭐 하러 온 거냐?"

한 명이 등 떠밀려 대답했다.

"우, 우린…… 도움이 필요하다."

슈벨에게 손가락이 잘린 더프였다. 손에는 아직도 피 묻은 헝겊이 묶여 있었다.

이제 보니 그들은 특별히 위협적인 행동을 보인 적이 없었다. 술집에서의 상황을 염두에 둔다면 아무리 자기네 쪽의 숫자가 많다 하더라도 기습을 택했어야 했다. 그런데 포위도 아니고 매복도 아니고 정면에서 나타나 길을 막다니 영문을 알 수가 없었다.

'기습의 기본도 모르거나 진짜로 도움이 필요해서거나, 아니면 함정이거나.'

빌리는 아직 방심하지 않았다.

"무슨 도움?"

슈벨이 물었다.

"우, 우리 캡틴이 죽었다."

"테고가?"

"그렇다."

"진짜?"

슈벨은 전혀 믿지 않는 목소리로 물었다.

빌리도 거짓말이라고 생각했다.

전날 저녁에 멀쩡히 맥주 한잔 걸쳤던 익셀런의 동료가 이튿날 길가다 발을 헛디뎌 시냇물에 빠져 죽은 적이 있었다. 그는 기사단 내에서 열 손가락 안에 드는 검술의 실력자였지만, 사고란 그런 것이었다. 하지만 말하는 시간과 장소가 이렇다면 수상하게 여길 수밖에 없었다.

'그럴듯한 핑계를 대고 뒤로는 냄새나는 함정을 준비했겠지.'

슈벨도 노골적으로 의심하는 빛을 드러내 보였다.

"왜 죽었는데?"

이 거짓말의 근거가 될 만한 또 다른 거짓말이 그럴듯하지 않을 경우 즉시 베어 버릴 살벌한 목소리였다.

더프가 기어들어가는 목소리로 대꾸했다.

"웬…… 검은 기사가 우리 앞에 나타나서 공격했는데 캡틴이 제일 먼저 죽었다."

"좀 자세히 말해 봐."

슈벨은 허리에 찬 칼 쪽으로 반쯤 뻗었던 손으로 괜히 목덜미를 긁적였다. 더프는 어떻게 설명해야 할지 망설였다. 주위에서 또 등을 떠미니 겨우 대꾸했다.

"우리 중 다섯 명 정도가 먼저 공격을 했고, 그중 하나가 캡틴이었다. 그런데 다 죽었다."

"아직도 설명이 부실해. 그게 다냐?"

"다다. 한 번 무기를 휘두르는 걸로 다섯 명이 동시에 죽었다. 그래서 우린…… 도망칠 수밖에 없었다."

"그 검은 기사라는 녀석이 어떻게 생겼나?"

"어둠 속이라 자세히 볼 수 없었다. 하지만 그 검은 갑옷이 마치 익셀런 기사단의……."

갑자기 빌리가 소리쳐 그의 말을 끊었다.

"닥쳐라! 아까 술집 주인도 그렇고 네놈들도 그렇고, 검은 갑옷이라는 말만 나오면 익셀런을 들먹이는구나. 론타몬의 익셀런이 나 말고 여기에 있을 리가 없다. 그리고 어떤 멍청한 기사 놈이 이런 길거리에서 판금 갑옷을 차려입고 다니겠느냐?"

더프는 검지 없는 손을 필사적으로 내저었다.

"하, 하지만 난 정말 본 대로 말한 것뿐이라……."

"저, 정말이오."

옆에 다른 녀석이 나서서 얼른 설명을 덧붙였다.

"내 이름은 그린우드고 나도 론타몬 출신이라 잘 알고 있소. 거기에서 현상 수배로 금화 오십이 걸리는 바람에 이로피스로 도망쳤다가 지옥 검의 부하로 들어온 건데, 난 어렸을 때부터 익셀런 기사단을 자주 봤소."

"어둠 속이라서 잘 못 봤다면서?"

빌리가 따지듯 물었다.

"그 독특한 모양까지 못 알아볼 정도는 아니었소."

그린우드란 녀석은 계속 우겼다.

빌리는 기어코 칼을 뽑아 들었다. 그린우드와 더프를 비롯한 선두에 선 몇 명이 놀라 뒤로 물러나면서 넘어졌다. 뒤편에 선 몇 명이 엉겁결에 칼을 뽑았다. 그건 싸우려고 꺼낸 게 아니라 겁에 질려 꺼낸 것이었다. 슈벨이 말리지 않았다면 당장 열다섯 대 둘의 싸움이 벌어질 뻔했다.

"확인이라도 해보자. 나도 신경 쓰였던 참이야."

빌리는 콧김을 푹 내쉬더니 칼을 집어넣었다.

"만약 거짓말이라면 함부로 익셀런의 이름을 입에 올린 대가를 치르게 될 것이다."

빌리는 참는 척 말했지만 실은 어둠 속에서 열다섯 명을 상대하는 위험한 짓을 하고 싶지 않아서였다.

테고의 부하들은 서로 눈치만 보고 대답은 못했다. 슈벨이 재촉했다.

"그쪽으로 안내해 봐. 아니, 잠깐 있어 봐."

슈벨은 말을 하다 고개를 갸웃했다.

"그런데 너희들은 왜 여기 있어? 두목이 죽었다면서? 달아나면 되잖아?"

더프는 기가 죽어 말을 못하고 대신 그린우드가 대꾸했다.

"우린……, 당신들을 기다리고 있었소."

"우리들을 왜?"

"캡틴이 되어 주시오."

슈벨은 깔깔대고 웃었다.

"웃기지들 마라. 나나 빌리가 미쳤다고 강도 놈들 두목을 하겠냐? 그냥 안내나 해."

다른 녀석이 나서서 말했다.

"진심으로 하는 말이오. 우린 단순히 테고의 부하라서 아란티아까지 온 게 아니오. 그가 아란티아의 기사가 되면 우리의 죄를 묻지 않는 곳으로 데려가, 근사한 관직이라도 하나 주겠다고 해서 따라온 거요. 하지만 그자는 죽었고, 우리는 여기서도 쫓겨 다니는 신세가 되었소."

"그래. 그런 짓을 하고도 안 쫓길 줄 알았으면 그게 바보지. 얼른 수배 안 된 나라로 도망쳐라."

뒤에 있는 또 다른 이름 모를 녀석이 말했다.

"여기까지 와서 후퇴하고 싶지 않소. 우리는 그런 가벼운 마음으로 여길 온 게……."

"닥쳐라!"

듣다 못한 빌리가 소리 질렀다.

"만약 여기가 론타몬이었다면 나는 의무감으로라도 너희를 모조리 죽여 버렸을 것이다. 죄를 없애고 싶다고? 자기 이익을 위해 다른 사람들의 목숨을 빼앗은 녀석들이, 과거를 지우고 편하게 살아? 못하는 소리가 없군. 검은 기사가 있는 곳까지만 안내해라. 그다음에는 나도 모른다."

그들은 어찌할 바를 모르고 고개만 떨구었다.

몇 명이 횃불을 밝혔고 먼저 길을 걸었다. 얼마 안 가 다른 테고의 부하들이 합류했고 그들은 서로 심각하게 상의했다. 그들이 속삭이는 소리가 다 들렸다.

"저 사람들, 캡틴을 안 맡아 주겠다는데?"

"거봐. 내가 뭐랬어? 나라도 안 하겠다."

"괜한 짓 하는 거 아니야?"

"그럼 어쩌라고? 지금 와서 도망치자고?"

"어차피 테고도 죽었잖아. 아마 트레고도 여기 오다가 죽었을 거야. 소문 듣자니 드래곤 기사단까지 나섰대. 그럼 끝난 거지, 뭐."

슈벨이 재촉했다.

"잡담은 작작 하고 빨리 가기나 해!"

그들은 내키지 않는 얼굴로 걷기 시작했다.

슈벨은 빌리에게 귓속말로 물었다.

"이 녀석들이 우릴 함정으로 이끈다는 생각 안 들어?"

"들어. 그래서 포위 공격 들어오면 널 미끼로 활용해 반격할 생각이다."

"이봐, 이봐. 빌리 네가 나와 비슷한 실력자라면 서른 명 정도의 잡병들은 전혀 문제가 안 돼."

"포위당하면 얘기가 다르지."

"서른 명이 둘을 포위 공격하려면 꽤나 훈련이 필요하다는 거 알아?"

잠시 후 그들은 횃불을 끄고 자세를 낮추었다. 그들의 앞에는 건너편이 보이지 않는 경사가 급한 언덕이 있었다. 다들 목소리 하나 내지 않기 위해 애쓰며 조심조심 걷더니 언덕 끄트머리에 가서는 아예 바닥에 몸을 찰싹 붙였다.

슈벨과 빌리도 얼결에 그들처럼 포복해서 언덕 끝에 이르렀다.

그들의 말은 거짓이 아니었다. 검은 기사는 진짜 있었다. 그리고 빌리는 그 검은 기사가 진짜로 익셀런의 갑옷을 입고 있다는 사실에 입을 다물지 못했다. 어둠 속에 커다란 할버드를 치켜세우고 평야에 우뚝 서 있는 검은 형체는, 청동으로 만든 조각상 같았다.

그린우드가 소곤거렸다.

"어떻소? 내가 말한 대로지."

"진짜네. 근데 왜 꼼짝도 않고 있지?"

슈벨이 물었다.

"모르겠소. 테고를 죽인 후 그 자리에서 이동을 않더군. 근처에 있는 시체 중 하나가 테고요."

어둠 속이라 바닥에 늘어진 시체 중 어떤 게 테고인지 알아보기 힘들었다. 그리고 이제 그의 죽음은 조금도 중요하지 않게 되었다.

'진짜 저런 게 술집에 나타났다면 잊을 수가 없겠군.'

빌리가 보기에도 그 검은 기사의 주위에는 음산한 기운이 가득했다. 똑바로 쳐다보기조차 힘들 정도였다. 솔직히 빌리도 무서웠다.

겁을 먹었을 때는 도망치는 자와 오히려 돌진하는 자가 있었다. 대체로 후자가 더 겁이 많은 쪽이었다. 테고가 그런 모양이었다.

"테고는 우리 같은 범죄자들이 알아서 캡틴으로 받들 정도로 뛰어난 실력자였소. 물론 당신 두 사람 앞에서는 얌전한 척했으나 그가 전력으로 싸우고자 마음먹는다면 광적인 살인마라는 게 뭔지 구경했을 거요. 그가 한번 미쳐 날뛰면, 관군도 함부로 나서지 못할 정도지. 그런 그가 단 한 번도 칼질을 못했소. 그 지옥 검이라는 별명이 붙은 테고가 말이오."

그린우드는 강조하며 말했다.

"지금 묻는 건 좀 이상하지만, 내가 정리가 안 돼서 그러는데 너희들, 그 술집은 왜 점거하려고 한 거냐?"

슈벨이 물었다.

"테고에게는 트레고라는 이름의 동생이 있소. 둘 다 울프 기사단이 되겠다고 마음을 먹은 모양이오."

"그러니까 그놈의 '범죄자도 받아 준다.'는 말 때문에?"

슈벨이 비꼬면서 물었다.

그린우드는 조금 창피해하며 말했다.

"그렇소."

빌리는 인상을 구기며 물었다.

"그런데 정말 범죄자도 받아 주나, 울프 기사단이?"

슈벨은 나직이 웃음을 터트렸다.

"글쎄, 모르겠는데. 적어도 첫 번째 테스트에서 합격한 놈들 중에 지옥 검 같은 조무래기 범죄자는 없었어. 있다 해도 사악한 영주를 죽이고 달아난 영웅적인 도망자였을 거야. 사실 다들 과거 얘길 하는 건 아니니까 잘 모르지만."

슈벨은 퍼뜩 떠올랐다는 듯 물었다.

"울프 기사단이 범죄자 받아 주는 게 불만이냐, 넌? 그럼 익셀런은 엄청 고귀한 영혼만 받아 주었나 보지?"

빌리는 대꾸하지 않았다. 아니, 대꾸할 수 없었다.

다행히 슈벨은 자신의 샘솟는 호기심을 검은 기사에게 향했다.

"좋아. 여기 있어 봐. 내가 가볼게."

슈벨은 천천히 앞으로 기어갔다. 뒤에 남은 범죄자들은 그의 대담한 행동을 존경스러워하며 숨을 죽였다.

그때 빌리가 언덕 위에서 벌떡 일어나 소리쳤다.

"거기 익셀런의 갑옷을 입은 자, 들어라!"

슈벨이 깜짝 놀라 그를 끌어 내리려 했다.

"뭐 하는 짓이야?"

"너야말로 거기 엎어져서 뭐 하는 짓이냐? 내가 저자 앞에서 몸을 숨겨야 할 이유가 있나?"

빌리는 오히려 호통쳤다. 그리고 한순간이나마 몸을 낮추고 있었던 게 수치스러워 가슴에 묻은 흙을 털고 언덕 아래로 내려갔다.

슈벨은 잠깐 고민했다. 그리고 금방 수긍했다.

"듣고 보니 그 말이 맞네."

슈벨도 자리에서 일어났다. 그러자 겁에 질린 그린우드가 말렸다.

"안 가는 게 좋을 거요. 저자는 괴물이오. 익셀런의 갑옷을 입은 게 확인되었으면 그냥 가는 게……."

"너 괴물이란 게 뭔지 알아?"

슈벨의 눈동자는 의욕적으로 타오르고 있었다.

"난 그 괴물의 이름까지 알고 있어. 로일! 아즈윈! 게랄드! 쉐이든! 던멜! 마스터 퀘이언! 실체가 있는 괴물을 만나면 실체 없는 공포는 두려움이 아니야. 난 실체를 꺾기 위해 죽음을 무릅쓴 훈련을 거듭하여 이제야 이 자리에 섰어. 그런데 물러나라고? 저게 어떤 괴물인지 확인도 안 해보고? 어림도 없지."

빌리는 등 뒤를 따라오는 슈벨의 발걸음 소리를 들으며 생각했다.

'슈벨 저 녀석, 보기보다 괜찮은 녀석일 지도 모르겠군.'

빌리와 슈벨은 검은 기사와 다섯 걸음도 남기지 않은 거리에서 멈췄다.

"그대의 이름을 밝혀라. 나는 익셀런 기사단의 빌리 매트니다."

빌리가 입을 열자 동상처럼 굳어져 움직이지 않을 줄 알았던 검은 투구가 둘 쪽으로 살짝 기울어졌다. 하지만 대답이 없었다.

"내 이름은 슈벨 레프만이다. 다른 사람들이 하는 얘기를 들으니 말을 못하는 건 아닌 것 같더군. 우리는 적의를 가지고 온 게 아니……."

"이름……."

슈벨이 말하는 도중에 그 검은 기사도 말했다. 슈벨은 얼른 하던 말을 접고, 그가 하려는 말에 귀를 기울였다.

검은 기사는 고개를 다시 갸웃했다.

'느리군. 이런 느린 움직임으로 어떻게 다섯 명이나 되는 거구들을 한꺼번에 베어 넘겼지?'

검은 기사가 낮은 어조로 말했다.

"이름, 모른다."

빌리는 기세 좋게 소리 질렀다.

"그럼 소속은?"

"소속…… 도 모른다."

"그럼 어떻게 익셀런의 갑옷을 입고 있는가?"

"익셀런? 이것이, 익셀런의 갑옷인가?"

"지금 장난치는 거냐?"

"아니다. 난……."

빌리의 윽박지르는 말에 검은 기사는 조금 당황했다.

'가까이 있으니 정말 무섭긴 하군.'

빌리는 검은 기사가 몸을 움직일 때마다 뒤로 달아나고 싶은 충동에 아랫배가 시큰거릴 지경이었다. 하지만 그는 기사단에서 배운 당당한 태도를 흩트리지 않았다. 그는 유령에 겁먹을 정도의 허술한 마음가짐으로 아란티아에 온 게 아니었다.

"이름과 소속을 모르면 어찌 그 갑옷을 입고 있는가?"

검은 기사의 투구가 반대쪽으로 기울어졌다.

"눈을 떴을 때 난 이미 이걸 입고 있었다. 그때 나는 내 이름도, 내 소속도 기억나지 않았다. 아니, 처음부터 난 이름이 없었나? 난 기사였나?"

검은 기사는 세상의 진리에 관한 질문을 받기라도 한 듯 자신의 이름에 대해 고민했다.

슈벨이 의아해하며 물었다.

"그럼 뭣 때문에 이자들을 죽였어?"

"이들이 나를 먼저 공격했다. 방어를 했을 뿐, 죽일 의도는 없었다."

검은 기사의 목소리는 투구 안에서 몇 번 맴돌다가 새어 나오는 것처럼 웅웅 울렸다.

달빛이 구름을 벗어나 그들을 비추었다. 슈벨은 무심코 그의 투구 안을 바라보았다가 숨을 크게 들이키며 뒷걸음질 쳤다. 빌리는 물러나지 않았으나 마찬가지로 놀랐다.

투구 안에 아무것도 없었다. 어둠뿐이었다. 눈동자도, 코도, 입도 아무것도 없이 시커먼 어둠만 있었다.

비어 있는 갑옷이었다!

만약 테고가 이런 걸 보고 놀라 엉겁결에 공격했다면 충분히 납득이 갔다. 검은 기사는 그때 테고가 도망쳤다면 쫓아가지도 않았을 테지만, 테고는 그러지 않았다. 그 결과 테고는 말끔하게 허리가 잘려 검은 기사의 발치에 누웠다.

그때 슈벨이 칼을 뽑았다.

빌리는 칼 소리에 놀라 뒤를 돌아보았다.

"칼 넣어, 슈벨."

"네가 뭔데 나한테 명령이야?"

슈벨은 희미하게 웃으며 말을 이었다.

"죽음이란 건 원래 느닷없이 찾아온다고들 하지. 지난 몇 년 동안 죽을 각오로 훈련해서 여기에 섰다. 내 목표를 위해서……. 그러니 난 여기에서 죽는다 해도 별로 상관없어."

빌리는 황급히 슈벨이 검은 기사의 앞에 나서려는 걸 막았다.

"너, 갑자기 왜 그러나?"

엉뚱하게도 달빛을 받은 슈벨의 얼굴은 빌리에게 무척이나 아름다워 보였다. 여자였다면 당장 껴안고 싶은 충동이 일 정도였다.

슈벨이 커다란 눈동자를 깜빡거리며 말했다.

"안 느껴져, 빌리? 이자의 정체는 이제 궁금하지도 않아. 지금 이 순간 자체에 더 흥미가 가. 난 오랫동안 이런 놈을 만나길 기대했다. 내가 로일이라는 녀석 얘기했지? 녀석이 지금 더 뛰어난 실력을 쌓았다 해도 이자를 능가할 수 있을 것 같지는 않다. 아니, 마스터 퀘이언조차 그렇지 못할 거다."

"헛소리다. 난 아무것도 느껴지지 않아."

"그거 실망인데, 빌리?"

슈벨은 빌리의 어깨를 밀쳐 냈다.

"물러나 있어. 내가 이자의 힘을 눈으로 보여 주지."

다른 부분은 몰라도 한 가지만큼은 슈벨의 말에 동의했다. 저 검은 기사가 전력을 다해 싸운다면 슈벨은 죽을 것이다. 그걸 알고도 칼을 뽑고 앞으로 나서는 슈벨을 위해 빌리는 물러나 줄 수밖에 없었다.

"이름이 없다고 했지? 그럼 임시로나마 이름을 지어 주마. 이제 널 블랙이라고 부르겠다."

슈벨은 묶은 머리를 등 뒤로 넘기고 칼을 내밀었다.

"블랙?"

검은 기사가 물었다.

"그래, 블랙. 너에게 도전하겠다. 방금 네가 죽인 이 녀석들처럼 날 죽여 봐라."

검은 기사는 슈벨의 공격에 대비하지 않고 낮은 어조로 말했다.

"이상한 일이군. 아까는 나를 지키기 위해 싸웠다. 그런데 지금은 그럴 마음이 들지 않는다."

"들든지 말든지."

설마설마했던 빌리였다. 그러나 슈벨은 진짜로 검은 기사에게 칼을 휘둘렀다. 검은 기사는 할버드를 틀어 막아냈다. 빌리가 보기에도 검은 기사는 싸울 마음이 없는 것 같았다. 그러나 검은 기사는 그저 반사적이라고 할 수밖에 없는 빠른 속도로 반격했다. 도끼날이 아슬아슬하게 슈벨의 옷을 스쳤다.

“그럴 마음이 들게 하는 거야 일도 아니지. 그렇지, 블랙?”

슈벨은 유쾌하게 소리치더니 과감하게 검은 기사에게 달려들었다. 슈벨은 마치 춤을 추듯 빠른 동작으로, 느릿느릿 움직이는 검은 기사의 좌우를 조여들어 갔다. 어찌나 움직이는 속도가 빠른지 검은 기사가 몸을 트는 것보다 더 빠르게 옆으로 달려갈 정도였다.

빌리는 익셀런 기사단 중에서 슈벨의 움직임을 따라잡을 수 있는 이가 몇이나 될까 궁금했다. 만약 회벽 마을의 술집에서 슈벨과 싸웠다면 저 소름 끼치게 빠른 발을 쫓아갈 수 있었을지 자신할 수 없었다.

그러나 놀랍게도 처음에는 밀리던 검은 기사는 할버드의 긴 간격을 이용하여 슈벨의 움직임을 막았다. 슈벨은 반의 반 호흡 정도밖에 멈추지 않았지만, 검은 기사는 그 순간을 놓치지 않고 그의 뒷덜미를 손으로 잡았다.

충분히 치명상을 입힐 수 있는 순간이었으나, 검은 기사는 슈벨을 집어 던지는 것으로 끝냈다. 바닥에 뒤통수를 부딪친 슈벨은 벌떡 일어나나 싶더니 도로 픽 주저앉았다. 그 뒤로도 두 번이나 더 일어나려는 시도를 하려다 그만 포기해 버렸다. 보기보다 뒤통수를 부딪친 충격이 심한 모양이었다.

검은 기사는 쓰러진 슈벨에게 달려들지도 않았다. 슈벨은 검은 기사에게 뭐라 말하려 했다. 아마도 왜 죽이지 않았느냐고 묻고 싶었을 것이다. 그러나 숨이 찬 나머지 그 말도 내뱉지 못했다.

“이번에는 내가 도전하겠다.”

빌리는 허리에 차고 있는 두 자루 칼에 손을 가져갔다. 그리고 어떤 칼을 잡을지 짧은 순간 망설였다. 하나는 그의 칼이고 다른 하나는 '보검'이었다.

'이건 내 개인적인 욕심이야. 그러니 보검을 뽑을 수는 없어.'

그는 보검을 뽑으려던 손을 다른 쪽 칼로 옮겼다.

할버드를 치켜들고 있는 검은 기사의 모습은 마치 거대한 하늘을 지고 있는 검은 산 같았다.

'내 안에서 적을 확대시키지 마라.'

빌리는 생각이 많아져 발이 굳어버리기 전에 몸을 움직였다. 15년 동안이나 밤낮없이 검을 휘둘러 온 자신을 믿었다. 만약 실력이 부족해 죽는 거라면 미련은 없었다. 익셀런을 대표하여 울프 기사단을 만나러 왔다는 목적은 진작 잊어버렸다.

'슈벨 말이 맞아. 이런 상대를 앞에 두고 안 싸워볼 수야 없지. 이건 지금까지 걸어온 인생에 대한 도전이 될 거야.'

슈벨은 뒤통수를 짚은 채로 빌리와 검은 기사의 대결을 지켜보았다. 달빛 아래에서 번쩍이는 빌리의 검을 바라보며, 슈벨은 이런 엄청난 실력자와 술집에서 겨루려 했던 몇 시간 전의 자신을 질책했다. 이런 자들이 익셀런의 기사라면 대체 왜 9년 전 골드 게이트 전투에서 울프 기사단에 패했단 말인가? 이해할 수 없었다.

객관적인 입장에 서 있는 슈벨은 곧 빌리가 노리는 바를 읽어냈다. 그는 절묘하게 공격의 방향을 계산하여 상대를 함정으로 몰아넣어 가고 있었다. 마치 체스를 두는 것처럼, 그는 최후의 체크메이트 한 번을 위해 수많은 암시와 견제를 보여 주었고 검은 기사는 그 함정에 조금씩 끌려 들어갔다.

검은 기사가 전력을 다해 할버드를 휘두르는 순간, 마치 자기 자신이 빌리가 된 것처럼 검의 궤적을 봐 오고 있던 슈벨은 속으로 외쳤다.

'지금!'

이 타이밍이라면 그동안 준비한 최후의 일격이 제대로 먹힐 수 있었다. 그리고 빌리는 그 순간을 놓치지 않았다.

빌리는 검은 기사가 피할 수 없는 각도와 타이밍으로 검을 찌르고 들어갔다. 그러나 그 멋진 일격을 검은 기사가 손으로 붙잡아 버렸다.

"윽."

빌리는 칼을 잡아당겼다. 그러나 검은 기사의 손에 잡힌 칼은 빠져나오지 않았다. 아무리 힘이 좋고 손을 철 장갑으로 보호하고 있다 해도 이런 식의 방어는 불가능했다. 반사 신경만으로 이 일격을 막는다는 건 더더욱 말이 안 되었다.

보고 있던 슈벨과 공격이 막힌 빌리는 동시에 생각했다.

'마지막 공격을 읽었구나!'

그 검은 기사는 단순히 힘만 센 게 아니었다. 그 무거운 갑옷을 입고 있었는데도 슈벨의 발을 쫓아갈 정도로 빨랐다. 또 빌리의 작전을 한눈에 꿰뚫어 볼 통찰력 역시 가지고 있었다. 함정에 빠진 건 빌리였다.

'졌군.'

빌리는 다음에 날아올 결정타를 기다렸다. 그러나 검은 기사는 잡았던 칼을 놓아주었다. 이미 패배했다고 생각한 빌리는 굳이 자유로워진 칼을 다시 휘두르지 않았다. 죽었다고 생각했기에 뒤로 물러나지도 않았다. 그는 그 자리에 멀뚱히 서서 검은 기사를 올려다보았다.

"어째서?"

빌리는 슈벨이 바닥에 머리를 부딪친 후 하려고 했던 말을 내뱉었다. 그러나 이미 그런 질문 자체가 의미 없었다. 그는 그 답을 알고 있었다. 상대를 살인마나 정체를 알 수 없는 괴물이라고 생각했다면 절대 나올 수 없는 해답이었다. 슈벨도 그자가 자신을 살려 둔 의미를 이해했다.

그 검은 기사는 둘의 시합을 정식으로 받아 준 것이었다.

"당신은…… 기사였군."

빌리가 떨리는 목소리로 말했다.

검은 기사는 빌리의 칼을 잡았던 손을 내려다보며 작은 목소리로 중얼거렸다.

"기사……, 기억나진 않지만, 익숙한 호칭이다."

"머리는 기억하지 않더라도 당신의 몸이 기억하는 모양이오."

빌리는 그 자리에서 고개를 숙여 예를 갖춘 후 말했다.

"사과하겠소. 나는 당신을 익셀런의 갑옷을 입은 사기꾼이거나 심지어 유령일지도 모른다고 생각했소. 그러나 이제 어느 쪽이든 상관없소. 나는 당신에게 목숨을 빚졌소."

슈벨도 겨우 정신을 차리고 자리에서 일어났다.

"나 역시 그렇다, 블랙. 무작정 시비 건 걸 사과하지. 당신과 정말 싸우고 싶었거든."

검은 기사는 둘의 인사를 받아 천천히 고개를 끄덕였다. 아까부터 미묘하게 느껴졌지만 음산한 분위기 탓에 이제야 깨닫게 된 사실이 하나 있었다.

검은 기사는 예의가 발랐다.

"술집 주인이 그러던데, 당신은 왜 골드 게이트에 가려고 하지?"

슈벨이 물었다.

검은 기사는 먼 하늘을 바라보더니 과거를 추억하는 노인처럼 말했다.

"모른다. 기억나는 게 없다. 단지 가야 한다는 것만 알고 있다."

"만날 사람이라도 있는 거야?"

검은 기사는 갑자기 잠에서 깨어난 듯 힘 있는 목소리로 말했다.

"하얀 늑대!"

빌리와 슈벨은 동시에 서로의 얼굴을 보았다.

"하얀 늑대를 만나러 간다고?"

"하얀 늑대 중 가장 강한 자. 골드 게이트에 그자가 있다. 그런 느낌이 든다. 그래서 그곳으로 가야 한다. 그래……, 그래서 그곳에 가는 거다."

활기차게 말을 시작했으나, 그의 목소리는 점점 자신감을 잃었다.

"하얀 늑대 중 가장 강한 자라면 누굴 말하는 거지? 마스터 퀘이언? 로일? 아즈윈? 게랄드? 던멜? 쉐이든?"

슈벨은 그 뒤로 스무 명쯤 아는 이름을 다 대 보았다.

"기억나지 않는다."

검은 기사는 고개를 저었다.

빌리가 거들었다.

"누가 되었든 하얀 늑대들 중에서 가장 강한 자라면 분명 그 기사단의 캡틴이겠지. 그리고 그자를 만나려면 나디움을 가야 하고, 당연히 골드 게이트를 통과해야 하오! 그럼 앞뒤가 맞는군. 당신이 어떤 일로 기억을 잃고, 또 그런 모습이 되어 버렸는지는 모르겠지만……."

빌리는 말하다 말고 멈칫했다.

'맙소사, 나 지금 투구 안에 아무것도 없는 유령을 상대로 잘도 얘기하고 있군.'

빌리는 그 생각을 지워버리고 말을 이었다.

"기사로서의 본능이 가장 중요한 부분만 기억하고 있는 거요."

"그렇군. 고맙다."

블랙이 말했다.

"그런데 안 가고 왜 이런 데에 있어? 어제 출발했으면 벌써 반은 갔겠네."

슈벨이 물었다.

"나는 골드 게이트가 어디 있는지 모른다."

블랙의 투구가 갸웃거리는 모습을 보고 빌리는 놀라운 사실을 알아챘다. 그는 창피해하고 있었다.

그걸 아는지 모르는지 슈벨은 친절하게 설명해 주었다.

"아란티아의 길은 무척 쉬워. 서쪽으로 큰길만 따라가면 나디움으로 향하는 게이트를 차례로 만날 수 있지."

"서쪽은 어디지?"

블랙은 슈벨의 손가락이 가리키는 곳을 바라보았다.

"태양이 지는 쪽이지, 어디긴 어디야?"

"나는 태양을 볼 수 없다."

"으음, 그럼 그냥 길만 따라가도 돼. 큰길은 하나뿐이야."

블랙은 슈벨이 밟고 있는 바닥을 보며 말했다.

"나는 길도 보이지 않는다."

빌리는 순간 블랙이 보고 있는 풍경이 어떻게 되어 있을지 상상하다 그만 소름이 끼쳤다. 그러자 묘하게도 그에 대한 두려움보다는 동정심이 생겼다. 빌리가 제안했다.

"내가 안내해 드리겠소."

슈벨은 선수를 빼앗긴 게 분하다는 듯 재빨리 끼어들었다.

"나도 물론 동행한다."

검은 기사는 수락하지도, 거절하지도 않았다. 그러나 둘은 그의 침묵을 승낙으로 보았다. 슈벨이 말을 끌고 왔다. 의외로 말은 검은 기사를 앞에 두고도 겁을 먹지 않았다. 슈벨이 앞장섰고 빌리가 그 옆에 서자 검은 기사는 천천히 걸음을 옮겼다.

철컹철컹.

사람들을 공포에 질리게 했다는 발소리가 이어졌다. 하지만 빌리는 그 소리가 그렇게까지 무섭다는 생각은 들지 않았다. 오히려 엄청난 책임감을 짊어진 사람의 무거운 발걸음처럼 들렸다.

"그러고 보니 현재 울프 기사단의 캡틴이 누구냐? 퀘이언은 아닐 것이고."

빌리가 물었다.

슈벨은 말고삐를 쥐고 앞만 보며 말했다.

"나 때는 하얀 늑대들도 안 정해져서 몰라. 하지만 당시 분위기로만 보자면, 아마 로일이 됐을 거다."

이어지는 슈벨의 목소리에는 드물게도 살기가 묻어 있었다.

"녀석이어야지. 녀석은 하얀 늑대 중에서도 최고가 되어 있어야 해. 만약 아니라면 절대 용서하지 않겠다. 그리고 로일을 제치고 다른 녀석이 캡틴이 되어 있다면 난 그 캡틴 놈부터 죽여 버릴 거야. 물론 정식 대결로.”

문득 검은 기사의 발걸음 사이로 여러 사람의 발걸음이 섞였다. 빌리는 뒤를 돌아보았다. 어느 순간 검은 기사의 뒤로 과거에 범죄자였던 사내들이 말없이 따르고 있었다.

‘웃기는 놈들이군. 아까는 무섭다고 벌벌 떨더니.’

빌리는 그들을 어떻게 떨쳐낼까 고민하다가 아무것도 하지 않았다.

‘알아서 나가떨어지겠지.’

◈ Chapter 7 ◈

회색의 마법사

여름이긴 해도 아침이 되니 꽤 쌀쌀해 모닥불을 피워 두고 쉬어야 했다. 동이 터 오며 슈벨의 목소리가 무거운 침묵을 깨뜨렸다. 녀석은 테고의 부하들과 잡담하면서 간혹 웃음을 터트렸다. 빌리는 살인자와 흉악범들 사이에 낄 바에야 차라리 모닥불에서 한참 떨어져 있는 검은 기사의 옆에 앉는 걸 택했다.

빌리는 달빛이나 횃불이 아닌 태양빛 아래에서 처음으로 그의 투구 안을 보게 되었다. 안에 가득 찬 심연의 어둠이 더욱 선명해 보였다. 그냥 안이 비어 있는 거라면 햇빛이 들어가 투구 안쪽이 비춰 보여야 했지만 아무것도 보이지 않았다. 빛이 전혀 들지 않는 동굴의 가장 깊은 곳을 바라보는 기분이었다.

'비어 있는 게 아니었어.'

비어 있는 갑옷이 움직이는 편이 덜 끔찍할 것 같았다.

“어이, 블랙. 물어볼 게 있는데 말이야.”

슈벨이 테고의 부하들을 버려두고 빌리 옆으로 다가왔다. 빌리는 블랙이라는 이름이 마음에 들지 않았지만 내버려 두었다. 대안도 없는데 따지기라도 하면 큰일이었다. 빌리는 작명에 자신이 없었다.

테고의 부하들은 검은 기사를 로드 블랙이라고 지칭했다. 심지어 빌리와 슈벨을 캡틴이라고 부르기까지 했다. 테고 대신이 되었다니 불쾌하기 짝이 없었지만 슈벨도 가만히 있는데 혼자 흥분하고 싶지도 않았다.

결국 빌리도 검은 기사를 블랙이라고 부를 수밖에 없었다. 무엇보다 이 이름 없는 기사가 그걸 자기 이름으로 받아들이고 있었다.

블랙의 주위에는 항상 어둠이 섞여 있었다. 밤에는 밤이라서 그런가 보다 했는데, 태양이 떴는데도 사라지지 않았다. 게다가 그의 그림자는 다른 이들보다 더 짙었다. 그 이상한 현상을 눈치챈 건 빌리뿐이었으나, 그걸 모른다 해도 테고의 부하들은 접근하지 않았다.

슈벨만이 블랙의 검은 기운 안쪽으로 서슴없이 들어가 이것저것 물었다. 길이 안 보이는데 걷는 건 어떻게 걷느냐, 태양이 안 보인다는데 구름은 보이냐, 같은 정말 시답잖은 질문이었다. 하지만 블랙이 계속 모른다거나, 그렇다, 아니다 정도로만 대답을 하니 금방 지쳐 버렸다.

슈벨이 블랙을 상대하는 동안 빌리는 해가 떠오른 지평선을 바라보았다. 그때 하얀 물체 하나가 그 지평선을 따라 빠른 속도로 이동하고 있었다. 빌리는 들짐승 한 마리가 달리고 있나 보다 하고 집중하지 않고 스쳐보았다. 그러나 잠시 후 그 광경의 진실을 알고 깜짝 놀라 벌떡 일어났다.

그것은 단순히 들짐승 한 마리가 지나갔다고 무심코 넘겨 버리기에는 너무나도 빠른 속력이었다. 멀어서 쉽게 분간하지는 못했지만, 지평선 끝이라는 것을 염두에 두면 그것은 빠르다는 말로 표현할 수 없을 정도로 엄청난 속도였던 것이다. 만약 그 하얀 물체가 빌리의 바로 옆을 지나갔다면 바람 외에는 아무것도 보지 못했을 것이다.

"왜 그래? 뭐 있어?"

슈벨은 빌리와 같은 곳을 바라보며 물었다. 이미 지나가 버렸으니 증거라고는 남아 있지 않았다.

"지상에서 말보다 더 빠른 게 있나?"

빌리가 맥락 없이 물었다.

"난 못 봤지만 어딘가 사는 고양이는 말보다 두 배는 더 빠르다더라."

슈벨은 무성의하게 대답했고 빌리도 잘못 보았겠거니 하고 잊어버렸다.

갑옷을 입었으니 당연하다고 해야겠지만, 블랙은 걸음이 느렸다. 블랙을 안내해 주겠다는 약속을 한 것은 후회하지 않았지만 이동 속도가 느려지는 것은 원치 않았다. 빌리가 그런 문제로 고민하고 있을 때 한 녀석이 말했다.

"먹을 것을 구하러 다녀와도 되겠습니까?"

빌리는 자신에게 묻는 건가 하고 뒤를 돌아보았다. 하지만 녀석은 슈벨에게 물어보고 있었다. 그들은 무뚝뚝한 빌리보다는 슈벨을 더 잘 따랐다. 슈벨은 회벽 마을에서 있었던 사건을 벌써 잊어버리기라도 했는지 그들을 스스럼없이 대해 주었다.

"다녀와. 이쪽 방향으로 계속 가고 있을 테니 알아서 쫓아오고. 참, 나는 와인 한 병 부탁해."

"예, 캡틴 슈벨."

그들은 고개를 끄덕이며 옆길로 빠졌다. 멀지 않은 곳에 마을이 하나 보였다. 빌리가 둘을 불러 세웠다.

"너희들, 돈은 있나?"

"예?"

"먹을 거 사러 간다면서 돈은 있냐고?"

잠깐 대답을 멈칫하더니 녀석은 약간 비굴한 웃음을 흘리며 고개를 끄덕였다.

"당연히 있죠."

빌리는 그 말을 믿지 않았다.

"그럼 사서 올 수 있겠지?"

"그야……."

"반드시 사서 와라. 만약 그 외의 다른 방법으로 먹을 것을 구해 온다면 사형이다."

빌리는 목소리에 힘을 실어 경고했다. 약간 겁을 먹은 얼굴로 그들은 고개를 끄덕였다.

"다른 녀석들도 잘 들어라. 나는 너희들에게 나를 캡틴이라고 부르라고 허락한 적 없다. 그러나 너희들은 나를 그렇게 불렀다. 그건 즉 너희가 내게 지위를 주었고 너희가 무슨 일을 할 때 내 이름을 내세우게 될 거라는 뜻이다. 그러니 너희들이 내 이름을 더럽히는 행동을 한다면 나는 그 대가를 치르게 할 것이다. 대가는 항상 사형이다. 그 외의 다른 형벌은 없다. 그것이 불만인 자는 떠나라. 나중에는 떠날 기회를 주지 않겠다. 지금 떠나라."

빌리는 이보다 더 딱딱할 수 없는 말투로 마무리 짓고 앞서가는 검은 기사의 뒤를 따라갔다. 슈벨은 짧게 휘파람을 불었다.

"살벌하네. 근데 나도 저 말에는 찬성이야. 솔직히 우리는 너희더러 따라오라고 한 적 없거든."

테고의 부하들은 자기들끼리 조금 웅성거리더니 곧 뒤를 따라오기 시작했다. 슈벨은 그걸 보고 픽 웃었다.

"저 자식들 우릴 따라오면 뭔가 있을 거라고 생각하나 본데? 아까 잠깐 얘기했더니 다들 기사가 되고 싶대."

"근본이 더러운 놈들이다. 저런 놈들은 절대 기사가 되지 못해."

"단언해 버리네?"

"당연하지. 드래곤 기사단이 이유도 없이 혈통을 문제 삼는 줄 아나? 거긴 실력 좋은 녀석들을 일부 버리는 한이 있어도 자기들의 명예를 더럽힐 가능성이 있는 사람은 버리는 거야. 그건 차별이 아니라 그들 기준의 테스트라고 봐야지."

"이봐, 내 할아버지도 마구간 청소부였어. 아버지는 장사를 해서 돈을 벌었고, 그다음에 내가 검을 배운 거지. 위아래로 나 말고는 검을 쥔 적도 없는 핏줄이지. 하지만 난 강하잖아!"

"맞다. 너 같은 종류의 실력자는 받아들이지 않는다. 그게 드래곤 기사단의 방침이다."

"재수 없어."

슈벨은 돌멩이를 하나 걷어찼다. 공교롭게도 앞서 걷는 블랙의 등에 맞아 탱 소리를 내며 튕겨 나갔다. 하지만 블랙은 아무 반응도 보이지 않고 계속 걷기만 했다. 슈벨은 가슴을 쓸어내렸다.

"그럼 익셀런 기사단은 뭐가 기준이냐? 드래곤 기사단은 혈통을 중시하고, 이로피스는 명예를 중시하고, 울프 기사단은 실력을 중요시한다. 나도 테스트의 마지막까지 남은 게 아니라서 더 자세한 건 모르지만, 적어도 나 있는 동안에는 검술 수업 같은 건 없었다. 다 같이 전술 훈련을 받는 일도 없었고."

"그럼 전투가 벌어질 경우 다 따로 움직이나?"

"나도 끝까지 안 있어 봤다니까 그러네. 어쨌든 익셀런은 뭐지?"

"기사도다."

"누가 들으면 다른 기사단은 기사도가 없는 줄 알겠다?"

"울프 기사단은 실력을 중시한다고 했는데 그럼 다른 기사단은 실력을 보지 않겠나? 어느 쪽을 최우선으로 하느냐의 문제겠지. 익셀런은 다른 어떤 기사단보다 기사도를 중요시하고 군기를 엄격히 한다."

빌리는 걸음을 멈췄다. 그리고 테고의 부하들이 캡틴 대접을 해 준다는 명목으로 대신 끌고 오고 있는 말 쪽으로 걸어갔다. 빌리가 손을 내밀자, 그들은 순순히 말고삐를 내주었다.

"잠시 마을에 다녀오겠다. 계속 가고 있어라."

빌리는 말에 올라타며 말했다.

"왜? 너 먹을 건 부탁 못했냐?"

"확인해 봐야겠어."

"뭘?"

빌리는 대답하지 않고 마을 쪽으로 말을 몰았다. 슈벨은 잠시 기다려 줄까 하다가 금방 따라오겠거니 하고 먼저 갔다.

빌리는 5분도 채 되지 않아 돌아왔다. 그의 손에는 아까 먹을 것을 구하러 간다던 두 녀석의 목이 들려 있었다.

슈벨은 인상을 구기며 괜스레 목덜미를 쓸었고, 테고의 부하들은 깜짝 놀랐다. 피가 뚝뚝 흐르는 머리 두 개를 풀밭에 던져 놓으며 빌리가 소리쳤다.

“이게 기사도를 가장 우선하는 익셀런의 방침이다. 모든 죄의 대가가 이런 건 아니다. 그러나 내가 사형이라는 말을 꺼냈을 때는 진짜로 그렇게 하겠다는 뜻이다.”

슈벨은 허리에 손을 올리고 한숨을 내쉬었다.

“그래서 이 녀석들이 뭘 했기에?”

“두 녀석은 분명 돈이 없었다. 그런데 내가 돈이 있느냐고 물었더니 녀석들은 있다고 말했지. 내가 사형이라는 말을 했는데도 자기들 말을 수정하지 않았다. 다른 동료들에게 돈을 빌리지도 않았고 내게 달라고도 하지 않았다.”

“저런. 그래서 이 녀석들 또 강도짓을 한 거야?”

“내가 도착했을 때는 정육점 주인을 묶어 놓고 그의 딸을 겁탈하려 하고 있었다.”

테고의 부하들은 잘린 동료 둘의 머리와 빌리의 얼굴을 번갈아 보았다. 들판에 긴 침묵이 이어졌다.

“나와 슈벨은 지금부터 나디움으로 간다. 아마도 울프 기사단과의 전투가 있겠지. 그래, 네놈들의 전 두목이 주장한 세상에서 가장 강한 놈들과의 싸움이다. 그런 싸움에서 리더의 명령을 듣지 않는 부하는 적군보다 위험하다. 자신의 목숨과 명예를 걸 자신이 없는 놈은 따라오지 마라. 난 너희를 쫓아내지도, 붙잡지도 않는다.”

빌리는 말에서 훽 뛰어내렸다. 잔뜩 겁먹은 시선이 따라왔다. 하지만 그는 개의치 않고 모두를 노려보며 기다렸다. 한참을 기다려도 달아나는 녀석은 없었다.

빌리는 주머니에서 금화 한 개를 꺼내 아무나 한 녀석을 지목하여 던져 주었다.

“다시 명령을 내리겠다. 가서 마른고기와 우유, 빵, 치즈를 사 와라.”

슈벨도 금화를 하나 던져 주었다.

“와인도.”

빌리는 한참 앞서 있는 블랙의 뒤를 따라갔다. 돈을 받은 테고의 부하는 다른 친구 한 명과 함께 마을 쪽을 향해 뛰어갔다.

슈벨이 빌리의 옆으로 따라붙으며 말했다.

“그거 알아, 너? 재들처럼 생각이란 걸 해 본 적이 없는 놈들은 ‘마음대로 해라.’라는 말을 제일 어려워해. 쫓아내고 싶었으면 ‘안 가면 죽인다.’고 말했어야지. 그렇게 카리스마 있게 떠들면 따라다니고 싶어져.”

슈벨이 지적했다.

“난 강요한 적 없어. 멍청한 놈들의 선택이지.”

“그런 식으로 따지면 우리라고 다르냐?”

“뭐?”

“우리도 지금 블랙의 꽁무니를 졸졸 따라가고 있잖아?”

“난 저자의 정체가 궁금할 뿐이야.”

“그러시겠지.”

슈벨이 비꼬듯 말했지만 빌리는 대응하지 않았다.

잠시 후 마을에 갔던 녀석들이 돌아왔다. 육포와 염소젖, 빵, 치즈가 양손에 가득 들려 있었다. 와인은 팔지 않아 사오지 못했다. 슈벨이 화를 냈지만 또 보내진 않았다.

밤이 되자 슈벨이 검은 기사에게 휴식을 요청했다. 블랙이 말없이 걸음을 멈추자, 다들 노숙을 준비했다.

빌리가 그간 지켜본바, 블랙은 먹지도 자지도 않았다. 살아있는 존재가 아닌 건 분명했다. 빌리는 블랙의 옆에서 계속 그의 행동을 주시했다. 그러나 아무것도 기억하지 못하는 그를 상대로 슈벨처럼 계속 뭔가를 묻는 의미 없는 짓은 하지 않았다. 그저 바라보기만 했다. 상식을 벗어난 존재에 대해 고민해 봐야 남는 건 두통뿐이니 고민도 길게 갖지 않았다.

"응?"

어둠 속에서 하얀 물체가 그의 시야에 잠깐 머물렀다가 사라졌다.

극히 짧은 시간에 일어난 일이었다. 빌리는 벌떡 일어났다. 처음에는 눈에 뭐가 낀 줄 알았다. 흙을 사박사박 밟고 뛰어가는 소리는 단순한 착각이 아니라는 증거가 되어 주긴 했지만 빌리는 자신이 없었다. 있지도 않은 걸 봤다고 소란을 떠는 모습을 보이고 싶지 않았다.

슈벨은 모닥불 앞에 쭈그리고 앉아 꾸벅꾸벅 졸고 있었다. 몇 명이 보초를 서고 있긴 했으나 눈치챈 사람은 없었다. 그나마 그들 중 한 명은 선 채로 졸고 있었고 다른 이들도 피곤한 눈으로 하품을 하거나 눈을 비비고 있었다.

만약 기사단이었다면 즉시 호통 한마디 했을 안일한 자세들이었다. 하지만 빌리는 내버려 뒀다. 여기서 놈들의 자세까지 문제 삼았다가는 진짜 두목이 되어 주어야 하니까.

블랙도 할버드를 바닥에 세우고 먼 하늘만 바라보고 있었다.

'나밖에 못 본 건가?'

빌리는 근처 바위 위로 올라가 주위를 살폈다. 그러나 어두워서 보이는 것도 없었다. 점점 뭔가를 봤다는 확신이 흔들렸다.

'털빛이 하얗더라도 어둠 속에서는 하얗게 보이지 않지. 잘못 본 거야.'

빌리는 혼자 중얼거리며 다시 바위 아래로 살짝 뛰어내려 왔다. 그리고 착지한 자세 그대로 굳어 눈만 동그랗게 떴다.

빌리의 앞에 하얀 털빛의 거대한 짐승이 있었다!

만약 이 동물이 지평선을 스쳐 갔던 하얀 물체라면 도망쳐 봐야 소용없었다. 빌리는 얼른 허리의 칼을 찾았다. 평소에는 잠잘 때도 차고 있던 두 자루의 칼이 하필 이 순간에는 없었다. 아까 가죽띠에 긁힌 자리가 아파 잠깐 풀어 둔 것이었다.

'방심하지 않겠다고 그렇게 다짐해 놓고, 이 멍청한 놈!'

빌리는 천천히 몸을 일으켰다. 혹시나 하고 뒤를 돌아봤더니 보초를 서는 녀석들이 모조리 선 채로 잠들어 있었다. 혹시나 슈벨이 깨어 있을까 했지만 그는 아예 무릎에 얼굴을 파묻고 움직일 생각을 안 했다.

'소리라도 질러 모두를 깨울까?'

하얀 털의 짐승은 차분한 눈동자로 빌리를 훑어보았다. 황금빛에 가까운 노란 눈동자는 보석처럼 반짝반짝 빛을 냈다. 단순히 모닥불에 반사되었다고 할 수 없는 아름다운 빛이 털을 따라 흐르며 주위를 환하게 밝히고 있었다.

털은 하얀색이라기보다 은빛에 가까웠다. 방금 목욕이라도 시킨 듯 깨끗했다. 신비로운 광경이었다.

그것은 거대한 늑대였다. 어른이 올라타도 될 정도로 컸다. 말보다 약간 작았는데, 말 목을 무는 것만으로 목뼈를 부러트릴 만큼 큰 입에, 온몸을 감아도 남을 탐스러운 꼬리가 살랑거리고 있었다.

'모두가 잠든 게 우연이 아니군.'

지금 보니 말까지 잠들어 있었다. 선 채로 꾸벅거리는 꼴이 툭 치면 옆으로 픽 쓰러져 네 다리를 허공에 휘적거리면서도 계속 잘 것 같았다. 그 증거로 경호를 서던 녀석들 중 한 명이 균형을 잃고 쓰러졌는데도 계속 잤다.

빌리는 은빛 털의 늑대에게 말했다.

"네가 재운 거냐?"

동물에게 말을 거는 모습이 바보 같다는 생각은 조금도 들지 않았다. 늑대는 귀를 쫑긋 세우더니 옆으로 천천히 물러났다. 덩치가 그렇게 큰 데도 움직이는 소리가 거의 나지 않았다. 그러고 보니 아까 들렸던 흙을 밟는 소리도 이 정도 큰 동물이 움직인 것에 비하면 거의 들리지 않았던 셈이었다.

늑대가 갑자기 자세를 낮췄다. 공격 신호 같기도 했고, 달아날 준비 동작 같기도 했다.

칼도 없는 빌리를 경계한 게 아니었다. 뒤에서 흙을 밟는 또 다른 소리의 주인공을 향해서였다. 모두가 잠들어도 잠들 수 없는 존재.

블랙은 할버드를 옆에 끼고 빌리의 등 뒤에 섰다.

제삼자의 입장에 선 빌리조차도 느낄 수 있는 강렬한 살기가 둘 사이에 오갔다. 늑대는 으르렁거리지는 않았으나 콧잔등을 한껏 찡그리고 이빨을 드러냈다. 블랙도 할버드를 치켜 올렸다. 둘은 전혀 물러서지 않고 서로를 경계했다. 사이에 낀 빌리는 양쪽에서 조여 오는 시선이 무거워 숨도 쉬지 못했다.

아무 소리도 나지 않았지만, 빌리는 둘 사이에 대화가 오고 갔다는 사실을 깨달았다. 곧 늑대는 뒤로 크게 도약하더니 어둠 속으로 사라졌다.

팽팽한 긴장감이 일시에 사라지며 빌리는 참았던 숨을 한꺼번에 몰아쉬었다. 등줄기가 식은땀으로 흥건히 젖어 있었다.

"방금…… 그 늑대는 뭐요, 블랙?"

빌리가 물었다.

블랙은 고개를 저었다.

"모른다."

"무슨 얘길 하지 않았소?"

빌리는 그가 대답하지 않을 줄 알면서도 물었다. 그러나 뜻밖에도 블랙은 대답했다.

"늑대가 내게 돌아가라고 말했다. 이곳은 내가 있을 곳이 아니라고."

"돌아가라니 어디로?"

자고 있던 보초가 깨어났다. 그는 자기가 잠깐 존 거라고 생각했는지 그저 하품만 한 번 하고, 아무렇지도 않게 창을 고쳐 쥐었다. 말도 깨어나 투레질을 했다. 하지만 슈벨은 일어나지 않았다. 녀석은 아무래도 강제로 잠든 게 아니라 진짜 잠든 모양이었다.

블랙은 계속 말했다.

"나는 거절했다. 돌아갈 곳은 모른다. 하지만 가야 할 곳은 안다. 그렇게 대답했다. 그랬더니 가 버렸다."

블랙은 천천히 자기 자리로 걸어갔다. 묻고 싶은 게 잔뜩 있었으나 빌리는 뭔가를 캐내려고 상대방을 귀찮게 하는 성격이 아니었다. 그리고 이건 알아내려고 노력한다 해도 알아낼 수 있는 성질의 것이 아니었다. 블랙이 자신의 과거를 숨기고 싶어서 모른다고 하는 건 분명 아니었으니까.

'이 정도로 이상한 일이 반복되니 나도 무서워지는군.'

늑대나 블랙이 무서운 게 아니었다. 자신이 론타몬에서 아란티아로 온 게 단순히 자신의 결정 때문이 아니라, 뭔가에 이끌려 왔을지도 모른다는 상상 때문이었다.

이튿날 정오부터 빗방울이 떨어지기 시작했다. 금방 그치겠거니 하고 별생각 없이 이동했는데 갑자기 빗줄기가 거세졌다. 다행히 가까운 곳에 마을이 있었다.

"마을에서 어떤 사소한 문제도 일으키지 마라."

빌리는 마을에 들어가기 전 테고의 부하들에게 명령했다. 슈벨은 그들의 이름을 하나하나 물어 벌써 외우고 있었으나 빌리는 그들이 몇 명인지조차 제대로 세어 보지 않았다.

'어차피 도망칠 녀석들이야. 외울 필요 없어.'

그런데도 그들은 슈벨보다는 빌리의 명령을 더 따르고 있었다. 그게 빌리를 더 괴롭게 만들었다.

빌리는 여관방에 하루만 묵어가기로 계약하고 적지 않은 비용을 지불했다. 여관 주인이 수상하게 여길까 봐 블랙의 갑옷에 망토를 두르고 3층의 제일 구석진 방으로 데리고 갔다.

투구에서 흘러나오는 검은 기운이 방 안의 촛불을 흔들었다. 평야에 있을 때는 몰랐으나, 막상 침대나 가구 같은 일상적인 사물에 둘러싸여 있으니 딱히 꼬집어 말할 수 없는 블랙의 괴이한 점이 확연히 드러났다. 야영할 때라면 모르겠지만 도저히 같은 방에서 밤을 보낼 자신이 없었다.

“혼자 있게 해 드리겠소. 비가 그치면 이동합시다. 옆방에 있을 테니 필요한 게 있으면 부르시오.”

빌리는 그렇게 말하고 옆방으로 건너갔다. 슈벨은 당연하다는 듯 그의 방으로 따라왔다.

“여긴 목욕할 데도 없대.”

슈벨은 수건으로 비에 젖은 긴 머리를 털며 구시렁댔다. 빗물에 젖은 셔츠나 바지가 몸에 달라붙자 녀석의 몸매가 드러났다.

‘아무리 봐도 신이 실수로 여자로 태어날 녀석을 남자로 만든 것 같군. 불쌍하게도.’

빌리는 창밖을 내다보며 말했다.

“비가 많이 올 것 같군.”

내리는 힘이 어찌나 거센지 두들기는 빗줄기에 나무 창문이 덜컹거렸다.

“급한 것도 아니잖아. 블랙이야 비가 오든 말든 상관 안 하겠지만.”

슈벨은 하품을 길게 했다. 빌리도 꽤 졸렸으나 벌써 자고 싶지는 않았다.

"그런데 블랙은 누굴까? 인간일까, 유령일까? 마법사는 아닐까?"

슈벨은 빌리가 어제 밤새 고민하다가 포기한 문제를 이제야 들먹이기 시작했다.

"너도 참 무심하구나, 슈벨. 보통 사람이라면 블랙을 만나는 순간 고민했을 일이다."

"그러는 너도 처음부터 고민한 건 아니잖아, 자식아?"

"그러게."

빌리는 천둥이 꽤 가까운 곳에 내리치는 것에 놀라 창문 옆에서 물러났다.

'왜 의문을 갖지 않았을까?'

빌리는 블랙의 정체보다 오히려 그쪽이 더 궁금했다.

'왜 나는 블랙의 옆에 있으려고 하는 거지?'

빌리는 어제 내린 결론 중 하나를 슈벨에게 꺼내 보였다.

"마법사라기보다 마법에 걸린 쪽이겠지."

"나도 딱 그 생각하고 있던 참인데."

"대륙에 떠도는 검은 기사의 소문 들었어?"

"몰라."

"넌 지난 5년간 어디에서 지냈는데 그런 것도 모르냐?"

"산속이나 검술 학원. 여기저기서 이것저것 훈련……. 그런데 그건 왜?"

"카모르트에 내전이 일어났다는 정도는 아나?"

"조금."

"바로 그 내전에 검은 기사가 개입되었다는 소문이 있었다."

"그래? 블랙 같은 게 나타난 거야?"

"블랙 같은지 어떤지는 나도 모른다. 그런데 이로피스에서도 비슷한 소문이 있었어. 꾸며 낸 얘기 같아서 유심히 듣지 않았지. 사실 그때는 아란티아를 찾아오는 것 외에는 아무것도 머릿속에 담아 두고 싶지 않았다."

"너도 참 게으르구나."

슈벨은 젖은 옷을 옆에 벗어 두고 침대에 엉덩이를 걸쳤다. 그가 수건을 목에 걸고 가슴을 가리고 있는 폼을 보고 있자니, 수건 너머에 부푼 가슴이 있고 금발을 풀고 있는 여자를 상상하기는 어렵지 않았다. 더군다나 다리에 털도 없었다. 잘 때마다 배낭에서 꺼내는 토끼 인형을 안으면 그럴듯한 그림이 나올 모양새였다.

"그런데 너 몇 살이냐?"

빌리의 질문에 슈벨이 인상을 구겼다.

"왜 또 시비냐? 스물여섯이다!"

빌리는 이틀 안 깎았더니 벌써 따끔하게 자란 턱수염을 만지작거리며 말했다.

"그 나이에 수염이 그리 없나? 편하긴 하겠다."

"그럼 네 면도, 내가 해 줄까?"

화가 난 슈벨은 농담이 아니라는 듯 칼을 집어 들었다.

"왜 그 얘기만 나오면 그렇게 날카로워? 오히려 그게 더 이상하다. 이제 누구도 널 함부로 대하지 못할 텐데 왜 여자 닮았다는 얘기만 나오면 신경이 곤두서지?"

"그런 얘기는 별로 하고 싶지 않아."

슈벨은 들었던 칼을 내려놓았다.

"사과하지. 우리가 그런 과거 얘기를 할 정도의 친구는 아니었나 보군."

"어째서 우리 관계를 내 탓으로 돌려? 그러는 너도 네 과거 얘기는 안 하잖아."

"안 물어봤으니까."

"빌어먹을, 내가 말발에서 밀리고 있군. 그럼 네 첫 경험은 언제냐?"

슈벨이 억지로 질문을 만들며 물었다.

"열여섯."

빌리는 아무렇지도 않게 대꾸했다.

"부인은 있어?"

"없다."

"제일 먹기 싫은 음식은?"

"당근."

슈벨은 그만 말문이 막혀 고개를 저었다.

"왠지 내가 한심해지는군."

"나도 그리 생각하던 참이었다."

빌리는 다시 창문 밖을 주시하며 말을 이었다.

"아무튼 네가 세상을 등지고 훈련에 전념할 때 여러 가지 일이 있었나 보더라. 이로피스 왕실 기사단이 검은 기사 무리를 전멸시켰다는 얘기도 있었고. 하지만 소문이란 게 늘 그렇지만 덧붙이고 부풀린 부분이 있어 진실이 뭔지는 모를 일이지. 헌데 그런 소문 중에 사악한 마법사가 검은 기사를 만들었다는 얘기도 있었다."

"블랙이 그렇다는 거야?"

"내가 알겠나? 소문에는 검은 기사란 것들은 여자와 아이도 구별하지 않고 닥치는 대로 죽이는 괴물이라 했다. 그런데 블랙은 그런 것도 아니지 않나? 그러니 같은 종류는 아니겠지."

옆방 문이 열리는 소리가 들렸다. 곧 무거운 발걸음이 나무 바닥을 울렸다. 삐걱삐걱.

둘은 동시에 일어나 밖으로 나가 보았다. 블랙이 계단을 향해 복도를 걸어가고 있었다.

"야, 블랙! 어딜 가는 거야?"

슈벨이 쫓아갔다.

블랙은 언제나처럼 느리지만 차분한 걸음걸이로 계단을 내려갔다. 낡은 계단이 갑옷의 무게를 버티느라 삐걱거리며 비명을 질렀다.

때마침 저녁 식사를 준비해 올라오던 여관 주인이 블랙을 보고 깜짝 놀라 쟁반에 있는 음식을 떨어트렸다. 식기가 부서졌고 안에 든 음식이 바닥에 쏟아졌다. 그녀는 블랙을 피해 계단 옆에 찰싹 붙었다.

"아, 친구가 안색이 좀 창백해서 바람 쐬러 가는 거니 신경 쓰지 마쇼."

슈벨은 되지도 않는 변명을 해 주고, 블랙의 뒤를 계속 따라갔다.

"식기값은 물어 드리겠소."

빌리도 변명하며 뒤따랐다.

검은 기사는 밖으로 나가 바닥을 요란하게 때리는 빗속을 뚫고 걸어갔다. 근 몇 년 동안 본 적 없는 엄청난 폭우였다. 빗방울에 얻어맞는 게 아플 지경이었다. 그들이 머문 여관은 지대가 높아 피해가 덜하지만, 다른 집은 벌써 바닥이 잠기기 시작했다. 지붕 약한 집은 바람이 아닌 빗방울에 천장이 부서졌다.

"블랙, 대체 어딜 가는 거요?"

빌리가 폭우의 소음을 이기기 위해 목청을 높여 물었다.

"내가…… 만들어졌다고 생각하나?"

블랙이 크지 않은 목소리로 물었다. 빌리는 깜짝 놀랐다.

"우리 얘기를 들은 거요?"

"나는 근처에 있는 모든 사물의 소리가 들린다."

블랙은 손바닥을 들었다. 마치 빗방울을 느껴 보고 싶다는 듯이. 그가 투구를 들어 하늘을 올려다보니 거센 빗줄기가 갑옷 안으로 스며들었다.

"빗방울이 바닥에 부딪히는 소리도, 개구리가 우는 소리도, 나와 너희들을 따라오는 그 스물세 명이 나에 대해 뭐라고 말하는지도, 옆방에 있던 너의 목소리도……. 모든 소리가 저절로 내 머릿속에 흘러들어온다."

빗소리가 커지면 커질수록 블랙의 목소리는 더욱 또렷하게 들려왔다.

"내가 정말 만들어졌다고 생각하나?"

빌리는 빗물이 얼굴을 덮어 눈을 뜨기가 힘들어, 한쪽 눈을 감고 소리쳤다.

"기분 나빴다면 사과하겠소. 그건 그냥 내 추측이었소."

"사과할 일이 아니다. 그런 추측으로라도 난 내가 누군지 알고 싶다. 내가 누군지, 무엇 때문에 여기에 있는지."

빌리는 그를 위로할 말을 찾지 못했다.

슈벨도 빗소리를 이기려고 소리를 질렀다.

"그렇다고 가 버리는 건가? 너 화난 거 맞지, 블랙?"

"화나지 않았다."

"그럼 어딜 가는 건데?"

"모든 소리가 들린다. 아주 먼 곳에서 나를 쫓는 발소리도."

블랙은 마을의 동쪽을 바라보며 말했다. 빌리도 그쪽을 바라보았다. 하지만 아무것도 보이지 않았다.

"아주 가까운 곳에서 나를 부르는 소리도 들린다."

이번에는 마을의 서쪽을 바라보며 블랙이 말했다.

"부르는 이가 있다고?"

슈벨은 왔다 갔다 하는 블랙의 시선을 좇으며 물었다.

"그렇다. 난 거기로 가고 있다."

블랙은 마을을 벗어나 평야로 걸어갔다. 마을을 벗어나자 아무것도 보이지 않는 어둠이 두 사람을 맞았다.

빌리는 블랙을 계속 따라가는 것이 꺼려지기 시작했다. 그러나 이미 여기까지 온 이상 돌아갈 수도 없었다.

빌리는 마을 쪽에서 비치는 희미한 횃불이 어느 쪽에 있는지 확인하고 다시 걸음을 옮겼다. 자칫 마을을 못 찾아올지도 모르겠다는 불길한 생각이 들었다. 바로 옆에 있는 슈벨도 겨우 찾을 수 있을 정도니 검은 갑옷의 기사는 아예 어두운 배경 속에 녹아 보이지 않았다.

"블랙, 거기 있소?"

빌리가 소리쳤다.

대답이 돌아오지 않았다.

"어디 갔지?"

슈벨도 걸음을 멈추었다.

빌리는 다시 소리쳤다.

"어디 있소, 블랙?"

의외로 가까운 곳에서 그의 목소리가 들렸다.

"여기다."

빌리는 그쪽으로 몸을 틀었다가 물이 고인 진흙 바닥에 미끄러져 넘어졌다.

슈벨이 손을 내밀었다.

"조심해."

빌리는 질퍽하게 흙이 묻은 손으로 슈벨의 손을 붙잡았다. 슈벨은 힘을 주어 그를 끌어당겨 주었다.

어둠 속에 서 있는 블랙은 여전히 알아보기 힘들었다.

"당신을 부르는 자를 찾았소?"

빌리가 물었다. 블랙은 거대한 할버드를 들어 정면을 가리켰다.

빌리는 그가 가리킨 짙은 어둠 속에 뭐가 있는지 볼 수가 없었다. 슈벨은 몸을 최대한 앞으로 기울여 살피려 했지만, 블랙의 앞으로 나서지는 않았다. 빌리도 블랙의 뒤에만 서 있었다. 보이는 건 없었으나 그곳으로 접근하지 말라며 본능이 그를 끌어당겼다.

'뭔가 있다!'

빌리는 일순간 어제 봤던 은빛 털의 늑대를 떠올렸지만, 전혀 달랐다. 그 늑대는 위협적으로 나타나긴 했으나, 조용하고 따뜻했다. 그러나 지금 블랙의 앞에 있는 것은 차갑고 날카로웠다.

죽음과도 같은 시커먼 살기가 주변을 에워쌌다.

"나를 불렀는가?"

블랙이 나직이 울리는 목소리로 말했다. 곧 듣는 것만으로 소름이 끼치는 목소리가 어둠 너머에서 들려왔다.

"내가 불렀다."

"그럼 말하라."

"옆에 있는 둘은 누구냐?"

어둠 속의 존재가 물었다. 슈벨과 빌리는 거의 반사적으로 어깨를 움츠렸다. 빗방울이 아까보다 차가워진 느낌이었다.

언제나 느긋하게 말하는 블랙이었으나 이번에는 시간차를 두지 않고 빠르게 대답했다.

"나를 돕는 자다."

"살아 있는 자가 도울 일이 아니다. 물러나라."

그가 명령했다.

빌리는 흠칫 놀라며 허리에 손을 댔다. 은빛 늑대를 만났을 때를 교훈 삼아 지금은 갑자기 따라나섰음에도 칼을 지니고 있었다. 그러나 함부로 뽑지는 않았다. 함부로 소리 내지도 못했다. 오히려 무기도 없이 따라나선 슈벨이 고함을 질렀다.

"나한테 물러나라 마라 명령하기 전에 너부터 모습을 드러내시지."

처음에는 대답이 없다가 작은 웃음소리가 들리기 시작했다. 그 웃음소리는 점점 커지더니 나중에는 빗소리를 멈추게 할 정도로 커졌다. 슈벨은 귀를 막았다. 빌리도 막고 싶었지만 칼을 찬 허리에서 손을 떼지 않았다.

"네가 보지 못하는 걸 누구 탓을 하느냐? 나는 처음부터 이 자리에 있었다."

마치 그 사악한 목소리가 직접 형체를 갖추기라도 한 것처럼 보이지 않는 기운이 슈벨과 빌리의 얼굴을 핥고 지나갔다. 순간 둘은 굳어 버렸다. 겨우 손가락만 까닥거릴 수 있었고 눈동자도 가까스로 움직였다. 호흡하기도 힘들어졌다.

그 순간 둘은 놀라운 광경을 목격했다. 블랙과 그 사악한 목소리를 내는 주인공 사이에 떨어지던 빗줄기가 허공에서 정지했다. 수만 개의 빗방울이 빌리와 슈벨, 그리고 블랙 주변에 동그란 모양으로 둥둥 떠 있었다. 정지된 공간 너머에서 떨어지는 빗소리는 아주 먼 곳에서 들렸다.

멈춘 빗방울들 틈으로 회색 로브를 입은 자가 있었다. 후드를 머리에 쓰고 있어 얼굴은 보이지 않았다.

블랙은 잠시 빌리와 슈벨을 돌아보았다. 투구 안의 눈동자는 보이지 않았지만 어딘지 걱정하는 시선이 느껴졌다.

"저들은 건드리지 마라. 할 말이 있다면 내게 말하라."

블랙이 말했다.

회색 로브를 입은 남자는 속삭이듯 말했다.

"나는 그대가 품은 의문에 해답을 주기 위해 왔다."

"그럼 묻지. 나는 누구인가? 이것이 내가 가진 의문의 전부다. 나는 누구이며 어디에서 왔는가?"

"존재에 대한 의문 따위가 어째서 너에게 남아 있는가?"

"대답해주러 왔다면 대답하라. 나는 누구인가? 그대가 만들어 낸 허상인가?"

블랙의 목소리가 커졌다. 그럴수록 회색 로브를 입은 남자의 목소리는 작아졌다.

“스스로를 하찮은 마법의 피조물로 격하시키지 마라. 네가 누구냐고? 이미 알고 있는 대답을 내가 왜 해주어야 하지?”

블랙은 할버드를 들어 보였다.

“그럼 더 이상 너와 할 얘기는 없다. 나는 너의 사악함을 보았다. 내 안의 영혼이 이대로 너를 보내지 말라고 말하고 있다. 질문을 바꾸겠다. 너는 누구냐?”

“바보 같은 질문은 접어라. 넌 이미 모든 해답을 가지고 있다. 넌 네가 누군지도, 무얼 해야 하는지도 알고 있다. 그래서 깨어난 것이다. 네가 할 일은 저곳에 있다.”

회색 로브를 입은 남자는 손을 들어 서쪽을 가리켰다.

“깨어났다고?”

“그렇다. 나는 널 만들지도 살리지도 않았다. 네 바람대로 널 깨웠을 뿐이다.”

회색 로브를 입은 남자는 천천히 뒤로 물러섰다. 마치 허공에 떠서 미끄러지는 것처럼 몸의 흔들림이 전혀 없었다.

“기억하라. 넌 네가 누군지를 기억하기 위해 깨어난 게 아니다. 네가 하고 싶은 일을 이루기 위해 깨어난 것이다. 이것은 나의 의지가 아니라, 그대의 의지였다. 잊지 마라…….”

회색 로브를 입은 남자의 목소리는 점점 작아지더니 마지막 부분은 거의 들리지도 않고 사라졌다. 멈춰 있던 빗줄기가 갑자기 밑으로 쏟아졌다. 그동안 멈춘 양이 한꺼번에 떨어지니 거의 폭포에 얻어맞는 수준이었다. 빌리는 물살을 못 이기고 그만 자리에 주저앉았고 슈벨은 대여섯 걸음 정도 휩쓸려 떠내려가기까지 했다. 빌리는 급히 일어나 슈벨의 손을 잡았다.

"괜찮나?"

빌리가 그를 끌어당기며 물었다.

"아…… 어, 괜찮아. 이대로 조금만 앉아 있을게."

흠뻑 젖은 슈벨이 힘없는 목소리로 손을 내저었다.

"빌리."

블랙은 처음으로 그의 이름을 불렀다.

"말하시오, 블랙."

"골드 게이트는 얼마나 남았는가?"

"지금 같은 속도로는 열흘 이상을 가야 하오."

"부탁을 한 가지 해야겠다."

"하시오."

"그것보다 더 빨리 가게 해 줬으면 좋겠다."

빌리는 고개를 끄덕이며 덧붙였다.

"하지만 이 빗속을 뚫고 가는 건 무리요. 내일 아침 일찍 다시 출발하도록 합시다."

블랙은 고개를 끄덕였다.

빌리는 슈벨을 부축해서 마을로 돌아갔다.

"어이, 빌리."

빌리에게 몸을 기댄 채 걸으며 슈벨은 힘겹게 말했다. 이미 블랙이 주위의 모든 소리를 듣는다는 것을 알게 된 이상 굳이 목소리를 작게 하지도 않았다.

"우리 아주 괴상한 일에 끼게 되었군. 그렇지 않아?"

"즐거우면서 괴로운 척하지 마라."

"이런 건 즐겁지 않아. 하지만 내 생각에 이 일의 종착지에 울프 기사단이 있을 것 같다. 그러니 이런 과정쯤은 충분히 받아들일 수 있어. 단지 죽도록 고생한 지난 몇 년보다 최근 며칠이 더 힘드니 좀 웃겨서 그래."

"그건 나도 동감이다."

"그런데 방금 그거 마법이었어?"

슈벨은 숨도 제대로 못 쉬는 주제에 호기심을 참지 못하고 물었다.

"그걸 내가 어떻게 아나?"

빌리는 갑자기 웃음이 나왔다.

론타몬의 왕실에도 루티아에서 온 마법사가 있었다. 그는 모든 귀족들의 존경을 받는 현자이자 병력의 한 축이기도 했다. 그런데 방금 것에 비하면 그 사람은 왕실 귀족들에게 쇼를 보여 주는 광대에 불과했다.

빌리는 뒤를 돌아보았다. 블랙이 말없이 따라오고 있었다.

'깨어났다니, 그게 무슨 소리지?'

빌리는 도저히 그에게 대놓고 물을 수 없었다.

어차피 블랙은 모른다고 대답할 것이다.

◈ Chapter 8 ◈

네나드로스 평원

카셀은 헛간 안으로 들어간 후 멍청히 서서 부서진 벽을 한참이나 바라보고 서 있었다. 바닥에 부서진 나무 조각과 흙 묻은 발자국들이 어지럽게 널려 있었다. 카셀은 아무렇게나 팽개쳐져 있는 짚단을 밟고 서서 주위를 살폈다. 핏자국도 있었다.

카셀은 짚단 위에 털썩 주저앉았다. 아침을 먹지 않아 몹시 배가 고팠으나 뭔가를 먹고 싶은 생각은 조금도 들지 않았다.

카셀이 카모르트 국경을 넘어 블루 게이트로 들어온 건 닷새 전이었다. 그때까지만 해도 캡틴 울프라는 이름으로 아란티아에 입국하는 영광스러운 자리였다. 설레는 마음을 안고 부푼 기대감을 억제하느라 바쁜 즐거운 시간이었다. 그러나 그런 행복은 전날의 폭우와 함께 사라졌다.

하얀 늑대들이 실종된 것이다!

"아니, 이 경우에는 내가 실종된 건가?"

카셀은 맑게 갠 하늘을 올려다보며 불안하게 중얼거렸다.
"어째서 비만 오면 안 좋은 일이 벌어지지?"

닷새 전.

사실 아란티아 국경을 넘을 때 제일 흥분한 사람은 카셀이 아니라 아즈윈이었다.

"나디움까지 가려면 다섯 개의 게이트를 통과해야 해. 블루, 그레이, 레드, 골드, 화이트. 각 게이트의 이름은 모두 주위 환경의 색깔을 담아 놓은 거지."

아즈윈은 게이트에 대한 설명에 열을 올렸다. 아란티아의 내륙 구조나 정치 체계는 일반적으로 잘 알려져 있지 않았다. 그래서 아즈윈의 한 마디 한 마디가 카셀에게는 재미있는 동화나 다름없었다. 듣는 사람이 눈을 초롱초롱 빛내고 있으니 가르치는 쪽도 신이 났다.

게랄드는 옆에서 '몇 년을 아란티아에서 살아도 게이트의 순서를 모르는 나 같은 놈도 하얀 늑대가 되었으니 그런 거 몰라도 된다.'는 말로 공부를 방해했다. 하지만 카셀과 아즈윈은 들은 척도 안 했다.

"카셀이 점점 날 얕보는 것 같지 않아?"

게랄드가 던멜에게 고민을 털어놓았다.

'의도한 거 아니었어?'

던멜이 귀찮아하며 수화로 대꾸했다.

아즈윈의 강의는 계속 이어졌다.

"블루 게이트는 과거에 게이트 앞으로 바다처럼 넓고 푸른 강물이 흐르고 있어서 붙여진 이름이야. 그레이 게이트는 성벽을 쌓아 올린 돌의 색이 회색이라 붙은 이름이고 아직도 좀 회색빛이야. 또 레드 게이트는 주위에 붉은 강물이 흐르고 있었기 때문에 그런 색깔 이름들이 붙은 거래."

카셀은 블루 게이트 앞을 졸졸 흐르는 개울을 내려다보며 말했다.

"바다처럼 넓은 강 같지는 않은데?"

"수백, 수천 년 전 얘기야. 아란티아가 처음 생겼을 때! 아직 하늘에 드래곤이 날아다니고 사람들이 하늘 산맥으로 소풍 가던 시절의 이야기지. 지금이야 다리 하나로 건너는 개울이지만, 그때는 바다처럼 넓어서 배 타고 건너야 했대."

아즈윈은 웃으며 말했다.

"그런 점이라면 레드 게이트의 설명은 틀렸다."

쉐이든이 정정했다.

"어디가? 게이트 수문장에게 직접 들은 얘긴데!"

"천 년 전 블루 게이트 앞을 흘렀던 넓은 강은 이 개울이 아니야. 지금 여기서는 보이지 않는 저쪽에 강의 흔적만 남아있는데 그게 블루 게이트의 강 '푸름바로'다. 지금은 말라서 없지."

"푸름바로 강?"

카셀이 물었다.

"아니. '바로'라는 단어가 강의 고대어니까 그냥 푸름바로라고 불러줘야 해. 그레이 게이트는 정말 돌이 회색이라 그런 이름이 붙은 건지는 잘 모르지만 레드 게이트의 경우에는 강이 붉어서 레드라는 이름이 붙은 게 아니다."

쉐이든은 '아니야! 내 말이 맞아.'라고 바락바락 우겨대는 아즈윈의 억지가 멈추길 기다렸다가 이야기를 이어 갔다.

"붉은 강물이 아니라 붉은 피가 흘렀다고 봐야지. 레드 게이트라는 건 천 년 전에 마법사들끼리의 전쟁 중에 생긴 이름이야. 그때 죽은 드래곤의 피가 성벽을 적셔 몇 년간이나 붉게 보였다고 하더군. 그전의 이름은 고대어로 '요후' 게이트, 지금 말로 바꾸면 옐로우 게이트."

"왜 옐로우 게이트였어?"

카셀이 물었다.

"그 근처가 곡창 지대거든. 가을이면 주변이 노랗게 물들지. 지금도 곡창 지대는 맞지만."

아즈윈은 자기 설명을 무시당한 게 화가 난 모양인지 손가락질을 해대며 따졌다.

"그거 누가 해준 말이야?"

"여왕님께서."

쉐이든의 짧은 대꾸에 아즈윈은 단박에 입을 다물어 버렸다. 카셀은 그 모습을 보고 웃지 않을 수가 없었다.

"아즈윈한테는 여왕님이라는 단어가 모든 질문의 해답이자 논쟁의 끝을 명하는 주문 같아."

"그야 여왕님은 옳으니까. 루티아의 현자들도 곤란한 일이 생기면 여왕님께 여쭈러 올 정도야. 몇 년 전 전쟁 복구를 위해 가넬로크에서 회의가 열렸을 때도 마찬가지였어. 처음에는 '자기가 천 년 넘게 살았다고 사기 치는 여자'를 회의에 껴 줄 수 없다는 말이 있었는데, 나중에는 '아란티아의 여왕 없이는 회의를 할 수 없다.'라는 말이 나왔을 정도였지."

카셀은 카모르트의 샤를 국왕이 얘기해 줬던 여왕을 떠올렸다. 그는 한 번뿐인 여왕과의 만남을 소중한 꿈으로 간직하고 있었다. 거기다 아즈윈의 이야기까지 보태니, 여왕은 진짜로 동화 속에나 나올 만한 요정 같기도 했다.

카셀은 여기 오기 전 에노아 후작에게서도 여왕의 얘기를 들은 적이 있었다. 론타몬의 대륙 정벌 전쟁이 끝난 후 전후 문제를 논의했던 가넬로크의 대륙 회의에서였다.

각 나라의 국왕과 대표들은 자기들의 이권을 양보할 생각을 눈곱만큼도 하지 않았다. 카모르트는 최대 피해 국가임을 강조하며 엄청난 보상금을 요구했고, 이로피스와 가넬로크는 최종 전투에서 결국 승리를 이끌어 낸 것이 자기들임을 주장했다. 당연히 론타몬은 쉽게 보상금을 내놓을 생각을 하지 않았다. 패했으나 여전히 론타몬은 큰 나라였고, 여차하면 한 번 더 전쟁을 할 수도 있으니, 쉽게 물러서지 않았다.

아란티아에 대한 견제 또한 극심했다. 혹시 아란티아가 회의를 주도하면 어쩌나 하는 불안감 같은 게 있었다. 울프 기사단의 힘이 처음으로 외부에 공개되었던 직후이기도 했고 처음으로 여왕이라는 존재가 자국 밖으로 외출했다는 점도 있어서 대륙의 대표들은 회의 시작 전부터 긴장했다. 에노아 후작은 직접 참가하지는 않았지만, 그 묘한 분위기에 대해서는 공감했다.

'격렬하게 진행되었어야 할 회의가 며칠 만에 순조롭게 끝났고, 그 며

칠 동안 여왕은 거의 아무 말도 하지 않았다고 하더군. 재미있지, 카셀?'

후작은 수수께끼처럼 말했다.

'대륙의 대표들이 모두 모여 이권 문제를 얘기한 회의가 아무런 마찰도 없이 며칠 만에 끝났다고요? 루우룬 마을에서는 두 명의 농부가 밭고랑 하나로 한 달이나 싸운 적도 있는데요?'

'잘 짚어냈다. 그런데 그 많은 나라의 왕과 대표들이 모인 회의가 며칠 만에 끝났어. 그리고 그런 회의가 끝나면 과연 자기들이 제대로 얻어낼 걸 얻어냈는지, 손해 본 건 없는지에 대해 또 회의를 하는 게 순서지. 그런데 다들 회의가 끝나자마자 한 건, 아란티아의 여왕을 다시 만날 약속을 잡는 일이었어.'

'샤를 폐하는 지금도 다시 만나고 싶어 하시더군요.'

'신기하지 않나, 카셀? 어떤 사람에 대해 환상을 품으려면 만난 적이 없어야 해. 그런데 새나디엘 여왕은 어째서인지 만난 사람들이 더 환상을 품게 되는 것 같아.'

아즈윈은 여왕을 세상에서 두 번째로 존경하는 사람이라고 공공연히 내세우곤 했다. 그것은 어떤 의미에서 '첫 번째로 존경하는 사람'을 강조하기 위한 것이기도 했다.

"아즈윈이 가장 존경하는 사람은 바로 은퇴한 이전 하얀 늑대들 중 한 명이라고 했지? 이름이……."

"아이린."

"그래, 아이린. 한 명은 여왕 수호 기사인 마스터 퀘이언이고, 또 한 명이 우릴 도와준 메이루밀이라면, 은퇴한 하얀 늑대들 중 다른 한 명은 누구야? 네 명이라고 하지 않았어?"

별거 아닌 질문이라고 생각하고 물었으나, 다섯 모두 대답하지 못했다. 쉐이든은 난감해하며 아즈윈을 돌아보았고, 아즈윈도 입맛만 다셨다. 외부에 절대 공개되어선 안 될 정치적인 비밀까지 강의해 준 것을 보면 이게 비밀이기 때문에 말하지 않는 건 아니었다.

"다들 몰라?"

아까부터 지루함을 휘파람으로 해소하던 게랄드가 대답했다.

"내가 전에 울프 기사단 설명할 때 모른다고 그러지 않았냐?"

"아, 난 게랄드만 모르는 줄 알았거든."

게랄드는 상처받은 얼굴로 휘파람 불기를 중단했다.

"게리 잰 원래 기사단 일에 무관심해."

아즈윈은 턱을 만지작거리며 말을 이었다.

"다른 한 명의 이름은 몰라. 메이루밀이라는 이름도 겨우 기억하고 있었는걸. 얼굴도 이번에 처음 봤고! 특별히 비밀로 된 건 아니지만 굳이 누가 가르쳐 주려고도 하지 않으니까. 현 울프 기사단 중에는 10년 전 전쟁에도 참가한 사람이 있긴 하지. 하지만 심술 맞게도 그 한 명의 이름은 안 가르쳐 주더라고. 뭐, 누구든 간에 하얀 늑대들 중 최강은 아이린이니까 별로 상관없어."

블루 게이트 앞에서 말을 세우고, 카셀이 물었다.

"그 말을 마스터 퀘이언께서 들으면 좀……, 그렇겠다?"

"그렇긴 뭐가 그래? 마스터는 내가 존경하는 사람 중 세 번째야. 그러니까 만족해하실 거야."

"어렸을 때 널 가르쳤던 그 이름 없는 외팔의 검사는?"

"네 번째!"

"그럼 다섯 번째는 누구야?"

카셀이 장난스럽게 계속 물었다.

아즈윈은 말에서 내리는 쉐이든의 허리를 슬쩍 감싸며 대답했다.

"쉐디지! 나를 이만큼이나 무뚝뚝하게 대하는 남자도 드물거든."

"그럼 여섯 번째는?"

"그야 나의 캡틴님이시지! 팔씨름도 나한테 지는 주제에 큰소리치는 용기가 존경스러워서!"

아즈윈의 호탕한 웃음에 카셀도 웃을 수밖에 없었다. 게랄드가 뒤에서 불만스럽게 말했다.

"그럼 난 일곱 번째냐?"

"넌 순위권 밖이야!"

둘은 티격태격했고 카셀은 버릇처럼 둘 사이에 껴서 싸움을 말렸다. 다른 셋은 언제나 그랬듯 내버려 두었다.

사실 카셀은 둘의 말다툼을 말리는 상황 자체가 행복했다. 아란티아로 넘어오면서 더 이상 카셀은 그들을 어렵게 호칭하는 일도 없었고, 말투도 친구처럼 편하게 대할 수 있게 되었다. 다섯 명도 그 편을 더 좋아했다.

"아니, 하얀 늑대들이 돌아오셨구려."

블루 게이트의 수문장이 그들을 보자마자 달려왔다.

"돌아왔수다. 우리한테 남긴 편지는 없소?"

게랄드가 기세 좋게 탁자에 앉으며 물었다. 그는 벌써 이곳이 자기 집이라도 되는 양 차를 내오라고 명령을 내리고 있었다. 쉐이든은 즉시 그 명령을 철회했다.

"네가 만들어 마셔. 울프 기사단 특권은 게이트 무료 통행까지야. 그 이상은 직권 남용이다!"

나이 많은 수문장은 빙그레 웃으며 손을 내저었다.

"아니, 아니. 하얀 늑대들을 대접하는 건 내가 하고 싶은 일이라오. 시기마다 달라지는 하얀 늑대들을 보는 게 내 즐거움이니 빼앗지 마시오, 쉐이든 울프. 그보다 하얀 늑대들이 돌아오면 전하라는 편지가 있소. 발신인은 마스터 퀘이언이고."

수문장이 손짓하자 하얀 늑대들을 신나서 구경하던 어린 병사가 얼른 위층으로 올라가서 편지를 들고 내려왔다.

쉐이든이 편지를 읽는 동안 카셀은 게랄드 옆에 앉아서 물었다.

"여기는 편지 업무도 하나 봐?"

"아, 정작 중요한 걸 설명 안 했군. 나 참, 내가 강의에 참가 안 하면 꼭 이렇게 된다니까."

"그래. 너 얼마나 잘하나 보자."

아즈윈이 앞에 앉았다.

게랄드는 헛기침을 한 번 하고 굵은 목소리로 말했다.

"게이트라고 해서 특별히 출입국 심사 같은 걸 하는 게 아니야. 애초에 세워진 목적에서 변질됐다고 봐야겠지만, 각 게이트의 역할은 주위 마을에 대한 경비다. 아란티아로 쳐들어오는 군대가 아닌 이상에야 도망자든 범죄자든 누구든 통과시키는 게 게이트의 규칙이지."

편지를 읽던 쉐이든이 그 설명에 픽 웃었다. 옆에서 수문장이 난처한 얼굴을 하며 고개를 보일 듯 말 듯 하게 저었다.

쉐이든이 말했다.

"할 말 하셔도 좋소. 내가 보호해 드릴 테니."

그러자 수문장이 조심스레 입을 열었다.

"저, 범죄자들을 통과시키지는 않소. 보다시피 가넬로크에서 현상 수배가 들어온 지옥 도끼라든가…… 여기서 걸리면 저흰 잡아서 가넬로크에 넘겨주는 일을 하고 있소."

아즈윈이 억지로 큰 소리를 내며 웃었다.

"와하하, 지옥 도끼래. 불의 용병이라거나 불꽃 도끼 같은 별명보다는 좋네."

민망한 나머지 게랄드는 차만 마셨다.

카셀은 게랄드의 실수를 덮어 주려고 서둘러 화제를 바꿨다.

"그럼 이곳에는 아무나 편지를 남길 수 있나요?"

나이 많은 수문장은 친절히 설명해 주었다.

"만약 그 편지를 찾아보는 사람이 여기에 편지가 있다는 것만 알고 있다면! 적어도 3년은 보관해 두니까 충분히 편지를 전달할 수 있소. 물론 그 정도로 오래 보관하는 편지는 드물지만 말이오."

"그럼 은퇴한 기사들도 찾아와 편지를 남기겠군요. 혹시……."

수문장은 즉시 카셀이 말하고자 하는 바를 알아채고 대답했다.

"그중 한 분은 마스터 퀘이언과 연락을 주고받는데 우리 블루 게이트를 이용하오. 메이루밀이라고 여러분도 알 만한 이름이군. 그렇지 않아도 그분이 얼마 전에 맡긴 편지를 나디움으로 전달했소."

수문장은 자랑스러워하며 말했다.

메이루밀과의 재회를 길게 갖지 못한 게 제일 아쉬운 사람은 로일이었다. 그래서인지 수문장의 말에 로일이 놀라 물었다.

"루밀이 우리보다 먼저 여길 오셨습니까? 자주 오나요?"

"반년에 한 번 정도? 이번 편지는 다른 이에게 심부름을 시킨 것이긴 하지만 보통은 직접 편지를 받아 보러 오시오. 왜, 그분께 편지를 남기시겠소?"

로일은 그럴까 하다가 그냥 고개를 저어 버렸다.

"아닙니다. 때가 되면 또 만나겠죠."

그사이 쉐이든은 퀘이언의 편지를 다 읽더니, 별거 아닌 안부 편지라고 전했다.

하얀 늑대들을 구경하려고 게이트의 병사들이 속속 몰려오는 가운데, 카셀은 진짜 묻고 싶었던 걸 물었다.

"메이루밀 같은 분이 이곳을 이용한다면 다른 울프 기사단도 이용하겠군요?"

"보통은 그렇지 않지만 그럴 수도 있소. 잠깐, 그렇던가?"

늙은 수문장은 기억이 잘 안 난다는 듯 다른 젊은 병사에게 물었으나, 그들도 잘 몰랐다. 카셀은 아즈윈을 힐끔 보고 말했다.

"아즈윈. 혹시나 해서 하는 말인데, 네가 존경하는 그분에게 여기다 편지를 남기면 나중에 봐주지 않을까?"

아즈윈은 거의 비명에 가까운 소리로 외쳤다.

"그렇구나! 왜 그 수를 몰랐지?"

아즈윈은 종이를 달라고 하더니 황급히 몇 마디를 써서 수문장에게 내주었다. 옆에서 게랄드가 연애편지 쓰느냐고 또 시비를 걸었다. 하지만 아즈윈은 상기된 얼굴로 수문장의 손을 꼭 잡으며 부탁하기 바빴다.

"반드시 전해 주셔야 해요, 반드시!"

성격이야 어쨌든 겉으로 보기에 상당히 예쁜 아즈윈이 이마를 들이받을 정도로 얼굴을 맞대고 말하니 늙은 병사는 당황할 수밖에 없었다.

"물론 그 사람이 찾아오면 그리하겠소."

게랄드는 차를 한 잔 더 달라고 부탁한 후 말했다.

"오늘은 여기서 쉬고 갈 거야?"

"아니, 바로 갈 거다. 너무 지체되었어."

쉐이든은 말을 끌고 나가며 말했다.

"우리 없다고 나디움이 당장 어떻게 되는 것도 아닌데 뭐가 급해서?"

게랄드는 며칠째 쉬지 못한 불만을 토로했다.

"이렇게 쉬는 동안 녹슬어 버린 검술을 보고 좋아할 녀석들이 오십 명이야."

쉐이든은 게랄드의 대꾸도 듣지 않고 나가 버렸다.

"이봐! 우리가 카모르트에서 쉬기만 한 건 아니잖아."

게랄드는 투덜대면서 반쯤 풀었던 짐을 도로 꾸렸다.

"꼭 전달해야 돼요. 꼭이요!"

아즈윈은 마지막까지 부탁했다.

"허허, 알겠소, 알겠소. 하지만 3년 안에 전달될지는 나도 장담 못 하오."

늙은 수문장은 허허 웃을 수밖에 없었다. 물론 그는 편지가 사흘 만에 전달될 거라고는 상상도 하지 못했다.

카셀은 블루 게이트를 통과한 후 활짝 열린 문을 되돌아보았다.

'이제부터 진짜로 아란티아다.'

가벼운 흥분과 걱정거리가 떠올랐다.

'곧 울프 기사단을 만나겠지?'

쉐이든은 원로의회에서 캡틴으로 인정받는 회의 정도가 있겠지만 조금 거추장스러울 정도일 것이며, 울프들이 툴툴대는 건 조금 어려울 거라고 말해 주었다. 즉, 아무리 최악의 상황에 처하더라도 카모르트에서처럼 죽음의 위협 같은 건 없을 테니 걱정 말고 뭐든 하고 싶은 대로 하라고 조언했다.

'그래. 걱정할 거 없어. 난 그런 위험 속에서도 살아남았는걸. 내 친구들이 있는 한, 앞으로 어떤 엄청난 일이 있어도 이겨 낼 수 있을 거야.'

물론 카셀은 닷새 뒤에 그 친구들이 없어질 건 계산하지 못했다.

카셀은 재능이 없다는 지적을 몇 번이나 들었으면서도 기어이 검술을 배우려 들었다. 그래서 야영을 하거나 잠깐 쉴 때면 하얀 늑대들은 한 명씩 번갈아 가며 그에게 검술을 가르쳐 주어야 했다.

하얀 늑대들 다섯 명은 머리를 맞대고 분석해, 카셀에게 가장 잘 맞는 무기가 칼이라는 결론을 내렸다.

"누누이 말하지만 검을 잡는 자세는 로일이 가장 깨끗해. 저 녀석 언뜻 보면 그냥 멍청하게 서 있는 것 같지만 발바닥 위치 하나하나에 의미가 있어."

아즈윈은 옆에 로일을 세워 놓고 설명했다. 그러자 로일이 물었다.

"내 자세에 그런 의미가 있었어?"

"시끄러."

아즈윈은 카셀의 관절 꺾는 각도까지 교정해 주며 말했다.

"하지만 그것까지 배우는 건 힘드니까 무조건 따라 해. 적이 보고 로일과 너, 둘 중 어느 쪽이 더 강한지 구별하지 못할 정도로. 그게 가장 현실적으로 써먹기 좋다고 봐."

로일은 아즈윈이 가르치는 방식에 불만을 품었다.

"자세를 잡는 건 의미 없어. 상대방을 찌르기 위한 자세만이 중요한 거다. 게랄드를 봐. 자세는 엉망이지만 그게 오히려 상대를 혼란스럽게 만들잖아."

"게리의 엉망인 자세는 노림수가 있어서 그런 거고!"

아즈윈이 강하게 주장했다.

게랄드는 또 던멜에게 상담했다.

"쟤들 나 놀리는 거야, 칭찬하는 거야?"

'난 속 터져서 안 보고 있는 중이다.'

던멜은 수화로 대꾸했다.

아즈윈은 자세 문제로 격렬히 논쟁하더니 결국 로일에게 화를 냈다.

"됐어! 난 겉멋이 가득 찬 자세만 가르칠 거야. 실질적이고 무시무시한 호신술 같은 건 네가 따로 가르치시지."

카셀은 당사자를 배제하고 자기들끼리 결정을 내리는데도 의외로 기분이 나쁘지 않았다.

"난 가르치는 건 잘할 줄 몰라."

로일이 사납게 말했다.

"그럼 나서질 마!"

"카셀이 잘못된 지식을 갖는 게 싫어서 그래."

"애정이 넘치다 못해 빠져 죽겠네, 제기랄."

아즈윈은 싸우듯이 대꾸하며 결정을 내렸다.

자세는 아즈윈이, 검술은 로일이.

카셀은 자신의 의도대로 되어 뿌듯했다. 하지만 나중에는 무서웠다. 어쩌면 세상에서 가장 검술이 뛰어날지도 모르는 두 사람이 검술을 가르치겠다니.

'혹시 나도 대단한 검사가 될 수 있지 않을까?'

막연한 기대는 블루 게이트를 통과한 지 이틀째 되는 날, 게랄드의 말에 무참히 깨졌다.

"예전에 비해서 많이 좋아지긴 했는데, 카셀 넌 훈련받는 강도에 비하면 정말 진도 느리다……."

카셀은 열심히 내리치던 칼을 멈췄고 아즈윈이 게랄드를 노려보았다.

"열심히 하는 사람한테 그런 말 하는 건 실례야."

게랄드는 뒤늦게 절망적인 얼굴을 하고 있는 카셀을 발견하고 변명처럼 대꾸했다.

"아니야, 아니야. 느릴 뿐이지, 조금씩 안정적인 자세를 갖춰 가고 있어. 나 따위 녀석의 잡음은 신경 쓰지 말고 계속해."

"'따위'라니? 게랄드가 얼마나 대단한 사람인지 잘 아는데."

카셀은 땀으로 흠뻑 젖은 이마를 훔치며 말했다.

"좀 쉴게."

카셀은 터벅터벅 멀리 떨어진 바위 위로 걸어가 앉았다. 아즈윈은 게랄드에게 꿀밤을 먹일 듯한 손짓을 하며 인상을 찌푸렸다. 게랄드는 어깨를 으쓱했다.

말에게 보리를 먹이던 쉐이든은 그 모습을 유심히 관찰하더니 카셀의 말을 끌고 왔다.

"아즈윈, 캡틴이랑 잠깐 좀 다녀올게. 여기서 기다리고 있어."

"나 빼놓고 데이트 가려고? 어디 갈 건데?"

"네나드로스 평원. 여기서 반 시간 거리야."

"거긴 뭐하러?"

"울프 기사단의 캡틴이라면 아란티아에서 반드시 들러 봐야 할 가장 중요한 곳이 두 군데 있지. 하나는 골드 게이트고, 다른 하나가 거기다."

아즈윈과 카셀이 동시에 영문을 알 수 없다는 표정으로 쉐이든을 바라보았다. 그러나 쉐이든은 설명하지 않고 카셀에게 말고삐를 내밀었다.

"타."

카셀은 의미심장한 미소를 짓고 있는 쉐이든의 제안을 거부할 수 없었다. 카셀은 시키는 대로 말에 탔다. 그리고 꽤 빠른 속도로 북쪽으로 달려갔다.

둘이 떠나는 모습을 보며 게랄드가 아즈윈에게 물었다.

"네나드로스 평원? 거기 뭐 있어?"

"나도 몰라. 쉐이든이 저렇게 노골적으로 꿍꿍이속이 있다고 내비치다니, 뭐가 있긴 한 모양인데."

아즈윈이 로일에게 물었다.

"로일! 울프 기사단의 캡틴이라면 알아야 되는 거라는데, 뭐 아냐? 너 전직 캡틴이잖아!"

"네나드로스 평원? 익숙하긴 한데 뭐지?"

로일도 고개를 갸웃거렸다.

던멜이 수화로 끼어들었다.

'마스터께서 이런 말씀을 하신 적이 있다. 네나드로스 평원은 아란티아에서 가장 슬픈 전쟁이 있었던 곳이라고.'

그제야 아즈윈이 '아!' 하고 고개를 끄덕였다. 게랄드와 로일은 아직 모르겠다는 표정이었다. 아즈윈이 추가로 설명했다.

"론타몬의 대륙 정복 전쟁 최고의 영웅이 누구라고 생각해? 모두들 마스터 퀘이언을 지목하지. 하지만 정작 마스터는 그게 아니래. 최종적으로 론타몬의 대규모 군대를 박살 내 버린 드래곤 기사단의 캡틴 데라둘도 아니었고, 하얀 늑대들은 더더욱 아니라는 거야. 우리 같은 기사가 영원히 가슴에 남겨 둬야 할 위대한 영웅은 적군이었다! 마스터는 그렇게 말씀하셨어. 아마 쉐디는 카셀에게 그 사람에 대해서 말해 주고 싶었을 거야……."

게랄드가 눈살을 찌푸렸다.

"에이, 그럼 다 같이 가면 되잖아!"

"맞아!"

아즈윈이 동의했다.

던멜이 수화로 말했다.

'너희 둘이 가면 또 이상한 강의를 섞을 테니까 그런 거야.'

쉐이든은 말없이 달려 높은 언덕 끝에서 멈췄다. 언덕 너머는 거의 수직으로 깎인 낭떠러지였다. 뒤따라 쉐이든의 옆에 선 카셀은 언덕 너머로 펼쳐진 절경에 탄성을 내질렀다.

가슴이 시원할 정도로 넓게 트인 평원이었다.

카셀은 크게 한 번 심호흡을 했다. 잠시 우울했던 마음이 깨끗하게 씻겨져 나갔다.

쉐이든이 손으로 지평선을 가리키며 말했다.

"여기가 네나드로스 평원이다. 익셀런 기사단의 마지막 전투가 있었던 곳이지."

"여기가 거기라고?"

카셀은 아란티아 전쟁 서사시를 떠올리며 말했다.

대륙을 공포에 떨게 만든 삼백 기의 익셀런 기사단을 단 오십 기의 울프 기사단이 무너트린 전설과도 같은 골드 게이트 전투는, 아란티아 내의 전쟁으로만 치면 도입부에 불과했다. 결국 십만이 넘는 론타몬의 거대한 병력을 무너트린 건 울프 기사단이 아니었다.

"알아?"

"익셀런 기사단이 아란티아 어딘가에서 전멸했다는 얘기는 들었어. 하지만 내가 아는 것과는 조금 다르네."

"어디까지 알고 있는지 들어 볼까?"

쉐이든이 시험이라도 하듯 물었다.

"으음, 전쟁의 양상을 보자면 골드 게이트 전투 이후의 아란티아 군대와 울프 기사단은 론타몬의 병력이 전진하지 못하게 막고만 있었던 거지? 그사이에 군대를 재건시킨 이로피스와 가넬로크가 극적으로 연합군을 결성해 협공했고. 결국 아란티아에서 후퇴하던 론타몬의 대군이 국경에서 드래곤 기사단이 이끄는 가넬로크 군의 공격을 받은 게 사실상 마지막 전투였다……, 거기까지만 알아. 하지만 여기는 바로 그 마지막 전쟁터가 아니잖아. 국경은 한참 전에 지났으니까."

"그래. 골드 게이트 전투와 네가 방금 말한 마지막 전쟁 사이에는 일 년이라는 시간이 있었고 거기에는 미처 기록되지 못한 수많은 전투가 있었다. 그런 게 일일이 외부인에게 알려지기는 힘들겠지. 네가 모르는 게 당연하다. 나 역시 울프라는 성을 얻기 전까지는 모르던 내용이야."

"그럼 익셀런 기사단이 전멸한 곳은 마지막 전투가 아니라, 여기 네나드로스 평원 전투였어?"

"여기서 캡틴 웰치가 죽었다. 꽤 많은 사람이 울프 기사단과 익셀런 기사단이 처음 맞닥트린 골드 게이트 전투에서 캡틴 웰치가 죽었다고 알고 있지. 그것도 마스터 퀘이언에게 당했다고."

쉐이든은 씁쓸히 웃으며 말을 이었다.

"마스터가 골드 게이트 앞에서 캡틴 웰치를 쓰러트린 건 맞아. 보검의 빛과 함께."

카셀은 저도 모르게 허리에 차고 있는 보검에 손을 올렸다. 아직도 그날의 기적과도 같은 일이 생생하게 떠올랐다. 쉐이든도 그때 생각을 하는 건지 잠깐 말을 멈추었다가, 계속 얘기했다.

"우리의 경우에는 그 빛과 함께 극적으로 싸움이 끝났지? 하지만 당시 골드 게이트에서는 그런 극적인 결말은 없었어. 사람들이 원하는 방식으로 변질된 거다. 아란티아의 보검이 발하는 빛과 함께 말에서 떨어진 웰치! 거기까지 들은 다음에 '하지만 웰치는 그 후에도 살아 계속 전투를 이어 갔습니다.'라고 얘기가 이어지면 싱겁다고 그러겠지."

"모든 이야기는 주인공이 죽거나 악당이 죽어야 끝나니까. 웰치는 모든 얘기 속에서 악당이었고……."

카셀은 거기까지만 말했는데도 우울한 기분이 들었다.

"웰치는 그 전투에서 패했고 마스터 퀘이언에게도 패했으나, 죽은 건 아니었어. 그는 골드 게이트에서 패퇴한 뒤 금방 병력을 수복했지. 울프 기사단이 전설처럼 익셀런 기사단을 무너트렸다고? 아니야. 난 골드 게이트 전투를 위대한 승리였다고 주장하는 선배 울프들을 단 한 명도 못 봤어. 그 전투 이후에도 계속 다음 전투를 준비했다고만 했지. 저번에는 이겼지만, 이번에는 질지도 모른다는 두려움과 함께."

카셀은 쉐이든의 이야기에 심각하게 빠져들어 고삐를 세게 쥐었다.

"캡틴 웰치는 그 후에도 여러 전투에서 수많은 전적을 세우며 활약했다. 많은 울프의 기사가 웰치에게 패하거나 죽었지. 웰치만 그런 활약을 한 것 역시 아니야. 수많은 익셀런의 기사들이 선배들에게 죽었지만 많은 울프의 기사들 역시 익셀런에게 죽었다. 숫자로 보자면 울프 기사단의 실력이 한 수 위였다고 볼 수 있겠지만, 울프 기사단이 압도적인 실력으로 익셀런을 제압한 싸움은 아니었어."

네나드로스 평원 쪽에서 불어오는 바람이 두 사람이 서 있는 절벽 쪽으로 끝없이 몰려왔다. 쉐이든은 바람에 찰랑이는 머리카락이 자꾸 눈을 찔러 아예 감은 채로 얘기했다. 하지만 마치 과거를 되새기려고 감은 것처럼 보였다.

"하나하나의 모든 전투가 작은 기사단의 처절한 저항이었다. 역사가들이나 시인들의 '익셀런 기사단이 골드 게이트에서 울프 기사단에게 패했다.'라는 짧은 묘사에는 그런 처절함이 담겨 있지 않지. 특히 캡틴 웰치는 그 패배 한 번에 모든 명예가 가려지고, 패장이라는 책임만 짊어졌다."

쉐이든도 카셀처럼 말고삐를 세게 쥐고 말을 이었다.

"카셀, 너라면 알겠지? 패배자라는 오명을 뒤집어쓴 채로 십만 병사들의 목숨을 책임지는 캡틴이 되어 패배가 결정된 거나 다름없는 싸움을 이어 간다…… 그게 얼마나 엄청난 압박일지. 우리 하얀 늑대들은 고작 오십 명을 대표하는 캡틴 자리도 부담스러워 마다하는데? 게다가 웰치는 골드 게이트 전투에서 패배했는데도 굴하지 않고 끝까지 울프 기사단을 괴롭혔다. 어떻게 생각하면 울프 기사단보다 훨씬 실력이 떨어지는 자기 부하들을 데리고 지지 않는 싸움을 해낸 거다."

카셀 역시 익셀런 기사단을 존경했으나 이런 얘기를 듣고 나니 웰치라는 인물에 대한 존경심이 무럭무럭 피어올랐다.

"선배 중 하나가 웰치의 지휘력에 대해 이런 말을 한 적도 있었다. 길에서 만나 싸우면 다섯 놈이 한꺼번에 덤벼도 혼자 이길 놈들을, 만약 웰치가 이끈다면 나도 울프 넷을 데려와야 했다……. 마스터 역시 비슷한 말을 했다. 단지 익셀런 기사 삼백이었다면 골드 게이트에서 모든 것이 끝났을 것이다. 그러나 웰치가 있어 전쟁이 일 년이나 지속되었다……. 마스터는 자기가 그날 웰치에게 결정타를 내지 못한 탓에 전쟁이 길어진 거라고 자책했지."

쉐이든은 느릿느릿 이야기를 마무리 지었다.

"그렇게 웰치는 최후의 최후까지 싸웠고, 마침내 이곳에서 죽음을 맞이한 거야. 오히려 마스터 퀘이언에게 극적으로 패하고 죽는 게 나았을 정도로 초라한 죽음이었지. 그는 수많은 가넬로크의 병사들에게 둘러싸여 끝까지 저항하다가 수백 개의 화살에 맞고 죽었다더군. 아무도 그를 위로하는 노래를 하지 않았고 아무도 그의 죽음을 제대로 평가하지 않았다. 그저 사악한 군대의 괴물 같은 장수라고만 표현되었을 뿐.”

카셀은 울프 기사단만큼이나 이야기 속 익셀런 기사단을 좋아했다. 그래서 카모르트의 팔콘이 과거에 익셀런이었다는 사실을 들었을 때 그렇게나 가슴이 설레었다. 쉐이든의 이야기를 들은 후 아무것도 없는 황량한 평야를 내려다보자니 왠지 모르게 가슴이 저려 왔다.

“카셀, 마스터 퀘이언은 울프 기사단의 캡틴으로 있으면서도 한 번도 스스로를 캡틴이라고 인정하지 못했다고 하시더라. 캡틴 웰치를 보고 있자면 자신이 너무도 초라하게 느껴져서.”

쉐이든은 카셀의 어깨를 손으로 쥐었다. 그의 큰 손이 온몸을 버텨주는 것처럼 안정감을 안겨주었다.

“검술이 늘지 않는다고 초조해하지 마라. 네가 친구들의 가르침에 부응하지 못한다고 미안해하지도 말고.”

“내가…… 그래 보였어?”

쉐이든은 고개를 끄덕이는 것으로 대답을 대신했다.

카셀은 손바닥에 박인 굳은살을 보며 대꾸했다.

“혼자 있을 때 아무것도 못하는 게 무섭고 싫어서 그랬어.”

“호신술 정도야 배워두면 좋지. 느리더라도 계속 단련해. 우리 중 누구도 널 가르치는 것에 싫증을 내지는 않을 거다. 그리고 절대 잊지 말아야 할 한 가지!”

쉐이든은 손가락을 펼쳤다.

“네 무기는 너의 검이 아니라, 하얀 늑대의 이빨이다.”

“그건 절대 잊지 않아.”

카셀은 이를 드러내며 미소 지었다. 그리고 다시 한번 네나드로스 평원을 잘 봐두었다. 느낌뿐이긴 하지만, 웰치가 죽는 그날의 피 냄새가 올라오는 것 같았다. 쉐이든이 어째서 그 이야기를 하기 위해 굳이 이 먼 곳까지 데려왔는지 알 수 있었다. 그리고 그의 배려가 고마웠다.

"참, 지금 내 검술이 엉망이다, 엉망이다 그러는데 어느 정도나 엉망이야?"

카셀이 먼저 출발한 쉐이든의 뒤를 따라가며 물었다.

쉐이든은 고개를 갸웃하더니 대꾸했다.

"사실대로 말해야 할까?"

다음에 이어질 말이 무서워 카셀은 황급히 손을 내저었다.

"아니야. 그냥 게랄드의 제멋대로인 분석을 듣는 게 더 편할 것 같아."

"내 생각에도 그래."

카셀은 앞으로 아란티아를 천천히 여행하면서 이런 식으로 친구들을 통해 많은 것을 보고 배울 거라 생각하고 있었다. 나흘 후 폭우가 닥친 다음 벌어질 상황은 상상도 하지 못했다.

물론 그건 쉐이든도 마찬가지였다. 앞으로 카셀에게 자신이 마스터로 모시는 퀘이언이라는 사람이 얼마나 대단한 분인지 천천히 가르쳐주고 싶었다. 그래서 일부러 캡틴 웰치를 부각시켜 말한 것이기도 했다.

쉐이든은 아즈윈처럼 본 적도 없는 사람을 동경하지 않았다. 오직 만나고 경험한 사람만 평가했다. 그리고 지금은 앞으로 자신이 누굴 만나든 퀘이언을 능가하는 스승은 없을 거라고 믿어 의심치 않았다.

친구들은 모두 원래 있던 자리에서 기다리고 있었다. 아즈윈은 손을 흔들며 물었다.

"기분 전환 좀 됐어?"

“최고였어.”

카셀이 솔직하게 기뻐하는 모습을 보니 쉐이든도 기분이 조금 나아졌다.

“거기 가는 줄 알았으면, 나도 따라갔을 텐데!”

아즈윈이 화를 내며 말했다.

“그럼 갔다 와라? 우리는 가고 있을 테니까. 어차피 큰길 따라갈 건데, 서로 엇갈릴 리도 없고.”

쉐이든이 말했다.

“나 혼자 가면 뭔 재미냐?”

물론 아즈윈은 그녀가 그토록 만나길 원하는, 은퇴한 하얀 늑대 아이린이 제이메르라는 현상금 사냥꾼을 데리고 사흘 후 그 평원을 찾아오리라는 것을 전혀 알지 못했다. 만약 알았다면 혼자서 그 평원에 캠프를 차려 사흘 정도 기다리는 것쯤은 기꺼이 감수했을 것이다.

◈ Chapter 9 ◈

폭우

카셀은 그레이 게이트 성벽 근처에 세워진 세 대의 마차를 발견했다. 그중 한 대는 문이 금장식으로 되어 있고 손잡이는 그 자체로 장식품이라는 생각이 들 정도로 고급스러워 보였다. 아무도 타고 있지 않은 마차를 꽤 많은 병사들이 지키고 있었다. 그레이 게이트를 지키고 있는 경비대인가 보다 했지만, 복장이 전혀 달랐다.

"저 문장, 블루 게이트의 하이로드 탈룬드지?"

쉐이든이 웃으며 물었다.

"매년 여름마다 나디움을 찾아왔으니 지금쯤 올 때가 되긴 했지."

아즈윈도 재미있어하며 말했다.

카셀은 쉐이든이 강의한 아란티아의 귀족 체계에 대해서 속으로 잽싸게 복습을 했다.

아란티아에는 두 종류의 귀족만 있었다. 아란티아도 카모르트처럼 영주가 존재하나 작위가 따로 있는 것은 아니었다. 소작농들이 농사를 지어 먹는 밭을 소유하고 있으니 땅 주인의 대접이야 받지만, 카모르트의 귀족과는 거리가 멀었다. 하지만 호칭은 카모르트와 마찬가지로 로드였다.

로드 위에는 다섯 곳의 게이트를 관장하는 하이로드가 있었다. 블루의 탈룬드, 그레이의 큐디노르, 레드의 아라딜, 골드의 비노클라스, 그리고 화이트의 새나디엘.

게이트와 게이트 사이의 영토는 이 다섯 명의 하이로드에 의해 독립적으로 지배된다. 그중 가장 중앙에 있는 나디움과 화이트 게이트의 하이로드인 여왕에게 다른 하이로드들이 자신의 권력을 양도하면서 아란티아의 중앙 집권이 이루어진다. 여왕의 강력한 지배 체제는 모든 군사력을 가진 네 하이로드의 충성에 의해 유지되는 셈이었다.

아즈윈은 새나디엘 여왕의 카리스마 한 방으로 네 늙은이들은 알아서 충성한다는 이론에 입각하여 이 정치 체제를 설명해 주었으나, 카셀은 달리 생각했다. 여왕에게는 누구도 저항할 수 없는 세력이 옆에 버티고 있다. 그게 울프 기사단이었다. 그들이 화이트 게이트와 여왕을 지키고 있는 한 어떤 하이로드도 감히 반란을 생각할 수 없을 것이다.

쉐이든도 카셀의 생각에 동의했다. 역사적으로 봐도 하이로드들끼리의 다툼은 심심치 않게 있었고 게이트를 사이에 두고 피를 부른 전투도 있었다. 그럴 때마다 '울프 기사단이 나서서 진정시켰다.'는 기록이 있다고 했다.

울프 기사단이라는 존재가 얼마나 대단한지는 하얀 늑대들의 말투만 봐도 알 수 있었다. 그들은 네나드로스 평원을 포함해 블루 게이트와 그레이 게이트 사이에 있는 넓은 땅 전부를 소유하고 있는 하이로드 탈룬드를 옆집 사는 재미있는 노인처럼 얘기하고 있었다.

샤를 국왕을 상대로도 설렁설렁 대응하던 걸 보면 단순히 성격 문제일 수도 있었다. 카모르트의 대신들은 하얀 늑대라는 딱지를 떼고 보면 다들 건방진 건달들에 불과하다고 불만이기도 했다.

'그럼 거꾸로 탈룬드가 하얀 늑대들을 어떻게 대하는지 보면, 캡틴 울프가 어느 정도 위치에 있는지 저절로 알겠지.'

카셀은 갑자기 긴장되어 가슴을 쥐었다.

"로일!"

한 남자가 게이트 안으로 들어선 로일을 보고 멱살이라도 잡을 듯이 달려들었다. 펄럭이는 하얀 옷에, 가슴과 양팔에는 늑대의 문장이 새겨진 둥근 철갑이 덧대져 있었으며 커다란 칼을 허리에 차고 있는 기사였다. 다리가 길어 칼이 긴 데도 칼끝이 땅에 끌리지 않았다.

검은 눈 위를 덮는 찰랑거리는 검은 머리카락과 입고 있는 하얀 옷이 대비를 이뤄 인상적이면서도 깔끔해 보였다. 카셀은 순간 가슴이 두근거렸다. 자기소개를 하지 않았으나 카셀은 그 남자의 정체를 금방 알 수 있었다.

울프의 기사였다. 하얀 늑대들을 빼고 처음 만나는 현역 울프.

"대충 지금쯤 돌아올 거라고 생각은 했다만 여기서 만날 줄은 몰랐군! 카모르트에서의 일은 잘 끝났나?"

그는 로일과 악수를 나누며 물었다.

"그럭저럭. 그사이 훈련을 게을리하지는 않았겠지?"

"그 말 안 해 줬으면 섭섭할 뻔했다! 지금 당장 칼을 뽑아도 난 상관없어. 어때?"

그는 진짜로 진검을 뽑을 기세였다. 하지만 아즈윈이 스쳐 가며 그의 어깨를 자기 어깨로 툭 쳤다.

"하이로드가 계신 곳이다, 배롤. 까불지 좀 마라."

"일일이 이런 것에 신경 쓰실 분인가? 오히려 기운 좋은 젊은이들이라고 반길 거다. 싸우다 누구 죽으면 거하게 장례식도 치러주시겠지."

배롤이 자신감 있게 말했다.

"어디 반겨 주나, 짜증 내나 볼까?"

아즈윈이 큰 소리로 게이트 안에 대고 외쳤다.

"탈룬드! 아즈윈이 왔어요!"

게이트의 다른 통행인을 검사하고 있던 병사가 일을 다른 병사에게 맡기고 달려 나왔다.

"아즈윈 울프! 어서 오십시오. 머피가 그대들을 직접 맞이하겠소이다."

아즈윈은 검은 콧수염을 기른 남자와 악수했다.

"언제나처럼 당신이 맞아 주는군, 머피. 하이로드께서는 어디 계시고?"

"난 위에 있다네."

위층 어딘가에서 노인의 목소리가 들렸다.

"올라가도 돼요?"

"그래 줄 텐가? 이거 늙은이는 엉덩이가 무거워서."

"그럼 엉덩이가 가벼운 소년 소녀들이 올라가도록 하지요."

아즈윈이 농담조로 말했다.

"들어가십시다, 자!"

머피는 괜히 허둥대며 모두를 2층으로 오르는 계단으로 안내했다.

배롤은 게랄드와 주먹을 부딪치며 인사했고, 던멜에게는 가볍게 목례하고, 쉐이든하고는 소리 나게 손바닥을 부딪쳤다. 그다음으로 들어오는 카셀을 보고 그는 멈칫했다.

"인사해라, 배롤. 우리들의 캡틴이다."

게랄드가 소개하자 카셀이 먼저 인사했다.

"반갑습니다. 카셀 울프라고 합니다."

"캡틴……이라니 무슨 소리야?"

배롤의 날카로운 말투가 카셀의 두려움을 이끌어냈다. 그는 아직 다른 울프들에게 인정받은 게 아니었다.

"캡틴이 캡틴이지 뭐냐?"

게랄드가 그것도 설명이랍시고 거들었다.

배롤은 카셀의 발끝부터 머리끝까지 훑어보며 물었다.

"카모르트에서 오셨소?"

"그렇습니다."

카셀은 정중히 대답했다.

"마스터의 동의도 구하지 않은 자가 울프의 이름을 가질 수는 없소. 더군다나 캡틴이라니? 쉐이든, 설명이 필요하군."

배롤은 카셀을 안중에도 두지 않고 쉐이든을 불러 세웠다.

이 정도 반발은 있을 거라고 미리 경고를 들었지만 막상 닥치니 카셀은 당황했다.

"만나는 녀석마다 일일이 설명을 해 줄 정도로 짧은 얘기가 아니다.

나디움에 가거든 모두 모인 자리에서 한꺼번에 하도록 하지."

쉐이든은 짧게 마무리 짓고 위층 계단 너머로 사라져 버렸다.

게랄드도 계단 옆에 멈춰 서서 한마디 했다.

"마스터의 동의 없이도 하얀 늑대 전원의 동의가 있다면 캡틴으로 인정되는 거야."

"누가 그래?"

배롤이 강하게 의문을 표하자 게랄드가 머리를 긁적였다. 그리고 위에 대고 물었다.

"누가 그랬냐?"

2층에 먼저 올라가 있는 아즈윈이 머리만 난간 밑으로 내밀었다. 길게 땋은 그녀의 머리카락이 허공에 대롱대롱 흔들렸다.

"야, 배롤. 캡틴한테 시비 걸면 나한테 죽는다. 하얀 늑대가 가지는 권한에 대해 불만 있으면 가까운 칼 놔두고 말로 하지 말라고."

로일한테도 당당히 시비 거는 배롤이었으나, 눈을 깔고 협박하는 아즈윈에게는 아무 말도 하지 않았다. 배롤은 더 이상 카셀에게 뭐라 따지지 않았다. 하지만 불만까지 사라진 건 아니었다.

카셀은 도망치듯 계단을 올라갔다.

위층에는 하이로드 탈룬드가 있었으나, 다섯 명의 덩치에 가려 의자에 앉아 있는 키 작은 노인은 보이지도 않았다. 카셀은 모두의 왼쪽 끝에 섰다.

노인의 턱에는 하얀 수염이 한 자나 자라 있었고, 머리에는 둥근 모자를 썼으며 얼굴에는 인자한 미소가 가득했다.

"하얀 늑대들이 하이로드 탈룬드께 인사드립니다."

쉐이든은 정중히 고개를 숙여 인사했고 나머지도 고개를 숙였다. 카셀도 그들을 따라 고개를 숙였다.

"나디움에서 만날 거라고 기대했던 귀한 손님을 벌써 만나게 되었군."

노인은 고급스러운 잔에 김이 모락모락 나는 차를 마시고 있었다. 저런 좋은 잔이 이런 허름한 게이트에 있을 리 없으니 직접 가져온 것이 분명했다.

아즈윈은 정중한 인사를 끝내자마자 그의 앞자리에 털썩 앉으며 장난스럽게 물었다.

"또 새나디엘 여왕님을 만나러 가는군요. 너무 자주 가는 거 아녜요? 이번에는 얼마나 머무르려고요?"

로일과 게랄드도 의자를 끌어다가 벽 쪽에 앉았다. 하지만 던멜과 쉐이든은 아즈윈의 뒤쪽에 뒷짐을 지고 서 있었다. 카셀은 다섯 명의 자세를 보고 어떤 방식으로 하이로드라는 직책을 상대해야 하는지 배웠다.

공식적으로는 예우를 보인다. 그러나 여왕과도 친구처럼 지낸다는 아즈윈이 다른 하이로드에게 굽실거릴 이유는 없었다. 만사에 무관심한 로일이 굳이 하이로드를 만났다고 흥분할 리도 없었다. 게랄드는 여느 때처럼 격식을 차리지 않았고 쉐이든은 노르만트에서 샤를 국왕을 상대할 때나 카셀을 대할 때나 항상 진지했듯이, 탈룬드를 대할 때도 진지했다. 던멜도 평소와 같았다.

'누구를 만나도 변함이 없다.'

카셀은 하얀 늑대들의 당당함이 부러웠다.

"아아, 자주 뵐 수만 있다면 한 달에 한 번인들 못 갈까? 길이 멀어

1년에 한 번뿐이라는 게 안타까울 뿐이지."

"골드 게이트가 담당이었으면 좋겠죠?"

아즈윈이 놀리듯이 말했다.

"바꿀까?"

탈룬드가 말했다. 둘은 큰 소리로 웃었다.

"그거 뭐에요? 향기 좋네요. 저도 한 잔 줘요."

"그러지 않아도 한 잔 권할 참이었지. 이보게, 잔을 다섯 개 준비해 주게. 아니, 잠깐만."

탈룬드는 대기하고 있는 시종에게 명했다가 카셀을 뒤늦게 발견하고 눈을 동그랗게 떴다. 하얀 눈썹 아래로 깜빡이는 검은 눈동자는 어린아이처럼 순수해 보였다.

"내가 요새 눈이 안 좋아 가끔 사물이 두 개로 보이는 일이 있긴 한데, 왜 다섯 명이어야 할 하얀 늑대들이 여섯으로 보이는고?"

카셀은 다시 한번 고개를 숙여 보였다.

"인사드리겠습니다. 이번에 울프 기사단의 캡틴으로 아란티아에 온 카셀이라 합니다."

"캡틴? 울프 기사단의 캡틴은 쉐이든이 아니었나?"

쉐이든의 눈썹이 치켜 올라갔다.

"언제부터 그런 엄청난 착각을 하셨습니까?"

"배롤이 그러던데? 내가 울프 기사단의 캡틴은 마스터 퀘이언이냐고 물었더니 사실상의 캡틴은 쉐이든이라고 하더군."

'배롤의 불만 섞인 눈빛의 의미가 이런 거였군. 그는 쉐이든을 캡틴으로 인정하고 있는 거야.'

카셀은 다시 1층으로 내려가서 배롤을 대할 일이 벌써부터 걱정되었다.

카셀은 애써 웃으며 탈룬드에게 말했다.

“아직은 실감이 나지 않습니다. 아마 많은 분들이 인정해 주신 뒤에야 자신 있게 절 캡틴이라 내세울 수 있겠지요. 허나 지금 당장은 아크랜드 최고의 기사 다섯 명이 캡틴이라고 불러 주는 것으로 제 자신을 입증하고 싶습니다.”

탈룬드는 환하게 웃으며 자리에서 일어나 양팔을 벌렸다.

“아흔 살이나 돼도 가진 거라고는 사람을 알아보는 안목 하나뿐인 내 눈이 다 시원할 인물이군, 캡틴 울프. 만나서 반갑네.”

그는 시종에게 내리는 지시를 바꾸었다.

“잔은 여섯 개를 준비하여라.”

시종은 고개를 숙이고 아래층으로 내려갔다.

“자, 앉게들. 갈 길은 바쁘나 잠시나마 아란티아의 여왕께 바칠 술을 몰래 뜯어 맛이나 보세.”

그는 웃으며 모두에게 의자를 권했다. 쉐이든과 던멜도 그제야 자리에 앉았고, 카셀은 아즈윈이 직접 내준 옆자리에 앉았다.

“내가 어렴풋이 알기로 하얀 늑대들 전원이 동의를 하면 누구든 울프의 기사가 될 수 있다고 들었네. 외부인이 개입해선 안 될 문제네만, 혹 몇 년 동안이나 정하지 못한 캡틴을 외부에서 모셔 온 이유라도 있는가?”

“이 얘길 책으로 쓸라치면 머리통을 쳐서 기절시킬 만한 두께로 세 권은 써야 할걸요.”

아즈윈은 웃으며 말을 이었다.

"하지만 간단히 얘기하자면 '우리 모두가 캡틴의 매력에 반해서'라고 해 두죠."

"캡틴의 매력이라! 좋군, 좋아. 내가 그런 종류의 논쟁을 두고 마스터 퀘이언, 마스터 메이루밀, 이 둘과 하루 하고도 반나절을 얘기한 적이 있지. 기사단을 이끌 캡틴의 자격이란 무엇일까?"

탈룬드는 대답을 기다리는 듯 잠시 뜸을 들였다. 카셀은 진지하게 답을 고민했지만, 다른 다섯은 아무 관심이 없었다. 하는 수 없이 노인은 그냥 말을 이었다.

"퀘이언은 모두를 단숨에 제압하는 카리스마라고 주장했고, 메이루밀은 어떤 상황에서도 머뭇거리지 않는 과감한 결단력이라고 주장했지. 하지만 나는 모두를 감동시키는 인간성이라고 봤거든. 기사 아즈윈은 어느 의견에 동의하는고? 아마 내 의견이겠지?"

"어느 정도는 그렇다고 해 두죠. 그런데 탈룬드께서는 이전 하얀 늑대들과도 많은 대화를 하셨나 보군요. 아이린은 그 문제에 대해 뭐라고 하셨나요?"

"아이린? 그게 누구지?"

아즈윈이 개구리 잡아먹는 뱀처럼 눈을 치켜떴다.

"아, 술잔이 왔군. 이거 내가 제일 아끼는 걸세."

탈룬드는 직접 그녀에게 술을 따라 주며 변명했다.

"이 정도 나이가 되면 사람 이름 외우기도 쉽지 않다네. 퀘이언은 매년 만나고 있고, 메이루밀은 해마다 내게 편지를 보내 주니 이름을 기억하지만 다른 이들은 전쟁 전후로 한두 번밖에 만나본 적이 없는걸.

자네도 이 나이 되어 보게."

"저는 탈룬드처럼 오래 살 생각 없어서 말이죠! 솔직히 이 생활하면서 오십 먹을 때까지 살길 바라는 건 사치입니다."

뒤따라 술을 받은 게랄드가 한 번에 잔을 비우고 말했다.

"걱정 마. 내가 지켜 주니까 넌 오래 살아."

"봤죠? 재 때문에 그나마 오십이라고 그런 거예요. 재가 마흔아홉에 죽으면 내가 오십에 죽는 거죠."

아즈윈이 툴툴거리며 말했다.

"게랄드 같은 기사가 지켜 주면 나 같은 늙은이는 백오십도 살겠네 그려."

탈룬드가 허허 웃었다.

"죄송합니다만 전 여자 지키기 전문인데요."

게랄드가 말했다.

"안타깝군. 은퇴하면 부를까 했는데. 한 잔 더 받게."

게랄드가 또 술을 받는 동안 아즈윈은 술을 한 모금 했다.

"무슨 재료로 만들었기에 이리 향이 좋아요?"

"음식이 정말 맛있다면 그 재료는 비밀로 하는 게 좋다네."

탈룬드는 조용히 웃으며 카셀에게도 술을 내주었다.

"새 캡틴에게 줄 선물은 따로 준비하기로 하고, 우선 내 술을 받게."

아즈윈의 말대로 술의 향기가 보통이 아니었다.

"선물이라니, 지금 받는 이 술만으로 충분합니다."

카셀이 말했다. 하지만 탈룬드는 손을 내저었다.

"카모르트에서 왔다고? 그럼 이 점을 잘 알아 두시게. 아란티아에서는 말이야, 로드가 주는 선물은 무조건 받는 거라네. 어떤 다른 목적도 없는 순수한 호의의 표시니까. 그러니 정성을 들여 준비한 선물을 겸손의 의미로 거절하면 큰 실례가 되지. 물론 지금 당장은 아니니 더더욱 부담을 가질 필요는 없고."

탈룬드는 다른 이들에게도 한 명씩 술을 따라주고 건배했다.

"유쾌한 아란티아의 늑대들과 새로운 캡틴을 위해."

그것은 지금까지 마셔 본 어떤 술보다 맛있었다. 카셀은 실례를 무릅쓰고 술을 한 잔 더 청할 수밖에 없었다.

"나디움으로 가는 길이라면 같이 가는 게 어떤가?"

이것저것 잡다한 얘기를 늘어놓다가 일행 모두가 길을 떠날 채비를 위해 자리에서 일어나자, 탈룬드가 제안했다. 하지만 아즈윈이 거절했다.

"엉덩이 무거운 분이랑 같이 다니기엔 우리 성질이 너무 급해요."

"가끔은 나처럼 느린 동행과 함께 아란티아의 멋진 경치를 감상하며 여행하는 것도 좋지 않겠는가?"

탈룬드가 슬슬 입담을 발휘하려는 순간 쉐이든이 거들었다.

"하이로드를 경호하는 영광은 아래층에 있는 배롤 울프에게 맡기겠습니다."

"하는 수 없지. 나디움에 먼저 가서 기다리게나. 아, 게랄드. 지난번에 해 준 농담은 정말 재미있었네. 다음 농담을 기다리지."

게랄드는 무척 기뻐했다.

"그런 거라면 지금 당장 해드릴 수 있습니다. 어느 날 토끼가 개구리를 만나서……."

게랄드는 얘기를 시작도 하지 못하고 아즈윈에게 떠밀려 내려갔다.

탈룬드는 그런 모습만으로 배를 잡고 웃어 댔다.

배롤이 그레이 게이트의 수문장 머피와 얘기하다가 계단을 내려오는 하얀 늑대들을 보고 배웅을 나왔다.

“벌써 떠나게?”

“한 달은 족히 걸릴 탈룬드의 관광에 동행할 수는 없잖나?”

쉐이든의 말에, 배롤은 못내 아쉬운 표정이었다. 그걸 보고 로일이 웃으며 물었다.

“쓸 만한 기술 하나 찾아냈나 보지?”

“이름하여 로일 파괴 검술이지. 걱정하지 마라. 다른 녀석들에게 네 약점을 떠벌리지는 않을 테니까.”

배롤이 큰 소리로 웃어 대며 말했다. 카셀은 그의 호탕한 웃음이 어딘지 마음에 들었다. 그러나 정작 자신을 바라보는 시선이 곱지 않아 따라 웃을 수가 없었다.

“그럼 나디움에서 다시 뵙겠습니다, 배롤.”

카셀은 인사하고 돌아섰다. 그 순간 배롤은 허리에 찬 칼에 손을 얹고 자세를 낮추었다.

카셀은 뒤에서 그가 뭘 하는지도 모르고 앞서 걸어갔다. 하지만 배롤이 그 동작을 갖추자 하얀 늑대 세 명이 동시에 반응했다. 지금까지 수화로조차 한마디 하지 않던 던멜이 카셀의 등 쪽을 막아섰고, 쉐이든이 창을 뻗어 배롤의 길목을 차단했으며 로일도 동시에 배롤처럼 칼을 뽑는 자세를 취했다. 한 박자 느리긴 했으나 카셀보다 한 걸음 정도 빨리 문밖에 나가 있던 게랄드와 아즈윈도 획 돌아섰다.

“응?”

카셀은 친구들이 자기 주위에 살기등등한 얼굴을 하고 서는 걸 뒤늦게 발견했다.

"네가 캡틴을 테스트할 필요는 없다."

쉐이든이 엄한 목소리로 말했다.

지금까지 로일을 검술로 꺾겠다고 큰소리치던 배롤이었으나, 다섯 명의 하얀 늑대가 동시에 견제를 들어오니 즉시 칼에서 손을 뗐다. 하지만 그는 이해하지 못하는 얼굴이었다.

"하지만 울프 기사단의 캡틴이라면 이 정도는 가벼운……."

"설명은 나디움에서 한다."

쉐이든은 자세한 이야기를 생략했다. 배롤에게 비밀로 할 건 아니겠지만 아무래도 모든 게이트 병사들이 듣고 있는 와중에 굳이 언급할 필요는 없었다. 던멜은 돌아섰고 로일도 검에서 손을 뗐으나 아즈윈은 화를 풀지 않았다.

"배롤, 내가 캡틴에게 시비 걸지 말라고 했지?"

둘 사이에 무슨 일이 있었는지 모르나 그는 아즈윈의 한 마디 한 마디에 겁을 먹는 것 같았다. 울프의 기사라면 외부에서는 말도 못하게 엄청난 실력자일 테지만 이 다섯 명을 앞에 두고 있으니 작아 보였다.

"아즈윈, 난 괜찮아."

카셀은 웃으며 배롤에게 말했다.

"배롤, 저는 당신이 하려고 했던 첫 번째 테스트를 통과하지 못합니다. 그에 대해서는 자세히 설명해 드릴 시간이 있을 겁니다. 죄송합니다."

배롤은 더 따지지는 않았지만 그렇다고 이해한다는 얼굴도 아니었다. 그는 아무 말도 않고 고개를 휙 돌려 가 버렸다.

"그런 식으로 약하게 대하면 안 돼, 카셀. 첫인상부터 강하게 밀어붙여야지!"

아즈윈이 말했다.

"내가 이런 상황이 거북해서 그래."

카셀은 서둘러 게이트를 나섰다.

말에 오르며 쉐이든이 말했다.

"카셀, 말 나온 김에 하나 알아 둬라. 울프 기사단 녀석들, 자기보다 강하다고 생각하면 우선 시비부터 건다."

"시비라니?"

아즈윈이 혀를 차며 말했다.

"쉐이든의 말은, 시험 삼아 진짜로 칼을 휘두르는 녀석이 있을 거라는 소리야. 캡틴 울프쯤 되면 당연히 막겠지 하면서."

카셀은 눈을 크게 뜨고 소리쳤다.

"그런 건 빨리 말했어야지!"

쉐이든이 말했다.

"물론 항상 우리 중 하나가 옆에 있을 테니 걱정 마. 하지만 만에 하나, 상대방이 울프의 기사고 네가 캡틴 울프라는 것을 밝혀야 하는 상황이라면 반드시 네가 검을 쓸 수 없다고 말해라. 방금 배롤에게 말했던 정도면 되겠지."

카모르트에서 목숨을 지키기 위해 검술을 잘하는 것처럼 허풍을 떨었던 것과 정반대의 상황이라, 카셀은 혼란을 느꼈다. 게랄드마저 심각한 표정이었다.

“그 말 듣고 보니 진짜 그렇겠네. 나라도 어디서 캡틴 하나 굴러들어 왔다고 하면 어디 나보다 더 잘 싸우는 놈인가 보자, 하고 도끼를 한번 집어 던져 볼 거야.”

“그런 끔찍한 말은 빼고 경고해줘도 되지 않아?”

사색이 된 카셀의 말에 게랄드는 껄껄대고 웃었다.

“괜찮아, 괜찮아. 그렇게 무지막지한 놈은 나밖에 없어. 우리도 네가 안전해질 때까지 네 곁을 떠나지도 않을 거고.”

카셀은 아무리 약골로 보이고 비겁해 보여도 하얀 늑대들 옆을 결코 떠나지 않기로 결심했다.

하지만 폭우가 쏟아지는 날, 그 결심은 지킬 수 없게 되었다.

모두가 날씨를 예측하지 못한 건 아니었다. 쉐이든은 아침부터 하늘빛이 수상하다고 했고, 던멜은 한두 시간쯤 후에 비가 내릴 거라고 직접 언급하기도 했다. 하지만 그 정도로 엄청난 비가 올 거라고는 누구도 생각하지 않았다.

“아무래도 쉽게 그칠 비가 아닌 것 같다. 어디 들어가 있어야겠어.”

쉐이든은 때마침 보이는 들판의 헛간을 가리켰다. 다행히 근처가 밀밭이 이어지는 곳이라 짚단을 저장하는 허름한 창고용 건물이 많았다. 안에 있는 거라고는 마른 짚단뿐이라 문이 잠겨 있지도 않았다.

“언제까지 여기 있어야 하는 건데?”

아즈윈이 불만스럽게 말했다.

"당연히 비 그칠 때까지지. 하지만 쏟아지는 양을 보니 꼼짝없이 여기서 하룻밤 지내야겠다."

"말도 안 돼!"

아즈윈이 소리쳤다.

"안 되긴 뭐가? 이 정도면 충분하지!"

게랄드는 짚단을 편안한 침대 삼아 누워 보였다. 하지만 짚단이 무너져 그를 덮쳤다. 그는 거기에 깔려 허우적거렸지만 아무도 구해 주지 않았다.

아즈윈은 죽어가는 게랄드를 버려두고 말했다.

"내 문제가 아니야. 아란티아에서의 멋진 여행을 기대하고 있는 우리 캡틴이 고생하게 되잖아."

카셀이 하나도 들기 어려운 짚단을, 게랄드는 한꺼번에 세 개를 내팽개치며 일어났다. 가까스로 목숨을 건진 그는 숨을 헐떡이며 아즈윈에게 말했다.

"난 괜찮아, 아즈윈."

"괜찮긴 뭐가…… 맞다! 이런 곳에 헛간이 있다면 근처에 분명 마을이 있을 거야. 아직 비가 그렇게 센 건 아니니까 내가 가서 여관이 어디 있나 찾아올게. 다 같이 나섰다가 자칫 다 같이 고생하는 것보다 한 명만 움직이는 게 이 경우에는 효율적이지. 잽싸게 찾아서 정확한 위치를 알아내고 다시 돌아와 모두가 같이 간다. 어때?"

"아, 그거 좋은 생각이네. 하지만 그 일은 내가 할게."

카셀이 벌떡 일어나 제안했다.

"바보야, 너 때문에 나간다는 건데 네가 비를 맞으면 앞뒤가 안 맞잖아."

"이런 일이라도 하게 해 줘. 난 아즈윈이 비를 맞는 게 이런 헛간에서 자는 것보다 더 싫어. 내가 마을을 찾아 돌아올 테니, 다들 여기서 기다리고 있어. 이건 명령이야."

"이봐들, 큰일 났어. 방금 캡틴이 명령을 내렸다. 그것도 한 개도 안 멋있는 명령을!"

카셀은 이런 걸로 실랑이 벌일 시간도 아까워 그냥 헛간 밖으로 나와 버렸다. 뭐 별일 있겠냐 싶었는지 다들 카셀이 하는 대로 내버려 두었다. 아즈윈의 농담에 헛간 안에서 웃음소리만 터져 나왔다.

카셀은 빗줄기가 더 세지기 전에 얼른 말에 올라 내달렸다. 조금만 길을 따라 가보고 마을이 없으면 그냥 돌아올 생각이었다.

의외로 마을도 금방 찾았고, 마을 변두리에 작은 여관도 있었다. 비어 있는 여관이라 여섯 명을 위한 방 몇 개를 구하는 것도 어렵지 않았다. 그러나 방을 예약하고 돌아서는 순간 빗줄기가 느닷없이 강해졌다. 도저히 뚫고 갈 엄두가 안 날 정도의 어마어마한 폭우였다. 잠깐 세워 놓은 말을 스무 걸음 떨어진 마구간까지 옮기기도 힘들어, 처마 밑으로 이동시키는 게 고작이었다.

여관 주인도 이런 폭우가 다 있나 하며 걱정스러운 얼굴로 구경 나왔다. 지붕을 때리는 빗줄기에 집이 무너질 것 같았다. 방금 전까지만 해도 평탄한 길이었던 곳에 강이 하나 생겼다. 카셀은 조금만 약해지면 떠나야지 하며 기다렸지만 비는 한 시간째 약해질 기색을 보이지 않았다.

"이봐요, 이 빗속에 친구들이 오긴 힘들 것 같군요. 그러니 예약된 방은 취소하고 그냥 혼자서라도 들어와 쉬어요. 여기 있다가 비에 다

젖겠네."

여관 주인이 말했다. 처마 아래이긴 해도 워낙 비가 세서 바닥에 튄 빗물만으로 어느새 카셀의 온몸이 흠뻑 젖어 있었다.

"돌아가긴 해야 돼요. 친구들이 들판의 헛간에 있어서. 제가 먼저 와서 여관을 잡는다고 왔거든요."

"그리 헤어지는 게 걱정이면 처음부터 같이 오지, 왜 혼자 왔어?"

"어쩌다 보니 그렇게 됐어요."

카셀은 복잡한 얘기를 정리할 자신이 없어 그냥 얼버무렸다.

"살다 살다 이렇게 엄청나게 쏟아지는 비는 또 처음이네."

주인은 더 설득하기도 귀찮았는지 먼저 안으로 들어가 버렸다.

하지만 카셀은 계속 남아 애타게 비가 그치길 기다렸다. 그래 봐야 이제는 비가 그쳐도 헛간을 찾아가기가 힘들게 되었다. 말에서 떨어지면 익사할 만큼 빗물이 불어 있는 밭 한가운데를 뚫고 갈 엄두가 나지 않았다.

"다들 기다릴 텐데."

물론 상황이 급박하고 아주 중요한 일이 있다면 이 정도 위험쯤은 감수하고 갔을 것이다. 카모르트에서 혼자 말 타고 달려가다 들개를 만났을 때를 생각하면 이 정도는 위험이랄 것도 없었다.

"뭐, 알아서들 있겠지. 그 헛간이 이 여관보다 튼튼해 보였고."

카셀은 오히려 그들이 자기를 걱정하고 있을 게 걱정이었다. 세상 무서울 게 없는 하얀 늑대들 다섯 명이 같이 있는데 이런 빗속에서 위험에 빠질 리는 없을 것이다. 비상식량도 모두 가지고 있으니 굶을 걱정도 없었다.

"내가 고생하려고 나온 건데 나만 편하게 있게 되네."

카셀은 저 혼자 침대에서 잔다는 죄책감 속에서 밤을 보냈다.

새벽에 일찍 일어나 보니 비는 그쳤다. 없던 강이 생겨 흐르는 것치고는 마을의 피해도 그리 커 보이지 않았다.

카셀은 모두를 위한 아침밥을 챙겨서 마을을 빠져나왔다. 어제 말을 타고 왔던 길은 엉망진창이라 도저히 통과할 수가 없었다. 조금 시간이 걸리더라도 큰길 쪽으로 돌아갈 수밖에 없었다.

멀리 헛간이 보였다. 그런데 건물 한쪽이 허물어져 있었다.

'폭우 때문에 결국 헛간이 무너졌나?'

하지만 비 때문이라면 지붕이 무너져야 했는데, 부서진 건 벽 쪽이었다. 카셀은 말에서 내려 헛간으로 달려갔다.

헛간 문을 열기 전 카셀은 바닥에 난 발자국을 발견하고 걸음을 멈췄다. 선명한 모양을 보니 비가 그친 후에 난 발자국 같았다. 카셀은 안도했다. 폭우 때문에 헛간이 무너져 사고를 당했다면 비 온 뒤의 발자국이 나 있을 리가 없었다. 카셀은 사고가 난 게 아니라고 결론짓고, 헛간 문을 열었다.

하지만 아무도 없었다. 순간 가슴이 철렁 내려앉았다.

근처에 비슷하게 생긴 건물이 없으니 잘못 찾아왔을 리도 없었다.

부서진 벽은 밖에서 본 것보다 안에서 더 흉해 보였다. 바닥에 널린 나무 조각과 흐트러진 짚단을 밟고 카셀은 주변을 살폈다. 하도 어지럽혀져 있어 어제의 그 헛간이라는 확신이 약해졌다.

바닥에 핏자국이 나 있었다.

핏자국은 짚단을 따라 헛간 한쪽 구석으로 이어지고 있었다. 그 끝에는 목이 없는 말이 몸뚱이만 남아 누워 있었다. 머리는 몸뚱이로부터 다섯 걸음 정도 떨어진 곳에 나뒹굴고 있었다.

카셀은 신음이 새는 것을 입을 틀어막아 겨우 참았다. 다섯 마리여야 할 말이 한 마리뿐인 것도 그렇고, 그 한 마리의 목이 떨어져 나간 것도 그렇고, 무엇보다 그 다섯 마리 말과 함께 있어야 할 다섯 명이 없는 것도 그렇고…… 모두 이상했다.

카셀은 그 자리에 황망히 서서 움직이지 않았다. 폭우가 쏟아지던 어젯밤 뭔가가 일어났다. 그리고 다섯 명의 하얀 늑대들은 캡틴을 남겨 둔 채 사라져 버렸다. 하얀 늑대들이 실종된 것이다.

"아니, 이 경우에는 내가 실종된 건가?"

카셀은 부서진 벽을 통해 맑게 갠 하늘을 올려다보며 불안하게 중얼거렸다.

"어째서 비만 오면 안 좋은 일이 벌어지지?"

◈Chapter 10◈

간격을 보던 날

제이의 어린 시절 첫 번째 기억은 빙글빙글 돌아가는 천장이었다. 바닥이 보이고 다시 천장이 보인 후 등부터 떨어져 나뒹굴었다.

어머니는 비명을 질렀다. 네 살밖에 안 되는 제이는 무슨 일이 벌어졌는지 이해하지 못했고, 아프다기보다 놀라서 울었다. 철이 든 뒤에야 어머니가 그 기억의 진실을 말해주었다. 아버지가 네 살짜리 아들을 천장으로 집어 던졌다고.

그 기억은 놀라울 정도로 선명하게 새겨져, 지금도 악몽 속에서 가끔 보이곤 했다. 그 때문인지 사냥꾼을 하고부터 세상 무서울 게 없는 그도 높은 곳에는 잘 오르지 못했다.

그 후 어린 시절의 모든 기억은 얻어맞는 것만 남아있었다. 입에서 나는 피 맛이 어머니께서 해 주신 음식 맛보다 더 뚜렷이 기억났다.

어머니도 술 취한 아버지에게 많이 맞았다. 그래서 남의 일에 무관심으로 일관하는 제이도, 가끔 마누라에게 주먹질하는 남자를 발견하면 앞뒤 재지 않고 가서 칼을 들이대기도 했다.

'말만 해! 이 자리에서 네 남편 죽이고 널 자유롭게 해 주지.'

물론 그런 제안에 진짜로 남편 죽여 달라고 말하는 여자는 보지 못했다.

아버지는 제이가 성장하고부터 술에 취하지 않아도 폭력을 행사하기 시작했다. 당시에는 그런 게 무섭기만 할 뿐이었다. 증오라는 감정은 훨씬 이후에 생겼다.

"아버지는 젊은 시절 아주 유명한 기사였단다. 그래서 그때의 잃어버린 권위를 우리한테라도 내세우기 위해 저러는 거란다. 네가 크면 이해할 수 있을 거야, 제이메르."

어머니는 항상 그런 식으로 제이를 타일렀다. 제이는 어머니의 말을 믿었다. 그리고 언제고 어른이 되면 아버지를 이해할 수 있을 거라고 스스로를 타이를 줄도 아는 어른스러운 아이였다.

서른 살의 어머니는 마을의 스무 살 처녀들보다 더 젊어 보였고 더 아름다워 보였다. 그건 단순히 열 살도 안 된 어린 제이의 환상에 불과한 게 아니었다. 어머니를 사모하는 많은 남자들이 그녀를 유혹했고 심지어 밤에 도망가자는 말도 했다. 그러나 어머니는 모두 거절했다.

"난 당신을 좋아하지만 그건 이성 간의 호기심이 아니라 우정이었습니다. 돌아가세요. 남편이 알면 당신을 죽일지도 몰라요."

"그런 겁쟁이는 무섭지 않습니다."

제이는 그 남자가 대단해 보였다. 아버지를 무서워하지 않는 남자가 다 있다니!

그런 일이 있으면 어머니는 다른 남자를 유혹해서 집으로 끌어들였다는 이유로 또 맞았다. 어린 제이는 보고 있는 것밖에 할 수 없었다. 아버지는 언제나 어머니를 때린 후 제이를 노려보았다. 제이는 그것을 나서지 말라는 경고라고 생각했다.

이튿날 어머니를 유혹했던 남자는 제이가 잡일을 돕는 술집에 나타났다. 그 남자는 혼자 술을 마시는 아버지 앞으로 다가가 노골적으로 협박했다.

“소문을 들어 알고 있다, 티온. 사실은 귀족인 분을 네가 납치해서 데리고 사는 거라며? 지금이라도 새로운 인생을 살 수 있도록 그분을 놓아드리는 게 어떠냐?”

아버지는 자기보다 덩치 큰 남자의 협박을 비웃기만 했다.

“그나마 이어 가던 네 재미없는 인생을 계속 살아가고 싶다면 주둥이 닥쳐라. 내가 칼을 뽑기 전에.”

“들 줄 아는 게 술병밖에 없는 녀석이 잘도 그런 말을 하는구나.”

술집에 있는 사람 모두가 웃음을 터트렸다. 제이는 진짜로 아버지가 죽으면 어쩌나 발을 동동 굴렀다. 나중에 알았는데 어머니를 유혹했던 남자는 근처 마을을 관장하는 경비대의 검사였다.

그는 자신 있게 검을 빼 들고 아버지에게 들이댔다.

“네가 이 칼을 보고도 그런 말을 할 줄 아나 볼까?”

아버지는 피식 웃으며 제이에게 말했다.

“가서 불쏘시개 좀 가지고 오너라.”

제이는 영문도 모르고 벽난로를 쑤시는 용도로 쓰는 쇠꼬챙이를 갖다 주었다. 아버지는 끝에 시커먼 재가 굳어 있어 뾰족하지도 않은 걸 무기로 들고 자리에서 일어났다. 조금 취해서 비틀거리는 꼴이 잡아주지 않으면 넘어질 것 같았다.

아버지는 알아듣기도 애매한 발음으로 말했다.

"날 죽이고 내 마누라에게 새 인생을 선물해 보아라. 이건 정식 결투다. 이 술집에 있는 모두가 증인이다. 그러니 내가 널 죽이든, 네가 날 죽이든 그건 죄가 아니다. 어떠냐? 그런 조건 달고 해볼 테냐?"

장난처럼 칼을 들었던 남자는 아버지의 말을 듣더니 눈빛이 달라졌다.

"정말이냐?"

"겁나냐?"

남자는 술집에 있는 사람들에게도 소리쳤다.

"다들 들었을 거요! 이건 티온이 내건 결투요. 누가 죽건 그건 정식 결투니 아무도 나서지 마시오."

딱히 대답하는 사람은 없었지만 다들 눈빛으로 인정했다. 험악한 분위기였다.

제이는 술집 안에 있는 사람들 모두, 아버지가 죽길 바란다는 사실을 깨닫고 무서워졌다.

아버지는 그에게 선수를 양보했다. 남자는 술집 바닥까지 부숴 버리겠다는 각오로 크게 칼을 휘둘렀다. 아버지는 비틀거리며 칼을 피하고는 불쏘시개로 그의 목구멍을 꿰뚫었다.

술집 안에는 정적이 감돌았다. 그 남자는 숨을 컥컥 내쉬며 나무 바닥에 쓰러졌다. 사람들이 달려들어 그를 치료하려 했으나 이미 늦었다. 아버지는 아무 일도 없었다는 양 비틀거리며 자리로 돌아가 마시던 술잔을 들었다.

"사람 죽는 건 처음 보지?"

아버지가 물었다.

어린 제이는 눈을 동그랗게 뜨고 고개만 끄덕였다. 목이 뚫린 남자는 아직도 죽지 않고 바동거렸다. 붕대를 가져오라느니, 의사를 불러오라느니 난리도 아니었지만 아버지는 주변의 소란에서 완전히 벗어나 있었다.

"잘 봐둬라. 아무리 덩치 큰 녀석도 엄지손톱 크기의 구멍 하나만 몸에 내놓으면 저렇게 죽는 거란다."

그것은 아버지가 그에게 내려준 유일하게 쓸 만한 조언이었다.

어머니만큼 아름다운 여자가 없는 것과 마찬가지로 아버지를 당해낼 사람 역시 없었다. 단지 시골 마을이라서 그런 것 같지는 않았다.

그 일이 있고 나서부터 마을 사람들은 물론이고 제이 역시 아버지에 대한 두려움이 커지게 되었다. 그렇다고 그를 아버지라고 생각하지 않는 것은 아니었다. 또 아버지가 그를 두들겨 패기만 한 것은 아니었다. 가끔은 숲속에 사냥을 데리고 가기도 하고 때로는 다정하게 그의 손을 잡아 주기도 했다.

굉장히 드문 일이고 변덕스럽게 벌어지는 일이긴 했지만 제이는 그 순간이 더없이 행복했다. 하지만 그가 술에 취해 사냥감을 쫓다가 절벽에서 굴러 떨어지는 날, 그 작은 행복마저 깨졌다.

아버지는 절름발이가 되었다. 어머니는 진심으로 아버지를 가엾이 여겼지만 아버지는 값싼 동정 따위 필요 없다며 지팡이로 쓰는 막대를 휘둘렀다. 제이도 마냥 보고만 있지 않고 어머니를 감쌌으나, 마치 그걸 기다렸다는 듯 아버지는 더욱 힘을 주어 제이를 두들겨 팼다.

검술에 대한 자부심 하나로 살아가던 남자가 신체의 일부를 잃었다.

사냥꾼 생활을 해 본 지금에야 그런 아버지의 마음을 조금……, 아주 조금은 알 것 같았다. 그러나 상처 입은 마음을 위로하려고 자기를 유일하게 사랑해 주는 아내와 아들을 두들겨 팼다는 점은 용서할 수 없었다.

왜 어머니는 아버지와 같이 사는 걸까? 왜 저렇게 아름다운 여자가 저렇게 포악한 남자의 아내가 된 걸까? 제이는 어느 날 도시에서 찾아온 방문객을 통해 아버지와 어머니의 기묘한 관계를 알게 되었다.

"이 마을에 티온이라는 이름의 기사가 있다고 들었소만."

하루는 도시에서 왔다는 기사들이 제이가 일하는 술집을 찾아와 물었다. 척 봐도 좋은 옷과 좋은 칼을 가진 사람들이었다. 술집 주인은 제이를 가리키며 대꾸했다.

"그 아이가 티온의 아들이오."

수염을 멋지게 기른 잘생긴 기사가 제이의 손을 잡으며 빙그레 웃었다.

"네가 기사 티온의 아들이구나. 아버지께 안내해 주겠니?"

여관 주인은 뒤에서 비웃으며 말했다.

"그런 망나니가 기사라고? 그냥 성격 더러운 깡패겠지. 그 녀석 마누라는 남편 무서워 찍소리 못하는 멍청한 여편네고……."

여관 주인의 말에 기사들 중 한 명이 칼을 뽑았다.

"네가 욕한 그 여자가 과거 집정관을 지낸 우페르의 딸 아나샤라는 것까지 알고 그따위 말을 지껄인 거라면, 이 자리에서 널 죽인다 한들 아무도 내 죄를 묻지 못할 것이다."

여관 주인은 그대로 얼어붙었다. 당시에 뭘 모르는 마을 사람들은 아버지가 이름 없는 가문에서 쫓겨난 기사라고 떠벌리곤 했다. 어머니 역시 아버지와 바람난 과부거나 죄짓고 달아난 창녀였다고 마음대로 지어냈다. 제이는 그때 그 단어를 전부 이해하지 못했다.

나름대로 자신의 과거를 숨기는 게 그나마 출신 기사단을 모욕하지 않는 방법이라고 아버지는 생각한 걸까? 그들은 과거의 동료를 찾으러 온 드래곤 기사단이었다.

그들을 만나고 아버지는 잠깐 동안 반가워하는 표정을 지었다가 금방 굳었다. 그리고 이내 신경질적으로 소리 질렀다.

"당장 돌아가시오. 제이메르 이 자식, 모르는 사람 집에 데려오지 말랬잖아."

아버지는 습관적으로 주먹을 치켜들었다. 제이는 어깨를 움츠리고 얻어맞을 준비를 했다. 그러나 기사의 손이 아버지의 주먹을 잡았다.

"그만두십시오, 티온. 10년 전의 당신이라면 아이를 때린다는 건 상상도 못할 일이었는데……. 듣자니 레이디 아나샤도……."

"내 사생활을 따지려 먼 길을 달려온 게요, 카르?"

아버지는 살기 띤 눈을 부릅떴다. 그러나 카르라는 기사는 조금도 개의치 않았다. 그는 천천히 아버지의 손을 놔주고 심각한 표정으로 말했다.

"캡틴께서 부르십니다."

"캡틴? 지금 캡틴이 누구요?"

"데라둘 마치입니다."

"데라둘이?"

제이는 아버지가 그렇게 놀라는 모습은 처음 보았다.

"드래곤들이 잠에서 깨어나 경계 태세를 갖추었습니다. 확실치는 않으나 론타몬 측에서 엄청난 숫자의 군대를 모은다는 정보가 있습니다. 카모르트 국경에서는 벌써 전쟁이 벌어지고 있고 이로피스의 왕실 기사단도 전투를 준비 중이라고 합니다. 분위기가 심상치 않습니다, 티온. 그래서 캡틴께서 과거의 기사들을 소집하는 중입니다."

아버지는 턱을 어루만지며 생각에 빠졌고 카르는 그의 어깨에 손을 얹었다.

"티온, 의회에서는 당신의 잘못을 용서하고자 합니다. 집정관의 따님을 강제로……."

카르는 옆에 제이가 있는 것을 보고 말을 얼버무린 후 다시 입을 열었다.

"하지만 아나샤는 당신을 용서하였고, 이곳에서 아들까지 낳았으니 누가 그것을 죄라 말할 수 있겠습니까? 캡틴 데라둘은 당신이 충분한 죗값을 치렀으니 이제 돌아와도 좋지 않겠냐고 의회를 설득했습니다."

"고마운 일이군. 하지만 돌아가시오."

아버지는 어깨에 올린 카르의 손을 내치고 돌아섰다.

"이 다리로 뭘 하겠소? 난 과거의 기사가 아니라, 범죄자일 뿐이오."

티온은 절룩거리며 집 안으로 들어가더니 문을 쾅 닫아 버렸다. 드래곤의 기사들은 멀뚱히 집 밖에 서 있다가 자기들끼리 의논했다.

"명성은 들었으나 저런 노인네까지 끌어들일 정도로 우리 기사단이 약한 건 아닙니다, 카르."

젊은 기사 중 하나가 실망한 목소리로 말했다. 하지만 카르는 고개를 저었다.

"그런 소리 말게. 비록 다리 하나가 저렇다고는 해도 여느 젊은이는 감히 손도 못 댈 실력을 아직 숨기고 있을 걸세. 젊었을 때 그의 힘은 기사단 내에서도 열 손가락, 아니 다섯 손가락 안에 들었어."

"그래 봤자 아무 여자나 건드리다가 기어이 집정관 딸까지 손을 댄 거 아닙니까? 전 애초에……."

"말조심하게."

카르는 제이를 의식하며 부하 기사의 말을 막았다.

그는 제이에게 다가와 머리를 쓰다듬었다.

"온몸에 멍 자국이 있구나. 누가 이랬니?"

"……아빠가."

지금도 그렇지만 그때도 제이는 거짓말을 잘할 줄 몰라 묻는 말에 다 대답해 버리곤 했다.

"젊었을 때도 성격은 포악했지만 아이를 때리는 사람은 아니었는데…… 어머니는 어디 계시냐?"

"밭에, 일하러."

"안내해 주겠니?"

제이는 아버지에게 허락을 얻어야 할 것 같아서 문으로 달려갔다. 조심스럽게 문고리를 잡는데 안에서 아버지의 울음소리가 들렸다.

제이는 너무 놀라 얼른 문고리에서 손을 뗐다. 반사적으로 제이는 문을 열어선 안 된다고 생각했다.

'아빠가 울고 있어! 아빠가 울었어!'

제이는 아버지의 허락 없이 어머니가 일하는 밭으로 기사들을 데려갔다. 어머니를 만난 기사 카르는 거의 반 시간 동안이나 그녀 앞에 무릎 꿇고 울음을 터트렸다. 어머니가 전날 밤에 맞아 부어터진 입술로 미소 짓는 게 불쌍해 보여서일까? 제이는 그날 아버지의 울음도 처음 들었지만, 어른이 저렇게 펑펑 우는 것도 처음 봤다.

아버지의 울음과 기사 카르의 눈물은 어떻게 다른 걸까? 어느 쪽이건 어린 자기가 이해하기에는 너무 어려운 어른들의 세계인 것 같았다.

"울지 말아요, 카르. 난 괜찮아요. 그보다 제이메르를 봐주세요. 아직 어리고 아무 잘못도 없는데, 부모를 잘못 만나 고생하고 있어요. 언젠가 저 애를 데려가 주실 수 있나요?"

"물론입니다, 레이디 아나샤. 원하신다면 드래곤의 기사로 만들어 놓겠습니다. 반드시."

"드래곤 기사단의 후보생은 열두 살부터인가요? 그럼 때가 되면 다시 와 주세요."

"다시 돌아오겠습니다, 레이디 아나샤. 당신께 했던 맹세가 결코 거짓이 아니었음을 증명하겠습니다."

그는 제이에게 돌아와 굵은 목소리로 말했다.

"티온의 아들, 아니, 아니다. 아나샤의 아들, 제이메르. 나는 후배된 도리로 너의 아버지를 벌할 수 없구나. 나는 기사이기 이전에 네 어머니를 짝사랑했던 어린 남자에 불과하다. 때문에 이 분노를 대신할 충고를 너에게 해 주고 가마. 지금 네 머릿속에 담겨 있는 분노를 절대 겉으로 꺼내지 마라. 꾹 참고 3년 뒤 나를 다시 만났을 때를 위해 아껴두어라. 네 아버지에게 아들이 크고 있다는 걸 절대 알려선 안 된다."

제이는 어렴풋이 카르가 자신의 스승이 될 사람이라는 걸 짐작했다. 제이는 3년 후를 기다리며 며칠 동안은 가슴이 설레었지만, 그건 3년 동안 고통을 견뎌야 한다는 것임을 깨닫고 실망했다.

3년 후 제이는 열두 살이 되었다. 그러나 그해 겨울이 되어도 카르는 나타나지 않았다. 가끔 마을에 나타나는 상인들이 대륙에 전쟁이 시작되었다는 소식을 알려 주었다. 드래곤 기사단뿐 아니라 가넬로크의 모든 군대가 전투태세를 유지하고 있다는 소식도 있었다.

제이는 여전히 아버지에게 맞고 살았고 이제는 생명의 위협까지 느끼곤 했다. 어머니도 더 이상 예전처럼 아버지의 폭력을 묵묵히 인내하지 않았다. 가끔 신경질적으로 비명을 지르고 그릇을 깨며 저항하곤 했는데 그래 봐야 돌아오는 건 더 큰 폭력이었다.

10년 넘게 결혼 생활을 하며 어머니는 폭력에 길들여지지 않기 위해 애썼지만 한계가 있었다. 어머니는 더 이상 아름다워 보이지 않았다. 오히려 비슷한 나이의 마을 아낙들보다 더 늙어 보였다. 이제는 어머니를 사모했던 마을 남자들마저 함부로 여겼다.

끝내 카르는 오지 않고 해를 넘겼다. 그날은 눈이 아주 많이 왔다. 아버지는 겨우내 입에 풀칠할 생활비를 도박으로 날려 버리고 절룩거리며 집으로 돌아와 말했다.

"방금 돈을 다 써 버렸으니 앞으로는 좀 아껴 쓰도록 해."

어머니는 어이가 없어 힘없이 대꾸했다.

"이 이상 아껴 쓸 게 어디 있다고 아껴 써요? 이제 마을 사람들이 저에게 일거리도 주지 않아요. 겨울이라 밭에 자라는 건 아무것도 없어요. 대체 우린, 또 제이메르는 뭘 먹고 살라는 거예요?"

티온은 금방 부서질 것 같은 계단 옆에 웅크리고 앉아 있는 제이를 노려보았다.

"저 녀석도 다 컸어. 자기 먹을 건 자기가 알아서 하겠지. 돈 벌라고 시키면 되잖아."

"제이메르는 벌써 저보다 돈을 많이 벌어 오고 있어요. 술집에서 일하고, 추운 날씨에도 항상 산에서 나무를 해 오잖아요."

"그럼 저 녀석 돈을 좀 쓰면 되겠지. 젠장, 수프에 대체 뭘 넣었기에 아무 맛도 안 나?"

아버지는 멀건 수프를 휘적거리며 소리 질렀고, 어머니는 눈물을 글썽였다.

"아버지로서 부끄럽지도 않아요? 이제는 열두 살짜리 아들의 돈까지 빼앗고 싶으세요? 저 앨 보세요. 이제 이 동네에서 키가 제일 크다고요. 당신은 아들 얼굴이나 본 적 있어요? 마을에서 저 애만큼 잘생긴 애도 없어요. 그런데 저 허름한 옷 꼴 좀 보세요. 생활비에 보탠다고 제 옷 하나 안 사는 애예요. 키는 크지만 몸 마른 건 안 보이세요? 당신은 아버지 자격도 없는 사……."

그때 아버지는 먹고 있던 수프 그릇을 집어 던졌다. 이마에 그릇을 맞은 어머니는 짧은 비명을 지르며 쓰러졌다.

"내 집에서 당장 나가!"

아버지는 고함을 질렀고, 어머니는 흐느끼며 중얼거렸다. 목소리는 아주 작았지만 계단에 앉아 있던 제이의 귀에까지 들어왔다.

"동정하는 게 아니었어…… 그때 처형당하도록 내버려 뒀어야 했어……."

제이는 왜 그게 심한 말이 되었는지는 이해할 수 없었다. 어쨌든 아버지에게는 그게 다른 어떤 욕보다 더욱 모욕적으로 들린 것 같았다.

아무리 심한 구타가 있더라도 최소한의 한계라는 건 있었으나 그날 아버지의 모습은 적군 포로를 대하는 사악한 용병처럼 보였다. 그는 주먹질을 하다못해 식칼로 어머니가 입고 있는 옷을 난도질했다. 어머니는 수치심이 아니라 정말 죽음의 공포를 느끼고 비명을 지르며 저항했다.

칼날 앞에서 몸부림치는 와중에 어머니는 온몸을 베였다. 급기야 아버지는 나체가 된 어머니의 머리채를 잡아 질질 끌고 눈이 오는 바깥으로 쫓아냈다. 놀란 제이가 달려나가려 하자 아버지는 문을 닫고 막아섰다.

"내버려 둬라. 네 어미는 머리를 좀 식힐 필요가 있으니까."

밖에서 들여보내 달라는 어머니의 절규와 필사적으로 문을 두드리는 소리가 넓지 않은 거실을 가득 채웠다. 눈보라가 창문을 흔들었고 낡은 집은 바람에 삐걱거렸다.

아버지는 무표정하게 제이를 바라보고 있었다. 제이는 순간 불쌍한 어머니를 구한다는 생각은 하지 못하고, 아버지가 대체 무슨 생각을 하고 있는지가 더 궁금해졌다.

아버지와 어머니 사이에 있었던 일을 제이는 모두 알지 못했다. 그러나 어떤 일이 있었더라도 지금 이런 일을 저지를 정도는 아닐 거라고 생각했다.

제이는 또래 중에 제일 컸다. 힘도 가장 셌다. 엄마가 매일 맞고 산다며 놀리던 네 살 많은 마을의 건달 녀석을 맨주먹으로 반죽음을 만들어 놓기도 했었다. 그래서 지금 아버지를 밀치고 어머니를 구하는 게 가능할지도 모른다는 기대를 품었다.

아버지는 다섯 걸음 정도 떨어져 있었다. 그 정도 거리를 달려들면 절름발이에 식칼 든 남자 하나 쓰러트리지 못할까 싶었다. 제이는 주먹을 꽉 쥐었다.

그 순간 제이의 눈에 아버지와 자신의 사이에 있는 또 다른 공간이 보였다. 그것은 지금도 잘 설명할 수 없는 현상이었다.

당시에는 그것을 아버지의 식칼이 그리는 칼날의 거리 정도라고 추측했다. 이상하게도 식칼의 반경이 실제와는 차이가 있는 두 걸음으로 보였다. 제이는 자신이 무리하게 어머니를 구하려고 달려들면 식칼이 그리는 두 걸음 안쪽으로 들어가게 되고 칼에 베일 거라는 걸 직감했다.

제이는 진짜로 식칼에 베이기라도 한 것처럼 놀라 그 자리에 주저앉았다. 아버지는 아들이 뭣에 놀랐는지도 모르고 픽 웃으며 돌아섰다. 아마도 겁을 먹고 움직이지 못하는 거라고 생각했는지 식탁으로 가서 수프를 먹었다.

밖에서 문을 두드리는 어머니의 처량한 목소리가 점점 잦아들고 있었다. 걸어놓은 문고리가 덜컥거리는 소리도 점점 뜸해지더니 이제 바람에 흔들리는 정도로 그쳤다. 그러나 제이는 움직이지 못했다. 아버지는 식칼을 식탁에 꽂아 둔 채 수프를 먹고 있었는데 이상하게도 여전히 식칼의 범위가 두 걸음으로 보였다.

'지금 문 쪽으로 걸어가면 죽을 거야. 안 돼.'

제이는 그런 생각으로 움직이지 않았다. 그저 커다란 눈동자로 촛불을 반사하는 칼날만 계속 주시했다.

"뭘 그렇게 보고 있는 거냐?"

스푼을 빨며 아버지가 물었다. 입가에 묻은 끈적끈적한 수프 찌꺼기가 혐오스럽다는 생각이 들었다. 잠시 잊고 있었던 카르의 약속이 떠올랐다.

'지금 네 머릿속에 담겨 있는 분노를 절대 겉으로 꺼내지 마라…….'

제이는 고개를 저으며 말했다.

"아무것도 아니에요."

그리고 제이는 마음속으로 아버지에게 뭔가를 말했다. 물론 그 말은 4년 후 그 무더운 여름날이 오기 전까지 절대 꺼내 놓지 않았다. 대신 제이는 일부러 겁에 질린 목소리로 말했다.

"그렇지 않아도 엄마 감기 걸렸어요. 저대로 있으면 죽어요."

"죽을 테면 죽으라지."

아버지는 아주 작은 목소리로 중얼거리더니, 그릇을 모두 비운 후에 다시 말했다.

"들여보내 줘라."

제이는 얼른 문을 열었다. 이미 어머니는 기력이 다해 몸을 떨지도 않았다.

제이는 침대에 어머니를 눕히고 벗은 몸으로 껴안았다. 얼음을 끌어안은 듯 제이의 온몸이 차갑게 굳었다. 하지만 그는 절대 어머니를 놓지 않았다. 그저 어머니가 죽을지도 모른다는 불안감에 떨며 제이는 밤새워 울었다.

"죄송해요, 엄마. 죄송해요."

어머니는 다행히 죽지 않았으나 감기는 더욱 악화되었다. 그때 크게 앓은 후로 어머니는 죽는 그날까지 기침을 멈추지 못했다.

제이는 더 이상 아버지를 아버지라고 부르지 않게 되었다. 물론 아버지는 거기에 대해 조금도 신경 쓰지 않았다.

제이가 열네 살이 되던 해에 론타몬이 가넬로크를 쳐들어왔다. 전쟁터에서 한참 벗어난 시골이었지만, 언제 그 여파가 들이닥칠지 몰라 마을 사람들은 두려움에 빠졌다.

아버지는 집 안에 칼을 몇 개 들여놓았다. 제이가 호기심에 칼 가까이 가면 불호령이 떨어져 먼발치에서 구경하는 걸로 만족해야 했다. 왜인지 모르지만 제이는 진짜 칼을 보자 괜히 설레었다.

전쟁은 전쟁이고, 일상은 일상이었다. 어머니는 한여름에도 기침을 하는 몸으로 계속 일을 했다. 제이도 남의 밭일을 돕거나 방앗간에서 무거운 짐을 날라 돈을 벌었다. 힘도 센 녀석이 일도 착실히 하다 보니 방앗간 지기라는 그럴듯한 직책도 얻게 되었다.

조만간 이 마을에도 론타몬의 군대가 쳐들어올 거라는 소문이 퍼진 어느 가을, 평소 제이를 못마땅하게 여기던 동네 건달이 옆 마을 패거리까지 데리고 나타났다. 모두 여섯이었고, 그중에는 제이보다 여섯 살이나 많은 스무 살짜리도 있었다.

물레방아 일을 끝내고 집에 가던 터라 제이에게 무기라고는 지게를 질 때 쓰는 지팡이가 다였다. 반면 그들은 잘 깎은 목검을 쥐고 있었고, 한 명은 진짜 칼을 가지고 있었다.

제이는 겁이 덜컥 났다. 맨주먹이라면 심하게 얻어터질 각오하고 어떻게든 붙어 보겠지만 칼이 있다면 얘기가 달랐다.

“야, 제이메르. 지금이라도 무릎 꿇고 빌어라. 그럼 내 이빨 두 개 부러트린 대가로 네 이빨 네 개만 받고 용서해 주겠다.”

녀석은 앞니 두 개가 부러져 그렇지 않아도 볼품없는 얼굴이 더 엉망이 되어 있었다.

제이는 사과하고 싶지 않았다. 제이가 녀석을 두들겨 팬 건 그가 옆마을 여자를 숲속으로 끌고 가 못된 짓을 하려고 했기 때문이었다. 설사 여기서 칼에 맞는다 해도 그건 사과할 일이 아니라고 믿었다.

제이는 단호히 말했다.

“못해.”

“그럼 죽어, 이 새끼야.”

그는 칼을 휘둘렀다. 제이는 급히 뒤로 물러나며 나무 지팡이를 치켜세웠다. 패거리는 제이의 낡은 지팡이를 보고 비웃었다. 제이는 그들과 몇 걸음 간격을 유지하려고 뒷걸음질 치다가 멈췄다. 그들이 아주 멀리 떨어져 있다는 생각이 불쑥 들었다.

‘다섯? 아니, 여섯 걸음?’

실제로는 두 걸음밖에 안 떨어져 있었으나, 마음속에 보이는 또 다른 간격은 그 정도로 멀었다. 그들이 아무리 칼을 휘둘러도 닿지 않을 거리였다. 제이는 이 묘한 광경을 보고 즉시 지난겨울 봤던 아버지의 식칼이 떠올랐다.

다섯 걸음이나 떨어져 있는 아버지의 식칼이 두 걸음밖에 떨어져 있지 않은 것처럼 보였던 광경.

한 명이 진검을 휘둘렀다. 제이는 고개만 슬쩍 꺾어 칼을 피했다. 약이 오른 그들은 겁만 주려던 계획을 수정하여 어디 하나 베어 버릴 양으로 제이에게 달려들었다. 그 순간 그들과의 거리가 세 걸음 정도로 줄어들었다. 조금 겁이 났지만 아버지가 보였던 두 걸음 간격을 생각하면 이건 위험하지 않았다.

제이가 예상한 대로 칼이 움직였고, 피하기도 쉬웠다. 칼날이 귀 옆을 스치고 뺨을 닿을 듯 말 듯 하게 비켜갔지만, 제이가 느끼기에 그들은 세 걸음 떨어진 곳에서 칼을 휘적거리는 것으로 보였다. 몇 번 피하고 보니 재미있기까지 했다.

'내 쪽에서 거리를 줄여 볼까?'

제이는 호기심에 그중 한 명과의 거리를 한 걸음으로 줄인 후 마침내 '0'으로 만들어 보았다.

제이는 들고 있는 지팡이로 녀석들 중 하나의 목을 찔렀다. 뒤에서 칼을 찌르고 들어오는 녀석과도 거리가 갑자기 두 걸음으로 바뀌었다. 제이는 얼른 몸을 젖혀 피하고 그의 칼을 빼앗았다.

제이는 천천히 움직였으나, 그 남자는 자기가 왜 칼을 빼앗겼는지 모르고 있었다. 거리를 다시 0으로 만든다는 생각을 하자, 제이는 저도 모르게 빼앗은 칼로 그의 배를 찌르고 있었다.

방어는 재미있었지만, 공격은 의외로 재미가 없었다.

남은 녀석들은 다친 두 명을 버리고 달아나 버렸다. 칼에 찔린 녀석은 오히려 살아남았으나 지팡이에 목을 찔린 녀석은 결국 숨을 못 쉬고 죽어 버렸다. 경비대에서는 정당방위이기도 하고 문제를 많이 일으키던 놈들이 죽은 것이니 사건을 크게 취급하지 않았다.

"사람을 죽였어요."

제이는 집에 돌아와 아버지에게 보고했다.

"그래서?"

검을 닦고 있던 그는 흥미 없다는 듯 대꾸했다. 제이도 더 말하지 않았다. 나중에 어머니에게 크게 혼나기는 했지만 곧 잊혔다. 대신 마을 사람들이 제이를 무서워하게 되었다. 원래는 사람을 좋아했던 터라 사람들이 접근하지 않게 된 건 조금 슬픈 일이었다.

제이는 점점 말수가 줄었다. 그리고 마을 사람들과의 교류가 줄어드는 것에도 무관심해지기 시작했다. 하지만 뒤에서 그가 아버지를 닮아간다고 수군거리면 불쾌하긴 했다.

어머니는 아들과 마주 서기만 하면 울었다. 더 이상 예전처럼 굳은 심지를 가진 여자가 아니었다. 어머니는 할머니처럼 늙어 버렸고, 아버지는 기침을 토하는 그녀와 같은 침대에 자기 싫다며 바닥으로 쫓아냈다.

제이는 어머니에게 자기 방을 내주고 자신은 방앗간이나 풀밭에서 잤다. 어머니는 비참한 현실을 받아들이고 싶어 하지 않았으나 달리 할 수 있는 일이 없었다.

제이는 검술이 배우고 싶었다. 하지만 마을에서 그를 가르칠 만한 사람은 아버지뿐이었다. 물론 절대 가르쳐 달란 말을 꺼내지는 않았다. 말한다고 가르쳐 주지도 않았을 테니까. 그래서 제이는 가끔 절룩거리는 다리로 뒤뜰에 나가 검을 휘두르는 아버지를 훔쳐보았다. 조심스럽게 눈으로 자세를 봐두는 게 혼자서 몇백 번 휘두르는 것보다 소득이 컸다. 그러나 자세만 배운 것으로는 성에 차지 않았다.

제이는 실전을 익히기로 했다. 실전에서도 그에게 두 걸음 안으로 들어오는 이는 아무도 없었다. 제이는 첫 번째 실전에서 생채기 하나 입지 않았다. 하지만 자랑스러운 성과는 비밀로 해 두었다. 어머니가 알면 또 혼낼 테니까.

마을 사람들은 아버지를 싫어했지만 막상 론타몬의 군대가 마을 근처를 배회한다는 소문을 듣고는 도움을 청해 왔다. 아버지는 경비대를 지휘하고 검술을 가르쳐 주는 대가로 꽤 많은 돈을 받아 냈다. 아버지는 그 돈으로 여자를 사, 어머니를 내팽개친 침대에서 같이 잤다.

처음 일주일 동안 어머니는 미칠 것 같다고 제이에게 하소연하며 울더니 나중에는 지쳐서 아무 말도 하지 않았다. 제이는 어머니가 너무나도 가여워 가만히 있을 수가 없었지만, 그럴 때면 카르와의 약속을 다시 떠올리곤 했다.

그러던 어느 날 사람들은 마을 근처 산자락에서 찢겨져 걸려 있는 론타몬의 깃발을 발견했다. 그곳에는 스무 명이나 되는 병사들의 시체가 오랜 시간 동안 방치되어 있었다. 대체 누가 그런 것인지 그들로서는 알 수 없었다.

"티온이 그러는데 한 명이 한 거래."

마을에는 군대 하나를 무너트린 정체불명의 검사에 대한 소문이 파다했다. 론타몬의 군대가 복수하러 올 거라는 소문도 있었으나 결국 아무 일도 벌어지지 않았다. 그 사건은 시간에 묻혔다.

가넬로크의 군대가 론타몬의 군대에 패배했으며, 드래곤 기사단이 익셀런 기사단에게 깨졌다는 소식이 들려왔을 무렵, 제이는 열여섯 살이 되었고, 좋아하는 여자도 생겼다. 에위니라는 이름의 그녀는 옆 마을의 열아홉 살 처녀였는데 밤마다 그가 자고 있는 방앗간을 찾아왔다.

제이는 그녀의 순수한 접근이 의심스러워 노골적으로 따졌다.

“내 어디가 좋아서 밤마다 찾아오는 거야? 미리 말해 두는데 난 여자에게는 관심 없고 너 줄 돈도 없어!”

에위니는 배시시 웃으며 대꾸했다.

“아무 말도 안 하다가 가끔 그런 말을 하는 게 귀여워서 좋아.”

제이는 크게 충격을 받았다. 하지만 그다음부터 제이도 그녀와 많은 이야기를 나누게 되었다. 제이는 어렴풋이 그게 사랑이라고 느꼈다.

비가 오는 어느 날, 그녀는 방앗간으로 찾아왔다. 그리고 제이가 왜 왔냐고 묻기도 전에 제이 앞에서 옷을 벗었다. 그녀의 몸은 어린 시절의 제이처럼 온통 멍투성이였다. 제이도 옷을 벗었다. 그의 몸에는 멍자국에, 칼자국이 가득했다. 둘은 서로의 상처에 대해 묻지 않고, 처음으로 육체적인 사랑을 나누었다. 에위니는 제이메르를 제이라고 불렀고 그는 그 이름이 마음에 들었다.

사냥꾼 생활을 하는 8년 동안 제이가 어떤 여자와도 관계를 갖지 않았다는 점을 고려하면 석 달 동안 이어진 둘의 관계는 꽤 오래 간 셈이었다. 어쩌면 상처밖에 남지 않은 어린 시절 중 유일하게 행복한 추억일지도 몰랐다. 하지만 둘은 엉뚱한 일로 헤어지게 되었다.

사흘에 한 번씩은 어머니와 함께 자는 아들이 통 오질 않으니 걱정한 어머니가 밤에 갑자기 방앗간으로 찾아온 것이었다. 자기 눈에 한없이 어려 보이는 아들이 모르는 여자와 알몸으로 뒹굴고 있는 모습은 마음이 여려질 대로 여려진 그녀로서는 감당하기 힘든 광경이었다.

어머니는 에위니를 빗자루로 두들겼고 영문도 모르고 맞던 그녀는 놀란 나머지 벗은 채로 달아나고 말았다.

"진정하세요. 그냥 제…… 여자 친구예요."

제이는 어머니를 말렸다.

"이 녀석! 무슨 짓을 한 거냐, 대체?"

"제가 아직 어린 건 알지만 결혼도 할 수 있는 나이고, 우린 서로 좋아하고, 또……."

지금도 그렇지만 어린 시절에도 제이는 자신의 처지나 상황을 잘 설명할 줄 몰랐다.

"그런 변명은 듣고 싶지 않다. 이 못된 녀석, 넌 이 어미를 배신한 거야."

어머니는 방앗간이 떠나가라 소리를 질렀다.

"그래, 너도 곧 날 버리겠지. 다들 그랬듯이. 날 이런 촌구석에 던져놓고 한 번도 찾아오지 않는 나의 아버지처럼, 날 평생 레이디로 떠받들겠다고 다짐했던 그 수많은 기사들처럼! 그래, 너도 그럴 거야. 너도 날 배신할 거야. 티온이 그랬던 것처럼, 세상 남자들 모두 그랬던 것처럼……."

"제발 제 말 좀 들어요, 어머니!"

"내 눈앞에서 다른 여자와 뒹굴고 있는 모습을 보이는 건 티온 하나로 족해. 너까지 그러면 안 돼. 안 돼……."

어머니는 비명을 지르듯 울었다. 제이는 진정시켜야겠다는 생각으로 얼결에 어머니의 뺨을 때렸다.

효과는 있었다.

어머니는 즉시 울음을 그쳤다. 그리고 커다랗게 뜬 눈으로 제이를 바라보았다. 그는 자기도 모르게 손찌검을 해 버린 손을 한참이나 내려다보다가 겨우 말을 꺼냈다.

“죄송해요, 어머니. 하지만 전 다른 여자와 사귈 권리가 있어요. 저도 이제 다 컸다고요.”

“때, 때렸어…….”

어머니는 뒷걸음질 쳤다. 아버지의 식칼에 옷이 찢겨 나갔던 그때처럼 공포에 물든 눈을 하고서.

제이는 당황하여 말을 더듬었다.

“어, 어머니. 그건…… 죄, 죄송해요, 고의가 아니었어요.”

어머니는 입술을 바르르 떨고 있었다.

“그래…… 잊었구나. 너도 그의 아들이라는걸.”

“그게 아니에요!”

제이가 어머니의 가냘픈 어깨를 잡으려고 했으나 그녀는 달아나 버렸다. 그 후 어머니는 다시는 제이에게 말을 걸지 않았다.

론타몬의 대륙 전쟁이 끝났다는 소식이 들렸다. 그리고 얼마 후 왕실로부터 몇 문장 안 되는 짧은 편지가 한 장 날아왔다. 어머니의 아버지 우페르와 드래곤 기사단의 카르가 죽었다는 내용이었다. 그동안 두 사람에게서 연락이 없었던 건 어머니를 버렸기 때문이 아니었다.

어머니가 두 사람 중 어느 쪽의 죽음에 더 큰 좌절을 느꼈는지는 알 수 없었다. 어머니는 편지를 보고 실신했고 그대로 앓아누웠다. 제이는 가진 돈을 다 털어 큰 마을의 유명한 의원을 불렀지만 그는 진찰 후 약도 지어 주지 않았다. 그저 마음의 준비를 해야 한다는 말만 해 주었다.

아버지는 개의치 않았다. 하지만 제이는 더 이상 때를 기다릴 수 없다고 생각했다.

제이는 죽어 가는 어머니의 침대 옆에 앉아 그녀의 쭈글쭈글한 손을 꽉 쥐었다. 뺨을 맞은 뒤로 단 한 번도 아들의 말을 들어 주지 않던 어머니는 죽음 앞에서 힘없이 제이를 바라보았다.

제이는 오랫동안 어머니 옆에 앉아 간호하면서 마음의 준비를 했다. 그에게 필요한 시간이 아니라, 어머니에게 필요한 시간이었다. 어머니에게 아들로 있어 줄 수 있는 시간. 제이는 이 방에서 나가면 더 이상 그녀의 아들이 아니게 된다는 사실을 알고 있었다.

제이는 천천히 얼굴을 어머니의 귓가로 가져가 작은 목소리로 물었다.

"티온을 죽여도 될까요?"

어머니는 입은 열지 못했으나 눈만은 크게 떴다. 제이는 그동안 비밀리에 모은 돈으로 구입한 칼을 꺼냈다. 아직 한 번도 사람의 피를 먹지 않은 칼날은 지나칠 정도로 깨끗했다. 제이는 어디선가 들은 기사의 예법에 따라, 칼을 바닥에 꽂고 무릎을 꿇었다.

"아나샤의 아들, 제이메르가 레이디 아나샤의 명령을 기다립니다."

어머니는 젖은 눈길로 제이를 바라보았다.

"내 아들……."

무슨 말이 하고 싶었을까. 어머니는 하고 싶은 말을 끝내 하지 않았다. 그저 고개만 짧게 한 번 끄덕인 후 숨을 거두었다.

그 모든 의식은 반대편 침대에 앉아 있는 티온의 앞에서 이루어진 일이었다. 티온의 눈에서 불꽃이 타오르고 있었다.

"방금 뭐라 했느냐?"

제이는 바닥에 꽂은 칼을 뽑아 들었다.

"당신이 있던 기사단도 이렇게 하지 않을까 해서. 칼을 들고 나와라, 티온. 어머니의 시신에 당신의 피를 묻히고 싶지 않다."

제이메르는 말하고 즉시 밖으로 나갔다.

티온은 절룩거리며 칼을 들고 뒤따라 나왔다.

"오냐. 네 장난이 수위를 넘어갔다. 오늘은 정말 크게 혼날 줄 알아라."

티온은 기세 좋게 허공에 칼을 휘둘렀다. 바닥의 풀잎이 바람에 딸려 올라갔다. 몸 푸는 동작만 봐도 그가 다리를 다쳤다고 검술 연습을 거르지는 않았다는 것을 알 수 있었다. 하지만 실력을 줄지 않게 막았을 뿐, 발전을 시키지는 못했다는 것도 알 수 있었다.

제이는 미리 준비해 둔 말을 꺼냈다.

"티온, 목숨을 걸어라."

티온은 웃음을 터트렸다.

"나이 좀 들었다고 어깨너머로 내 검술을 조금 배웠나 보구나. 멍청한 녀석, 너와 난 거쳐 온 경험부터 다르다. 목숨을 걸라고? 이 싸움에서 걸린 건 네 목숨뿐이야."

"경험이 중요하다고 생각해서 스무 명과 혼자 싸워 봤다. 딱히 도움이 되진 않았지만."

"스무 명? 론타몬의 병사들을 해치운 그 한 명이…… 너였나?"

"그럼 내가 동네 건달들이랑 칼 장난이나 하고 당신 앞에 섰을 것 같아?"

"그 정도 죽여 본 걸 실전이라고 할 셈이냐?"

티온의 목소리에는 이미 자신감이 사라져 있었다.

제이는 손가락을 세 개 펼치며 말했다.

"당신은 내가 열네 살 때 이후 한 번도 내 세 걸음 안으로 들어오지 못했다. 심지어 내가 반걸음 앞까지 다가갔을 때조차도!"

제이는 소리 지르며 칼을 들었다. 처음으로 아버지와 아들의 입장이 뒤바뀌었다. 이제 티온이 제이를 공포에 젖은 눈으로 바라보고 있었다.

티온은 뒷걸음질 쳤고 제이는 간격을 좁혔다.

"아버지란 존재는 언제까지나 아들이 애로 보인다더군. 당신도 그랬지? 내가 성장할 거라고는 생각도 안 했지?"

제이는 언제고 그가 그런 표정을 보이면 아주 통쾌할 거라고 생각했지만 오히려 어머니의 죽음만 더욱 피부에 와 닿았을 뿐이었다.

'더 빨리했어야 했는데……. 난 왜 망설인 걸까?'

슬픔은 분노가 되었다. 제이는 지난 몇 년 동안 가슴에 품고 꺼내지 않았던 말을 토해 냈다.

"봐라! 당신 아들이 이렇게 성장했어!"

제이는 검을 찔러 넣었다. 그 뻔히 보이는 검을 티온은 막지 못했다.

아버지의 말대로였다. 사람은 엄지손톱만 한 상처로도 죽는 법이었다. 하지만 더 고통스럽게 죽이는 방법을 제이는 알지 못했다.

어머니의 시신을 침대에 두고 제이는 집에 불을 놓았다. 그리고 그 앞에 웅크리고 앉아 타오르는 불길을 멍하니 바라보았다.

마을 사람들이 물통을 들고 달려왔으나 제이가 버티고 있어 길어 온 물을 끼얹지 못했다. 그들은 잠시 불구경을 하다가 제이가 노려보니 돌아가 버렸다. 하지만 한 사람만큼은 돌아가지 않았다.

에위니였다. 그녀는 그의 옆에 쭈그리고 앉아 불이 꺼질 때까지 같이 있었다.

"나 결혼한다."

그녀가 먼저 말을 꺼냈다.

"들었어. 축하한다."

제이는 딱딱한 목소리로 대꾸했다.

"아버지 빚 대신 팔려 가는 거야."

"그래도 너라면 잘 살 거야."

"너는?"

"난 이 마을을 떠날 거다. 그리고 검술을 좀 더 단련하고 싶어."

"학교 같은 데 들어가는 거야?"

"아마 그런 곳에서 날 가르칠 사람은 없을 거다. 그냥 내가 찾아다니는 게 좋겠어. 사냥꾼이 어떨까? 합법적으로 못된 녀석들을 죽일 수 있잖아."

"잔인해! 게다가 그런 짓 하면 오래 못 살걸?"

제이는 피식 웃었다. 그리고 에위니의 볼에 살짝 키스하며 말했다.

"고마워, 에위니. 난 정말 널 좋아했어."

"지금은?"

"지금은 잘 모르겠다."

에위니는 깔깔대고 웃었다. 하지만 눈가에는 눈물이 맺혀 있었다.

"넌 솔직해서 좋아. 만약 살아 돌아오게 되면 나한테 와, 제이. 그때쯤이면 내 나이 많은 남편이 늙어 죽어 있을지도 모르니까."

"살아서는 돌아오지 못할 것 같은데?"

"죽은 녀석은 필요 없어."

"죽은 다음에는 나도 너 필요 없어."

제이는 미리 싸 둔 가방을 짊어졌다. 그리고 작별 인사도 하지 않고 걸어갔다. 에위니는 따라오지 않고 목소리만 높여 물었다.

"어디로 갈 거니?"

"전에 경비대에 보니까 현상금 걸린 녀석의 그림이 붙어 있더라. 그 놈부터 잡으러 갈 거다."

에위니는 울먹이는 목소리로 외쳤다.

"죽은 녀석은 필요 없다고 말한 거, 꼭 기억해!"

제이는 대꾸하지 않고 손만 높이 흔들었다. 에위니는 그가 돌아보지 않을 것을 알면서도 계속 손을 흔들었다.

"이게 마스터가 말하던 그 '흔적'이란 거야?"

폭우가 온 다음 날부터 그레이 게이트를 통과하고 거의 휴식 한번 없이 하루 동안 꾸준히 말을 달리던 중 제이메르는 갑자기 말을 세웠다. 그리고 길을 벗어나 한참이나 언덕 쪽을 거슬러 올라가더니 썩기 시작하는 시체 몇 구를 찾아냈다. 아이린은 이틀 전 내린 비로 지형조차 알아보기 힘든 곳에서 흙에 파묻힌 시체를 찾아낸 제이를 신기하게 바라보았다.

"어떻게 알았어? 발자국이라도 있었나?"

"비가 와서 바닥이 엉망인데 발자국을 어떻게 봐? 다른 흔적을 찾은 거다. 적어도 스무 명 넘는 사람들이 반나절 이상 머무른 흔적이야. 죽은 건 몇 명 안 되지만."

"바로 그게 대단하다는 거지."

아이린은 시체를 한참 살펴보다가 고개를 저었다.

"그런데 내가 찾던 흔적은 아니야. 진흙투성이가 된 얼굴을 알아보기도 힘들고."

"확인해 볼까?"

제이가 시체라도 들추려 하자 아이린은 거부했다.

"얼굴 본다고 달라지진 않아. 어쨌든 이자들을 죽인 사람은 무지막지하게 힘이 좋았나 보다."

다섯 구의 시체는 모조리 두 동강 나 있었다. 제이는 어떤 무기로 어떻게 살해되었는지 자세히 검사하고 싶었지만, 아이린은 그 정도 공들일 이유가 없다며 반대했다. 제이는 대충만 살펴보고 말했다.

"딱 보기에는 사나흘 전에 죽은 것 같군."

"시간적으로 보자면 우리가 지옥 검의 부하란 놈들에게 야밤에 기습을 당했을 때군. 어쨌든 내가 찾는 건 이런 종류의 흔적이 아니야. 지나쳤거나 아직 나오지 않았겠지."

"뭘 찾는 건지 가르쳐 주면 좋겠는데, 마스터?"

"그러고 싶은데 아마 직접 보기 전에는 나도 그게 뭔지 알 수 없을 거야."

아이린이 말에 오르며 물었다.

"식량이 얼마나 남았지?"

"하루 먹을 정도. 빵도 우유도 떨어졌고, 마른 음식뿐이야. 그나마 젖어 버렸고."

"마을을 하나 들러야겠네."

둘은 다시 말을 타고 왔던 길로 되돌아가기 시작했다. 제이는 다시 큰길로 접어들면서 말했다.

"아무것도 보질 못하는군. 이대로 끝나면 난 아마 길만 있는 곳이라 기억할 것 같아. 그러니까 여행이 끝나면 말이야. 여기서 길이란 건, 그러니까 아란티아의 풍경 얘기야."

제이는 또 말끄트머리에서 헷갈렸다.

"흐음, 풍경을 제대로 못 즐기고 있다는 소리지? 나 때문이라면 미안하게 됐구나."

아이린은 웃으며 손으로 남쪽을 가리켰다.

"큰길만 벗어나면 꽤 좋은 경치를 많이 볼 수 있긴 해. 남쪽으로 하루 정도만 걸어가면 하늘 산맥도 보이고 아까 건너온 커다란 다리가 있던 곳은 아란티아를 가로지르는 몰비 강이지. 그 강을 따라 북쪽으로 가면 서쪽의 바다로 통해. 그쪽 항구가 또 죽이지."

"불평은 아니야. 안타깝지만 그렇다고 그건 아니야. 오히려 난 이것보다 더 혹독할 줄 알았어. 뭔가가 더…… 내 말은 이 정도면 너무 평범해서 거친 풍경이라도 볼 수 있지 않을까, 그런 거지."

제이는 더듬더듬 솔직하게 대답했다. 아이린은 빙그레 웃었다.

"레드 게이트만 통과하면 보고 싶지 않아도 남쪽의 멋진 산들을 볼 수 있어. 이 일이 끝나면 이것저것 보여 줄게. 그리고 지금 나랑 같이 허둥대면서 뛰는 건 테스트와 별개니까 걱정 마."

아이린은 진짜 미안해하는 말투로 말했다.

제이는 괜한 말을 했다는 생각이 불쑥 들었다.

'미안하게 만들 생각은 아니었는데.'

그래도 제이는 '마스터와 함께라면 뭐든 다 하겠다.' 같은 창피한 고백을 하지 않아서 다행이라고 생각했다. 여태껏 다른 사람과 말을 잘 나누지 않아서 몰랐는데 제이는 어째 입만 열었다 하면 속마음이 다 드러나 버렸다.

'아이린이라서 그런 건가? 아니면 혹시 나 다른 사람이랑 대화해도 이렇게 되는 건가? 조심해야겠군.'

에위니를 상대로는 남자다움을 과시하고 싶어서 과묵한 척 말수를 적게 하기도 했었다. 그런데도 그녀는 '넌 솔직해서 좋아.'라고 했다.

아이린을 만난 후 지난 수년간 거의 해 본 적 없는 고민을 하고 있었다. 대화를 어떻게 해야 하는가? 잘해야 한다고 생각해 본 적도 없는 부분이었다.

낮이 되면서 비교적 땅이 말랐으나 여전히 말은 제 속도를 내지 못했다. 아이린은 더 빨리 가지 못하는 것을 안타까워했다. 그러자 제이는 이 이상의 속도로 가려면 날개 달린 말을 타고 가야 할 거라고 말했다.

머피가 내준 말은 제이가 생각했던 것보다 훨씬 훌륭한 말이었다. 이런 악조건 속에서도 하루 종일 걸을 수 있는 체력을 가진 말은 구하기 힘들었다. 아이린도 그걸 아는지 입으로는 불평해도 말을 닦달하지 않았다.

해가 떨어진 후 첫 번째로 만나는 마을에서 비로소 둘의 강행군이 멈췄다. 이곳에 다다르기 전에 더 큰 마을이 있었으나 아이린이 조금이라도 더 이동하자고 해서 최대한 올 수 있는 곳이 이 마을이었다.

길옆에 있는 마을이라 그런지 다른 마을이었으면 진작 문을 닫았을 시각까지 영업을 하는 상점이 있었다. 제이가 필요한 물건과 음식을 사기로 하고 아이린은 먼저 가서 여관방을 잡기로 했다.

제이는 한 종류의 빵밖에 팔지 않는 빵집을 가서 물었다.

“이게 제일 좋은 빵이오?”

“빵이라는 게 좋고 나쁘고가 어디 있소? 우리 집 빵은 근방에서 제일 좋은 거요.”

“그게 아니라 더 비싸고 더 좋은 빵. 돈은 얼마든지 있으니까.”

“그럼 두 개 사면 되겠네.”

제이는 금화를 하나 내밀었다. 빵집 주인은 기겁을 했다.

“잔돈 없어! 게다가 이건 가넬로크 금화잖아. 환전해서 와야지.”

“그런 거 몰라. 그럼 가지고 있는 은화 다 주면 되잖아.”

제이는 왠지 강도가 된 기분이 들었다. 빵집 주인은 돈 통을 뒤적이더니 고개를 저었다.

“그래도 많이 모자라는데?”

“그럼 빵을 더 줘.”

“우리 집 빵 다 줘도 모자라!”

“누가 다 달래? 됐어. 이거랑 그거만 줘.”

제이는 약간의 은화와 빵을 더 가지고 돌아섰다. 동화는 무거워서 안 받기로 했다. 제이는 평소에 생각하지 않았던 자신의 금전 감각까지 고민하게 되었다.

‘금화 하나라는 게 이렇게 가치가 크구나.’

제이는 아이린에게 좋은 음식과 좋은 술만 갖다 주고 싶어서 ‘더 비싼 것', '더 좋은 것'을 찾으면서, 새삼 금화의 가치를 다시 생각해보게 되었다. 이런 시골의 정직한 장사꾼들을 상대로는 죽을힘을 다해 돈을 써도 지옥 도끼를 죽여서 번 돈을 다 쓸 수가 없었다.

'너 정말 비싼 놈이었구나, 트레고?'

필요한 짐을 짊어지고 여관 쪽으로 가고 있을 때였다.

"……그래서 그 검은 기사가……."

제이는 마을 사람 두 명의 대화 중간에 섞인 단어를 듣고 걸음을 멈췄다. 그리고 잠깐 천천히 걷는 척하며 그 이야기를 들으려 했으나, 대화는 이미 다른 화제로 넘어가 버렸다. 예전 같으면 당장 멱살부터 붙잡고 '방금 그 얘기 다시 해 봐.' 하고 물었을 테지만 지금은 왠지 다른 사람과 대화를 한다는 사실 자체에 자신이 없어 그냥 여관으로 향했다.

"내 마스터가 먼저 와서 방을 잡았을 텐데."

여관 주인은 기다리고 있었다는 듯 물었다.

"마스터 이름이 아이린?"

제이는 고개를 끄덕였다.

"3층 4호실이오."

"……방이 하나뿐이야?"

"하나 더 드려야 하오?"

주인은 여자와 남자가 왔으면 당연히 방이 하나여야 한다는 투로 물었다. 제이는 그냥 고개를 저었다. 어차피 마스터가 자신을 남자로 보지 않는다면 방이 하나든 침대가 하나든 중요한 게 아니었다. 게다가 마스터가 방을 하나로 잡았다면 그걸 따를 수밖에 없었다.

"아, 그보다 아까 상점에서 검은 기사 어쩌고 하는 말이 오고 가던데

이 마을에 무슨 일이 있었나?"

제이는 입이 떨어진 김에 슬쩍 물었다.

"혹시 그 검은 기사에 대해 아시오?"

손님이 오든지 말든지 졸린 눈을 끔뻑이던 가게 주인은 필요 이상으로 놀라며 물었다. 제이는 오히려 당황하며 얼버무렸다.

"내가 아는지 모르는지, 당신이 말해 줘야 알지."

"그게 말이오."

여관 주인은 그동안 이런 얘기를 들려줄 사람이 없어 입이 간지럽기라도 했던 모양이었는지 즉시 말문을 열었다.

"그러니까 이틀 전이었소."

"비 많이 온 날?"

"바로 그날이오. 웬 장정들이 한 스무 명쯤 들어오더니 방이란 방은 다 달라고 하더군. 나야 비가 와서 장사도 안되던 터라 얼싸 좋구나 하고 손님을 들였지. 그런데 그 일행 중 하나가 검은 갑옷을 입고 있는 게 아니겠소? 그것도 전투 중에나 입을 엄청 무거운 판금 갑옷이었소. 위층 바닥이 꺼질 게 걱정될 지경이었지. 게다가 비도 오는 데 웬 갑옷? 하지만 난 손님에게 폐가 될까 봐 묻지는 않았소. 그런데 그날 밤 서비스로 야식이라도 내주려고 계단을 올라가는데 그 검은 기사가 내려오더군."

주인은 그때를 회상하며 고개를 설레설레 저었다.

"그 투구 속을 당신도 봤었어야 했소. 그자는 눈도 없고, 코도 없고, 입도 없고 얼굴도 없었소."

"어두워서 못 본 게 아니고?"

주인은 계단 쪽을 향해 검지를 폈다. 정확히는 촛불을 가리키고 있었다.

“난 분명히 보았소. 그 검은 기사는 투구가 비어 있는 자였소. 아니 비었다기보다 안이 시커먼 연기로 차 있다고 해야 하나? 아아, 목 없는 기사 얘기는 수도 없이 들어봤지만 그런 게 내 가게에 나타나다니, 기절할 노릇이지.”

“그래서 무슨 사고라도 났어? 사람이 죽었다거나.”

“에이, 그랬으면 내가 지금 영업을 하고 있을 리가 있나?”

주인은 싱겁게 말을 이었다.

“더는 아무 일도 없었소. 그 검은 기사는 빗속으로 나갔고 그 뒤를 다른 동료 두 명이 따라서 뛰쳐나갔지. 한 명은 굉장히 예쁘게 생겨서 여자라고 생각했는데 나중에 흠뻑 젖어서 검은 기사를 도로 데리고 들어오는 걸 보니 남자더군.”

제이는 얘기가 엉뚱한 곳으로 새는 것 같아 다시 확인 차 물었다.

“그리고 그다음에는?”

“그냥 아침 일찍 떠났소. 내가 본 건 그게 다요.”

제이가 별 반응을 보이지 않자 가게 주인은 다시 말했다.

“난 사실 그날 밤 너무 무서워 벌벌 떨다가 그 손님들이 아침에 퇴실하는 것도 안 봐 버렸소. 뭐, 방값은 선불로 받았으니 상관없었지.”

제이는 몇 가지 더 물어보았으나, 주인은 그 이상 아는 게 없었다.

‘그리 중요한 것도 아닌 이야기로 시간을 낭비했군.’

제이는 오랜 시간 동안 혼자서 생활한 탓에 남의 문제에는 거의 관심을 두지 않았다. 마을에 검은 기사가 나타나든 유령이 나타나든 알게 뭔가? 그런데 어느 순간 아이린의 문제가 자신의 문제가 되어 있었다.

"마스터 빵 사왔……."

제이는 방문을 열자마자 말하다가 입을 다물었다. 아이린은 이미 침대에 잠들어 있었다. 며칠은 더 강행할 수 있을 것처럼 말하던 그녀였으나 역시 피곤한 일정이긴 했다. 아니면 앞으로 계속될 힘든 일을 대비하는 것일지도 몰랐다.

제이도 같은 생각이었다. 이럴 땐 기회가 날 때마다 자 두는 게 좋다. 그는 배낭을 옆으로 치워 놓고 최대한 빨리 씻은 뒤 반대편 침대에 누워 잠을 청했다.

이렇게 일찍 자서 잠이 올까 싶었지만 제이는 순식간에 잠에 빠져들었다. 그리고 창문이 열리는 소리에 눈을 떴다. 새벽의 찬 공기를 맞으며 아이린이 밖을 내다보고 있었다. 그는 시린 눈을 몇 번 깜빡이고 물었다.

"떠날 준비 해?"

"아니, 더 자 둬. 아직 아니야."

아이린의 목소리는 마치 꿈결처럼 인자하게 들렸다.

제이는 반쯤 자는 목소리로 어제 못했던 얘기를 했다.

"여관 주인 말이 이 마을에도 검은 기사가 왔었대."

"알아. 그래서 깼어."

제이는 어떻게 그녀가 그 사실을 알았을까 하는 궁금증은 갖지 못했다. 아이린은 숨을 길게 내쉬었다.

"나도 어지간히 둔해졌군. 아니면 허약해졌거나."

"왜?"

"이토록 사악한 힘이 거쳐 간 마을에서 멍청하게 곯아떨어졌잖아."

"그 검은 기사가 사악한 힘이야?"

"아닐 거야, 아마. 다른 힘이 있어. 내가 걱정하던, 내게 익숙한."

아이린은 창문을 닫고 제이에게 다가와 그의 얼굴을 살짝 쓰다듬었다.

"더 자. 내일은 아주 힘든 일이 있을지도 몰라."

그 말은 마치 마법의 주문처럼 제이의 눈꺼풀을 붙였다. 하지만 깨어 있는 아이린을 두고 자고 싶지 않았다. 제이는 눈을 감은 채로 물었다.

"마스터의 남자 얘기 좀 해 봐. 왜 도망쳤어?"

"왜 자꾸 그런 걸 물어?"

"궁금해서."

대답이 안 나오면 포기할 셈이었지만, 아이린은 말해 주었다.

"어떤 커다란 싸움이 있었지. 나는 다쳤고 그는 다친 날 버리고 적을 쫓아 뛰쳐나갔어."

"그럴 땐 다친 여자 옆을 지켜야 하는 거 아니야?"

아이린은 웃으며 말했다.

"맞아. 그래야지. 그래줬으면 좋았을 텐데……. 지금도 가끔 그렇게 생각해. 하지만 당시에는 상황이 복잡했어. 그가 아니면 다른 누구도 적을 따라갈 수 없었거든."

"그렇게 따라간 다음에 안 돌아왔어?"

"응. 밖은 추웠는데…… 돌아오지 않았어. 그는 추운 걸 아주 싫어하는 남자였지. 연약하고, 착하고. 추우면 체면 다 버리고 이불에 꽁꽁 싸여서 돌아다니는 모습이……. 이 얘긴 그만하자."

제이는 말없이 고개를 끄덕였다. 그리고 아침까지 깨지 않고 편히 잠들었다.

쌀쌀한 아침이었으나 날씨는 맑았다. 어제에 비하면 길도 단단해서 말도 제법 속도를 내어 달릴 수 있게 되었다. 반나절 동안 말을 달렸을 때 제이가 갑자기 말을 세웠다. 아이린도 즉시 멈추고, 기대에 찬 눈으로 물었다.

"이번엔 어떤 거야?"

제이는 북쪽 언저리를 손으로 가리켰다.

"누군가 저쪽에서 캠프를 차린 것 같아. 저런 곳에서 불을 피우고 있는 게 이상할 건 없지만."

"캠프?"

"회색 연기가 올라가고 있어. 안 보여?"

아이린은 한참이나 눈을 가늘게 뜨고 집중해서 보았다.

"난 안 보이는데? 하지만 네가 있다면 있는 거겠지."

"말로 가면 그리 먼 거리는 아닌데 어쩔래, 마스터?"

"가 보자. 저런 곳에 머물고 있으면 뭔가 이유가 있겠지. 그 이유란 게 내가 원하는 정보일 수도 있고."

"저 캠프 자체가 함정이라면?"

"잘된 거지."

아이린은 긴 고민 없이 결정을 내렸다. 하지만 먼저 말을 달리지는 않았다. 폭우가 내리던 날 제이가 야영지를 찾아낸 뒤로 아이린은 선두를 항상 양보하고 그에게 안내를 맡겼다. 제이는 왠지 모를 뿌듯함을 맛보았다.

반 시간쯤 이동하니 아이린도 하늘로 올라가는 회색 연기를 발견했다. 연기는 곧 사라졌다.

"방금 연기는 음식이나 하려고 피운 거야. 수상하지 않은 것 같아."

제이가 말했다.

"왜 그렇게 생각해?"

"일부러 보이려고 피웠으면 더 진해야 돼. 연기 얘기야. 안 보일 거면, 안 피웠을 거고. 그러니까 모닥불 얘기야. 연기 색깔을 보니……. 으음, 차나 끓였을까?"

제이는 당연하다는 듯 설명했다.

"점점 느끼는 거지만, 너 대단하다?"

"비꼬는 거야?"

"진심이야. 솔직히 감탄하는 중이야. 처음 가는 길인데도 여러 번 와 본 것처럼 곧잘 길을 찾아내곤 하는 게. 네가 검술의 재능이 없어도 옆에 끼고 다니기 좋았을 거야. 보온용으로도 쓸 만하고."

"보온용?"

"아무것도 아니야."

아이린은 황급히 손을 흔들며 앞을 가리켰다.

"저거 봐. 일반 여행자의 캠프치고는 상당히 규모 크지? 그 부분은 어떻게 생각하세요, 제이메르 선생님?"

"문장이 그려진 깃발도 보이는데, 알아?"

"난 안 보여."

"으음, 병사들이 제법 있군. 상황을 더 봐야겠어. 아직 발견한 것 같지는 않으니까. 그러니까 내 말은, 저쪽이 우리를."

제이는 주위를 경계하며 작은 목소리로 말했다.

아이린은 오히려 경계를 풀고 큰 목소리로 말했다.

"아, 이제 깃발 보이네. 블루 게이트의 하이로드 탈룬드의 상징이야. 괜찮아."

"하이로드?"

"그레이 게이트의 머피가 우리 도착하기 사흘 전에 하이로드가 지나갔다고 했던 말 기억나? 우리가 그 사흘 거리를 따라잡은 거지."

"하지만 무장한 병사들이 있어."

제이가 접근을 꺼리자 아이린은 안심시키려고 말했다.

"아군이야. 걱정 안 해도 돼."

제이는 불안했다. 분위기가 심상치 않았다.

'하이로드라면 아란티아에서 여왕 빼고 네 명밖에 존재하지 않는 권력자라고 하지 않았어? 그런 사람이 왜 이런 곳에 있어?'

두어 개의 커다란 텐트와 세 척의 마차가 언덕 너머에 보일 정도가 되자 둘의 앞으로 무장한 경비들이 열 명이나 나타났다. 그중 약간 붉은빛이 도는 갈색 수염을 기른 키 큰 병사가 앞으로 나왔다. 그는 예의 바르게 인사하고 격식을 차려 말했다.

"길이 따로 있음에도 이쪽으로 접근한 것에는 이유가 있어서일 거요, 낯선 자여. 이름과 신분을 묻겠소."

아이린은 말에서 훌쩍 뛰어내려 가슴에 손을 올려 예를 보이고 말했다.

“내 이름은 아이린이고 이쪽은 내 제자 제이메르예요. 멀리서 하이로드의 문장을 보고 일부러 찾아왔지요. 안 좋은 일이라도 있나요?”

“정확히 보셨소. 때문에 우리는 이방인을 환영할 입장이 못 되오.”

“그렇군요. 사실 그래 보여서 온 거예요. 도울 일이 있다면 돕고 싶은데요.”

“고맙지만, 도움은 필요 없소, 레이디.”

“하이로드께 제 이름을 말씀드리면 제 도움이 필요하다고 말씀하실 겁니다.”

아이린은 물러서지 않았다.

“좋소. 잠시 기다리시오.”

갈색 수염의 병사는 다른 병사들에게 계속 경계하라고 명령한 뒤 물러났다. 제이도 말에서 내려 그녀에게 속삭여 말했다.

“실력이 뛰어난 병사들이군.”

“당연하지. 하이로드의 경비병들인데.”

“내 말은, 일이 잘못되면 우리가 힘들게 싸워야 할 거라는 뜻이야.”

제이는 병사들 모두가, 검의 간격으로 치면 네 걸음까지 다가온 것을 눈치챘다. 보통 이 정도 인원이 포위를 하면 각자 실력에 차이가 있기 때문에 검의 간격이 들쑥날쑥하기 마련이었다. 그러나 이들은 그 간격을 전원 일정하게 유지하고 있었다. 동시에 공격해 오면 한 번에 막아내기 힘들 것이다.

호흡이 맞지 않는 엘리트 집단보다 손발이 잘 맞는 일반 군대가 더 강하다는 걸, 제이는 자기만의 방식으로 읽어 내고 있었다. 하지만 아이린의 생각은 달랐다.

"훈련이 잘되어 있는 군대는 어린아이가 쥐고 있는 칼 한 자루보다 안전하단다. 일이 잘못되어도 싸울 일은 없어. 기껏해야 우리를 쫓아내는 정도겠지. 넌 주위의 모든 사람들이 널 죽일 거라고 상정하는구나."

"적어도 코앞에 창을 들고 있는 상대를 두고 안심하지는 않아. 겁쟁이로 보여도 상관없어."

'난 그렇게 살아왔으니까.'라는 말을 덧붙이기 전에 아이린이 먼저 말했다.

"겉으로는 경계하지 않는 척하고 속으로는 찌를 계산을 하는 너 같은 녀석이 더 위험한 거야. 정규 병사들을 앞에 두고 일일이 긴장하고 있으면 못 견뎌."

"그럼 검을 앞에 두고 예를 따르라는 거야?"

"기사라면!"

"난 기사가 아니야."

"배워. 넌 기사가 될 거니까."

"기사가 되겠다고 말한 적 없어."

"내 제자가 되겠다는 맹세는 빗물에 씻어 버렸나 보지?"

"마스터의 제자가 되면 기사가 되는 건 자동이었던 거야? 그런 건 미리 말해줬어야지!"

"미리 말해줬으면 거부할 거였어? 그럼 지금이라도 거부하렴."

제이는 그녀와의 말다툼을 일찌감치 포기하고 입을 다물었다. 캠프에 다녀온 병사는 둘의 앞에 서더니 고개를 저었다.

"군주께서 당신이 누군지 모른다 하시오. 또 아는 사람이라 해도 지금은 만나고 싶지 않다고 하셨소. 돌아가 주시오."

제이는 미련을 두지 않고 몸을 돌렸다. 아이린이 항상 볼일을 끝내면 뒤도 안 돌아보고 가 버리곤 했으므로 이번에도 그럴 거라 짐작한 행동이었다. 그러나 아이린은 뒤통수를 긁적이며 주위를 둘러보았다.

제이는 말고삐를 잡고 아이린이 오기를 기다렸다.

"안 갈 거야? 모른다고 하면 갈 거라면서?"

그녀는 한참 뜸을 들이다가 말을 꺼냈다.

"안 좋은 일이라는 건 누군가에게 공격당했다는 거겠죠. 그렇지 않아요?"

그 병사가 대답하길 주저하자 아이린은 다 알고 있다는 듯 말을 이었다.

"설마하니 아란티아 내에서 블루 게이트의 군주를 공격할 세력이 있을 리는 없고, 누군가에게 공격을 받았다면 외부인이겠군. 그게 누구죠?"

갈색 수염의 병사는 묘한 시선으로 아이린을 노려보더니, 일렬로 막아선 병사들에게 손짓했다. 그러자 열 명의 병사들이 일제히 창끝을 앞으로 내밀었다. 제이는 병사들이 보이는 검의 간격을 미리 읽어 내고 칼을 뽑아 아이린의 앞을 보호했다.

"훈련받은 군대는 위험하지 않다고 하지 않았어, 마스터?"

제이는 진작 이렇게 될 줄 알고 있었다는 투로 말했다.

갈색 수염의 병사는 아이린에게만 말했다.

"어떻게 우리가 공격당했는지 알게 되었소? 지금 우리는 모든 것을 의심해야 할 상황이라 창을 세운 채 대화를 해야겠소. 양해하시오."

제이는 헛소리 말라고 해주고 싶었으나, 아이린은 부드럽게 대꾸했다.

"우린 방금 여기에 도착했어요. 당신들이 무슨 일을 당했는지 당연히 모르죠. 추측이에요. 어떻게 알았냐고 묻고 싶은 건가요? 지금 당신들의 행동이 설명해 주고 있어요. 언제나 여유 넘치고 유머로 대화하던 하이로드의 병사들이 어째서 경직된 얼굴로 서 있는 것이며, 낯선 방문객과 술 한잔하는 것을 인생의 낙으로 여기는 탈룬드가 어째서 손님을 거절하시나요?"

아이린은 앞에 선 제이의 어깨를 잡았다.

"칼 넣어, 제이메르."

제이는 내키지 않았지만 칼을 집어넣었다.

"예, 마스터."

아이린의 말을 찬찬히 들어보던 갈색 수염의 병사는 조금 당황해하며 물었다.

"당신은 누구시오?"

"은퇴한 기사에게 과거의 직책을 묻는 건가요, 아니면 아까 말해 줬던 내 이름을 다시 묻는 건가요? 난 아이린이라는 이름 외에 나를 설명할 방법을 모르겠군요. 탈룬드께 다시 전해 주세요. 절 잊다니 서운해 죽을 지경이라고. 가자, 제이메르."

아이린은 말 위에 훌쩍 뛰어올라 왔던 길을 되돌아갔다.

'너무 방심하는 거 아니야, 마스터? 저들이 창을 집어 던지면 보지도 않고 어떻게 막으려고?'

제이는 말에 오르기 직전까지 창을 든 병사들의 간격을 읽고 대비했다. 그러나 그들이 지금까지 일정하게 유지했던 간격은 아이린이 등을 보이자 도리어 흐트러졌다. 제이가 뽑은 칼보다 아이린이 마지막으로 내던진 몇 마디 말이 그들에게 더 강한 위협이 된 모양이었다.

갈색 수염의 병사가 멀어지는 아이린을 향해 소리쳤다.

"혹 군주께 전할 말씀이 더 있다면 전해 드리겠소."

"사람 이름도 기억 못하는 바보한테 남길 말 없어요."

아이린은 유쾌하게 웃으며 말했다. 자기네 군주를 욕했는데도 병사들은 쫓아오지 않았다. 오히려 갈색 수염의 병사와 부하들은 캠프 쪽으로 분주하게 움직이고 있었다.

"뭔가 알아볼 게 있어서 찾아온 거 아니었어? 그러니까 내가 몰래 접근해서 알아보자고 했잖아."

"시간 없어. 길을 찾는 건 네 식이지만 사람 대하는 건 내 식대로 하는 게 효율적이야."

인정하기는 싫었지만 제이는 효율적이라는 단어에 약했다.

"이렇게 쫓겨나는 게 효율적이라고?"

"차라리 잘된 거야. 하이로드와 만나 얘기하려면 예의 갖추는 데 반 시간은 걸릴 테니까. 이런 식으로 해 두면 내가 원하는 얘기만 짧게 들을 수 있을 거야."

"그러니까 내 말은, 쫓겨났는데 뭘 들어?"

제이는 고개를 갸웃하며 뒤를 돌아보려 했다. 아이린은 약간 큰 소리로 저지했다.

"뒤돌아보지 마!"

아이린은 일부러 고삐를 당겨 말이 걷는 속도를 늦췄다. 제이도 얼결에 따라 했다.

"내기해도 좋아. 2, 30분 안에 아까 그 녀석이 달려올 거야. 땀 뻘뻘 흘리면서 말이지."

제이는 아이린이 무슨 근거로 그렇게 자신 있어 하는지 알 수 없었다.

아이린의 예상은 틀렸다.

갈색 수염의 병사는 2, 30분이 아니라 5분도 안 되어 말을 달려왔다. 아이린이 말을 세우자 그는 거의 넘어질 정도로 바쁘게 말에서 내리더니 고개를 숙였다.

"레이디 아이린! 하이로드께서 모셔 오라고 분부하셨습니다. 그리고 아까 저의 무례에 대해 사과드릴 기회를 주십시오. 제 이름은 하레르입니다."

"사과는 필요 없어요, 캡틴 하레르."

아이린은 화난 목소리로 말했지만 눈은 웃고 있었다. 그런 건 사정을 다 아는 제이에게만 보였다.

"당신들이 그런 자세를 보였다면 아마 그럴 상황이기 때문이겠죠. 괜찮아요."

하레르는 쩔쩔맸고 아이린은 그런 모습을 즐기고 있었다. 이것이 그녀의 복수라고 생각하니 제이는 마스터가 조금 사악하게 보였다.

'혹시 나도 이렇게 당했던 건 아니었을까?'

아이린이 물었다.

"그보다 무슨 일이 있었는지 여쭤도 될까요?"

"어제 정체를 알 수 없는 괴한들에게 습격을 당했습니다."

하레르가 말했다.

아이린은 웃음기를 거두었다.

"괴한들?"

제이가 생각난 바가 있어 물었다.

“혹시 지옥 검이란 놈 아니었소?”

“이름을 밝히지는 않았소. 하지만 그들 중 셋은 무서울 정도로 뛰어난 실력자였소.”

하레르는 생각하기도 싫다는 듯 몸서리를 쳤다.

아이린이 확인 차 물었다.

“하이로드께서는 나디움으로 가시는 길이었나요?”

“1년 만에 여왕님을 뵈러 가는 길이었습니다.”

“탈룬드는 새나디엘 여왕님의 아름다움에 중독된 분이시죠. 말이야 1년이지, 내 생각에는 그 1년도 다음 만날 때 가져갈 선물을 준비하는 시간이 아닐까 싶군요.”

농담처럼 말했지만 하레르는 인정했다.

“대강 맞습니다. 나디움에서도 이 시기에 방문할 것을 알고 울프 기사단의 기사 한 명을 보내 주었답니다.”

울프 기사단이라는 말에 제이는 귀가 솔깃해졌다.

아이린도 의아해하며 말했다.

“잠깐, 울프의 기사가 호위 중이었는데도 당했다고요?”

“이름은 배롤 울프, 지금 부상을 당해 치료 중입니다.”

“맙소사. 누가 공격했는데요? 도적?”

“요새는 그레이 게이트 안쪽에도 도적들이 나도니 문제가 심각하긴 합니다만, 그런 종류의 도적은 아니었습니다. 게다가 그들의 대장으로 보이는 자는 심지어 정식으로 결투까지 요청했습니다. 분위기로 봐서는 기사였거나 최소한 기사도를 배운 자겠지요.”

아이린이 믿지 못하겠다는 눈치를 보이자, 하레르는 강조하며 말했다.

"말씀드리지만 저는 '실력 있다.'는 말을 함부로 쓰지 않습니다. 배롤 울프도 방심한 게 아니라 전력을 다해 싸웠습니다. 굉장한 대결이었지요."

아이린은 그가 말하려는 바를 미리 짐작하고 말했다.

"그럼 배롤이라는 기사는 그 대결에서 당한 건가요?"

"아니요, 그 대결이 끝난 다음에 나타난 검은 갑옷을 입은 기사에게 당했습니다."

아이린은 눈썹을 치켜세우고 제이를 돌아보았다.

지금까지 들린 검은 기사의 소문이란 '이상하고 무서웠지만 해는 끼치지 않았다.'가 대부분이었다. 다섯 구의 시체가 검은 기사와 연관 있다는 점은 확실하지 않으니 그걸 빼고 나면 그자의 행적이 처음으로 드러나는 순간이었다.

"익셀런의 갑옷을 입었던가요?"

아이린이 잽싸게 물었다.

"익셀런? 듣고 보니 그랬던 것도 같군요."

하레르는 기억을 떠올리며 말을 이었다.

"또 그들 말고도 여러 병사들이 주위에 매복해 있었지요. 전 캡틴 울프가 지시하는 대로 주위에 있는 매복에 대비하느라 자세한 이야기는 알지 못합니다. 만약 그대로 양쪽 병력이 모두 부딪치는 큰 싸움이 일어났다면 기사 배롤이 검은 기사에게 당한 후였던 터라 더 큰 불행한 일을 당했을지도 모르……."

"잠깐, 잠깐만요! 방금 캡틴 울프라고 했어요, 하레르?"

아이린이 목소리를 높여 물었다.

"예. 아, 제가 미리 말씀드리지 못했군요. 배롤이 당한 뒤 상황은 아주 위험해졌지요. 주변은 이미 포위당해 있고 탈룬드 님도 그대로 공격당할 판이었죠. 그때 캡틴 울프가 스스로 인질이 되어 전투가 무마되었습니다. 그들은 그를 잡아간 후 말없이 물러났지요. 탈룬드께서 지금 레이디 아이린의 이름도 제대로 기억 못하고 계시는 건 잡혀간 캡틴 울프를 너무 걱정한 나머지……."

아이린은 답답해서 가슴을 치며 말했다.

"하레르, 전 지금 당신 말을 잘 알아들을 수가 없어요. 좀 더 자세히 설명해 봐요. 일단 제가 아는 정보와 너무 달라요. 캡틴 울프라면 게이트 두 개를 지나면서 얘기를 잠깐 들었는데 분명 다섯 명의 하얀 늑대들과 같이 있다고 했어요. 그럼 그 친구들이 같이 있는데도 당했다는 거예요?"

"그건 아닙니다. 캡틴 울프는 혼자였습니다."

"왜?"

"중간에 무슨 사고로 헤어졌다고 합니다. 그는 잃어버린 동료를 찾다가 탈룬드 님을 찾아온 것이지요."

"무슨 사고요?"

"그건 저도 듣지 못했습니다."

"제가 얘기를 정리해 봐도 될까요?"

아이린은 차분하게 말을 이었다. 제이도 하레르의 말이 이해가 가지 않아 아이린의 정리로 상황을 이해하려고 애썼다.

"우선 탈룬드께서 나디움으로 가는 도중이었고 뜻밖에도 캡틴 울프가 합류했어요. 동료를 잃어버렸다면서. 맞죠? 그런데 가는 도중 도적인지 아닌지 모르는 어떤 무리의 대장이 급습했어요. 그래서 배롤이 나서서 그 무리의 대장과 일 대 일 결투를 했는데, 승부가 안 났어요. 그런데 검은 갑옷의 기사가 나타났고, 그 기사에게 배롤이 다쳤다……. 그리고 큰 싸움이 일어나려는 순간 캡틴 울프가 나서서 인질로 잡혀가는 것으로 상황이 끝난 거예요. 이렇게 된 거 맞아요?"

"거의 맞습니다."

아이린은 신음 비슷한 소리를 내면서 침묵을 유지하다가 화가 난 표정으로 물었다.

"캡틴 울프가 인질로 잡혀갔다?"

"아까도 말했지만, 그들을 상대로 우리 경비대가 싸우는 건 무리였었습니다. 우리는 포위당해 있었고, 지휘를 해줄 기사 배롤도 쓰러진 상태였던 터라…… 지금은 안정을 되찾았지만 사실 당시 배롤이 검은 기사에게 당한 상처는 꽤 위험했습니다. 그때 무리해서 움직였다면 지금 배롤은 이미 이 세상 사람이 아니었을 겁니다. 캡틴 울프는 그와 우리 모두를 살리는 대신 인질이 되는 쪽을 택했던 거고요. 죄송합니다. 제가 말솜씨가 없어서 이 이상은 어떻게 설명을 드리기가……."

아이린의 표정이 점점 더 일그러졌다.

"캡틴 울프란 자가 혹시 마지막까지 싸웠나요?"

"아니, 싸우지는 않았습니다. 말씀드렸다시피 상황이……."

"안 싸웠다고요?"

아이린은 또 그의 말허리를 자르고 들어갔다. 그녀의 얼굴도 말도 점점 과격해졌다.

"그럼 그 녀석, 혹시 부상이라도 당했었나요?"

하레르는 고개를 저었다.

"자세히는 모르지만 제가 보기에 부상 중은 아니었습니다."

"그럼 배롤이 싸우는 동안 그가 뭘 했죠? 지휘?"

하레르는 기억을 더듬더니 말했다.

"어어, 음, 아무것도 하지 않았던 것 같습니다."

"울프의 기사가 목숨이 위험할 정도의 부상을 입는 싸움을 했는데 캡틴이라는 자는 손가락 하나 까닥 안 하고 인질이 되었다?"

아이린은 허공을 바라보며 중얼거리다가 버럭 소리 질렀다.

"캡틴 울프란 녀석이 검을 아예 못 쓰기라도 한다던가?"

"그게 상황이 조금…… 여의치 않았습니다."

"보검은?"

"아란티아의 보검 말씀이시죠? 인질이 되기 전에 배롤 울프에게 맡겼습니다. 지금 그는 부상 중임에도 절대 그 칼을 손에서 놓으려 하지 않고 있습니다."

"캡틴 울프의 이름은?"

"카셀이라 하더군요."

아이린은 그 이름을 되뇌며 중얼거렸다.

"울프의 이름을 단 자가 싸우지도 않고 적에게 잡히다니! 어찌 그럴 수가 있단 말인가? 얼굴도 못 본 녀석 욕하기도 그렇지만, 그런 놈을 캡틴으로 임명한 후배 녀석들 안목을 이제 믿기 힘들어지는군."

아이린은 입을 반쯤 열었다가 흥분을 진정시켰다.

"됐어요. 우린 먼저 가겠어요, 하레르."

"하지만 탈룬드께서 꼭 모셔오라고……."

"나디움으로 가는 중이라고 했지요? 먼저 가서 기다리고 있을 테니 인사는 그때 가서 천천히 하자고 전해주세요."

아이린은 말머리를 돌려 달려가 버렸다.

제이는 출발하기 전에 잽싸게 하레르에게 물었다.

"당신들을 공격한 검은 기사가 울프의 기사를 꺾었다고?"

"그렇소."

하레르는 고개를 힘 있게 끄덕거렸다.

제이는 의미심장한 미소를 흘렸다.

"그럼 그 녀석을 해치우면 되겠군."

하레르가 무슨 소리냐고 물었을 땐 이미 제이가 전속력으로 말을 달린 후였다.

◈Chapter 11◈

이별

하레르와 헤어진 후부터 아이린은 충분히 빨리 가고 있는데도 초조해했다. 그리고 이제는 앞만 신경 쓰는 게 아니라 뒤를 돌아보는 횟수도 늘었다. 제이는 처음에 자기가 잘 따라오는지 확인하는 줄 알았지만 그녀가 돌아보는 건 동쪽의 지평선 쪽이었다. 뭔가에 쫓기는 듯한 눈빛이었다.

말을 먹이려고 멈추고 나서야 제이가 물었다.

"걱정하던 일이 하이로드가 공격당한 일이었어?"

"아니, 그건 내가 걱정하던 일이 벌어지고 있다는 증거 중 하나라고 봐야지. 이번 일로 확신했어. 좋지 않은 일이 아란티아에 벌어지고 있는 거야."

"검은 기사가 그 좋지 않은 일은 아니라고 했지?"

"모르겠다. 아니라고 말했었지만 이제 보니 그럴지도."

아이린은 자신 없는 투로 말을 이었다.

"게이트 수문장들이 하는 말이라든가 내 친구가 블루 게이트에 남긴 편지라든가…… 하나같이 그 검은 기사에 대한 얘기뿐이군."

"그럼 아까 하레르에게 좀 더 자세히 얘기를 들어 보지 그랬어? 탈룬드라든가 검은 기사와 싸운 배롤이라든가."

"그 친구 말하는 거 못 들었어? 횡설수설하더라. 그런 목격담 두어 개 더 들어 봐야 도움이 되기보다는 헷갈리기만 하겠지."

아이린은 말을 이으며 강조했다.

"검은 기사가 실존하고 있다는 사실과 내가 느끼는 이 불안감. 그거면 충분해. 이제부터는 그 두 가지를 일으키는 불길함의 장본인을 찾는 게 목표야."

"불안감과 불길함을 찾으라니, 그런 의뢰는 처음이야. 차라리 왼쪽 뺨에 칼자국이 난 다람쥐를 찾아 달라는 의뢰가 더 쉬웠군."

제이는 투덜거렸다. 하지만 속으로는, 별거 아닐 줄 알았던 일이 점점 어려워지고 있다는 것에 가벼운 흥분을 맛보고 있었다.

맑았던 하늘에 또 한 번 구름이 끼기 시작하더니 해가 지자 횃불이라도 켜지 않으면 이동이 불가능할 정도로 어둠이 짙어졌다. 처음에는 무리해서라도 가자고 주장했던 아이린도 말의 안전을 위해 쉬자는 제이의 의견에 동의했다.

아직은 곳곳에 폭우의 흔적이 남아 있어 쉴 만한 장소를 찾는 데도 시간이 꽤 걸렸다. 모닥불을 피우고 저녁 식사를 준비하는 제이의 분주한 손길을 보면서 아이린이 말했다.

"요리 잘하나 봐."

"혼자 이렇게 돌아다니면 보통 제일 먼저 배우게 되는 게 요리 아냐?"

제이는 물을 끓이고 어제 사 온 재료를 단검으로 탁탁 썰면서 대꾸했다.

"난 못하겠던걸. 먼 길 떠나면 그냥 마른 음식으로 때우게 돼."

"정말 바쁠 땐 나도 그러는데, 매번 그러면 몸 망가져. 난 식사는 꼭 따뜻하게 먹어. 아무리 사냥감을 앞에 두고 있어도."

"네 덕에 밥걱정은 안 해도 되어서 좋구나. 네가 돈이 많으니, 마을 들를 때마다 내가 좋아하는 와인을 척척 준비해주는 것도 좋고."

아이린은 와인을 하나 따면서 말했다.

"사람 죽여서 번 돈이야. 그건 자랑스럽지 않아."

"하이고, 난 그럼 와인을 마시는 게 아니라 피를 마시는 거구나."

아이린은 잔인한 말을 하면서도 술은 잘 마셨다. 토끼 고기와 사슴 고기를 냄비에 섞어 넣은 다음 버섯을 썰면서 제이가 말했다.

"난 마스터란 사람을 만나면 엄청난 기술을 배울 줄 알았어. 그런데 내가 배우는 건 대화뿐이야. 그나마 배우는 것 같지도 않고. 혼나는 것 같아서 싫어."

"어머, 신경 쓰고 있었어?"

"그건 아니야. 어쨌든 왜 검술은 안 가르쳐줘?"

아이린은 대답하지 않고 제이가 가방에서 꺼낸 풀을 보면서 물었다.

"그건 뭐야? 그것도 넣으려고?"

제이가 낮에 손장난이라도 하듯이 길가에서 꺾은 풀이었다. 제이는 썰어 놓은 버섯을 도마 한쪽으로 밀고 풀을 손가락 한 마디 길이로 썰었다.

"넣으면 향이 좋아져. 토끼와 사슴 고기는 안 좋은 냄새가 나. 끓이면 특히. 먹어도 되는 풀이니까 걱정 마. 아까 씻어 뒀고."

"대단하다, 너."

"묻는 말에 대답이나 해."

"이제 아예 명령이네. 그래, 대답해주지. 하지만 그 고기 스튜가 맛있어야 해."

"버섯 스튜야. 고기는 아무거나 넣어도 되지만 버섯만큼은 좋아야 해. 그러니까 이건 버섯이 주인공이야. 그래서 버섯 스튜라고 불러야 해."

제이는 준비해 놓은 소스까지 넣어서 맛을 냈다.

"배낭이 크긴 하다만 그런 것까지 넣어 가지고 다녔었니? 마법 자루네. 사람 잡는 사냥꾼의 배낭이라고 할 수가 없군."

"노숙을 많이 하고도 버티려면 잘 먹어야 해. 내 짐의 반은 요리 도구야. 싸움은 칼 한 자루면 돼."

제이는 공들여 끓인 스튜를 그릇에 떠서 아이린에게 내밀었다.

아이린은 먹자마자 감탄했다.

"훌륭하군. 자랑할 만해."

"자랑한 적 없는데?"

"어쨌든 맛있으니, 대답해주지. 넌 이미 기술을 논할 단계가 지났어. 사실 네가 전력을 다해 날 죽이려고 들면 나도 꽤 위험할걸."

"내 실력을 본 적도 없잖아."

제이도 스튜를 떠먹으며 말했다.

"대충 알아. 넌 아직 비교 대상을 못 찾아서 네 진짜 실력을 모르겠지? 내가 평가하자면 넌 이미 울프 기사단 현역이 되어도 될 실력이야.

그런 애한테 기술을 가르쳐서 뭐 해? 어디 가서 그런 실력을 남발하지 않도록 '마음'을 가르쳐야지."

"왜 그런 생각을……. 내가 칼로 못된 짓이라도 할 것 같아 보였어?"

"처음 날 봤을 때 기억 안 나? 예의라고는 없었잖아. 지금도 있다고는 말 못하지만."

아이린은 스튜를 후루룩 마시고 그릇을 내밀었다. 제이는 한 그릇 더 퍼주면서 물었다.

"그러고 보니 첫 만남 때는 날 많이 경계했지?"

"처음 보는 젊은 사내가 거만하고도 건방지게 달려들면 누구든 조심하게 되는 법이야."

"그럼 내가 점잖게 나왔으면?"

"벌어지지 않은 일을 가정하고 싶지 않아. 갑자기 왜 그렇게 예민하게 반응하지?"

제이가 다시 내민 스튜 그릇을 바라보면서 아이린이 물었다.

"아니야. 미안해, 마스터."

아이린은 스튜를 떠먹으면서 제안했다.

"지금 얘기해 보렴."

"뭘?"

"네가 나한테 몇 번이나 하고 싶어 했던 얘기."

"그런 얘기 없어."

"있어."

"없다니까."

"있다니까."

"먹기나 해. 나도 이제 아무것도 안 물을게."

아이린은 스푼을 빨면서 눈을 가늘게 하고 웃었다.

"얌전히 시키는 대로만 할 녀석이었으면 애초에 데리고 다니지도 않았어."

제이는 다 먹은 자기 그릇을 소리 나게 내려놓으며 말했다.

"그럼 나더러 어쩌라는 거야? 뭐가 이렇게 어렵고 복잡해?"

"하고 싶은 대로 하면 되지. 그렇게 해서 내 맘에 안 드는 놈이면 너랑 나는 이별을 하는 것이고 내 맘에 드는 놈이면 나랑 같이 있게 되는 거지. 간단하고 쉬운 일이야. 어렵다고 생각하는 건 네 착각이야."

"난 항상 내 맘대로 하고 살아."

"그런 것 같아."

그대로 둘은 식사를 끝낼 때까지 아무 말도 하지 않았다. 설거지를 끝내고 잘 준비를 하고 모닥불을 더 피우는 모든 과정에서 제이는 아무 말도 하지 않았고 아이린도 입을 열지 않았다. 아이린과 같이 있으면서 이렇게 오래 얘기를 하지 않은 적은 많았지만, 이렇게 침묵이 불편한 적은 처음이었다.

'괜한 얘기를 했나?'

제이는 모포를 덮고 누운 채로 계속 그 생각만 했다.

어제 편히 쉬었음에도 금방 졸음이 쏟아졌다. 오늘은 각별히 주의를 기울여 이동하느라 정신력의 소모가 컸던 탓이었다. 그러나 똑같이 고생한 아이린은 피워 놓은 모닥불을 바라보며 잠들지 않았다. 표정에는 근심이 가득했다.

제이는 그녀가 내내 뒤를 돌아보았던 것이 떠올랐다.

"뭔가 쫓아오는 걸 걱정한다면 내가 보초를 설게. 마스터는 조금 자는 게 어때?"

제이가 먼저 말을 걸었다.

"괜찮아. 어차피 잠도 안 올 거야."

아이린은 피곤한 목소리로 대꾸했다.

제이가 한참이나 바라보고 있으니 그녀는 손을 내저었다.

"내 걱정 말고, 너 먼저 자 둬. 나중에 내가 졸릴 때쯤 깨울 테니까 그때나 부탁하자."

제이는 그래도 혼자 잠드는 게 미안했다.

"난 아버지를 죽였어."

제이의 갑작스러운 고백에 모닥불을 바라보던 아이린의 시선이 올라왔다. 그는 천천히 입을 열었다.

"그것도 충동적으로 죽인 게 아니라 오랫동안 준비해서 죽였지. 정정당당한 대결이었다고 말하고 싶지만 그건 어떻게 봐도 살해한 거야. 왜냐면 나는 아버지와 싸워서 절대 질 수가 없었거든. 내가 싸움을 걸 때의 아버지는 너무 늙어서 내 두 걸음 안에도 들어오지 못하는 실력이었으니까."

"왜 죽였니?"

"아버지가 어머니를 죽였으니까. 육체뿐 아니라 영혼까지. 난 절대 용서할 수가 없었고 지금도 후회하지는 않아. 하지만 내 피의 절반은 아버지 것이야. 그럼 결국 내게도 아버지의 폭력성이 있는 건 아닐까? 그래서 이렇게 사람을 죽이는 사냥꾼이 된 걸까? 난 자주 그런 걱정을 해."

"저런. 내가 아까 그 부분을 건드렸나 보구나. 만약 그 때문에 걱정

되어서 물은 거라면 걱정하지 않아도 돼. 누구라도 8년 동안 사람을 죽이는 일을 하고 야생에서 혼자 생활하게 되면 감정이 죽어 버리게 마련이야. 하지만 넌 순수해. 그런 생활을 하면서도 그렇게 때 묻지 않기도 힘들지."

"그걸 어떻게 알아? 난 사람을 죽이는 데 망설인 적이 없어. 잔인해. 잔인하다고 생각해. 죄도 없는데 누명을 쓴 사람을 죽인 적도 있어. 순수하다고? 그런 내가? 그걸 마스터가 어떻게 알아?"

"내가 맨 처음 너더러 모든 질문에 '예, 마스터.'라고 대답하라고 했던 것 기억나? 물론 기억나겠지. 넌 지금도 불만 가득한 눈으로 '예'라고 말하니까. 거기에서 알았어. 속에 흑심을 품은 녀석의 대답은 같은 '예'라도 눈빛에 욕심과 계산이 가득 차 있지. 순수해서 잔인한 녀석이랑 잔인한 쪽으로 순수한 녀석은 대답하는 게 전혀 달라. 후자는 분노와 복수, 그것밖에 없어. 하지만 너는 달라."

"나라고…… 전부 다 동의해서 따랐던 건 아니야."

제이는 실토하고 후회했다. 하지만 아이린은 부드러운 미소로 받았다.

"자기 의견 없이 전적으로 따르는 건 군인이 할 일이지. 기사는 명령에 복종하되 행동에 자신의 의지를 담아야 해."

"나도 기사는 아니야. 될 생각도 없어."

"꿋꿋하구나. 뭐, 상관없어. 네가 되고자 하면 될 거고 네가 그렇게 생각하지 않으면 안 될 거야."

"되고 싶으면 되고 되기 싫으면 안 되고…… 그거야 당연하지 않아?"

"그게 너더러 어리다고 하는 부분이야."

아이린은 귀엽게 바라보며 말했다.

제이는 세차게 고개를 저었다.

“난 아직도 잘 모르겠어. 지금 하고 있는 대화도 너무 힘들어. 이다음은 어떻게 하는 거야? 어어, 이런 것도 배워서 어떻게 되는 거면 차라리 하나에서부터 열까지 가르쳐 주면 안 될까?”

“그렇게 가르쳐 줄 사람이 나타나 주겠지.”

“여태까지 없었어. 그런 사람…….”

제이가 뭘 말하려는지 알고 아이린이 선수를 쳤다.

“만날 수 있을 거야. 하지만 네가 먼저 마음을 열어야지. 너처럼 접근하면 죽여 버리겠다고 노려보는 사람에게 누가 접근하겠냐? 미리 말해두지만, 난 아니야. 난 네 친구가 아니라 마스터잖아.”

“친구?”

제이의 인생 전체를 다 뜯어봐도 그런 단어에 어울리는 사람은 한 명도 없었다. 그렇기에 그 단어를 입에 올리는 것만으로 혀가 까끌거리는 기분이었다.

“그러니까 나더러 친구를 만들라는…….”

“쉿!”

아이린은 갑자기 뒤를 돌아보았다. 그녀의 얼굴은 경직되었고 두려움으로 가득 찼다. 희미하게 숨을 헐떡이는 소리까지 냈다. 어느새 그녀의 손이 허리에 차고 있는 칼로 가 있었다.

제이는 아이린의 동작 전부에 놀랐다. 지금까지 그녀는 두려움을 보인 적도, 놀라서 호흡을 흩트린 적도 없었다. 무엇보다 이런 식으로 전투를 준비하며 칼에 손을 댄 적은 단 한 번도 없었다.

“적?”

제이는 목소리를 낮춰 물었다.

"뭔가 있어."

"어디에?"

"모르겠다. 넌 알겠어?"

뒤늦게 제이도 끈적끈적한 호흡 같은 것을 느꼈지만 검의 간격 같은 건 어디에도 없었다. 대신 불쾌하고도 위험한 느낌이 등줄기를 덮쳤다.

방금 불을 키운 모닥불이 약해지고 있었다. 바람에 흔들리는 게 아니라 짐승이 몸을 움츠리듯 불꽃 자체가 점점 작아졌다.

제이는 어깨를 짓누르는 무게감에 숨이 막히는 것 같았다. 모닥불이 약해지면서 어둠은 더욱 강해졌다. 겁먹은 말이 앞뒤로 서성댔지만, 소리는 내지 못했다. 곧 모닥불은 완전히 꺼져 버렸다. 어둠 자체가 둘을 조여 왔다.

제이는 무서웠다. 아버지를 살해할 때 지워 버렸다고 생각했던 공포라는 감정이 아이린을 만난 후 깨어났고 지금은 격렬히 넘쳐나고 있었다.

"마법사다."

아이린은 천천히 자리에서 몸을 일으키며 말했다.

"이런 게 마법사의 힘이라고? 내가 만난 마법사란 건……."

8년 동안 제이는 마법사라고 불리는 자들을 세 명이나 사냥했다. 미신 좋아하는 사냥꾼들은 아예 마법사가 현상범으로 걸리면 사냥 자체를 포기했다. 미신을 믿지 않는 사냥꾼들도 꺼리는 표적이 마법사였다. 덕분에 현상금이 보통 범죄자의 두 배였다.

제이는 그들이 조금도 무섭지 않았다. 대부분은 사기였고 사기까지는 아니더라도 크게 위험한 적은 없었다. 제이에게 마법이란 그저 신기한 기술에 불과했다. 이런 게 아니었다. 지금처럼 어디 있는지 보이지도 않는데 숨이 조여 오는 존재감은 생전 처음이었다.

"거의 모든 마법사들은 루티아에서 마법을 배운다. 그렇다고 그곳 출신이 모두 대단한 마법사는 아니지. 하지만 루티아에서 마스터로 인정한 마법사들이라면 달라. 루티아에서는 오직 그런 이들만 마법사라 부른다. 나 역시 그렇고."

아이린은 제이에게 손을 내밀었다.

"일어나야지 뭐 하고 있어? 내가 너무 겁을 줬나?"

"겁 안 먹었어."

제이는 그녀의 손을 잡지 않고 벌떡 일어났다.

"아직 큰소리칠 힘은 남아 있나 보군. 얼어버린 줄 알고 걱정했거든. 네 도움이 좀 필요할 것 같다."

"내가 뭘 해야 해?"

제이는 억지로 호기롭게 말하며, 칼을 뽑을 준비를 했다. 그러나 아이린은 고개를 저었다.

"서두르면 안 돼. 이미 우리는 녀석의 마법 안에 들어와 있어."

"무슨 마법?"

"저 두 마리 말을 봐. 너무 겁에 질린 나머지 소리도 못 내고 있지? 사람도 마찬가지야. 네가 평범한 녀석이었다면 지금쯤 손가락 빨며 울고 있을 거야."

끈적끈적한 호흡은 아이린이 말하는 중간에도 계속 들려왔다.

"눈에 보이는 현상만 마법이 아니야. 이런 마법이 전쟁터 한가운데에 떨어졌다고 생각해봐라. 만 명을 죽이는 마법이란 건 바로 이런 거지."

제이는 무섭다고 솔직하게 말해야 하나 고민했다. 그러나 아이린이 그렇게 두지 않고, 제이의 어깨를 꾸욱 잡았다.

"걱정 마라. 마법사가 대단하다고는 하나 내가 그걸 상대 못하는 사람은 아니니까."

아이린은 방향을 잡지 않고 아무 곳에나 대고 소리쳤다.

"들어라. 네가 누구인지 말하지 않는다면 네 시체를 확인해서 정체를 알아내겠다. 모습을 드러내라."

대답 대신 후덥지근한 바람이 아이린의 얼굴로 불어왔다.

제이는 말로만 듣던 드래곤이 어둠 속에 웅크리고 앉아 그들을 향해 불을 뿜을 준비를 하는 착각이 들었다. 그러나 아이린은 설사 진짜 드래곤이 있다 해도 상관하지 않겠다는 강한 눈빛으로 정면을 주시했다.

마침내 아이린은 칼을 뽑아 들었다. 거의 아무것도 보이지 않는 어둠 속에서 그녀의 칼이 희뿌연 은빛을 뿜었다.

"제이메르, 지금부터 나는 눈을 감을 거다."

"뭐? 어째서?"

제이가 놀라 물었다.

"우린 지금 거대한 괴물의 아가리 속에 서 있는 거야. 하지만 내가 이 칼을 들고 있는 한 아가리는 닫히지 않아. 물론 그래서는 아가리를 벗어날 수도 없지."

아이린은 설명하면서 칼날을 바닥에 박아 넣었다.

"그럼 내가 할 일이란 건……?"

"내가 눈을 감고 있는 동안 나를 보호해라. 다가오는 게 뭐든 그게 어떤 형태를 갖고 있든, 망설이지 말고 베어 버려. 할 수 있지, 제이메르?"

제이는 내키지 않는 목소리로 대답했다.

"예, 마스터."

아이린은 바닥에 박힌 칼에 손을 얹더니 정말로 눈을 감아버렸다. 그리고 뭔가를 중얼거리기 시작했다. 그녀에게서 검의 간격이 사라졌다. 철저하게 무방비 상태가 된 것이었다.

제이가 미처 대비하기도 전에 어디선가 시커먼 것이 곡선을 그리며 아이린에게 날아왔다. 어둠 속인데 색깔도 검어 제대로 보이지도 않았다. 제이는 그게 뭔지 보지도 않고 거의 본능적으로 칼을 휘둘러 막아냈다. 손목이 저릴 정도로 아찔한 충격이 전해졌다. 방금 그게 무슨 공격인지 자신이 쳐 낸 게 어떤 형태를 가지고 있는지 생각할 시간도 없이, 제이는 또 한 번 같은 공격을 막아 냈다.

마치 보이지 않는 적이 내리치는 투명한 도끼를 막는 것 같았다. 제이는 그 두 번의 공격을 막는 것만으로 지쳐서 숨을 토해 냈다. 손목은 물론이고 팔꿈치까지 저려 왔고, 엉뚱하게 복부를 주먹으로 얻어맞은 것처럼 속이 울렁거렸다.

상대는 여전히 검의 간격이 보이지 않았다. 제이는 만약 이번에 날아올 공격을 막아내지 못하면 몸으로 받아 낼 생각으로 아이린 앞에 섰다. 막아내지 못하면 마스터도 같이 죽는다는 생각을 하자 엄청난 중압감이 찾아왔다.

'내가 못 막으면 마스터는 죽는다. 나를 그 정도로 믿은 거야. 그러니 절대 피하면 안 돼!'

오래 생각할 겨를도 없이 또 공격이 날아왔다. 상하좌우, 움직임에 규칙성도 없는 빠른 공격이 제이의 얼굴 앞으로 날아들었다. 보고 막을 수 있는 공격이 아니었다. 제이는 거의 몸이 느끼는 감각만으로 칼을 휘둘렀다. 막을 때마다 요란한 소리와 함께 반발력이 밀려들었다. 제이는 뒤로 휘청거리며 물러났다.

더 이상 막을 수가 없었다. 다리에 힘이 풀리고 손은 더 이상 칼을 쥘 수가 없었다. 제이는 무릎을 꿇고 칼을 떨어트렸다.

'안 돼, 일어나!'

제이는 무릎을 펼 수가 없었다. 떨어트린 칼을 쥐기는커녕 팔을 들어 올릴 수조차 없었다. 아까와는 비교할 수 없는 공포가 몰려들었다.

'죽는다! 그리고 내 뒤의 아이린도 내가 지키지 못해 죽는다!'

제이는 피가 배어나도록 이를 악물고 무릎을 폈다. 그리고 일어나 허리에 찬 또 한 자루의 칼을 손에 쥐었다.

또 보이지 않는 공격이 날아들었다. 이번에는 양쪽에서 동시에! 한 번에 하나도 막기 버거운 공격이었다.

"수고했다, 제이메르."

갑자기 뒤에서 끌어당기는 아이린의 손길에 제이는 휘청거리며 물러났다.

"이제는 내게 맡겨."

모닥불이 다시 살아난 것처럼 제이의 주변이 붉은빛으로 가득 채워져 있었다. 제이는 붉은 털을 휘날리는 거대한 짐승 같은 것이 자신의 앞으로 나서는 거라고 착각했다. 그러나 그것은 짐승이 아니라 아이린이었고 붉은 털이 아니라 불꽃과도 같은 붉은 빛이었다.

바람의 방향과 상관없이 아이린의 길지 않은 머리카락이 펄럭였다. 그녀의 칼날에 새겨진 글자들이 붉은빛을 내고 있었다. 그 빛을 반사한 그녀의 눈동자마저도 붉게 타오르고 있었다.

양방향에서 날아오는 보이지 않는 공격이 붉은빛의 영역 안으로 들어오며 처음으로 모습을 드러냈다. 제이가 뭔지도 모르고 쳐 냈던 그것은 박쥐 같은 날개를 가진 조그마한 괴물이었다. 살아 있는 것처럼 날개를 퍼덕이고 있었고, 나는 궤적도 불규칙했다. 제이는 왜 그걸 그렇게 막아내기가 어려웠는지 알았다. 속도도 화살만큼이나 빨랐다.

아이린은 시커먼 박쥐를 보고도 뒤에서 보고 있는 제이가 답답할 정도로 느리게 칼을 들었다. 아이린의 주위에는 검의 간격도 드러나 있지 않았다.

제이는 검은 박쥐가 날아온다는 사실도 잊고 검의 간격도 잊고, 그녀의 뒷모습을 홀린 듯 바라보았다. 느릿느릿 휘두르는 검사위가 아름다웠다. 아무런 자세도 취하지 않은 것처럼 보였지만 어찌 보면 격렬한 동작 중간에 갖는 약간의 공백처럼 보이기도 했다.

한순간 느린 칼날이 제이의 시야에서 사라질 정도로 빠르게 움직였다. 칼끝을 따라 붉은빛이 파도처럼 춤을 췄고, 박쥐 같은 괴물들은 그 붉은빛에 부딪혀 사그라졌다.

아이린은 칼을 휘두를 때와 마찬가지로 정지한 것처럼 느리게 옆으로 한 걸음 내딛더니, 갑자기 사라졌다. 제이는 빛의 잔상으로 아이린의 이동을 추적했다. 그녀는 벌써 제이의 왼쪽 열 걸음 떨어진 자리에가 있었고, 아무것도 없는 어둠을 향해 칼을 휘둘렀다. 그 순간 제이의 눈에도 풀숲에 서 있던 뭔가가 물러나는 게 보였다.

그것은 펄럭이는 로브였다. 로브는 멈춰 서서 아이린을 향해 손을 내밀었다. 검은 장갑을 낀 손끝에서 검은 연기가 타오르고 있었다.

"마스터 울프."

듣기만 해도 사악한 노인의 목소리가 울려 퍼졌다.

"이런 곳에 있을 줄 몰랐구나. 아니면 내가 있어 이곳으로 왔는가?"

제이는 목소리를 듣는 것만으로 소름이 끼치고 오금이 저렸다. 하지만 따뜻한 빛이 감싸고 있는 아이린은 당당하게 소리쳤다.

"네가 누구든 너 때문에 여기 온 게 맞다. 무슨 사악한 짓을 저지르려고 아란티아에 온 것이냐?"

"아무것도 하지 않는다. 아니, 못한다고 봐야지."

회색 로브를 입은 마법사는 비웃듯이 말했다. 제이는 눈을 가늘게 뜨고 로브 안의 얼굴을 보려고 애썼지만 보이는 거라고는 검은 그림자뿐이었다.

"알지 않느냐, 마스터 울프? 어떤 사악한 기운도 아란티아의 게이트를 넘지 못한다. 하물며 나 같은 사소한 어둠의 조각 따위가 아란티아의 성스러움을 넘을 수 있겠는가?"

"겸손한 척 하지 마라. 넌 이미 그레이 게이트를 넘어 이 자리에 있다. 이제 또 레드 게이트를 넘으려 하는가?"

"그건 두고 보면 알겠지. 나는 아무 짓도 하지 않을 것이다. 그저 따라갈 뿐이야."

회색 로브를 입은 마법사는 곧 어둠 속에 스며들듯 사라졌다. 아이린은 한참 동안 기다리고 서 있다가 중얼거렸다.

"갔어."

그 말을 마치자 그녀가 가진 칼도 붉은빛을 잃었다.

제이는 숨을 거칠게 내뱉으며 물었다.

"방금 그게 뭐였어?"

"불부터 피워."

아이린은 굳은 목소리로 말을 이었다.

"루티아의 마법사는 아니야. 그곳 출신 중에 저런 끔찍한 마법을 쓰는 사람은 없어."

"박쥐처럼 생긴 게 날 공격했어. 그게 그자의 마법이었어?"

제이가 불을 되살리며 물었다.

모닥불이 켜진 자리 앞에 아이린이 앉았다. 몹시 피곤해 보였다.

"칼 줘 봐."

제이는 지금까지 공격을 막아 낸 칼을 아이린에게 내주었다.

"넌 아주 잘한 거야. 아까 그 검은 것에 스치기라도 했다면 네 몸은 썩거나 말라 버렸을 거야. 네가 그렇게 됐다면 나도 그렇게 됐을 거고."

아이린은 제이의 칼을 모닥불에 달구듯 비춰 보였다. 마치 바위에 백 번쯤 두들긴 것처럼 칼날에 금이 가 있었다. 게다가 1년 정도 방치해 둔 것처럼 녹슬어 있었는데 놀랍게도 그게 아직 진행 중이었다. 그녀가 칼을 불 속에 던져 넣자 칼날은 가루가 되어 부서졌다.

'사냥꾼 생활을 하면서 스물다섯 자루째 부서진 검이군. 그리고 가장 기분 더럽게 부서진 칼이야.'

제이가 아이린의 칼을 가리키며 물었다.

"그런데 마스터는 마법사였어?"

그녀의 칼은 이제 평범한 모습으로 돌아갔으나 아직도 붉은빛이 눈에 선했다.

"이 칼이 마법사를 상대할 수 있는 무기라고 해서 내가 마법사인 건 아니야."

"그 칼이 대신 마법을 쓰는 거야, 그럼?"

"정확히 말하면 그렇지 않지만, 그렇게 알고 있어도 돼."

"어쨌건 방금 공격한 자가 진짜 마법사라는 존재라면, 난 다시는 마법사와 마주치고 싶지 않아. 마스터가 쫓아내지 않았다면 어떻게 되었을지……."

제이는 식은땀으로 미끈거리는 손바닥을 바지에 쓱쓱 문질러 닦았다.

"쫓아낸 게 아니야."

아이린은 제이의 망토를 빼앗아 몸을 감싸며 말을 이었다.

"스스로 물러난 거지. 만약 방금 서로가 전력을 다해 부딪쳤다면 나와 그 마법사, 둘 중 하나는 반드시 죽었을 거야. 그리고 십중팔구 죽는 쪽은 나였겠지. 그자도 그것을 알고 있었어. 그런데 왜 물러났을까? 그리고 아무것도 안 하겠다니? 게이트를 넘겠다니? 대체 그게 무슨 소리지?"

아이린은 때로는 심각하게, 때로는 서글픈 눈망울로 해가 뜰 때까지 생각을 거듭했다. 제이는 왜 물러났는가 하는 것보다 그게 누구였고 왜 공격했는지가 더 궁금했다. 그러나 아이린은 그런 의문을 가지지 않은 것처럼 보였다. 어쩌면 벌써 그것의 정체를 알고 있는 것인지도 몰랐다.

제이는 같이 밤을 새우며 아이린의 고민을 옆에서 묵묵히 지켜보고 있었다. 도와주고 싶었으나 그러기에 그녀는 너무나도 강했다. 그가 해 줄 수 있는 건 아무것도 없었고 그 점이 무척 괴로웠다. 하지만 아침 해가 뜰 무렵 그녀는 생각지도 못한 말을 했다.

"네가 옆에 있어 줘서 다행이야. 고마워."

아이린은 충혈된 눈으로 모닥불만 바라보고 있었다. 제이는 그녀가 어떤 점을 고마워했는지 알 수가 없었다.

레드 게이트는 이름 그대로 성문이 붉은색이었다. 지금까지의 허름한 게이트와는 달리 성문도 크고 성벽도 높았다. 만약 아무 일도 없었다면 잠시 멈춰 감상했을 멋진 건축물이었다. 그러나 게이트에 당도한 순간 그럴 만한 여유는 조금도 주어지지 않았다.

열린 성문 안쪽에서 검은 연기가 흘러나오고 있었다.

아이린과 제이는 연기를 발견하는 즉시 누가 먼저랄 것 없이 전속력으로 말을 달렸다. 도착했을 때는 이미 상황이 끝나 있었고 안은 조용했다.

제이는 말에서 휙 뛰어내리며 물었다.

"이것도 하이로드를 공격한 자들의 소행인 거야? 아니면 어제 그 마법사?"

"그 마법사가 왔다는 느낌은 없다. 또 하이로드를 공격한 자들이라면 그렇게 많은 숫자가 아니라고 했어. 군대 수준의 병력이 모여 있는 게이트를 어떻게 할 수는 없을 거야."

"하지만 그들은 이미 하이로드가 데리고 있는 병력도 제압했잖아?"

"어쨌든 확인해 보자."

제이는 첫발을 내디딘 순간 걸음을 멈추었다. 그가 내딛은 발 옆으로 커다란 동물의 발자국이 찍혀 있었다. 자세히 살펴보니 젖은 땅을

힘차게 밟고 지나간 흔적이 길게 이어져 있었다. 동물의 발자국은 곧장 게이트 안으로 이어져 있었다.

"늑대 발자국이 있어."

제이가 말했다.

"아란티아에는 덩치가 큰 늑대가 많아. 어서 들어가 보자."

아이린은 그를 재촉하며 말했다.

"그렇지만 너무 큰데? 아란티아 늑대들은 다 이렇게 커?"

제이는 발자국에 옆에 자기 손바닥을 대보았다.

"어지간히 큰 늑대의 발자국보다 두 배는 더 크군. 이런 발바닥을 가진 놈이라면 적어도 내 가슴 높이까지 와. 황소도 잡아먹을 크기일 텐데, 이런 것도 아란티아에는 흔한 정도야?"

"지금 늑대 따위가 무슨 상관이야?"

아이린은 손수건에 물을 적셔 코를 가리고 먼저 성문 안으로 들어갔다. 제이도 뒤따라 물 적신 헝겊을 쥐고 안으로 뛰어 들어갔다. 연기가 가득 차 있어 게이트 안은 무척 어두웠다.

"누구 없어요? 살아 있는 사람은 아무 신호나 보내요!"

아이린이 소리 질렀다. 대답은 없었다.

제이는 쓰러져 있는 몇 명을 발견했으나 모두 숨을 거둔 뒤였다. 점점 호흡이 어려워져 밖으로 나가려 할 때 안쪽에서 작은 신음이 났다.

부서진 탁자에 깔린 남자가 바닥에 엎어져 있었다. 머리에서 흐른 피가 바닥에 고여 있었다. 피 묻은 헝겊으로 코를 막고 있었는데, 자신의 피를 적신 모양이었다.

"조금만 참아요."

아이린은 나무 탁자를 들어 올렸고 제이가 그 병사를 끌어냈다. 그는 괴로운 신음을 냈으나, 제이는 과감하게 그를 끌고 나왔다.

제이가 성문 바깥으로 나와 그를 바닥에 눕히자, 아이린이 달려와 즉시 물었다.

"누가 이랬어?"

병사는 기침을 토해 내며 말했다.

"검은 기사가……."

아이린은 입술을 살짝 깨물었다가 겨우 입을 열었다.

"다른 살아남은 사람은?"

"나도 모르겠소. 많이들 도망친 것 같긴 한데 난 싸움이 벌어지고 금방 칼에 맞아서…… 눈을 떠 보니 사방이 연기로 가득 차 있고…… 게다가 아까 봤던 대로 난 깔려서 움직이지 못했소."

그는 기억을 제대로 정리하지 못했다.

"알았어. 여기서 기다려!"

아이린은 그를 내버려두고 제이와 함께 게이트 안으로 다시 들어가 생존자를 찾았다. 연기에 시야가 거의 확보되지 않는 상태에서 둘은 쓰러진 사람이 눈에 보이는 대로 밖으로 끌고 나왔다. 하지만 밖으로 끌고 나온 서른 명 가까운 사람들은 이미 죽어 있었다. 화재나 연기에 질식해 죽은 게 아니었다.

성에 태울 게 별로 없어서인지 그나마 불길은 크게 번지지 않았다. 아이린과 제이는 질식하기 직전까지 할 수 있는 한 수색을 했다. 하지만 생존자는 처음 발견한 병사 한 명이 다였다.

의미 없는 수색 작업을 끝내고 제이와 아이린이 밖으로 나왔을 때

살아남은 병사는 정신을 차리고 앉아 있었다. 아이린은 망연히 게이트를 바라보는 병사의 어깨를 붙들었다.

"무슨 일이 있었지요? 자세히 말해 봐요."

"스무 명쯤 되는 일행이 게이트를 통과하려고 했었소. 아니, 좀 더 되는 것 같은데, 내가 담당하지는 않았으니까 자세한 숫자는 잘 모르겠군. 하지만 서른 명은 안 되었소."

그 병사는 혼란스러워 했으나, 점차 상황을 정리했다.

"그중 하나는 시커먼 갑옷을 입은 자였소. 이상하지 않소? 여행길에 그런 무거운 차림이라니. 뭔가 수상했지만 게이트 출입 규칙대로 통행세와 도로 사용료만 물기로 했소. 하지만 그들은 돈이 없었던 모양이오. 좀 많은 인원이긴 하나 통행료가 그리 비싼 것도 아닌데 돈이 한 푼도 없다더군. 한 명은 화를 냈고, 다른 하나는 화내는 사람을 말리느라 게이트 안이 조금 소란스러웠소. 흔히 있는 일이지. 나는 소란이 벌어지기 시작했을 때부터 지켜봤소."

제이가 그에게 물을 내주었다. 그는 물을 한 모금 마시고 좀 더 또렷한 발음으로 얘기했다.

"그 검은 갑옷 말이오. 언뜻 봐도 고급스러운 것이었소. 솔직히 말해 그자의 투구만 팔아도 통행료는 나오겠더라고. 우리 중 누군가가 그 갑옷을 보고 익셀런의 기사 아니냐고 수군대긴 했지만 나야 본 적이 없으니……. 어쨌든 그들은 통행료를 마련할 테니 잠시 시간을 달라고 했소. 그리고 게이트 밖으로 나가 그들끼리 뭔가 논의하더군. 우리는 기다렸소. 그런데 그 일행 중 하나가 우리에게 작은 경고를 보내왔소. 그들이 범죄자라는 거요."

"잠깐, 앞뒤가 안 맞는군. 일행 중 하나가 자기네들이 범죄자라고 알려 왔다고요?"

"헝겊 쪽지를 보냈소. 어디 있었는데……."

그는 주머니를 뒤적거리다가 이내 자기 손에 든 피 묻은 헝겊을 들었다. 연기 속에서 코를 막고 있던 헝겊이었다.

"아, 이거요. 내 피 때문에 지워져버렸군. 애초에 글씨도 피로 적혀 있어서 말이오. 하지만 짧게 적혀 있어 기억하고 있소. '범죄자들, 통과시키지 말 것.'이라고."

아이린은 아직도 잘 이해가 안 되어 다시 물었다.

"그자가 누군데 자기들 스스로를 범죄자라 칭한 거죠?"

"스무 살 좀 넘는 금발의 청년이었는데 다른 일행들과는 어울리지 않는 옷차림이었소. 무척 정중한 말투와 행동을 보이긴 했는데, 뭔가 좀 어색하긴 하더군……. 일단 그런 정보가 들어왔다면 맞든 틀리든 조사를 해 보는 게 옳지 않겠소? 결과적으로 이런 일이 벌어지긴 했지만 당시 우리들은 이미 최악의 사태가 벌어질 것까지 대비했었소."

그는 기침을 몇 번 한 후 물을 더 마시고 말을 이었다.

"그들이 다시 와서 돈은 나중에 갚을 테니 통과를 시켜 달라고 말하더군. 그래서 우리 측 수문장은 당신들이 가진 칼이라도 맡기면 통행세는 나오겠다고 말했소. 그러자 그들이, 아니 정확히 말하면 한 명이 단호히 그럴 수는 없다고 했소. 그사이에 뭔가 실랑이가 벌어졌는데 지금은 자세히 기억이 나지 않는군. 확실치는 않지만…… 칼을 맡길 바에야 싸움을 택하겠노라며 무기를 들이댔던 것 같소."

"그래서 싸움이 벌어졌군."

"그렇소. 하지만 우리는 이미 그런 것까지 대비를 했소. 당황하지도 않았고 적절한 전투태세를 갖추었지. 블루와 그레이는 설렁설렁할지 모르지만 레드 게이트는 규정 탓에 그런 작은 전투가 매년 서너 번 정도 벌어지지. 그래도 게이트의 병사가 죽는 일까지는 없었는데……."

"레드 게이트의 병력으로도 막지 못할 정도였군요?"

아이린은 제이와 함께 끌어낸 시체 서른 구를 돌아보며 씁쓸히 말했다. 아직 게이트 안에는 더 많은 시체가 있을 것이다.

"방심해서 당했다고도 하지 않을 것이고, 기습을 당했다고 변명하지도 않겠소."

살아남은 병사는 힘없이 웃으며 말을 이었다.

"우리는, 장담컨대 아란티아에서 골드 게이트 다음으로 강한 병력이오. 심지어 이 게이트를 지키는 오십여 명의 병사들 중에는 울프 기사단 시험에서 아쉽게 탈락된 사람도 있소. 기회가 되면 다시 지원하려고 대기하는 거지. 그러니 확실하게 말씀드릴 수 있소. 우리가 약한 게 아니라 그들이 강했던 거요."

그 병사는 생각하기도 싫다는 듯 눈을 질끈 감았다. 그리고 아이린과 제이가 끌어낸 동료들의 시체 중 몇 구를 가리켰다.

"저 중 열 명 정도는 게이트의 병사가 아니라 그들이오. 게이트 안에서 우리의 공격을 받으면 스물이 아니라 이백이라 해도 못 당하는 게 정상이오. 그러나 그들 중 셋은 도저히 우리 실력으로 제압할 수 없는 실력자들이었소. 특히 검은 갑옷을 입은 자는……."

그는 고개를 설레설레 저으며 말을 이었다.

"나처럼 싸움 시작한 지 얼마 되지도 않아 기절해버린 병사가 할 말은 아니지만 그자의 실력은 인간의 것이 아니었소. 그가 휘두르는 할버드는 돌로 된 벽을 부수고 달려드는 병사들의 방패도 부수었지. 그가 입은 갑옷은 창도 뚫을 수 없었고, 설사 칼에 맞는다 해도 죽을 것 같지 않은 이상한 분위기를 풍겼소. 한마디로 유령 같다고 할까?"

제이는 결코 그가 연기에 취해 헛소리를 한다고 생각하지 않았다.

"그때 불이 났소. 어디서 어떻게 불이 났는지 모르나 다행히 그 불길이 우리를 구해 주었소. 연기가 모두의 시야를 가렸고 경비대 중 절반은 그 덕에 피할 수 있었소. 난 아까 말했듯이 기절했다가 깨어 보니 무거운 것에 깔려 있었고 부상까지 당해 있어서 움직이지 못했지만."

"불이 났다?"

처음부터 이 화재에는 이상한 점이 있었다. 연기는 많이 났으되, 게이트 자체가 불길에 휩싸이지는 않았던 것이다. 그리고 그 연기를 이용해 다른 이들이 달아났다는 게 더더욱 이상한 점이었다. 제이는 당연히 적이 낸 불이라고 생각했다.

"불은 누가 냈죠?"

아이린이 물었다.

"나도 모르오. 아, 우릴 공격한 그 괴물 같은 세 명 중 하나가 이런 말을 했던 것 같소. 카셀이라는 이름을 언급하며, 그가 불을 냈으니 가만 안 두겠다고. 이 연기를 보고 다른 군대가 올지도 모르니 서둘러서 골드 게이트로 가야겠다고 했소. 아, 저런!"

그는 주먹으로 자기 손바닥을 쳤다.

"당신들이 누군지 모르나 골드 게이트로 가는 길이라면 그쪽에 이 사실을 전해 주시오. 그들 셋이 골드 게이트로 가고 있다고! 멋모르고 통과시켰다가는 나디움까지 갈 것 같소."

아이린은 고개를 끄덕였다.

"알았어요. 우리가 파발보다 더 빨리 골드 게이트에 도착할 거예요."

가만히 듣고만 있던 제이가 갑자기 물었다.

"혹시 거대한 늑대는 통과하지 않았어?"

병사는 무슨 소리냐는 듯 반쯤 감은 눈으로 고개를 저었다.

"얼마나 거대한 늑대를 말하는 거요?"

"이만큼!"

제이는 손으로 엄청난 크기의 늑대를 허공에 그렸다.

"세상에 그렇게 큰 늑대가 다 있소?"

병사는 허탈한 웃음을 터트렸다.

"왜 또 늑대 얘기를 하는 거야?"

아이린이 물었다.

제이는 손가락으로 늑대의 발자국이 있는 곳을 가리켰다.

"성문을 통과한 늑대가 길을 따라가고 있어. 내가 보기에 그건 검은 기사란 작자와 같아……. 내 말은, 같은 경로라고! 전에도 봤어. 그럼 혹시 불이 언제 났는지는 기억 나? 그놈들이 통과한 시간 말이야."

"두 시간? 한 시간? 잘 기억은 안 나지만 그 정도는 지난 것 같소. 기절해 있었으니 그 이상이었을지도 모르고, 그 연기 속에서 내가 아직 살아남았으니 그보다 덜 지났는지도 모르지."

아이린은 입술을 꽉 깨물며 안타까워했다.

"우리가 두 시간만 더 빨리 왔다면……."

제이는 그 말에 동의할 수 없었다. 말이 거품을 물 정도로 빨리 달려

왔는데, 더 빨리 왔다면 분명 중간에 말이 먼저 거꾸러졌을 것이다. 그럼 결과적으로 지금보다 더 늦었을 것이고.

"마스터. 그 검은 기사가 여길 나타난 게 가장 먼저고, 그 다음에 불이 났고 그 다음에 거대한 늑대가 지나갔고 그 다음에 우리가 나타난 거야. 불을 낸 게 카셀이라고? 그거 캡틴 울프의 이름이잖아! 맞지? 이게 다 우연은 아닌 것 같아. 게다가 어젯밤 그 정체불명의 마법사……."

제이는 그 광경을 떠올리는 것만으로도 소름이 끼쳐 잠깐 멈칫 했다. 그래도 할 말은 끝냈다.

"마스터가 생각하는 불안감과 불길함은 그 둘이야. 그렇지? 검은 기사! 어제 그 마법사!"

아이린은 인정했다.

"나도 이제야 확실히 알겠군. 정확히 말하면 검은 기사가 나디움을 향해 가고 있다는 사실 자체를 걱정하는 거야."

"그럼 걱정할 게 없을 것 같은데? 나디움에는 울프 기사단이 있잖아."

제이는 그녀의 걱정을 풀어주려고 평소보다 큰 목소리로 떠들어 보았다. 하지만 심각하게 굳어 있는 아이린의 얼굴은 변하지 않았다.

"그게 단순히 검은 갑옷을 입은, 보통으로 검술이 뛰어난 자라면 이곳 레드 게이트를 통과하지 못했을 거야. 그렇지 않아요?"

아이린은 동의라도 구하듯 병사에게 물었다. 그는 힘없이 웃었다.

"패배한 병사가 무슨 변명을 하겠소?"

아이린은 어깨를 으쓱하더니 말했다.

"나디움에 적의를 품고 접근한 군대가 레드 게이트를 통과한 건 역사상 단 한 번밖에 없었다.”

“익셀런 기사단?”

제이가 대꾸하자, 아이린은 곧장 말을 이었다.

“그러나 그들조차 골드 게이트 앞에서 울프 기사단을 맞아 패배했지. 겨우 검은 갑옷을 입은 기사 한 명에, 뛰어난 검사 두어 명이 더 있다고 해서 내가 불안해 할 것 같아? 설사 그 검은 기사가 정말 론타몬의, 바로 그 익셀런 기사라 해도 혼자서는 아무것도 할 수 없겠지. 골드 게이트는 익셀런 기사단 전체가 몰려 왔는데도 열리지 않았던 곳이었으니까.”

아이린은 짧게나마 당시를 회상하다가 말을 이었다.

“맞아. 그런데 내가 왜 이렇게 불안할까? 왜 이번 일로 나는 화이트 게이트가 무너지는 꿈을 꾼 거지?”

아이린은 그 말을 하고 입을 꾸욱 다물었다.

제이는 꿈을 믿는 사람이 아니었다. 그러나 어젯밤 붉은빛의 칼을 보고 나니 그녀의 어떤 말도 모두 믿을 수 있을 것 같았다.

아이린은 도로 성문 밖으로 나가더니 말을 끌고 돌아왔다.

“난 먼저 나디움으로 가겠다. 넌 이 병사를 안전한 곳까지 데려다 줘.”

제이는 가슴이 철렁 내려앉는 것 같았다. 그는 떨리는 목소리를 숨기려 애쓰며 침착하게 물었다.

“무슨 소리야, 마스터?”

“이제 너와 헤어지겠다는 소리야. 넌 이대로 계속 간다. 그리고 난 다른 길로 간다.”

그것은 이별 통보였다.

제이는 단호히 말했다.

"싫어."

"싫다니? 네가 할 일은……."

"마스터가 어딜 가든 같이 가겠어. 그렇게 약속했잖아."

아이린은 약간 짜증을 내는 투로 말했다.

"끝까지 들어! 넌 할 일이 있어. 우선 이 사람을 안전한 곳으로 데려다줘야 해. 여기에 두고 갈 거냐?"

제이가 아직 앉아 있는 병사를 내려다보니 그는 웃으며 손을 저었다.

"이제 괜찮소. 이 연기를 보고 근처에서 누군가 도우러 올 거요. 인심 좋은 마을이 많으니까."

그래도 아이린은 고개를 저었다.

"어쨌든 난 지름길로 가야 해. 널 그곳으로 데려갈 순 없어."

"어떤 길로든 난 갈 수 있어. 봤잖아, 난 길을 찾거나 걷는 것에 누구보다 자신 있어!"

"하지만 내가 지금부터 갈 곳은 네가 지금까지 다녀왔던 그런 길이 아니야."

아이린은 남쪽에 있는 산자락을 주시했다. 며칠 전 그녀가 말했던 대로 레드 게이트를 통과하니 남쪽에 꼭대기가 하얀 산들이 안개처럼 희미하게 보였다. 병사는 얼결에 그녀가 바라보는 쪽을 보더니 놀란 목소리를 했다.

"트라카스트 산을 통해 갈 생각이오?"

"나디움으로 가는 가장 빠른 길이지."

"미쳤소? 거긴 하늘 산맥과 연결된 산이오. 그 산에 들어가서 살아

돌아왔다는 사람은 들어 본 적이 없소. 아니, 어떤 인간도 들어갈 수 없다 했소."

병사가 흥분하여 말했다.

아이린은 고개를 끄덕이며 병사가 아닌, 제이에게 말했다.

"맞아. 그래서 제이 너를 데려가지 못하겠다는 거야."

"상관없어. 지금까지 내가 못 오른 산 따위 없었어! 아크랜드에서 제일 높은 산도 올라갔었어! 1년 내내 녹지 않는 눈이 쌓여 있는 산꼭대기도 지나 본 적 있어! 마스터가 갈 수 있는 길은 나도 갈 수 있어!"

"하늘 산맥은 달라!"

아이린은 차갑게 쏘아붙였다.

제이가 입만 열고 대꾸를 못하니 그녀는 타이르듯 말했다.

"잘 들어. 넌 이대로 길을 따라 골드 게이트를 통해서 나디움으로 오는 거야. 간단한 신분 검사만 하면 골드 게이트는 통과할 수 있고, 화이트 게이트에는 내가 미리 연락을 해 두겠다. 너는 큰길을 따라 달려와라. 금방 찾아올 수 있을 거야."

"……."

"대답은? 약속했지? 대답?"

"못해. 마스터가 먼저 대답해. 나는 이제 마스터의 제자가 되는 거야? 같이 나디움으로 가면 세 번째 테스트가 있을 거라고 했잖아."

"그건 미루자. 지금은 그럴 때가 아니야."

"미룰 수 없어! 마스터에게는 별일 아닐지 몰라도 나는 평생을 기다린 거야. 난……."

말하다 말고 제이는 고개를 돌렸다.

“싫어. 대답 안 할 거야. 마스터랑 같이 가겠어.”

아이린은 화를 내는 말투를 접고 부드럽게 말했다.

“제이메르. 날 보렴, 제이메르.”

제이는 시선을 계속 피하며, 고개를 돌리지 않았다.

아이린은 그의 옆얼굴에 대고 말했다.

“걱정 마, 제이메르. 미안해. 지금까지 널 혼란스럽게 해서. 특히 어젯밤에 내가 널 너무 들뜨게 만들었나 보구나. 솔직히 말할게. 난 제자를 들일 수 없어. 아직 그럴 그릇도 안 되고 여유도 안 돼. 아직도 난 내 이기적인 욕심 때문에 친구들을 다 버리고 혼자서 나돌아다니는 철없는 여자애에 불과해.”

아이린은 한숨을 내쉬며 웃었다.

“내가 이런 고백을 너한테 할 줄은 몰랐구나. 제이메르, 널 보면서 나도 괴로웠단다. 너의 순수함을 보면 내가 지저분한 마음으로 살아온 것 같아서 힘들었어. 동시에 널 보면서 행복했고 네가 마스터라고 부르면서 따라오고 날 안내해 주는 게 즐거웠고 또 기뻤어. 하지만 나는 제자를 들일 수 없단다. 너는 내 제자로 있기에는 너무 커. 내가 담을 수 없어.”

아이린은 여전히 고개를 돌리고 있는 제이의 목을 쓰다듬었다.

“대신 너를 울프 기사단에 추천하겠다. 그럼 넌 퀘이언의 제자가 돼. 넌 1년도 못 되어 울프의 기사가 될 것이고, 금방 하얀 늑대가 되겠지. 너는 충분히 그럴 재능이 있어.”

듣고 있던 병사가 오히려 눈을 동그랗게 떴다. 그 역시도 울프 기사단을 동경하여 아란티아에 왔으나 실력이 모자라 레드 게이트에서 근무하며 훈련을 하던 중이었다. 수많은 검사들 중에서도 재능 있다고 소문난 검사들이 이곳을 찾아왔다.

막말로 별의별 용병 나부랭이들이 울프 기사단을 꺾겠답시고 레드 게이트를 통과한다. 그러면 레드 게이트의 병사들은 웃으며 자기들이나 이겨 보라고 장난삼아 시비를 걸곤 했다. 그중에는 무시하고 곧장 골드 게이트 쪽으로 가는 이들이 있으나 대부분은 자신의 실력을 과시하기 위해 시합에 응한다. 그리고 패배 후 충격을 받고 쓸쓸히 돌아가거나 그대로 레드 게이트에 남아 성문을 지키는 병사가 되기도 했다.

이곳 레드 게이트만 해도 그 정도로 뛰어난 검사들이 모이는 곳이었다. 그리고 그들에게 울프 기사단이란 최종 목표와도 같은 것이었다. 아니, 단지 테스트에 한 번 드는 것만을 목표로 삼는 이들도 꽤 됐다.

제이에게는 그런 엄청난 특권이 뚝 떨어진 것이었다. 그 병사로서는 귀를 의심할 만한 충격적인 소식이라 할만했다. 그러나 제이는 단박에 거절했다.

"싫어."

아이린은 다시 한번 그를 설득하려다 그만 입을 다물었다. 아란티아로 돌아와 몇 가지 놀라운 일을 겪었고 안 좋은 일도 겪었으나 지금 눈앞에서 벌어진 것만큼 믿지 못할 일은 없었던 것 같았다. 제이가 울고 있었다. 그녀는 느닷없는 그의 눈물을 보고 아무 말도 할 수 없었다.

"난 마스터 아이린의 제자야. 하얀 늑대가 될 생각 같은 건 하나도 없었어."

제이는 울음 섞인 떨리는 목소리로 천천히 말을 꺼냈다.

"난 대화, 잘 못 하겠어. 예의를 지키라니 뭘 어떻게 해야 할지 모르겠어. 사람을 베고, 죽이고, 그걸로 돈 벌고, 그 돈으로 먹고, 그 돈으로 새 칼 사고…… 그렇게 살았어. 사람 목숨도 잴 줄 몰라. 가치도, 무게도 잘…… 몰라. 어떤 때는 내가 어떻게 죽든 상관없다는 생각도 하고 살았어. 그런데 어제 마스터가 눈을 감고 있는 동안 너무 무서웠어. 내가 죽는 게 무서운 게 아니라 마스터가 나 때문에 죽을지도 모른다는 생각 때문에 무서웠어…….”

제이는 아이린 앞에 무릎 꿇었다.

“혼자 그 마법사를 만났다면 그냥 죽었을 거야. 무서워서 포기했을 거야. 그런데 내가 왜 싸웠는지 알아? 어떻게 버텼는지 알아? 마스터가 날 믿어 줘서 그랬던 거야. 나를 믿고 마스터가 눈을 감고 있다는 게 너무 기뻐서…….”

제이는 말을 잇기 힘들어했고 아이린은 아무 말도 하지 않았다. 제이는 자기 생각을 정리하지 못해서 괴로운 적이 몇 번이나 있었지만 이번만큼 괴로운 적은 없었다.

‘좀 더 말을 잘해야 해. 안 그러면 여기서 마스터를 잃어버릴 거야. 내 칼솜씨가 반으로 줄고 말을 조금만 더 잘하면 좋을 텐데.’

그래도 제이는 말했다. 지금까지 하지 못한 말을 다 내뱉고 싶었다.

“날 데리고 가 줘.”

제이의 마음 한구석에는 항상 같은 생각이 머물고 있었다.

‘난 버림을 받았다.’

아버지에게, 어머니에게, 마을 사람들에게, 카르에게, 에위니에게.

‘괜찮아. 그런 건 아무렇지도 않아.’

그렇게 생각하며 모든 것을 잊고 흘러가는 대로 살고 싶었다. 과거의 기억이 불쑥 솟아나 괴롭힐 때면 심장을 움켜쥐는 심정으로 버티곤 했다. 그런데 아이린이 그와 헤어지겠다는 말을 하는 순간, 꾹꾹 눌러왔던 그 아픔이 갑자기 터지고 말았다.

제이는 두 손을 바닥에 짚고 흐느끼며 말했다.

"제발 날 버리지 마, 마스터."

아이린은 말없이 무릎을 꿇고 있는 제이를 내려다보기만 했다.

"버리지 마……. 날 버리지 마."

제이는 같은 말을 반복했다.

아이린은 자기도 모르게 눈가에 맺히는 눈물을 황급히 닦았다. 그리고 목까지 치밀어 오르는 울음을 참고 도리어 냉정하게 말했다.

"일어나라, 제이메르."

제이는 일어나지 못했다. 아이린은 버럭 호통쳤다.

"어서!"

어찌나 그 소리가 큰지 고개를 숙인 제이가 어깨를 움찔 떨 정도였다. 아이린은 화난 눈으로 말했다.

"내가 언제 버리겠다고 했어? 작전이다. 내가 갈 곳도 나디움이고 네가 갈 곳도 나디움이다. 나는 일을 효율적으로 처리하고 싶어 그런 거야. 어서 일어나지 못해? 대답은?"

제이는 눈물을 닦으며 일어났다.

"예, 마스터."

"자, 이제 내 계획을 끝까지 들어. 난 하늘 산맥을 통과해 지금 벌어지는 일을 서둘러 나디움에 알려야 한다. 하지만 동시에 지금 정체 모를 적들에게 잡혀 있는 캡틴 울프를 구해내는 일도 해야 해. 상당히 수상쩍은 캡틴이지만 하얀 늑대들의 흔적이 갑자기 증발해버린 지금 이 모든 사건의 유일한 목격자일 것이다. 그러니!"

아이린은 제이의 멱살을 잡고 강한 어조로 명령했다.

"캡틴 울프를 구해 내라, 제이메르."

"예?"

"대답은?"

제이는 목이 메어 쉽게 대답하지 못했다.

"예, 마스터."

제이는 힘을 쥐어짜서 겨우 대답했다.

"좋아."

아이린은 그의 볼을 톡톡 치며 말했다.

"단, 미리 말해 두는데 그 검은 기사와는 절대 싸우지 마라. 변명 같지만 나 역시 피해 가는 거야. 그러니 넌 절대 그들과, 특히 검은 기사와 정면 대결을 해선 안 돼. 캡틴 울프만 구해라."

"예, 마스터."

아이린은 제이를 한참 바라보더니 갑자기 그의 입술에 키스했다. 그리고 제이가 놀랄 기회도 주지 않고 여전히 차가운 시선으로 말했다.

"나중에 보자."

아이린은 말에 훌쩍 올라서더니 뒤도 돌아보지 않고 남쪽으로 말을 달려갔다. 산자락부터 눈이 쌓여 있는 희미한 산을 향하는 아이린의 뒷모습도 금방 희미해졌다.

"대체 저 여자는 누구요?"

병사가 물었다.

제이는 눈물을 닦고 마음이 진정되길 기다린 후 대답했다.

"내 마스터."

제이는 말을 끌고 와 뒷자리를 가리켰다.

"타. 근처 마을까지 태워 줄 테니까."

"아까도 말했지만 난 정말 괜찮소. 오히려 이런 꼴이기에 더더욱 여길 지켜야 하지 않겠소?"

"좋을 대로."

제이는 말에 올랐다. 비가 그친 후의 쌀쌀함은 진작 사라졌고, 다시 여름의 더운 습기가 올라오기 시작하는 날씨였다.

제이는 힘껏 말을 몰았다. 마스터가 검은 기사와 싸우지 말라고 조언했으나, 강한 적을 찾아 헤매던 자신의 혈기 왕성한 피가 가만히 있어 줄지 자신할 수 없었다. 게다가 마스터가 자신을 진짜 제자로 인정해 주고 있다는 걸 알고 나니 세상 무서울 게 하나도 없었다.

"블루 게이트에서 닷새 거리, 그레이 게이트에서 사흘 거리, 레드 게이트에서 두 시간……."

특별히 목표를 정하고 추적한 건 아니었으나 결과적으로 제이는 하얀 늑대들의 캡틴을 따라온 게 되었다. 추적한 시간을 계산해 보니 이제 언제 따라잡느냐가 중요한 게 아니라 어떻게 따라잡느냐가 중요한 시점이었다.

제이는 길게 놓인 대로를 바라보며 중얼거렸다.

"누군지는 모르지만 마스터 명령에 따라 구해주지, 캡틴 울프. 형편없는 녀석이면 가만두지 않겠어."

◈Chapter 12◈

캡틴 익셀런

"들어와라, 빌리."

노크도 하기 전에 안에서 굵은 목소리가 들렸다. 무거운 문이 삐걱 소리를 내며 안으로 열렸다. 문 좌우에서 커다란 병기를 들고 위협적인 자세로 서 있던 경비병들은 들어온 사람이 빌리라는 걸 확인하고 도로 문을 닫았다. 문이 닫히는 커다란 소리가 넓은 홀을 오랫동안 울렸다.

빌리는 투구를 옆구리에 끼고 홀 중앙에 있는 탁자에 다가갔다. 발소리가 크게 울렸다.

"부르셨습니까, 캡틴?"

탁자에는 익셀런 기사단의 캡틴, 로렌이 앉아있었다. 그는 뭔가를 적으며 고개도 들지 않고 물었다.

"훈련은 잘되어 가나?"

"별다른 문제는 없습니다."

"이달 익셀런 기사직을 사퇴하고 황실 기사단으로 옮겨 달라는 요청이 다섯 건이나 들어왔다."

예상했던 일이지만, 빌리는 딱히 할 말을 준비해 오지 않았다.

"압니다."

"훈련 교관으로서의 자네 역량을 의심하는 목소리가 높아지는 것도 알고 있지?"

"압니다."

캡틴 로렌은 방금 다 적은 문서를 사무관에게 내주고 피곤한 듯 얼굴을 감싸 쥐었다. 칼보다는 펜을 더 많이 잡은 그의 손은 굳은살이 박여 있는 위치부터 다른 기사들과 달랐다. 언제나 흙보다는 잉크가 더 묻어 있었다.

"괜찮으십니까, 캡틴?"

빌리가 물었다.

"내 걱정하지 말게. 자네 걱정하려고 부른 거니까."

로렌이 얼굴에서 손을 떼며 말했다.

빌리는 창턱에 앉아 사무실을 힐끗거리고 내려다보는 참새 두 마리를 올려다보며 대꾸했다.

"교관의 자질이 문제라면 전 언제든 그만둘 준비가 되어 있습니다. 제 자리에 서고 싶어 하는 기사가 열 명도 넘게 대기 중인 거로 알고 있는데요. 블러치나 맥 같은……."

"그러나 자네보다 뛰어난 교관은 없지. 그건 어느 누구도 부정하지 못할 걸세. 단 모두가 인정하는 단점도 하나 있지. 자네는 지나치게 딱딱해."

"그게 기사도라고 생각합니다. 기사란 검술이 전부는 아니지 않습니까?"

"그래서 숀을 그렇게 두들겨 팼나?"

"팬 게 아니라 훈련 중 사고였습니다."

빌리는 참새만 보면서 말했다.

캡틴 로렌은 웃음을 터트렸다.

"그렇다고 해 두지."

로렌도 참새를 바라보았다. 참새는 자기들끼리 짹짹거리다가 도로 날아갔다. 둘의 시선이 다시 서로를 향했다.

"난 자네를 그만두게 할 생각이 전혀 없네. 윗선에서 아무리 압력을 넣어도 상관 안 할 걸세."

"그럼 캡틴 자리가 위태로우실 텐데요? 황실 기사단의 캡틴 자리를 제의받으신 분이 할 말은 아닙니다."

"비꼬는 겐가?"

"사실 아닙니까?"

"빌리. 난 익셀런의 캡틴 자리를 그만두면 다른 자리로 가지 않고 은퇴할 거야. 그리고 내 뒤를 이을 사람은 반드시 빌리 매트니여야 하지. 황실 기사단 캡틴 자리 해 먹으려고 거쳐 가는 귀족의 자식 놈이 아니라."

빌리는 뒤를 힐끔 돌아보았다. 문 옆에 선 무장한 경비병들은 모두 못 들은 척 허공만 응시하고 있었다. 그리고 책상 옆에는 아직도 사무관이 어색한 미소로 서 있었다.

"듣는 귀가 너무 많습니다만?"

"잘됐군. 자네나 내 사무관이 이 얘길 다른 사람에게 할 리가 없으니 지금 이 얘기가 밖으로 새면 경비병들이 했다는 게 되지 않나? 저 친구들 신상 명세야 내가 쫙 꿰고 있는데 무슨 상관인가?"

"가끔 보면 캡틴이 더 잔인하다는 생각이 드는군요."

"이런 자리에 오래 있어 보게. 싫어도 이렇게 돼."

로렌은 머리에 두 손을 올리고 의자 등받이에 등을 기댔다.

"자, 뭐가 문제인가?"

"문제가 있다고 말한 적 없습니다."

"있을 거야. 말해 봐."

로렌은 다 알고 있다는 듯한 눈으로 쳐다보았다. 빌리는 얼버무릴 바에야 말을 하지 않겠다는 생각으로 이 자리에 섰지만 역시 얼버무릴 수밖에 없었다.

"그냥 제 개인적인 문제입니다."

"단둘이 있어야만 할 수 있는 얘기인가?"

"꼭 그런 건 아닙니다만……."

로렌은 빌리의 말을 가로챘다.

"아란티아에 다녀오게."

빌리의 한쪽 눈이 일그러졌다.

"제가 왜 거길 다녀와야 합니까?"

"울프 기사단에 대한 자네 생각을 확인하고 오란 뜻일세."

"제 생각이라는 게……."

"이건 명령이야."

캡틴 로렌은 탁자 위에 칼을 한 자루 내놓았다. 그리고 매끈한 탁자

위에서 칼을 반 바퀴 돌려 손잡이를 빌리 쪽으로 향하게 했다.

"이건 익셀런의 보검이 아닙니까?"

"슈라이튼 백작의 후원으로 캡틴 빅터가 익셀런 기사단을 세울 당시에 만들어진 칼이지. 그 뒤 캡틴 웰치를 거쳐 나에게 왔다."

"이걸 어쩌라는 뜻인지……?"

"가져가게. 그 칼을 들고 익셀런을 대표하여 울프 기사단을 만나고 오는 걸세."

빌리는 눈살을 찌푸렸다. 창가에서 새는 햇볕이 따가워 그런 거라고 변명이라도 하듯 빌리는 옆으로 한 걸음 물러선 다음 침착하게 말했다.

"이걸 들고 울프 기사단에 가서 구체적으로 뭘 하라는 말씀이십니까? 울프의 보검과 익셀런의 보검을 가운데 놓고 이긴 쪽이 다 갖기 결투라도 할까요?"

"그거 아주 재미있군."

캡틴 로렌은 짧게 박수를 쳤다. 그리고 부드러운 목소리로 말을 이었다.

"이유는 뭘 달아도 좋네. 가서 뭘 하든 그건 자네 자유야. 모든 권한을 주지. 가서 자네가 익셀런의 캡틴이라고 해도 좋네. 다 끝내고 돌아와서, 벌어진 일들을 내게 보고만 해 주면 되네."

캡틴 로렌은 펜을 들더니 빠르게 뭔가를 써 내려갔다.

"상부에는 반년간 휴가를 보냈다고 말해 두겠네. 아주 좋아하겠지. 자네를 좌천시키거나 벌이라도 주는 줄 알고 말이야. 나 역시 그런 뉘앙스를 풍기며 행동할 걸세. 그러니 자네도 그렇게 알고 떠나게."

빌리는 입술을 굳게 다물고 말했다.

"돌려 말하실 필요는 없습니다. 기사직을 그만두라 하시면 전 언제든지……."

"닥치고 보검 들어, 이 병신아!"

빌리는 이제껏 캡틴 로렌의 입에서 '야 이 자식아' 이상의 욕설을 들어본 적이 없었다.

"네? 바, 방금……."

"보검 들라고!"

빌리는 시키는 대로 보검을 들었다.

"에둘러서 좌천시켜야 할 놈한테 보검을 맡길 거라고 생각하나?"

로렌은 다 적은 양피지 한 장을 사무관에게 내준 뒤 말을 이었다.

"빌리. 자네가 돌아오면 익셀런은 다시 예전과 같은 명성을 되찾을 거라 믿네. 가 보게."

할 말은 많았지만 단호히 명령하는 캡틴 앞에서 빌리는 '네, 캡틴' 이상의 말을 할 수가 없었다. 쥐고 있는 보검이 무겁게 느껴졌다.

느릿느릿 따라오는 블랙을 돌아보며 빌리는 캡틴 로렌의 말을 떠올리고 있었다. 몇 번이나 곱씹었지만 아직도 해답을 내리지 못했다.

'시키는 대로 아란티아에 왔다. 이제 나더러 뭘 하라는 건가?'

빌리는 지금까지 공공연히 울프 기사단에 대한 적의를 드러냈다. 그들 때문에 익셀런 기사단의 명성이 무너졌고, 그들 때문에 익셀런 기사단이 악의 편에 선 것처럼 묘사되었다. 만약 10년 전 전쟁이 론타몬의 승리로 막을 내렸다면 역사는 익셀런을 위대한 영웅으로 찬양했을 것이다.

'나는 익셀런 기사단이 승자가 되었기를 바란 건가, 영웅이 되었기를 바란 건가?'

캡틴 로렌이 빌리를 아란티아에 보낸 것이 울프 기사단과 싸워 이기고 오라는 뜻은 아닌 것 같았다. 단지 만나고 오라는 거라면 더 좋은 방법과 경로가 있었을 것이다. 그러나 캡틴 로렌은 빌리 혼자만 보냈다. 그것도 보검까지 맡기면서.

'내가 울프 기사들에게 뭔가 배워 와야 한다는 뜻이었을까?'

이제 익셀런 기사단은 황실 기사단의 들러리로 전락해 버렸다. 귀족 출신이 많은 황실 기사단은 정치적으로 활발하게 활동해 자기들의 입지를 굳힌 반면, 실력으로만 꾸려진 익셀런 기사단은 묵묵히 제 할 일만 하다가 결국 경비병 노릇이나 하게 되었다. 익셀런을 동경해 기사가 된 빌리는 그런 수모를 꾹 참고 지금까지 버텨 왔다. 언제고 캡틴 웰치가 있을 때처럼 화려하게 부활할 거라고 믿었다.

그러나 몇 년이 지나도 그럴 기미는 보이지 않았다. 캡틴 로렌은 나이가 들었고 뒤를 이을 만한 재목은 나타나지 않았다. 게다가 황실에서 기사단의 인사를 좌지우지하면서 상관 자리는 익셀런을 위해 일해 온 사람이 아니라 어디선가 갑자기 튀어나온 사람들로 채워졌다. 그중 대부분은 익셀런에서 경력이나 쌓고 금방 황실 기사단으로 떠날 사람들이었다. 받는 돈이나 얻는 명예나 황실 기사단 쪽이 훨씬 나았으니까.

"말은 포기해."

멍청히 늙은 말을 바라보는 빌리에게 슈벨이 말했다. 그는 빌리가 아직도 블랙을 태울 말에 대해 고민하는 줄 안 모양이었다.

"애 힘으로 저 무거운 갑옷을 버틸 수는 없어."

"알아. 어차피 길이 엉망이라 말은 진작 포기했어. 아란티아는 살기 좋은 곳이라더니 무슨 길이 이 모양이지? 폭우 한 번에 이렇게 되다니."

빌리는 말과 길에 대해 고민하고 있었던 것처럼 말했다.

슈벨은 질척거리는 신발 밑의 진흙을 털어 내며 변명 비슷하게 말했다.

"아무리 아란티아라도 여긴 변방이야. 레드 게이트를 통과하기 전까지는 참아. 그리고 지금까지 왔던 길을 생각해 봐. 꽤 잘 닦여 있었잖아. 아마 이 길도 어제 비 오기 전까지는 그랬을 거다."

"보통 폭우가 아니긴 했지. 보통 밤이 아니기도 했고."

빌리는 전날 봤던 회색 로브를 입은 마법사를 떠올리며 말했다.

슈벨은 힘겹게 쫓아오는 테고의 부하들을 돌아보았다.

"좀 쉬어 가자. 다들 지쳤어."

빌리는 한참이나 앞서가고 있는 블랙을 보았다. 블랙은 평지를 걸어가나 진흙탕을 걸어가나 느리긴 매한가지였다. 그러나 상대적으로 진흙땅에서 다른 이들의 걸음이 느려지니, 그가 굉장히 빨리 걷는 게 되어버렸다.

"조금만 더. 쉬더라도 마른 땅에서 쉬어야지."

빌리는 계속 걸음을 재촉했다.

슈벨은 모두에게 말했다.

"들었지? 조금만 더 참자고."

"예, 캡틴."

그들은 힘있게 대답하고 열심히 쫓아왔다.

얼마 가지 않아 바위가 드문드문 땅에 박혀 있는 자리가 나타났다. 완벽한 평지는 아니지만 적어도 앉을 수는 있는 곳이었다.

슈벨은 점심 식사 준비를 명령해 두고, 빌리의 옆에 앉았다. 블랙은 아직 더 가고 싶은 건지, 아니면 앉아 있는 게 오히려 불편한 건지 바위 끝에 우뚝 서서 동쪽만 주시하고 있었다. 처음 만났을 때부터 그는 방향 감각을 잘 잡지 못했는데, 지금도 가야 할 서쪽이 아닌 그 반대쪽을 바라보고 있었다.

"레드 게이트부터는 돌로 길이 다져져 있으니까 가기 쉬울 거야. 통행세를 내야 하긴 하지만."

슈벨이 말했다.

"도로 이용료 같은 건가? 얼마지?"

"으음, 기억이 잘…… 한 사람당 은화 하나던가?"

빌리는 새삼 모두의 숫자를 세보더니 한숨을 푹 쉬었다.

"금화 셋은 필요하겠군."

"다 내주게? 알아서들 내라고 해. 설마하니 돈 한 푼 없이 여기 왔겠어?"

마침 테고의 부하, 아니 이제 빌리와 슈벨의 부하들 중 하나가 머뭇거리며 다가왔다.

"저 녀석 이름이 뭐더라?"

빌리가 중얼거렸다.

슈벨이 넌지시 알려 줬다.

"그린우드."

그린우드가 다가와 묵직한 가죽 주머니를 하나 내밀었다.

"캡틴 빌리, 우리가 가진 돈을 모아 왔습니다. 어차피 이제 개인적으로 쓰일 돈도 아니고 해서…….”

주머니 안에는 금화와 은화가 잔뜩 들어 있었다. 이로피스 금화가 제일 많고 가넬로크 은화와 카모르트 금화가 조금 섞여 있었다.

“금화가 열하나에 은화가 서른둘입니다. 다들 도망자들이라 그리 많은 돈은 가지고 있지 않습니다. 그저께 두 녀석도 사실 그리 나쁜 녀석은 아니지만 원래 버릇이 그런 놈들이라……. 그들의 죽음에 대해서는 불만 없습니다. 오히려 미리 돈을 모아 두지 않은 저희 잘못이라 여기고 이렇게…….”

그린우드는 뒷말을 흐렸다.

“너희 뜻은 잘 알았다.”

빌리는 그 가죽 주머니 안에 자기가 가진 전 재산인 론타몬 금화 아홉 개를 모두 집어넣었다.

“이제부터 이 돈은 앞으로의 여행에서 계속 쓸 테니 네가 관리하도록 해라.”

그린우드는 몹시 당황했다.

“제가요? 아니, 전 그런 막중한…….”

“그리고 전부터 보니 네가 다른 녀석들의 의견을 잘 수렴하는 것 같으니, 일이 있으면 모두의 의견을 모아 내게 보고해라. 앞으로 너를 서전트(Sergeant) 그린우드라고 부르겠다.”

빌리는 그의 어깨를 툭 쳤다.

“돈을 잃어버린다고 해서 처벌하는 일은 없을 것이다. 하지만 책임을 다할 거라 믿는다.”

그린우드가 뭐라 할 말을 찾지 못하니, 옆에서 슈벨이 거들었다.

"대답해야지, 서전트?"

"예, 캡틴 빌리. 실망시키지 않겠습니다."

그린우드는 힘겹게 대답하고 물러났다.

슈벨은 모두에게 돌아가 자신의 계급을 자랑스럽게 떠드는 그린우드의 모습을 흐뭇하게 지켜보며 말했다.

"너 솔직히 말해 봐. 익셀런에서도 꽤 높은 계급 아니었어?"

"그래 보이나?"

"나는 저 녀석들과 친하게 지낼 수는 있어. 또 나를 무시하지 않게 할 수도, 무서워하게 할 수도 있지. 하지만 너는 모두를 따르게 할 수 있군. 저 녀석들은 나도 캡틴 슈벨이라고 부르고는 있지만 사실 마음속의 캡틴은 너 하나인 거야. 그 점에 대해 어찌 생각하나, 캡틴 빌리?"

슈벨이 씨익 웃자 빌리는 일부러 차갑게 말했다.

"흉악범 놈들에게 얻은 지위 따위 알게 뭔가?"

비가 온 후의 차가운 공기가 마음에 드는지 슈벨은 연신 코를 벌름거리다가 말을 했다.

"그런데 익셀런의 캡틴은 어떤 사람이야? 알고 보니 네가 캡틴이었다는 둥의 말은 하지 말고."

빌리의 눈썹이 살짝 꺾여 올라갔다.

"무슨 뜻으로 하는 말이냐, 그건?"

"네가 진짜 익셀런의 캡틴이라고 해도 조금도 이상할 게 없다는 거야. 너무 그럴듯하거든. 그래서 그런 식상한 거짓말은 하지 말고 진짜 캡틴이 누군지 말해 달라는 거지."

빌리는 슈벨의 이리저리 꼰 농담에 웃지도 않고 대꾸했다.

"함부로 그런 말 하지 마라. 익셀런의 캡틴이란 다른 기사단의 캡틴처럼 만들어진 직위 같은 게 아니다. 그 자리는 진실로 감당할 수 있는 자만이 얻을 수 있는, 론타몬에서 가장 성스러운 직위다. 나 같은 기사가 앉을 자리가 아냐."

"그래, 아니라고 했잖아. 그래서 지금의 익셀런 캡틴은 그럴 만한 자야?"

빌리는 쉽게 대답하지 못했다. 로렌의 얼굴이 금방 떠올랐고 수많은 그의 업적들이 주마등처럼 스쳐 갔다.

"캡틴 로렌은 훌륭한 상관이고, 존경할 수 있는 기사지. 하지만 솔직히 말해 익셀런의 캡틴감은 아니다."

"그런데 어떻게 그 자리에 있을 수 있어?"

"왕실의 친척이었고 정복 전쟁의 생존자였거든."

"대충 알겠다. 간단했네. 윗분들 일이란 늘 그렇지."

"아니, 네가 생각하는 그런 게 아니다. 조금 복잡해. 뭐라고 해야 할까, 로렌은 자기 스스로 캡틴의 자격이 없다고 말씀하시는 분이다. 하지만 자기가 물러나면 자기보다 더 자격 없는 사람이 그 자리를 차지할 게 뻔하니, 자리를 지키고 있는 것이다. 언제고 캡틴 웰치의 뒤를 이을 뛰어난 기사가 나올 때까지. 그런 이중적인 태도 때문에 어느 쪽에서도 곱게 보지 않아. 황실에서도, 익셀런 내에서도."

"너는 곱게 보고 있네, 뭘."

"나만 그래 봐야 무슨 소용인가? 이제 로렌도 슬슬 캡틴 자리에서 물러날 때가 되었다. 오래 버티고 있을 명분도 없어졌어. 황실에서는 그를 강제로 승진시키려고 갖은 계책을 쓰고 있고, 나이는 마흔이 넘어버린데다가 최근 날 몇 번 감싸다가 윗사람들에게 밉보였지."

“더 물으면 더 재미있어질 것 같긴 한데, 대신 더 골치 아파지겠군. 그만하자.”

슈벨은 엉덩이를 털고 일어나, 앉아 있는 빌리를 내려다보며 말했다.

“그럼 결국 뭐야? 아란티아에 온 건 울프 기사단에서 네가 원하는 캡틴을 찾기 위해서야?”

빌리가 갑자기 일어나 슈벨의 멱살을 잡았다.

“너야말로 과거의 널 내친 기사단에게 다시 받아 달라고 애원하러 가는 길 아닌가?”

슈벨은 그의 손을 거칠게 쳐냈다.

“까불지 마, 빌리. 이제라도 좀 솔직해 보시지. 어쩌면 넌 네가 가장 존경하는 익셀런의 캡틴 웰치를 꺾은 마스터 퀘이언을 보러 온 걸지도 몰라. 안 그래?”

빌리는 칼을 뽑아 들었다. 그러나 슈벨은 거기에 맞서 칼을 꺼내지 않았다. 오히려 양손을 허리에 얹고 벨 테면 베 보라는 듯 고개를 살짝 치켜들었다.

빌리는 뽑은 칼을 조심스럽게 슈벨에게 내보였다. 슈벨은 곁눈질로 힐끔 칼날을 내려다보았다.

“항상 꺼내던 칼이 아니네?”

“익셀런의 보검이다. 웰치가 캡틴이 되었을 때 주어졌던 검인데, 정작 본인은 자신에게 맞는 무기가 따로 있다며 기사단의 상징으로 벽에 걸어 두었다. 그리고 10년간 누구도 이 칼에 손댄 적이 없지.”

그토록 소중한 칼이라면서 빌리는 그걸로 바위를 내리쳤다. 불꽃이 번쩍 튀어 올랐다. 그러나 칼날은 전혀 손상되지 않았다.

"울프 기사단에 아란티아의 보검이 있다면 익셀런에는 론타몬의 검이 있다. 나는 그것을 보여 주러 여기까지 왔다."

태양을 반사하며 하얗게 빛을 내는 칼날은 방금 바위를 내리친 진동으로 미세하게 흔들리고 있었다. 빌리는 천천히 칼을 집어넣었다.

"내가 익셀런에서 가장 뛰어난 기사는 아니다. 그러나 나는 익셀런의 대표로 울프 기사단을 만나러 왔다. 마스터 퀘이언을 만나면 좋은 공부가 되겠지. 하지만 내가 거기에서 뭘 얻을지는 나도 모른다. 그걸 알기 위해 울프 기사단에 가는 것이다. 이제 됐나?"

슈벨은 한 손을 들어 즉시 사과했다.

"미안하군. 좀 전엔 실언이었어."

빌리도 고개를 저었다.

"됐어. 나도 좀 흥분했나 보다."

빌리는 자리에 앉아 그린우드가 갖다 준 죽과 말린 고기를 먹었다. 나름대로 열심히 만든 요리였지만 맛은 엉망이었다. 빌리는 말없이 배를 채웠고 슈벨은 반만 먹다가 나머지는 버렸다. 그걸 보고 그린우드가 요리를 만든 녀석을 호통쳤다.

말없이 말린 고기만 뜯어 먹던 슈벨은 빌리의 뒤통수에 대고 중얼거렸다.

"나 사실 네가 정말 별거 아닌 이유로 아란티아를 찾아왔으면 했어."

"그건 또 뭔 소리야?"

"그래야 나도 농담처럼 울프 기사단에 되돌아가는 목적을 말할 수 있었을 테니까."

빌리는 뒤도 돌아보지 않고 대꾸했다.

"말해. 안 놀릴 테니."

"아니, 내가 창피해. 빌리 네가 온 거창한 목적에 비하면."

빌리가 돌아보니 슈벨의 얼굴은 빨갛게 달아올라 있었다.

'정말 창피해하고 있잖아?'

빌리는 조금 놀랐다. 캐물어 볼까 했지만, 들으면 자기도 창피해질 것 같아 관뒀다.

"수레가 있어야겠다."

빌리는 딴소리를 했다.

슈벨은 딴 생각하다 들킨 사람처럼 물었다.

"응? 수레?"

"블랙을 말에 태우지 못한다면 수레에 태우면 되지 않겠나? 길이 좀 엉망이긴 하지만 수레 하나 못 끌고 갈 정도는 아니겠지. 그리고 레드 게이트에서부터는 길이 잘 뚫려 있다고 했으니 괜찮지 않을까?"

"시도해볼 가치는 있겠군."

슈벨은 도망치듯 빌리의 곁을 떠나 블랙에게 말했다.

"블랙, 빨리 갈 수 있는 방법을 알아냈어. 수레에 널 태울 건데, 괜찮지?"

블랙은 대답하지 않고 할버드 끝으로 동쪽을 가리켰다. 그 모습은 마치 어제 빗속에서 회색 로브의 마법사를 가리키던 포즈를 연상시켰다. 하지만 그가 가리킨 곳에는 아무것도 없었다.

"뭐가 보여?"

슈벨은 괜히 놀란 가슴을 진정시키며 물었다.

"보이지는 않는다. 하지만 내게 익숙한 뭔가가 다가오고 있다."

"뭔가가 뭔데?"

"힘……, 마법……, 사람? 아니면 다른 어떤 것? 구체적으로 설명할 수 없으나 내가 알고 있는 것이다."

"알고 있다고?"

슈벨은 그가 가리킨 방향을 잠시 돌아보더니 빌리에게 말했다.

"내가 잠깐 살펴보고 올게."

"뭔데 그래?"

빌리가 입에서 우물거리던 말린 고기를 꺼내며 물었다.

"블랙의 과거를 알아낼 단서."

슈벨은 즉시 말에 뛰어올랐다.

빌리가 무슨 소리냐고 묻기도 전에 슈벨은 블랙이 가리킨 방향으로 달려갔다.

"뭐, 금방 오겠지."

빌리는 계속 앉아서 한 번 꺼냈던 고기를 도로 입에 넣었다.

◆ Chapter 13 ◆

빌리의 휴가

아란티아로 떠나기 전, 빌리는 배낭에 넣을 물건이 뭐가 더 있나 살폈다. 긴 여행 동안 몸을 가볍게 하려고 최소한의 물건만 골라내다 보니 아예 빈손으로 가는 게 나을 정도로 가벼운 배낭이 되어 버렸다. 하지만 막상 그대로 가려니 불안한 마음이 들어 괜히 서성거리던 차였다.

"휴가를 받았다면서? 좋겠군, 빌리. 머리 좀 식히고 오면 자기 처지를 좀 알게 되겠지."

짐을 싸는 빌리의 뒤에서 누군가 웃음을 참는 목소리로 말했다. 돌아보니 블러치가 문가에 기대어 서 있었다.

"무슨 볼일이라도 있나, 블러치?"

"어제 통보를 받아서 말이지. 이제 내가 훈련 교관을 맡게 되었다."

"축하한다."

때마침 꼴 보기 싫은 녀석이 나타나 듣기 싫은 소리를 해주니, 빌리는 미련 없이 비어있다시피 한 배낭을 짊어질 수 있었다.

"그런데 왜? 인수인계해 줘야 할 거라도 남아 있나?"

빌리는 길을 막고 있는 블러치 앞에 서서 물었다.

"그럴 리가 있나? 단순한 일인데."

블러치는 정중히 옆으로 물러서 주었다. 하지만 그는 복도를 걸어가는 빌리를 따라오며 계속 귀찮게 굴었다.

"네가 눈치를 채지 못한 것 같아서 조용히 언질을 주려고 온 거야. 돌아오지 않는 게 좋을 거다, 빌리. 네가 설 자리는 없을 테니까."

빌리는 차분히 앞만 보고 걸었다. 이제 몇 걸음만 걸으면 반년 동안 보지 않을 얼굴이었다.

"그런데 왜 그런 짓을 저지른 건가, 빌리?"

"숀 얘기라면, 녀석은 죗값을 치렀다. 익셀런의 기사도를 더럽히는 짓을 했으니까. 목을 쳐 버리지 않은 걸 다행으로……."

"난 숀 얘기를 한 게 아니야. 하지만 일단 말이 나왔으니 얘기인데, 숀을 처벌한 너는 지금 쫓겨나고 있고 너에게 처벌을 받은 숀은 지금 황실 기사단에 들어갔지. 알고 있었어?"

"가난한 어린애한테 동전 한 닢 던져 주며 옷 벗고 뛰게 한 녀석이 들어가서 떵떵거릴 수 있는 게 황실 기사단이지. 그게 부러우면 너도 훈련 교관 자리 던져 버리고 따라가면 되지 않나?"

빌리는 무뚝뚝하게 대꾸하며 걷기만 했다. 이제 열 걸음 남았다.

"훈련 교관쯤 해둬야 황실 기사단에 들어갈 수 있으니 그렇지. 너도 그래서 교관 자리를 그렇게 오래 한 것 아니야? 어쨌든 왜 그런 짓을 저질렀나? 지금도 뒤에서 다들 수군거리고 있어."

"대체 내가 무슨 짓을 저질렀다는 거지?"

"울프 기사단에 간다고 했다며? 왜 그런 거짓말을 했어?"

"거짓말이라니? 아란티아로 가는 거 맞다."

"이봐, 나한테까지 거짓말할 필요는 없어. 아무리 고지식해도 일부러 죽으러 가는 길을 왜 가나?"

빌리는 끝내 참지 못하고 출구에서 한 걸음을 남기고 멈춰 섰다.

"죽으러 가는 길?"

"울프 기사단에게 도전하러 간다며? 그게 죽는 일이지. 대륙 최강의 기사단을 상대로……."

빌리는 그의 멱살을 움켜잡았다.

"익셀런의 훈련 교관이 될 녀석이 어째서 다른 기사단을 최강이라고 떠드는 거냐?"

"노, 놓고 얘, 얘기를……."

빌리는 그를 한 손으로 허공에 들어 올렸고, 블러치는 두 발을 바동거렸다.

"잘 들어, 블러치. 난 울프 기사단에 간다. 그리고 너처럼 자기들 기사단의 수준을 바닥으로 끌어내리는 녀석들이 왜 거기에는 없는지, 너 같은 녀석을 어떻게 처분하는지 보고 돌아오지. 그때까지 꼭 황실 기사단으로 꺼져라. 내가 돌아오면 너 같은 녀석은 익셀런에 발붙일 틈도 없게 만들 테니까."

빌리는 블러치를 벽에 패대기치듯 멱살을 놔주며 문을 나섰다. 평소라면 큰 후환을 남겼다고 생각했겠지만 지금은 후련했다.

사실 아란티아에 도착해 슈벨처럼 화끈한 녀석을 만난 후에는, 그때 블러치를 더 죽도록 두들겨 패놓지 못한 것을 후회했다.

슈벨은 반 시간도 안 되어 돌아왔다. 말에서 내리는 그의 얼굴은 무척이나 들떠 있었다. 슈벨은 빌리를 향해 힘 있게 웃어 보이더니 바위 위에 서 있는 블랙에게 소리쳤다.

"직감 좋은데, 블랙! 신경 쓸 만한 상황이었어."

"뭐였나?"

블랙과 빌리가 거의 동시에 물었다.

"블루 게이트를 관장하는 하이로드의 행렬이다."

슈벨은 깜짝 놀라길 기대하는 얼굴로 대답했다. 하지만 블랙은 침묵으로, 빌리는 무표정으로 반응했다. 슈벨이 실망하며 물었다.

"하이로드가 뭔지 몰라?"

"아란티아의 각 게이트를 관리하는 영주라는 것 정도만. 그래서?"

"젠장, 난 이게 문제야. 막 왕을 욕하다가도 막상 왕이 지나가면 '와아! 나 오늘 왕 얼굴 봤어!' 하고 흥분해 버리거든. 넌 이런 게 하나도 흥분 안 되는 거지?"

슈벨이 콧김을 씩씩 내뱉으며 물었다. 빌리는 고개만 끄덕였다. 론타몬의 황제가 익셀런을 찾아와도 훈련 스케줄 있다며 찾아가보지 않은 그였다.

"어쨌든 그 정도 귀족이 이런 거리를 나다닌다는 것은 보통 일이 아니야. 이 길을 통해 레드 게이트 쪽으로 가는 하이로드의 목적이 뭐겠냐?"

"뭐지?"

"머리 좀 굴려 보고 대답해라. 이 길은 나디움까지 직선으로 통하는 길이야. 즉, 하이로드 탈룬드는 지금 여왕을 만나러 가는 길인 거다."

"우리와 가는 방향이 같군. 지금 마주쳐서 좋을 게 없겠는걸. 우리가 호의를 가지고 나디움으로 가는 것도 아니니까."

빌리는 막 식사를 마치고 이동할 준비를 갖춘 부하들을 돌아보며 말을 이었다.

"행렬의 이동 속도는 어느 정도지? 느리면 우리가 아예 앞서가고, 빠르면 피하는 게 좋을 테니."

"기다려. 내 얘기 안 끝났어."

슈벨은 이번에도 안 놀라면 한 대 맞아도 좋다는 각오를 보이며 말했다.

"블루 게이트의 하이로드가 왕실을 방문한다면 당연히 왕실 측에서 경비대를 보내 주지 않겠냐? 왕실의 경비대라면 하나밖에 없지. 울프 기사단이다."

"그건 조금 놀라운 소식이군. 그래서?"

"나는 하이로드의 행렬을 보는 즉시 그걸 짐작해 냈지. 그래서 혹시 내가 아는 얼굴이 경호를 맡고 있나 해서 조심스럽게 근처로 다가가 봤다. 오래 살펴볼 필요도 없었어. 울프 기사단이 입는 하얀 갑옷은 금방 식별이 되거든. 멀어서 얼굴을 알아보긴 힘들었지만 제일 앞에 있더라고. 난 거기까지만 알아내고 물러나려 했지. 그런데 그 기사가 말하는 소리를 듣고야 만 거야. 캡틴 울프!"

"캡틴 울프?"

빌리는 드디어 슈벨이 원하는 놀라는 표정을 지었다. 슈벨은 신나하며 계속 말했다.

"울프 기사단의 캡틴이 하이로드의 마차에 같이 타고 있더라. 처음에는 잘못 들은 줄 알고 더 가까이 다가가 대화를 조금 엿들었어. 말발굽 소리가 시끄러웠지만 목소리를 구별하는 건 별로 어렵지 않았지. 분명히 캡틴 울프라고 불렀어! 중간에 이름도 잠깐 나왔는데, 카셀이라고 하더라."

이런 얘기를 들으면 매번 빌리는 울프 기사단의 캡틴이 퀘이언이 아니라는 사실에 놀라곤 했다. 그의 안에서는 여전히 익셀런의 캡틴은 웰치고, 울프 기사단의 캡틴은 퀘이언이었다.

"왜 울프 기사단의 캡틴이 이런 곳에 있지?"

"하이로드를 경호하러 왔나 보지. 아무렴 어떠냐! 어떻게 할래, 빌리?"

슈벨은 허리에 손을 올리고 물었다.

"뭘?"

"너나 나나 아란티아에 온 목적이 울프 기사단이 아니라 울프 기사단의 캡틴 아니었어?"

"그럴지도."

빌리는 애매모호하게 대꾸했다.

"뭘 망설여? 만나러 가자고!"

슈벨은 빌리뿐 아니라 블랙까지 재촉했다.

"블랙, 당신도 같이 가. 어쩌면 골드 게이트까지 갈 필요도 없지 않을까?"

블랙은 긍정도 부정도 하지 않았다. 빌리는 길게 고민했고 슈벨이 결정을 재촉했다.

"반 시간도 안 되어 이 길을 지나갈 거야. 어쩔래?"

"만약……."

빌리는 신중하게 단어 하나하나를 골라가며 말했다.

"만약 울프의 캡틴에게 정체불명의 남자가 갑작스럽고 무례한 시합 요청을 하면 받아들여 줄 것 같나?"

슈벨은 잠깐 생각하는 듯하더니 못된 장난을 떠올린 악동처럼 말했다.

"로일이란 녀석은 밥을 먹다가도 잠자다 일어난 순간에도 결투를 거절하는 법이 없었어. 그리고 실력을 최우선으로 하는 울프 기사단이라면 당연히 지금 캡틴은 로일보다 뛰어난 실력자일 게 분명해. 그러니 결투를 피하지 않을 거야."

"이 검을 써도 되는 자일 테지?"

빌리는 캡틴 로렌이 내준 론타몬의 보검을 손으로 두들겼다. 캡틴 로렌이 내준 숙제를 해결할 수도 있고, 블러치의 비웃음을 잊어버릴 약이 될 수도 있고, 10년 전의 영광을 잊은 익셀런의 기사들에게 훈련 교관이 보내는 가르침이 될 수도 있었다.

"당연하지. 또한 내 인고의 시간을 받아 줄 기사이기도 하고."

슈벨의 말에, 빌리는 즉시 돌아서 모두를 불렀다.

"너희들의 캡틴이 처음으로 명령을 내리겠다."

묵직한 음성에 부하들은 일제히 빌리의 앞에 줄을 지어 섰다. 따로 훈련을 시켜주지도 않았는데 제법 자세가 잡혀 있었다.

'생각해 보니 이 녀석들도 나나 슈벨한테나 약해 보이는 거지, 보통 사람들에게는 공포의 대상이 되었던 현상 수배범들이야. 기본 바탕이

되는 녀석들이라면 조금만 훈련시켜도 충분한 병력이 될 수 있어.'

빌리는 긴 설명을 하지 않고 명령을 내렸다.

"전원 전투 준비."

◈ Chapter 14 ◈

하이로드 탈룬드

카셀은 얼마나 오랫동안 헛간에 앉아 멍청히 기다렸는지 알 수 없었다. 흘러간 시간만큼 위험해질 거라는 불안함이 머릿속을 훑고 지나갔다.

'뭔가가 벌어진 장소에서 마냥 기다리는 건 좋은 생각이 아니야. 어서 여길 벗어나야 해. 하지만 그 전에 상황 파악부터 해둬야지.'

카셀은 정신을 차리고 부서진 헛간을 냉정히 살펴보기로 했다.

우선, 말이 죽었다.

그건 친구들이 폭우가 오는 밤에 너무나도 할 일이 없는 나머지 벽을 부수고 짚단을 집어 던져 가며 논 게 아니라는 뜻이었다.

또 하나, 싸운 흔적이 있었다. 카셀의 눈으로도 쉽게 눈에 띄는 흔적이 아주 많았다. 아니, 오히려 흔적이 지나치게 많기에 뭐가 뭔지 알 수가 없었다. 사방에 흩어진 짚단과 발자국들이 있었고, 바닥에는 긁히거나 패인 자국도 있었다.

하얀 돌가루가 묻어나는 것만 봐도 최근 흔적이었다. 하지만 왜 그런 흔적이 생겼는지까지는 알 수가 없었다. 무거운 쇳덩이를 끌고 다닐 때 나는 흔적과 비슷하다는 것만 알았다. 칼, 도끼 같은 무기? 곡괭이나 삽 같은 농기구?

누군가 하얀 늑대들을 습격했다. 그런데 아무도 남아 있지 않았다. 한 명 한 명이 군대의 운명을 좌지우지할 만한 기사가 다섯 명이나 있었는데 대체 그들이 모조리 사라지게 할 일이 뭐란 말인가? 정말 군대라도 들이닥치지 않고서야?

카셀은 쉐이든과 게랄드 둘이서 몇백 명의 군대와 싸우는 장면은 상상할 수 있어도 하얀 늑대 다섯 명이 기습을 당해 쓰러지는 장면은 상상할 수 없었다. 그래도 한 번 최악의 경우를 가정해 보았다.

'하얀 늑대가 불사신은 아니니까, 최악의 불상사가 벌어졌다 치자. 그 정도의 불상사라는 게 뭔지 모르겠지만 아무튼 다섯 명이 전투 중 패했다. 그래서 하얀 늑대들 모두가 죽었다. 그럼 시체는 어디 갔지? 죽이고 시체까지 숨겼다?'

바닥의 핏자국은 말의 것이었다. 사람의 시체는 없었다.

카셀은 말의 시체를 다시 한번 살펴보았다. 특징 있는 말은 아니었으나 며칠째 같이 이동하다 보니 최소한 누구 말인지는 알아볼 수 있었다. 쉐이든의 것이었다.

말은 거대한 절단기로 단번에 잘라낸 것처럼 동강 나 있었다. 게랄드가 거대한 도끼로 내리찍는다 한들 이렇게 깨끗하게 자를 수는 없을 것 같았다.

이제 보니 나무 창문이 모조리 떨어져 있었다. 가까스로 매달린 창문 하나만 경첩에 매달려 삐걱거리고 있었다. 부서진 창문의 파편은 창고 바깥쪽으로 떨어져 있었다.

카셀은 대체 어떤 전투를 벌이면 이런 흔적이 생기는지 상상할 수가 없었다. 헛간을 흔들었다 놓은 것처럼 엉망으로 만들어버렸는데, 시체도 없고 피도 없다니.

카셀은 세 가지 가정을 해 보았다.

첫 번째 가정, 실은 아무 일도 일어나지 않았다.

하얀 늑대들은 비가 오는데도 돌아오지 않는 카셀을 걱정한 나머지 이 헛간을 떠나 마을로 찾으러 갔다. 그사이 길이 엇갈렸다. 이 싸움의 흔적은 하얀 늑대들과 아무 연관성이 없다…… 세상에는 우연의 일치라는 것이 있으니까. 말의 시체도 뭔가 정말 싱거운 이유로 생긴 것이라고 생각해버리면 추리는 끝난다. 카셀은 차라리 그러길 바랐다.

두 번째 가정, 하얀 늑대들은 이곳에서 누군가를 맞아 싸웠다. 그 사이 쉐이든의 말이 죽었다. 적은 달아났고, 하얀 늑대들은 그 적을 쫓아갔다……. 하지만 그 경우, 아무도 남아서 카셀을 기다려주지 않았다는 점이 이상했다.

세 번째 가정, 누군가 하얀 늑대들을 공격했고 다섯 명 전부가 당했다. 인질로 잡혀갔거나 적이 시체를 끌고 가는 바람에 그들 모두가 동시에 사라졌다. 말 한 마리 죽은 정도는 신경 쓸 처지가 아니라 내버려두었다.

세 번째가 제일 근사했다.

하얀 늑대들은 다 죽었다.

맙소사.

이런저런 추측을 거듭하다 카셀은 처음 생각대로 헛간을 벗어나기로 했다. 그리고 전날 하룻밤을 지냈던 마을로 돌아가 자기를 찾으러 온 친구들이 없었는지 알아보았다.

“그런 손님은 안 왔는데?”

어제부터 찾아온 손님이라고는 카셀뿐이라 주인은 길게 생각할 것도 없이 대답했다. 하얀 늑대들이라면 어딜 가든 눈길을 끄는 인원 구성이라 한 번 보면 잊기도 힘들 텐데, 마을 사람 누구도 아는 사람이 없었다.

카셀은 마을 입구에 서서 폭우로 엉망이 된 마을 외곽의 밭을 바라보았다. 올해 밭농사 다 망쳤다고 욕을 하며 농기구를 끌고 나온 농부들이 몇 보였다.

헛간에서 아무리 고민해도 나오지 않았던 답이 농부들의 욕설을 들으면서 튀어나왔다.

‘내가 어제 여기서 폭우 때문에 어쩔 수 없는 결정을 했던 것처럼, 전날 친구들에게도 뭔가 선택해야 할 일이 있었던 거야. 날 버리고 갈 수밖에 없는 어떤 일! 내가 알아서 행동하길 믿고.’

카셀은 하얀 늑대들이 다 죽었을 거라는 가정은 지워버렸다. 그리고 이제부터 혼자 움직여야 한다는 결정을 앞두고 잠시 망설였다.

카셀은 이미 혼자서도 나디움을 찾아갈 수 있을 정도로 아란티아의 지리에 대해 잘 배워두었다. 외길이라 길을 잃을 염려도 없고, 모른다 해도 물어물어 못 찾아갈 것도 없었다.

“가자!”

카셀은 말에 올라 서쪽으로 뻗은 길로 말머리를 향했다. 이곳은 도적들이 날뛰는 치안이 엉망인 카모르트의 변방 지대도 아니었고 전쟁이 터졌던 십여 년 전의 아란티아도 아니었다. 게다가 지금은 에노아 후작의 원군을 약속받지 못하고 쫓기듯 노르만트로 달려가던 그때도 아니었다. 천천히, 마을과 마을을 경유하면서 가면 된다.

"괜찮아. 아무렇지도 않아. 여행이라고 생각하면 되지, 뭐."

카셀은 스스로를 다잡기 위해 중얼거렸다. 나디움까지는 걸어서 가도 보름이면 충분할 거리였다. 말을 타고 가면 천천히 가도 닷새면 갈 수 있을 것이다. 아즈윈이 말한 대로 그 기간은 느긋한 여행길이 되리라고 스스로에게 최면을 걸었다.

당연히 별 도움은 되지 않았다.

처음에는 조금 불안했지만 막상 움직이기 시작하니, 오히려 걱정 한 보따리 안고 헛간에 앉아 기다리던 것보다 마음은 더 편했다. 전날의 폭우 때문에 공기가 맑아 기분도 한결 나아졌다. 나중에는 친구들이 그렇게까지 큰일을 당하지 않았으리라는 긍정적인 생각이 들었다.

말고삐를 늦춰 잡고 경치를 바라보는 여유까지 생겼다. 하지만 그런 여유를 얻은 지 한 시간 만에 카셀은 상당히 심각한 문제에 봉착했다. 너무 기본적이라 친구들과 여행할 당시에는 까맣게 잊고 있다가 혼자가 되어서야 드러난 문제였다.

돈이 없었다!

어제 묵을 방을 예약하기 위해 가져온 은화 몇 개가 다였다. 일행의 돈은 던멜과 쉐이든이 나누어 가지고 있었다.

카셀은 서둘러 계산을 시작했다. 여름이니 노숙을 한다 치자. 먹을 것은? 레드 게이트에서는 통행료도 내야 하는데, 그 돈은? 지금 당장은 생각나지 않지만 여행 중 필연적으로 발생하게 될 비용은?

사태의 심각성이 피부에 와 닿자 카셀은 다시 말고삐를 세게 잡았다. 말은 그것을 정지 명령으로 알아듣고 멈춰 버렸다. 때마침 싸늘한 바람이 뒤통수를 때렸다. 우연히 일어난 진짜 바람이지만 마음속의 황량함이 몸 밖으로 흘러나가면서 일어난 바람처럼 느껴졌다.

돈도 없이 계속 갈 수는 없었다. 앞뒤를 살펴도 사람 그림자 하나 안 보이는 평야에 오래 서 있는 것도 불안해서 카셀은 쫓기듯이 생각을 정리했다.

"돈을 벌면서 가 볼까?"

카셀은 그 말을 내뱉은 동시에 소리 질렀다.

"소심한 자식! 세상에서 제일 강한 기사단의 캡틴이라는 자식이 그런 생각밖에 못하냐? 나가 죽어라!"

카셀은 머리를 감싸 쥐었다.

'침착해. 여기서 레드 게이트까지는 대략 이틀 거리. 오늘 하룻밤은 당장 가지고 있는 돈으로 충분하니, 조금 서두르면 노숙 한번 없이 레드 게이트에 도착할 수 있어. 거기서 도움을 청하는 거야. 캡틴 울프라는 신분을 밝히면 나디움까지 호위해줄지도 몰라. 최소한 허리에 아란티아의 보검을 차고 있는 사람을 홀대하지는 않겠지.'

카셀은 혼자 계산을 하고 혼자 부정했다.

'좋은 방법이 아니야. 대뜸 보검을 들이밀고, 내가 울프 기사단의 캡

틴이라고 말해 봐야 체포나 당하겠지.'

생각하면 할수록 아란티아 내에서 자신의 신분을 입증할 확실한 수단이 없다는 것이 불안해졌다. 이 칼의 소유자임을 증명해 줄 사람이 모조리 실종되었으니, 냉정히 따지고 보면 그는 보검 도둑에 불과했다. 암브루에서 루밀과 처음 마주쳤던 상황이 떠올랐다.

지켜줄 사람 없이 보검을 들고 돌아다니는 것도 무서웠다. 잃어버리거나 도난당하면 감당 못할 큰일이 될 것이다.

카셀은 뒤를 돌아보았다.

'되돌아가는 건 어떨까?'

그레이 게이트만 가도 카셀이 캡틴 울프임을 알고 있는 사람이 있었다. 머피라는 수문장은 기꺼이 화이트 게이트까지 갈 수 있는 여비를 빌려줄 것 같았다. 그에게 하얀 늑대들의 실종 사실을 보고하는 것도 좋은 방법 같았다.

그레이 게이트를 떠올리자 뒤따라 불쑥 다른 한 사람의 얼굴이 떠올랐다. 친구들 외에도 그의 얼굴과 신분을 아는 이가 한 명 더 있었다. 그것도 아주 호의적인 사람.

"하이로드 탈룬드!"

그 사람도 나디움으로 간다고 했으며, 느린 마차로 폭우를 뚫고 앞질러 가지 않은 이상에야 아직 카셀보다 뒤에 처져 있을 게 분명했다.

카셀은 말머리를 돌려 왔던 길을 되돌아가기 시작했다.

카셀은 하이로드의 행렬을 만나려면 최소한 하루 정도 되돌아갈 거라고 생각했다. 아니면 다음 날 정도. 최악의 경우, 그레이 게이트까지 되돌아가게 될 줄 알았다. 그러나 카셀은 반나절도 안 되어 만나게 되었다.

발견하는 것도 어렵지 않았다. 일직선 도로에, 하이로드의 행차를 알리는 거대한 깃발이 먼 곳에서도 알아보기 쉽도록 펄럭이고 있었다. 화려한 장식의 마차가 비 온 뒤 따갑게 쬐는 햇볕에 반사되어 번쩍거리고 있었고, 마차를 지키는 병력은 오십 정도 됐다. 그 선두에는 울프의 기사 배롤이 있었다.

반가운 마음에 말을 달려갔더니, 울프의 기사는 즉시 손을 내밀어 정지 명령을 내렸다. 마치 적이라도 맞이하는 듯 강압적이었다.

카셀은 말을 세우고 자신의 정체를 밝혔다.

"안녕하세요. 또 만나게 되었군요. 카셀입니다."

이름을 밝혔고 얼굴을 보였음에도 배롤의 굳은 표정은 변하지 않았다. 대환영을 받을 거라 생각한 건 아니었으나 이런 냉담한 반응이 있을 줄은 몰랐다.

"볼일이 있어서 되돌아 왔소?"

'이런 사람에게 나 좀 나디움까지 데려다주세요, 라고 말하면 어떻게 될까?'

카셀은 잠깐 어물거리다가 말했다.

"사고가 생겨 일행과 헤어지게 되었습니다. 그래서 잠시 몸을 의탁하려 하는데 하이로드를 뵐 수 있겠습니까?"

카셀은 쉐이든이 해 준 충고대로 했다. 이곳에서는 굳이 거짓말을 할 필요가 없으며 앞으로 같이 지내게 될 울프의 기사와 기 싸움을 할 필요도 없었다.

"부하들에게 버림받기라도 했소?"

배롤은 농담을 하는 건지, 비꼬는 건지 알 수 없는 어조로 물었다. 카셀은 하얀 늑대들을 부하들이라고 표현하는 것이 못마땅했지만 그런 걸 따질 여유가 없었다.

"버림받은 게 아니라, 거기에는……, 사정이 좀 있습니다."

"캡틴 울프라는 사람이……, 혼자가 되었다고 굳이 몸을 의탁할 필요가 있나?"

배롤은 여전히 가시 돋친 말투를 썼다. 카셀은 정곡을 찔려 대답할 말은 못 찾았으나 다행히 배롤은 그 문제를 물고 늘어지지 않았다.

"따라오시오. 나머지는 그대로 이동하라."

배롤은 뒤따르는 병사들에게 명령을 내려두고, 카셀을 세 대 중 중앙에 있는 마차로 데려갔다. 그는 부드럽게 말을 몰아 마차 옆에 천천히 따라붙어서 창문을 두들겼다.

"탈룬드 님. 손님이 한 명 왔습니다."

마차 창문의 커튼이 걷히고 이틀 전에 봤던 인자한 얼굴의 노인이 나타났다.

"아니, 캡틴 울프가 아니신가?"

탈룬드는 즉시 환한 미소를 지으며 명령을 내렸다.

"잠시 마차를 세워라."

"굳이 세우실 것까지는?"

"아니, 캡틴께서 오셨는데 이동하면서 인사를 할 수는 없지 않나?"

"알겠습니다."

배롤은 시키는 대로 명령을 전달했다. 오십 명의 병사들이 배롤의 손짓 하나에 열 하나 흩트리지 않고 멈췄다. 카셀은 말에서 내린 후 고개를 숙여 인사했다.

“나디움에서 다시 뵙기로 약속드렸는데 이런 곳에서 길을 막게 되었군요. 죄송합니다, 탈룬드.”

“길을 가던 어린아이가 찾아와도 반가운 게 나라는 인간인데, 다른 이도 아니고 울프 기사단의 캡틴이라면 아무리 바빠도 가던 길을 멈추는 게 당연하지. 그런데 무슨 일이 있었나?”

“안 좋은 일이 있었습니다.”

카셀은 어색하게 웃으며 말했다.

노인은 호기심 가득한 미소로 물었다.

“사정을 들어 볼까? 우선 그 말을 병사들에게 맡기고 마차에 같이 타지 않겠나, 캡틴 울프?”

“감사합니다.”

갈색 수염을 기른 한 병사가 다가와 손을 내밀었다.

“처음 뵙겠습니다, 캡틴 울프. 저는 하레르라고 합니다. 하이로드의 경호 대장이지요.”

카셀은 악수를 했지만 말고삐를 내밀지 못했다.

“경호 대장에게 맡길 만한 일이 아닌 것 같은데요.”

“아닙니다. 영광이죠.”

미소가 멋진 중년의 병사는 카셀의 손에 들린 말고삐를 채 가듯 쥐었다. 카셀은 미소로 감사 인사를 대신하고 옆에 있는 배롤에게도 살짝 목례했다. 그러나 차가운 시선을 마지막으로 그는 고개를 돌려 버렸다.

그레이 게이트에서도 그랬지만, 배롤에게는 적의가 가득했다. 이 익숙함을 어디서 봤나 했더니, 카모르트의 기사 바딩이 딱 이랬다. 바딩처럼 대단한 실력자에, 캡틴 울프에게 보이는 냉랭한 태도. 그런 점을 가정하고 나면 그가 앞으로 할 행동은 명백했다.

'도전해 올 것이다!'

아즈윈의 경고가 떠올랐다.

'시험 삼아 진짜로 칼을 휘두르는 녀석……, 캡틴 울프쯤이라면 당연히 막겠지 하면서…….'

카셀은 그런 일이 있기 전에 배롤에게, 자기가 검 자루 쥐는 법이나 겨우 배우고 있는 처지라는 사실을 알릴 기회가 있기를 간절히 바랐다.

'탈룬드의 마차에서 내리자마자 얘기해야지.'

카셀이 하이로드의 마차에 오르자 잠시 멈췄던 행렬이 다시 움직였다. 마차 안에서 카셀은 폭우가 있던 날의 이야기를 탈룬드에게 간단히 해 주었다.

탈룬드는 심각하게 얘기를 듣더니 엉뚱한 소리를 했다.

"울프 기사단의 캡틴이라더니 혹시 이야기꾼 출신이 아닌가 의심스럽군. 무슨 얘기를 그렇게 재미있게 하나?"

'난 걱정되어 죽겠는데 그걸 두고 재미있다고 말을 하다니.'

카셀은 조금 당황했다.

"어렸을 때부터 얘기를 듣는 걸 좋아했습니다. 아버지께서 상당한 이야기꾼이셨는데 거기에 영향을 받았나 봅니다."

카셀은 다시 원래 얘기로 돌아갔다.

"친구들에게 무슨 문제가 있는 건 아닌지 무척 걱정됩니다. 하지만 그곳에서 제가 할 수 있는 일이 없었습니다. 나디움까지 혼자 가기 벅차 의지할 곳을 찾다 보니 하이로드 탈룬드 님을 떠올리게 되었지요."

"울프의 캡틴이 거할 안식처가 나라니 기분 좋은 일이지. 실종 문제는 가면서 차차 논의해 보기로 하고 함께 나디움으로 가세. 보름 후 화이트 게이트는 귀한 손님을 두 명이나 받게 되는군."

보름이나 걸리는 느긋한 여행을 할 처지는 아니지만 그래도 다행이었다.

'친구들은 괜찮겠지?'

카셀은 하얀 늑대들이 지금 어디에서 무슨 고생을 하고 있을지 모르는데 자기만 편하게 가는 것 같아 미안해졌다.

카셀은 병사들의 부담스러운 시선을 받으며 점심으로 나온 닭다리를 뜯어먹고 있었다. 처음에는 자기를 쳐다보는 건지, 먹고 있는 닭다리를 노려보는 것인지 모를 괴이한 시선에 당황했다. 배롤의 적의가 퍼지기라도 한 건지 그들의 눈빛이 곱지 않았다.

혼자서만 고기를 먹어서 그런 건가 했지만, 일반 병사들도 같은 음식을 먹고 있었다. 과연 엄청난 재력을 가진 하이로드답게 식사의 질은 아주 좋았다. 물론 아무리 돈이 많아도 자기 식사에 올릴 한 가지 메뉴를 위해 백 명의 병사들을 굶기는 귀족들을 수없이 봐 온 카셀이기에, 이런 자잘한 부분에서부터 탈룬드라는 노인이 좋아졌다.

'아니면 너무 게걸스럽게 먹었나?'

배롤이 우걱우걱 먹어 대는 모습과 비교하면 얌전했다.

'실망감을 안겨 주기라도 했나? 캡틴 울프라는 자가 고작 이런 어린

남자라는 것이…….'

별의별 생각이 다 들었다. 물론 지금 당장은 병사들이 수군거리며 훔쳐보는 시선을 신경 쓰고 있었지만, 아직 그는 배롤의 시선을 더 걱정했다. 아직도 그에게 말을 걸 기회를 갖지 못했다.

'언제 말하지? 오늘 중으로 말해야 할 텐데. 아니면 아예 도전해 오지 못하게 계속 병사들이나 하이로드 주위에 찰싹 달라붙어 있을까?'

카셀은 입으로 넘기는지 코로 넘기는지도 모르게 닭을 먹고 그릇을 내려놓았다. 옆에서 부스럭하는 소리가 나서 돌아보니 배롤이 서 있었다. 그는 허리에 찬 칼에 손을 올려놓고 카셀을 무심히 내려다보고 있었다.

"식사는 하셨습니까?"

카셀이 최대한 자연스럽게 웃으며 물었지만 어째 최대한 어색하게 웃는 꼴이 되어 버렸다. 배롤은 카셀의 옆에 털썩 앉았다.

"봤잖아, 먹는 거."

뭔가 대단한 얘깃거리를 준비하고 온 줄 알았지만 배롤은 아무 말도 하지 않았다. 계속 기다려온 좋은 기회였지만, 말을 꺼내기가 쉽지 않았다. 설마 이렇게 사람 많은 자리에서 그놈의 첫 번째 테스트를 위해 칼을 휘두를 일은 없겠지만, 다른 하얀 늑대들의 느닷없는 성격을 생각하면 못할 것도 없다는 생각이 들었다.

그 전에 말을 꺼내야 했다. 그런데 어떻게?

"너, 캡틴 맞아?"

배롤이 먼저 입을 열었다.

"맞습니다."

카셀은 조심스럽게 대답했다.

"과정이 궁금하군. 자존심 빼면 남는 것도 없는 다섯 명을 어떻게 설득했지? 네가 그들을 압도하는 실력을 가지고 있을 거라고는 생각하지 않는다."

'세상에, 고마워라. 그걸 먼저 언급해 주다니!'

카셀은 자연스럽게 운을 뗄 수 있었다.

"압도하는 실력이 없다 수준이 아니라 아예 칼을 쓰지 못합니다."

"헛소리 말고 묻는 말에 대답이나 해. 하얀 늑대들에게 마법이라도 걸었나?"

"그런 게 있다면 배롤에게도 같은 방법을 썼겠죠."

배롤은 배를 한 대 얻어맞은 사람처럼 놀라며 몸을 뒤로 물렸다. 카셀은 오해를 사지 않기 위해 재빨리 말을 이었다.

"전 정말 칼을 쓰지 못합니다. 그런데도 제가 캡틴이 된 것은…… 쉐이든의 말대로 사정이 깁니다."

"얼버무리려 하지 마. 울프 기사단의 캡틴은 로일이었고 그전에는 마스터 퀘이언이었고 그전에는 그란돌이었다. 그들 모두 울프 기사단 최고였고, 캡틴은 그런 사람이 뽑히는 거다. 그런데 밑도 끝도 없이 네 말을 믿으라는 거냐?"

카셀은 두 손을 내밀며 속삭였다.

"배롤, 목소리가 커요."

"크면 어때?"

"그럼 자리를 옮기죠."

"여기서 얘기해도 돼."

"울프 기사단의 질을 떨어트리고 싶지 않습니다."

"누가 떨어트린다는 거야?"

"제가요."

배롤은 쉐이든처럼 인상이 강렬했지만 쉐이든처럼 표정 관리를 잘하는 남자는 아니었다. 그는 단박에 굳은 인상을 무너트렸다.

"저랑 단둘이 있는 게 무서운 것도 아니잖아요?"

카셀이 물었다.

배롤은 의도한 것보다 훨씬 빨리 화를 드러냈다. 느긋하게 받아 줄 줄 알았던 말에 지나치게 붉어지는 얼굴을 보고 카셀은 걱정이 앞섰다. 순간 카셀은 배롤이 아즈윈에게 폭언을 당했던 순간이 떠올랐다.

'자극하면 안 돼.'

카셀은 즉각 작전을 수정하고 자리에서 일어나 걸었다. 배롤은 화난 얼굴이긴 했지만 얌전히 따라왔다. 다른 사람들이 둘의 목소리를 들을 수 없을 거리에 이르자 카셀은 안도의 한숨부터 내쉬었다.

"다행입니다. 말할 기회가 생겨서. 이대로 말을 못하고 지나갈까 봐 걱정했어요."

카셀은 웃어 보였다. 하지만 배롤의 눈에는 의심이 한 바가지 정도 흘러넘치고 있었다.

"내 말에나 대답해. 칼도 못 쓴다면서 어떻게 캡틴이 되었다고?"

"아아, 그러니까……."

카셀은 나디움에서 울프 기사단 모두를 앞에 두고 푸짐한 식사와 근사한 술을 곁들였을 때 하려고 준비해둔 이야기가 있었다. 그러나 지금은 그걸 꺼낼 때가 아니었다. 들을 준비가 안 되어 있는 사람에게는 지루하고 신빙성이 떨어지는 얘기에 불과했다. 배롤처럼 이미 흥분한 사람을 위한 짧고 강렬한 얘기는 아직 준비하지 못했다.

카셀은 머릿속에 떠올린 얘기를 다 지워 버리고 얼버무릴 방법을 다시 떠올렸다. 강렬하게 얘기하긴 어렵지만 강렬하게 얼버무릴 방법은 있었다.

"왜 말을 안 해?"

배롤이 재촉했다.

"설명하기 어려워서요."

카셀은 운을 뗐다.

"하얀 늑대들이 제 친구가 되고 제가 그들의 캡틴이 된 건……, 그래요. 아까는 아니라고 했지만, 어떤 의미에서는 마법이었네요."

"마법?"

배롤은 오른쪽 다리를 뒤로 한 걸음 뗐다. 지금까지 항상 '칼 멋지게 뽑기' 연습만 해 온 터라, 카셀은 그게 발검 자세라는 걸 금방 알아보았다. 카셀은 괜히 겁주다가 목이 날아가는 일이 벌어지기 전에 말했다.

"당신이 생각하는 루티아의 마법 같은 건 아니에요. 그냥 저 스스로도 설명할 자신이 없기에 마법이라 한 겁니다."

"울프의 기사 앞에서 그런 농담은 삼가는 게 좋다."

"농담은 아니에요."

카셀은 그런 목숨 건 농담은 할 생각이 없다는 뜻을 강력하게 내비치며 말을 이었다.

"배롤, 당신이 말한 그대로예요. 당신이 아는 하얀 늑대들이 힘으로 굴복당할 존재들인가요? 제가 그렇게 만들었다고요? 설마!"

배롤은 말을 하지 않았다. 카셀은 그가 대놓고 칼을 뽑지 못하게 막은 것만으로도 큰 성과라고 생각했다.

"사실 칼도 못 쓰는 주제에 울프 기사단의 캡틴이 되었다는 걸 누구보다 이상하게 여기는 건 접니다. 그리고 진짜 캡틴이라면 하얀 늑대들뿐만 아니라 울프 기사단 모두에게 인정을 받아야 한다고 생각해요. 저는 다시 한번 나디움으로 가서 마법을 쓸 겁니다. 물론 통하지 않을 수도 있겠죠. 인정 못 받고 쫓겨날 수도 있을 거예요. 그렇다고 죽는 것만 아니라면 괜찮아요."

"무슨 엉뚱한 소리냐? 당연히 그 정도로 사람이 죽진 않지."

"하지만 전 그걸 해내지 못하면 죽는 순간을 몇 번이나 겪었는걸요. 제가 캡틴이 아니라면, 배롤은 절 죽일 건가요?"

카셀은 겉으로는 여유 있게, 속으로는 필사적으로 말했다.

'자, 이렇게까지 말했는데 설마 칼부터 휘두르고 보진 않겠지?'

배롤은 카셀의 질문에 대꾸하지 않았다. 따지지도 않았다. 이제 알았다며 물러서지도 않았다. 괴롭기 그지없는 침묵의 시간이 이어졌다. 배롤의 얼굴에는 불만이 가득했고 입을 열 듯 말 듯 우물거리고 있었다.

"뭔 소린지 하나도 모르겠군."

배롤은 가까스로 입을 열었다. 그걸 보고 카셀은 뭔가 잘못 말했다는 사실을 깨달았다.

그는 적이 아니었다. 눈치 빠르고 계산적인 귀족도 아니고, 칼밖에 모르는 검술의 천재들만 모이는 울프 기사단의 기사였다. 그걸 깨닫자, 카셀은 긴장이 탁 풀렸다.

상대가 칼을 뽑을지도 모른다는 두려움에 너무 앞서간 모양이었다.

이제야 그의 모든 행동이 이해가 갔다. 일부러 화내고, 시비 걸고, 째려보고, 자기가 먼저 다가와 놓고 정작 말은 안 걸고…….

'이 사람, 나랑 친해지러 온 거야! 로일처럼 그 방식이 미숙했던 것뿐이지!'

배롤이 투덜대며 물었다.

"그래서 뭐야? 고작 이런 얘기나 하려고 여기로 끌고 온 건가? 네가 나디움에 가서 마법을 쓰든지 말든지 뭐 어쩌라고?"

사나운 말투였지만 이제 카셀은 완전히 마음을 놓았다.

'치밀한 계산을 앞세워 대화를 하는 게 오히려 실례가 될 거야. 이 사람은 울프의 기사야. 하얀 늑대들처럼 내가 보고 싶어 했던 바로 그 사람들 중 한 명이라고!'

카셀은 아란티아의 보검을 꺼냈다.

"어쩌라는 거라기보다요."

배롤은 어깨를 미묘하게 움츠렸다. 울프의 기사라면 당연한 반응이었다. 하얀 늑대들도 마스터 퀘이언이 캡틴을 하라고 대뜸 이 칼을 내밀었을 때 그 자리에서 받은 이는 로일밖에 없었다고 얘기해 줬다. 로일의 성격이라면 보검이 아니라, 세상을 멸망시킬 악마의 검이라 해도 받겠지만…….

"이걸 왜?"

배롤은 보검을 내려다보며 물었다.

"드리려고요."

"나한테?"

배롤은 본능적인 거부 반응을 보였다. 카셀은 침착하게 설명했다.

"탈룬드 님께는 설명했지만 전 어떤 사고로 하얀 늑대들과 헤어졌어요. 그런데 방금 말씀드렸다시피 전 보검을 지킬 만한 능력이 없어요. 혼자서라도 나디움에 갈까 하다가 이것 때문에 탈룬드 님을 찾아서 온 거지요. 그러니 맡아 주세요."

거짓말은 아니었다. 쉐이든은 한번 잡은 보검을 쉽게 놓지 말라고 했지만 지금은 잠시 놓아도 되는 시점이라는 생각이 들었다.

배롤은 손을 내밀어 손잡이를 잡았으나 끌어당기지는 않았다. 그리고 카셀의 눈치를 살폈다.

"진짜……, 보검이군."

"원래는 로일이 가지고 있던 거죠. 몇 가지 우연이 겹쳐 제게 왔고, 결국 지금은 제가 맡게 되었어요."

"하얀 늑대들은 네가 이걸 가지고 있는 걸 아무렇지도 않게 여기고 있다고?"

"로일, 아즈윈, 쉐이든, 게랄드, 던멜, 그들에게 있어 전 캡틴입니다. 보검을 제가 가지고 있는 게 당연하지요."

"그럼 그 소중한 보검을 왜 내게 서슴없이 주는 건가? 캡틴이라면 끝까지 보검을 지니고 있어야지! 그리고 '정상적'이라면 부하인 내게 호위를 요청하는 게 당연하지 않은가? 마스터 퀘이언조차 중요한 물건을 지니고 있을 때는 울프 기사단의 호위를 받는다."

"부하라니요? 전 당신 상관이 아닌데요."

"캡틴이라며?"

"하얀 늑대들에게만요."

배롤은 여전히 이해 못하는 표정이었다.

“가지고 계세요. 나디움에 돌아가서 이 칼을 제게 돌려주든, 마스터 퀘이언께 돌려주든 원하는 대로 하시면 됩니다.”

배롤은 손잡이를 잡은 손을 당길까 놓을까 꽤 오래 고민했다. 그가 어느 쪽을 선택해도 카셀은 상관없었다. 캡틴을 증명해 줄 유일한 물건이지만, 하이로드가 함께 하고 있으면 필요 없었다. 이곳은 카모르트의 왕실도 아니고, 거짓말로 자신을 보호해야 하는 공간도 아니었다.

무엇보다 배롤이라면 카셀의 손에 있는 것보다 더욱 안전하게 지켜줄 것이다.

“원래 네가 가지고 있었으니 끝까지 맡고 있는 게 좋겠군.”

배롤은 보검에서 손을 뗐다. 울프 기사단이기에 나올 수 있는 반응이었다.

“그럼 이 칼을 제가 나디움까지 안전히 가져갈 수 있도록 지켜주시겠습니까?”

“안전? 아란티아 안에서 울프의 기사에게는 그런 말을 하는 게 아니다.”

배롤은 획 돌아서 마차로 가 버렸다.

‘나디움에 가면 난 이런 걸 오십 번 반복해야 하는 걸까? 역시 난 울프 기사단의 캡틴보다는 울프 기사단의 마구간지기가 어울리는 녀석이야.’

카셀은 보검을 집어넣으며 생각했다.

‘아닌 게 아니라, 마구간지기도 꽤 좋지 않을까?’

카셀은 진지하게 고개를 끄덕였다.

하이로드의 여정은 지루할 정도로 안전하고 무난하게 이어졌다. 하얀 늑대들과 다닐 때는 매 순간이 긴장된 사건의 연속이었다는 걸 새삼 느꼈다. 게랄드는 한 시간 이상 아무 일 없으면 자기가 일을 일으켰고 아즈윈은 없는 사건을 만들어 내는 데 천부적인 소질을 가지고 있었다. 그 얌전한 로일조차 하루 동안 아무 일 없자 '국경 지대인데 강도도 없나?'라는 말을 지껄이기까지 했다. 그들의 엉뚱한 발상 때문에 카셀은 자다가도 벌떡벌떡 일어나기 십상이었다.

카셀은 하레르에게 슬쩍 물었다.

"원래 이렇게 안전하게 가는 게 맞는 거죠?"

하레르는 그건 무슨 괴이한 질문이냐는 듯 쳐다보다가 대꾸했다.

"안전이라 하면, 어디 보자……. 뭐, 전날 폭우는 꽤 위험했죠."

"아아, 그거라면 저도 정말 엄청났어요."

"그 이전으로 돌아가면, 어디 보자……. 가장 무서운 사건은 웬 길 잃은 들소 한 마리가 마차 쪽으로 달려오다가 배롤이 막아서자 깜짝 놀라 달아나 버린 일 정도?"

"오오, 그건 꽤 위험했겠네요."

"볼만했죠. 그 외에는 아무 일도 없었습니다. 하이로드의 행렬인데 그래야 당연하죠."

카셀은 앞으로도 이 지루함이 이어지길 빌었다.

탈룬드의 병사들은 여전히 카셀을 꺼림칙하게 대했다. 자신을 부를 때도 탈룬드가 하도 극진하게 캡틴, 캡틴 하고 부르니까 마지못해 캡틴이라는 호칭을 달아 주는 것처럼 들렸다.

경비대장 하레르만 카셀을 편하게 대해줌과 동시에 정성을 다했다.

수시로 불편하지는 않은지, 다른 원하는 게 없는지 물어왔다. 그때마다 매번 카셀은 괜찮다고 했지만, 또 한 시간만 있으면 와서 같은 걸 묻곤 했다. 화이트 게이트에 도착할 보름 동안 과연 이 질문이 몇 번 이어질지 계산해 보는 것도 지루함을 타계하는 한 가지 방법이 되어 줄 것 같았다.

그래서 슬쩍 병사들의 반응에 대해 물어볼 수 있었다.

"아, 그거요? 무서워하는 겁니다."

"저를 무서워한다고요? 이렇게 평범하고 연약해 보이는 얼굴을?"

카셀이 웃으며 물었다.

"그런 걸로 하이로드의 경비대를 속일 수 있다고 생각하십니까, 캡틴 울프? 우린 겉으로 허약해 보이는 울프의 기사를 얼마든지 봤고, 그런 자들이 얼마나 무시무시한 실력을 발휘했는지도 봐왔습니다."

하레르는 껄껄 웃으며 목소리를 낮춰 말했다.

"이건 비밀인데 저도 사실은 울프 기사단에 지원하려 했습니다. 실력도 부족하고 결혼한 몸이라 결국 안정적인 삶을 택했지만 아직도 그 꿈을 완전히 접지는 않았습니다."

카셀은 이 사람에게는 어떤 변명을 해야 할까 걱정했다. 절 부러워 마세요. 전 허약해 보이는 게 아니라 허약합니다……, 라는 솔직함이 오히려 그에게 상처를 입힐 수 있었다. 그렇다고 이런 순수함에 거짓으로 응하고 싶지 않았다.

"하이로드를 모시는 일도 영광스러운 일이라고 생각합니다."

카셀은 겨우 그런 격려밖에 할 수 없었다.

"고맙습니다."

하레르는 희미하게 웃었다.

'앞으로 저런 사람을 얼마나 만날까? 모두들 자기 머릿속에 만들어 놓은 캡틴 울프의 환상을 내게 강요하겠지. 그때마다 나는 이런 식으로밖에 대처할 수 없는 걸까?'

자신을 어떻게 과대포장해서 살아남을지 고민했던 과거가 어떤 면에서는 쉬웠다. 살아남는 것 한 가지만 집중하면 되니까. 그런데 지금은 가치관과 양심을 이리저리 저울질하느라 힘들었다. 카셀은 울프 기사단을 욕되게 하고 싶지 않았다.

이럴 때 어떻게 해야 할지 쉐이든의 조언이 듣고 싶었다. 이미 비슷한 조언을 수없이 해주었지만, 또 듣고 싶었다.

하이로드의 길을 막는 기사가 한 명 나타날 때까지는 정말 그것 하나가 고민의 모든 것이었다. 나디움까지만 가면 친구들을 만나 이런 문제들이 저절로 해결될 거라는 막연한 희망도 곧 눈앞에 닥친 일로 무너져 버렸다.

"지금 가는 마차는 잠시 멈춰라!"

기합만으로 군대를 멈추게 할 만한 우렁찬 목소리였다. 수비대의 병사들 중 몇몇은 놀라 멈추고, 몇몇은 지휘관에 의한 정지 명령이 아니었던 터라 계속 이동하는 바람에 대열이 약간 흐트러졌다.

배롤은 침착하게 병사들을 진정시키고 앞으로 나섰다.

"하이로드의 행렬을 가로막는 무례한 녀석이 누구냐?"

카셀은 마차 밖으로 고개를 내밀었다. 멀어서 상대측 기사의 얼굴은 잘 보이지 않았다.

상대가 어떤 의도를 가지고 있건 간에 마차가 멈춘 위치가 좋지 않았다. 길의 오른쪽은 언덕이 있었고 왼쪽은 우거진 수풀이 있었다. 양쪽 다 시야를 가리고 있어 꽤 많은 병력을 숨길 수 있었다. 최근 전략 전술을 배우다 보니 무의식중에도 이런 게 보였다.

카셀은 배롤이나 하레르도 이 사실을 알고 있길 바랐다.

"이거 싸움이 벌어질 분위기군."

탈룬드는 의외로 느긋한 목소리로 말했다.

"걱정 마시게, 캡틴 울프. 이 정도 병력을 공격할 무모한 도적 떼가 아란티아 내에 있을 리 없네. 여차하면 우리에게는 울프의 기사가 두 명이나 있고 말이야."

카셀은 뭐라 대꾸하지도 못했다.

마차를 세운 남자의 목소리가 쩌렁쩌렁 울려 퍼졌다.

"내 이름은 빌리 매트니다. 그쪽에 울프의 기사가 있는가?"

"나다."

배롤은 주저 없이 나섰다.

빌리라고 밝힌 남자가 계속 말했다.

"무례하게 길을 막은 점은 사과하지. 나는 아란티아 귀족의 행렬을 막을 생각도, 문제를 일으키고 싶은 생각도 없다. 그저 그쪽과 얘기하고 싶은데, 이 방법밖에 없었다. 그대의 이름은 무엇인가?"

"도적 같아 보이는데, 일일이 따지는 것도 많구나. 내 이름은 배롤 울프다."

"그대가 캡틴은 아닌 모양이군. 그쪽에 캡틴 울프도 있는가?"

배롤은 순간적으로 뒤를 돌아보았다. 창문 밖을 내다보던 카셀은 자기를 부르는 말에 깜짝 놀랐다. 배롤은 잠깐 생각해 보더니 대답했다.

"있다."

카셀은 이후 상황이 뭔가 심상치 않게 돌아갈 거라는 불안감에 온몸의 솜털이 곤두서는 기분이었다.

"그를 내게 보내라. 하고 싶은 말이 있다."

"울프의 캡틴을 그딴 식으로 오라 가라 말할 수는 없다. 나한테 먼저 말해라."

"좋다, 기사 배롤. 내 목적을 말하도록 하지. 나 빌리 매트니가 캡틴 울프에게 정식으로 대결을 요청하……."

"거절하겠다."

배롤은 빌리가 '요청한다.'는 말을 채 끝내기도 전에 끊어 버렸다. 빌리는 조금 황당하다는 듯 다시 말했다.

"시합을 하자는 뜻이다."

"대답했지 않나?"

배롤은 조금도 물러서지 않았다. 빌리는 조금 화가 난 표정으로 입을 굳게 다물었다. 그러자 또 다른 남자가 빌리 옆에 나타났다. 얼굴은 예쁘지만 목소리만큼은 두 남자에 못지않게 우렁찼다.

"언제부터 울프 기사단이 시합을 거절했냐, 배롤 드로이?"

배롤은 눈을 크게 뜨고 물었다.

"슈벨? 슈벨 레프만?"

"그래! 네가 가진 울프라는 성으로 불리고 있어야 할 그 슈벨이 맞다. 5년이나 지났는데, 이름을 기억해주니 영광이군."

배롤은 눈 옆을 긁적거리며 말했다.

"그 독특한 얼굴을 잊을 수야 없지."

슈벨은 웃는 듯 화난 듯 복잡한 표정으로 말했다.

"내 얼굴을 걸고 넘어가는 부분은 따지지 않도록 하지. 그나저나 믿을 수가 없군. 다섯 번 겨뤄 다섯 번 모두 내게 패했던 녀석이 어떻게 울프라는 성을 달 수 있었지? 엉? 말해 봐라, 자식아!"

배롤은 으르렁거리는 목소리로 말했다.

"두 번째 테스트를 통과하지 못한 자는 테스트의 의미를 알 리가 없을 테니 굳이 내가 설명할 이유도 없다."

"아니, 잘 알지! 그 테스트를 어떻게 통과하는지, 또한 뭘 의미하는지 아주 잘 안다."

"그런 녀석이 왜 떨어졌냐?"

슈벨은 빌리보다 앞으로 걸어 나오며 말했다.

"그딴 게 지금 왜 필요하냐, 배롤? 현재의 누가 더 강한가, 그게 핵심 아니겠나?"

"되지도 않는 이유 붙여 시합 요청하는 저놈보다는 낫군. 거기서 기다려라, 슈벨."

그는 말을 돌려 카셀과 탈룬드가 있는 마차로 되돌아왔다.

"탈룬드 님, 제 지휘권을 하레르에게 위임하고 지금부터 저는 자유행동에 들어가도 되겠습니까?"

"뭘 하려고 하는가?"

탈룬드가 놀라 물었다.

"기사들 간의 시합을 받아들이고자 합니다."

"목숨을 걸고?"

"상대가 피를 봐야 직성이 풀릴 놈 같습니다."

"울프의 기사가 이런 도전을 피해서는 안 되겠지. 근데 나보다는 캡틴께서 허락을 해 주셔야 하지 않을까?"

탈룬드는 이미 결정된 거나 다름없이 말해 놓고, 카셀을 돌아보았다.

카셀은 배롤의 시선이 부담스러웠으나, 이왕 이렇게 되었으니 아까부터 불안해했던 부분이나 언급하기로 했다.

"늑대의 이빨을 드러내지 마십시오."

배롤은 몇 번인가 눈을 깜빡거렸다.

"어떤 뜻으로 하는 말이지?"

"근방에 저 둘만 있는 게 아닌 것 같습니다. 전력을 다하지 마세요."

배롤은 뭔가 이상하다는 듯 고개를 갸웃거렸다. 카셀은 그가 왜 그러는지 몰라 똑같이 눈만 깜빡거렸다.

"어째…… 캡틴처럼 말하고 있네?"

배롤이 말했다. 영문을 모르는 탈룬드는 재미있다는 듯 턱을 쓰다듬었다.

"흥미로운 대화가 오고 가는군. 난 없다고 생각하고 계속 말해 보겠나?"

"아닙니다, 탈룬드 님. 실례했습니다."

배롤은 카셀을 보고 묘한 미소를 지으며 말했다.

"돌아와서 다시 얘기하도록 하지."

배롤은 말을 몰아 빌리가 서 있는 지점과 마차와의 중간 지점까지 달려갔다. 카셀은 마차에만 얌전히 있으려다 생각을 바꿔 밖으로 나갔다.

"왜 그러나, 캡틴?"

탈룬드가 물었으나, 카셀은 마차 문 닫는 소리에 못 들은 척 대답하지 않았다. 카셀은 부대의 선두 쪽으로 걸어갔고, 하레르가 걱정이 되었는지 옆을 따라왔다.

먼저 와서 기다리고 있던 슈벨이 다가오는 배롤에게 말했다.

“그사이 마스터 퀘이언에게 많이 배우셨나, 배롤 울프?”

배롤은 그의 비꼬는 말에 흥분하지 않고 말했다.

“별로. 마스터께서 우리를 직접 가르치는 일은 거의 없다. 그나저나 무슨 일로 돌아왔나, 슈벨?”

“불합격자는 아란티아에 좀 오면 안 되냐?”

카셀은 좀 더 앞으로 다가가 둘의 대화를 자세히 들었다.

“돌려 말하지 마라. 원하는 게 복귀라면 다시 테스트에 들게 해줄 수도 있다. 너 정도 실력자가 떨어진 건 사실 우리로서도 아까운 일이었으니까.”

배롤은 정중한 말로 슈벨의 화를 돋우고 있었다.

“나보다 더 강한 것처럼 말하지 마라, 자식아. 계급이 위인 것처럼 말하지도 말고.”

배롤은 뒤를 슬쩍 돌아보았다. 떨어져 있으라는 경고였다. 하지만 카셀은 저 두 남자가 누군지 알아야겠다는 일념으로 물러서지 않았다.

배롤은 다시 앞을 보며 물었다.

“빌리라고 밝힌 저 녀석은 누구냐? 너와 같이 있는 걸 보니 도적놈은 아닌 것 같고?”

“듣고 놀라지나 마라. 익셀런의 기사다.”

놀란 사람은 배롤이 아니라 뒤에서 듣고 있던 카셀이었다. 카셀은 빌리의 얼굴을 좀 더 자세히 보려고 고개를 쭉 뺐다.

"익셀런이 여기는 왜 와?"

"네 뒤에 있는 캡틴 울프와 겨루기 위해서 왔다고 해 두지……. 근데 저기 저 녀석이 캡틴이야?"

슈벨은 수상쩍게 카셀을 바라보았다.

"아니라면 어쩔 것이며 맞다면 어쩔 거냐?"

배롤의 대꾸에 슈벨은 목덜미를 주물럭거렸다.

"오냐, 네가 울프의 기사가 되었다고 기세가 올랐나 본데, 여기에서 오늘 박살을 내주마. 너 죽이고 나면 네 캡틴이 나서겠지. 안 그래?"

"네가 선언한 거다? 시합이 아니라 결투라고?"

"진검 들면 시합이 결투고, 싸움이지."

슈벨이 칼을 뽑았고, 동시에 배롤도 칼을 뽑았다. 어째 기사들끼리의 대결이 아니라 깡패 두 명이 시비 붙어 싸우는 것 같았다.

"네놈 캡틴에게 맡기지 않고 나선 걸 후회나 하지 마라."

싸움을 시작한다는 의미로 둘은 서로의 검을 허공에서 가볍게 부딪혔다. 그 순간 슈벨은 탐색도 없이 바로 칼을 휘둘렀다. 가볍게 칼을 댔던 배롤은 서둘러 뒤로 물러났다. 칼날이 아슬아슬하게 옷깃을 스쳤다.

"내가 후회를 하긴 왜 하냐?"

배롤도 반격했다. 그러나 슈벨은 순식간에 몸을 피하고 왼쪽을 공격했다. 배롤이 왼쪽을 따라가면 어느새 오른쪽에 가 있고 오른쪽을 막으면 다시 왼쪽에서 공격이 시작되었다. 무서울 정도로 빠른 공방이었다. 뒤에서 보는 카셀은 슈벨이 어떻게 움직이고 있는지도 알아볼 수가 없었다.

잠깐 허점을 보인 순간 슈벨은 배롤의 가슴에 칼을 찔러 넣었다. 겨우 피했으나 걷어차는 발길질까지 피하지는 못했다. 배롤은 뒤로 한 바퀴 굴러 일어났다. 온몸에 흙을 뒤집어써 하얀 옷이 더러워졌다.

슈벨은 승리의 환호를 보이지 않았다. 오히려 화를 냈다.

“울프의 기사란 게 겨우 이 정도라면 대체 난 뭣 때문에 그동안 죽을 고생을 하며 훈련을 했는지 모르겠군.”

배롤은 가슴에 묻은 흙을 털며 고개를 좌우로 까닥였다.

“역시 넌 울프가 되었어야 할 인재였어. 다시 물어도 될지 모르겠군. 두 번째 테스트의 의미를 알았다면 왜 포기했나?”

“같잖은 기사단에 들어가기 싫어서였다. 됐냐? 싸움 중에 이것저것 묻지 마.”

“어어, 정말로 궁금해서 물은 건 아니었어.”

배롤은 다시 슈벨에게 검을 휘둘렀다. 슈벨은 압도적인 빠르기로 상대를 제압했다. 가까스로 공격을 막아내던 배롤은 또 한 번 걷어채어 쓰러졌다. 배롤은 또 흙먼지를 털고 자리에서 일어났다. 충격이 있는 것 같지는 않았으나 카셀이 보기에 그것은 보통 치욕스러운 일이 아니었다. 그가 가지고 있는 울프라는 명성을 생각하면 더더욱 그랬다.

카셀은 이 대결을 지켜보는 병사들이 동요를 일으킬 게 걱정되어 얼른 뒤를 돌아보았다. 그 순간 길 왼쪽에 있는 수풀 사이로 사람의 얼굴이 슬쩍 보였다.

매복이 있었다!

“캡틴 하레르?”

“예, 캡틴 울프.”

“눈을 돌리지도 말고, 대답도 하지 말고, 듣기만 하십시오. 지금 수풀에 매복이 있습니다. 특별히 대처하지는 말고 병사들에게 그 사실을 주지시키십시오."

하레르는 경직된 표정으로 잠시 전방을 주시하더니, 아무 말 없이 돌아섰다. 그리고 병사들 하나하나에게 조용히 알렸다. 카셀이 혹시나 해서 돌아보니, 병사들은 정말 표정 하나 바꾸지 않고 지금까지처럼 슈벨과 배롤의 대결을 구경하는 척하면서 대형을 갖추어 갔다.

"야, 배롤. 어떻게 된 거냐? 내가 지나치게 강해진 게 아니라면, 넌 분명 5년 전보다 더 약해진 것 같은데? 혹시 힘을 아끼고 있나? 쓰고 싶은 기술이 있으면 죽기 전에 쓰는 게 어때?"

슈벨이 호통쳤다. 즉시 맞받아칠 줄 알았지만 의외로 배롤은 순순히 인정했다.

"전력을 다하는 거 맞아. 네가 강해진 거야."

"뭐야?"

"그래서 더더욱 하고 싶은 질문이 있는데……, 네가 울프 기사단에 합격할 수 있었는데도 스스로 포기한 거라 해서 묻는 거다. 너 정말 혼자 하는 훈련으로 울프 기사단에서 받는 훈련보다 더 강해질 수 있을 거라고 생각했나?"

"그게 지고 있는 녀석이 할 말이냐?"

"더 강해지길 원했다면 넌 잘못 선택했다. 혼자 있으면서 그 정도로 놀라운 발전을 했다면 그 재능이 아깝구나."

"너 지금……."

배롤은 슬쩍 칼을 들어 올렸다.

"지금까지는 배롤 드로이였다. 그리고 지금부터는 배롤 울프다. 너에게 울프 기사단의 두 번째 테스트가 갖는 의미를 가르쳐 주겠다."

배롤의 자세가 미묘하게 바뀌었다. 카셀은 변한 자세의 의미를 알 수 없었다.

슈벨이 소리 질렀다.

"잘난 척하지 마!"

둘의 격돌이 다시 시작되었다. 배롤이 특별히 더 빨라진 것도 아니고, 더 강해진 것 같지도 않았다.

슈벨은 배롤의 공격을 받아 내고 다시 빠르게 검을 날렸다. 하지만 싸움의 양상이 바뀌었다. 여전히 슈벨이 더 빠르고 더 강하게 밀어붙였으나 팔을 베이고 어깨를 베인 쪽은 슈벨이었다.

슈벨의 눈에 당황하는 빛이 역력했다. 카셀은 뭔가 배롤이 유리해졌다고 생각했다. 멀리서 보고 있는 빌리도 당황해하는 걸 보니 제대로 본 것 같았다. 카셀은 손에 땀을 쥐고 싸움의 양상을 지켜보았다.

"너 이 자식, 아까는 오른발 안 움직였구나!"

슈벨은 공격을 멈추고 느닷없이 소리쳤다.

"배롤 드로이라는 녀석이 가진 버릇이었지. 그럴듯하지 않았나?"

이제 도발하는 쪽은 배롤이었다. 슈벨의 움직임이 더 커지고 더 과격해졌지만, 배롤은 침착하게 그 빠른 공격들을 다 막아냈다.

"혼자서 아무리 죽을힘을 다해 연습했어도 배롤 드로이는 그 버릇을 안 고쳤을 거다. 왜냐면 안 고쳐도 충분히 강했으니까."

"닥치지 못하냐, 배롤?"

슈벨은 배롤을 힘으로 밀어냈다. 배롤은 밀리는 대로 가볍게 밀려나며 하고 싶은 말을 했다.

"그런데 울프 애들은 어찌나 눈썰미가 좋은지 항상 그 버릇부터 공격해 들어오지. 안 고칠 수가 없게 되더라고."

슈벨은 으르렁거리며 칼을 고쳐 잡았다.

"오냐. 옛정 때문에 안 죽이고 끝내려는 건 관뒀다."

"나도 그러길 기다렸다."

둘은 한껏 자세를 낮추고 서로를 겨냥했다.

"그만!"

갑자기 빌리가 소리쳤다. 슈벨은 얼결에 거리를 두고 뒤로 물러났고 배롤도 굳이 그를 쫓아가지 않았다.

"왜 그래, 빌리? 혹시 내가 불리해 보여서 멈춘 거라면 그럴 필요 없었어!"

슈벨이 말했다.

카셀은 빌리가 왜 둘의 싸움을 중지시켰는지 알고 외마디를 내질렀다.

"으앗!"

검은 기사가 있었다! 카모르트에서 봤던 바로 그 검은 기사가 빌리를 지나쳐 슈벨과 배롤 쪽으로 다가가고 있었다. 정확히는 붉은 장미 백작의 12쏜즈가 변한 바로 그 검은 기사!

카셀은 어린 시절의 악몽을 되돌아보는 것처럼 등골이 오싹해졌다.

'맙소사, 설마 그 검은 기사가 카모르트에서 아란티아까지 쫓아온 건가?'

배롤은 의아해했지만 카셀처럼 놀라지는 않았다. 하얀 늑대들조차 검은 기사가 나타나면 두려움을 느꼈다. 그러나 그는 아무렇지도 않게 슈벨에게 검은 기사의 정체를 묻고 있었다.

"저 녀석도 익셀런의 기사냐?"

여태까지 한마디도 지지 않고 맞받아쳤던 슈벨이었으나 그 질문에는 아무 대꾸도 하지 않았다. 슈벨은 배롤을 배제하고 검은 기사하고만 말했다.

"블랙, 이 일은 우리 둘에게 맡기기로 했잖아."

검은 기사는 빌리를 지나 슈벨을 지나치더니 노려보는 배롤까지 무시하고 지나쳤다. 그리고 정확히 카셀 쪽으로 다가왔다.

잠시 시간이 멈춘 듯했다. 검은 기사가 한 걸음 내디디면 쇳소리가 공기를 진동시켰고 그럴 때마다 카셀은 어깨를 움찔거렸다. 마치 막을 수 없는 화살이 날아오는 광경을 바라보는 기분이 들었다.

'왜? 아니, 그보다 어떻게?'

오만 가지 추측이 머릿속을 맴돌았다. 카셀은 겁에 질린 나머지 돌아서 달아나고 싶었다. 그러나 캡틴 울프가 적에게 등을 보일 수 없다는 책임감으로 버텼다. 카셀은 주먹을 꽉 쥐고 뒤를 돌아보았다.

병사들은 이미 경계 태세를 갖추고 있었다. 그러나 그들은 검은 기사의 무서움을 알지 못했다. 만약 검은 기사가 칼질을 시작하면 아무리 많은 숫자의 병사들이라도 도살장에 묶여 백정의 칼을 기다리는 가축과 다를 게 없게 된다. 그걸 모르니 저렇게 침착할 수 있는 것이다.

'잠깐. 왜 안 무서워하지?'

모르니까 두려워하지 않는다? 아니, 노르만트에서는 모습을 드러내는 순간 모든 병사들이 겁에 질려 떨었다. 게다가 검은 기사를 목격한 대부분은 그게 익셀런 기사단의 갑옷이었음을 인식하지도 못했다.

'이자는 12쏜즈가 변한 검은 기사가 아니야.'

그때 배롤이 검은 기사의 목으로 칼을 들이밀었다. 검은 기사는 보지도 않고 뒤쪽에서 접근하는 칼을 할버드의 손잡이 부분으로 막았다.

배롤은 칼날을 거두지 않고 말했다.

"캡틴에게 볼일이 있다면 나를 거쳐라!"

카셀은 그자에게 말이 통하지 않으니 피하라고 경고하려 했다. 당장 다음 순간에 벌어질 끔찍한 참상이 머릿속에 그려졌다. 그러나 검은 기사는 뒤를 돌아보며 배롤에게 대꾸했다.

"내가 볼 일이 있는 건 네가 아니다."

카셀은 소리 지르려던 입을 다물었다. 특유의 울리는 목소리는 분명 카모르트에서 봤던 검은 기사와 비슷했다. 하지만 이 기사는 모두가 알아들을 수 있는 언어로 말하고 있었다.

"바로 그런 볼일을 거치라는 거다."

배롤은 조금도 물러서지 않았다.

검은 기사는 잠시 생각하더니 크지 않은 목소리로 경고했다.

"막으면, 널 죽일 수밖에 없다."

검은 기사는 잠시 머뭇거리더니 배롤의 검을 할버드로 밀어냈다. 배롤은 뒤로 살짝 물러났다. 그사이 검은 기사는 빌리와 슈벨에게 말했다.

"미안하다. 너희들의 결투 상대인 모양인데 내가 빼앗게 되었군."

배롤도 더 뒤로 물러서며 카셀에게 말했다.

"뒤로 빠져 있어! 이 녀석과는 좀 넓게 싸워야겠다."

카셀은 지금 다른 어떤 것보다 검은 기사가 '말을 한다'는 사실에 경악한 나머지 움직이지 못했다. 그들은 알아들을 수 없는 언어로 사람들의 공포를 불러일으키는 존재지, 이렇게 타인과 의사소통을 하는 존재가 아니었다.

그가 풍기는 기묘한 공포는 노르만트에서 만났던 괴물들과 동일했으나 뭔가가 달랐다. 그것이 뭔지 생각해 보기도 전에 배롤의 칼과 검은 기사의 할버드가 격돌했다. 카셀은 움찔하며 얼른 뒤로 몇 걸음 물러섰다.

배롤의 힘이 어느 정도인지 카셀로서는 측정조차 못할 일이었다. 그러나 검은 기사의 할버드와 맞부딪힌 배롤은 뒤로 네댓 걸음이나 나가떨어졌다. 비틀거리다가 겨우 넘어지지 않고 균형을 잡는 걸 보니 그 역시 상대의 힘이 이 정도일 거라고는 생각하지 못한 모양이었다.

"으음."

배롤은 신음하더니 다시 자세를 갖추었다. 그 순간 한참이나 떨어져 있던 할버드가 쭈욱 늘어나는 것처럼 휘어져 들어와 배롤의 목을 노렸다. 그는 고개를 숙여 피하고, 이어지는 공격도 뒤로 점프해 피했다.

그 결과로 배롤은 슈벨의 옆에 다다르게 되었다. 슈벨은 반사적으로 검을 들었으나 배롤을 공격하지는 않았다.

배롤은 아픈 손을 주물럭거리며 물었다.

"저 녀석 어디서 나타난 놈이냐? 네 편이야?"

슈벨이 대답했다.

"친근한 듯이 묻지 마, 자식아. 그리고 널 쓰러트리는 건 나여야 하니까 경고하는데 포기해라. 혹시라도 네 캡틴의 실력이 한 수 위라면 맡기는 게 좋아. 검은 기사의 목표는 처음부터 네 캡틴 하나였어."

그리 멀리 떨어지지 않은 상태라 카셀도 슈벨의 말을 작게나마 듣고 있었다.

'나를 원해? 저자가? 역시 카모르트에서의 일을 복수하기 위해 따라온 걸까? 실종된 하얀 늑대들도 저자와 연관된 걸지도 몰라!'

배롤은 입맛을 다시며 다시 검은 기사에게 다가갔다.

"포기? 그건 어떻게 하는 거야? 해 본 적이 있어야 말이지."

배롤은 잠깐 멈추더니 카셀에게 말했다.

"캡틴, 뒷일을 맡긴다."

"네?"

카셀은 눈을 동그랗게 떴다. 배롤은 뭔가를 결심했고, 그 결심이 뭔지 눈에 보이자 카셀은 다급해졌다. 자기보다 강한 자에게 도전하는 걸 두려워하지 않는 게 울프라고는 하지만 이건 너무 무모했다. 하지만 카셀은 그의 긍지 높은 도전에 대해 멈추라는 명령을 내릴 수가 없었다.

"아아, 이건 로일한테 쓰려고 아껴 둔 건데……."

배롤은 들릴 듯 말 듯 중얼거리며, 의식을 진행하는 사제처럼 칼을 얼굴 앞에 세워 잠시 눈을 감았다. 검은 기사도 두 손으로 할버드를 쥐고 기다렸다. 배롤이 눈을 떴고 검은 기사도 그 눈을 주시했다.

배롤은 아주 낮게 상대의 품으로 파고들어 칼을 올려쳤다. 검은 기사는 가볍게 손잡이로 막고 도끼날로 후려쳤다. 그러나 배롤은 이미 방향을 돌려 검은 기사의 다리 쪽을 쳤다.

극히 짧은 시간 동안 일어난 거라 카셀은 그사이에 무슨 일이 일어났는지 보지 못했다. 그러나 검은 기사의 할버드가 올라간 후 배롤의 몸이 뒤로 날아 바닥에 거꾸로 처박히는 것만은 깃털이 떨어지는 것처럼 천천히 보였다.

"배롤!"

카셀이 소리치며 달려갔다. 검은 기사도 잠깐 휘청거리며 뒤로 물러났다. 허벅지 쪽의 베인 부분에서 검은 연기가 피어오르고 있었다.

'연기가 나! 그럼 역시 카모르트의 검은 기사가 맞아!'

배롤은 배에서부터 가슴까지 깊은 상처가 나 있었고 피가 물처럼 샘솟고 있었다. 카셀은 당황해하는 병사들에게 황급히 소리쳤다.

"전원 전투 준비! 제자리를 지키고 하이로드의 보호를 우선하라."

하레르가 그 명령을 반복했고 당황한 병사들은 서둘러 칼과 창과 방패를 들었다. 배롤은 정신을 완전히 잃은 건 아니었으나 눈을 뜨지 못했다.

"하레르, 상처를 치료할 수 있는 사람을 데려오시오."

카셀은 배롤의 상처를 손바닥으로 막은 채로 소리쳤다. 그러나 카셀의 등 뒤로 나타난 것은 하레르가 아닌 검은 기사였다. 허벅지에서 흐르는 검은 연기는 점점 옅어졌다. 카셀은 그가 할버드를 치켜들어 자신의 목을 내리칠 거라 생각했고, 눈을 질끈 감았다.

모두 죽는다. 배롤도, 하이로드 탈룬드도, 탈룬드의 경비병들도, 그리고 카셀도.

"훌륭한 일격이었다."

검은 기사가 말했다. 카셀은 아직도 검은 기사가 말을 한다는 사실에 적응되지 않았다. 굵고 울리는 목소리가 계속 이어졌다.

"잊었던 과거의 한순간으로 돌아가는 느낌이었다. 어떤가, 캡틴 울프? 부하의 복수를 위해서라도 검을 들어 나와 겨루지 않겠나?"

"멈춰라. 캡틴 울프께 해를 끼치는 자는 내가 용서치 않겠다."

하레르가 칼을 들고 달려오며 소리치고 있었다. 그의 뒤에는 부하다섯 명이 따르고 있었다.

검은 기사는 조금도 주저하지 않고 하레르가 달려오는 쪽으로 할버드의 날을 돌렸다. 매복한 적이 있고, 군대도 무너뜨릴 수 있는 검은 기사와 유일하게 싸울 수 있는 울프의 기사는 쓰러졌다.

'이대로라면 전멸이다! 그러나 이 검은 기사는 말이 통해.'

카셀은 자리에서 벌떡 일어나 명령했다.

"하레르, 멈추시오!"

하레르는 거의 반사적으로 멈췄다. 뒤따르던 병사들도 우르르 멈췄다.

카셀은 다급하게 검은 기사에게 물었다.

"내가 목적이었나?"

검은 기사는 카셀의 당당한 눈동자를 뚫어지게 바라보았다. 카셀은 투구 속에서 어둠밖에 볼 수 없었는데도 그자의 강한 시선이 느껴졌다.

"그대가 나를 충족시켜 줄 존재라면……."

검은 기사가 대답했다.

"좋다. 어떤 방식으로든 그 기대를 충족시켜 주겠다. 캡틴 울프의 명예를 걸고! 그 대신 조건이 있다."

검은 기사는 카셀의 뒷말을 미리 알고 있다는 듯 말했다.

"나머지는 건들지 않겠다."

카셀은 검은 기사의 대답을 듣자마자 빌리와 슈벨에게 소리쳤다.

"들었나? 매복해 있는 병사들을 전부 원위치시켜라."

빌리는 한 손을 들어 신호를 보내며 말했다.

"울프 기사단의 캡틴이라니 약속을 지켜라 어쩌라 하는 말은 생략하도록 하지. 애초에 그쪽에서 나의 부탁을 들어주지 않을 경우 억지로라도 들어주게 만들기 위한 대비책이었을 뿐이었다."

카셀은 이를 악물고 빌리를 노려보았다.

'저렇게 정중하게 말하는데도 불쾌하기 짝이 없군.'

빌리는 그런 시선에 익숙한 듯 표정 변화 하나 없이 수풀에 대고 명령했다.

"서전트 그린우드. 돌아와라."

부스럭거리는 소리와 함께 수풀 속에서 스무 명 정도의 병사들이 불쑥 모습을 드러냈다. 병사들이라기보다는 도적들 같은 차림이었다. 불만스러운 얼굴인 걸 보니, 한바탕 싸움을 벌이고 싶었던 게 분명했다.

카셀은 빌리에게 소리쳤다.

"나 스스로 그쪽으로 가겠다. 그러니 다친 동료를 보살필 수 있도록 시간을 달라."

검은 기사는 왔던 길을 되돌아가는 것으로 대답을 대신했다. 빌리도 말없이 기다려 주었다. 캡틴 울프의 이름값을 저렇게까지 신용해 주니 앞으로의 일이 더 걱정이었다.

'어쩌자고 기대를 충족시킨다는 말을 해버렸지?'

카셀은 다시 배롤의 상처부터 살폈다.

"캡틴 하레르! 서두르시오."

하레르가 달려왔고, 뒤따라 가죽 배낭을 짊어진 병사가 달려왔다. 젊은 병사는 오자마자 커다란 솜으로 배롤의 상처를 눌렀다.

배롤은 겨우 눈을 뜨고 있었다. 입에서 흐르는 피가 뺨을 타고 흘렀다. 그가 힘겹게 말했다.

"가면…… 주, 죽는다……."

"아마도 그렇겠지요."

카셀은 허리에 차고 있는 보검을 풀어 그의 손에 쥐여 주며 말을 이었다.

"그러니 이 칼을 맡기겠습니다."

"무, 무슨 짓을……. 그, 그럴 수는……."

"전 당신이 이렇게 되는 동안 아무것도 못하고 뒤에서 바라보기만 한 힘없는 녀석이에요. 보검을 지킬 자신이 없어요. 그러니 당신이 꼭 보검을 지켜주세요. 나디움에서 만나 돌려주시면 돼요. 알았죠? 다시 만나는 겁니다. 이런 데서 죽지 말아요!"

카셀은 배롤의 손을 꽉 쥐었다 놓았다.

배롤은 반도 뜨지 못한 눈으로 올려다보며 말했다.

"아, 알았다, 캡틴……. 나디움에서……."

배롤은 더 이상 말을 잇지 못하고 고개만 끄덕였다. 카셀은 자리에서 일어났다. 하레르가 뒤따라 일어나며 말했다.

"저도 따라가게 해 주십시오, 캡틴 울프. 제가 당신 대신 저 기사와 싸우겠습니다."

카셀은 웃으며 고개를 저었다.

"당신은 제가 검을 쓰지 못한다는 걸 알고 있었군요. 하지만 전 괜찮습니다. 배롤을 부탁합니다. 무엇보다 당신은 탈룬드 님을 지켜야 하지 않습니까?"

마차 옆에 선 탈룬드가 걱정스러운 시선으로 이쪽을 바라보고 있었다. 카셀은 살짝 고개를 숙여 하이로드에게 작별 인사를 했다. 그리고 익셀런의 기사와 과거 울프 기사단 시험에서 떨어진 자, 그리고 검은 기사가 있는 곳으로 걸어갔다. 대체 어떻게 저런 조합이 같이 다니게 된 건지, 카셀은 상상도 할 수 없었다.

카셀은 빌리의 앞으로 다가가 조금도 흔들림 없는 눈동자로 물었다.

"익셀런의 기사라 했소?"

"그렇다."

빌리는 짧게 대답했다.

"그럼 기사 대 기사로서 최소한의 예의는 갖추어 주겠군."

카셀은 빈손을 들어 보였다. 허리에 칼도 없었다. 빌리는 오히려 콧살을 찡그렸다.

"무기를 뺀는다는 소리는 하지 않았다."

"내게 있어 그건 상관없소. 자, 갑시다. 원하는 게 나였으니, 나로 뭘 할지 궁금하군."

카셀은 그 말을 툭 던져두고 먼저 걸어가 버렸다. 가급적 빨리 탈룬드와 배롤이 있는 곳에서 그들을 떨어트려 놓고 싶었다. 그리고 천천히 걷는 검은 기사를 힐끔 노려보았다. 그의 주위에만 어둠이 깃들어 있는 것 같은 착각이 드는 것만 봐도 분명히 '그들' 중 하나였다. 그러나 이상하게도 이자는 사악한 존재가 아닌 것 같았다.

카셀은 이 검은 기사가 12쏜즈처럼 인간이 변해서 된 괴물인지, 다른 무엇인지 그 정체를 밝혀내기 위해서 스스로 이 길을 선택했다고 믿고 싶었다. 캡틴 울프가 싸우지 못한 나머지 인질이 되었다는 치욕적인 생각은 하고 싶지 않았다.

◈Chapter 15◈

약속

"캡틴 울프!"

뒤에서 슈벨이 불렀다. 카셀은 멈추지 않고 걸어갔다. 그렇다고 급히 걸어 도망치는 모습을 보이지는 않았다. 어디까지나 당당하고 꾸준하게 걸음을 옮겼다.

"멈추라니까!"

몇 번의 부름을 계속 무시했더니 나중에는 성난 목소리로 변했다. 카셀은 그제야 뒤를 돌아보았다.

슈벨이 바로 뒤에 서 있었다. 가까이서 보니 대하기 부담스러울 정도로 예뻐 보였다. 수염 난 자국도 없을 정도로 깨끗한 얼굴에 갸름한 턱, 반짝거리는 눈동자를 덮는 긴 속눈썹……. 어떤 관점에서 보면 굉장한 미남이었다. 그러나 배롤과 막상막하의 실력을 보인 순간부터 카셀의 눈에는 '무서운 사람'으로만 보였다.

슈벨 옆으로 뒤따라온 빌리라는 남자는 딱히 카셀 앞에서 실력을 드러낸 건 아니었다. 하지만 풍기는 분위기나 말하는 모양새를 보면 슈벨과 동등한 실력자였다. 애초에 캡틴 울프와 겨루겠다고 말한 사람은 빌리였다. 둘의 뒤를 따르고 있는 검은 기사는 말할 것도 없었다.

"어디까지 갈 셈이냐? 도망이라도 치는 거야, 뭐야?"

슈벨은 짜증을 내며 물었다.

카셀은 여기까지 걸어오며 저 두 사람을 어떻게 상대할지 고민하고 있었다. 이런 실력자들을 상대로는 허풍이 통하지 않는다는 것을 카셀은 이미 경험으로 알고 있었다. 캡틴이라는 권위가 통하지 않을 것이며, 어설프게 혀를 놀리다가는 그 혀를 베어 버릴 사람들이다.

그렇다고 무자비한 살인자도 아니었다. 하이로드의 행렬을 막는 방식은 무모했으나, 거꾸로 보면 정중했다.

쉐이든의 충고를 따라야 할 때였다.

"도망치는 거냐고?"

우선 가급적 빨리 자신의 검술 실력이 염소 발톱만큼도 없다는 걸 보여 줘야 했다. 하지만 비굴하게 굴 수도 없었다. 그걸 어떻게 효과적으로 보여야 할지 반 시간도 안 되는 짧은 거리를 걸어오면서 완벽하게 계획하기는 힘들었다. 그래서 카셀은 누군가를 흉내 낼 수밖에 없었다.

아즈윈!

그녀는 자기에게 불리한 부분이 있어도 감추는 데 힘을 쏟지 않았다. 유리한 점을 강조했다. 또 그녀는 자기가 가지고 있는 모든 것을 무기로 쓸 줄 알았다. 상대가 자기 다리에 눈독을 들이는 남자라면 창피해하는 게 아니라, 허벅지를 슬쩍 까 보이고 그 틈에 손목을 잘라 버리는 여자였다. 그런 자신감이 필요했다.

"도망치는 거 맞다. 어쩔래?"

카셀은 허리에 한 손을 올리고 비딱하게 서서 물었다.

슈벨은 희극의 주인공처럼 카셀과 같은 포즈로 허리에 손을 얹었다. 얼굴에는 이해가 안 된다는 복잡한 미소가 가득했다.

"너 울프 기사단의 캡틴 아니었냐?"

"맞다."

"그러면 왜 도망가?"

"무서우니까."

상대가 도적이었다면 하지 않을 말이었다. 둔한 녀석이었어도 해선 안 될 얘기였다. 딱 봐도 눈치가 빨라 보여 한 얘기였고, 예상대로 슈벨은 카셀의 말을 의심했다.

"너 캡틴 아니지?"

슈벨의 눈빛이 무서웠지만, 카셀은 물러나지 않았다.

"캡틴 맞아."

"로일 알아?"

시험이라도 하듯 그가 또 물었다.

"안다."

"하얀 늑대냐, 그 녀석?"

"그렇다."

"그럼 네 부하겠네?"

"친구다. 울프 기사단에는 상하의 개념이 없다. 그러는 너야말로 로일을 어떻게 아냐?"

"질문은 내가 한다. 아즈윈은?"

"안다."

"걔도 하얀 늑대가 되어 있냐?"

"그렇다."

"또 누가 있냐? 설마 쉐이든, 프란츠, 게랄드도?"

"프란츠는 아니지만 나머지 둘은 맞다. 너 도대체 어떻게 그 이름을 다 아냐?"

"이런 젠장! 들었어, 빌리? 날 이겼던 놈들은 다 하얀 늑대가 되어 있고 나한테 진 녀석은 울프가 되어 있다. 이거 생각해 보니까 무지 열 받네."

슈벨이 웃는 얼굴로 짜증냈다. 카셀은 그의 행동이 아주 재미있어졌지만, 표정은 바꾸지 않았다.

'무심함. 대담함. 자신감.'

카셀은 계속 그 말을 되뇌었다.

슈벨이 또 물었다.

"로일은? 그 녀석 여전히 세? 너보다 세?"

"나보다 세다."

카셀은 이 질문에 대한 답변을 상대가 어떻게 받아들일지 짐작이 갔다. 하지만 수정해 줄 필요성은 느끼지 못했다.

"어느 정도로?"

슈벨은 눈까지 반짝이며 물었다.

"그만."

뒤에서 묵묵히 둘의 대화를 듣던 빌리가 칼을 뽑았다. 카셀은 의지와 상관없이 칼을 피해 고개를 뒤로 젖히게 되었다.

"검을 앞에 두고 입으로 강함을 논하는 것은 기사가 할 짓이 아니다."

그는 뽑은 칼을 카셀에게 잡기 쉽도록 가볍게 던져 주었다. 받고 싶지 않았지만 받을 수밖에 없었다. 꽤 묵직했다. 이 검에 비하면 로일이나 아즈윈의 것은 가벼운 축에 속했다.

카셀은 잠시 칼을 만져 보다가 물었다.

"겨루자는 건가?"

"물론이다. 아까 했던 약속을 지켜라."

빌리는 카셀의 세 걸음 앞에 섰다. 로일에 대한 궁금증으로 가득 차 있는 슈벨도 별말 없이 물러났다. 검은 기사도 멈춰서 기다렸다. 빌리의 부하들도 카셀에게 시선을 못 박고 있었다. 안 그러려고 해도 저절로 움츠러드는 것을 막을 수가 없었다.

'잘못 선택한 걸까? 허풍을 쳤어야 했을까? 아니면 캡틴이 아닌 척 비굴한 인질이 되어 우선 살아남는데 최선을 다 해야 했던 걸까?'

그레이 게이트에서 탈룬드를 만나 마스터 퀘이언과 메이루밀 이야기를 듣지 않았다면 카셀은 좀 더 안일한 선택을 했을 것이다.

'어떤 상황에서도 머뭇거리지 않는 과감한 결단력!'

메이루밀이 캡틴의 자격에 대해 했던 말이었다.

'아즈윈은 일단 결정을 내리고 나면, 잘못된 판단인지 아닌지는 나중에 생각하고 계속 밀고 나갔을 거야.'

아즈윈에게는 누구에게도 뒤지지 않는 검술이 있기에 그 자신감으로 누구에게나 당당할 수 있었다. 카셀은 그녀의 검술을 따라할 수는 없었다. 백 년을 훈련해도 되지 않을 것이다. 그러나 그녀의 자신감은 흉내낼 수 있었다.

'내가 가진 무기는 캡틴이라는 직위 그 자체다. 내가 아무리 약하고 바보 같아도 그 사실은 변할 수 없어.'

카셀은 빌리에게 받은 칼을 들며 말했다.

"좋다, 싸우자."

빌리는 고개를 굳게 끄덕이더니 차고 있는 다른 칼을 꺼냈다.

"이건 익셀런의 캡틴만이 가질 수 있는 론타몬의 보검이다. 이걸 써도 되겠지?"

"익셀런의 캡틴과 울프의 캡틴이 겨룬다? 이런 엄청난 대결을 고작 이런 관중만 놓고 하겠다는 건가?"

"싫은가?"

"아니, 전혀. 그런데 하나 물어도 되나? 그 칼, 정말 울프 기사단의 캡틴과 쓰기 위해 아껴 둔 건가?"

"그렇다. 어쩌면 10년을 기다려 왔는지도 모르지."

빌리의 목소리에는 심장이 아려올 정도로 강한 의지가 섞였다. 카셀은 안타까워 죽을 지경이었다.

'아아, 이 자리에 내가 아닌 하얀 늑대들이 서 있었다면…….'

카셀은 크게 심호흡을 하며 말했다.

"넌 그 칼을 나와의 대결에 쓰게 된 걸 후회하게 될 거다."

그 말을 어떻게 이해했는지, 빌리는 웃었다.

"그럴 일은 없을 거다."

카셀은 빌리가 자세를 잡기를 기다려 칼을 높이 치켜들었다. 자세 잡는 거야 게랄드에게 수십 번 구박받으며 연습했으나, 지금은 최대한 허술하게 보이기 위해 애썼다. 지금 이 순간만큼 눈앞의 적이 강하기를 바란 적이 없었다. 또한 지금만큼 상대가 자신의 허술함을 알아주길 바란 적도 없었다.

이미 빌리는 카셀의 엉뚱함에 황당해하고 있었다. 이 자식 날 유인해 보자는 건가? 그런 눈빛이었다. 카셀은 이때다 하고 칼을 크게 내리쳤다. 고함도 일부러 어설프게 우아아앗 하고 내질렀다.

빌리는 숙이고 있던 자세를 오히려 풀어버렸다. 그리고 한 손으로 가볍게 카셀의 칼을 쳐 냈다. 손목에 아찔한 충격이 전해졌다. 칼은 한참을 날아가 떨어졌다. 빌리는 칼날을 즉시 카셀의 목에 들이댔다.

살갗에 닿는 금속의 느낌이 서늘했다. 그러나 카셀은 속으로 만세라도 부르고 싶었다. 상대의 칼이 배를 쑤셨어도 전혀 이상할 게 없었다. 그러나 찌르지 않았다. 어처구니없을 정도로 형편없는 실력을 보이면, 엄청난 실력자인 빌리가 그런 행동을 취할 거라 계산했었다.

"뭘 하자는 거냐?"

빌리는 진짜로 궁금해하는 어투로 물었다.

"이게 내 진짜 실력이다."

카셀은 기다렸다는 듯 대답했다.

"지금 장난하는 거냐?"

빌리는 설명을 요구하는 표정으로 슈벨을 돌아보았다. 슈벨도 영문 모를 시선으로 카셀을 바라보았다. 카셀은 느릿느릿 말했다.

"말하지 않았나? 그 보검을 꺼낸 걸 후회하게 될 거라고."

빌리는 정말 목을 찌를 듯 어깨를 들어 보였다. 하지만 찌르지는 않았다.

"그 새끼, 짜증 나지? 내가 때려 줄까?"

슈벨이 장난 섞인 목소리로 물었다. 그는 이미 카셀의 실체를 파악한 듯했다. 정체가 밝혀지라고 한 짓이었으나, 막상 그리되니 모두의 앞에서 발가벗겨진 기분이었다.

카셀이 떨어트린 칼은 빌리의 부하 중 하나가 주워서 빌리에게 갖다 주었다. 그 남자는 빌리의 귀에 대고 뭐라고 작게 말했다.

조금 뚱뚱하고 두툼한 입술에, 가는 눈을 가진 남자였다. 처음에는 순해 보였지만 귓속말을 하며 힐끔힐끔 쳐다보는 게, 다시 보니 기분 나쁜 인상이었다. 빌리는 그 남자의 말을 모두 듣더니 씁쓸히 웃으며 다가왔다. 이제 경계할 필요조차 없다고 생각했는지 빌리는 칼을 집어넣어 버렸다.

"저 녀석이 그러는데, 너 같은 녀석은 숨 다섯 번 내쉴 동안에 고분고분하게 만들 수 있다는군. 하지만 전쟁터에서 사로잡은 포로도 아니고 네가 특별히 우리에게 못된 짓을 한 것도 아닌데 별로 그러고 싶지 않다. 본의 아니게 억지로 끌고 온 내 잘못도 있지. 사실대로 말하면 아무 짓도 하지 않겠다. 그러니 이제라도 네 진짜 정체를 말해 봐라."

'됐다. 이제 내 말을 들어줄 거야.'

카셀은 천천히 말했다.

"지금부터 내가 하는 말에는 단 한 치의 거짓도 없으니 잘 들어라. 나는 하얀 늑대들 전원이 따르는 캡틴이며 이름은 카셀이다."

"내 경고가 약했나? 사실대로 말하라고 했지?"

"익셀런의 기사라고 했나, 빌리?'

"그래서?"

"네 기사단의 갑옷을 입은 저 악마가 왜 너와 함께 있나?"

빌리는 콧잔등을 긁적였다.

"갑자기 다른 얘기 꺼내지 마라. 지금 그 얘기를 하는 게 아니다."

"처음 내가 거래한 자는 저 기사였다. 그러니 다른 얘기가 아니다. 원래대로라면 난 네가 아닌 저 검은 갑옷의 기사와 대화했어야 했다."

카셀은 물러서지 않았다.

"마치 블랙의 정체를 아는 것처럼 말하는군?"

"안다. 카모르트의 내전을 주도한 한쪽 세력이었지."

카셀의 말에, 내내 서 있기만 하던 검은 기사가 쇠끼리 마찰하는 묵직한 소리를 내며 다가왔다. 철컹 철컹.

"나와 같은 자가 카모르트에 있다고 했나?"

동굴 속에서 말하는 것처럼 주위를 묵직하게 울리는 근엄한 목소리였다. 다시 들어도 카모르트의 검은 기사와는 확연히 달랐다. 카셀은 위압감에 눌려 잠깐 숨을 삼켜야 했다.

"그렇다. 내가 모르는 어떤 마법의 힘으로 살아 움직이는 자들이었다. 죽여도 죽지 않았으며, 살아도 산 게 아닌 자들이었다."

"그럼 나는 마법의 힘으로 움직이는 시체란 뜻인가?"

검은 기사는 뭔가 기대하는 듯 고개를 앞으로 숙였다.

카셀은 그와 다섯 걸음쯤 떨어져 얘기하고 싶었지만 여기서 물러나는 모습을 보일 수는 없었다.

"자세히 설명할 자신은 없다. 하지만 당신하고는 조금 다르긴 했지."

그는 검은 투구를 천천히 뒤로 되돌렸다.

"여전히 해답은 골드 게이트에 있군."

그는 무거운 걸음으로 길을 따라 북쪽으로 이동했다. 슈벨이 서둘러 그의 어깨를 잡았다.

“그쪽 방향이 아니야, 블랙. 자꾸 혼자 가지 마. 그보다 익숙한 뭔가가 뒤에 남아 있다고 했잖아. 쟤 아냐? 울프의 캡틴인데.”

블랙은 카셀을 꽤 오랜 시간 동안 바라보았다가 고개를 돌렸다.

“그것은 여전히 뒤에 남았다. 그리고 그것을 봐도 기억이 되살아날 것 같지 않군. 이제 됐다. 골드 게이트로 안내하라.”

“잠깐, 그러면 저 녀석은 어쩌고?”

“내게 의미가 없는 자다.”

두 사람이 그런 얘기를 하는 동안 빌리는 카셀의 처분을 두고 고민하는 모습을 보였다. 카셀은 아무 말 하지 않았다. 옆에는 아까 카셀을 고분고분하게 만들어 버리겠다던 남자가 조언하고 있었다.

“저한테 10분만 맡겨 주십시오. 캡틴의 신발을 혀로 핥게 만들 수도 있습니다.”

빌리는 팔짱을 끼고 카셀에게 고갯짓을 했다.

“그렇다는데 어쩔 텐가, 캡틴 카셀?”

카셀은 그의 눈에 맺힌 망설임을 놓치지 않았다. 내버려 둘 수도 없다. 죽일 수도 없다. 데려가 봤자 필요 없다…… 그런 망설임!

‘여기서 살려 달라고 부탁해 탈룬드에게 돌아갈까? 아니야. 돌려보내 주지도 않을 것이고, 무엇보다 검은 기사가 여기 있어. 친구들이 모두 사라진 게 이것과 관련이 있을지도 모르는데 무섭다고 도망쳐선 안 돼.’

몸은 벌써 달아나려고 들었지만 마음은 물러서지 않았다.

“내가 선택할 문제가 아니다. 나는 거짓말을 한 적도 없고 약속을 어기지도 않았다. 날 어떻게 할지는 네가 해야 할 판단이 아닌가, 빌리? 하지만 너를 실망시킨 내 잘못도 부인하지 않겠다."

"뭐?"

"칼 줘 봐."

"대결을 다시 하자는 건가?"

"아니. 아까 줬던 칼 말고 론타몬의 보검으로."

옆에서 배 나온 남자가 눈을 부라렸다.

"주둥이 함부로 놀리지 마라. 이 씹다 만 쭉정이 같은 새끼야!"

"아버지께서 입이 험한 녀석의 협박은 속에 든 게 없는 걸 감추려는 썩은 조롱박의 악취 같은 거라 굳이 가까이 둘 필요가 없다고 했지. 캡틴끼리 중요한 얘길 하는데 나서지 마라."

그 남자는 시뻘게진 얼굴에 빌리를 쳐다보았다. 카셀은 속으로 외쳤다.

'빌리, 이 자식한테 나 맡기면 안 돼! 진짜로 10분 안에 당신 신발을 핥게 될 것 같으니까.'

다행히 빌리는 그 남자를 밀어내고 물었다.

"왜 내가 너에게 보검을 주어야 하지?"

"어떤 방식으로든 기대를 충족시켜 주겠다고 했지? 울프의 캡틴이 익셀런의 기사도를 시험하고자 한다."

카셀이 입을 닫자마자 빌리는 두 자루 칼을 동시에 꺼냈다. 칼을 뽑는 속도가 어찌나 빠른지 칼 손잡이를 잡은 모습과 다 뽑은 후의 모습만 보였다. 사실 너무 근접해 있어서 그런지 칼날이 목을 치고 지나간 것 같은 착각이 들었고, 아직 목이 붙어 있나 확인해보고 싶을 지경이었다.

빌리는 보검의 손잡이 쪽을 내밀었다. 다른 손에는 금방 내리칠 수 있는 높이에 칼을 쥐고 있었다.

“기사도에 목숨을 건 익셀런의 기사에게 그런 말을 했다면 너 역시 목숨을 걸어야 할 것이다.”

“울프의 기사라고 기사도에 목숨을 못 걸 것 같은가?”

카셀은 망설임 없이 빌리의 칼을 받으며 말을 이었다.

“난 지금 울프의 기사가 되었으나 처음 기사를 꿈꾸게 된 것은 익셀런 기사단 때문이었다. 또한 내가 아는 익셀런의 기사는 지금 카모르트 왕실 기사단의 캡틴이 되어 있지만, 그는 아직도 익셀런의 기사도를 잊지 않았다. 처음 보는 네 녀석의 칼에 내 목숨을 맡기겠다고 말할 수 있는 것도 모두 익셀런의 기사도를 알기 때문이다.”

카셀은 지금까지 친구들에게 배운 그럴듯한 자세로 칼을 들었다. 그것은 로일이 적을 상대하기 전에 잡는 기본자세였다.

“이제부터 내가 하는 말이 네가 아는 기사도에 어긋남이 있다면 나를 베어도 좋다.”

빌리는 약간 긴장하며 칼을 꽉 쥐었다.

카셀은 두려움을 드러내지 않으려고 노력하며 말을 이었다.

“나는 하얀 늑대들의 캡틴이며 너희들이 화이트 게이트에 도착한다면, 그것을 증명해 보이겠다. 동시에 네가 원하는 바를 들어줄 것임을 론타몬의 보검에 대고 맹세한다. 그게 하얀 늑대와의 결투라면 얼마든지 받아 주겠다.”

빌리의 양 눈썹이 가늘게 떨렸다. 옆에서 조언하던 남자가 또 끼어들었다.

"속지 마십시오. 캡틴의 손을 더럽히기 싫으시면 제가 베어 버리겠습니다."

"닥쳐라!"

빌리는 카셀이 아닌 그 남자에게 소리 질렀다.

"익셀런의 기사가 론타몬의 보검에 맹세한 자를 어떻게 벤단 말이냐?"

빌리는 자신의 칼을 집어넣고, 손을 내밀었다. 카셀은 순순히 보검을 내주었다.

"울프 기사단에 네가 떠벌린 기사도가 있기를 빌겠다, 캡틴 카셀."

빌리는 굳은 표정을 조금도 풀지 않고 으르렁거리더니 슈벨과 블랙이 있는 곳으로 걸어갔다. 카셀은 한숨을 내쉬며 바지춤에 손을 넣었다. 손이 떨리는 것을 감추기 위해서였다. 그대로 주저앉아 쉬고 싶었으나 노려보는 눈이 많았다. 특히 빌리의 옆에서 계속 조언했던 뚱뚱한 남자는 쉬지 않고 카셀을 노리고 있었다.

그 뚱뚱한 남자의 이름은 그린우드였다. 가끔 그를 서전트라고 부르는 걸 보니 이 무리 안에서 나름대로 직책이 있는 모양이었다. 그러나 언행은 결코 가지고 있는 직책을 따라가지 못했다. 그날 저녁 식사로 닭고기 수프를 담아 내줬는데 일부러 그릇을 엎어 카셀의 신발을 적셨다.

"어, 미안. 그게 마지막이었는데 어쩌나?"

카셀은 실로 오랜만에 살의를 느꼈다. 빌리는 무뚝뚝했으나 정중했고 슈벨은 무섭긴 했지만 나름대로 배려를 해 주는 편이었다. 그 둘에게 그린우드가 저지른 짓을 말하면 당장 시정될 것이다. 그러나 말할 수 없었다. 그린우드도 그걸 알고 저지른 짓이라고 생각하니 더욱 화가 났다.

검은 기사의 걸음이 워낙 느려 그들은 하루 동안 얼마 가지 못했다. 노숙을 하며 카셀은 밤하늘을 올려다보았다. 잡혀 있는 꼴이 서글펐으나 피곤해서 금방 잠들었다.

이동은 아침 일찍 시작되었다. 그들은 다음 마을에서 수레를 하나 구했다. 슈벨이 자기 말을 매달아 수레를 몰았고 검은 기사만 뒤에 탔다. 빌리는 카셀에게 포로의 예를 갖춰 타도 좋다고 허락했다. 하지만 거절했다. 카셀도 걷는 데에는 자신 있었고 굳이 적의 배려를 받고 싶지 않았다.

슬슬 안전이 보장되었다는 걸 확신하면서 카셀은 앞으로의 일을 계획했다. 처음에는 가는 속도가 느리면 생각할 시간이 많으니 좋을 거라고 여겼다. 하지만 다시 생각해 보니 빨리 가는 편이 나아 보였다. 화이트 게이트로 가면 울프 기사단이 있을 테니 모든 처리를 그쪽에 맡길 수 있었다.

여전히 보검도 없이 캡틴 울프임을 증명해야 하는 문제가 남아 있었지만, 이 속도로 여행을 하면 먼 훗날에나 겪게 될 상황이었다. 벌써부터 고민할 필요가 없었다. 급한 건 그린우드였다.

그린우드는 기회가 생기면 카셀을 죽이고 대충 아무 핑계나 대서 넘어갈 만한 위인이었다. 간혹 진짜 그럴 의도가 아닌가 싶을 정도로 수상한 행동을 하다가, 근처에 빌리나 슈벨이 있으면 아닌 척 넘어가곤 했다. 솔직히 카셀은 그를 앉혀 놓고 왜 나를 못 죽여서 안달이냐고 대놓고 묻고 싶었다.

'혹시 그 썩은 조롱박 욕 때문에 그런가?'

짚이는 건 그거 하나였다.

'사과라도 할까? 아니, 저런 녀석을 상대로 사과하면 더 약점만 잡히겠지. 사과하고 싶지도 않고.'

그린우드는 식사 시간마다 시비였고 길을 걸을 때는 뒤에서 수군댔다. 안 들리면 무시하겠으나, 일부러 다 들리게 했다. '칼도 못 쓰는 놈이 폼은 뒈지게 잡는다니까?'라거나, '엉덩이 한번 토실토실하다.'라거나. 카셀이 할 수 있는 일은 그냥 참는 것뿐이었다.

밤이 되어 빌리는 행군을 멈추고 검은 기사 블랙에게 앞으로의 계획을 설명했다.

"내일 정오면 레드 게이트를 통과하게 되오. 그리고 이 속도면 골드 게이트까지도 닷새 정도면 충분할 것 같소."

카셀이 보기에 블랙은 적어도 세 번 이상 '골드 게이트에 간다.'라는 말을 언급했다. 슈벨이 스쳐 가는 말로, '또 그 말이냐?'라고 하는 걸 보니 카셀과 만나기 전에도 자주 했던 말 같았다.

'골드 게이트에는 왜?'

그린우드를 비롯한 빌리의 부하들은 블랙이 두려워 멀리 떨어져 앉았다. 그래서 카셀이 블랙의 근처에 앉으면 자연스럽게 다른 일행과 떨어지는 게 되었다.

그들은 카셀이 이런 탁 트인 곳에서 무모하게 도망치지 않을 거라 확신하는 듯했다. 실제로 카셀은 도망칠 생각이 전혀 없었다.

마른 빵을 불에 굽는 맛있는 냄새가 났다. 빌리의 부하들은 식사를 준비하고 구운 빵을 1인분씩 잘랐다.

"야, 빵."

각자의 몫을 분배하던 그린우드가 빵을 멀리서 휙 던져 주었다. 어둠 속인데다 갑자기 날아오는 거라 카셀은 그만 빵을 바닥에 떨어트렸다.

"그런 것도 못 받냐?"

그린우드가 킥킥대고 웃었고 다른 녀석들도 따라 웃었다. 카셀은 한숨을 내쉬고 떨어트린 빵에 손을 내밀었다. 흙이 잔뜩 묻어 있겠지만 안 먹는 것보다는 나았다. 계속되는 장난으로 이미 한 끼를 굶은 터라 배가 고프기도 했다.

카셀이 손을 뻗는 순간 누군가 그 빵을 밟아 버렸다. 웃던 남자들의 표정이 일순 굳어졌다.

"새 걸로 가져와."

슈벨이었다. 잘 웃는 사람이 화를 내면 그 효과가 배가되는 법이었다. 그린우드는 굽실거리며 빵을 갖다 바쳤다. 슈벨은 그 빵을 받아 카셀에게 내밀며 말했다.

"원한다면 사과도 받아 내어 주지."

"그건 됐어. 고맙군."

슈벨은 콧김을 푸욱 내쉬고 그린우드에게 자리로 돌아가라고 명령했다. 조심스러운 자세로 돌아가는 그린우드의 뒤통수를 노려보며 슈벨이 말했다.

"너도 우습다. 이건 칼을 쓸 줄 안다 모른다 이전의 문제야. 왜 화를 내지 않나?"

카셀도 그린우드 쪽을 바라보며 말했다.

"너한테는 화낼 수 있어. 하지만 저놈한테는 화낼 수 없어."

"어째서?"

"넌 말싸움에서 졌다고 칼을 들진 않을 거잖아. 저놈은 들 거야."

슈벨 앞에서 굽실거렸던 그린우드는 자리로 돌아가자마자 다른 녀석들에게 상관 행세를 하며 소리 지르고 있었다. 슈벨은 그를 가리키며 말했다.

"저런 새끼가 제일 싫어. 처음에는 꽤 마음에 드는 녀석이었는데 직책이란 걸 주자마자 저렇게 변해 버렸지. 금화 오십이나 현상금이 걸렸다는데 무슨 죄였냐고 물어보니 창녀 하나를 죽였다더군. 그걸 알았으면 서전트 같은 건 시켜 주지 않는 건데……."

카셀은 묵묵히 듣기만 했다.

"그렇다고 계속 당하고만 있을래? 오늘 하루 종일 그랬지, 저 녀석? 네가 어떻게 대응하는가 보려고 아무 말 안 했더니, 끝까지 가만히 있더라? 블랙한테 따지던 박력은 어디 간 거야? 보고 있는 내가 답답해서 이렇게 나서 버렸잖아."

카셀은 여름 벌레를 손으로 휘휘 쫓으며 말했다.

"익숙해. 저런 부류의 녀석들은 나라는 인간을 처음 상대하면 이상할 정도로 동일한 반응을 보이더군. 그럴 때마다 난 화나고 창피해. 왜 아니겠어?"

카셀은 빵을 한 입 덥석 물고 말을 이었다.

"하지만 난 조만간 해결될 일에 화를 내고 있을 만큼 체력이 남아돌지 않아. 이런 건 내버려 두면 돼."

"조만간 어떻게 해결된다는 거야?"

"나도 몰라."

"응?"

슈벨은 모기가 물었는지 팔과 목을 긁적였다. 카셀은 빵을 뜯어 먹기만 했다. 슈벨이 계속 서 있으니 카셀은 앉은 자리의 한쪽을 내주었다.

"앉아. 물어볼 게 있어서 온 것 같은데?"

슈벨은 앉아서 조금 망설이다가 물었다.

"아즈윈을 안다고 했나?"

"알지."

"여전히 예뻐?"

카셀은 새삼 그를 다시 보았다.

"너무 의외의 질문이라 뭐라 대답해야 할지 모르겠는데?"

슈벨은 큰 눈을 껌뻑이며 말했다.

"그야……. 그런 여자는 딱 보면 기억에 남잖아. 고작 몇 년 지났다고 잊힐 얼굴이 아니지. 남자가 그런 걸 궁금해하는 게 뭐가 어때서?"

자연스러워 보이려고 애쓰는 게 더 수상쩍었으나 카셀은 굳이 파고들고 싶지 않았다.

'기억에 남기는 댁이 한 수 위지.'

카셀은 그렇게 받아치고 싶은 마음을 접고 말했다.

"여전히 그런지 아닌지는 예전부터 본 게 아니라 모르겠지만, 지금 예쁜 건 사실이지."

"음, 그렇겠지. 내가 봤을 때는 스무 살 정도였으니까 지금쯤 굉장히 성숙해 있을 거야. 어떤가? 조금은…… 뭐랄까, 여자다워졌나?"

"아즈윈이라면 이렇게 대답했을 질문이군. 여자다운 게 뭐냐?"

"네가 진짜로 아즈윈을 알고 있다는 증거가 되기도 하고, 그녀가 하나도 안 변했다는 증거 같기도 하군."

어째서인지 슈벨은 기뻐하고 있었다. 횃불과 달빛에 비친 그의 얼굴이 약간 붉어진 것만으로도 대충 상황이 짐작되었다.

'돌아보지 말고 들으십시오!'

뒤에서 누군가 돌아보지 말라고 하는 순간보다 뒤를 돌아보고 싶어질 때가 있을까. 카셀은 그 말을 듣는 순간 주먹을 꽉 쥐고 유혹을 참아냈다.

'이 목소리는 당신에게만 들립니다. 그러니 다른 이들이 눈치채지 못하도록 듣기만 하고, 알겠으면 머리에 손을 대십시오.'

카셀은 머리를 긁는 척하며 뒤통수에 슬쩍 손을 올렸다. 슈벨은 이것저것 생각할 게 많은 밤이라느니 자기는 사실 한때 시를 쓰는 게 소원이었다느니 하는 별거 아닌 얘기들을 늘어놓고 있었다. 카셀은 대충 고개를 끄덕여 주기만 하고 뒤에서 들리는 이상한 목소리에 집중했다.

'왜 당신이 그 무리에 끼어 있는지 물을 시간이 없는 게 아쉽군요. 하지만 어쩌면 잡혀 있는 쪽이 최악의 상황을 피하는 길일지도 모르겠습니다. 그러니 불편하더라도 그 안에 계십시오. 당장은 당신을 해하고자 하는 존재가 오히려 당신을 지켜 주는 방패가 될 것입니다. 지금 바로 당신을 구하는 건 문제가 아니나, 그 이후 저 혼자 힘만으로 당신을 보호하기가 어렵습니다.'

귀를 통하지 않고 목소리가 들리는 느낌은 아주 묘했다. 그러나 거부감은 없었다. 언젠가 경험해 본 적이 있는 것 같았다. 기억은 나지 않았지만.

여자인지 남자인지도 모를 이 이상한 목소리는 구체적인 얘기를 해

주지 않았다. 위험한 상황이란 무엇이며 해하려는 존재는 또 누구인가? 듣기만 하라는 건 너무도 심술궂은 명령이었다.

'저는 당신 친구의 부탁으로 여기 오게 되었으며 그에 의해 당신의 존재를 알게 되었습니다. 그는 지금 부상을 당해 당장은 움직일 수가 없어 저 혼자 당신을 찾아다녔습니다. 우선 당신의 안전을 확인했으니 저는 다시 그를 도우러 가겠습니다. 아마 당신도 그걸 원할 거라 생각합니다.'

슈벨이 뭐라 말하고 있었다. 하지만 카셀은 듣지 않고 고개를 숙였다. 특별히 귀를 기울인다고 잘 들리고 무시한다고 안 들릴 소리가 아니었지만, 그래야 잘 들릴 것 같았다.

'검은 갑옷을 입은 자를 경계하십시오. 그는 죽음에서 되살아났으며, 이 땅에 돌아와선 안 될 존재입니다. 그가 골드 게이트와 화이트 게이트를 통과하게 둬선 안 됩니다. 만약 게이트를 넘어 아란티아의 여왕을 만나면 상상도 못할 끔찍한 일이 벌어질지도 모릅니다. 저지하십시오, 당신이 캡틴 울프라면!'

마지막 말에 카셀은 참지 못하고 뒤를 돌아보았으나, 아무도 없었다.

"야, 쉐이든에 대해서는 모르는 거냐? 왜 못 들은 척하고 그래?"

그렇게 묻는 슈벨을 내버려 두고, 카셀은 자리에서 벌떡 일어나 소리가 들렸을 법한 장소로 달려가 보았다. 그러나 아무런 흔적도 없었다. 대신 아주 먼 곳에서 밝게 빛을 내는 동물이 있었다.

그것은 늑대였다. 은빛 털이 어둠 속에서 희뿌옇게 빛을 내고 있었다.

"아!"

카셀은 소리 내어 뭔가를 말하려다가 입을 다물었다. 빛을 내는 늑대는 고개를 슬쩍 저었다. 아무 말도 말라는 뜻인 것 같았다. 카셀은 대체 다친 친구가 누구냐는 질문만이라도 하고 싶었다. 하지만 늑대는 까닥하고 인사하더니 언덕 뒤로 사라져 버렸다.

"뭐냐, 너? 도망치려고 달리는 거면 끝까지 갈 것이고 아니면 말지, 왜 뛰다가 멈춰?"

슈벨이 건들거리며 다가왔다.

"도망갈 데도 없어."

카셀이 대꾸하더니, 슈벨을 돌아보며 물었다.

"저 블랙이라는 자, 너도 정체를 모른다고 했지?"

"그래."

"난 알 것 같아."

"뭐? 누군데?"

카셀은 아까부터 쥐고 있느라 눅눅해진 빵을 씹었다. 이 말 많은 슈벨이라는 남자는 의외로 남의 말을 기다릴 줄 아는 침착함을 가지고 있었다.

"확실해지면 말해 주지. 지금은 말해 봤자 아무 의미도 없을 것 같다."

카셀은 얼버무리고 논의를 끝내 버렸다.

슈벨이 싱겁네 어쩌네 화를 내도 무시했다.

카셀은 변덕을 부려 이튿날 아침부터 수레에 타겠다고 말했다. 처음부터 제안했던 일이니 빌리는 그러라고 허락했다. 그러나 걷는 걸 힘들어하는 다른 녀석들은 곱게 보지 않았다.

"지친 거냐?"

말을 모는 슈벨도 의아해하며 물었다.

"생각 좀 할 게 있어서."

카셀은 적당히 변명하고 덜컹거리는 수레에 앉았다. 앞에는 블랙이 있었다.

한참이나 바라보고 있어도 블랙은 반응이 없었다. 그에게는 얼굴도 없었고 눈동자도 없었으므로 시선도 없었다. 아무리 노려본들 동요를 끌어낼 수 있을 리가 없었다.

거의 포기할 즈음에 블랙이 말했다.

"왜 그리 보는 것이냐, 캡틴 울프?"

카셀은 헛기침을 한 번 하고 물었다.

"당신은 자기 자신에 대해 모른다고 해 놓고, 어째서 악착같이 골드 게이트를 가려고 하지? 자신에 대해 모른다면 갈 곳도 몰라야지."

"그걸 물으려고 여기 탔군. 자존심 때문에 버티더니 왜 타는가 했다."

놀랍게도 블랙은 바깥의 상황을 모두 알고 있었다. 그리고 말하는 것도 인간처럼 말했다.

카셀은 용기를 내어 계속 말했다.

"골드 게이트에 왜 가려 하는지 물었다."

"머릿속의 누군가가 그렇게 명령을 내리고 있다. 그뿐이다. 그게 기억을 잃어버린 나 자신인지 아니면 나를 조종하는 다른 자의 의지인지는 모르지만. 그보다 어제 나타난 그 늑대는 너에게 무슨 말을 하고 간 거지?"

더 추궁하려던 카셀은 갑자기 따지고 드는 말에 놀랐다.

"늑대?"

"모른 척해도 상관없다. 하지만 이것만은 알아둬라. 그 늑대는 내게 악의를 품고 있다. 끝없이 나를 죽이려고 시도하고 있지. 물론 나 역시 그럴 것이다. 만약 그 늑대가 또 접근해서 말을 걸거든 그렇게 전하라."

마차를 몰던 슈벨은 둘의 대화가 신경 쓰이는지 연신 뒤를 돌아보았다. 하지만 대화에 참여하지는 않았다. 그에게 둘의 대화가 들리는지 안 들리지는 확인할 수가 없었다.

'숨겨야 할 것이 드러나면 과감히 드러내는 게 차라리 좋을 거야.'

카셀이 말했다.

"그 늑대는 내게 여기 있으라고 말했을 뿐이다. 나도 더 말해 주길 바랐지만 그게 다였다. 그리고 당신 정체에 대한 비밀을 슬쩍 가르쳐 줬지."

"그거 잘됐군. 내게도 말해 주지 않겠나?"

바퀴가 덜컹거리는 와중에도 블랙의 나지막한 목소리는 잘 들렸다.

"전에 당신과 비슷한 검은 기사에 대해 알고 있다고 내가 말했었지?"

"그랬지."

"그들은 당신과 거의 같지만 단 한 가지가 다르다."

"같은 점은 뭔가?"

"어제 말한 대로. 죽었다는 점이지. 그리고 당신의 분위기."

"죽었다는데 왜 나는 지금 살아 움직이는가?"

"움직이는 것과 살아 있는 것은 동일한 말이 아니다. 나는 카모르트에서 몸이 동강 난 검은 기사들의 잘린 부분이 붙어 도로 일어서는 것도 보았다."

"알아듣기 쉬운 예시로군. 그다음은? 분위기라 했나?"

"당신의 주위에는 온통 어둠의 기운뿐이야. 당신이 카모르트의 검은 기사들과 비슷한 존재라는 걸 보여 주는 가장 결정적인 증거지."

블랙은 자신의 손을 내려다보았다.

"그들이 나와 같다면 나는 왜 여기에 있는가? 네 말대로라면 나도 카모르트에 있어야 하지 않은가?"

"그렇지 않다. 내가 처음 카모르트에서 검은 기사를 봤던 시기 이전부터 검은 갑옷을 입은 괴물 같은 기사들이 각 지역마다 출몰했다는 목격담이 많았다."

"소문에 불과한 건 아니고?"

"내가 직접 본 건 아니나, 대신 확실한 사람에게 들은 얘기다. 이로피스에서 나타난 건 확실하고 아마 가넬로크에서도 나타났을 거다. 그러니 당신이 '아란티아에 나타난 검은 기사'라면 오히려 지금까지의 소문과 일치하는 게 아닌가?"

"일리가 있군. 그럼 다른 나라의 검은 기사들은 무슨 짓을 했는가?"

"살인, 거의 학살에 가까운 무차별 살인."

블랙은 말을 멈췄다. 카셀은 그가 그 부분에서 당황하는 것을 유심히 봐두었다.

"카모르트에서는 반역의 선두에 섰다. 그것은 전 대륙에서 동시에 일어난 음모의 한 부분이었다. 그들의 리더는 어떤 사악한 마법을 써서 스스로 검은 기사가 된 귀족이었다."

"나 역시 그런 부류의 존재이고 결국 그렇게 된다는 건가?"

얼굴을 볼 수 없는 블랙이었으나 어조에서는 씁쓸함을 엿볼 수 있었다. 카셀은 손가락을 그의 얼굴 앞에 세웠다.

"그래, 지금 이거."

"이거라니?"

"당신이 지금 보이는 이런 면이 그것들과 다른 점이다. 내가 본 검은 기사들은 눈앞의 살아 있는 존재를 살아 있게 두지 않았어. 게다가 그것들은, 이상하게도 보고 있을 당시에는 익셀런의 갑옷을 입고 있다는 걸 알아볼 수가 없었다. 나중에 그려서 다른 사람을 보여 주면 즉시 익셀런의 갑옷이라고 알아채지만 신기하게도 보고 있는 그 순간에는 떠올릴 수가 없지. 뭐랄까, 너무 무서워서 그런 걸 신경 쓸 틈이 없다고 해야 하려나? 그런데 지금 당신은 어딜 봐도 익셀런의 기사다. 내 어린 시절의 희미한 기억을 싹 끌어올릴 정도로 정확하게!"

"……뭘 말하고 싶은 건가?"

"당신이 진짜 익셀런의 기사일지도 모른다는 거다."

카셀은 힘을 실어 말했다.

슈벨이 깜짝 놀라며 뒤를 돌아보았다.

"너 지금 블랙이……."

슈벨은 차마 입에 올릴 수 없어 하고 싶은 말을 잇지 못했다. 카셀은 그가 할 말을 대신했다.

"죽었다가 일어난 존재라는 가정과 이곳이 아란티아라는 것을 고려해 봐라. 그럼 블랙이라는 검은 기사가 사실 십여 년 전에 죽었다가, 최근 살아난 익셀런의 기사라면 오히려 이상할 게 없지 않나?"

카셀은 턱으로 블랙이 쥐고 있는 할버드를 가리켰다.

"론타몬의 대륙 전쟁에서 적을 공포로 몰아넣었던 무기가 바로 그것과 같은 종류지. 모르고 있었다면 넘어갔을 정도로 특별할 게 없지만,

여러 가지가 겹치면 우연인 것 같지도 않아. 어떤가, 블랙? 당신이 캡틴 웰치가 살아난 존재라면 그럴듯하지 않나?"

블랙은 대답 대신 자신의 할버드를 들어 올렸다. 느린 동작으로 그 묵직하고 시커먼 날을 들이밀자 카셀은 천천히 고개를 뒤로 젖혔다. 날은 계속 다가왔고 카셀은 계속 밀려났다.

"자, 잠깐."

카셀은 어느새 수레의 제일 뒤로 물러나 있었다. 창날이 얼굴 앞에 멈췄고 블랙이 말했다.

"내가 누구인지 안다면 내가 왜 골드 게이트로 가는지도 설명해보라. 나는 왜 그곳에서 하얀 늑대를 만나고 싶어 하는가?"

이것이 진짜 강한 자가 보이는 위협이었다. 그의 이 단순한 동작 하나가 하루 종일 가해진 그린우드의 욕설과 협박을 유치한 장난으로 보이게 만들었다.

또한 블랙은 단순히 힘으로 카셀을 누르는 게 아니었다. 카셀은 얘기를 하는 중간 중간에 언제나 대화의 흐름을 보는 버릇이 생겼는데, 블랙은 흐름을 자기 쪽으로 당겼다가 필요하면 풀어 주는 방법을 잘 알고 있었다. 대화의 흐름상 지금 할버드를 들이댄 시점이 절묘했다.

'감탄할 때가 아니야!'

잠깐 넋이 나가 있던 카셀은 서둘러 마음을 수습했다. 그리고 그가 이끌고 있는 대화의 흐름을 되돌리기 위해 용기를 쥐어짰다.

"당연히 그건 나도 모른다! 하지만 익셀런의 기사가 살아나 골드 게이트로 간다면 그건 하얀 늑대에게 당한 패배를 설욕하려는 것 외에 뭐가 있겠어?"

슈벨이 참지 못하고 대화에 끼어들었다.

"이봐, 캡틴 울프. 블랙이 진짜 익셀런의 기사라면 하지 말아야 할 말 아냐? 예의가 없네, 자식이."

슈벨의 말이 옳았다. 그리고 목에 들이댄 칼날은 아직 회수되지 않았다. 카셀은 침을 꿀꺽 삼키고 말했다.

"카셀이라고 불러라."

"뭐라고?"

슈벨이 또 뒤를 돌아보았다. 하지만 카셀은 계속 블랙에게만 말했다.

"카셀이라고 불러. 살아 있는 자와 죽은 자의 대화에 직책 같은 건 필요 없으니까."

"엉뚱한 놈이네, 이거."

슈벨은 묵직한 날을 들이댄 블랙을 곁눈질하며 중얼거렸다. 블랙은 나직이 웃었다.

'웃었어?'

둘은 블랙이 버럭 고함을 지르기라도 한 것처럼 놀랐다.

"그래, 카셀. 네가 슈벨이 지어 준 내 이름을 부른다면, 나 역시 너를 이름으로 대하는 게 옳겠지. 그러나 캡틴 웰치의 무기일지도 모를 이 할버드는 어찌할 거냐, 카셀? 내가 벤다면? 그냥 죽을 텐가?"

블랙의 분위기는 사뭇 달라져 있었다. 블랙이 지금까지 보여 준 모습에서 나올 수 없는 분위기였기에 순간 당황했지만, 카셀은 가까스로 알아볼 수 있었다.

카셀과 친해지고 싶어서 접근한 배롤이 자기를 싫어한다고 오해했을 때와 같았다.

'블랙은 지금 나한테 장난을 치고 있는 거야!'

카셀은 방심하지 않고 말했다.

"그런 걸 왜 물어봐? 어차피 당신 선택이잖아. 당신이 나 하나 죽이는 건 문제도 아니겠지. 내 실력으로 피할 수도 없고, 막을 수도 없고. 망했네! 그럼 난 할 말이나 다 해야겠다. 그 늑대가 내게 뭐랬는지 알아? 당신을 골드 게이트로 보내지 말라고 했어!"

"빌리에게는 화이트 게이트에서 약속을 지키겠다고 하지 않았던가?"

"화이트 게이트에 도착하면 그 약속을 지키겠다고 했지, 거기까지 보내 주겠다는 약속은 아니었지."

"흠, 그럼 막겠다는 소리군. 어떻게 막아 볼 텐가? 힘으로?"

카셀은 처음의 다짐을 떠올렸다.

'아즈윈이라면 어떻게 했을까? 상대가 장난을 치면 그게 아무리 위험하더라도 받아주겠지.'

카셀은 할버드의 날을 손으로 잡고 밀었다. 약간 흔들렸으나, 움직이지 않았다. 힘을 가하는 위치를 생각하면 블랙은 정말 터무니없을 정도로 엄청난 힘을 가진 셈이었다.

"역시 힘으로는 무리군. 그러니 다른 방법을 찾겠어."

블랙은 또 한 번 웃었다.

"다른 방법이 뭔지 궁금하군. 서둘러라. 나도 점점 이게 무거워지니까. 본의 아니게 놓치면 네 어깨를 벨 수도 있겠어."

"9년 전 패배를 설욕할 기회를 주는 건 어떤가?"

"빌리와 했던 거래처럼? 하얀 늑대 중 한 명과 대결하게 해 준다?"

블랙의 목소리에는 가소롭다는 비웃음이 섞여 있었다.

"하지만 난 설욕할 패배가 있다 해도 기억나지 않는다. 그럼 그건 내게 기회라고 할 수 없지. 하지만 다른 조건이 하나 붙는다면 가능하다."

마침내 블랙은 할버드를 내려놓았다.

왜 그런지 몰라도 안도의 한숨을 먼저 내쉰 건 카셀이 아니라 슈벨이었다.

"카셀 너 방금 뭐랬어? 대놓고 우리 앞길을 막겠다고 했겠다? 그래놓고 또 화이트 게이트 앞에 도착하면 결투를 받아 주겠다고?"

"다 들었잖아. 또 묻지 마."

블랙을 바라보고 있는 것만으로 카셀은 정신적으로 지치고 말았다. 카셀은 일부러 양떼가 몰려 있는 풀밭으로 시선을 돌렸다. 겨우 조금 마음이 놓였다. 아직 여기는 살아 있는 생명이 존재하는 공간이었다.

"그리고 인마, 다음부터 목숨 걸고 시비 걸 일 있으면 허락부터 받고 해라. 알았지? 아직 너한테 물어보고 싶은 게 많은데 죽으면 곤란하잖아."

슈벨의 말에도 일리가 있었다. 그런 점에서 보자면 블랙보다 그린우드가 더 위험했다.

'블랙의 곁에만 있어야겠어. 무섭지만 여기가 더 안전해.'

슈벨이 두 사람의 대화에 신경 쓰느라 말고삐를 당겼다 놓았다 하는 통에 말의 걸음이 더뎌졌다. 빌리와 그의 부하들은 금방 수레를 따라잡게 되었다. 원래 앞서거니 뒤서거니 하던 이동이라 빌리는 수레의 속도가 늦춰진 걸 그리 신경 쓰지 않았다.

슈벨은 빌리와 눈이 마주치자 괜히 딴소리를 했다.

"레드 게이트에 거의 당도할 시간이다."

"아, 그래?"

빌리는 뒤따르는 부하들에게 손짓했다.

"서전트 그린우드. 돈은 준비되었나?"

꼴도 보기 싫은 그린우드가 카셀이 앉아 있는 수레 옆을 지나쳐 빌리에게 갔다.

"예. 통행료 정도라면 충분합니다."

"확실한가?"

"이전 마을에서 알아봤습니다. 한 사람당 은화 하나에 말과 수레가 은화 둘 정도랍니다."

"싸다고 할 만한 액수는 아니군."

빌리가 중얼거렸다.

"아, 슈벨. 수레의 속도를 더 올려도 된다. 어째 많이 느려졌어."

"그러지."

슈벨은 헛기침을 한 번 하고 말을 살짝 채찍질했다. 덜컹덜컹. 늙은 말이 다시 발을 놀렸다.

말이 끄는 마차와 걷는 빌리 사이에 금방 거리 차가 생겼다. 블랙은 마치 슈벨 외의 다른 사람은 들어서는 안 된다는 듯 주위에 다른 사람들이 없어지고 나서야 말을 시작했다.

"다른 조건에 대해서 얘기해 볼까, 카셀?"

카셀은 아까 했던 말을 되뇌듯 말했다.

"나부터. 당신이 골드 게이트를 넘어 화이트 게이트까지 도착하면 하얀 늑대와 대결하게 해 주겠다. 이건 거꾸로 당신이 화이트 게이트에 도착하면 약속대로 대결해야 한다는 조건이다!"

"마치 내가 화이트 게이트에 도착할 수 있느냐 없느냐에 대한 내기 같군. 내가 화이트 게이트에 도착하지 못하면?"

"도착하지 못하면 이 내기는 내가 이기는 거겠지. 당신은 또 한 번 시체가 되어 움직일 수 없게 되었다는 뜻이니까. 하지만 당신이 화이트 게이트에 도착해 약속대로 대결을 한다 해도 결과는 마찬가지일 것이다."

카셀은 최대한 쉐이든의 목소리를 흉내 내어 말을 이었다.

"하얀 늑대의 이빨을 보고 살아남을 수 있는 건 하얀 늑대뿐이니까."

어둠 속에 가려진 투구 안의 얼굴이 보인다면 분명히 비웃고 있을 것이다.

"그렇게 잡혀 있는 상태에서 하는 약속 따위 믿을 수 없다……, 고 말한다면?"

"나는 론타몬의 보검에 맹세했다."

"거짓 맹세는 기사들 세계에서 항상 존재한다."

"당신이 익셀런의 기사라면 론타몬의 보검에 맹세를……."

"너는 익셀런이 아니니 보검에 맹세할 권리 따윈 없다. 그리고 난 빌리처럼 순진하지도 않다. 또한 난 내가 익셀런인지도 모르지 않나?"

카셀의 가슴을 묵직한 공기가 떠미는 기분이 들었다. 말로도 힘으로도 이길 수 없는 상대. 이미 마음에서 져 버린 상태에서 카셀은 무슨 말을 해도 소용없을 거라는 절망감마저 느껴졌다.

"내 말을 믿지도 않을 거면 나보고 어쩌라는 건가?"

"한 가지 조건을 붙이면 믿는 걸로 하지."

'믿는 걸로 한다? 끝까지 믿겠다는 말은 아니군.'

카셀은 고개를 끄덕였다.

"아까 말했던 조건이 이건가?"

"그렇다."

블랙이 계속 말했다.

"만약 화이트 게이트에 내가 도착하고 네 약속대로 내가 하얀 늑대와 겨루게 된다……. 그런데 네가 데리고 온 하얀 늑대가 내게 패배한다면……."

"그럴 일은 없겠지만 만약 그렇게 된다면?"

"그럼 너도 죽어라. 그게 조건이다. 보검이나 기사에 대한 맹세는 지금의 내게 아무런 의미도 없다. 하지만 네 목숨에 대한 약속만은 믿어주지."

"죽겠다."

카셀은 두 번 생각도 않고 즉시 말했다.

"자신이 있군. 정말 죽을 수 있다고 생각하나?"

"있다."

블랙의 희미한 숨소리가 희미한 웃음소리 같았다. 그는 철갑을 씌운 손가락으로 카셀을 가리키며 말했다.

"캡틴의 명령으로 대신 나선 기사가 캡틴을 위해 싸워 패배한 다음 캡틴이 나서서 같이 죽는다. 방금 그런 뜻임을 알고 한 말이냐? 짊어진 책임감을 버리고 부하와 같이 죽는 게 캡틴이라고 생각하나?"

블랙은 천천히 고개를 앞으로 내밀었다. 그리고 투구 안의 심연을 카셀의 눈앞에 들이댔다. 속마음을 꿰뚫을 것 같은 시선이 느껴졌다. 블랙은 즐기는 듯한 목소리로 말했다.

"네가 정말 그럴 수 있는지 지켜보겠다, 캡틴 카셀."

◈ Chapter 16 ◈

캡틴의 자격

블랙은 방금 수레에서 뭔가를 테스트했다. 그리고 거기에서 불합격 당했다는 기분이 들었다.

'이대로 가면 아무것도 못하고 휩쓸리고 말 거야. 뭔가 해야 해.'

카셀은 뭘 해야 할지 금방 생각해 냈다. 하지만 해낼 자신이 없었다.

돌아보니 수레와 거리가 나 있던 빌리 일행이 따라오고 있었다. 빌리는 멈춰 서 있는 수레와 카셀을 발견하고 의아해했다. 빌리의 옆에는 그린우드가 따라오고 있었다.

도둑질은 해 본 적이 없었다. 아버지 몰래 밀 판 돈을 빼돌린 적은 있어도, 남의 주머니의 물건을 꺼내거나 남의 집 금고를 터는 도둑질은 아니었다. 그래서 하려고 마음먹은 것만으로도 갈비뼈 밖으로 심장이 튀어나오는 것 같았다. 레드 게이트는 얼마 남지 않았고, 시간은 없었다. 망설일 여유가 없었다.

카셀은 수레에서 내려 빌리를 향해 걸어갔다. 빌리는 별다른 대응 없이 서서 물었다.

"뭔가?"

맨손인 카셀이 자기에게 위협이 될 수 없다고 생각하면서도 당당히 다가오는 모습을 보고, 빌리는 조금 놀라는 눈치였다. 하지만 카셀이 향한 사람은 빌리가 아니라, 그 옆에 있는 그린우드였다.

"뭐냐?"

그린우드는 카셀을 보고 사납게 인상을 구겼다.

"별건 아니고……. 한 대 맞아라."

카셀은 녀석의 뺨을 주먹으로 사정없이 후려쳤다. 그리고 쓰러진 그의 위에 올라타 몇 대 더 쳤다. 싸움에 능숙한 건 아니었지만 농사를 지어 온 몸이라 완전 약골은 아니었다. 그린우드는 발버둥 쳤지만 쉽게 일어나지는 못했다. 하지만 싸움을 아예 할 줄 모르는 녀석이 아무리 먼저 위를 잡았다 해도, 싸움에 익숙한 놈을 오래 제압할 수는 없었다.

그린우드는 누운 채로 주먹을 휘둘러 카셀의 얼굴을 쳤다. 둘은 바닥을 뒹굴다가 빗물이 고여 있는 웅덩이에 처박혔다. 싸움 구경하기 좋아하는 녀석들은 말릴 생각은 않고 함성만 질렀다. 그린우드가 쓰러진 카셀 위에 올라탔고 주먹으로 갈기며 욕을 내질렀다.

"이 자식이 어디다 주먹을 휘둘러? 앙? 죽고 싶어, 이 새끼야?"

그린우드가 단검을 뽑아 들었다.

뒤에서 급히 달려온 빌리가 막았다.

"그만해라."

"하, 하지만 이 자식이 먼저……."

"맞은 것보다 두 배는 더 치지 않았나? 그만하면 됐다!"

그린우드는 더 항변하려다, 빌리의 화난 눈빛을 보고 물러났다. 빌리는 진흙투성이가 된 카셀에게 손을 내밀었다.

"설마 이런 식으로 해결하려 들 줄은 몰랐군."

카셀은 도움을 거절하고 혼자 일어났다. 그의 손에는 그린우드의 가방 속에 있어야 할 돈주머니가 들려있었다. 그래서 빌리의 손을 잡을 수가 없었다.

훔치는 건 자신 없었다. 그러나 해 놓고 발뺌하는 연기는 자신 있었다.

"내 맘이야. 속이 다 후련하다!"

카셀은 화가 난 사람처럼 씩씩대면서 수레 쪽으로 걸어갔다. 그리고 아예 수레를 앞질렀다. 슈벨이 다시 수레를 움직여 금방 카셀 옆을 지나갔다.

"복수치고는 유치하지 않냐? 내가 뒤에서 찌르는 법이라도 가르쳐 줄까?"

슈벨은 깔깔대고 웃으며 말했다. 카셀은 피 섞인 침을 탁 뱉었다. 연기를 위해 허세를 부린 것이지만, 사실 진짜로 속이 후련했다. 블랙은 카셀 쪽으로 투구를 향하고 있었으나 아무 말도 하지 않았다.

'됐어. 아무도 눈치 못 챘다. 블랙이 눈치챈 것 같지만, 말하지 않을 거야.'

레드 게이트가 가까워져 왔다. 카셀은 얼얼한 눈과 부은 뺨을 만지며 먼 곳을 응시했다. 빌리는 슈벨의 옆자리에 털썩 앉아 물었다.

"어이, 얼굴은 좀 괜찮나?"

카셀은 들킬 것이 무섭기도 하고 마땅한 변명거리도 떠오르지 않아 그냥 화가 나서 갑자기 저지른 어린아이처럼 보이기 위해 고개를 돌려버렸다. 깊게 따질 생각도 없었는지, 빌리는 곧장 슈벨에게 화제를 넘겼다.

"슈벨 너는 어때?"

"나, 뭐?"

"배롤에게 베인 자리. 치료하는 것 같지도 않더군."

"아직 낫진 않았지만 일일이 신경 쓸 정도는 아니다."

"칼에 베인 상처, 무시하지 마."

"그런 것도 관리 못할까 봐."

"너처럼 말하고 죽은 녀석이 둘쯤 되지."

"이 자식이!"

"그때 배롤과 계속 싸웠으면 어땠을 거 같나? 블랙이 중간에 끼지 않고."

"이제 와서 그런 걸 묻는 저의가 뭐냐? 내가 질 것 같았나? 웃기지 마. 녀석이 처음에 제대로 된 승부를 하지 않고 힘을 아꼈다고 해도 그건 녀석의 잘난 척이었을 뿐이야. 내가 거의 잡았어."

카셀은 보기에 그 둘은 아무리 봐도 상하 관계가 아니었다. 하는 행동을 보면 빌리가 상관 같았지만 슈벨은 결코 그를 윗사람 대하듯 하지 않았다. 그렇다고 친구 관계도 아니었다. 차라리 인자한 형이 건방진 동생을 이끌고 있다고 보는 편이 나았다. 그렇다고 친형제는 절대 아니었다.

카셀이 아는 어떤 관계에서도 미묘하게 벗어나 있었다.

"우리가 손도 대지 못한 블랙을, 배롤은 공격했다. 블랙도 사실 아찔했을 거다. 그렇게 낮은 자세에서 위로 쳐올리는 공격이라니! 다리와 허리힘에 자신이 없다면 흉내도 못 낼 엄청난 기술이었지. 그런 공격이 왔다면 막아낼 수 있었을 것 같아?"

빌리가 물었다.

"너 아까부터 왜 그런 걸 물어? 시비 거냐?"

슈벨은 기어이 자존심이 상했는지 으르렁거렸다.

"너란 녀석을 높이 평가하니까 이런 소리를 하는 거다. 자잘한 것에 일일이 화내지 말고 들어."

빌리는 침착하게 말을 이었다.

"화이트 게이트에는 배롤 같은 녀석이 오십 명이 넘게 있는 거다. 그들을 상대로 우리가 뭘 할 수 있겠나? 나는 적어도 나 하나가 울프의 기사 몇 명을 상대할 거라 생각하고 움직여 왔는데, 그게 아니더라 이 말이다."

빌리는 마차 옆을 걷고 있는 카셀을 턱짓으로 가리켰다.

"저 녀석이 노리는 바를 생각해라. 왜 순순히 우리의 인질이 되어 화이트 게이트까지 가겠다고 한 걸까? 저 녀석은 우리들만으로는 아무것도 못할 거라고 단단히 믿고 저러는 거야."

슈벨은 카셀에게 물었다.

"정말 그러냐?"

"정말 그러면 어쩔 거고, 아니라면 어쩔 거냐?"

카셀은 일부러 퉁퉁거리는 목소리로 말했다. 빌리는 어깨를 으쓱했다.

"미리 말해두지만, 캡틴 울프! 레드 게이트나 골드 게이트에서 우리를 저지하려 든다면 커다란 사고가 일어날 것이다. 물론 우리 둘만으로는 무리지. 또 저기 있는 스무 명 정도의 오합지졸로 군대를 상대할 거라고는 생각하지 않아. 하지만 여기에 블랙이 가세했을 경우를 생각해라."

카셀은 또 한 번 피 섞인 침을 뱉었다. 아직도 입안에 흙이 씹혔다.

"그건 내가 알 바 아니야."

"어련하겠나?"

빌리가 픽 웃자, 슈벨도 웃으며 말했다.

"야, 애 너무 겁주지 마. 너도 칠라."

빌리는 나직이 웃었다. 둘이 힘을 합쳐 놀리고 있었지만, 카셀은 어째 기분이 나쁘지 않았다. 종종 아즈윈과 게랄드가 '우리 캡틴 무서워져요?' 하고 놀릴 때 같았다.

카셀은 비로소 빌리와 슈벨이 무슨 관계인지 깨달았다.

'이 두 사람, 친구가 되어 가는 과정에 있는 거야.'

레드 게이트의 병사들은 눈치가 빨랐다. 그들은 이 얼굴 험한 일당들을 보고 즉시 현상금 수배자 명단부터 살폈다. 일부러 질문을 길게 끌어 유도 심문도 했다. 그러나 슈벨이 워낙 능청스럽게 여행자 행세를 하니 게이트의 규칙대로 그들의 통행에 제재를 가할 수 없었다.

그린우드를 비롯한 다른 부하들도 더할 것 없이 얌전했다. 무기를 들고 있었지만, 반입 금지 품목은 아니었다. 범죄자라는 증거도 없었다. 쉐이든의 말대로 레드 게이트의 병사들은 군대가 들이닥치기 전까지는 누구도 막지 않을 것이고, 이 정도 인원은 군대로 보지 않았다.

카셀이 이런저런 생각을 하며 떨떠름하게 서 있는 것을 보고 한 병사가 다가왔다. 눈매가 날카로운 갈색 머리의 남자였는데, 그가 작은 목소리로 물었다.

"불편한 거라도 있습니까?"

"신경 써 주셔서 감사합니다만, 없습니다."

카셀은 정중히 대답했다. 그는 카셀 주위에 다른 사람들이 없는 것을 보고 작은 목소리로 말했다.

"말로 하기 곤란한 상황이라면 신호를 보내십시오."

카셀은 두근거리는 마음을 진정시키며 물었다.

"왜 그런 생각을 하셨습니까?"

"이런 생활을 오래 하면 눈치가 생기는 법이오. 게이트 수문장과 얘기하는 저 두 사람은 그렇다 치더라도, 나머지는 범죄자요. 그렇지 않소? 그런데 당신은 차림새도 그렇고 눈도 그렇고, 저들과는 다르군. 좀 더럽긴 해도 지금 당신이 입고 있는 옷만 봐도 이런 무리에 끼어 있을 사람이 아니오."

그는 꿰뚫어볼 듯 눈을 밝혔다.

카셀은 짧은 시간 동안 망설였으나 고개를 저었다.

"그냥 같이 여행하고 있는 중이오. 아무 문제 없소."

"여긴 레드 게이트요. 당신이 생각하는 것보다 훨씬 강한 군대가 지키고 있소. 기다리고 있겠소."

"기다릴 필요 없소."

카셀은 얼른 돌아서 블랙이 타고 있는 바깥의 수레로 돌아왔다.

"이곳 게이트 병사들을 보호하려고 거짓말을 한 거냐?"

블랙이 카셀을 보자마자 물었다.

카셀은 대답하지 못했다.

"저 병사는 자신 있게 말했으나, 빌리와 슈벨의 검을 막을 수 있는 이가 저 게이트 안에 몇 명이나 있을까, 이 블랙이라는 괴물을 감당할 수 있는 병사는 있을까……. 너의 눈은 그런 고민들로 가득 차 있군. 빌리의 협박이 제대로 통한 모양이지."

카셀은 으르렁거리며 말했다.

"주변 소리를 다 들을 줄 아는 당신을 옆에 두고 내가 무슨 딴마음을 먹을까 봐? 난 아무 짓도 안 할 거다."

"오만이다, 카셀."

카셀은 입을 딱 벌리고 그를 노려보았다.

"당신에게 그런 말을 듣다니, 어처구니가 없군!"

"캡틴 울프!"

블랙의 목소리 톤이 올라갔다. 또 할버드가 밀고 오기라도 한 것처럼, 카셀은 움찔하며 상체를 뒤로 젖혔다. 낮고 굵은 목소리가 수레의 바닥을 울렸다.

"어떤 연유로 네가 그런 호칭을 달게 되었는지 모르나 내 기준에서 너는 캡틴의 자격이 없다."

적이 하는 말을 귀담아들을 생각은 없었다. 그러나 블랙의 말에는 저항할 수 없는 강한 힘이 있었다. 카셀은 입을 다물고 듣기밖에 할 수 없었다.

"아까 그 병사는 너에게 도움을 제공하려 했다. 그건 단순히 너라는 인간을 지키기 위해서가 아니다. 왜 생판 알지도 못하는 너를 구하려고 그냥 통과시켜 버리면 그만인 저들을 잡으려 하겠는가? 그게 이 게이트를 지키는 병사들의 의무이기 때문이다. 생명이 없는 나도 느낄 수 있는 의지가 네게는 느껴지지 않았느냐?"

게이트의 망루에 있는 병사들 몇 명이 수레에 앉아 있는 블랙과 카셀을 내려다보고 있었다. 계기만 있으면 당장 칼을 빼 들고 모두를 체포할 준비가 되어 있는 병사들이 적어도 이백 명은 버티고 있을 것이다.

블랙은 할버드를 들어 게이트 쪽을 가리켰다.

"이 게이트의 병사들은 단순히 돈을 받고 고용된 병사들이 아니다. 그들은 사명감에 불타는 훌륭한 병사들이다. 그런데 캡틴 울프라는 자가 감싸 준답시고 저들의 의지를 무시하고 있는가? 오만하구나, 카셀."

카셀은 어느새 그의 설교를 새겨듣고 있었다. 블랙은 고개를 돌려 게이트 안을 바라보았다.

"돈이 없어 통과를 못한다는 말이 나오는군. 네가 그랬겠지?"

블랙은 웃었다. 근엄한 스승이 제자의 아둔함을 질책하며 웃는 것처럼, 아버지가 아들의 실수를 보고 웃는 것처럼 그렇게 웃었다.

"힘으로는 못하니 다른 방법을 찾겠다고 하더니, 고작 도둑질이었나? 그걸로 나의 전진을 막으려고? 내가 이대로 통행세 없이 뚫고 가겠다고 나서면, 저 게이트의 병사들은 아무 대비도 못하고 나와 맞서야 하는데, 거기까지는 생각해 보지 못했느냐?"

어둠의 힘을 가진 검은 사자 백작도 이렇게 무섭지는 않았다. 붉은 갑옷으로 무장한 붉은 장미 백작도 이런 박력을 보이지는 못했다. 카셀의 손이 떨렸고, 식은땀이 눈 옆을 타고 흘렀다.

블랙은 마무리하듯 말했다.

“캡틴의 직위를 버려라, 카셀. 너는 자격이 없다.”

쉐이든이 가르치고 싶었던 게 이런 것이었을까? 게랄드가 말하고자 하는 게 이것이었을까? 문득 아즈윈이 했던 말이 떠올렸다.

‘우리에게 인정받았다면 당연히 정식으로 캡틴이 된다. 그러나 마스터 퀘이언은 다른 테스트를 시작할 거야.’

로일이 검을 가르치며 별것 아닌 것처럼 했던 말도 떠올랐다.

‘울프 기사단에는 세 번째 테스트가 있어. 아마 내가 진짜 캡틴이 되지 못한 건 그걸 통과하지 못해서일 거야.’

어째서 방금 세 번째 테스트를 블랙이 한 것처럼 보이는 건지, 카셀은 알 수 없었다. 악마의 힘으로 되살아난 검은 기사가 캡틴을 버리라고 말한들 무슨 상관이겠는가? 그런데도 카셀은 정말로 캡틴 자리를 박탈당한 기분이었다.

“블랙, 문제가 좀 생겼소.”

빌리가 마차 옆으로 다가와 말했다.

“그린우드 이 멍청한 녀석이 돈을 잃어버렸다는군. 난처하게 됐소. 지금 슈벨이 외상으로 안 되냐고 거래를 해 보고 있는데, 그도 안 되면…… 응? 무슨 일이 있소?”

빌리는 겁에 질린 카셀과 블랙을 번갈아 보았다.

“아무것도 아니다. 천천히 해결해라. 난 그냥 여기서 기다리고 있겠다.”

빌리는 카셀에게 뭔가 말하려다가 그냥 게이트 쪽으로 돌아갔다. 블랙의 낮은 웃음소리가 이어졌다.

“네가 해낸 일로 번 시간은 반나절 정도일 것이다. 아니, 슈벨처럼 수단 좋은 친구가 이 정도 일을 반나절이나 해결 못할 리 없지. 그리고 레드 게이트의 병사들은 골드 게이트에서 어떤 사건을 벌일지 모를 위험한 자들을 멀쩡히 눈 뜨고 통과시켰다는 죄책감에 시달리겠지. 아직도 네가 그런 결정을 내릴 자격이 있다고 생각하나?"

카셀은 시험당하고 있음을 확신했다.

다른 울프의 기사에게, 마스터 퀘이언에게, 아란티아의 여왕에게 받아야 할 테스트를 엉뚱하게 익셀런의 갑옷을 입은 유령 기사에게 당하고 있었다.

카셀은 블랙에게 다가가 수레에 기울어져 있는 할버드의 도끼날 부분을 움켜쥐고 말했다.

"후회하게 될 거다, 블랙."

도끼날에서 손을 떼자, 날에 베인 손가락에서 피가 흘렀다. 카셀은 이전 마을에서 빵을 싸느라 받았던 헝겊 쪼가리를 꺼내, 피 묻은 손가락으로 '범죄자들, 통과시키지 말 것.'이라고 적었다.

"지켜보도록 하지."

블랙은 게이트로 걸어가는 카셀에게 말했다.

카셀은 자신에게 말을 건네 왔던 병사에게 다가가 헝겊 쪽지를 건넸다. 숨기려 들지도 않았고 조심스럽지도 않았다. 그래서 오히려 들키지 않았다.

빌리는 슈벨과 사태 해결을 위해 의견을 나누고 있었다.

"가지고 있는 물건을 다 파는 건 어떤가?"

"그래. 그러자. 그린우드 저 자식 옷부터 벗겨서 팔아. 저 녀석이 잃어버렸으니까. 넌 그런 것도 제대로 간수 못하고 서전트라는 직위를 수행할 수 있을 것 같아? 나가 죽어라."

슈벨의 말에 그린우드는 쩔쩔 맸다.

"죄송합니다. 오늘 아침에도 있는 걸 확인했는데……."

그린우드는 게이트 안으로 들어온 카셀을 노려보고 소리 질렀다.

"저, 저 녀석이 그랬을 겁니다. 아까 나랑 뒹굴었을 때! 맞아요. 그 때 훔친 거예요. 지금 뒤져보면……."

"닥쳐."

빌리가 소리쳤다. 그건 카셀을 의심하느냐 마느냐의 문제가 아니었다. 게이트의 병사들이 사방에서 쳐다보고 있는 와중에 나올 말이 아니기에 막은 것이었다.

빌리는 철저했다. 물론 그는 카셀이 신고했을 거라고는 생각하지 않았다.

카셀의 쪽지를 받은 병사는 아무 말 없이 물러났다. 그러나 눈치가 빠른 건 게이트의 병사들만이 아니었다. 슈벨이 달려와 수레로 돌아가는 카셀의 어깨를 잡았다.

"너 방금 저 경비병한테 뭐 했어? 무슨 말 했어?"

카셀은 무시하고 가려 했지만, 슈벨은 그의 어깨를 놔주지 않았다.

"말해!"

"너희들을 통과시키지 말라고 했다."

"이 개자식!"

슈벨은 카셀의 멱살을 잡아 얼굴을 후려쳤다. 그의 몸이 한 번 공중에 떴다가 떨어졌다. 잠깐 정신이 나갈 정도였다. 카셀은 피가 흐르는 입술을 피가 흐르는 손으로 닦으며 말했다.

"빨리 후퇴하지 않으면, 너희들도 위험해질 거다."

"너 조금 이따 두고 보자."

슈벨은 황급히 게이트 쪽으로 되돌아갔다.

슈벨이 안으로 들어가자마자 게이트 안에서 작은 소란이 일었다. 희미하게 들리는 목소리 중에 게이트 병사가 칼을 맡기라는 말과 슈벨이 칼을 맡길 바에야 싸움을 택하겠다는 말이 들렸다. 그 즉시 움직이지 말라거나, 무기를 버리라는 요란한 목소리와 함께 누군가의 비명이 들렸다.

싸움은 금방 시작되고 말았다.

"생각 이상으로 대처가 빠른 게이트 병사들이군."

블랙은 천천히 자리에서 일어났다. 쥐고 있는 할버드가 수레에 끌리며 귀에 거슬리는 소리를 냈다.

"나를 따르는 자들이 안에서 싸우는데 나만 빠질 수는 없지. 너는? 여기 있을 테냐?"

카셀은 어금니를 악물었다. 눈가에는 눈물이 맺혀 있었다.

"그래. 여기서 지켜볼 거다."

"그래 봐야 네가 볼 건 저들의 죽음뿐이다."

"희생 없는 전투란 없다. 지금까지 내가 경험했고, 방금 당신이 준 가르침이기도 하다. 그러니 이 싸움을 잊지 않기 위해서라도 절대 눈 돌리지 않을 것이다."

카셀은 떨리는 호흡을 참고 말했다.

"재미있군. 나를 따르는 자, 나를 무서워하는 자……. 그 두 부류는 살려두었으나 나를 적대시하는 자는 살려 두지 않았다. 그런데 너는 그 세 가지 중 어디에도 속하지 않아. 넌 내게 배우려고 하고 있구나. 그런 건 경험해 본 적이 없어."

블랙은 천천히 게이트로 향하며 말을 이었다. 그의 목소리에는 그리움이 묻어 있었다.

"……어쩌면 이런 모습이 되기 이전에도 그런 자는 없었던 것 같다."

"착각하지 마. 난 당신과 싸우려는 거야! 만약 여기서 당신이 살아남더라도 그다음에는 화이트 게이트 앞에서 나와의 약속을 지켜야 한다는 것을 잊지 마라."

"약속은 내가 지키는 게 아니라 네가 지켜야 하는 게 아닌가?"

"아니! 다시 한번 강조하지만, 당신이 정말 화이트 게이트 앞에 도달하면 나와 했던 약속을 잊고 안으로 진입하지 말라는 거다."

"내가 화이트 게이트 안으로 들어가 사악한 짓을 할 거라 확신하는군."

"아닌가? 당신과 같은 복장을 했던 괴물이 수십 명을 학살하는 모습을 한 달 전에 목도했다."

"네가 뭘 봤든 상관없다. 나는 약속을 지킬 것이다. 너도 지켜야 한다. 내가 이기면 너도 죽는다."

블랙은 마치 카셀을 벨 듯 할버드를 크게 들었다. 그러나 곧 그 끝은 어깨 뒤로 넘어갔고 그는 할버드를 짊어진 채 말했다.

"아까 후회할 거라는 건 무슨 뜻이냐?"

"어떤 방식으로든, 당신은 나의 이빨을 보게 될 거야. 하얀 늑대의 이빨을 보고 살아남을 수 있는 건……."

"……하얀 늑대뿐이라고? 재미있겠군."

블랙은 웃었고, 카셀은 입을 다물었다.

그는 곧 게이트 안으로 들어갔다. 고함과 비명이 들리더니, 성문 바깥으로 누군가 떠밀려 나가떨어졌다. 게이트의 병사였다. 그는 배에 박힌 칼을 쥐고 힘겹게 일어나려다 도로 고개를 숙였다. 그렇게 그는 죽었다.

"나의 선택이다."

카셀은 눈물을 닦고 게이트 쪽으로 걸어갔다. 그리고 방금 죽은 병사의 칼을 쥐었다.

게이트 앞에 걸린 붉은 깃발이 바람에 흩날리고 있었다. 천 년 전 드래곤이 피를 뿌렸다는 바로 이곳에 또 한 번 피가 흐르고 있었다.

눈물은 닦아도 닦아도 다시 고였다.

"눈 돌리면 안 돼, 카셀. 지금 이 병사들은 내가 명령을 내려 싸우는 거나 다름없어!"

게이트 안은 난장판이었다. 수많은 병사들이 뒤엉켜 검을 휘두르고 있었다. 그 와중에 단연 눈에 띄는 것은 블랙이었다. 그가 휘두른 할버드에 두 명의 병사가 동시에 나가떨어졌다. 심지어 돌로 세운 기둥까지 부서졌다. 단순히 부서진 기둥의 파편에 맞아 기절하는 병사가 있을 정도였다.

그린우드도 있었다. 그는 게이트의 병사 중 하나를 쓰러트린 후 가슴을 밟고 칼을 박아 넣었다. 그는 괴상한 웃음을 터트리며 빙글 돌려 칼날을 뽑았다. 뿜어져 나온 피가 그의 발목을 적셨다. 그는 다음 상대를 찾기 위해 고개를 돌리다가 카셀과 눈이 마주쳤다.

"캡틴 울프께서도 납시셨나?"

그는 칼을 흔들며 카셀에게 다가왔다.

"내 돈을 훔친 건 너지?"

"그래. 나다"

"그럴 줄 알았어. 너 때문에 내 신뢰가 엉망이 되어 버렸다. 넌 처음부터 없었던 게 나았어."

"그럴지도……."

카셀은 모든 것을 포기한 듯 어깨를 늘어트리고 대꾸했다.

"나한테 와주다니, 착하구나. 이 혼란 속에 너 하나 죽었다고 이상할 것도 없지."

그린우드가 칼을 치켜들었다. 그러나 카셀이 쥐고 있는 칼이 그의 배를 먼저 찔렀다. 그린우드는 들었던 칼을 힘없이 내리그었다. 칼날이 카셀의 어깨에 닿아 미끄러졌다. 웃고 있던 그의 미소가 천천히 일그러졌다.

'로일의 말 그대로야. 방심한 적을 찌르는 것만큼 쉬운 것도 없군.'

찌른 칼은 쉽게 빠지지 않았다. 카셀은 게랄드가 가르쳐 준 가장 쉬우면서 가장 과격한 방법을 떠올려 상대의 배에 발을 올렸다.

'급하게 하면 자칫 빼는 칼날에 자기 발목을 베일 수도 있다고 했어. 과격한 동작인 것처럼 보이지만 천천히 섬세하게 움직여야 해.'

카셀은 발로 그린우드의 배를 밀면서 칼을 잡아당겼다. 생각보다 그리 깊이 박힌 건 아니라 금방 뽑혀 나왔다. 그린우드는 쓰러지지 않았다.

"이 비, 빌어먹을 개새끼가……."

그는 배를 움켜쥐고 뒤로 휘청거렸다. 카셀은 다리를 약간 벌려 자세를 잡고 칼을 들어 올렸다. 카모르트에서 여기까지 오는 동안 배운 자세였다. 물론 아즈윈은 그런 단순한 훈련이라도 최소한 반년은 해야 겨우 자세가 잡힌다고 위로 아닌 위로를 했다. 지금은 상관없었다.

그냥 로일이 가르쳐 준 대로 자세에만 신경 썼다. 로일은 상대가 정지해 있다고 생각하고 천천히 움직여도 된다고 조언했다. 실전에서 그럴 일은 없다고 옆에서 아즈윈이 핀잔을 주었지만, 지금 그린우드는 진짜로 정지해 있는 거나 다름없었다.

칼날은 그린우드의 쇄골에 박혔다.

게랄드의 말이 옳았다. 카셀의 힘으로는 사람의 뼈가 베어지지 않았다.

"아악!"

그린우드는 비명을 지르며 뒤로 물러섰다. 카셀은 칼날을 고쳐 쥐고 도망치는 그린우드의 뒷덜미를 찔렀다. 뼈가 부서지는 느낌이 손에 전해졌다. 칼날은 목뼈를 비껴 나가 살갗을 찢었다. 그린우드는 계속 비명을 지르며 고통에 몸부림쳤다.

카셀은 더 이상 그를 찌를 자신이 없어 더 쫓아가지 않았다. 어차피 저 정도 상처를 가지고 오래 살아 있는 게 더 힘들 것이다.

손바닥이 땀으로 흥건하여 칼이 미끄러졌다. 베는 순간에는 몰랐지만 카셀은 잠깐 현기증이 일어날 정도로 긴장해 있었다.

"너, 이 자식. 여기서 이러려고 여태까지 얌전히 따라왔나?"

어느 순간 슈벨이 앞에 있었다. 그의 칼도 피가 잔뜩 묻어 있었다. 카셀은 무표정한 눈으로, 긍정도 부정도 하지 않았다. 슈벨이 으르렁거리듯 말했다.

"후회할 거다."

"안 해."

카셀은 칼을 옆으로 내던지고, 도망쳤다. 게이트의 다른 병사가 슈벨을 공격하지 않았다면 카셀은 순식간에 따라 잡혔을 것이다.

'모든 게이트는 기본적으로 구조가 같다고 했어. 그러면 여기에도 2층이 있을 거야.'

블랙의 그 엄청난 공격 속에서도 게이트의 병사들은 물러서지 않았다. 한 명이 쓰러지면 다른 사람이 그 자리를 메웠고, 다른 한 명이 쓰러지면 그 시체를 밟고서라도 또 다른 병사들이 싸웠다. 빌리와 슈벨도 세 명 이상을 한꺼번에 상대하는 건 힘들었는지 포위당하지 않기 위해 이리저리 뛰어다니고 있었다.

카셀은 혼란 속에서 위층으로 향하는 계단을 올라갔다. 모두 싸우러 내려가는 통에 위를 지키는 병사는 없었다. 카셀은 안에 있는 탁자를 넘어트리고 그 위에 책과 건초를 집어 던졌다. 2층은 모두 돌벽으로 이루어져 있어 불이 다른 곳으로 번질 염려는 없었다.

마시려고 준비해 둔 건지 접대용으로 쓰는 건지 모를 술병들이 책장의 책 사이에 꽂혀 있었다. 카셀은 술병을 들어, 넘어트린 탁자와 책 위에 뿌리고 램프에 있는 기름도 여기저기에 흩뿌렸다. 물이 담긴 꽃병은 창문 밖으로 던져 버리고 탈 것 안 탈 것 가리지 않고 어지럽혔다. 그리고 그 위로 화로에 담겨 있던 숯불을 던져 놓았다.

처음에는 금방 꺼질 것 같더니 곧 불이 화르륵 타올랐다. 하지만 불을 지르는 게 목적은 아니었다. 카셀은 그 위에 병사들의 옷가지를 올려놓았다. 시커먼 연기가 순식간에 위층을 가득 메웠다.

카셀은 기름을 묻힌 헝겊을 부서진 의자 다리에 묶어 거기에도 불을 붙였다. 그리고 그걸 횃불처럼 들고 계단 아래로 내려갔다. 싸움은 아직도 이어지고 있었다. 그러나 곧 뭔가 이상한 일이 벌어졌다는 걸 깨달은 병사들은 잠깐 싸움을 멈추고 천장부터 차기 시작한 연기를 바라보았다.

"불이다."

누군가 소리쳤고, 빌리의 부하들이 먼저 게이트 밖으로 달아나 버렸다. 달아나지 않는 건 빌리와 슈벨, 블랙, 그리고 게이트의 병사들이었다.

위에서 불이 붙은 거라 밑으로 연기가 내려오는 시간은 약간 더뎠다. 그러나 그것도 시간문제였다. 점점 아래층의 천장부터 검은 연기가 들어차기 시작했다. 병사들은 조금 허둥대다가 불을 끄려고 물통을 찾았다. 카셀은 마치 레드의 경비병인 것처럼 소리쳤다.

"후퇴하라. 이 연기를 보고 다른 곳에서 경비대가 올 것이다. 지금은 모두 후퇴하라. 게이트는 불타지 않는다. 후퇴하라."

검은 연기에 당황한 병사들은 명확한 판단력을 가지지 못했다. 그 와중에 누군가 강하게 명령을 내리면 다들 그 말을 따르는 법이었다.

병사들은 결국 카셀의 말대로 게이트 밖으로 달아났다. 블랙은 달아나는 병사들을 공격하지 않고 무기를 접었다. 빌리와 슈벨도 칼을 늘어트리고 횃불을 들고 다가오는 카셀을 노려보았다.

"카셀, 네가 그랬나?"

빌리가 물었다.

"그렇다."

"너 이 자식……."

슈벨이 칼을 들자, 빌리가 막았다.

"그만해. 차라리 잘됐어."

"뭐가 잘돼?"

"저 녀석 말대로 이 연기를 보고 다른 경비대가 오면 곤란해진다. 우리도 나가자.”

슈벨은 신경질적으로 칼을 칼집에 집어넣고 게이트를 나섰다. 블랙이 뒤따라 나간 후 빌리는 카셀에게 말했다.

“이런 짓을 하고 무사할 것 같은가?”

“어떤 짓? 불을 지른 것 말인가, 게이트에 알린 것 말인가? 내가 무슨 조치를 안 할 거라고 생각한 건 네 착각이었어. 그리고 아무 짓도 하지 말라고 직접적으로 경고한 것도 아니었고.”

“그랬지.”

빌리의 얼굴에 후회의 빛이라고는 없었다. 당연한 귀결을 보는 것처럼 편안해 보였다.

“하지만 이제부터 널 소중히 대해주길 기대하지 마라.”

빌리도 나가고, 카셀은 연기로 어두워진 안을 돌아보았다. 죽은 병사들이 사방에 늘어져 있었다. 그중에는 블랙의 할버드에 두 동강이 난 끔찍한 시체도 보였다.

“죄송합니다.”

카셀은 무의미한 사과를 하고 게이트를 나섰다.

희생 없는 전투는 없고, 잘못된 선택이라도 머뭇거려선 안 된다…….

그러나 카셀은 이 모든 일에 후회하지 않을 자신이 없었다.

◆Chapter 17◆

쫓아오는 자

“남은 인원은?”

빌리가 물었다.

“열한 명입니다.”

그린우드 대신 서전트가 된 요프리가 대답했다. 가끔 빌리에게 훈련을 받는답시고 자기들끼리 검술 대련을 하는데, 그중 실력이 제일 나은 녀석이었다. 하지만 녀석은 너무 얌전했다. 좀도둑질을 서른 번쯤 하면서 잡혔다 갇히길 반복하다가 도망자 신세가 된 모양인데 소심하기가 소꼬리에 붙은 파리만도 못했다.

이렇게 분위기가 가라앉았을 경우, 성격이 좀 거슬리긴 해도 의욕적으로 떠들 줄 아는 그린우드가 더 나았다. 객관적인 상황만 전달하는 그의 말투는 상실감을 더욱 키웠고 일행의 사기도 떨어트렸다.

“연초 같은 거 있나? 파이프랑.”

빌리는 요프리를 앞에 세워 놓고 슈벨에게 물었다.

"난 5년 전에 끊었어. 너도 피우는 거 못 봤는데?"

"한 1년 끊었지. 갑자기 입에 뭔가를 물고 싶어 미칠 것 같군. 누구 가진 사람 없나?"

부하들 중 하나가 어슬렁어슬렁 다가와 불까지 붙인 파이프를 내주었다. 빌리는 한 모금 길게 빨고 또 한숨을 내쉬었다.

"다행히 수레를 회수해 왔으니 블랙의 느린 걸음을 걱정할 건 없지만 이제 이 길은 포기해야겠어. 골드 게이트까지는 외길이라 우릴 쫓아올 군대에게 목을 내놓는 꼴이 될 거다."

"만나도 우리가 불리하다고는 볼 수 없지 않아?"

슈벨은 그다지 자신감 없는 목소리로 말했다.

"전쟁이라도 벌이자는 거냐? 난 이럴 의도까지는 없었어."

"게이트 하나를 무너트렸으면 이미 전쟁이라고 봐도 무방하지."

"스무 명도 안 되는 병력으로? 관둬. 이제부터는 무사히 골드 게이트에 도착하는 것만 생각한다."

빌리는 연기를 한 모금 내뿜으며 카셀을 한참이나 내려다보았다. 그리고 요프리가 눈치를 보다가 '저, 이 녀석은……?' 하고 운을 떼려 하자, 비로소 처분을 내렸다.

"묶어."

카셀의 얼굴에는 그을음이 남아 있었고, 누구의 것인지 모두가 알고 있는 피도 묻어 있었다. 요프리도 분명 카셀을 무시하는 부류 중 하나였으나, 이제 함부로 그를 대하지 못했다.

빌리는 이 불한당 녀석들의 성향을 잘 알고 있었다. 녀석들은 자기들이 저지른 짓이 얼마나 끔찍한지 잘 알았다. 잘 몰라서, 어쩌다 보니 죄를 저지른 놈들은 없었다. 그런데도 처벌을 받거나 쫓기면 자기들이 사회에 버림받았다고 생각하는 경향이 있었다. 때문에 같은 처지에 놓인 범죄자를 금방 동료로 받아들였다. 안 믿는 척, 고르는 척하지만, 만나는 순간 그들은 이미 서로의 영역에 발을 들이곤 했다.

그래서인지 의리를 중시했다. 툭하면 동료들을 위해 목숨을 건다고 외치는 모습을 보면 기사도 저리 가라 할 정도였다. 그래 봐야 눈앞의 이익 앞에서 무너지기는 별다를 바 없지만.

그런 걸 생각하면 녀석들이 카셀에게 복수를 하려 들지 않는 건 놀라운 일이었다. 자기도 그런 식으로 복수를 당할까 봐 겁을 낸다? 험한 인생 살았다고 자부하는 녀석들이 할 생각은 아니었다.

빌리는 여기 있는 부하들에게 조금도 정을 느끼지 못했다. 카셀이 그린우드의 배를 쑤셔 죽이든 목을 쳐서 죽이든 알 바 아니었다. 오히려 그린우드가 여자를 겁탈하고 그걸 자랑삼는 놈이란 걸 알고 난 후라, 카셀에게 잘했다고 칭찬해 주고 싶을 정도였다.

순서대로라면 이제 카셀이 그린우드의 동료들에게 복수를 당할 차례였다. 그런데 아무도 그렇게 하지 않았다. 요프리만 봐도 그랬다. 녀석은 저항 없는 카셀을 묶는 것조차 꺼려했다.

"네놈이 자초한 일이다. 여차하면 재갈이라도 물릴 테니, 함부로 입도 열지 마라."

빌리는 협박하는 어조로 말해 보았다. 그러나 카셀은 대꾸하지도 두려워하지도 않았다.

'이쯤 되면 거꾸로 검술을 숨기고 있는 실력자 같은데?'

허풍과 거짓말로 버티고 있다고 하기엔 지나치게 솔직했다. 본성을 드러내는 순간이 올 것이라고 믿고 그린우드가 카셀을 괴롭힐 때도 어찌하나 내버려 두었었다. 그러나 아니었다.

빌리는 게이트의 혼란 속에서 카셀이 칼을 휘두르는 모습도 봤다. 혹시나 했지만, 이제 막 검술을 배운 초보가 나무 기둥을 때리는 연습 동작 이상은 아니었다.

'칼을 쓸 줄 모른다는 말은 사실이었어. 그런데 어떻게 저렇게 자신감이 넘칠 수 있을까? 원래 저런 성격은 아닌 것 같은데?'

파이프를 태우는 시간 동안 빌리는 고민했고, 결론을 내렸다.

'연기를 하고 있군. 자기가 잘 아는 누군가를 그대로 흉내 내고 있는 거야.'

빌리는 연기가 아닌, 녀석의 진짜 모습이 궁금해졌다.

"이동한다."

골드 게이트로 향하는 큰길은 과연 도로 사용료를 지불해야 할 만큼 잘 닦인 길이었다. 배수로도 잘되어 있고 돌로 만들어져 폭우의 영향도 거의 없었다. 하지만 이제 그 길을 이용할 수가 없었다.

'이런 길이면 골드 게이트까지 이틀이면 갈 수 있을 텐데.'

빌리는 아쉬웠지만, 포기했다. 길을 포기하는 대신 경비대의 추적에서 벗어난다, 그거면 됐다. 빌리는 연초 연기와 함께 고민도 날려 보냈다.

이런 순간에 슈벨 같은 녀석이 있어 다행이었다. 하는 짓이 방정맞은 것 같아도 옆에 있으면 의지가 되었다. 아직 친구라기에는 넘지 못한 벽이 있었으나 그걸 굳이 넘어야 할 의무도 없으니 오히려 편했다.

카셀은 더 이상 수레에 타는 게 허락되지 않았다. 그는 밧줄에 양손을 묶인 채 걸었다. 불평하지도 않았으나 그게 얼마나 오래 갈지는 두고 볼 일이었다.

'좀 더 괴롭혀야겠어.'

지치면 지금 흉내 내는 가짜 모습을 버릴 것이다. 그리고 본 모습이 드러나면, 지금까지가 약자의 허풍이었는지 강자의 자신감이었는지 알게 될 것이다.

남쪽 멀리 병풍처럼 가로막고 있는 거대한 산이 줄지어 있었다. 여름인데도 머리에 하얀 눈을 이고 있는 걸 보니 보통 높은 산이 아닌 모양이었다. 그런데도 그 뒤쪽에 흐릿하게 보이는 산의 윤곽은 그 산보다 더 높은 곳에 위치해 있었다. 그림으로만 보고 얘기로만 듣던 하늘 산맥이었다. 꽤 멀리 떨어져 있는데도 충분히 그 웅장함을 느낄 수 있었다.

'저러니 인간의 출입을 거부하는 신의 산이라고들 하는구나.'

빌리는 감탄하면서 보다가 버릇처럼 카셀의 위치를 확인했다. 같이 남쪽 산을 바라보던 카셀의 눈동자에 눈물이 맺혀 있었다.

'왜 울지? 고향에 돌아왔다는 그리움에 눈물을 흘리는 걸까?'

궁금했지만, 묻지 않았다.

이동은 해가 져서야 멈췄다. 빌리는 가혹하다 싶을 만큼 걷는 속도를 줄이지 않았다. 저녁 식사 때 슈벨이 기진맥진한 모두를 대신해 말했다.

"나야 수레에 타고 있어 편하지만 너무 급히 가는 거 아닌가? 길에서 벗어났으니 추적대도 못 따라올 것 같은데 굳이 이렇게까지……."

"안전을 기하는 거지. 내일부터는 다시 속도를 줄인다. 그러니 오늘은 좀 참아."

"그 말은 나한테 하지 말고 저 녀석들한테 해."

슈벨은 바닥에 두 다리를 펴고 숨을 헐떡이는 녀석들을 가리켰다.

"알아서들 하겠지."

빌리는 빌린 파이프를 물고 또 카셀을 돌아보았다. 중간에 휴식 한 번 없었으니 지치는 게 당연했다. 묶인 부위를 몇 번이나 살펴보는 걸 보아 아프긴 한 모양이었다.

저녁 식사를 준비한다, 불을 피운다 하며 잠깐 어수선해졌다. 다들 허기가 져 음식이 채 되기도 전에 빵을 나누고 마른고기를 뜯었다. 군대였다면 용납하지 않을 모습이었지만 내버려 두었다. 오늘만큼은 그들에게 군기를 강요하지 않았다.

'이런 녀석들을 밑에 두려면 죄는 강도보다 풀어 주는 타이밍이 더 중요하지.'

익셀런에서 훈련 교관을 하면서 빌리는 성실한 녀석과 게으른 녀석들을 모두 훌륭한 기사로 만들어야 했다. 그런 경험을 바탕으로 그는 자기 안에서 두 가지 규칙을 만들었다. 게으른 녀석은 훈련해야 할 시간을 정하면 된다. 성실한 녀석은 쉬는 시간을 정해 주면 된다. 그리고 둘 다 남은 시간은 알아서 하게 둔다.

레드 게이트에서의 사건은 하나의 계기가 되어 주었다. 그전까지 빌리는 녀석들을 강하게 죄기만 했다. 이제 녀석들은 군대와 싸워 봤고 군대에게 쫓기는 신세가 되었다. 알아서 스스로를 조일 것이다. 그러니 이제부터는 쉬는 시간만 정해 주면 된다.

빌리는 왔던 길을 돌아보았다. 어둑어둑해지는 동쪽에서 쫓아오는 깃발이나 군대가 일으키는 먼지는 보이지 않았다. 슈벨의 말대로 위험할 건 없어 보였다.

보이는 것도 웅장한 남쪽 산맥 외에는 언제나 평야뿐이었다. 그리고 거의 대부분의 평야 주위에는 강이나 작은 시내가 흐르고 강 주위에는 가을의 수확을 기다리는 작물들이 자라고 있었다. 이런 기름진 땅을 천 년 동안이나 다른 나라가 탐내지 않았다는 게 신기할 뿐이었다. 아니면, 탐낼 수 없었던가.

그가 듣기로는 10년 전 전쟁에서 론타몬조차 아란티아를 침공할 예정은 없었다고 했다. 예정된 그들의 진군은 가넬로크에서 끝이었다. 그러나 갑자기 생각을 바꾼 론타몬의 황제는 그 엄청난 국력의 태반을 아란티아 정벌에 쏟아부었고 결국 실패했다.

론타몬의 황제나 귀족들은 그 일을 전쟁의 패배라고 인정하지 않고 아직도 아란티아의 저주 또는 여왕의 저주라고 불렀다. 결과적으로 론타몬의 실패 덕에 향후 몇십, 아니 어쩌면 몇백 년 동안 어느 나라도 아란티아를 공격하지 못할 것이다.

다들 정신없이 저녁 식사를 하던 중, 형식적인 인원 체크를 하던 요프리가 소리쳤다.

"어이, 두코! 두코, 어딨나? 누구 본 사람 없어?"

다들 새삼스레 주위를 살폈다. 열한 명이어야 할 인원이 열 명만 남아 있었다.

"아까 저쪽으로 장작 주우러 간 것 같아."

한 명이 말했다.

"혼자서? 언제 갔어?"

소심한 요프리가 허둥대며 물었다.

"한참 됐는데?"

요프리는 신음을 내더니 두 명을 지목했다.

"식사는 나중에 하고 같이 좀 가자."

그는 칼을 챙겨 다른 두 명과 두코를 찾으러 갔다.

그들은 한 시간쯤 후에나 돌아왔다. 남겨 놓은 식은 수프와 빵을 내밀며 슈벨이 물었다.

"못 찾았나?"

"꽤 넓게 수색해 봤는데 없습니다. 이제 어두워서 사물을 분간하기도 힘들고……."

"내가 갔다 오지."

"아마 어디서 길을 헤매고 있겠죠. 그러실 것까진 없을 겁니다."

"괜찮아. 하루 종일 앉아 있어서 몸도 풀 겸 가는 거니까."

슈벨은 수레에 묶인 말을 풀어서 올라탔다. 파이프를 물고 있던 빌리가 말했다.

"날 밝은 다음에 찾지 그래?"

"아니, 지금 가겠어. 멍청한 녀석이 어디에서 다쳐서 낑낑대고 있는 거라면 큰일이잖아."

슈벨이 말을 달리려고 할 때 소리도 없이 블랙이 그의 앞을 막았다. 슈벨의 말이 앞발을 세우며 흥분했다.

"왜 그래, 블랙?"

슈벨은 얼른 말을 진정시키고 물었다.

"칼은 챙겼나?"

블랙이 물었다.

슈벨은 손수건 챙겼냐고 묻는 부모님에게 따지는 어린아이 같은 얼굴로 칼을 보여 주었다.

"말이라고 해?"

블랙은 고개를 끄덕였다.

"조심해라."

"위험한 일이라도 예언하는 거야?"

블랙은 동쪽을 바라보았다. 그리고 남쪽을 바라보았다가 다시 동쪽을 바라보았다. 방향을 구별할 줄 모르는 그가 왔던 길을 되돌아보는 것 같지는 않았다.

"좋지 않은 일이 일어날 것 같다."

"네가 그런 말을 할 때가 다 있네?"

슈벨이 키득거리며 말했다.

"덕분에 가벼운 밤 산책이 모험 거리가 되어 버렸군. 다녀올게."

블랙이 길을 비켜 주었고, 슈벨은 금방 어둠 속으로 사라졌다. 빌리는 연초 연기를 뿜어내며 그의 뒷모습을 바라보다가 모두에게 명령을 내렸다.

"잠자리는 준비하되, 전원 경계 태세를 갖추도록."

지쳐서 졸렸던 눈들이 다시 동그랗게 떠졌다. 빌리는 계속 카셀을 주시했으나 특별히 수상한 행동은 하지 않았다.

지금 보니 카셀 옆에는 아무도 없었다. 저런 상태로 어디 멀리 도망갈 수도 없을 것이고 지금까지 한 번도 도망가려는 시도를 하지 않았으니 경계가 허술할 만도 했다. 빌리는 말하지 않아도 알아서 카셀 옆에 한 명쯤 붙어 있을 줄 알았지만 아무도 옆에 있지 않았다.

이제야 빌리는 공포 분위기를 조성하는 카셀의 비밀을 알아냈다. 녀석의 표정도, 분위기도 아니었다.

카셀은 처음부터 끝까지 빌리와 슈벨을 상대로 동등한 위치에서 대화하고 있었다. 급기야 아무도 가까이 가지 못하는 블랙을 상대로 화를 내고 소리쳤다. 레드 게이트에서 사건이 벌어지기 직전에도 카셀은 블랙과 단둘이 있었다.

그다음 카셀은 그린우드를 죽였다. 시커먼 연기를 뿜어내는 레드 게이트에서 걸어 나오는 녀석의 양손은 피로 물들어 있었다. 죽고 다치고 하는 통에 모두가 피투성이가 되어 있었지만 카셀이 묻히고 나온 피는 어딘지 섬뜩해 보였다.

의도한 작전은 아니었겠지만 단 한 명을 죽인 카셀과 수십 명을 베어 죽인 블랙은 거의 비슷한 모습이 되어 있었다. 단순히 그린우드가 괴롭힌 것에 대한 복수를 한 게 아니라, '처형'을 한 것 같았다.

'지금이 전시였고 네가 적이라면 뒷일 생각 안 하고 널 베었을 것이다.'

빌리는 속으로만 카셀에게 말했다.

'거꾸로 네가 아군이었다면 바로 내 직속 부하로 뒀을 거고.'

빌리는 상상하다가 헛웃음이 나왔다. 자신의 부하보다 자신의 상관이 되어 있는 카셀의 모습이 더 어울렸기 때문이었다.

슈벨은 하늘 천장에 걸려 있던 반달이 서쪽으로 질 무렵에야 돌아왔다. 모두 그의 옆으로 둥글게 모였다. 슈벨은 말에서 훌쩍 뛰더니 안장 뒤에 싣고 있던 시체를 끌어내렸다. 볼 것도 없이 두코의 시체였다.

"수풀 속에 숨겨져 있더군. 달이 밝지 않았더라면 흔적을 찾기도 힘들었을 거다."

두코의 목에는 시커멓게 벌어진 자상이 나있었다.

"뒤에서 그었군."

빌리가 말했다.

"아플 겨를도 없이 죽었을 거다. 보니까 목을 비튼 흔적도 있어."

"비틀어서 소리를 못 내게 만든 다음에 목을 벤 건가?"

"아니야. 목을 벤 다음에 비튼 거야. 그쪽이 더 소리가 안 나는 방식이지. 아주 능숙해."

"어디에 있던가?"

"발견한 곳은 드문드문 나무가 있는 곳이었는데, 옮겨진 거야. 핏자국을 보니 죽은 장소는 여기에서 멀지 않은 곳이더라. 그리고 웃긴 건 그 자리가 주위에 숨을 곳이 없는 초원 한가운데였다는 거다. 이상하지?"

슈벨의 말을 듣고 정말 이상해하는 사람은 빌리밖에 없었다. 그게 무슨 뜻인지 모르는 다른 녀석들을 위해 슈벨은 추가 설명을 했다.

"모르겠냐? 숨어 있을 곳도 없는 곳인데 뒤에서 접근하여 목을 땄단 말이다. 낮에 레드 게이트에서 싸울 때 보니까 두코 이 녀석도 꽤 하던 놈이었지. 멍청히 서 있다가 당할 녀석은 아니었어."

슈벨은 목소리를 낮춰 말을 이었다.

"너희들도 오늘 낮의 그 격렬한 전투에서도 살아남은 실력자들인 걸 안다. 그래서 하는 말인데, 방심하지 마라. 우리를 노리고 있는 놈이 있다. 놈인지, '놈들'인지는 모르겠지만."

슈벨은 모두에게 경고해 두고 말을 다시 수레에 묶으러 갔다. 빌리는 요프리에게 야간 보초를 서는 순서를 짜 두라고 명령하며 카셀을 돌아보았다. 녀석은 아까 있던 곳에 얌전히 앉아 있었다. 시체를 본 얼굴에는 어떤 동요도 없었다.

'이게 너랑 연관이 있는 거냐? 응? 표정으로 말해 봐. 누가 널 구하러 온 거야? 아니면 우연이야?'

빌리는 잠시 카셀을 노려보았지만 아무것도 알아낼 수가 없었다.

처음 잡힐 때부터 카셀은 화이트 게이트에서 승부를 보려고 했다. 또는 레드 게이트에서 그랬던 것처럼 자기 힘으로 해결하려 들었다. 그것은 구해 줄 사람을 기다리는 자세가 아니었다.

빌리는 슈벨을 조용한 곳으로 데리고 가 물었다.

"누구 짓일 거 같나?"

"도적 떼가 노린다면 한 명만 죽인 게 말이 안 되지. 군이라면 우리 앞을 막고 싸웠을 텐데 우리 뒤를 쳤다. 다른 건 생각할 필요도 없어. 카셀 저 녀석을 구하려는 놈이야."

"길을 벗어났는데 어떻게 우리를 쫓아왔지? 카셀이 흔적이라도 남긴 걸까?"

"혹시나 해서 계속 카셀을 주시하고 있었는데 네가 손을 묶어 버리고 나서부터는 거의 만사를 포기한 것 같더군. 아무 짓도 안 했어."

"나도 길에서 벗어날 때 특히 주의 깊게 살폈는데 수상한 행동은 전혀 없었다. 묻는다고 순순히 대답할 놈도 아니고. 그린우드 말마따나 정말 고문이라도 해서 불게 만들고 싶어."

"네가 그러지 못할 걸 알고 저러는 거야. 만약 네가 그럴 놈이었으면 아마 거기에 걸맞은 다른 행동에 들어갔을 테지."

슈벨은 그 모습을 상상하더니 웃어 보였다.

"왜 웃어?"

"아니 뭐랄까, 전혀 근거는 없는데 이상하게 저 녀석 진짜로 울프의 캡틴일지도 모른다는 생각이 들어서……."

빌리는 자기도 같은 생각이라는 말은 하지 않았다. 슈벨도 깊은 뜻이 있어 한 말은 아니었을 것이다.

"우선 잠이나 자 두자. 정 안 되면 까짓 카셀 저 녀석 목에 칼이라도 들이대지. '우릴 공격한 개자식은 이 녀석 죽여 버리기 전에 나와라!' 하고 말이야."

슈벨은 앞에 카셀이 있는 것처럼 과장된 몸짓을 보여 주었다.

"그거 좋군. 대신 네가 해라. 난 그런 거 못하겠다."

빌리는 다시 일행이 있는 곳으로 걸어가며 물었다.

"그보다 요새 토끼 인형을 안 끌어안고 자던데 잃어버렸냐? 아니면 그런 버릇 없애기로 했나?"

슈벨은 손을 내저었다.

"남의 사생활에는 접근 금지."

빌리는 실소를 터트렸다. 역시 미워할 수 없는 녀석이었다.

빌리는 아까 피우던 파이프의 연초를 마저 태워 없앴다. 연기에 반사된 달빛이 빌리의 얼굴로 쏟아졌다. 하나둘씩 잠들기 시작할 때도 빌리는 계속 깨어 있었다.

녀석들은 보초를 세 명씩 서기로 자기들끼리 결정한 모양이었다.

'세 명, 딱 좋은 인원이군. 보통 상황이라면 말이지. 나나 슈벨 둘 중 한 명은 계속 깨어 있어야 해.'

빌리가 그 생각을 하고 말하려는데 슈벨은 이미 잠들어 있었다.

'저 녀석도 내 생각에 동의할 거야. 나중에 깨우면 되겠지.'

부하들은 레드 게이트에서 열 명 넘는 동료가 죽은 것보다 두코 한 명이 죽은 걸 더 겁내고 있었다. 무서워서 잠들지 못하는 녀석도 더러 있었다.

'한 명만 죽이고 그대로 밤을 지새우게 만든다라…… 누군지 몰라도 작전 한번 끝내주는군.'

하이로드의 마차를 습격해 캡틴 울프와 겨루겠다고 달려들 때보다 더 긴장되었다. 블랙과 함께 여행을 시작한 이후 가장 긴 밤이 이어졌다.

블랙은 언제나처럼 잠들지 않고 남쪽을 내려다보고 있었다. 멀지 않은 곳에서 파란빛이 번쩍하고 하늘을 가득 채웠다. 번개가 친 거라고 생각했으나, 천둥소리는 없었다.

이튿날 아침, 잠에서 깨어난 빌리의 부하 중 하나가 비명을 질렀다. 깜짝 놀란 모두가 무기를 들고 비명을 지른 녀석 주위에 모여들었다. 그의 옆에는 아직도 한 명이 모포를 덮고 누워 있었다. 언뜻 보기에는 추워서 얼굴까지 모포를 뒤집어쓰고 자고 있는 것처럼 보였다. 하지만 끈적끈적하게 마른 피가 그의 모포에 물들어 있었다.

요프리가 모포를 걷었다. 두코의 시체처럼 목이 베인 채 눈을 크게 뜬 남자가 공허한 시선을 보내고 있었다. 그의 이름은 브록이었고, 말은 없지만 남을 잘 챙겨 주는 장남 같은 녀석이었다. 요리도 그나마 제일 잘했다. 이제 그들은 아침마다 끓여주는 브록의 수프를 맛볼 수 없게 되었다.

"보초들 안 서고 뭐 하고 있었나?"

슈벨이 버럭 소리 질렀다.

"서, 서고 있었습니다. 시간당 세 명씩…… 브록도 새벽에 교대했습니다. 그때까지는 살아 있었는데……."

요프리가 변명했다.

처음 시체를 발견하고 비명을 지른 녀석도 변명을 거들었다.

"제가 잠들 때만 해도 숨을 쉬고 있었습니다. 코까지 골았는걸요."

"그럼 언제 죽었다는 거야? 그보다 바로 옆에서 죽었는데 몰랐다는 게 말이 돼?"

빌리가 흥분한 슈벨의 어깨를 잡았다.

"그만해 둬. 이 녀석들 잘못이 아니야."

"이렇게 탁 트인 곳에서 누가 공격을 할 수 있었다는 거야? 눈을 뜨고 있었다면 당하지 않을 일이지."

"나도 뜨고 있었다."

빌리는 모두가 있는 곳에서 하고 싶지 않은 말을 꺼냈다. 흥분한 슈벨이 말을 멈췄다.

빌리는 관자놀이를 누르며 말했다.

"아니, 네가 깨 있을 때였을지도 모르지. 시간상으로는 내가 맞지만…… 공격하는 낌새는 느끼지 못했다. 녀석들 잘못이 아니야."

슈벨은 자신이 깨어 있을 때 당한 건 분명 아니라고 투덜대고 있었다. 빌리는 잠시 생각에 잠겼다가 손을 휘휘 저었다. 졸음이 쏟아지며 또 만사가 귀찮아지려 했다. 빌리는 일부러 큰 소리로 말했다.

"브록을 다른 곳으로 옮겨라. 이동을 준비한다. 그리고 다들 주위에 어떤 이상한 신호라도 발견하면 지체 말고 경계 태세를 갖추고 내게 보고하라. 별거 아닌 일이라고 넘겨짚고 무시하는 순간 목이 날아간다고 생각하도록. 우릴 쫓아오는 놈은 그런 놈일 것이다."

약간의 웅성거리는 소리가 있었다. 그럴 만도 했다. 한꺼번에 죽었다면 그 죽은 수치에 대해 현실감을 느끼지 못하지만 한 명씩 줄어든 빈자리는 크게 느껴지는 법이었다.

빌리도 그랬다.

'철저한 녀석이군.'

이렇게까지 접근할 수 있다면 더 죽일 수도 있었다는 뜻이다. 그런데 한 명만 죽였다. 신중하기 위해? 아니다. 더 쉬운 사냥을 위해 숨통을 조이는 것이다.

'이제 오늘 밤부터는 아무도 편히 잠들지 못할 거야. 나도 포함해서.'

블랙은 수레에 앉아 있었다. 빌리는 졸린 것보다 심적으로 피곤하여 블랙 옆에 털썩 앉았다. 슈벨도 수레로 와 말을 모는 자리에 앉았다.

"이건 사냥꾼 소행이다."

빌리가 말했다.

"사냥꾼?"

슈벨이 고개를 갸웃했다.

"그런 냄새가 나."

빌리는 물을 한 모금 마시며 이야기를 이어갔다.

"론타몬에서 가장 유명한 사냥꾼이 하나 있었다. 소문에 의하면 녀석이 벌어들인 현상금만 해도 금화 이천이 넘는다 하더군. 그런데 어느 날 녀석은 대담하게도 왕실로 이동 중인 익셀런 기사단을 공격했다."

"현상금이 걸려 있는 범죄자를 잡는 녀석들이 기사단을 공격해? 의뢰라도 받았나?"

"사냥꾼이 그런 짓을 하면 그건 사냥꾼이 아니라, 암살자지. 어쨌든 녀석은 대담하게 두 명이나 죽인 후 산 채로 붙잡혔다. 그리고 왜 그런 짓을 했냐는 심문에 녀석은 이렇게 대답하더군. 그냥!"

"그냥 뭐?"

"그냥 저질렀다는 거야. 한순간 우리가 사냥감으로 보였다더군. 현상금이고 뭐고, 대륙 최강 중의 하나라는 기사단 전체를 사냥하면 얼마나 멋질까 하고."

"그냥 미친놈 같은데?"

"당연히 두 명이나 살해했으니 그 대가는 사형이었다. 하지만 우리는 녀석의 실력이 어느 정도나 되는지 궁금해졌다. 그래서 우리 중 하나와 정식으로 싸워 이기면 살려 주겠다는 제안을 했지. 사냥으로 다져진 녀석의 검술 정도면 익셀런 중에서도 중간쯤은 가겠다고 생각했거든. 반반의 확률만 잘 맞추면 그는 세 번째 익셀런 기사를 죽이고도 살아남는 엄청난 행운을 누리게 되는 거였지. 그런데 그 재수 더럽게 없는 녀석은 나를 지목하더군."

"확실히 기습에 능한 녀석이라면, 정면 대결을 할 만한 실력은 부족하겠지."

"난 두 번 정도 녀석을 봐줬다. 제대로 키우면 상당한 수준의 기사가 될 것 같아 죽이기 아까워서."

"지금 네가 유령이 아니라면 사냥꾼이 졌다는 결론이지?"

"녀석은 끝까지 자존심을 살려 나와의 대결을 회피하지 않았어. 나는 그 강한 자존심을 지켜 주기로 했다."

"흐음, 재미있는 얘기이긴 한데 그 얘길 왜 지금 하는 거야?"

빌리는 턱을 만지작거렸다. 깎지 못한 수염이 꽤 많이 자라 있었다.

"지금 우릴 공격하는 그 사냥꾼 놈이 보통 놈이 아니라는 가정하에 말하는 건데, 녀석은 일부러 이러는 것 같다. 만약 죽이려 든다면 활을 쓰는 게 낫지 왜 칼을 쓰겠나?"

"그야 그렇겠지."

"저 녀석들을 봐라. 게이트의 경비대에도 덤볐던 배짱 하며 동료들이 절반 가까이 죽었는데도 흔들리지 않는 용기……. 그런데 밤사이 두 명 죽은 것으로 완전히 겁에 질렸어. 화살로 죽었다면 오히려 상대를 죽이겠다고 날뛸 녀석들이 말이야. 이런 사기 저하는 결국 우리 둘까지 잡아먹을 거다."

"난 겁먹지 않았어!"

슈벨이 어린아이처럼 부정했다.

"그거다, 슈벨. 그 사냥꾼 놈의 목표는 우리 둘이야. 그 익셀런을 공격했던 사냥꾼 놈이 그러더라고. 제일 약한 놈부터 하나씩 기습으로 죽여 나가면 결국 제일 강한 놈도 겁에 질릴 거라고 계산했다고. 그럼 자기 실력보다 더 위인 녀석도 죽일 수 있다나? 우릴 공격하는 놈도 같다. '우리'가 공포에 물들기를 바라며 부하들을 이런 식으로 죽이는 거야."

빌리는 슈벨의 가슴을 손등으로 툭 치며 말을 이었다.

"내가 왜 과거의 얘기를 했느냐고? 최악의 경우 우리 둘만 남게 되었을 때 결국 그 사냥꾼 놈이 택하는 마지막 사냥은 일대일 대결이 될 수밖에 없다. 그 상황에서 나나 네가 자제력을 잃는다면 녀석이 바라는 대로 되는 거야."

"그전에 잡아 버리면 그만 아니야?"

"당연히 그래야지. 어디까지나 가정이다."

빌리가 얘기를 마무리 짓자 슈벨은 큰 소리로 웃다가, 방금 깨달았다는 듯 블랙에게 물었다.

"맞다, 블랙. 넌 항상 깨어 있고 항상 기척을 잘 느끼니까 어제 브록이 죽을 때 알아챘을 거 아니야? 왜 가만히 있었어?"

"빨랐다."

"빨랐다니?"

"내가 기척을 알아채고 일어나는 순간 사라졌다. 그리고 이미 브록은 죽어 있었다."

"제기랄, 그럼 얘기를 해 줘야지."

"어차피 브록은 죽었고, 그 시점의 난 너희 둘이 편히 쉬는 게 낫다고 생각했었다. 아직 놈의 사냥 상대는 너희 둘이 아니라고 봤으니까. 그런데 내 생각이 틀렸다. 그리고 빌리, 네 생각도 틀렸다."

빌리가 물었다.

"뭐가 틀렸다는 거요?"

"지금 우릴 노리는 사냥꾼이 최종적으로 고립시키려 하는 건 너희 둘이 아니다. 나다."

슈벨은 입을 딱 벌리고 물었다.

"그 사냥꾼 놈이 우리조차 저 녀석들과 같은 사냥감 중 하나로 본다 이거야?"

블랙은 고개를 끄덕였다.

"어쩌면 그렇다. 실제로 그 사냥꾼은 브록을 죽인 다음 바로 떠난 게 아니었다. 내가 접근을 눈치채지 못했다고 생각했는지 나를 공격하려 했지."

"놈을 봤소?"

빌리가 물었다.

"내게서 열 걸음 정도 떨어진 곳까지 다가왔다. 그리고 칼을 꺼내더군. 나도 무기를 들었다. 하지만 그는 뭔가를 계산하는 것 같더니 금방 물러나 버렸다."

"왜 말하지 않았소?"

"다가오는 소리를 듣지 못했다. 들었다면 슈벨을 깨우거나 빌리 너에게 경고했겠지. 물러나는 소리였기에 말하지 않았다. 뒤늦게 쫓아가 봐야 체력만 낭비했을 것이다."

블랙은 이어 경고했다.

"조심해라, 빌리. 그리고 슈벨. 그자는 나에게도 버거운 상대일 것이다."

슈벨과 빌리는 입을 다물었다. 주위의 모든 소리를 듣는다는 블랙이 다가오는 소리를 놓쳤다는 사실보다 블랙이 경계하고 있다는 사실이 더욱 두려웠다. 빌리는 이미 자신이 공포에 전염되고 있음을 부정할 수 없었다.

비가 온 후 얼마 동안은 서늘했지만 지금은 여름의 햇살이 머리를 뜨겁게 달구고 있었다. 흐르는 땀에 금방 옷이 축축해졌고, 모두 지쳐 걸음이 느려졌다. 빌리는 점심때가 되어서야 수레를 정지시켰다. 요프리를 중심으로 몇 명은 보초를 섰고, 나머지는 식사 준비를 서둘렀다. 배고픔에 활발했던 저녁때와 사뭇 다르게 지금은 다들 늘어져 있었다.

"힘드냐?"

슈벨은 고개를 푹 숙이고 주저앉아 있는 카셀에게 물주머니를 내주었다. 카셀은 사양 않고 한 모금 한 후 근 하루 만에 처음 입을 뗐다.

"나만 힘든 건 아닐 거다."

식사 준비 하나하나에도 일일이 신경 쓰는 빌리의 목소리가 들려왔다.

"너무 멀리 가지 마라. 근처에 수상한 움직임이 있다면 바로 보고하고."

슈벨도 약간 높은 곳에 올라서서 주위를 잠시 살폈다. 근처에 아무도 없다고 확신하고 그는 카셀 옆에 다시 앉았다.

"세수라도 할래?"

빌리의 부하들이 그릇을 닦고 감자를 씻는 시냇가를 가리키며 슈벨이 물었다.

"허락해주면."

카셀이 힘없이 말하자, 슈벨은 그의 손목에 묶인 밧줄을 풀어 주었다. 밧줄이 닿은 부분은 살갗이 벗겨져 피가 흐르고 있었다. 보기만 해도 아파 보였다.

"잠깐 이리와 봐."

슈벨은 가방에서 약초를 꺼내 조금 씹어서 그 위에 얹었다. 카셀은 쓰라린지 짧게 신음했다.

"너한테 화가 많이 났지만 그렇다고 괴롭힐 생각도 없어. 너와 친해질 생각도 없지만 너를 적대시하고 싶지도 않다."

슈벨은 붕대까지 감아 준 다음에 말을 이었다.

"물이 안 닿게 해. 저녁쯤에 붕대를 갈아 주지."

"고맙다."

슈벨은 카셀이 시냇가로 내려가 세수를 하는 것을 지켜보았다.

성수를 대하는 성직자처럼 그는 조심스럽게 물을 떠서 얼굴에 댔다. 손을 씻은 다음 천천히 물을 마시는 모습을 보고서야 슈벨은 아침부터 지금까지 그가 물을 단 한 모금도 마시지 못했다는 것을 알았다. 그러면서도 달라는 말을 하지 않은 것이다.

'조금 가혹한 거 아닌가? 일단 빌리에게 맡기고는 있지만, 뭘 노리고 저렇게 괴롭히는 거야? 혹시 카셀이 무너져서 매달리는 모습이라도 보고 싶은 건가? 그냥 차라리 고문을 하지.'

슈벨은 카셀이 무너지는 모습을 보고 싶지 않았다. 그리고 검도 못 쓰는 이 멍청한 녀석에게 점점 빠져드는 자신을 발견했다. 어느 순간부터 슈벨은 그가 캡틴 울프라는 사실을 확신하고 있었다. 그래서 더욱 그에게 정을 주지 않으려고 애썼다. 그는 쓰러트려야 할 적이었다.

갑자기 비명이 들렸다. 슈벨은 당장 칼을 뽑아 주위를 살폈다. 카셀도 물 떨어지는 얼굴을 들었다.

"물가에서 나와."

슈벨은 얼른 명령했고, 카셀은 마지막으로 물을 한 모금 마시고 슈벨 옆으로 달려왔다.

"슈벨, 이쪽으로!"

빌리가 불렀다. 슈벨은 아직 밧줄을 묶지 못한 카셀을 데리고 빌리

쪽으로 갔다. 그곳에는 한쪽 다리가 잘린 요프리가 괴로움에 몸부림치며 쓰러져 있었다.

슈벨은 당장 달려가 그의 잘린 곳을 끈으로 조이며 말했다.

"기절하면 안 돼. 아무 말이라도 해라."

빌리도 그에게 말을 시켰다.

"요프리, 정신 차려라. 누가 공격했지?"

"모, 못 봤습니다. 무, 물 밑에서 가, 갑자기…… 으윽!"

슈벨이 끈을 한 번 더 꽉 조이자, 요프리는 고통을 참지 못하고 비명을 질렀다. 슈벨은 다른 녀석에게 소리쳤다.

"내 가방에서 약초 꺼내 와. 그리고 아무나 가서 물을 끓여라. 요프리, 계속 말해. 그래서 어떻게 됐다고?"

"모, 모습은 못 봤습니다…… 쓰, 쓰러진 다음에는 뭐가 뭔지 잘……."

요프리의 주위에 모여 있는 녀석들이 하나둘씩 카셀을 돌아보기 시작했다. 카셀은 물 묻은 얼굴을 닦지도 않고 서 있기만 했다. 다리 잘린 부상자를 바라보는 그의 눈은 침착하다 못해 차가웠다.

"하, 하얀 늑대의 소행 같습니다."

한 명이 조심스레 말했다.

다른 녀석들도 웅성거리며 저마다 말을 꺼냈다.

"자기들의 캡틴을 구하려고 그놈들이 나타난 겁니다."

"하얀 늑대는 전투에 들어가면 모습이 보이지도 않는다고 들었습니다."

"제, 제가 듣기에는 열 걸음 떨어진 곳에서도 상대를 벨 수 있다고 합니다. 요프리도 분명……."

슈벨이 버럭 소리 질렀다.

"닥쳐. 활을 들면 열 걸음이 아니라 백 걸음 떨어진 곳에서도 사람을 죽일 수 있다. 그딴 말에 동요하지 마."

하지만 부하들은 진정하지 못했다.

그때 카셀이 천천히 입을 열었다.

"지금 너희를 공격하는 자는 빌리와 슈벨, 그리고 블랙을 경계하는 자다. 그래서 나머지 녀석들을 먼저 각개 격파하는 것뿐이야. 날 구하려고 내 친구들이 나섰다면 그딴 작전은 쓰지 않아. 정면에서 나타났을 거야. 그러니 걱정할 필요 없어. 하얀 늑대는 아니다."

그토록 선해 보이던 카셀의 미소는 이제 살인마의 미소처럼 모두를 겁주고 있었다.

"네가 할 줄 아는 거야 그런 식으로 말만 앞세우는 게 다지. 밧줄 가져와라."

빌리는 직접 카셀의 손을 도로 묶은 다음 명령을 내렸다.

"요프리를 수레로 옮겨라."

지혈시키고, 끓는 물에 소독시킨 헝겊에 약초를 대어 잘린 부분을 묶는 게 응급조치의 전부였다. 서너 명이 힘을 합쳐 요프리를 들어 수레로 옮겼다. 요프리는 죽는다고 비명을 질러 댔다.

지켜보던 나머지 녀석들은 어찌할 바를 모르고 주위를 서성대기만 했다. 칼은 들고 있었지만, 레드 게이트에서 싸웠던 용맹은 찾아볼 수 없었다. 사냥당하고 있다는 상황에 겁을 먹고, 카셀의 말에 주눅이 들었다. 그들은 새삼스럽게 자기들이 잡고 있는 청년이 얼마나 거물인지 깨달은 것이다. 그리고 밑바닥 인생을 살던 녀석들은 다른 어떤 것보다 그런 것에 약했다.

슈벨이 얼굴과 손에 묻은 요프리의 피를 닦으며 말했다.

"교활한 녀석이다. 우리의 이동 속도를 늦추려고 일부러 부상자를 만든 거야. 죽일 수도 있었는데…… 그런데 요프리를 공격한 게 누군지 못 봤나?"

"잠깐 한눈을 팔긴 했지만, 한 사람의 다리를 베고 달아날 정도로 긴 시간은 아니었다. 젠장!"

빌리는 괜히 바닥에 튀어나온 나무뿌리를 걷어찼다. 슈벨이 심각하게 물었다.

"어쩔래? 이런 식이라면 정말 나와 너, 블랙만 남게 돼. 진짜로 카셀을 방패로 삼아야 할 판이야."

"이동한다."

빌리는 지도를 펼쳤다. 그리고 슈벨에게 한 지점을 가리켜 보였다.

"한 시간 정도만 더 가면 작은 마을이 하나 나온다. 여기에서 먹을 걸 사고 휴식을 취한다."

"마을에? 우리 모습을 노출시켜도 되겠어?"

"큰길에서는 거의 반나절 거리나 떨어져 있는 작은 마을이야. 거기까지 게이트의 병사들이 수색하러 오지는 않을 거다. 또 모두들 지쳐 있어."

"그렇긴 하지만, 우리는 이미 아란티아 전체에 수배당할 만한 죄를 저지르고 왔어. 또 우리 얼굴을 본 녀석들이 적어도 오십 명은 레드 게이트에 남아 있고. 눈앞의 적에 현혹되어서 정말 커다란 적을 잊으면 안 돼."

빌리는 지도를 접으며 대꾸했다.

"미안하지만 지금 나는 눈앞의 적에게 더 관심이 가는군."

휴식도 없는 힘든 이동이 다시 시작되었다. 빌리는 조금만 더 가면 마을에 도착한다며 모두를 독려했다. 요프리는 수레에 누워 가끔 까무러칠 듯 비명을 지르곤 했다. 슈벨도 경계에 참여하느라 수레는 다른 이가 몰았다.

빌리의 얼굴에는 예전 같은 여유가 사라졌다. 그리고 그의 냉정함이 완전히 무너진 것은 마을을 얼마 남겨두지 않은 풀숲을 지날 때였다.

수레가 통과하기에는 너무 좁은 길이 나왔다. 또 길가에 자란 풀들에 가려 어디까지가 길이고 어디부터가 길이 아닌지도 구분하기 힘들었다.

그들은 바퀴가 길옆으로 빠질까 봐 수레 좌우로 한 명씩 버티며 이동해야 했다.

근처에 높지 않은 산이 많아 풍경도 좋고 바람도 시원했다. 시냇물이 길옆으로 흐르고 있어 언제든 쉴 수 있다는 점이 모두를 편안하게 해 주었다. 멀지 않은 곳에 마을이 보이자 다들 안도했다. 겨우 다리 펴고 쉴 수 있겠다고 짧은 환호를 내지르는 녀석도 있었다. 빌리가 그럴 때일수록 조심하라는 경고를 하기 직전이었다.

대열의 제일 뒤에 있던 녀석 하나가 이유 없이 풀썩 넘어졌다. 비명이라기보다 당황하는 소리로 '어?' 하는 외마디를 질렀다. 아까도 한 명이 풀 때문에 허리 아래가 보이지 않아 토끼가 파 놓은 구덩이에 빠져 넘어졌었다. 그때 빌리와 슈벨은 즉시 경계 태세를 취했다. 넘어져서 일어난 녀석은 빨개진 얼굴로 몇 번이나 사과했다.

언뜻 보기에 같은 상황이었으나, 수레에 걸터앉아 있던 슈벨은 벌떡 일어났다. 빌리도 뒤를 돌아보며 칼을 빼 들었다. 명령은 없었으나, 나머지도 일제히 칼을 들었다. 설사 넘어진 사람이 또 머리를 긁적이며 '죄송합니다. 그냥 돌부리에 걸려 넘어진 거예요.' 하고 일어서도 빌리는 칭찬해 주려고 했다. 잘했어, 네 덕에 다들 긴장 한번 했군.

"으아아악!"

엎어진 녀석이 갑자기 길옆으로 끌려가더니 무성하게 자란 풀숲으로 사라졌다. 풀들이 끌려가는 방향대로 차례로 넘어졌다. 거대한 뱀이 수풀을 헤치고 기어가는 것처럼 보였다. 겁에 질린 그의 비명이 점점 멀어지더니 뚝 끊겼다.

"내가 봤어!"

슈벨은 수레에서 뛰어내려 풀숲 쪽으로 달려갔다.

"조심해!"

빌리가 소리쳤다.

끌려간 녀석은 풀숲의 중간쯤에서 멈췄다. 그 자리만 수풀이 푹 꺼져 있었다.

'상대의 위치는 사라지고 슈벨의 위치는 노출됐어.'

슈벨도 그걸 아는지, 허리 높이까지 자란 주변 풀들을 모조리 칼로 베어 버렸다. 그리고 바닥에 신경을 최대한 집중하고 언제든 칼을 휘두를 수 있게 머리 위로 치켜들었다.

적은 사방이 탁 트인 곳에서 아무에게도 들키지 않고 세 명이나 살해한 놈이었다. 이런 장소는 그런 자에게 최상의 사냥터였다. 빌리는 겁이 덜컥 났다.

'내가 너무 안일했구나. 집에서 쉬고 싶다는 내 마음을 읽고 여기서 진을 치고 있었다면, 우린 제 발로 놈의 함정에 들어온 거다!'

슈벨이 조심조심 더 걸어가더니 걸음을 멈추고 칼을 내렸다. 빌리는 보지 않아도 결과를 알 수 있었다.

끌려간 녀석의 이름은 벤이었다. 어렸을 때 술집에서 시비가 붙어 싸우다가 술병으로 사람을 둘이나 쳐서 죽이고 7년 정도 옥살이를 하고 나오는 날, 또 술 마시고 사람을 죽이는 바람에 도망자가 된 범죄자였다. 그래서 빌리는 녀석에게 '내가 보는 앞에서 술 마시면 넌 죽은 목숨이다.'라고 경고했었고, 방금 끌려가기 직전까지 술을 입에 대지 않았다.

빌리는 아무래도 걱정이 되어 슈벨을 따라갔다. 그 역시 수풀 밑을 계속 경계했다.

벤은 이미 죽어 있었다. 그의 목에서 흐르는 피가 흙에 스며들고 있었고, 그의 다리에는 밧줄이 묶여 있었다. 손에는 끌려가지 않으려고 악착같이 버틴 결과로 뜯겨진 풀과 흙이 잔뜩 쥐어져 있었다.

슈벨이 말했다.

"내가 봤어. 약간 붉은색, 아니면 짙은 갈색 머리에 흙색 망토를 두르고 있었는데, 나와 눈이 마주치자 풀숲으로 엎드려서 모습을 감추었어. 그리고 벤을 이 꼴로 만들어 놨지."

빌리도 고개를 끄덕였다.

"나도 봤어. 엎드린 자세로 밧줄로 묶어 여기까지 달리다니 하체 힘이 대단하군."

빌리는 벤이 끌려오면서 생긴 작은 길을 되짚어 보았다. 짧은 보폭의 발자국이 새겨져 있었다. 하지만 벤을 죽인 다음에는 발자국도 흔적도 남아 있지 않았다. 범인은 벤을 죽이고 하늘로 날아갔거나 순간 이동이라도 한 모양이었다.

"이놈은 내가 말했던 그 최고의 사냥꾼보다 한 수 위다."

빌리는 조용히 중얼거렸다.

"알아."

슈벨도 잔뜩 긴장된 목소리로 말했다.

빌리와 슈벨을 도울 양으로 부하들 모두 수풀 안으로 들어와 있었다. 빌리는 손을 내저으며 말했다.

"수레로 돌아가. 아직 녀석은 근처에 있다. 작은 소리만 나면 칼을 휘둘러도 좋다."

빌리의 명령이 약간 늦긴 했어도 모두가 방심하고 있었던 건 아니었다. 수레에 앉아 있던 블랙이 일어나 손가락으로 수풀 쪽을 가리켰다. 빌리는 그 손짓의 의미를 알고 다급하게 모두에게 외쳤다.

"풀에서 빠져나가!"

그 순간 한 명이 짧은 비명과 함께 풀숲 안으로 쓰러졌다. 동시에 그의 옆에 있던 녀석의 무릎이 픽 꺾였다. 마치 거대한 물고기에게 잡혀 수면 아래로 빨려 들어가는 것처럼 둘의 모습이 눈앞에서 사라졌다.

묘하게 굴절된 비명이 가까운 산에 메아리치며 붉은 핏줄기가 풀 위로 튀었다. 당황한 다른 녀석들은 서둘러 풀숲 밖으로 달리기 시작했다. 거의 길까지 도착하는가 싶던 녀석의 뒤로 누군가 솟구쳐 올라와 목에 칼을 댔다.

'사냥꾼이다.'

슈벨이 말한 그대로의 모습이었다. 그는 배낭까지 매고 맨 몸인 빌리보다 더 빠르게 풀숲을 달리고 있던 셈이었다. 그것도 발자국 하나 남기지 않고.

잡힌 녀석은 약간 저항했으나, 사냥꾼은 목을 살짝 돌리며 칼날을 댔다. 그 두 가지 동작은 하나의 동작처럼 자연스럽고 빨라서, 그냥 툭 치고 지나가는 것처럼 보였다.

베인 목에서 핏방울이 터져 나왔다. 그 피 안개를 뚫고 사냥꾼은 다음 목표를 향해 달려갔다.

탁 트인 길로만 나오면 안전할 거라고 여겼던 모두가 싸울 엄두도 내지 못하고 뒷걸음질 쳤다. 슈벨이 욕을 하며 달려왔으나 그 사냥꾼은 방어 자세도 잡지 못하는 한 놈에게 달려들고 있었다.

'여기서 전멸당한다!'

빌리는 가슴이 철렁 내려앉는 기분이었다.

그 순간 수레에 있던 블랙이 할버드를 치켜들어 사냥꾼에게 집어 던졌다. 묵직한 무기가 회전을 일으키며 사냥꾼을 덮쳤다. 놈은 칼을 뻗어 날아오는 할버드를 막아 냈다. 그러나 엄청난 무게를 가진 할버드를 정면으로 막아 내고 버틸 수는 없었는지 풀숲으로 나가떨어졌다.

슈벨과 빌리는 동시에 그가 쓰러진 장소로 달려갔다. 그러나 그 자리에는 누군가 쓰러져 풀이 눌린 흔적만 있었고 놈은 사라졌다. 둘은 숨을 가볍게 몰아쉬며 서로의 얼굴을 바라보았다.

부하들 중 살아남은 건 네 명뿐이었다. 부상 중인 요프리까지 합쳐 봐야 다섯 명. 그들은 모두 겁에 질려 아무 말도 못하고 있었다.

하루도 되지 않아 병력의 절반이 단 한 명에게 사냥당했다. 그동안

놈은 얼굴 한 번 노출시키지 않았다. 한순간 지나간 소나기에 온몸이 흠뻑 젖은 기분이었다.

"어쨌든 괴물이나 마법사는 아니었군."

빌리가 침묵을 깨고 중얼거렸다.

"아니, 난 차라리 그쪽이었으면 좋았을 것 같은데."

슈벨도 덩달아 중얼거렸다. 그는 블랙의 할버드를 주워 터덜터덜 수레로 돌아갔다.

"고맙소. 당신이 아니었으면 이 자리에서 여정이 끝날 뻔했군."

블랙은 할버드를 넘겨받으며 말했다.

"녀석은 우리가 마을로 숨으려는 마음의 빈틈을 노린 거다. 공포가 녀석이 만들어 낸 최고의 함정이었지."

그의 말대로 빌리는 빨리 마을로 들어가고 싶었고 이 길이 지름길이었다. 사냥꾼은 미리 앞질러 와서 이쪽 지형을 파악한 다음 풀숲에 숨어 지나가길 기다린 게 분명했다.

이렇게 되면 마을로 간다 해도 안전은 보장받지 못한다. 하지만 여기는 서둘러 떠나야 했다. 빌리는 정체 모를 사냥꾼에게 농락당하고 있는 자신이 한심해 죽을 지경이었다.

빌리는 생각을 정리하다 흠칫 놀랐다. 있어야 할 것이 없어지면 없어진 것이 무엇인지를 알아차리기보다 먼저 허전함을 느끼기 마련이었다.

"망할 자식!"

마침내 빌리는 자제력을 잃고 욕을 내뱉었다.

카셀이 사라졌다. 녀석이 있어야 할 자리에는 끊어진 밧줄만 남아 있었다.

◆Chapter 18◆

바위산 추격

"멀리 못 갔을 거다."

빌리는 짐을 수레 위에 올려놓았다. 슈벨도 단검 몇 개를 허리에 차고 두꺼운 셔츠나 가죽으로 덧댄 장갑은 모두 벗어 버렸다. 반팔인 셔츠와 가슴 근육이 드러났다.

빌리 역시 허리에 찬 쇠 벨트를 풀고 론타몬의 보검과 자신의 검 두 자루만 찼다.

"다들 마을로 이동해라. 블랙을 중심으로 천천히."

수레에 누운 요프리는 고통 속에 실신해 있었고, 나머지 네 명은 모두 겁에 질려 있었다.

"알겠지? 블랙 옆에 바짝 붙어 있도록."

빌리는 긴 명령 하지 않고 즉시 이동하려 했다. 하지만 그중 하나가 막았다. 그도 짐을 수레 위에 올려놓고 있었다.

"저도 가겠습니다."

"검도 쓸 줄 모르는 녀석 하나 잡아 오는 거다. 여럿이 갈 필요는 없어."

빌리가 고개를 저었다.

"그런 거라면 오히려 저희들을 시켜야 하는 거 아닙니까?"

그는 물러서지 않고 말을 이었다.

"카셀이란 녀석, 사냥꾼이 구해 간 거 아닙니까? 적어도 사냥꾼이 나타나자 그 틈에 달아났겠지요. 그래서 캡틴 빌리께서 직접 나서시는 거고 캡틴 슈벨도 같이 가는 거겠죠. 두 분이 같이 행동할 만한 수준의 사냥꾼이니까 말입니다."

빌리는 허리에 손을 얹었다.

"그래서?"

"저도 같이 가게 해 주십시오. 이대로 싸움에 패해 물러나고 싶지 않습니다."

슈벨이 손을 휘휘 내저었다.

"멍청한 놈들. 꼭 마음에 상처받는 말을 들어야 말 들을래? 수준이 달라, 수준이! 여태까지 죽은 네 친구들 꼴 되고 싶어?"

"그래서 더더욱 물러설 수 없다는 겁니다."

그는 의외로 강하게 나왔다. 슈벨은 흥미로운 듯 녀석의 주장을 들어 주었다.

"테고를 따라 처음 아란티아에 왔을 때만 해도 서른 명이 넘었는데, 지금은 다섯 명만 남았습니다. 아니, 요프리가 저 꼴이니 네 명뿐이라고 해야지요. 그런데 여기까지 와서 기다리는 역할을 맡고 싶지는 않습니다. 같이 싸우게 해 주십시오."

다른 녀석들도 얼른 나섰다.

"저도 싸우고 싶습니다."

"같이 가게 해 주십시오."

"지금까지도 살아남은 우리입니다!"

어느새 그들을 누르고 있던 공포가 사라졌다.

'기특하다고 해야 할지…….'

빌리는 씁쓸하게 웃었다. 하지만 슈벨은 마음에 들지 않는지 인상을 구겼다.

"다 따라오면 여긴 누가 지키냐?"

"그 사냥꾼이 여길 또 오겠습니까? 이미 목표는 달아났는데."

"얼씨구? 이놈 이제 대드네?"

빌리가 중간에서 말렸다.

"좋다, 모두의 이름을 말해라. 이제 너희들의 이름을 외워 둬야겠다. 시간이 없으니 짧게 하자."

"디븐입니다."

"하우입니다. 고향에서는 데쓰 하우라고 불리었죠.

"클락입니다."

"브리지나일. 그냥 나일이라고 불러 주십시오."

지금까지 빌리를 설득하려 했던 녀석을 끝으로 소개가 끝났다.

"좋아, 디븐, 하우, 클락, 나일. 뒤처지지 않도록. 우리는 아주 빠르게 추격할 것이다. 카셀이 우리 손에서 벗어나 있을 수 있는 시간은 오늘 해가 떨어지기 전까지다."

빌리의 짧은 연설에 넷은 동시에 '캡틴 빌리!'를 외쳤다.

"슈벨, 얘들 데리고 먼저 출발해라. 바로 뒤따라가겠다."

슈벨은 불만이었다.

"왜 굳이 귀찮게 일을 벌이냐, 벌이기를?"

"너의 걸음을 못 따라오는 녀석이라면 버려라. 녀석들은 그걸 감수할 거다."

"좋아. 몇 명이나 따라오나 보자. 빌리 너도 예외는 아니야! 해가 떨어지기 전까지라고? 난 한 시간 안에 잡아 버릴 거다."

슈벨은 카셀이 달아났을 것으로 예상되는 방향으로 달렸다. 그리고 네 명이 바짝 붙어 뒤따랐다.

"잠시 다녀오겠소, 블랙."

빌리는 블랙에게 보고하듯 말했다.

블랙은 고개를 끄덕이며 말했다.

"모두의 눈에 서려 있던 공포가 사라졌군. 그만큼 너에게 신뢰가 있다는 뜻이겠지."

"내 가치관을 바꿔야 할 것 같소. 나는 인간이란 한 번 그 성격이 결정되면 영원히 바뀌지 않을 거라고 믿었는데, 그게 아니었군. 흉악범들 주제에 저런 용기를 가슴에 품고 있을 줄은 미처 몰랐소."

"단순히 네가 사람을 잘못 파악한 걸지도 모른다. 저 아이들은 처음부터 그런 용기가 있었다. 그러나 지금까지 사람을 잘못 만나, 환경을 잘못 만나, 자신의 용기와 힘을 발휘하지 못했던 거지."

블랙은 철 장갑을 낀 손가락으로 빌리를 가리켰다.

"지금 너도 나라는 존재와 함께하면서, 동시에 아란티아라는 생소한 장소에서 위험을 마주하는 바람에 본래의 침착함을 발휘하지 못하지 않았느냐? 그럼에도 금방 너의 본모습을 회복할 수 있었던 것은 네가 원하지 않았던 너의 동반자 때문이지."

블랙은 전혀 말을 하지 않다가 가끔씩 입 밖에 내는 말이 너무나도 철학적이어서 깜짝 놀랄 때가 있었다. 그는 재촉하며 말했다.

"어서 따라가라, 빌리. 앞서간 동료들을 놓치겠구나. 수레와 부상자는 내가 지키고 있겠다."

빌리는 빙그레 웃으며 말했다.

"블랙, 아무래도 나는 당신과 만나기 위해 아란티아에 온 것 같소."

그는 살짝 고개를 숙여 인사하고 즉시 슈벨의 뒤를 따라갔다.

"카셀 녀석, 역시나 도망치는 게 미숙하군."

슈벨은 발자국이 찍힌 바닥에 손을 대며 중얼거렸다.

옆에 있던 빌리도 그 자국을 발견하고 말했다.

"예상대로 그 사냥꾼이 데리고 가고 있나?"

"그것까지는 몰라. 흔적이 한 명분밖에 안 돼서. 하지만 그걸로 충분해. 이 정도면 거의 따라오라는 신호를 보내고 있는 거나 다름없어."

슈벨은 이미 잡은 것처럼 자신 있게 말했다.

"꽤 빠르군. 우리도 서둘러서 달린 건데 아직도 모습을 드러내지 않고 있잖아."

빌리가 앞으로 가야 할 방향을 바라보며 말했다. 나무가 점점 늘고 근처에 산이 있다 보니 위로 향하는 길도 많았다. 카셀이 달아나고 있는 방향에는 가파른 바위산도 있었다.

"그건 좀 놀랍긴 해. 어제오늘 그렇게 고달픈 행군을 했는데도 내 걸음에 안 잡히는 걸 보니……."

약간 뒤처져서 따라오던 네 명은 이제야 숨을 헐떡이며 도착했다. 슈벨은 그들을 턱으로 가리켰다.

"저거 봐. 훈련된 건 아니지만 저 녀석들도 체력이라면 자신 있는 애들일 텐데 벌써 지쳤잖아."

"사실은 나도 조금 힘들군."

빌리는 이마의 땀을 닦으며 솔직히 말했다.

슈벨은 그의 어깨를 툭툭 쳤다.

"그거야, 그거. 다 지쳤어. 놈도 지쳤을 거야."

슈벨은 낙관적으로 말을 이었다.

"얼마 안 남았다. 발자국이 찍힌 흔적을 보니 발을 질질 끌면서 달리고 있는 것 같아. 다친 건 아니었으니까 아마 발을 떼기 힘들 정도로 지쳐 있다는 뜻일 거야."

겨우 따라붙었던 네 명이 신음을 낼 정도로 슈벨은 다시 속도를 내어 걷기 시작했다. 네 명 중 나일만은 제법 잘 따라왔지만, 클락, 하우, 디븐은 한계에 도달했다.

"이런 추적에 익숙한 건 아니지만, 나라도 금방 찾을 만하군."

빌리가 뒤를 따르며 슈벨에게 말했다.

"어째 그래선 안 되는 것처럼 들리네?"

슈벨은 뒤를 돌아보지 않고 물었다.

"전략의 기본에 대해 말하는 거다. 지나치게 공격하기 쉬운 적의 주위에는 다른 적이 있는 법이다."

"사냥꾼 얘기야?"

"그 녀석이 벌써 카셀과 합류했다면 이건 함정일지도 몰라."

슈벨은 다시 걸음을 멈추고 땀으로 젖어 있는 앞머리를 쓸어 넘겼다.

"내 생각에 이건 추적에 익숙한 녀석이 일부러 내는 흔적이 아니야. 미숙하게 흔적을 감추려고 애쓴 흔적이지. 우리 앞에 있는 건 카셀이다. 그것만 생각하자. 나를 믿어라. 녀석이건 그 사냥꾼이건, 우릴 함정으로 이끄는 흔적을 남겼다면 내가 그 속임수까지 간파하겠다."

"자신 있어 보이는군."

"사냥꾼이라는 족속들과의 숨바꼭질이라면 신물이 날 정도로 해 봤어. 내가 누굴 상대로 5년 동안 훈련을 해 왔을 거라 생각하나?"

그러나 슈벨은 곧 자신의 실수를 깨달았다. 빌리도 함정에 대해서만 생각하느라 이 느닷없는 공격에 대해서는 바로 대응하지 못했다. 그 사냥꾼은 앞에 있는 게 아니라 뒤에 있었다.

슈벨과 빌리는 무의식적으로 뒤를 바라보고 얼어붙었다. 빌리보다 열 걸음쯤 뒤에 떨어져 있는 클락의 목에 이미 칼이 꽂혀 있었다. 클락의 등 뒤에 숨은 사냥꾼은 정확히 빌리를 노려보고 있었다. 클락의 코와 입에서 흐르는 피가 턱을 따라 목을 적시고 있었다.

정작 클락의 바로 앞에 있는 하우와 디븐은 동료가 죽은 것도 아직 모르고 있었다. 그들은 슈벨과 빌리가 자기들을 쳐다보고 있는 줄 알고 있었다.

"뒤! 둘 다 피해라."

슈벨은 소리치며 하우와 디븐에게 경고했다. 영문도 모르고 둘은 급히 뒤로 돌아섰다. 사냥꾼은 클락의 목에서 칼을 뽑아내고 옆으로 밀쳐 쓰러트렸다. 슈벨은 달려가며 칼을 집어 던졌다. 칼은 정확히 날아갔지만, 사냥꾼은 클락의 피가 묻은 단검으로 가볍게 쳐 냈다.

빌리가 무기를 던진 슈벨의 앞으로 나섰다. 사냥꾼도 피하지 않고 단검을 내밀었다. 빌리는 부드럽게 허리에서 칼을 뽑아 자세를 잡았다.

"나일! 칼을 내게 다오."

슈벨은 브리지나일에게 칼을 받아 빌리의 옆에 섰다. 사냥꾼은 잠시 멈칫하더니 도로 길옆의 나무 뒤로 사라졌다.

잠깐의 정적이 주위를 메웠다. 엎드려 있던 다른 두 명도 뒤늦게 칼을 뽑고 있었다. 슈벨이 욕을 내뱉듯 말했다.

"영리한 자식이군. 카셀과 합류한 게 아니라 카셀을 추적하는 우리를 추적하고 있었던 거야! 그러니 흔적이 없었지!"

빌리는 칼을 집어넣으며 말했다.

"여전히 같은 작전이군. 블랙이 없으니, 이젠 우리 둘을 배제하고 사냥하고 있다."

"저 새끼, 참을성 하나는 끝내주는데? 치고 들어왔다가 빠져나가는 방식이, 피를 보고도 전혀 흥분하지 않았다는 뜻이야."

"어찌 보면 좋은 걸 알았다. 카셀은 지금 혼자야. 우리가 먼저 카셀을 잡으면 된다."

"이딴 방식으로 싸우는 놈과 정면 대결을 할 필요는 없지."

빌리도 동의하고 다시 속도를 내어 전진했다. 뒤처지면 표적이 된다고 생각했는지 남은 세 명도 죽을힘을 다해 따라붙었다.

슈벨은 몇 분도 안 되어 뜻밖의 흔적을 발견했다. 핏자국이었다.

"이게 카셀의 피라는 것에 내 토끼 인형을 걸겠어."

"혹시 어디를 어떻게 다쳤는지도 알아보겠나?"

빌리가 물었다. 슈벨은 흐트러진 자갈과 자갈밭 여기저기에 불쑥불쑥 솟은 바위들을 가리키며 말했다.

"이쪽 바위에서 떨어진 거야. 아마 착지를 제대로 못 해 팔꿈치나 무릎을 찧은 거겠지."

슈벨은 개울이 흐르는 소리 쪽으로 걸어갔다.

"나름대로 신경 써서 달아나고 있군. 숨을 데가 많아 보이는 곳으로 가고 있어."

슈벨은 우거진 나무 틈으로 보이는 바위산을 가리켰다. 아까는 작아 보이던 바위산이었지만, 여기까지 오고 보니 제법 높이가 있었다. 빌리가 뒤에 대고 경고했다.

"주위를 더욱 경계하라. 이쯤에서 놈의 공격이 다시 있을 것 같다."

슈벨이 손짓했다.

"핏자국을 보니 여길 지나간 건 몇 분 전이야. 아마 개울 쪽에 있을 거다."

빌리는 바위산 쪽을 가리켰다.

"확실해? 오히려 우리가 그렇게 할 거라고 생각하고 반대쪽으로 가지 않았을까?"

"다치고 목마르고 지친 녀석이 물가로 가지 않았을 리가 없어. 그럴 때는 머리로 생각할 수 없는 법이지. 몸이 먼저 물소리에 반응해 버릴 테니까."

빌리는 이번 추적을 슈벨에게 전적으로 맡긴 만큼 그 이상의 이의는 제기하지 않았다.

핏자국은 남아 있지 않았지만 지나간 방향은 틀림없었다. 산 아래로 개울이 흐르고 있었고 개울가에는 자갈과 둥근 바위들이 늘어져 있었다. 흐르는 수량은 많지 않았으나 맑고 차가운 물에 절로 기분이 유쾌해질 만했다. 물이 흘러내려 오는 상류 쪽을 바라보고 있자니 도시락이라도 싸 와서 소풍을 즐기고 싶었다.

"디븐, 나일. 둘은 하류 쪽을 살피고 하우는 상류 쪽을 봐라. 털끝 하나라도 움직이는 게 보이면 소리를 질러라. 빌리, 넌 여기서 기다리고 있어. 카셀은 내가 잡아 오지."

슈벨은 약간 높은 곳에서 미끄러져 내려가며 말했다.

"어디 있는지 보이나?"

"보이지는 않지만, 대충 알 것 같다. 추격은 끝났어."

슈벨은 개울물을 찰박찰박 튀기며 반대편으로 건너갔다. 그리고 조금 자세를 낮추어 상류 쪽으로 달려갔다.

슈벨은 반대편 개울가에 떨어져 있는 헝겊 조각을 주워 빌리에게 흔들어 보였다. 멀어서 잘 보이지 않지만 피가 묻어 있는 것 같았다.

빌리도 알았다며 손을 흔들었다. 그때 아주 작게 바스락거리는 소리가 들렸다. 경계하고 있던 앞이나 옆이 아닌 뒤쪽이었다. 신경을 곤두세우지 않았다면 절대 들을 수 없을 만한 작은 소리였다. 그리고 소리와 별개의 인기척이 그의 등골을 훑었다.

빌리는 즉시 칼을 뽑으며 뒤로 돌아섰다. 햇빛에 반사된 칼날이 빌리의 이마로 날아들었다. 그것은 몸을 돌리며 급히 내민 칼로 막아 낼 수 있을 만큼 허술한 공격이 아니었다. 적어도 머리를 두 동강 낼 만한 힘이 실려 있었다.

공격을 막는 순간, 빌리는 방금 슈벨이 미끄러져 내려간 경사로까지 밀려나 버렸다. 가까스로 균형을 잡았으나 하필 내디딘 자리가 무너지는 바람에 그는 밑으로 굴러 떨어졌다.

"빌리!"

슈벨이 소리치며 개울을 다시 건너왔다.

빌리가 당하는 순간 디븐, 하우, 나일도 뒤를 돌아 칼을 뽑았다. 그러나 빌리의 옆에 있던 나일은 사냥꾼에게 걷어차여 빌리와 똑같이 무너진 경사로에서 굴러떨어졌다.

4대 1의 상황에서 순식간에 2대 1의 상황이 되어 버렸다.

디븐과 하우는 민첩하게 사냥꾼의 공격을 막았다. 아란티아에 오기 전에도 여러 격전을 치러 왔던 녀석들이고 레드 게이트에서도 살아남았다. 그러나 그들은 순식간에 이어지는 사냥꾼의 공격을 막아 내지 못했다.

사냥꾼이 들고 있는 두 자루의 칼이 교차하며 디븐의 목을 긋고 하우의 가슴에 박혔다. 두 사람은 동시에 경사로를 굴러 앞서 떨어진 빌리와 나일 옆에 쓰러졌다.

넘어지면서 빌리는 머리를 부딪치는 바람에 균형 감각이 돌아오지 않아 쉽게 일어날 수조차 없었다. 그 틈에 사냥꾼이 경사로로 뛰어 내려왔다. 그는 주저하지 않고 칼을 들어 빌리에게 성큼성큼 다가왔다.

슈벨이 고함을 지르며 빌리의 앞에 서며 칼을 휘둘렀다. 사냥꾼은 빌리에게 향하던 칼날을 되돌려 슈벨의 검을 막았다.

슈벨은 상대가 검을 막자마자 몸을 한 바퀴 돌려 아래위로 두 번 칼을 내리쳤다. 사냥꾼은 갑작스레 날아오는 공격을 모조리 막아 냈다. 슈벨이 거리를 두려고 견제로 내민 공격을 반격해 들어오기까지 했다. 거의 허리가 꺾일 정도로 몸을 비틀지 않았다면 목을 그었을 날카로운 공격이었다.

슈벨은 아찔한 상황을 넘긴 직후에도 멈추지 않고 칼을 휘둘렀다. 밟기만 해도 굴러다니는 미끄러운 자갈 위라 그가 특기로 삼는 속도 싸움을 하기가 힘들었다. 하지만 힘들기는 상대도 마찬가지라는 생각에 그는 멈추지 않았다. 사냥꾼의 두 자루 칼이 머리 위로 떨어지는 슈벨의 공격을 X자로 교차하며 막았다.

슈벨은 숨을 몰아쉬며 힘을 다해 칼을 내리눌렀다. 그러나 사냥꾼의 두 자루 검은 꼼짝도 하지 않았다.

"넌 누구냐?"

슈벨이 물었다.

"사냥꾼이다. 너도 사냥꾼이냐?"

사냥꾼이 물었다.

"사냥꾼의 사냥꾼이다, 새끼야."

"제법이구나. 내 두 걸음 안에 이렇게 쉽게 들어오다니."

"두 걸음? 뭔 소리야?"

슈벨은 칼을 떼어 몸을 옆으로 돌리며 놈의 허리를 노렸다. 그러나 상대는 한쪽 칼로 막고 반대쪽 칼로 슈벨의 목을 찔렀다.

두 자루 칼을 이렇게 자유자재로 휘두르는 녀석은 처음 봤다. 마치 별개의 검술을 익힌 전혀 다른 두 사람을 동시에 상대하는 기분이었다. 도저히 이길 수 있을 것 같지가 않았다.

그때 빌리가 끼어들어, 슈벨의 공격을 보조했다.

"수단을 가리지 않은 건 저 녀석이었다. 거기에 일일이 정면 대결을 고집할 필요는 없어."

슈벨은 빌리의 도움을 거절하려 했으나 이렇게 된 이상 굳이 싸움을 멈추지는 않았다. 슈벨은 혼자서 상대할 때보다 더욱 의욕적으로 공격을 펼쳤다.

묘한 일이었다. 보통 훈련을 같이 받지 않은 이상 둘이 하나를 공격하는 건 오히려 위험할 수가 있었다. 그러나 슈벨과 빌리는 마치 오래전부터 같이 싸워 봤던 파트너처럼 서로의 허점을 보조해 주었다.

슈벨이 옆을 공격하면 빌리는 정면을 공격했고 빌리가 큰 공격을 내리치면 슈벨은 빌리의 빈틈을 막아섰다.

사냥꾼은 갑자기 왼손에 든 칼을 수직으로 가볍게 던져 놓았다. 공격도, 방어도 아닌 쓸데없는 동작이었다. 그러나 팽팽한 균형을 유지하고 있던 상황에서의 튀어나온 행동인 터라 슈벨은 머리 위로 올라간 칼 쪽에 시선을 빼앗겼다. 그 순간 사냥꾼은 빌리의 칼을 막더니 바닥의 자갈을 걷어찼다.

자갈을 피하느라 두 사람이 고개를 좌우로 젖힌 순간 허공에 던져둔 칼이 밑으로 뚝 떨어졌다. 느닷없이 밑을 향한 칼날에 놀라 빌리가 뒤로 물러났고 동시에 사냥꾼도 뒤로 물러났다. 그리고 놀라울 정도로 가벼운 몸놀림으로 뒤에 있는 커다란 바위 위에 올라섰다.

셋 모두 숨을 헐떡였다. 그리고 셋 모두 서로의 실력에 놀라고 있었다.

"너 정도 실력의 사냥꾼이 있다는 말은 들어 본 적도 없다. 넌 누구냐? 하얀 늑대냐?"

빌리가 높은 위치에 서 있는 사냥꾼을 올려다보며 말했다.

"아니다……. 그러니까 내 말은, 사냥꾼은 맞다. 하얀 늑대는 아니다."

칼솜씨와는 정반대로 녀석은 말주변이 없었다.

"카셀을 구하러 온 거냐?"

빌리가 물었으나, 사냥꾼은 칼을 들어 경고만 했다.

"물러나라. 그렇지 않으면 둘 다 죽이겠다."

잠깐 숨을 돌린 슈벨이 칼을 들고 소리쳤다.

"어디 해 봐. 지금 당장! 아까는 잠깐 당황했지만 이번에는 혼자서 상대해 줄 테니."

사냥꾼은 바위 뒤로 뛰어내려 모습을 감추었다.

"멈춰, 이……!"

슈벨은 빌리가 말리기도 전에 바위 뒤쪽으로 달려갔다. 그러나 거기에는 아무도 없었다. 개울을 벗어난 숲 쪽에서 누군가 달리는 소리가 났으나 쫓아갈 엄두가 나지 않았다.

"일 대 일 대결에 자신 없어서 각개 격파를 한 게 아니었군."

빌리도 바위 뒤쪽으로 따라와 말을 이었다.

"오히려 일대일에 가장 자신이 있기 때문에 한 명씩 상대한 거였어."

"놈이 원하는 게 그거라면 그렇게 해 주지! 다음에는 나 혼자 상대하겠다!"

슈벨이 숨을 씩씩 내뱉으며 소리쳤다.

"이제 어쩌지?"

빌리가 물었다.

슈벨은 숨을 몰아쉬면서도 또박또박 말했다.

“상황은 같다. 카셀 녀석은 부상당했을 것이고 멀리 못 갔다. 아까 개울 위쪽으로 절룩거리며 걸어가는 걸 봤어. 5분이면 따라잡을 수 있다. 녀석만 잡으면 사냥꾼 놈은 우리에게 와야겠지.

슈벨은 다시 개울을 건넜다. 이제 혼자 남은 나일은 처음 따라나설 때의 용기를 완전히 잃고 친구들의 시체를 살피고 있었다.

“돌아가 있어라. 나머지는 우리에게 맡기고. 이제 사냥꾼은 널 쫓지 않을 거다.”

빌리가 명령했다.

이번만큼은 나일도 그 명령을 거부하지 않았다.

이렇게 산세 좋고 물 좋은 곳에 사람이 사는 건 당연했지만, 막상 사람이 눈에 띄니 없어야 할 게 있는 것처럼 어색했다. 텁수염을 잔뜩 기른 나무꾼이 수건으로 땀을 닦으며 산길을 따라 달리는 슈벨과 빌리를 보고 순진한 눈을 깜빡였다. 옆에 있는 나무꾼의 조수도 둘을 신기하게 바라보고 있었다.

우거진 나무 너머로 통나무집들이 몇 채 보였다. 산길 주제에 왜 이렇게 잘 닦여 있나 했더니 많은 사람들이 이용하는 길이어서 그런 모양이었다. 카셀은 이 길을 따라 달리고 있는 게 분명했다.

‘녀석은 험한 지형을 달리다가 다쳤어. 그러니 이제 제대로 된 길로밖에 갈 수 없는 거야.’

빌리는 그렇게 생각하며, 거의 달리는 속도에 가까운 슈벨의 걸음을 따라갔다. 그런데도 카셀은 흔적만 남기고 모습은 보이지 않았다. 개울을 빠져나오면서 금방 잡을 거라던 슈벨의 말과 달리 추적이 길어졌다.

'다친 다리로 이렇게 빨리 이동했다고?'

슈벨의 걸음이 점점 느려졌다.

"속았다."

"뭐가?"

"이 자식, 다친 게 아니야. 아무리 녀석이 어마어마한 정신력을 발휘한다 해도 다친 다리로 이렇게 멀리까지 달릴 수는 없어."

"다친 게 아니면?"

빌리도 덩달아 걸음을 늦췄다. 이제 주위에는 나무도 드물었고, 큼지막한 돌들이 길옆에 벽을 만들고 있었다. 둘은 어느새 바위산 밑자락까지 도달해 있었다.

"빌어먹을! 내가 속았어. 지쳐서 판단력이 흐트러진 건 녀석이 아니라 나였어."

"왜 그래? 설명해 봐."

"카셀은 절대 추격전에 능한 녀석이 아니야. 억지로 흔적을 남기지 않기 위해 애쓴 흔적이 곳곳에 있었지. 나는 그걸 보고 자신 있게 쫓아간 거야. 마치 초보 사냥꾼을 가지고 노는 기분이랄까? 그때까지는 함정이고 뭐고 아무것도 아니었다. 그러다 녀석이 다친 흔적을 발견했지."

"그래. 그 핏자국."

"그걸 보고 나는 드디어 놈을 잡았구나 했어. 다친 다리로 멀리 못 갔을 거라고."

거기까지만 듣고도 빌리는 슈벨이 뭘 속았다고 했는지 알고 욕을 내뱉었다.

"망할 자식."

"그래! 카셀 그 녀석이 다쳤다고 생각하면서 우리는 뒤를 신경 쓰기보다 앞을 신경 쓰기 시작했어. 녀석만 잡으면 싸움은 끝나는 거라고. 그리고 결국 덜미를 잡혔고 도리어 우리가 사냥당해 버렸지. 녀석이 다쳤다고 생각하고 조금만 더, 조금만 더, 그러다가 결국 여기까지 와 버린 거야."

슈벨은 몇 번이나 바닥을 발로 걷어차며 먼지를 일으켰다.

"녀석은 자기가 미끼가 되어 우리를 사냥꾼의 표적으로 만들어 놓은 거다. 아무것도 할 줄 모르는 것처럼 내숭 떨던 그 새끼가! 빌어먹을 개자식!"

빌리는 잠깐 생각했다가 고개를 저었다.

"잠깐, 그건 너무 무리한 추측이야. 녀석은 중간에 그 사냥꾼 놈과 접촉이 없었다. 방금 네 말대로라면 카셀은 그놈과 최소한 한 번 이상은 만나서 작전을 짰어야 해. 하지만 거리상으로나 시간상으로나 둘에게 그럴 여유가 없었다."

"그것까지는 모르겠어. 하지만 내 생각에 카셀이 처음부터 그러려고 그랬던 건 아닌 것 같아. 도망치다 보니 상황이 그렇게 된 거야."

슈벨은 검은 돌을 바닥에 놓았다. 그리고 그 뒤에 작은 돌 몇 개를 놓았고 세 번째에는 좀 큰 돌을 내려놓았다. 그는 검은 돌을 가리켰다.

"이게 카셀이고 그 뒤가 우리, 큰 돌이 사냥꾼 놈. 처음 탈출을 시작할 때부터 녀석의 머릿속에 이런 구도가 그려진 거겠지. 쫓기는 놈이 과연 그런 생각을 하고 있을 여유가 있었겠느냐마는, 만약 상황을 이렇게 그리고 이걸 의도했다면 녀석은 정신 나간 놈이 아니면 천재다. 아니, 천재라기보다 정말 무모하기 짝이 없는 전략가지. 그리고 그 사냥꾼 놈은 우리보다 더 빨리 카셀의 작전을 읽어 낸 건 아닐까?"

빌리는 슈벨이 펼쳐 놓은 돌의 위치를 살피다가 작은 돌을 걷어차 버리고 거기에 큰 돌 두 개를 올려놓았다.

"좋아. 그럼 지금 상황은 이렇게 되었다?"

"어쩌면 이렇게 되어 있을지도 몰라."

슈벨은 세 번째 큰 돌을 제일 앞의 검은 돌과 뭉쳐놓았다.

"지금쯤 둘이 만났다?"

슈벨은 고개를 끄덕였다.

빌리도 고개를 끄덕이며 물었다.

"그럼 어떻게 할까?"

빌리는 마지막까지 이 추적을 슈벨에게 맡겼다. 슈벨은 잠시 생각하다가 자기들을 가리키는 돌을 분리시켜 하나를 카셀 앞에 놓았다.

"흩어지자. 내가 앞질러 갈 테니 너는 계속 따라가."

"괜찮겠나? 그 사냥꾼, 혼자서 상대하기는 좀 무리다."

"그건 날 배려한 말이냐? 너는 자신 있는 거지?"

빌리가 대답하지 않자 슈벨은 그의 가슴을 주먹으로 가볍게 쳤다.

"아까처럼 자갈밭이 아닌 맨바닥 위에서라면 지지 않아. 어서 따라가라. 쫓아가기가 그리 어렵지는 않을 거다. 카셀도 지친 건 분명하니까. 만약 내가 앞질러 가는 경로 예측에 실패해서 엉뚱한 길로 빠져 버리면 나머지는 모두 너에게 맡긴다."

"좋아. 만약 헤어지게 되면 블랙이 있는 곳에서 만나자."

슈벨은 길이 없는 곳으로 달려가더니 나무 뒤로 사라졌다.

'앞질러 간다더니 어떤 길을 이용할 셈인 걸까? 여긴 초행일 텐데.'

빌리도 산길을 따라 계속 달려갔다. 과연 슈벨의 말대로 카셀이 달린 흔적은 어렵지 않게 발견할 수 있었다.

함정은 없을 테지만 빌리는 방심하지 않았다. 지금까지의 습격에도 징조 같은 건 없었으니까.

반 시간쯤 달렸을 즈음 갑자기 흔적이 끊겼다. 빌리는 잠깐 멈춰 섰다. 놈이 갑자기 흔적을 지울 수 있는 실력이 된 게 아니라, 그저 발자국 없이 달아날 수 있는 길이 나왔을 뿐이었다.

바위산.

카셀이 다친 건 아닐지라도, 지친 건 분명했다. 이런 경사로로 가면 불리한 건 놈이었다. 빌리는 놈에게 체력에서 질 생각은 추호도 없었다.

빌리는 길을 벗어나 큼직큼직한 바위가 뭉쳐 언덕을 이루고 있는 쪽으로 걸음을 옮겼다. 둥근 바위는 잡을 곳도 없고 미끄러지기도 쉬웠다. 까마득한 절벽은 아니었지만 머리부터 떨어지면 두개골 안에 든 것을 콧구멍 밖으로 모두 쏟아 내기에 충분한 높이였다.

갈수록 발을 디딜 만한 평평한 자리는 줄었고 벼랑은 점점 가까워졌다. 밑에서 불어오는 강한 바람이 빌리의 머리를 흩트렸다. 길이라고 하기 힘든 바위 위에서 빌리는 잠시 벽에 붙어 바람이 지나가기를 기다렸다. 그리고 다시 발을 뗐다.

두 뼘밖에 안 되는 폭의 왼쪽은 바위벽이었고 오른쪽은 절벽이었다. 슈벨이 이런 길을 앞질러 가려면 반대편에 올라가 있어야 하는데 시간상 그건 무리일 것 같았다. 게다가 카셀이 이쪽 방향으로 길을 꺾을 것까지 예상하지는 못했을 것이다. 결국 슈벨은 카셀을 앞지르지 못한 모양이었다. 그러나 상관없었다.

빌리는 마침내 카셀을 따라잡았다. 녀석은 거북이보다 조금 빠른 걸음으로 폭 좁은 길을 조심조심 건너가고 있었다.

빌리는 소리 내지 않고 걸음을 옮겼다. 카셀은 몇 걸음만 더 가면 다시 평지로 이동하게 되고 또 죽을힘을 다해 달릴 것이다. 빌리도 이제는 더 달리고 싶지 않았다.

하지만 운은 빌리보다 카셀을 택했다. 조심스럽게 옮기던 빌리의 발걸음에 채인 작은 돌이 절벽 아래로 떨어졌다. 작은 돌이 몇 번 둥근 바위에 부딪히는 소리를 내며 굴러 내려갔다.

그 소리를 듣고 카셀이 뒤를 돌아보았다. 그는 눈을 동그랗게 뜨고 지금까지 무서워서 잘 떼지도 못했던 걸음을 허둥지둥 옮겨 놓았다.

"멈춰라. 이 거리면 칼을 던져서라도 맞힐 수 있다."

빌리는 소리쳤다. 물론 그런 건 무리였고 그럴 생각도 없었다. 그저 카셀이 거기에 겁먹고 멈추길 바라는 마음에서 무작정 소리친 것에 불과했는데 역시나 통하지 않았다. 그리고 마침내 카셀은 반대편 평지까지 한 걸음을 남겨 놓았다.

또 피곤한 추격전이 시작되려는 순간, 바로 끝이 났다. 믿을 수 없었지만 빌리의 예상을 깨고 슈벨이 반대편 길목에 도달해 있었다.

슈벨은 칼을 카셀의 목에 들이댔다.

"그만하자. 진짜 생각 같아서는 널 여기서 집어 던지고 싶으니까."

슈벨이 말했다.

카셀도 결국 포기한 듯 어깨를 늘어트렸다. 슈벨은 손을 내밀어 카셀의 어깨를 세게 움켜잡았다. 빌리도 겨우 끝난 이 추격을 마무리 짓기 위해 좁은 길을 천천히 가로질러 갔다. 그때 그는 슈벨의 뒤에 불쑥 튀어나온 또 다른 사람의 윤곽을 발견했다.

카셀의 진로를 앞질러서 달려온 사람은 슈벨 한 명만이 아니었다. 아니, 어쩌면 카셀을 앞지르려던 게 아니라 슈벨의 뒤를 쫓아온 걸지도 몰랐다. 거기에는 사냥꾼이 칼을 쥐고 서 있었다.

"뒤를 봐!"

빌리가 다급하게 소리쳤다. 슈벨은 카셀에게 대고 있던 칼을 뒤로 휘둘렀다. 검과 검이 부딪쳤다.

슈벨의 칼은 적의 위치를 확인하지도 않고 휘둘렀던 터라 힘이 부족했다. 사냥꾼은 칼을 쳐내더니 슈벨의 멱살을 잡아 머리로 얼굴을 들이받았다. 그리고 다시 멱살을 잡아당기더니 슈벨의 뒤통수를 바위에 박아 버렸다. 슈벨은 칼을 떨어트리고 그 자리에 주저앉았다. 방금 충격으로 지금까지의 피로가 한꺼번에 그를 강타한 것이었다.

빌리가 칼을 뽑으며 달려왔다.

"멈춰라."

사냥꾼이 슈벨의 목에 칼을 들이댔다.

슈벨은 코피를 흘리면서도 소리쳤다.

"멈추지 마! 너라면 이 녀석 이길 수 있어. 상관 말고 달려와."

빌리는 움직이지 못했다.

그사이 카셀은 마침내 위험천만한 낭떠러지 길을 가로질러 안전한 평지에 섰다. 그리고 슈벨이 떨어트린 칼을 주워들었다.

칼날이 목에 닿아 있는데도 카셀을 노려보는 슈벨의 눈빛은 먹이를 앞에 둔 맹수처럼 불타오르고 있었다.

"죽이는 게 좋을걸, 카셀? 놔두면 나는 또 너를 따라갈 거다. 너도 마찬가지다, 사냥꾼."

슈벨은 코피가 흐르는 것도 개의치 않았고 머리에서 피가 나는 것도 모르고 있었다. 처음에는 뒤통수에서만 흐르던 피가 이마를 따라 얼굴까지 덮기 시작했다.

카셀은 사냥꾼의 어깨에 손을 대고 말했다.

"죽이면 안 되오."

사냥꾼은 고개를 저었다.

"이자의 말대로다. 살려두면 또 쫓아온다. 죽이는 게 나아."

"이자를 죽이면 저기 있는 남자가 복수를 위해서라도 달려올 거요."

사냥꾼은 빌리 쪽을 슥 쳐다보더니 말했다.

"그럼 저놈도 죽이면 되지."

슈벨이 몸을 비틀며 악을 썼다.

"그래, 그렇게 해! 나 죽이고 붙어 봐. 어서!"

사냥꾼은 카셀 쪽을 바라보았다. 왜 죽여선 안 되는가? 그의 눈은 그렇게 말하고 있었다. 그러나 카셀은 고개를 저었다.

"당신이 어째서 날 구하러 왔는지는 모르겠지만 죽이지 마시오."

카셀은 슈벨의 칼을 들고 아직 낭떠러지를 길 왼편에 두고 아슬아슬하게 서 있는 빌리에게 소리쳤다.

"빌리, 부탁이 있소. 내 말대로 해 주시오. 그렇지 않으면 이자가 슈벨을 죽게 내버려 두거나, 이 지긋지긋한 추격전을 처음부터 다시 해야 할 것 같으니까."

"말해 봐라."

빌리가 말했다.

"당신이 가진 또 다른 칼을 꺼내시오."

빌리는 망설임 없이 론타몬의 보검을 꺼냈다.

카셀은 벼랑 쪽을 가리키며 말했다.

"그걸 버리시오. 그 검이라면 이 정도 높이에서도 깨지지 않을 거라 믿소."

그 말과 동시에 빌리는 보검을 던져 버렸다. 카셀도 그가 그 정도로 순순히 말을 따를 거라고 생각하지 않았는지 놀란 눈을 했다. 슈벨은 거의 비명에 가깝게 악을 썼다.

"이 병신아! 이 거짓말쟁이 자식이 시킨다고 시키는 대로 하냐? 어? 그 칼, 네 목숨보다 소중한 것 아니었어?"

"카셀은 우리에게 벗어나려고 당연한 노력을 한 거다. 거짓말을 한 건 아니야."

빌리는 슈벨에게 말하고 이어 카셀에게 말했다.

"나는 저 칼을 찾으러 도로 이 산을 내려가야겠다. 그러니 슈벨을 풀어 줘라."

카셀은 고개를 끄덕이더니 들고 있는 칼을 빌리에게 던져 주었다. 빌리는 날아가는 칼의 손잡이를 정확히 잡아냈다.

"이제 물러나 주시오."

빌리는 천천히 뒤를 돌았다. 좁아서 돌기도 쉽지 않았다. 그가 절벽 너머로 되돌아가자, 카셀은 사냥꾼에게 부탁했다.

"이제 슈벨을 풀어 주시오. 칼도 없이 당신을 상대하지는 못할 거요."

사냥꾼은 떨떠름한 얼굴로 슈벨의 목에 댄 칼을 떼고 뒤로 물러섰다. 카셀은 미리 다섯 걸음 정도 물러나 있었다. 슈벨은 당장 달려들 기세로 벌떡 일어났다. 하지만 진짜로 달려들지는 않았다.

"부디 쫓아오지 마시오."

카셀은 그 말만 하고, 커다란 바위 뒤쪽으로 난 길로 향했다. 사냥꾼은 몇 번인가 돌아보면서 그를 따라갔다.

"멍청한 놈들."

슈벨은 중얼거리며 품 안으로 손을 집어넣었다. 그에게 무기가 칼 하나만 있는 건 아니었다. 그는 숨겨 두고 있던 단검을 뽑았다. 그러나 결국 던지지 않았다.

"젠장."

슈벨은 팔을 늘어뜨리고 한숨을 내쉬었다.

"미안하다. 내가 모두 망쳤어. 내가 멋대로 길을 안내하다가 함정에 빠졌고 내가 인질이 되는 바람에 다 잡은 녀석을 놓쳤군. 네가 뭐라 비난해도 할 말이 없다."

슈벨은 산을 내려오며 몇 번이고 사과했다. 빌리는 아무 말도 하지 않고 앞서 걸었다. 그저 가끔씩 바위산 쪽을 올려다보며 아까 칼을 던졌던 벼랑의 위치만 확인했다.

"그때 왜 그냥 싸우지 않았어? 나는 기습을 당했다 치더라도 너라면 이길 수 있지 않았나?"

슈벨은 아무 말 않는 빌리에게 답답해하며 말했다.

"솔직히 말해 봐. 빌리 너, 나보다 강하지 않아? 블랙과 네가 싸울 때부터 그런 생각을 해 왔어. 우리는 직접적으로 겨뤄 본 적은 없지만, 난 은근히 너와 내가 비슷하길 바랐거든. 그런데 너, 사실은 나 이길 자신 있는 거지? 그렇지?"

"아니, 그런 생각한 적 없다. 네가 나를 강하게 생각한 것만큼이나 난 너를 강하다고 여겼어."

주위에 나무는 별로 없었다. 하지만 높은 곳에서 던진 거라 어디로 날아갔는지 위치를 잡기가 쉽지 않았다. 빌리는 건성으로 대꾸하며 계속 주위를 살피기만 했다.

슈벨이 물었다.

"그 사냥꾼과 제대로 겨뤘으면 어땠을 것 같아?"

"글쎄, 반반? 하지만 그 녀석도 제대로 실력을 발휘한 건 아닐 테니 아마 내 쪽이 좀 불리했을 거라 생각한다."

"세상 기사들 다 이길 것 같은 얼굴을 하고서 그런 자신 없는 대답하기냐?"

빌리는 빙그레 웃으며 슈벨의 어깨를 끌어당겼다.

"제일 자신 있게 말한 거다. 그 절벽에서 그 사냥꾼과 겨루었다면 내가 졌을 거다. 나는 지쳐 있었는데 녀석은 아니었지. 또 내가 싸운다는 건 네가 죽었다는 소린데, 내가 어떻게 이성을 잃지 않고 실력 발휘를 했겠냐? 그 상황에 있어서의 냉정한 판단이었다. 너도 구하고 나도 살기 위해서."

슈벨은 여전히 투덜거렸다.

"그리 말해도 못 믿겠다."

빌리는 그를 가볍게 밀쳐내고 다시 칼을 찾아 주위를 두리번거렸다. 슈벨은 그의 등을 불만스럽게 바라보다가 말했다.

"내가 왜 울프 기사단으로 돌아간다고 했는지 말했던가?"

"글쎄, 말했어도 기억 안 나는데?"

"여자 때문이었어."

그제야 빌리는 고개를 돌렸다. 슈벨은 얼굴이 붉어졌다.

"젠장, 괜히 말했나?"

그는 속으로 중얼거리더니 헛기침을 한 번 했다.

"예전 울프 기사단 테스트 때 아즈윈이라는 여자를 봤지. 그 얘길 했던 거 기억나?"

"무척 강한 여검사였는데 져서 비참했다는 말을 들었던 것 같군."

"비참했지. 동시에 반해 버렸고……. 그때 난 막 스무 살을 넘긴 주제에 품었던 여자들 숫자가 적어도 한 다스는 되거든. 오해하지 마. 돈으로 산 적은 없어. 모두 내게 반해서 스스로 옷을 벗은 여자들뿐이니까."

"오해한 적 없어. 어지간한 여자들은 널 보면 쉽게 넘어갈 거라고 생각했었다."

"그런데 그 여자는 그렇지 않더라 이거야."

슈벨은 두 손을 불끈 쥐며 말을 이었다.

"검을 쓰는 여자 같은 건 정말 매력 없다고 생각했는데 그게 아니더라고. 이런 말 하긴 쑥스럽지만 아마 그게 내 첫사랑이었던 것 같다."

"여자를 수없이 품어 본 놈이 그런 말 하면 그 이전에 품은 여자들은 뭐가 돼? 가벼운 자식 같으니라고."

"수없이 품은 건 아니야! 그리고 그렇다 하더라도 어쩌라고? 내게 있어서 육체적 관계는 사랑의 기준이 아니란 말이다."

빌리는 뭔가가 반짝이는 것을 발견하고 그쪽으로 걸어갔다. 슈벨은 그의 뒤를 따라가며 말을 이었다.

"그런데 그 여자는 내 외모로도, 내 말주변으로도 꿈쩍 안 하더라. 그래서 검술로 굴복시키면 어떻게든 넘어올 거라는 유치한 생각을 하게 되었지. 그런데 그게 말이 쉽지……. 카셀 녀석이 말했던 대로 아즈윈은 하얀 늑대가 되어 있을 정도로 막강했다. 그리고 그 여자가 좋아하는 스타일은 아무래도 내가 아닌 것 같거든."

"어떤 스타일을 좋아했는데?"

"떡대. 덩치 큰 남자만 보면 사족을 못 쓰는 그런 애였어. 실력으로 커버하려니 또 로일이라는 놈 때문에 좌절했고……."

슈벨은 머리를 세게 헝클었다.

"결국 난 두 번째 테스트의 합격을 포기했다."

"합격을 포기했다고? 탈락이 아니라?"

"합격하기 바로 전날 그만두겠다고 말해 버렸어. 같이 있으면 다른 강한 녀석들의 그늘에 파묻혀 버릴 것 같았고, 또 같은 틀 안에서는 다른 녀석들을 능가할 자신이 없었어."

"흐음, 그래서 기사 배롤이 한 말에 발끈했군."

"무슨 말?"

"혼자 훈련한 걸로 울프 기사단에서 훈련받는 것보다 더 강해질 거라고 생각했냐……, 라고 했던가?"

"아아, 맞아. 그래서 화가 났지. 기억력도 좋다. 너 때문에 또 화가 나려고 하는걸."

론타몬의 보검은 바위 위에 꽂혀 있었다. 가끔 부는 바람에 손잡이 부분이 미세하게 흔들리고 있었다. 가려진 나뭇잎을 뚫고 바닥으로 뻗어 내려온 몇 줄기의 햇살 중 하나가 우연히도 칼을 정확히 비춰 손잡이의 보석에 반사되었다. 그것은 마치 드래곤이 지키는 지하 동굴 속에 박혀 있는 전설의 검처럼 보였다.

슈벨은 저도 모르게 감탄사를 내질렀다.

"그래서 아란티아에 돌아온 이유는? 그 여자에게 강해졌다는 걸 보여 주려고?"

빌리는 검이 꽂힌 바위 위에 올라서며 물었다.

"아마. 그랬던 것 같다. 처음에는 좀 비장한 심정이긴 했는데 네가 아란티아를 방문했던 목적에 비교당하니까 굉장히 유치해지더라고. 그래서 지금까지 말을 못했어."

"그럼 왜 지금 와서 말해?"

"이왕 망신당한 거, 한꺼번에 당해 두려고."

빌리는 칼을 뽑으려고 힘을 주었다가 잘 되지 않자 칼 손잡이를 고쳐 잡았다.

"아무리 저 높이에서 떨어졌다고, 바위에 칼이 꽂히네. 되게 좋은 칼인가 보다. 도와줄까?"

슈벨이 물었다.

"아니, 됐어."

빌리는 칼을 비틀어 가며 힘을 더 주었다.

"캡틴 로렌이 내게 바란 게 뭔지 잘 알고 있어. 난 항상 익셀런을 꺾은 울프 기사단에 지나치게 악감정을 품었고 그게 날 막는 장벽이 되었거든. 그걸 털어 내라고 보검을 준 거라고 생각한다."

"딱히 보검으로 울프 기사단 중 하나를 베는 게 목표는 아니었네?"

"배롤을 만날 때는 그렇게 생각했다. 하지만 지금 생각하니 참 창피한 짓을 했군."

빌리는 마침내 칼을 뽑았다. 워낙 세게 박혀 있던 칼이라 빌리는 그 순간 뒤로 넘어질 듯 휘청거렸다. 빌리는 칼날이 상한 부분은 없나 손가락으로 만져 보며 말했다.

"내 생각에 드디어 너와 나 사이에 있던 벽이 허물어진 것 같다."

"벽?"

빌리는 굳이 그 부분을 얘기해 주고 싶지 않았다.

"녀석들을 쫓아가자."

슈벨은 눈살을 찌푸렸다.

"이제 와서? 무슨 수로?"

"아까처럼 흔적을 찾아 바위산을 넘어가자는 말이 아니야. 카셀은 분명 나디움으로 간다고 했다. 그럼 결국 골드 게이트를 통과해야겠지. 아까 지도를 보니까 블루나 그레이, 레드 게이트는 굳이 게이트를 통과하지 않아도 안으로 들어갈 방법은 얼마든지 있어. 하지만 골드 게이트는 다르다. 그 문을 통과하지 않고 나디움으로 가는 방법은 하늘 산맥을 통과하는 방법뿐이더라."

슈벨은 사냥꾼에게 다친 코를 만지작거리며 말했다.

"하늘 산맥을 오를 수 있는 사람은 없다고 했지……."

빌리는 힘 있게 칼을 집어넣었다.

“간단해. 우리가 먼저 골드 게이트에 도착하면 녀석들은 싫어도 우리와 다시 한번 만나게 된다.”

슈벨은 그제야 웃었다.

“제대로 싸워 보지도 못하고 끝나면 억울할 뻔했어.”

“가자. 블랙이 기다리고 있다.”

숲에 내리는 따뜻한 햇살을 비처럼 맞으며 둘은 산을 내려갔다. 이제 골드 게이트에 볼일이 있는 건 블랙만이 아니었다.

◈Chapter 19◈

이상한 동행

제이는 아이린과 헤어진 후 레드 게이트를 통과하고 두 시간 만에 빌리 일행을 따라잡았다. 게이트 병사들의 추격을 따돌리기 위해 큰길을 벗어난 모양이었지만, 비 오기 전에 난 발자국을 비 온 뒤에 찾아낼 수도 있는 제이에게 그 정도 인원의 흔적을 찾아내는 건 일도 아니었다. 또 그 정도 숫자를 상대로 한 명을 구하는 것도 어려운 일이 아니었다.

전에도 비슷한 일을 두 번 정도 해 봤다.

한 번은 몸값을 노리고 귀족 딸을 인질로 붙잡은 놈들을 상대할 때였다. 그 귀족은 자기 딸의 안전이 걱정된 나머지 얼마가 들어도 좋으니, 돈으로 해결을 보고 싶어 했다.

'그렇게 하면 또 납치당할 거요. 더 큰 돈을 노린 놈들에게.'

제이의 충고에, 화가 난 귀족은 도리어 제이를 죽이려고 들었다. 제이는 그 자리에서 경비병들의 무기를 모조리 부숴 보이고 말했다.

'준비한 몸값의 10분의 1만 주시오. 그리고 범인들을 모두 죽여도 된다는 면죄부를 주시오. 딸을 데려오리다.'

딸 때문에 정신이 나가 있는 귀족은 면죄부가 아닌 그 이상도 주고 싶어 안달이 나 있었다. 제이가 놈들의 본거지를 찾는 데에는 반나절이 걸렸고 놈들을 전멸시키는 데에 반나절이 더 걸렸다. 귀족의 딸은 손가락 하나 다치지 않고 구해 냈다.

다른 인질 사건도 어렵지 않았다. 제이에게는 익숙한 일이었다. 상대 숫자가 많았지만, 방법은 얼마든지 있었다. 하지만 이번 경우에는 달랐다. 아이린은 정면 공격을 하지 말라고 명령했고 제이는 명령을 충실히 시행하기 위해 밤이 되기를 기다렸다.

제이는 제일 처음 한 명을 해치운 후의 상대의 반응을 살폈다. 일행 중 누가 제일 강한 녀석인지 알아볼 필요가 있었다. 제일 먼저 확인한 게 슈벨이었다. 그는 어둠 속에 숨겨 둔 시체를 찾아낼 줄 알았다. 그의 주위에는 쉽게 발을 들여놓을 수가 없었다. 그다음은 빌리였다. 그는 통솔력 있는 지도자였다. 제이는 제일 마지막까지 그 둘을 남겨 놓으려고 했다.

캡틴 울프라는 자를 찾는 건 쉬웠다. 그는 묶여 있었고 슈벨이란 자가 그를 부르길, 카셀이라고 했다.

동쪽 하늘에 번개가 쳤다. 그는 또 한 번 비가 올 것 같아 불안했는데 천둥소리는 없었다. 번개가 아니었을지도 몰랐다. 제이는 그 불빛의 정체가 뭔지 불안한 나머지 한동안 기다려 보았다. 그러나 푸른 불빛이 또 한 번 하늘을 밝히는 현상은 일어나지 않았다.

제이는 모두가 잠들었을 무렵 또 한 명을 처치했다. 제이는 적어도 둘 이상을 처치하고 떠날 생각이었다. 하지만 그렇게 조심했는데도 한 명에게 들키고 말았다. 그것은 검은 기사였다. 계속 다른 사람의 입을 통해 목격담으로만 들은 바로 그자. 그들은 그 검은 기사를 블랙이라고 불렀다.

제이는 블랙을 앞에 두자, 한순간 건드리지 말라고 했던 마스터의 경고를 잊어버렸다. 그래서 일단 물러났다가 다시 블랙에게 접근했다. 하지만 극도로 주의를 기울였는데도 그는 제이의 접근을 알아챘다.

'어느 정도인지 보자.'

제이는 블랙을 향해 순식간에 검의 간격을 좁혀 들어갔다. 아이린만큼 강한 자라면 분명 어떤 반응을 보일 거라 생각했다. 그러자 블랙은 조용히 무기만 들어 보였다. 그런데도 검의 간격은 없었다. 마치 유인하는 것처럼.

'이놈도 아이린과 같은 실력자다. 간격을 따져볼 필요도 없겠어.'

제이는 물러났다. 만약 마스터가 검은 기사를 건드리지 말라는 경고를 하지 않았더라도 아마 그는 블랙을 보고 물러났을 것이다.

제이는 아침까지 블랙의 그 작은 동작 하나에 고민했다. 아이린을 만나기 전이었다면 검의 간격도 보이지 않고 자신에게 위협을 가한 블랙을 보고 겁에 질렸을 것이다. 하지만 아이린의 붉은 마법 검과 그 마법 검에 물러간 회색 로브의 마법사를 생각하면 블랙이란 존재는 '견딜 만한 공포'였다. 그는 두려움을 털어 냈다.

제이는 이후의 사냥에서 블랙을 피하기 위해 신중을 기했다. 한 명씩, 한 명씩, 자신이 블랙에게 가진 공포보다 더한 공포가 그들의 마음속에 자리 잡길 기대하며 천천히 조여들어 갔다. 열한 명과 두 명을 목표로 한 사냥이었지만, 정작 머릿속에 적으로 상정한 건 블랙 하나뿐이었다.

풀밭에서의 싸움이 그것을 증명했다. 제이는 그 기습 공격으로 상황을 끝내려고 했다. 빌리나 슈벨은 제법 실력이 있었지만 풀밭을 은폐물로 삼으면 어렵지 않게 해치울 수 있었다. 그러나 블랙이 집어 던진 할버드 한 번에 계산이 어긋나 버렸다.

그때 카셀이 도망쳤다.

그것은 제이도 생각지 못한 일이었다. 옆에서 지켜본 결과 카셀이란 놈은 싸움도 할 줄 모르고 소극적이고 나약하고 판단력도 무디고 행동도 굼뜬 녀석이었다.

'저런 놈이 울프 기사단의 캡틴이라고? 웃기고 있네.'

아이린이 캡틴 울프를 두고 자격이 없는 놈이라고 화를 냈던 것이 기억났다. 자연스럽게 제이도 같은 방식으로 보게 되었고, 카셀을 인질로 잡힌 귀족가의 외동딸 정도로 인식하고 있었다.

그러나 카셀은 행동했다. 그 자리에 있는 누구도 예상 못한 시점에 빠르고 과감하게.

제이는 카셀이 마을로 달아날 거라고 예상했다. 마을 사람들에게 살려달라고 도움을 청하기 위해. 그런데 거꾸로 산으로 달아났다.

이 경우에는 인적이 없는 곳으로 달아나 주는 게 제이에게는 편했다. 마음껏 공격할 수 있으니까.

'날 위해서인가? 아니면 그냥 무턱대고 아무 방향으로나 달아난 건가?'

제이는 카셀이 남긴 흔적을 따라 산길을 달리다가 수레에 남겨진 블랙을 생각했다.

'지금 가면 일대일 싸움을 할 수 있게 된다. 마스터조차 두려워하던 그 녀석을 해치우면 난 아이린이 내준 과제를 초과 달성하게 되는 거야…….'

블랙을 향한 투지를 버리고 등을 돌리는 건 쉬운 결정이 아니었다.

처음에 제이는 달아나는 카셀에게 욕을 해 댔다. 그는 너무 추적하기 쉬운 길로 가고 있었다.

'멍청아, 그리로 가면 네 걸음으로는 금방 따라잡혀! 이쪽 길로 빠져야지 왜 그쪽 길로 가는 거야?'

그러다 카셀이 달아나는 흔적 위에 빌리 일행의 흔적이 겹친 걸 보고 녀석의 의도가 조금씩 눈에 보였다. 제이는 그 의도가 정확한지 확인하기 위해 뒤따르며 한 명을 해치웠다.

뒤이어 카셀이 부상당한 흔적을 슈벨이 발견했다. 바로 그들의 뒤를 따르고 있던 제이도 처음에는 진짜로 카셀이 다친 줄 알았다.

'다친 게 아니야. 다친 척하고 있어. 이런 건 상대를 방심시켜 역습하기 위한 작전인데, 칼도 못 쓰는 놈이 그런 작전을 써서 뭐 하게?'

제이는 모험을 걸었다.

'자기가 미끼가 될 테니 나더러 역습을 하란 소린가? 그럴 리가? 날 알지도 못하는데?'

결국 모든 상황은 카셀이 만들어 냈고 제이는 거기에 맞춰서 움직였다. 슈벨과 빌리는 제이보다 약간 늦게 상황을 파악하고 흩어졌다. 결국 제이는 한꺼번에 잡아 두기 어려운 둘을 따로 상대할 수 있게 되었다.

'뒤따라오는 내가 의도를 파악해 줄 거라고 믿고 자기를 미끼로 던

져? 진짜 의도한 건가?'

이건 아무리 봐도 대단한 통찰력을 발휘한 게 아니라 그냥 무모한 행동으로 보였다.

마지막 순간 제이는 마침내 슈벨의 뒤를 덮쳤다. 상황을 제압하긴 했지만, 제이는 겁을 먹었다. 싸우는 장소가 너무 높아서였다. 높은 곳은 아직도 무서웠다. 빌리가 동료를 희생시키고 달려들면 어쩌지? 낭떠러지를 옆에 두고 싸워야 하나?

제이가 순순히 카셀의 말을 듣고 슈벨을 살려 보낸 건 그런 이유도 있었다.

"이봐요. 어디까지 가는 거예요?"

지금까지의 일을 곱씹으며 앞서 걷던 제이는 뒤에서 카셀이 부르는 소리에 걸음을 멈췄다. 카셀은 지쳐서 다리까지 휘청거리고 있었다. 그 정도로 오래 달렸으면 누구라도 그럴 법했다.

제이도 조금 힘들었다.

카셀이 거친 숨을 몰아쉬며 말했다.

"그들이라면 아마 쫓아오기 힘들 거예요. 그러니 여기서 조금 쉽시다."

"누구지? 너를 잡고 있던 자들."

제이가 다짜고짜 물었다.

"얘기하자면 좀 기니까 나중에. 먹을 거나 마실 물 혹시 있나요?"

제이는 헝겊으로 싼 치즈와 가죽 물주머니를 내주었다. 카셀은 사양 않고 모두 받아먹었다. 그제야 그는 살 것 같다는 듯 다리를 폈다.

"누가 보낸 분이에요?"

카셀이 물었다.

"마스터 아이린."

"아이린? 혹시 이전 하얀 늑대 말하는 거예요?"

"아마 그럴걸."

"우와, 아즈윈이 들었다면 정말 좋아했을 텐데. 지금 어디 계세요?"

제이는 하늘 산맥 쪽을 가리켰다. 이곳의 지대도 꽤 높지만, 여전히 하늘 산맥의 첫 번째 산은 높고 웅장했다.

"하늘 산맥은 아무도 못 간다고 그러던데요?"

"나도 그렇게 들었어."

제이는 어깨를 으쓱했다.

카셀도 더 묻지 않고 말했다.

"아즈윈은 항상 레드 게이트를 통과하면 하늘 산맥이 보인다고 내게 말해 주었죠. 그 산 하나하나에 이름이 있고 전설이 있다며 도착하면 그런 얘기들을 해 주겠다고 들떠 말했던 기억이 나는군요. 레드 게이트를 통과하고 그런 생각이 나니 눈물이 다 나더라고요."

카셀은 손을 내밀어 악수를 청했다.

"제 이름은 카셀 울프입니다. 당신은 울프 기사단인가요?"

제이는 내민 손을 잡지 않고 물었다.

"아니다. 그런데 넌 정말 캡틴 울프냐?"

카셀은 내민 손을 접지 않고 대꾸했다.

"맞습니다."

"하지만 검을 쓸 줄 모르더군. 배롤 울프라는 자가 싸울 때도 싸우지 않았다면서?"

"그랬죠."

“묶여 있는 걸 봤는데 칼만 쓸 줄 알았다면 탈출할 수 있는 상황이 여러 차례 있었다. 그런데 넌 그러지 않았다.”

“지금은 조금 힘드니 나중에 얘기합시다. 하지만 한 가지 얘기해 두자면 나는 정말 칼을 못 씁니다. 그러니 시험해 본다며 칼을 휘두르진 마세요.”

“굳이 휘두르지 않아도 그런 건 알아.”

“그거 정말 다행이군요.”

카셀은 웃어 보였다.

‘응? 방금 무시한 건데 진심으로 다행이라고 여기고 있잖아. 속없는 놈일세?’

카셀은 아직도 내민 손을 접지 않고 말했다.

“당신 이름을 듣고 싶군요.”

“제이메르.”

제이는 귀찮아서 카셀의 손을 잡아주었다. 더럽게 손힘도 없었다.

“제이메르. 좋은 이름이군요. 구해 주셔서 감사합니다.”

제이는 무뚝뚝하게 고개를 끄덕이며 손을 뗐다.

“말수가 적은 분이군요, 제이메르 씨는.”

“불필요한 말은 안 하는 편이다.”

“지금은 그게 차라리 낫군요. 다음 계획은 뭔가요?”

“골드 게이트로 간다. 마스터가 먼저 나디움에 가서 기다린다고 했으니 나도 뒤따라가야지.”

“그렇군요. 그런데 우선 좀 쉴 수 없을까요?”

제이는 앞서 걸으며 말했다.

"여긴 안 돼. 밤이 되면 추워진다. 그전에 산을 내려가야 해."

"그래요? 그럼 얼른 내려가죠."

카셀은 제이의 뒤를 졸졸 따라 내려왔다.

'아까 추격했을 때 만든 상황은 그냥 운이었나 보군. 이런 어린애 같은 놈이 전략 같은 걸 알 리 없지.'

제이는 아까 했던 생각을 철회했다.

"마스터 아이린은 어떤 분이죠, 제이메르 씨?"

제이는 지친 카셀을 위해 약간 걷는 속도를 늦춰 주었으나, 그나마도 잘 쫓아오지 못했다.

"어이."

"예?"

"씨가 뭐냐?"

"그럼 제이메르 님?"

제이는 도리어 불쾌한 표정을 드러내며 으르렁거렸다.

"그냥 이름만 불러. 난 예의 안 따지니까 너도 따지지 마. 공평하게. 대신 너도 나한테 캡틴이니 뭐니 하는 존칭 받을 생각은 마라."

"그거 다행이네. 나도 지금 예의 따질 여력 없으니까."

카셀은 웃으며 대꾸했다.

'속없는 놈. 아직도 내가 널 비웃고 있는 게 안 보이냐?'

제이는 좀 전에 궁금하던 걸 물었다.

"그보다 아까 다친 척 한 건 의도했냐? 개울 앞에서. 그것 때문에 추적에 혼선을 빚었고, 그러니까 슈벨이란 녀석의 얘기다. 난 알았어. 조금 애를 먹었지만."

"아, 그거."

카셀은 소매로 흐르는 땀을 닦으며 팔꿈치를 보여 주었다. 피가 굳어 딱지가 진 자리에서 또 피가 흐르고 있었다.

"진짜로 넘어졌고 진짜로 피를 흘린 거야. 그리고 그 순간 다친 걸 숨기다가 들키기보다 가짜로 다친 척하는 게 속이기도 쉽고 유리할 거라는 생각이 퍼뜩 들었지."

"거참……."

넘어진 건 우연일 것이다. 엄밀히 말하면 사고였고 위험에 처해질 순간이었다. 그런데 오히려 그걸 활용했다.

제이는 녀석을 평가할 적절한 말을 찾다가 그냥 아무렇게나 말했다.

"정말 운 좋은 놈이구나, 너."

"좋다마다. 절벽 위에서 슈벨이 길을 막았을 때는 정말이지 끝장인 줄 알았어. 그때 네가 나타나서 얼마나 다행이라고 생각했는지 몰라."

제이는 어째 기분이 나빴다.

'이 새끼 지금 날 놀리는 건가? 내가 눈치 못 채는 고도의 방법으로?'

제이는 화제를 돌렸다.

"마스터 아이린도 궁금해하던데……, 다른 하얀 늑대들은 어디 갔나?"

"그 얘기도 하자면 좀 길어."

카셀은 연신 이마의 땀을 훔치며 말을 이었다.

"뭐, 골드 게이트까지는 많이 남았으니까 앞으로 이야깃거리 떨어질

일 없으니 다행이군. 안 그래? 난 네가 누군지도 궁금하거든."

"사냥꾼이다. 그 이상 할 말 없어."

제이는 짧게 끊어 대꾸했다. 하지만 카셀은 또 웃었다.

제이는 실망했다.

'웃는 것도 멍청하군. 기대했던 거랑 달라. 적어도 아이린을 만났을 때처럼 극적일 줄 알았는데.'

제이는 개울가에서 조금 쉬기로 했다. 제이는 날렵한 솜씨로 물고기를 잡았고 그사이 시키지도 않았는데 카셀이 불을 피울 준비를 했다.

"불 피워도 될까?"

"돼."

"연기가 피어오르면……."

"상관없어. 그놈들, 더 이상 쫓아오지 않을 거다."

"내 생각도 그래."

카셀은 불을 피우고 제이가 잡아 온 물고기를 손질해 불 위에 얹었다. 제이는 당연히 자기가 할 일이라고 생각했지만, 카셀의 손놀림이 꽤나 능숙해서 내버려 뒀다. 제이는 몇 마리 더 잡아 와서 같이 비늘을 손질했다.

물고기의 배를 갈라 내장을 꺼내던 카셀은 유심히 쳐다보는 제이의 시선을 느끼고 물었다.

"왜?"

"좀 의외라서. 너. 그 모습."

"내 무슨 모습? 물고기 손질?"

"난 골드 게이트까지 어느 귀족 나리의 식사 시중이나 들면서 가게 될 줄 알았다. 안 할 거지만!"

카셀은 도리어 그 말을 하는 제이를 이상하게 여겼다.

"내가 귀족 나리라고?"

"울프 기사단 캡틴이니까."

"캡틴의 명령으로 식사 준비를 시켜주길 바랐나 보지? 미안하지만 난 너무 배고파서 너 혼자 식사 준비하는 걸 기다릴 여유가 없었어."

"그랬군. 소금 줄까?"

제이는 가방에 든 작은 병을 꺼내 보였다. 카셀이 손을 내밀었다.

"그런 걸 다 가지고 있어? 줘."

카셀은 고기 위에 소금을 뿌렸다. 소금을 아끼는 모양새가 꼭 검소한 아낙네 같았다.

개울가에서 바라보는 산은 무척 아름다웠다. 가넬로크에도 이런 곳은 많았지만 산 너머 배경으로 바위산과 하얀 산이 같이 보이는 것만으로 전혀 다른 풍경처럼 보였다.

카셀은 고기가 익는 동안 불 앞에 앉은 제이에게 친구들과 헤어지고 배롤과 만난 후 다시 빌리를 만난 얘기를 짧게 해 주었다. 제이는 가만히 얘기를 듣다가 다 익은 고기를 치켜들었다.

"음, 너 얘기 참 재미있게 하는구나."

카셀도 고기를 하나 들고 덥석 물고서 대답했다.

"그 말 아란티아 와서 여러 번 듣는군."

"정말이다. 난 말하는 건 좋아하지 않지만, 듣는 건 좋아한다. 그래서 가끔 돈 주고 사서 들어. 얘기를. 근데 너만큼 하는 이야기꾼, 못 봤어."

"그쪽 길로 나가도 될 것 같아?"

카셀이 물었다.

제이는 솔직하게 고개를 끄덕였다. 그러자 카셀은 폭소를 터트렸다.

'이 자식이 왜 또 웃는 거야?'

카셀은 웃을 만큼 웃고 물고기를 머리부터 씹으며 물었다.

"마스터 아이린은 어떤 분이야?"

제이는 먹던 고기를 입에서 뗐다.

따져 보면 그녀와 헤어진 지 사흘도 되지 않았다. 그런데 한 달은 넘은 것 같았고 또 보고 싶었다. 어떤 사람이었지? 제이가 묻고 싶었다. 왜 그녀를 이렇게 그리워하게 되었을까? 헤어지면서 복받쳐 오르던 감정이 무엇이었는지도 잘 기억나지 않았다.

"내가 스승으로 삼을 만한 여자."

제이는 수없이 떠오르는 다른 말은 삼켜 버리고 짧게 대답했다. 오래 생각하는 건 괴로웠다. 그러나 카셀은 거기에서 대화가 끊기도록 내버려 두지 않았다.

"그전에는 스승이 없었어?"

"없었어."

"아이린과는 오래 같이 안 지냈잖아? 그럼 검술을 배운 건 아니겠네."

"아니지."

"그럼 누구에게 배웠어? 그 무서운 두 사람을 한꺼번에 상대할 실력자라면, 스승도 굉장한 분을 모셨을 거라고 생각했는데……."

"없었다."

"혼자 익힌 검술이라고? 그게? 대단하네."

사람을 많이 사귀어 본 적이 없는 제이는 사람의 표정을 잘 읽을 줄 몰랐다. 그래서 속기도 잘 속았고 사기도 몇 번 당했다. 말발이 안 되어서 잡아 놓은 현상범의 현상금을 못 받기도 하고 의뢰받은 일을 처리해 놓고도 인정을 못 받기도 했다. 물론 그를 속이고 살아남은 사람은 없긴 하지만 잘 속는 건 사실이었다.

그래서 카셀의 저 솔직한 부분이 정말 솔직한 면인지 제이는 판단하지 못했다. 아까도 그렇고 지금도 그렇고, 카셀은 지나치게 자신의 속마음을 드러내고 있었다. 경계심을 세우려고 해도 자꾸 풀어지는 기분이었다.

'속임수인가? 속임수겠지. 처음 보는 사람한테 친근하게 대하는 사람은 사기꾼이야. 그럼 이 녀석은 나한테 무슨 사기를 치려는 걸까?'

제이는 바짝 긴장했다.

'애초에 생판 모르는 남이 자기를 구하러 온 걸, 턱 하니 믿는 게 말이 돼? 더욱이 잡혀 있다가 풀려 나온 사람이라면 아직 주위를 경계해야 하고 다른 사람을 무서워해야지.'

제이는 귀족의 딸을 구해 줄 때를 떠올렸다.

제이가 피 묻은 칼을 들고 구하러 나타나자 그녀는 오히려 인질범들에게 잡혀 있을 때보다 더 겁을 집어먹었다. 구해 주러 온 사람이니 염려하지 말라고 몇 번을 말해도 그녀는 막무가내로 비명을 지르고 따르지도 않고 저항하고, 아무튼 난리도 아니었다. 그녀를 다시 집으로 데려가는 것이 인질범들을 해치우는 것보다 더 힘든 일이었다.

다른 일도 비슷했다. 그의 일 처리 방식은 사람을 구할 때나 현상범을 사냥할 때나 똑같았다. 사냥꾼에게 일이 떨어지면 결국은 피로 시작해서 피로 끝나는 일이 될 수밖에 없었다. 그가 칼을 들고 나타나면 잡힌 쪽이건, 구해 준 쪽이건 모두 같은 반응을 보였다. 무서워했다.

그런데 카셀은 그런 모습을 전혀 보이지 않았다. 제이는 그게 어색했고 수상했다.

"넌 내가 이상하다거나……, 그…… 뭐냐, 무섭다거나……, 그러지 않나?"

제이는 더듬더듬 물었다.

카셀은 눈을 말똥말똥 뜨고 제이를 한참이나 바라보았다. 그러더니 고개를 끄덕였다.

"다른 상황에서 봤다면 그랬을지도. 네가 적으로 나타났다면……, 맞아. 무서워했겠지. 지금처럼 네 앞에서 얌전히 생선 뜯어 먹고 있지도 않았을 거고."

'그런 뜻이 아닌데, 내 말이 이해가 안 되나? 어떻게 설명해 줘야 하지?'

제이는 달리 설명할 말이 떠오르지 않아 포기했다. 이럴 때면 제이는 또 한 번 말재주 없는 자신을 탓해야 했다. 하지만 다행히 카셀은 알아서 이해하고 말했다.

"네가 다른 뜻으로 한 말이라면 사실 너랑 비슷한 검사를 잘 알거든. 독학으로 거의 최고의 경지에 올랐다고 할 만한 검사. 이름은 로일인데 그 친구도 스승이 없었어."

"로일…… 그자도 하얀 늑대인가?"

카셀은 다 먹은 생선 뼈를 버리고 새것을 들었다.

"응."

"그자와 비교하면 나 정도는 별로 무섭게 보이지 않는다는 건가?"

카셀은 눈동자를 한 바퀴 굴리더니 고개를 저었다.

"내 수준에서는 그런 걸 구별할 수 없어."

"그럼 넌 왜 다 말하지? 날 믿나? 믿을 만하다고 판단하나? 왜?"

제이는 머릿속으로 자신의 엉덩이를 걷어찼다.

'멍청아! 이런 걸 직접적으로 말하면 안 되지! 살살 꼬드겨서 녀석의 속마음을 이끌어 냈어야지!'

제이는 점점 답답했다.

'빌어먹을, 내가 왜 이딴 걸 고민하고 자빠졌지? 이 자식을 나디움까지만 데려가면 내 일 끝이잖아?'

"모든 것을 말했다고는 생각하지 않아."

카셀은 정색을 하고 말을 이었다.

"또 네가 믿을 수 없는 존재라도 어쩌겠어? 맘만 먹으면 나를 죽일 수 있는 사람을 상대로 내가 할 수 있는 건 아무것도 없는데! 어쨌든 나는 너를 보는 순간 아군이라고 생각했어."

'뭘 근거로? 네 판단이 틀리면 어쩌려고?'

제이는 떠오르는 모든 의문을 접었다. 얘기를 길게 하면 궁금증만 더 커질 것 같았다. 또 얘기가 길어지면, 해야 할 말도 많아지기 마련이었다.

"먹으니까 졸립군."

카셀이 말했다.

"여기서 자면 안 돼. 더 쉬기 편한 곳이 나올 때까지 가야 해."

제이는 다시 배낭을 멨다.

"알았어."

카셀은 순순히 제이가 가는 대로 따라왔다.

해가 지고 잘 곳을 정했을 무렵, 카셀이 물었다.

"그 둘은 정말 추적을 포기했을까?"

"나라면 아까 그 벼랑에서 놓친 시점에서 포기했다. 하지만 서두르긴 해야 해."

"왜?"

"앞질러 가서 기다리는 방법은 있으니까."

"우리가 어디로 갈지 안단 말이야? 여긴 이렇게 산도 많고, 길도 험한데?"

카셀이 놀라 말했다.

"아까는 똑똑하더니, 지금은 둔하군. 우리가 갈 곳, 그놈들이 갈 곳, 둘 다 같지 않나?"

"골드 게이트! 몸이 편해지니 확실히 무뎌지기는 하는구나. 그걸 생각 못했군. 큰일 났네."

"왜 갑자기 허둥대?"

"골드 게이트가 위험해. 공격받을 거야."

"그 둘이서? 레드 게이트보다 더 큰 곳 아니야? 군대도 있을 것 같은데."

"있겠지. 익셀런 기사단이 쳐들어 왔어도 무너지지 않았던 곳이니까."

카셀은 이마를 긁적거리며 옆 사람도 불안하게 만드는 목소리로 말했다.

"하지만 그런 건 상관없어. 레드 게이트의 병력으로도 블랙을 막지 못했어. 골드 게이트라고 다를 수 없을 거야. 카모르트의 수도인 노르만트는 몇백 명이 지키고 있었지만 검은 기사 몇 명을 막지 못해 무너졌다. 그런데 블랙은 그것들보다도 강해."

"아, 캡틴이니까 골드 게이트의 병사들을 지휘하려고?"

제이는 그런 걸 생각해 낸 것을 뿌듯해하며 물었다.

"아니, 골드 게이트의 병력은 내가 지휘할 수 없어."

"왜?"

"나는 아직 공식적으로 캡틴 울프로 임명된 게 아니야. 그러니 그들에게 어떤 요구를 하거나 명령을 내릴 수가 없어."

"캡틴인데 캡틴이 아니라는 거야?"

"복잡한 상황이지."

제이는 복잡한 상황이라는 말에 더 캐묻지 않았다. 그럴 필요도 느끼지 못했다. 제이는 상황을 간단히 하고 싶었다.

"그럼 그냥 나디움으로 가자. 거기에 마스터가 기다리고 있을 거야. 마스터한테 다 말하면 돼."

"그전에 녀석들에게 잡히지 말아야지."

"내 걸음이라면 절대 잡히지 않아. 하지만 네가 그걸 쫓아오지 못하겠지. 그 부분은 좀 고민해 봐야겠군."

제이는 모닥불을 피우고 자리에 누웠다. 카셀도 몸을 웅크리고 잠을 청했다. 제이도 피곤했지만 카셀은 정말 순식간에 곯아떨어졌다.

제이는 망토를 벗어 그의 몸에 덮어 주었다. 초여름이라도 밤은 쌀쌀했다.

'역시 이상한 놈이야.'

제이는 멍청히 잠들어 있는 카셀을 보고 화가 치밀었다. 자신을 앞에 두고 이렇게 무방비하게 쉬는 게 못마땅한 건 아니었다.

'이놈은 아까부터 날 자꾸 순진한 놈으로 만들고 있어. 차라리 경멸하거나 무서워하면 대하기 편할 텐데.'

제이는 내일부터 카셀을 무서운 얼굴로 대하기로 결정했다.

이튿날부터 제이는 빠른 걸음으로 카셀을 인도했다. 걸음이 느려진 걸 보니 많이 지친 모양이었지만 이것보다 늦게 갈 수는 없었다. 제이는 그를 걱정하면서도 배려해 줄 수가 없었다.

둘은 점심때쯤 작은 마을에 도착했다. 여행자를 맞이할 만한 식당이나 여관도 없는 작은 마을이었다. 대부분 통나무로 만들어진 집이었고 특이하게 몇몇 집은 붉은 흙으로 지어져 있었다.

카셀이 은화 한 개로 마을 아낙과 흥정해서 삶은 달걀 몇 개와 우유 약간을 얻어 왔다. 시골이라 그런지 오히려 돈의 가치를 높이 쳐 주지 않았다. 인정에 호소해 음식을 얻었다는 편이 옳았다.

둘은 커다란 나무 그늘 밑에 앉아 쉬었다.

"그 둘은 대로로 가. 우린 안 좋은 길이고. 더 빨리 가야 해."

제이가 앞으로 갈 계획을 잡고 말했다.

"저쪽은 인원이 많아. 좀 더디지 않을까?"

"내가 다 죽였잖아."

"그랬지……."

카셀은 우울하게 말했다.

제이는 팔짱을 끼고 한참을 고민했다.

"이대로 가면 우리가 늦어."

"내 걸음이 느려서 그런 거겠지? 미안하군."

카셀이 사과했다.

제이는 나무에 등을 기대고 눈을 감았다.

"네 탓을 할 거면 구하지도 않았다. 그보다 레드 게이트에서 말이다. 왜 갑자기 이상한 짓 했어?"

"이상한 짓?"

"여러 가지 들은 걸 합쳐 보면, 넌 굳이 사실을 밝힐 이유가 없었다. 인질이라는 사실. 그런데 밝혔지. 왜 그랬지? 얌전히 있었으면……."

제이는 어깨를 으쓱하며 말을 이었다.

"그대로 골드 게이트까지 가지 않았을까?"

카셀도 나무에 등을 기대고 하늘을 올려다보았다. 둘은 나란히 같은 방향을 보게 되었다.

"블랙이……, 나를 도발했어."

카셀이 말했다.

'그 괴물 같은 놈이 너 따위를 도발해서 뭐해?'

제이는 반쯤 나왔던 말을 도로 삼켰다.

'참, 무섭게 대하기로 했지. 무뚝뚝하게 말해야 해. 늘 하던 대로. 이런 약골이 날 무서워하게 만드는 건 일도 아니지.'

전날 했던 다짐을 떠올리며 제이는 다시 무섭고도 무뚝뚝한 말투를 쓰기 위한 준비를 했다.

카셀은 얼굴을 감싸 쥐고 말했다.

"사명감……, 의무……, 그런 말들로. 어쩌면 나는 그와의 머리싸움에서 진 걸지도 몰라. 레드 게이트의 병사들에게 큰 죄를 지었어."

"그 블랙이라는 자도 웃기는군. 조용히 있었다면 아무 문제없이 통과했을 텐데 굳이 왜 그랬지?"

"말로는 설명하기 힘들어."

"네가 말로 설명할 수 없는 일이라면 나는 이해하지도 못하겠군."

제이는 또 솔직하게 말해 버리고 후회했다.

"나도 사실 잘 이해가 안 돼."

산에서 불어 내려오는 찬바람이 나무를 흔들고 땀을 식혀 주었다.

멀리서 지게를 진 노인이 산을 내려왔다. 허리까지도 차지 않는 작은 키의 소녀가 '할아버지!' 하고 뒤뚱거리며 달려갔다. 힘겹게 지팡이를 짚고 내려오던 노인은 갑자기 어디서 힘이 생겼는지 그 소녀를 번쩍 안았다. 노인이 뭐라고 말했고 소녀는 깔깔대고 웃었다.

제이는 갑자기 훈훈해지려는 마음을 다잡았다.

'차가운 사냥꾼으로 보여야 해. 안 그러면 녀석에게 사기를 당할지도 모르니까.'

카셀이 대뜸 말했다.

"또 한 가지! 늑대가 나에게 말을 걸어왔어. 그들을 골드 게이트로 보내지 말라고."

제이는 레드 게이트 근처에서 발견한 늑대의 발자국을 떠올리며 물었다.

"그 늑대, 한 번만 나타났나?"

"음, 딱 한 번뿐이었지. 늑대가 내게 말했다고 했는데도 전혀 안 놀라네?"

"그런 건 아무것도 아니다. 난 더 끔찍한 일을 겪었다!"

"늑대가 말했다는 게 끔찍한 경험이라는 소리는 아니었어."

"뭐 어쩌라고? 그런데 그 늑대, 너희들이 레드 게이트를 통과한 후 바로 쫓아간 모양이다. 시간상으로 정리하면……."

제이는 손가락을 하나씩 펴면서 말을 이었다.

"네 쪽과 내 쪽의 거리 차는 한두 시간 정도. 그럼 늑대는 그 중간 거리에 있었어야 해. 하지만 난 늑대를 보지 못했다."

"정체도 모르는 늑대가 어디로 갔는지 어떻게 분석하겠어?"

카셀이 어깨를 으쓱했다.

제이는 다시 손가락으로 셈해 보다가 계산이 맞지 않는다는 걸 깨달았다.

'잠깐 있어 보자. 카셀 주위를 맴돌고 카셀의 뒤를 따라다니는 늑대가 있었다면, 내가 그들을 공격할 때 나와 행동이 겹쳤어야 했어. 그런데 어느 순간부터 보이질 않잖아.'

마을 사람들 몇 명이 고목에 등을 기댄 이상한 차림의 두 청년을 구경하며 지나갔다. 하지만 둘이 신경도 쓰지 않고 느긋하게 나무에 기대고 있으니 마을 사람들도 오래 관심을 갖지 않았다.

제이는 달걀 껍데기를 벗겨 한입에 털어 넣고 우물우물 말했다.

"그럼 너는 정체도 모르는 늑대가 시키는 대로 했다는 거냐?"

"나쁜 늑대 같지 않았거든. 게다가 내가 하얀 늑대의 캡틴인데 털이 하얀 늑대가 그런 말을 해 봐. 안 듣게 생겼어?"

"동화책을 너무 많이 봤군. 늑대가 수컷이었냐? 나이는?"

"그냥 의미만 전달되는 목소리라서 성별이나 나이는 잘……."

"거봐라. 그 늑대에 대해서 아무것도 모르잖아! 이용하는 거면 어쩌려고? 그러니까 내 말은, 늑대가 너를."

카셀은 뺨을 긁적였다.

"그도 그렇긴 하지만 전체적인 상황을 봐! 늑대가 말을 건넨다, 그 늑대는 밤에도 은빛을 발하는 신비한 마법의 늑대다, 내 친구의 안부를 알고 있다…… 이런 복합적인 상황 속에서 대뜸 어떤 명령을 들으면 대개 듣게 되지 않아?"

'복합적인 상황? 그것참 써먹을 만한 단어군.'

제이는 그런 생각을 하면서 따지듯 물었다.

"그러니까 그게 거짓말이었으면…… 그냥 속냐? 속을 수밖에 없다…… 그 말이냐? 이를테면 나 같은…… 그러니까, 넌 나 모르잖아. 그런 남자가 아이린이라는 이름을 들먹이면서 구해주니까…… 너는 바로 믿냐?"

제이는 자기가 한 말이 앞뒤가 맞는 건가 따져보다가 고개를 세차게 저었다. 그리고 다시 달걀을 하나 까며 중얼거렸다.

"젠장, 또 말려들었군."

"뭘 말려들어?"

"넌 알 거 없어."

조용히 달걀이나 먹을 것이지 카셀은 또 말을 걸었다.

"그런데 아이린은 왜 너와 헤어져 하늘 산맥으로 가 버렸어? 같이 올 수도 있었잖아?"

"그건 말이지."

제이는 여기까지 걸어오며 아이린과 있었던 일을 얘기해 줬다. 블루 게이트에서 그녀를 만났으며, 중간에 어떤 흔적을 발견했고, 하이로드 탈룬드를 만난 얘기나 배롤의 이야기도 했다. 카셀은 그 부분에서 흥분하며 배롤이 살아있는지 묻기도 했다. 제이는 레드 게이트에서부터 아이린의 지시로 추적을 시작했다는 것으로 얘기를 끝냈다. 마스터와의 창피한 이별 과정은 생략했다.

"물론 마스터 아이린이 날 구해 줄 의무 같은 건 없지."

카셀은 얘기를 듣자마자 고개를 여러 번 끄덕였다.

"하지만 그녀가 전대 하얀 늑대라면 왜 너와 함께 쫓아올 생각을 하지 않았을까? 네 실력과 그녀의 실력이라면 상대 숫자가 아무리 많아도, 설사 블랙이 있더라도 해볼 만하지 않았을까? 봐. 너 혼자서 그들의 부하들을 모조리 해치웠잖아."

"그건……, 상황이 좀…, 복합적이었다."

말은 그렇게 했지만, 제이도 그 부분이 궁금하긴 했다. 그녀가 검은 기사를 공격하지 말라고 했던 건 어느 정도 납득이 갔다. 직접 겨뤄 보지는 않았으나 분명 일대일로는 버거운 상대가 맞았다.

그러나 아이린이라면? 어둠 속에 나타난 회색 로브의 마법사와 겨룰 때처럼, 아직 자기에게 모두 보여 주지 않았을 숨겨진 힘을 끄집어낸다면? 마스터는 정말 검은 기사가 두려워서 피한 걸까? 그자가 그토록 강하단 말인가?

생각은 꼬리를 물었고 제이는 그것을 끊을 수가 없었다. 그래서 되레 카셀에게 묻게 되었다.

"블랙이란 놈, 얼마나 강해?"

카셀은 금방 대답했다.

"이미 빌리나 슈벨이나 너는 내 수준으로 측정하고 말고 할 실력이 아니야. 하지만 블랙에게는 실력 이상의 뭔가가 있는 것 같아. 그래서 인간의 힘으로는 이길 수 없는 어떤 특별한 존재가 아닐까도 생각해. 사실 카모르트의……."

그는 갑자기 말하다 말고 뭔가 깊이 고민했다. 그리고 곧 손을 저었다.

"아니야. 그 얘기까지 하면 너무 길어져. 어쨌든 블랙은 울프의 기사 배롤을 꺾었어. 그것만으로도 내 상상을 뛰어넘는 실력자지."

"하얀 늑대들과 비교하면 어떨 것 같나?"

제이가 물었다.

카셀은 우울한 표정으로 입을 우물거렸다. 그리고 계란 때문에 목이 막힌 척하고 물을 마셨다.

'이놈 봐라? 말문이 막히면 저런 식으로 시간을 번다 이거지? 이거 써먹기 좋은 기술인데?'

카셀은 물을 삼키고 말했다.

"그래. 블랙은 대단한 실력자야. 하지만 내 친구들이……, 하얀 늑대가 아닌 다른 사람에게 진다는 건 상상을 못하겠어."

카셀은 제이에게 물주머니를 내주며 긴장감 있게 뒤를 이어 말했다.

"내 친구들이 정말 실력 발휘를 할 때는 이런 말을 하지. 하얀 늑대의 이빨을 보고 살아남을 수 있는 건 하얀 늑대뿐이다……. 들어보니 그 친구들은 서로에게도 그 이빨을 드러낸 적이 없대. 그런 일이 벌어지면 둘 중 하나는 반드시 죽기 때문이라나? 블랙도 그 범주에서 벗어나지 못할 거라고 믿고 싶어."

제이가 물을 한 모금 하는 사이 카셀이 아주 작게 뒷말을 이었다.

"또 그래야 하고."

미지근한 물이 목구멍에 닿자 처음 아란티아를 찾아온 목적이 바로 울프 기사단이었다는 기억이 떠올랐다.

제이는 기침을 했다. 목구멍이 얼얼해지며 동시에 울프 기사단 중에서도 최고라는 하얀 늑대와 겨루고 싶다는 욕구가 울컥 올라왔다.

'그들이 정말 그렇게 강한가? 인간의 수준을 넘는 존재라고 인정해놓은 블랙에게도 질 것 같지 않다고? 그런 웃기는 비교법이 어디 있어?'

수레에 남아 있던 블랙을 버리고 카셀을 따라왔던 순간이 후회가 됐다. 만약 그때 카셀을 버리고 블랙을 해치웠다면? 그는 이렇게 말해 줄 수 있었을 것이다.

'그래? 그럼 블랙을 죽인 나는 하얀 늑대의 이빨을 보고도 살아남겠군!'

제이는 쪼잔해 보일까 봐 차마 자기 생각을 말하지 못했다.

"행복한 녀석들이군, 네 친구들은. 이렇게 철저하게 믿어주는 캡틴을 둬서."

"고마워."

카셀은 기지개를 켜며 자리에서 일어났다.

"생각은 나중에 하고 우선 이동하자. 나도 힘을 낼 테니까 어쨌든 우리는 블랙 일행보다 더 빨리 골드 게이트에 도착해서 그들이 나디움에 가는 걸 막아야 해. 만약 그들보다 조금 늦더라도 일단 골드 게이트에 당도하면 수가 생길지도 모르고. 아아, 제기랄. 말을 살 돈이 좀 있으면 좋겠군. 그럼 확실하게 그들보다 더 빨리 도착할 텐데."

"생각해 보니, 말이라면 그놈들도 진작 구했겠지."

"아니, 구하기 어려울 거야."

"왜?"

"내가 돈주머니를 훔쳐서 강물에 던져 버렸거든. 또 어찌어찌 구한다 해도 그들은 말을 타고 이동할 수 없어. 살아 있는 말은 블랙을 태울 수가 없거든. 그들이 최대한 빨리 가려고 해봤자 수레에 블랙을 태우고 달리는 방법뿐이야. 그러니까 우리에게 말을 살 돈만이 있다면……."

제이는 카셀의 말을 듣고 불쑥 주머니를 꺼내 들이밀었다. 카셀은 주머니 안을 보고 벌린 입을 다물 줄 몰랐다. 녀석의 눈동자가 커지는 걸 보니 제이는 조금 즐거워졌다.

"돈이라면 많이 있다. 중간에 무거워서 금화 100개 정도 버리고 왔을 만큼."

돈이 많아도 이런 시골에서 말을 구하기는 쉽지가 않았다.

제이는 가까스로 농가에 부탁해 시가의 세 배쯤 되는 돈을 지불하고 두 마리를 구할 수 있었다.

말을 타고 달리는 것만큼은 카셀도 제이 못지않았다. 제이는 마음 놓고 속도를 냈고 카셀도 뒤처지지 않았다. 길만 일직선이었다면 당일 중으로 골드 게이트에 도착했을 정도였다. 하지만 막판에 두 개의 산이 가로막았다. 둘은 말에서 내려 고삐를 끌고서 험한 비탈길을 내려왔다. 중간에 말이 자꾸 겁을 내서, 걷는 것보다 시간이 더 지체되었다.

보름달로 향하는 반달이 뜬 밤하늘 아래에서 둘은 완만한 산의 정상에 올랐다. 산악 지대가 끝나고 평원이 시작되고 있었다. 그리고 그 평원을 가로지르는 큰길도 발견했다. 레드 게이트에서 골드 게이트로 직진하는 대로였다. 제이는 아직 저 길을 이용하는 건 위험하다고 생각하고 다른 쪽 길을 찾았다.

약간 뒤처져 있던 카셀이 천천히 말을 독려하며 제이가 있는 곳까지 도착했다. 카셀은 말한테 주던 당근을 씹으며 말했다.

"걸어온 것보다 다섯 배는 더 빠르게 온 것 같은데, 어때?"

"다섯 배는 무슨? 나 혼자 뛰어온 것 정도밖에 안 돼. 중간에 말을 끌고 오면서 너무 지체됐어."

"넌 정말 걸음이 빠른 모양이구나."

카셀은 짧게 휘파람을 불었다. 그리고 먹다 남은 당근을 제이에게 내밀었다. 그가 거절하니 카셀은 대신 말에게 당근을 줬다.

제이는 말을 좋아하는 사람 중에 나쁜 사람은 없다던 누군가의 말이 떠올랐다.

'에위니도 말을 좋아했는데. 집이 가난해서 가지지 못한 것을 슬퍼했었지. 지금은 아마 부자 남편 덕에 원하는 말을 얼마든지 타고 다닐 수 있을 테지만.'

달빛을 받으며 산을 타면 많은 생각이 떠오르기 마련이다. 카셀도 고삐를 느슨하게 쥐어 말이 혼자 가도록 내버려 두고 생각에 잠겨 있었다.

제이도 과거의 일들이 떠올랐다. 하지만 제대로 된 기억은 하나도 없었다. 칼을 들기 전에는 아버지에게 얻어맞은 일만, 칼을 든 후로는 사람을 죽인 일만 기억났다. 그나마 최근 기억 중에는 비 오는 날 아이린을 안고 있었던 순간이 있어 좋았다.

불쑥 카셀이 말한 하얀 늑대 이야기가 떠올랐다. 본 적도 없는 상대를 머릿속에 그려 두고 겨루는 의미 없는 짓도 해보았다. 그러나 형체 없는 하얀 늑대라는 이미지는 곧 아이린으로 변했다. 상상으로조차 이기지 못했지만.

"여기에서 노숙하자. 내일 저녁쯤에는 골드 게이트에 도착할 거다."

산 아래는 산 위보다 어두워, 말을 타고 이동하기에는 무리였다. 그리고 오늘은 충분한 양을 걸었다.

"빌리 쪽은 언제쯤 골드 게이트에 도착할까?"

카셀이 물었다.

"곧은길을 달렸다면 아무리 늦어도…… 내일 저녁?"

"마주칠지도 모르겠군."

"말을 푹 쉬게 둬. 내일은 무리해서 달릴 일이 벌어질지도 모르니까."

불을 피우고, 구운 소시지 몇 개로 저녁을 대강 때웠다. 먼저 잔다고 누운 카셀은 몇 분 지나지도 않아 도로 일어나며 말했다.

"잠이 잘 안 오는군. 노숙에 익숙해질 때도 됐는데……."

제이는 하늘을 올려다보며 대답했다.

"달이 너무 밝아서 그래."

카셀도 덩달아 하늘을 보았다.

"반달인데 무슨?"

"그럴 때가 있어. 몇 년이나 이런 생활을 한 나도 가끔 달이 밝으면 잠이 잘 안 올 때가 있더라. 오늘은 나도 잠이 잘 안 올 것 같다."

카셀은 하품을 길게 하고 말했다.

"그럼 얘기나 하지, 뭐."

모닥불을 쑤시던 제이의 손길이 굳었다. 여유 있는 모습을 보이려다 보니 도리어 목소리가 긴장되었다.

"얘기? 무슨 얘기?"

"그냥 이런 저런 얘기. 모닥불을 앞에 놓고 친구와 함께 있으면 으레 하는 그런 얘기. 야, 지금 내가 그런 걸 설명해야 해?"

제이는 그가 말한 단어 중 하나가 신경이 쓰여 눈을 찌푸렸다.

"친구?"

카셀은 듬성듬성 자란 턱수염을 만지작거리며 말했다.

"아직은 친구라고 할 만한 사이가 아니라는 거지? 난 상관없어. 어차피 나도 친구는 그리 많지 않으니까."

"그런 뜻으로 한 말은 아니고……."

'또 말려드네!'

제이는 투덜거리며 말을 이었다.

"……그런데 내 생각에 카셀 너는 친구가 많을 것 같은데? 상대가 내가 아닌 보통 사람이었다면, 넌 진작 즐겁게 수다를 떨고 있지 않았을까?"

"그렇지 않아. 고향에서 내 친구라고는 책뿐이었어. 여자애들은 나를 피했고 남자애들은 책만 읽는 나를 계집애 같다며 피했지. 아아, 나름대로는 검술 연습도 열심히 했고 농사일도 열심히 했는데도 내 또래 애들은 나를 좋아하지 않더라. 나이 많은 사람들은 나를 꽤 좋아했던 것 같다. 촌장님은 나를 다음 촌장으로 지목했거든. 우와, 내가 달밤에 미치긴 했나 보다. 자랑도 아닌 얘기를 자랑처럼 떠벌리고 있다니."

카셀은 어색하게 웃었다.

"너는 어때, 제이메르? 난 오히려 너 같은 남자가 인기가 많을 것 같은데? 과묵하고, 잘생기고, 키 크고, 근육질에, 검술도 뛰어나고……."

"친구라고는 있어 본 적도 없어."

언제나 적, 아니면 사냥감만 주위에 두었던 제이였다. 그것도 8년 동안이나. 누군가와 같이 불 앞에 앉아 잔 것도 아이린이 유일했던 것 같았다.

'하지만 아이린도 친구는 아니지. 이 녀석도 물론 아니야. 마스터의 명령에 따라 같이 있는 것뿐.'

아이린도 언제나 밤이 되면 이튿날을 대비하기 위해 일찍 잠들어 버렸다. 그녀는 밤을 보내기 위해 긴 얘기를 하자는 말은 한 적이 없었다.

"좋아. 네가 싫다니 나도 강요는 하지 않도록 하지."

카셀은 웃으며 말했다.

제이는 자기도 모르게 손을 내밀었다.

"아니, 그런 뜻이 아니라……."

제이는 내밀었던 손을 처리할 방법이 없어 그냥 주먹을 쥐며 되돌렸다. 카셀은 얌전히 뒷말을 기다렸다. 제이는 조금 용기를 내어 말했다.

"괜찮다면, 그, 아무 얘기나……, 들려주겠나? 듣는 건 좋아하니까. 뭐, 옛날 얘기라던가…… 아니면, 음, 아무튼, 아무거나……."

제이는 어색해 뒷말을 흐렸다.

'내가 왜 이런 부탁을 한 거지? 어제의 다짐은 어쩌고? 닥치고 자라고 한 마디 해줬으면 될 일이었어.'

제이는 카셀에게 배운 어색함 처리법을 떠올려 물주머니를 들어 물을 마셨다. 하지만 어색함은 가시질 않았다.

'분명 날 이상하게 생각하고 있을 거야.'

카셀은 제이의 얼굴을 보더니 모닥불에 타고 있는 긴 나뭇가지를 하나 들었다. 그리고 눈을 가늘게 뜨고 목소리를 낮춰 말했다.

"이건 아버지께서 젊었을 때 겪은 일이야. 20년쯤 전이었지."

카셀은 숨도 안 쉬고 말을 이었다.

"내가 사는 마을 뒷산에는 무덤이 하나 있었는데 그 무덤에는 밤마다 정체를 알 수 없는 여자가 무덤을 판다는 소문이 있었어. 그 여자는 나이가 오백 살은 되었다고 소문이 난 마녀였는데, 어느 날 아버지와 동네 친구들은 그 마녀의 집을 들어갔다 나오는 담력 시험을 하기로 했대……."

그렇게 시작된 얘기는 밤늦도록 이어졌다. 말도 꾸벅거리고 잠들 깊은 밤이 되어서야 얘기가 끝났다.

카셀은 길게 하품을 했다. 그는 나무토막을 베게 삼아 누웠다.

"얘기하다 보니 피곤해졌군. 이제 좀 잘 수 있을 것 같아."

"그래. 얘기 재미있었다."

말투가 어째 예의상 하는 말처럼 나와 버렸다. 하지만 제이는 이제껏 이렇게 재미있는 얘기는 들어본 적이 없었다. 얼른 돈주머니에서 금화를 꺼내 하나 줘야 할 것 같았다.

"그럼 잘 자."

카셀이 인사했다.

"그래, 너도 잘 자라."

제이는 자기가 아닌 사람이 된 기분으로 인사했다.

카셀은 눈을 감고 중얼거리듯 말했다.

"내일은 제이메르 네 차례야."

"무슨 차례?"

"얘기. 오늘은 내가 했잖아. 내일은 네가 해줘야지."

그 말을 듣고 제이는 화들짝 놀랐다. 아이린이 검의 간격 한 걸음 안으로 뛰어들었을 때도 이 정도로 놀란 것 같지는 않았다. 제이는 잠시 상황을 수습하기 위해 조심스레 말했다.

"무, 무슨 얘기를?"

카셀은 어느새 잠들어 있었다.

'또 당했어. 또 말려든 거야. 얘기 같은 거 없는데. 있어도 앞뒤가 연결이 안 될 텐데?'

제이는 나직이 신음했다. 그리고 잠들 때까지 내일 밤을 걱정했다. 사냥꾼의 사냥꾼들이 추적하던 밤에도 이렇게까지 걱정하지는 않았다.

◆ Chapter 20 ◆

제이메르의 선택

제이는 카셀을 깨웠다.

해는 뜨지 않았으나 말이 달리기에는 충분히 밝았다.

“지금부터라도 서두르면 그들보다 먼저 골드 게이트에 도착할 수 있을 거다.”

카셀은 반만 뜬 눈으로 적당히 세수하고 말에 올랐다.

해가 뜰 때까지 둘은 꽤 많이 달릴 수 있었다. 달려오는 내내 카셀은 반쯤 자고 있었던 것 같았다. 제이는 그가 말에서 떨어지지 않을까 걱정되어 몇 번이고 뒤를 돌아보았다.

산도 벗어나고 험한 길도 벗어나면서 둘은 평야를 마음껏 달렸다. 말도 그동안 힘을 비축해 두기라도 한 것처럼 제법 속력을 내주었다.

중간에 커다란 강이 길을 막을 때까지는 정오가 되기도 전에 골드 게이트에 도착하는 건 아닌가 싶었다. 강은 유속이 그리 빠르지 않았지만 넓이와 깊이가 꽤 됐다.

"말을 타고 헤엄쳐 건너는 건 위험하겠지?"

카셀이 물었다.

"그걸 말이라고 하나?"

제이는 드디어 딱딱하게 말하는 것에 성공했다. 성공한 김에 계속 딱딱하게 말했다.

"아마, 이 강이 서쪽 바다까지 이어져 있다는 몰비 강인 모양이다. 지도에는 나루터 표시가 없어. 어떻게 건너야 할지 모르겠군."

"내 기억이 맞다면 골드 게이트 근처에 강을 건너는 하얀 다리가 있다고 했어. 우선 지금처럼 강을 따라가보면 될 것 같아."

카셀의 제안대로 둘은 강을 따라 서쪽으로 향했다. 다행히 나올지 안 나올지 알 수 없는 다리를 만나기 전에 배를 타고 그물을 던지는 어부를 먼저 만났다.

카셀은 멀리 떨어진 어부를 향해 소리쳤다.

"말씀 좀 여쭙겠습니다. 이 강을 따라가면 어디로 갑니까?"

"골드 게이트로 가오."

어부도 소리를 높여 말했다.

"이 강을 따라가기만 하면 됩니까?"

"가다 보면 나루터가 하나 나오는데 거길 건너서 큰길로 가는 게 좋소. 강을 따라가면 중간에 큰 산이 하나 막고 있어서 돌아가는 데 하루는 걸릴 거요."

"고맙습니다."

카셀은 손을 크게 흔들었고, 친절한 어부도 손을 흔들었다.

“그렇다는군, 제이메르. 내가 안내할 터이니 날 따르게나.”

카셀은 장난스럽게 명령하며 앞서 갔다.

‘이 녀석이 또 시작이군. 이미 딱딱한 말투 같은 것으로는 제압할 수 없게 됐어.’

제이는 그의 뒤를 따라 말을 달렸다.

과연 어부의 말대로 멀지 않은 곳에 나루터가 하나 있었다. 앉아서 쉬고 있던 사공이 둘을 보고 일어나 모자를 벗어 인사했다.

“지금 강을 건널 수 있겠습니까?”

카셀이 물었다.

“물론이지요. 하지만 말을 두 마리씩이나 옮기려면 큰 배가 있어야 하는데 큰 배를 타려면 저기 동쪽 나루터로 가야 합니다.”

하얀 수염 기른 사공이 정중히 말했다.

“한 마리씩이라면 그 배로도 갈 수 있지 않을까요?”

“죄송합니다만 그렇게 하면 가격을 두 번 지불해야 하는데 괜찮겠습니까?”

“얼마입니까?”

“말 한 마리에 한 사람이면 은화 셋인데 두 번 왕복이니 은화 여섯을 내셔야 합니다.”

“서둘러 주시면 가넬로크 금화로 한 개 드리겠습니다.”

“그렇게나 많이요?”

카셀은 그 자리에서 값을 치렀다. 사공은 딱히 기뻐하지도 놀라지도 않았다.

“내가 먼저 타고 가서 안전하면 신호하겠다.”

제이가 먼저 말과 함께 배에 올랐다. 무거운 말이 나룻배에 오르자 배가 크게 흔들렸다. 사공은 조심스레 노를 잡고 경고했다.

"말이 날뛰지 않게 조심하십시오. 이거 생각보다 무겁군요. 말을 태워 본 건 오랜만인지라."

제이는 말의 등을 쓰다듬으며 말했다.

"얌전한 놈이니 괜찮소."

사공은 천천히 배를 몰았다. 물은 맑았으나 바닥이 보이지 않을 정도로 깊었다. 강 건너편에 도착하자, 사공은 크게 안도하는 모습을 보였다. 베테랑 같아 보이더니 말을 안전하게 이동시킬 자신은 없었던 모양이었다.

제이는 잠시 주위를 살폈다. 당장 눈에 띄는 위험 요소도 없었고 검의 간격도 보이지 않았다. 그는 강 건너의 카셀에게 신호를 보냈다.

사공은 다시 되돌아가 카셀과 그의 말을 태웠다. 제이는 허리에 손을 얹고 배가 뒤집히지 않기를 바라며 기다렸다. 배가 조금 흔들거려 말이 당황한 듯했지만 카셀이 금방 진정시켰다. 그리고 괜찮다는 뜻으로 다시 제이에게 손을 흔들어 보였다.

"다음은 내 차례라고……?"

제이는 피식 웃었다.

'저놈은 이대로 아무 일 없이 골드 게이트를 통과해 또 노숙을 하게 된다면 진짜로 나한테 얘기를 시키겠지? 난 또 제대로 얘기를 못해 허둥댈 거고. 하지만 저 녀석은 내가 무슨 얘기를 하건 눈을 반짝이며 들어줄 것 같군. 괴로운 과거 얘기를 함께 나눌 수 있을지도 모르지.'

제이는 어느새 그와 얘기할 시간을 기다리고 있었다.

'또 다짐을 잊었군. 하지만 계속 저항하기도 귀찮은데, 그냥 저 녀석이 원하는 대로 친구 흉내라도 내줘볼까? 어디까지나 저 녀석이 원하니, 어쩔 수 없이 따라주는 것이긴 하지만…….'

검의 간격이 느껴진 건 카셀이 강을 반쯤 건너왔을 무렵이었다.

다섯 걸음!

그것도 두 방향에서 다가오고 있었다. 하지만 정확한 위치는 확인이 되지 않았다.

"사공, 배를 멈추시오!"

제이는 크게 소리 질렀다. 그 순간 꽤 먼 거리에 있는 갈대밭에서 한 명이 뛰쳐나왔다. 그리고 다른 쪽 갈대밭에서도 한 명이 뛰쳐나왔다. 빌리와 슈벨이었다.

'방심했다.'

너무 먼 거리라 검의 간격을 제대로 읽어 내지 못했다. 그들이 기척을 잘 숨기고 참을성 있게 기다렸기 때문이기도 했다. 그들 정도의 검술을 가지고 있으면 그 정도도 가능할 거라고 미리 알았어야 했다.

'밤에 할 옛날 얘기를 생각하느라 지금 이 순간의 간격을 놓치다니, 멍청한 놈.'

제이는 자신을 질책했다.

"제이메르!"

카셀이 놀라 소리쳤다. 제이는 손을 들었다.

"거기 있어!"

둘은 점점 가까이 다가와 제이를 중심으로 좌우로 다섯 걸음 정도 되는 거리에서 멈춰 섰다. 우연인지 아닌지, 검의 간격 역시 다섯 걸음을 유지했다.

슈벨이 검을 꺼내며 말했다.

“산 쪽에서 여길 왔다면 분명 이 나루터를 건널 거라고 생각했지. 반 시간만 늦었더라도 너희들이 지나간 다음에 기다리고 있을 뻔했다.”

빌리도 검을 꺼내며 말했다.

“검을 버려라, 사냥꾼. 무의미한 싸움은 하고 싶지 않다.”

제이도 칼을 뽑으며 대꾸했다.

“무의미한지 아닌지는 너희들이 판단할 일이 아니지.”

싸우기 전에 늘 그랬던 대로 제이는 주위의 환경부터 살폈다.

강가의 흙은 물에 젖어 질척거렸고 사방에 솟은 갈대가 움직임을 방해했다. 가지고 있는 실력을 모두 발휘할 수 없는 장소였으나 제이는 이런 곳에서의 싸움에 익숙했다. 불리한 조건이 상대방에게도 똑같이 적용된다면 오히려 유리한 위치였다. 그는 슈벨과 빌리가 좌우에서 조여들어 오는 데도 움직이지 않았다.

제이는 이미 둘의 검술을 어느 정도 파악하고 있었다. 빌리는 한 방 한 방이 강하지만 공격 방식이 단순했다.

슈벨은 아주 빠른 검술을 구사했다. 평지라면 까다로울 방식이었다. 하지만 이런 진흙 바닥에서는 그의 강점이 줄어들 것이다.

문제는 이것이 자갈밭에서 이루어진 짧은 싸움 뒤의 분석이라는 점이었다. 그때 보여준 실력이 전부가 아니라면, 이 분석은 의미가 없었다.

“칼을 버려라. 마지막 경고다.”

빌리가 말했다. 제이는 그의 말에 호응하거나 대꾸하지 않았다. 일단 검을 들면 제이는 상대가 하는 말을 모두 흘렸다. 죽여야 할 상대와 대화를 나눠본 적은 없었다.

빌리도 마지막 경고라고 했던 자신의 말을 지켰다. 그는 눈짓으로 슈벨에게 신호하고 자세를 낮추었다. 제이는 둘의 위치를 보지도 않고 계속 검의 간격만 살폈다. 가까워지고 있었다. 네 걸음, 세 걸음, 두 걸음 반, 두 걸음……,

한 걸음 반!

슈벨의 검이 날아왔다. 제이는 그 칼을 막아 내고 동시에 빌리의 칼을 막아 냈다. 순식간에 좌우로 날아오는 여섯 번의 공격을 막아 낸 제이는 빌리 쪽으로 몸을 날려 검을 크게 휘둘렀다.

빌리는 제이의 전력을 다한 공격을 쉽게 막아냈다.

제이에게는 숨겨 뒀다가 결정적인 순간에 써먹는 비장의 기술 같은 게 없었다. 언제나 그때그때 보이는 검의 간격을 살펴 피하는 게 방어의 전부였고, 틈이 생기면 검을 찔러 넣는 게 공격의 전부였다.

그래서 제이는 상대가 느리게 움직이면 같이 느리게 움직였고, 상대가 빠르게 움직이면 그 속도를 따라갔다. 그에게 전력을 다한 공격이란 건 완전히 틈을 봤다고 생각하는 순간 힘을 다해 내지르는 찌르기가 다였다.

그게 방금 막혔다.

'역시나 실력을 전부 보여 준 게 아니었어.'

제이는 뒤로 점프하여 공격 거리에서 물러났다. 그런데도 검의 간격은 여전히 한 걸음 반이었다.

제이는 물가에 한쪽 발을 담근 채 둘의 위치를 눈으로 새겨 두었다. 둘은 성급하지 않았다. 그도 칼을 고쳐 잡고 자세를 더욱 낮추었다. 바닥에 발이 푹푹 빠졌으나 개의치 않았다.

슈벨이 물을 걷어차며 달려왔다. 하도 빨라서 마치 물 위를 달려오는 것 같았다.

제이는 얼굴로 튀기는 물방울을 팔꿈치로 막고 이어 슈벨의 검을 맞았다. 둘의 몸이 물 위에서 춤을 추듯 한 바퀴 돌아 위치를 바꾸었다. 바닥에서 튀어 오른 물방울들이 휘두르는 칼날을 타고 사방으로 흩어졌다.

빌리는 둘의 움직임을 보다가 제이의 뒤쪽으로 검을 뻗었다. 제이는 고개를 숙여 피하고 빌리의 발을 걷어찼다. 그다지 세게 맞은 건 아니었으나, 의외의 공격에 놀란 빌리가 휘청거리며 물러섰다. 그럼에도 칼을 찔러 넣을 빈틈 같은 건 보이지 않았다. 또 슈벨이 금방 칼을 휘두르니 결정타를 날릴 틈도 없었다.

둘의 지치지 않는 공격에 제이는 점점 숨이 가빠져 왔다. 한 명도 힘든 적을 둘이나 상대하고 있으니 점점 집중력이 흐트러지기 시작했다.

유리하다고 생각했던 지형은 제이의 체력을 뺏는 거머리가 되어 버렸다. 결국 버티지 못하고 제이는 강둑 위로 달려 올라갔다. 슈벨과 빌리도 곧장 따라왔다. 둘 모두 지쳤으나, 제이만큼은 아니었다.

빌리는 믿을 수 없다는 듯 고개를 저었다.

"정말 대단한 녀석이구나, 너."

제이는 그 말을 되돌려 주고 싶었다. 2대 1이라는 상황인 건 전혀 상관없었다. 빌리 하나만 상대했더라도 똑같이 고전했을 것 같았다. 거기다 비슷한 수준의 슈벨까지!

제이는 어떻게 싸워야 할지 막막했다.

'여기서 죽을지도.'

제이는 크게 소리쳐 불렀다.

"카셀!"

"괜찮나, 제이메르?"

카셀도 소리쳐 대꾸했다.

"나는 걱정하지 마라. 하지만 시간이 좀 걸릴 것 같으니까 먼저 가라."

카셀이 뭐라 대답하지 못하자 슈벨이 카셀을 보며 말했다.

"그냥 포기하는 건 어떠냐? 그럼 죽이지는 않겠다. 카셀 너 역시 도망 못 간다."

제이는 그가 잠깐 틈을 보인 사이 검의 간격을 좁혀 들어갔다. 진짜로 움직이는 건 아니었다. 그런데도 슈벨은 기척을 눈치채고 곧바로 자세를 낮췄다.

빌리도 동시에 반응했다.

'놈들이 나처럼 검의 간격을 보는 건 아니다. 하지만 그 비슷한 걸 할 수 있는 놈들이다.'

그때 강에서 물소리가 크게 들렸다. 돌아보니 카셀이 말에 탄 채로 배 위에서 뛰어내려 강 하류 쪽으로 헤엄쳐 가고 있었다. 카셀은 목만 물 밖으로 내밀고, 목만 물 밖으로 나온 말을 독려했다.

"저 자식, 또 도망가네!"

슈벨이 욕을 내뱉었다. 그러나 제이가 버티고 있어 쫓아가지 못했다.

셋의 사이에 긴 침묵이 흘렀다. 겁먹은 사공이 배를 돌리기 위해 노를 젓는 소리, 말이 강의 흐름에 몸을 맡겨 헤엄치는 소리, 물 밖으로 나가 다시 말을 달리는 소리만 이어졌다.

검의 간격은 한 걸음 반과 한 걸음 사이에서 왔다 갔다 하고 있었다. 잠깐이라도 누가 그 간격에서 벗어나면 다른 한 명은 공격을 받게 될 것이다. 사냥꾼 생활을 시작한 이후 이렇게 긴장한 건 처음이었다.

제이는 싸울 때 뒤를 걱정해본 적이 없었다. 그런데 지금은 카셀이 걱정되기 시작했다. 싸우다 죽는 건 상관없다고 오래전부터 생각해왔으나 지금 죽으면 뒤에 남은 카셀이 위험하다는 생각이 먼저 들었다.

'괜찮아. 말을 타고 달리면 이제 이 두 녀석은 쫓아갈 수 없다.'

머리는 그런 생각을 했으나, 마음은 그리되지 못했다. 그때 그의 냉정한 마음을 흩트리기라도 하듯 카셀의 말이 되돌아오기 시작했다.

빌리나 슈벨도 이미 카셀을 포기한 얼굴이었는데 도로 되돌아와 버리니 의아해했다. 제이가 뒤로 물러나면서 자연스럽게 검의 간격이 무너졌다.

빌리도 의외의 상황에 놀라 제이를 쫓지 않았다.

"왜 돌아왔나?"

제이가 화난 목소리로 물었다.

카셀은 스무 걸음쯤 떨어진 곳에서 말을 멈추고 말했다.

"같이 가자."

"뭔 소리야?"

"제이메르, 네가 지면 나는 널 혼자 두고 가게 된다. 그럴 수는 없어."

"먼저 가라고 했지 언제 내가 진다고 했냐?"

"그래, 이겨라……. 그리고 같이 가자."

제이는 그에게 한바탕 욕이라도 퍼부어 주고 싶었다.

"네가 있으면 마음 놓고 싸울 수가 없단 말이다!"

"그래도 친구를 뒤에 두고 갈 수는 없어."

그 말에 제이는 할 말이 없어졌다.

둘의 말을 듣던 빌리가 끼어들었다.

"감성적인 판단을 자주 내리는 캡틴이군. 머리는 아니라고 말하겠지. 하지만 마음이 그걸 따르지 못하는 거다."

어딘지 자기에게 하는 말 같아 제이는 조금 뜨끔했다.

카셀은 멀찌감치 멈춰 선 채로 제이를 바라보고 있었다.

'말을 타고 있으니 내가 설사 지더라도 혼자 도망칠 수 있겠지.'

제이는 머리를 긁적였다.

그의 기준에서 카셀은 정말 웃기는 놈이었다. 빌리에게 잡혀 있을 때는 모든 것을 냉정하게 바라보았고 침착하게 행동했다. 그러다가 제이와 함께 밤을 보낼 때는 동생처럼 굴었다. '형, 나 잘 테니까 좀 지켜줘.' 그리고 지금은 도망치라고 시간을 벌어줬더니 대뜸 돌아와서 같이 가자고 요구하고 있었다.

카셀은 울프 기사단의 캡틴이고, 제이메르는 이름 없는 사냥꾼에 불과했다. 당연히 자신의 목숨을 더 소중히 여겨야 했다. 그러니 저건 캡틴 울프로서 내린 결정이 아니었다. 레드 게이트에서 그랬듯 아군의 희생으로 받아들인 게 아니었다. 버리지 않고 같이 간다는 건, 친구여야만 내릴 수 있는 결정이었다.

그게 빌리가 말하는 감성적인 판단인 것 같았다.

"그럼 같이 돌아갈 수 있도록 이겨볼까?"

제이는 천천히 심호흡을 하고 칼을 들었다.

빌리도 그사이 호흡을 조절하더니 말했다.

"이제 도망치는 녀석 붙잡고 말고 할 핑계가 사라졌으니 급히 싸울 필요도 없군. 슈벨, 이번에는 내게 맡겨 주지 않겠나?"

슈벨은 어깨를 으쓱했다.

"내 사냥감이긴 하지만……. 할 수 없지."

2대 1이라는 유리한 조건을 쉽게 포기하는 것을 보고 제이는 그게 속임수라고 생각했다. 그러나 슈벨에게서 진짜로 검의 간격이 사라졌다. 빌리만 세 걸음의 간격이 남아 있었다.

"둘이서 이기지 못한 나를 혼자서 해보겠다고?"

제이가 말했다. 빌리는 가지고 있던 칼을 집어넣고 다른 칼을 꺼냈다. 화려한 모양을 보니 보검 같았다.

"이제 이 칼도 실전에 제대로 써먹어야 할 필요가 있겠다 싶어서."

제이는 오히려 빌리의 말을 비웃었다.

"보석이 박혀 있는 그딴 칼로 나랑 싸우게?"

제이는 일부러 슈벨을 등 뒤에 두고 자세를 잡아 보았다. 슈벨은 몇 걸음 더 물러나더니 팔짱을 꼈다. 뒤를 노릴 생각은 전혀 없어 보였다. 일대일 결투를 위해 빠진다는 말은 진짜였다.

"왜, 너무 화려해서 장식용으로나 쓸 것처럼 보이나? 그러는 너는 그 칼을 얼마나 오래 썼지?"

빌리는 칼을 몇 바퀴 부드럽게 손 위에서 돌리며 물었다.

제이는 날이 빠진 자신의 칼을 슬쩍 들어 보였다.

"글쎄, 반년쯤?"

"난 여기 오는 내내 울프의 기사와 싸우게 될 것을 대비해서 이 칼로 연습해왔다. 익숙하기로 치면, 지금 내게 가장 익숙한 무기지. 지금 네

낡은 칼을 상대하기에 이보다 좋은 무기는 없을 것 같은데?"

빌리는 자세를 낮춰 잡았다. 검의 간격이 순식간에 한 걸음 반으로 줄었다.

제이는 순간 자신의 패배가 그려졌다. 실력에서 밀린다는 생각은 조금도 하지 않았다. 그러나 저 둘은 자신에게 없는 어떤 것이 있었다.

8년 동안이나 강하다고 할 만한 녀석들을 상대로 단 한 번도 패하지 않고 여기까지 왔다. 자고 일어나 한 명씩 죽이며 사냥을 한 적도 많았고 피바람을 일으키며 무더기로 학살한 적도 한두 번이 아니었다. 그런데도 제이는 이 둘을 상대로 자신의 부족함을 실감하고 있었다.

그것은 목숨을 걸어 본 실전 경험의 횟수였다.

제이는 지금까지 죽을 뻔한 적이 없었다. 어쩌면 이게 처음으로 목숨을 건 정식 대결이 되는 건지도 몰랐다. 그런 경지의 싸움을 해 본 적이 없던 제이는 순간 몸이 경직되었다.

"나중에 변명할 거리를 만들 생각은 버리고 최선을 다해라, 사냥꾼. 이게 내 최선이다."

다음 순간 검의 간격이 한 걸음으로 좁혀 들어왔다. 제이는 지체하지 않고 칼을 휘둘렀다. 둘의 칼이 부딪쳤고 둘 다 뒤로 물러났다.

간격의 변화도 없었고 빌리의 처음 잡은 자세도 변화가 없었다. 제이는 견제하는 의미에서 슬쩍 칼을 찔렀으나 빌리는 여전히 손목만 살짝 비틀어 막았다. 다음에는 칼을 좌우로 휘둘렀다. 빌리는 모든 공격을 막아 내고 다시 처음 자세로 돌아갔다.

마지막 칼을 부딪칠 때의 소리가 좋지 않았다. 제이는 눈동자만 움직여 칼날을 살폈다. 중간쯤에 실금이 가 있었다. 낡은 칼이긴 해도 비싸게 주고 산 칼이라 강도는 꽤 쓸 만했다. 그러나 빌리의 칼에 비할 바는 못 됐다. 진짜로 칼 때문에 지겠다는 변명이 나올 판이었다.

'짧게 끝내지 않으면 지겠어.'

제이는 빌리의 자세에서 나올 만한 모든 공격과 방어, 반격과 후퇴를 계산했다. 검의 간격에서 보이는 맹수 한 마리가 또 다른 맹수를 사냥하기 위해 주위를 맴도는 광경이 그려졌다.

목을 공격한다. 막는다. 반격한다. 피한다. 그걸 예측하고 칼날을 돌린다. 그 순간 허리 쪽이 빌 것이다.

제이는 머릿속에서 굴려 본 동작 그대로 달려들었다. 빌리는 제이가 예상했던 방향으로 칼을 들어 공격을 막았다. 그리고 제이의 목을 노리고 반격했다. 제이는 아슬아슬하게 피하고 그걸 예측한 빌리는 방향을 돌려 가슴을 찌르고 들어왔다.

계산대로였다. 제이는 그대로 가슴을 뒤틀어 빌리의 칼날을 피하고 허리를 내리쳤다. 그러나 빌리는 제이의 계산보다 더 빠르게 다른 쪽 손으로 그의 멱살을 잡았다. 제이는 반사적으로 다른 손으로 빌리의 손목을 잡았다. 둘은 서로를 붙잡은 채로 한 바퀴 돌았다.

고정된 자세로 둘은 꿈쩍도 하지 않았다. 서로의 칼이 제압된 상황에서 빌리가 갑자기 칼을 놓더니 제이의 멱살을 잡은 채로 집어 던져 버렸다. 느닷없이 몸이 들리니 제이는 제대로 저항도 못하고 바닥에 내동댕이쳐졌다.

빌리는 바닥에 떨어진 칼을 집어 쓰러진 제이를 향해 달려들었다. 제이는 앉은 자세로 칼을 내밀었다. 빌리는 칼을 두 손에 쥐고 있는 힘을 다해 좌로 그었다. 요란한 금속성이 울리며 제이의 칼이 부러졌다.

'처음부터 이걸 노렸나 보군.'

부러진 칼날이 바닥에 떨어지기도 전에, 빌리는 들어 올린 칼을 그대로 내리 찔렀다. 그의 공격에는 조금의 망설임도 없었다. 제이의 눈에서 검의 간격이 마침내 한 걸음 안으로 좁혀 들어왔다.

칼끝은 정확히 가슴을 파고 들어왔다. 제이는 거의 무의식중에 부러진 칼을 내어 빌리의 공격을 빗겨냈다. 그의 칼은 제이의 심장이 아닌 어깨를 찌르고 들어갔다.

빌리는 급히 칼을 되돌리려 했다. 그러나 제이는 가죽 장갑을 낀 손으로 보검을 잡았다. 빌리가 칼에 힘을 주어 빼려는 순간 제이는 부러진 칼을 상대의 얼굴로 집어 던졌다. 이렇게 가까운 거리였는데도 빌리는 그걸 피했다.

'이걸 피해? 뭐 이딴 놈이 다 있어?'

제이는 어깨에 칼날을 박은 채로 몸을 밀어 올렸다. 칼끝이 뼈에 닿으며 기절할 것 같은 통증이 전신을 관통했다. 그러나 제이는 멈추지 않고 손을 뻗어 빌리가 차고 있는 다른 칼을 잡았다.

둘의 몸이 거의 밀착한 상태에서 벌어진 짧은 상황이었다. 빌리는 제이의 어깨에 박힌 칼을 뽑았다. 잡고 있던 제이의 가죽 장갑이 매끈하게 잘려나갔다. 자유로워진 빌리의 칼은 제이의 목을 노리고 날아들었다. 동시에 제이는 빌리가 차고 있는 칼을 뽑아 그대로 찔러 넣었다. 누구의 공격이 먼저 닿았는지는 그 둘도 분간하지 못했다. 그러나 빌리가 휘두른 공격은 제이의 뺨만 그었고 제이가 찌른 칼은 빌리의 배를 관통했다.

빌리는 무릎을 털썩 꿇었다.

제이는 칼을 뽑아 뒤로 물러섰다.

"빌리!"

슈벨이 소리치며 달려왔다. 빌리는 배를 움켜잡고 고개를 숙였다.

제이는 휘청거리며 일어나 피 묻은 칼을 들었다. 슈벨은 빌리의 상처를 손으로 누르고 제이를 노려보았다.

"다음…… 덤빌 테냐?"

제이가 힘없이 말했다.

"아니. 가라."

슈벨이 보여 주는 검의 간격은 두 걸음이었다. 그러나 그는 검을 뽑지 않았다. 제이는 그가 말하는 '가라.'는 의미를 이해하고 고개를 끄덕였다. 그리고 휘적휘적 카셀이 있는 쪽으로 걸어갔다.

"사냥꾼."

빌리의 배에서 흐르는 피가 바닥으로 콸콸 쏟아지고 있었다. 그런데도 그는 신음 하나 내지 않았다. 얼굴은 벌써 핏기가 없어 하얗게 보였다.

"그러고 보니 아직 정식으로 이름을 말하지 않았군. 나는 빌리 매트니다."

"제이메르다."

"훌륭한 시합이었다, 제이메르. 그러나 우릴 벗어날 수는 없다. 포기해라."

"나는 시합 같은 거 할 줄 몰라. 너나 시합이었지, 난 아니었어. 포기도 안 할 거다."

제이가 말했다.

슈벨이 그를 노려보며 으르렁댔다.

"기억해라, 제이메르. 너는 나중에 내가 꺾어 주겠다."

"지금이라도 상관없어."

슈벨은 대꾸하지 않았다. 지금 싸우려면 빌리의 배에 누르고 있는 손을 뗄 수밖에 없었다.

카셀은 걱정스러운 얼굴로 제이를 기다리고 있었다.

"괜찮아?"

"괜찮다."

제이는 어디로 가 버렸는지 모를 자신의 말을 찾다가 말았다. 어차피 지금은 말을 몰 기운도 없었다.

"네 뒤에 타야겠다."

"그래."

카셀이 손을 내밀었다. 제이는 별생각 없이 그 손을 잡았다. 그 순간 뜨겁게 달군 쇠를 갖다 댄 것처럼 아찔한 고통이 어깨를 찔렀다.

제이는 이를 악물고 아무 소리도 내지 않았다.

'나보다 열 배는 아픈 상처를 입은 놈도 신음 한 번 내지 않았는데 내가 낼 수야 없지.'

제이는 최대한 태연하게 카셀의 뒤에 올라탔다.

"좀만 참아. 골드 게이트는 얼마 남지 않았어."

카셀은 그를 격려하며 말을 몰았다. 그러나 제이는 아무 말도 하지 못했다. 말이 흔들릴 때마다 어깨의 고통이 욱신욱신 그를 찔렀다. 뺨에서 흐르는 피가 카셀의 등으로 뚝뚝 떨어졌다. 최근 몇 년 사이 싸움을 끝낸 후 이렇게 피곤한 건 처음이었다.

"잠깐 말을 세워야겠어."

카셀이 말했다.

"계속 달려. 녀석들이 쫓아올 거다."

제이는 뒤를 돌아보았다. 지평선에는 아무도 보이지 않았다. 아마 슈벨은 빌리의 상처를 치료하느라 오지 못할 것이다. 하지만 벗어날 수 없으니 포기하라던 빌리의 말이 신경 쓰였다.

"아직 안전해진 건 아니다."

"그래도 네 상처를 봐줄 시간은 있을 거야."

카셀은 말을 세우고 내렸다. 제이도 마지못해 따라 내렸다. 흐르는 피가 그의 어깨와 한쪽 가슴을 축축하게 적시고 있었다.

"맙소사."

카셀은 손수건을 꺼내 칼에 찔린 곳을 막았다. 제이는 그 손수건을 빼앗듯 들어 직접 지혈했다.

"호들갑 떨지 마. 이 정도 다친 적 많아. 한 번도 안 죽었어."

거짓말이었다. 제이는 이 정도로 다쳐 본 적이 없었다.

"그래도 움직이지 않는 게 좋아. 거기, 다치면 평생 고생해야 할 자리야. 마을 어른 중에 칼로 무릎을 베인 사람이 있는데 환갑 넘기고도 절룩거리며 걷더라."

"그거, 설마 위로냐?"

"악담이다! 뒤에서 얼마나 마음 졸였는지 알아? 네 칼이 부러지는 순간 난 네가 지는 줄 알았어."

카셀은 온몸으로 안도하고 있다는 것을 표현했다.

"솔직히 그때 나도 죽었다고 생각했다……."

카셀은 길옆으로 흐르는 강으로 내려가더니 손수건을 적셔 왔다. 제이는 그것을 받아 얼굴을 닦았다. 손수건이 얼음처럼 차게 느껴졌다. 지금 자기 얼굴이 얼마나 엉망일지 거울이라도 보고 싶었다.

제이는 카셀이 내주는 물주머니를 받아 마시며 잠시 그의 얼굴을 바라보았다. 싸움이 끝난 후 자신을 돌봐 주는 사람이 있다는 게 이렇게 안도감이 주는 줄은 미처 몰랐었다.

"왜?"

카셀은 얼굴에 뭐가 묻었다고 생각했는지 뺨에 손을 대며 물었다.

"혹시……."

제이는 입을 반쯤 열었다가 닫았다.

"아무것도 아니다."

"일부러 나 괴롭히려고 말하다가 마냐?"

카셀은 투덜대며 제이가 어깨에 대고 있는 손수건을 도로 빼앗았다. 지혈이 되도록 어깨를 손수건으로 묶으며 카셀이 말했다.

"이럴 때일수록 절실하게 느껴지는군."

"뭐가?"

"내가 캡틴감이 아니라는 거. 너처럼 대단한 검술을 가진 것도 아니고, 블랙처럼 사람들을 제압하는 카리스마도 없고 빌리처럼 과감하고 냉철한 판단력이 있는 것도 아니고. 나를 위해 피 흘리는 친구를 위해 이렇게 피를 닦아 주는 것밖에 못하는 게 어떻게 캡틴이냐?"

제이는 괜히 카셀의 머리를 쓰다듬고 싶었다. 위로해주고 싶었다.

그러나 아무 말도 안 떠올랐다. 그래서 제이는 카셀을 밀어내는 것밖에 할 수 없었다.

"이제 됐어. 가자."

둘은 다시 말에 같이 올랐다.

카셀은 최대한 말을 살살 몰았다. 그런데도 제이는 말이 흔들릴 때마다 머리가 어지럽고 상처가 아팠다. 낙마하지 않도록 카셀의 옷깃을 붙잡고 있는 게 지금으로써는 최선이었다.

큰길을 가로질러 북쪽으로 흐르는 몰비 강이 보이고, 강 건너편에 거대한 건축물이 하나 보였다. 햇빛을 받아 반짝이는 윤곽만 보더라도 성벽임에 틀림없었다. 말로 달리면 10분 정도면 족히 도착할 위치였다.

강 위에는 하얗게 빛을 내는 다리가 놓여 있었다. 나룻배를 타고 건너야 할 정도로 넓은 강에 놓인 다리는 다른 나라에서는 본 적 없는 거대한 규모였다. 다리를 통과하면서 제이는 자기도 모르게 위를 올려다보았다. 하늘로 높이 뻗은 무지개 같은 아치가 햇빛에 하얗게 반사되어 둘을 비추었다.

'마스터가 보여 주고 싶었던 아란티아의 멋진 풍경이란 건 자연경관만은 아닌가 보구나.'

마스터의 웃는 얼굴이 떠올라 제이는 저도 모르게 미소가 떠올랐다.

카셀의 말이 멈췄다. 제이는 잠깐 어지러워 눈을 감았다가 떴다.

"왜 멈췄지?"

카셀의 어깨가 떨리고 있었다. 제이는 그의 어깨 너머로 앞을 내다보았다. 다리 건너편에 검은 기사가 지키고 서 있었다.

블랙이었다. 그는 카셀과 제이를 발견하고 조금 앞으로 나왔다.

"후, 후퇴하자."

카셀이 말고삐를 잡아당기자 동시에 블랙도 할버드를 들어 올렸다. 제이는 카셀의 어깨를 꽉 움켜쥐었다.

"안 돼. 움직이지 마라."

"왜?"

"이 정도 거리라면, 저 녀석, 할버드를 던져서라도 맞힐 수 있을 거다. 전에 그런 적 있어. 그리고 지금 난 그걸 막을 자신이 없다."

블랙은 제이가 수풀에 몸을 숨겨 이동하는 것도 맞힌 적이 있었다. 그에 비하면 두 사람이나 태운 말은 손쉬운 과녁판이었다.

물론 지금 당장 블랙은 그런 공격을 할 수 있었다. 그러나 무슨 이유 때문인지 그렇게 하지 않았다. 던졌다 튕겨 내면 자기 무기가 강물에 빠질까 봐? 아니면…….

제이는 카셀의 말에서 훌쩍 뛰어내렸다.

"내가 막는다. 넌 물러나라."

"그럴 수는 없……."

"시키는 대로 해!"

제이는 카셀을 돌아보며 웃어 보였다. 카셀이 당황하는 모습을 보이자 제이가 물었다.

"뭘 그렇게 쳐다봐?"

"너 웃는 거 처음 봤어."

제이는 다시 한번 피식 웃었다.

"이번에는 나 하자는 대로 하자. 친구 부탁이다. 물러나라. 이대로. 근처 마을로. 다른 경로를 찾아……, 나디움에 도착하면 마스터 아이린에게 내 얘기 좀 전해 줘. 약속 못 지켰다고.”

제이는 말하고 나서 또 후회했다.

‘이놈이랑 얘기하면 꼭 다 얘기하게 된다니까. 그리고 나 방금 친구라고 말해버린 것 같은데? 정신이 없으니 뭔 말을 했는지도 모르겠군.’

한쪽 팔이 제대로 움직이지도 않는 상태로, 제 실력 이상을 발휘해도 이길지 말지 모르는 적을 상대로 무사하길 바라지는 않았다.

카셀이 대 준 젖은 손수건에서 피가 흘러 발치로 뚝뚝 떨어졌다.

‘젠장, 이제 겨우 친구 하나 생겨서 좋아했더니만…….’

우울해지지 않으려고 했지만, 갑자기 눈물이 나올 것 같았다. 어머니가 돌아가실 때도 흘리지 않았던 눈물이었는데 고작 며칠 사이에 두 번이나 보일 수는 없었다. 그래서 오기로 참았다.

8년 동안 한 번도 자신이 극적인 죽음을 맞이할 거라고는 생각하지 않았다. 언젠가 실족사고 같은 걸로 목이 부러져 죽거나, 원한을 품은 녀석에게 독살당하거나, 위치도 알 수 없는 먼 거리에서 날아온 화살에 맞거나……. 뭐건 간에, 자신의 죽음을 의식하고 죽는 일은 없을 거라고 생각했다. 그런 것에 비하면 나쁘지 않은 최후다.

“카셀.”

아직도 돌아가길 머뭇거리는 카셀을 돌아보며 제이가 말했다.

“만약 내가 기사였다면, 너 같은 캡틴이어도 좋았을 것 같다.”

카셀은 눈을 동그랗게 떴다.

제이는 다친 어깨에 손을 댄 채로 말했다.

“아마 하얀 늑대들도 마찬가지 이유였을지 모르겠군. 기사가 될 생각은 추호도 없지만 나에게는 피를 흘리라고 명령하는 캡틴보다 피를 흘리고 돌아오면 그걸 닦아 주는 캡틴이 더 좋을 것 같다. 그러니까 내 말은, 내가 그게 더 좋다고. 아니, 내가 널 좋아한다는 소린 아니고…….”

역시나 길게 얘기하면 헷갈렸다. 그리고 카셀은 그런 말에 감동해 주지도 않았다.

“너 지금 죽을 각오냐?”

제이는 고개를 저었다.

“나 안 죽어! 그렇게 약해 보여, 내가?”

제이는 칼을 뽑아 보였다. 그리고 카셀을 향해 칼을 뻗었다.

“하얀 늑대의 이빨을 보고 살아남은 자가 없다고 했나? 내가 그리 되어 주지.”

그 말 잘하는 녀석도 이 순간에는 아무 말도 하지 못했다.

‘우와, 드디어 한 번 이겼다.’

앞에서는 블랙이 갑옷을 철컹거리며 다가왔고, 뒤에서는 카셀의 말이 멀어지는 말발굽 소리가 들렸다. 블랙은 계속 다가오기만 할 뿐, 할버드를 던져 달아나는 카셀을 맞히려 하진 않았다.

‘다행이다. 던졌으면 막을 자신 없었는데.’

마음껏 움직이기에는 부족함이 없는 넓이의 다리였으나 상대의 넓은 공격 범위를 고려하면 충분하다고 할 수는 없었다. 제이는 버릇대로 주변 상황을 살피다가 관뒀다. 어차피 몸이 제대로 따라주지 않았다.

신기하게도 죽음이 그리 두렵지는 않았다. 오히려 승부욕이 타오르고 있었다.

아이린이 두려운 나머지 피해 버린 상대.

그토록 강한 빌리나 슈벨조차 따르고 있는 자.

카셀이 말한 대로라면 죽음에서 일어난 악마와도 같은 기사.

'이 녀석한테는 죽어도 별로 창피한 일이 되진 않겠군.'

블랙이 말했다.

"빌리가 위급하군."

미루어 짐작하는 게 아니라, 직접 본 것처럼 걱정하는 어조였다. 그리고 제이 너머의 아주 먼 곳을 바라보는 시선이 느껴졌다.

"너에게는 내게 익숙한 느낌이 묻어 있다. 처음에 나와 접했던 달밤 아래에서도 그랬고 풀밭에서 너를 봤을 때도 그랬다. 처음에는 그게 뭔지 몰랐지만 지금은 알겠군."

블랙의 목소리를 이렇게 가까이에서 제대로 듣는 건 처음이었다. 보통 사람이라면 듣자마자 고개를 숙여야 할 정도로 위압감이 보통이 아니었다.

"너와 함께 있던 자가 누군가?"

제이는 아이린을 떠올렸으나, 일부러 다른 대답을 했다.

"방금 봤잖아. 쟤랑 있었다. 카셀."

블랙은 반대편 다리 끝에서 여전히 가지 않고 기다리는 카셀을 바라보았다.

"그전에는?"

제이는 시치미를 뚝 떼고 대꾸했다.

"혼자였다."

"사실을 말하라."

"그래야 하냐?"

블랙은 할버드를 내밀었다. 그 끝이 제이의 코앞에 다다랐다. 제이는 꿈쩍도 하지 않고 블랙의 투구를 노려보았다. 그리고 빌리에게서 빼앗은 검을 들어 보였다.

블랙은 다시 한번 경고했다.

"칼을 내려라. 내게 적의를 보인 자는 살려 두지 않는다. 그리고 대답하라. 함께 있던 자가 누구냐?"

"그럼 내 시체에 대고 묻든지."

제이는 뱀이 나무를 타는 것처럼, 내밀고 있는 할버드의 옆을 파고들어 검을 찔러 넣었다. 그러나 칼날은 갑옷을 채 뚫지도 못하고 튕겨 나갔다. 아무리 힘이 모자랐다고 하나 이 정도로 허무하게 칼이 빗겨 나갈 줄은 몰랐다.

'막지 못한 게 아니라 막지 않았군. 내가 힘이 없는 걸 알고 있었어.'

블랙은 할버드의 손잡이 부분을 휘둘러 제이의 목덜미를 내리쳤다. 힘을 잃은 제이는 순간 무릎을 꿇었다. 죽을힘을 다해 옆으로 구르지 않았다면 할버드의 칼날이 머리 위에 박혔을 것이다.

"함께 있었던 게 누구냐?"

대리석처럼 하얀 바닥을 부순 검은 쇳덩이를 들어 올리며 블랙이 물었다.

제이는 대답하지 않고 한 손으로만 들었던 칼을 두 손으로 잡았다. 어깨가 떨어져 나갈 듯 아팠다. 이제 한 번 이상 휘두를 수 있을 것 같지 않았다. 그 한 번으로 대체 어딜 치면 이길 수 있을까?

제이는 블랙의 목을 바라보았다. 아무리 죽지 않는 자라도 저길 쳐서 살아남는 모습은 상상할 수 없었다.

블랙은 조금도 서두르지 않고 제이의 움직임을 좇았다. 그리고 인간이라면 절대 흉내 낼 수 없을 만한 속도와 타이밍으로 할버드를 휘둘렀다. 제이는 바닥에 거의 얼굴이 닿을 정도로 자세를 낮추었다. 섬뜩한 소리를 내는 바람이 머리카락을 스쳤다.

제이는 바닥에 손을 짚었다가 몸을 튕겨 블랙의 품 안으로 뛰어들었다. 동시에 그의 목으로 칼을 찔러 넣었다. 한순간, 목표했던 자리에 있어야 할 블랙의 머리가 보이지 않았다. 제이는 피를 너무 많이 흘려 시야가 흐려진 거라고 생각했다. 그러나 곧 블랙이 몸을 젖혀 공격을 피한 것임을 알고 방향을 바꿔 칼날을 옆으로 휘둘렀다. 그러나 그 칼날은 블랙의 손바닥에 잡혔다.

블랙은 할버드를 옆으로 던져두고 제이의 멱살을 잡았다. 제이는 있는 힘을 다해 저항하고 칼을 든 손을 흔들었으나 꼼짝도 하지 않았다.

제이는 블랙의 손에 들려 허공에 대롱대롱 매달렸다.

"누가 너와 함께 있었는가?"

제이는 칼을 놓고 손바닥으로 그의 투구를 쳤다. 좌우로 칠 때마다 투구가 옆으로 삐걱거리며 흔들렸으나 곧 원래대로 돌아왔다. 제이는 그의 옆구리를 발로 걷어차고 그의 팔목을 움켜잡고 비틀었으나 통하지 않았다. 쇳덩어리를 후려친 주먹에서 피가 흘렀다.

블랙은 잠시 제이의 모든 공격을 갑옷으로 받아 내다가 나직이 중얼거렸다.

"대답하라."

"못한다."

블랙은 주먹으로 제이의 얼굴을 후려쳤다. 쇠망치로 얻어맞은 것 같았다. 제이는 그 한 방에 양팔을 축 늘어뜨렸다. 블랙은 제이를 더 높이 들어 올렸다.

"대답하라."

제이의 코에서 코피가 물처럼 주르륵 흘러 떨어졌다. 앞이 잘 보이지 않았다. 그는 손으로 더듬어 상대의 손목을 잡고 힘껏 비틀었다. 그러나 이놈의 유령 기사는 관절도 없는지 꺾이지도 않았다. 마치 거대한 쇳덩어리에 매달린 기분이었다.

제이는 저항을 멈추었다. 이제는 놓아준다 해도 서 있을 힘이 남아 있지 않았다. 그때 블랙은 제이의 얼굴을 가만히 쳐다보다가 그가 숨긴 이름을 말했다.

"아이린……."

제이는 놀라지 않았다. 어떻게 알아냈는지 궁금하지도 않았다. 그냥 힘없는 시선으로 다리 끝에 말을 타고 서 있는 카셀을 바라보기만 했다. 뿌옇게 흐려서 그의 얼굴도 제대로 보이지 않았다.

'이 멍청아, 왜 아직도 거기에 있는 거야?'

카셀이 뭔가 소리치고 있었으나, 제이에게는 들리지 않았다. 그저 블랙의 목소리만 꿈결처럼 들려왔다.

"넌 아이린과 함께 있었구나. 그렇지?"

제이는 겨우 입을 뗐다.

"넌……, 누구냐, 이 괴물아?"

"나도 모르니, 대답해 줄 수 없다. 그러나 너는 아는 것을 대답하지 않고 있다. 아이린, 그 여자는 누구인가? 내 이름조차 모르는 내가 어떻게 그 이름을 알고 있는가? 어떻게 네가 그녀와 함께 있었다는 걸 내가 알 수 있는가?"

블랙의 목소리가 커졌다.

"말하라, 제이메르!"

제이는 피식 웃었다.

"어, 어떻게…… 내 이름도 아냐? 그, 그런데……, 정작…… 자기 이름은 몰라?"

블랙은 제이를 집어던졌다.

난간에 허리를 부딪쳐 바닥을 구르며 제이는 비명을 질렀다. 분명 기절할 거라고 생각했으나 얼굴을 바닥에 들이박고도 정신은 멀쩡했다. 그래서 끔찍한 고통을 맨정신으로 감당해야 했다. 멈추지 않고 코에서 흐르는 검붉은 피가 하얀 돌 위에 떨어져 스며들었다.

블랙은 내려놓은 할버드를 들었다. 제이는 힘겹게 고개만 들고 사형수에게 떨어지는 단두대처럼 천천히 위로 올라가는 할버드를 올려다보았다. 어쩌면 제이에게만 그게 천천히 보이는 걸지도 몰랐다.

"이 죽음은 네 스스로 자초한 것이다."

움직일 수 없는 몸이었으나 제이는 조금도 주눅 들지 않는 목소리로 대꾸했다.

"잘난 척하지 마라, 블랙. 내가 제대로 된 몸이었으면……, 지지 않았어."

"그게 억울하다면 너도 죽음에서 되살아나라."

제이는 마지막으로 카셀을 돌아보았다. 죽음이 억울한 건 아니었다. 살겠다는 약속을 지키지 못해 조금 미안할 뿐이었다.

'오늘 저녁에도 모닥불 피우고 같이 얘기할 줄 알았는데, 못하게 됐군.'

다리 끝에서 말을 타고 있는 카셀이 두 사람으로 보였다. 처음에는 시야가 흐릿해서 사물이 두 개로 보이는 거라고 생각했다. 그러나 다리는 하나로 보였다. 그리고 카셀의 옆에 말을 타고 있는 이는 카셀보다 월등히 덩치가 큰 남자였다.

빌리가 쫓아온 건가? 슈벨이? 아니면 다른 누가?

그 순간 머리 위에서 바람이 새는 듯한 요란한 소리가 울렸다. 할버드가 떨어지는 소리라고 생각했다. 그러나 할버드는 공중에 고정되어 있었다. 곧 소리만 있고 모습은 없는 뭔가에 밀려 블랙의 몸이 옆으로 꺾였다. 그리고 할버드를 쥐고 있는 쪽 어깨가 하얗게 얼어붙기 시작했다. 처음에는 어깨에만 달라붙은 얼음이 점점 부풀어 올라 블랙의 상반신 전체를 뒤덮었다.

골드 게이트 쪽에서 하얀빛을 내는 물체가 빠른 속도로 다리 쪽으로 달려왔다.

그것은 은빛 털의 늑대였다.

기절하기 직전인 제이의 머리로는 동시에 일어난 여러 가지 일들의 어느 쪽이 먼저였는지 제대로 구별이 가지 않았다.

블랙은 얼어붙은 팔을 크게 휘둘렀다. 그러자 깨진 얼음이 제이의 몸 위로 후드득 떨어졌다.

달려오던 늑대가 크게 울부짖었다. 이마 쪽에서 강한 빛이 쏟아졌다. 그러자 블랙의 무거운 몸이 뒤로 한 번 둥실 떠서 다리 난간에 부딪혔다. 돌 더미가 떨어져도 꼼짝하지 않을 것 같은 난간이 부서졌다. 그러나 블랙은 아무렇지도 않게 몸을 일으켜, 달려오는 늑대를 향해 할버드를 휘둘렀다. 할버드가 휘두르는 간격 안에 있던 다리 난간과 기둥이 박살 났다.

늑대는 블랙에게 뛰어드는 것처럼 높이 날았으나 목표는 제이였다. 그 거대한 늑대는 제이의 팔을 물고 뒤로 잡아끌었다. 제이는 그 와중에 속으로 아프다고 욕을 내뱉고 있었다.

"내 말에 태우시오."

처음 듣는 남자의 목소리였다. 늑대는 과격하게 제이의 팔을 물어들어 올렸다. 뒤이어 커다란 손이 제이의 목덜미를 넘겨받아 말 위로 거칠게 끌어올렸다.

'이놈이고 저놈이고 좀 살살 하란 말이다!'

제이는 소리치고 싶었지만 목소리가 나오지 않았다. 기절하지 않도록 버티는 것도 쉽지 않았다.

"카셀, 아까 말했던 대로 간다!"

덩치 큰 남자가 말했다.

"알았어."

카셀은 충실히 대꾸했다.

제이를 태운 남자는 힘차게 소리를 지르더니 말을 달렸다. 그야말로 짐짝처럼 말에 실린 채 제이는 가늘게 눈을 떴다. 그 남자는 블랙을 향해 말을 달려가고 있었다!

'피해. 이놈이랑은 정면으로 부딪치면 안 돼!'

제이가 경고해주고 싶었지만, 이미 거리는 가까워졌고 블랙은 할버드를 두 손에 쥐고 어깨 뒤로 끌어당겼다. 바위를 부수고 사람을 두 동강 내는 그 엄청난 힘을 실은 거대한 쇳덩어리가 제이를 태운 남자의 머리 쪽으로 날아들었다. 동시에 제이를 태운 남자도 크게 팔을 휘둘러 창을 뻗었다.

귀청이 터질 것 같은 소리가 주위로 퍼져 나갔다. 그리고 고개를 숙이고 있는 제이도 눈을 감아야 할 만큼 눈부신 푸른빛이 사방으로 흩뿌려졌다.

제이를 태운 남자는 할버드를 정면으로 받아 내고 뒤로 밀려 나갔다. 그러나 말에서 떨어지지는 않았다. 단지 그것만으로도 제이는 자신의 눈을 믿을 수가 없었다. 그런데 한 가지 더 놀라운 것은 그 남자와 창을 부딪친 블랙 역시 뒤로 밀려났다는 것이었다.

'누구지, 이 녀석?'

카셀과 은빛 털의 늑대는 그의 바로 뒤를 따라오고 있었다. 그들은 골드 게이트가 있는 곳까지 멈추지 않고 달려갔다.

제이는 흔들리는 말 위에서 계속 고통을 인내하며 피 섞인 침을 토사물처럼 줄줄 흘렸다. 안장에 배가 눌려 제대로 숨을 쉴 수가 없었다.

"게이트를 열어라!"

아까는 분명 하얀 벽돌로 보였던 성벽이 지금은 황금빛으로 빛나고 있었다. 제이는 순간 자신이 헛것을 보고 있다고 생각했다.

'죽을 때가 됐구나. 돌이 빛나 보이다니.'

게이트의 성루에 있는 성문지기가 소리쳤다.

"루티아의 마스터 타냐의 요청에 의하여 게이트가 닫혔습니다. 신분을 밝히십시오."

"제가 마스터 타냐입니다. 문을 열어 주십시오."

가래가 낀 듯 거칠었으나, 그것은 분명 여자의 목소리였다. 어느 순간 늑대가 있어야 할 자리에 하얀 로브를 입은 여자가 서 있었다. 가슴에 달고 있는 푸른 구슬의 목걸이가 빛을 내고 있는 걸 보니 마법사인 모양이었다.

"옆에 계신 분들은?"

성문지기가 또 물었다.

"나는 아란티아 울프 기사단의 쉐이든이다. 부상자가 있으니, 서둘러 문을 열어라."

제이를 말에 태운 남자가 말했다.

곧 성문지기는 신분을 확인하는 절차를 안에서 갖겠다며 게이트를 열었다. 황금빛을 내는 쇠문이 웅장한 소리를 내며 열렸다. 제이의 머릿속에는 온갖 의문이 소용돌이쳤다. 그러나 어느 것 하나 물어보지 못하고 정신을 잃었다.

N
W
E
S
이로피스
아란티아
루티아